Alexandra Lapierre est l'une des seules romancières françaises à enquêter sur le terrain. Pour redonner vie à ses héros, elle les suit à la trace sur tous les lieux de leurs incroyables aventures, s'imprégnant des couleurs, des odeurs, et fouillant les bibliothèques du monde entier. Ainsi a-t-elle retrouvé en Espagne, au Pérou et à Manille la mémoire de la première et seule femme capitaine de galions au temps des Conquistadors.

Parmi ses ouvrages, on peut citer : *L'Absent* (Laffont, 1991), adapté par TF1, *Fanny Stevenson* (Laffont, 1993), Grand Prix des Lectrices de *ELLE*, *Artemisia* (Laffont, 1998), Prix du XVIIe siècle, remis à la Sorbonne, *Le Voleur d'éternité* (Laffont 2004) et *Tout l'honneur des hommes* (Plon, 2008) qui a reçu le Prix des Romancières 2009 et le Prix Vivre Plus 2009. Son dernier ouvrage, *Je te vois reine des quatre parties du monde* (Flammarion, 2013), a obtenu le Prix de la Mer 2013, le prix Historia 2013 du roman historique et le Prix Marine et Océans 2013.

Les grandes biographies romancées d'Alexandra Lapierre ont connu un succès international.

Retrouvez toute l'actualité de l'auteur sur :
www.alexandralapierre.com

ALEXANDRA LAPIERRE

JE TE VOIS REINE DES QUATRE PARTIES DU MONDE

DU MÊME AUTEUR
CHEZ POCKET

LA LIONNE DU BOULEVARD
FANNY STEVENSON
ARTEMISIA
LE VOLEUR D'ÉTERNITÉ
LE FILS DU REBELLE
L'EXCESSIVE
JE TE VOIS REINE DES QUATRE PARTIES DU MONDE

FANNY STEVENSON & LE VOLEUR D'ÉTERNITÉ
(en un seul volume)

ALEXANDRA LAPIERRE

JE TE VOIS REINE DES QUATRE PARTIES DU MONDE

L'épopée de Doña Isabel Barreto,
Conquistadora des Mers du Sud,
Première et seule femme amirale
de l'armada espagnole

FLAMMARION

Pocket, une marque d'Univers Poche,
est un éditeur qui s'engage pour la préservation
de son environnement et qui utilise du papier fabriqué
à partir de bois provenant de forêts gérées
de manière responsable.

ISBN : 978-2-266-24434-3

À Dominique Lapierre,
mon père tant aimé.

« La liberté, Sancho, est un des dons les plus précieux que le Ciel ait fait aux hommes.
Rien ne l'égale, ni les trésors que la terre enferme en son sein, ni ceux que la mer recèle en ses abîmes.
Pour la liberté, aussi bien que pour l'honneur, on doit aventurer sa vie. »

Miguel de Cervantès, *Don Quichotte*,
Partie II, chapitre 58.

Au lecteur

Isabel Barreto, qui naquit à Lima autour de 1568 et mourut en septembre 1612 dans les Andes péruviennes, a bien existé.

Ses deux maris – les grands navigateurs espagnols Alvaro de Mendaña et Hernando de Castro, qui l'aimèrent avec ferveur – ont, eux aussi, existé. Ainsi que son adversaire portugais, le chef pilote Pedro Fernández de Quirós, qui la détesta avec la même passion ; et tous les personnages secondaires de ce livre.

Pour raconter leur quête, une épopée qui dépasse toutes les fictions, j'ai pris la liberté d'imaginer le cheminement de leurs émotions dans le contexte qui les entoure. Et de moderniser la langue du Siècle d'Or.

Je me suis toutefois obstinée à m'en tenir aux dates, ainsi qu'à respecter les faits en ma connaissance.

Avant chaque partie, le lecteur trouvera les cartes des voyages d'Isabel Barreto sur la Mer du Sud. S'il souhaite en savoir plus, il pourra consulter le petit glossaire des termes du Nouveau Monde à la fin du livre. Ainsi que la liste des sources inédites concernant les quatre héros de cette aventure. Et une courte bibliographie traitant de la conquête du Pacifique et de la recherche du Cinquième Continent, après les découvertes de Christophe Colomb.

A.L.

Prologue

1595

Dieu est au ciel. Le Roi est au loin.
Et ici, maintenant, c'est moi qui commande !

Par une nuit d'éclipse, sur le sable noir d'une île inconnue au cœur du Pacifique, le navigateur Alvaro de Mendaña se meurt. Il abandonne son épouse parmi les complices des mutins qu'il a fait exécuter. Elle se tient debout à son chevet. Elle a vingt-sept ans. Elle l'aime. Elle le perd.

Au-dessus d'eux, sur des tréteaux, se dresse la grande statue de la Vierge qu'on a débarquée du navire : une Madone aux bras ouverts qui protège, dans les plis de sa cape, l'effigie peinte en trompe-l'œil des quatre vaisseaux de l'expédition.

Trois de ces vaisseaux gîtent sur leurs ancres à quelques centaines de mètres, dans la baie totalement noire.

À la lueur d'une torche, sous les palmes d'une cabane de fortune, le commandant en chef de la flotte, l'homme que tous ici appellent l'*Adelantado* – celui qui va de l'avant – suffoque en énonçant ses dernières volontés. Assis à la tête de son grabat, tout contre lui, son greffier prend note de chaque parole.

Un acte notarié, officiel, qu'il cherche à rendre inattaquable.

Entre deux crises d'étouffement, il dicte devant le cercle de ses marins avides et de ses conquistadors fous :

« Moi, Alvaro de Mendaña, Gouverneur et Capitaine général de toutes les îles de la Mer du Sud par la grâce de Sa Majesté Philippe II, roi d'Espagne… sain d'esprit… libre de ma volonté… libre de mon jugement… et libre de mes choix, je publie ici mon testament… de la manière et dans la forme suivantes :

« Je rends mon épouse légitime, Doña Isabel Barreto, seule propriétaire et maîtresse absolue de tous les biens apportés avec moi sur ces rivages. Ainsi que de tous les autres biens qui sont miens aujourd'hui, ou qui pourraient être découverts comme tels dans l'avenir.

« Je lègue à Doña Isabel Barreto le marquisat héréditaire que je tiens de mon souverain le roi d'Espagne, ainsi que tous les autres titres et toutes les autres distinctions dont il a plu à Sa Majesté de m'honorer.

« Je la nomme chef des forces armées actuellement sous mon commandement, avec le titre de Capitaine général de mon armada et d'Adelantada de cette expédition.

« Je lui confère les pleins pouvoirs sur mes hommes – marins, soldats ou colons –, et sur tous mes navires, afin qu'elle assure l'application de mes volontés et qu'elle poursuive la découverte, la conquête, l'évangélisation et la colonisation de la Terre de mon Hypothèse.

« Au nom de Sa Majesté, je fais de Doña Isabel

Barreto, mon épouse légitime, l'incarnation de la personne royale sur l'océan Pacifique.

« La représentante de Dieu Tout-Puissant sur la terre et sur la mer.

« Par ce testament, je révoque tous les autres, déclarant nuls et sans effet mes testaments ou codicilles antérieurs.

« Telles sont mes irrévocables et ultimes volontés.

« Fait sur l'île que j'ai baptisée Santa Cruz, dans la baie que j'ai baptisée Graciosa, le 18 octobre 1595, en présence de mes capitaines. »

Cinq hommes se détachent du groupe et s'approchent pour signer.

Doña Isabel les devance.

Sous les yeux des témoins, elle murmure quelques phrases à l'oreille de son mari.

Il reprend avec difficulté :

« Je déclare…

Le greffier hésite.

À bout de forces, l'Adelantado s'impatiente :

— Écrivez ! ordonne-t-il dans un ultime sursaut.

« … que si ladite Doña Isabel Barreto, mon épouse légitime, désirait se remarier après ma mort, elle pourra jouir librement de tous mes biens. Et que le mari qu'elle choisira pourra jouir pareillement de tous mes biens, et titres, et distinctions qu'il a plu à Sa Majesté de m'octroyer. »

Le greffier lui tend la plume.

Son paraphe, d'ordinaire si élégant, est devenu, comme le reste de sa personne, tremblotant et fragile.

La jeune femme congédie les témoins. Elle a pris le testament pour le ranger dans le coffre de son mari, qu'elle referme des trois clés qui pendent à sa ceinture.

Ce geste accompli, elle s'effondre à genoux. Les larmes coulent sur son visage, qu'elle cache en baissant la tête. Elle reste penchée vers le sable, tente de prier, mais ne parvient plus à contenir son chagrin et sanglote en silence.

Il l'appelle. Elle bondit.

Il cherche à fixer sur elle, une dernière fois, son regard qui se trouble : « Isabel, la Conquête », il les confond toutes deux dans une même interrogation.

— Que va-t-il advenir des îles ? Que va-t-il advenir de toi ?

— Ne te tourmente pas pour moi.

— Les îles d'or existent. Je les ai vues !

— Évidemment, tu les as vues.

— Ne laisse pas les autres abandonner… Ne renonce pas.

Isabel s'efforce de le rassurer :

— Moi, renoncer ?

Elle lui a pris la main qu'elle serre avec force.

Elle essaye, sans même le savoir, de lui communiquer sa sève et sa chaleur :

— … Je continuerai, tu me connais.

Il ferme les paupières. Il garde les yeux clos.

Au-delà de sa passion pour cette épouse trop jeune, trop belle, trop riche, trop vigoureuse, une femme qui incarne le triomphe de la vie sous toutes ses formes, Alvaro de Mendaña la respecte et la connaît pour ce qu'elle est.

L'égale d'un homme.

Si quelqu'un peut gouverner ici, si quelqu'un peut survivre, c'est elle.

— Je te vois reine des quatre parties du monde.

Cette phrase, il l'avait prononcée lors de sa première

déclaration d'amour. Il l'avait répétée à l'heure de sa demande en mariage. Il l'avait murmurée au matin de leur nuit de noces.

— Je te vois reine des quatre parties du monde, répète-t-il dans son agonie.

Quand la nuit finira, quand le soleil sera à son zénith le 18 octobre 1595, Don Alvaro de Mendaña rendra son âme à Dieu sur ces mots.

*

Et maintenant ?

— Dieu est au ciel. Le Roi est au loin… Et ici, maintenant, c'est moi qui commande !

Livre premier

TREIZE ANS APRÈS,
LA PÉNITENTE ET SES DEUX MARIS

1608

Couvent de Santa Clara, Lima, au Siècle d'Or

Chapitre I

Notre-Dame des navigateurs

En cette année 1608, les tours de la cathédrale de Lima, les balcons de la résidence des Vice-Rois, les jalousies des palais, les arcades, les patios, les fontaines, toutes les splendeurs de l'architecture baroque espagnole s'élevaient sur les ruines de la civilisation inca.

Hernán Cortés et Francisco Pizarro étaient morts depuis près d'un demi-siècle. L'argent des mines de Potosí finançait les guerres européennes. Les hommes du Nouveau Monde continuaient de chercher l'El Dorado et de regarder plus loin.

Regarder vers cette mer qui bordait le Pérou : l'océan Pacifique où d'autres empires restaient à prendre.

Aussi loin des rêves de conquêtes que possible, derrière les murs infranchissables qui coupaient du monde les religieuses cloîtrées de Lima, derrière la première clôture de fer dans le chœur de l'église des Clarisses, derrière la seconde grille de bois, le premier rideau de velours et la seconde tenture de toile, se cachait l'œuvre qui éveillait tous les désirs de liberté et symbolisait l'Aventure.

Il ne s'agissait pas du coffret scellé dans le maître-autel, ce reliquaire d'or qui contenait le cœur momifié du père fondateur, le Bienheureux Don Toribio, dont le procès en canonisation commençait à Rome. Il ne s'agissait pas non plus de la « Monstrance des sœurs de sainte Claire », offerte par les familles des novices, les filles et les petites-filles des conquistadors : un ostensoir orné de perles si grosses, si lourdes et si nombreuses que les fiancées de Jésus devaient s'y employer à plusieurs pour le sortir de son armoire et le poser sur l'autel.

Mais d'une statue en bois polychrome, réplique d'une autre statue engloutie dans les eaux de la Mer du Sud, une Vierge chère au cœur de l'une des bienfaitrices du couvent.

Cette donatrice-là s'appelait Doña Isabel Barreto.

Fille de conquistador elle aussi, épouse de deux des plus grands capitaines du Nouveau Monde, elle s'était chargée de la décoration de la salle où les religieuses, invisibles aux fidèles, chantaient la messe. Elle avait commissionné la statue, objet de ses dévotions, à Séville et fait venir un peintre italien pour orner la niche qui devait lui servir d'écrin.

Aujourd'hui, la Madone se dressait sur un fond d'azur moucheté qui évoquait le vent, les vagues et l'écume, dans une cavité peinte à fresque, vaste comme une alcôve.

Elle se tenait debout, grandeur nature. Sans les apôtres et les saints, sans les anges musiciens, sans même l'effigie des donateurs agenouillés de part et d'autre du piédestal, comme il était d'usage pour cette sorte de mise en scène.

Elle ne portait pas l'Enfant Jésus.

Elle était seule.

Tant de tristesse, ou peut-être tant de compassion, émanait de son regard baissé que ses yeux semblaient pleurer, sa bouche gémir et son cœur saigner. Pourtant les larmes ne ruisselaient pas sur son visage. Les sept poignards ne perçaient pas son sein.

Les bras en croix, elle ouvrait les pans de sa cape telles deux ailes, abritant dans son manteau déployé quatre galions qui semblaient voguer autour d'elle : les grands vaisseaux de la flotte espagnole, que l'artiste avait représentés en trompe-l'œil dans les plis de sa gigantesque pèlerine de bois.

La tête légèrement penchée, elle protégeait aussi les caravelles, les galiotes, les frégates, même les barques et les chaloupes qui naviguaient sur son socle.

Dans son amour, elle embrassait les quatre océans, les quatre continents et les chapelets d'îles qui se perdaient dans le lointain derrière elle.

Les quatre parties du monde.

Cette Vierge-là, les marins du Pérou l'appelaient *Notre-Dame des Navigateurs*. Les nonnes de Santa Clara *Notre-Dame du Repentir*. Et sa donatrice *Notre-Dame de la Solitude*.

Ce n'était toutefois pas le réalisme de son expression, la fixité de ses prunelles de verre, ni ses longs cheveux sur ses épaules, une chevelure véritable, qui donnaient à sa présence une telle intensité. C'était la femme qui priait à ses pieds, allongée, les bras en croix, le visage tourné vers le sol.

On ne voyait qu'elle, Doña Isabel, la pécheresse en robe de bure qui avait offert la statue et s'abîmait devant elle dans une supplication sans fin.

Eût-elle ressemblé à ses compagnes, porté l'habit des

Clarisses et le voile, que ses oraisons n'eussent surpris personne. Mais la chevelure qui s'épandait autour d'elle disait clairement que cette pénitente-là n'avait prononcé aucun vœu. Qu'elle appartenait au siècle. Et que l'accès aux cloîtres lui était rigoureusement interdit par la règle.

Certes, les dames de la noblesse, comme elle, pouvaient se retirer derrière la clôture : elles y restaient le temps d'une retraite, ou bien choisissaient d'entrer en religion, une fois devenues veuves.

Celle-ci était mariée. Et sa réclusion durait.

L'excès de ses jeûnes et de ses macérations, l'éclat même de son humilité suscitaient le trouble chez les novices et l'inquiétude de l'Abbesse. Sa conduite réveillait dans l'âme de toutes les religieuses une immense curiosité pour le monde.

Que cherchait-elle à expier ?

Les plus charitables murmuraient qu'elle rachetait ses péchés, qu'elle payait ses crimes.

Interrogations, rumeurs… Chacune se racontait son histoire.

Le couvent se divisait déjà en deux camps : les Voiles Blancs qui admiraient ses privations. Les Voiles Noirs, l'état-major de l'Abbesse, qui détestaient son martyre.

Cette femme-là semait le désordre.

Même dans le silence, même dans l'ombre, même à genoux, les yeux brûlés par les larmes, la chair mortifiée par le cilice, Doña Isabel attirait encore la lumière et suscitait le scandale.

Chapitre II

L'ABBESSE

Comme tant de matins, le jour qui montait sur Lima se levait sans éclat. Aucune lumière ne viendrait frapper l'interminable enceinte du couvent de Santa Clara, une muraille qui évoquait, été comme hiver, une prison.

Le monastère s'étendait sur plus de deux hectares. Gigantesque. Une ville dans la ville. Plusieurs centaines de recluses hantaient les rues, les entrepôts, les ateliers, les granges, les lavoirs, les cuisines, regroupées dans les différents quartiers correspondant à leur naissance et à leurs conditions. Elles se réunissaient la nuit dans les dortoirs selon leur statut. Ou bien reposaient dans leurs cellules, avec tous les privilèges de leur rang. Le respect de la hiérarchie sociale était ici plus sévère et plus immuable qu'à la cour d'Espagne.

Mais cette hiérarchie ne changeait rien à l'affaire : un ciel gris, cotonneux, pèserait toujours sur les jardins des cloîtres. Le brouillard envelopperait partout les calvaires et les croix. Et les murs ocre des cours ne pâliraient pas sous les rayons de midi.

Bah, qu'importait aux fiancées du Christ ce brouillard

éternel ? Ici, les fleurs, les fruits, les cœurs s'épanouissaient avec peu de soleil et sans pluie. Ici, quelques lueurs, une petite bruine suffisaient aux plantes et aux âmes pour croître et embellir. Oui, qu'importait aux servantes du Seigneur la brume de la ville des Rois, quand elles-mêmes vivaient dans la lumière de Dieu ?

L'Abbesse, pourtant, se plaignait du climat : Doña Justina de Guevara avait vu le jour à Séville et gardait la nostalgie du ciel de sa petite enfance. Elle prétendait qu'un demi-siècle de grisaille avait fini par altérer son caractère. Cette rengaine était sa seule coquetterie. De nature tranquille, d'un commerce en apparence facile, elle ne souffrait d'aucun mal, dormait bien, mangeait bien, et régnait d'une main de fer sur son domaine, sans que nulle songeât à disputer son autorité. En quatre ans, elle était parvenue à faire de son couvent le plus riche et le plus convoité de la ville. Une gageure car la concurrence était rude : quatre autres monastères réservés aux femmes se flattaient d'une fondation plus ancienne que Santa Clara. Certains existaient même depuis la création de la ville, le 18 janvier 1535, jour de la fête de l'Épiphanie dans cette partie du monde. C'était à cette date mémorable, l'Épiphanie, que Lima devait son appellation de *ville des Rois*. Aujourd'hui, soixante-dix ans plus tard, le couvent de l'Incarnation, de l'Immaculée-Conception, des Carmes-Déchaussés, et celui de la Sainte-Trinité abritaient un cinquième de la population féminine dans la capitale de la Nouvelle-Castille.

Toutefois, c'était à Santa Clara que les plus grandes parmi les grandes familles voulaient placer leurs filles. Doña Justina avait su y faire. Très stricte sur les acceptations, elle avait fixé le montant de la dot à la somme de deux mille pesos pour les religieuses de voile noir, celles de l'aristocratie. Mille pour les religieuses de voile blanc, les nonnes moins fortunées, qui servaient les Voiles Noirs. Toutes devaient apporter la preuve des hauts faits de leurs pères et de leur *limpieza de sangre*, « la propreté de leur sang », sur trois générations. Aucune goutte de sang juif ne pouvait couler dans leurs veines. Telle était, certes, la règle partout. Nulle n'aurait osé y surseoir. Mais Doña Justina veillait à la propreté du sang de ses filles avec un zèle accru. À l'inverse de certaines abbesses qui fermaient les yeux sur les pedigrees douteux, pourvu que les postulantes portent l'un des noms héroïques de la *Conquista*, Doña Justina exigeait, elle, qu'on présente l'original des papiers venant d'Espagne : les preuves d'un lignage sans tache, fort difficiles à produire au Nouveau Monde. À ces difficultés, elle apportait d'autres obstacles, plus insurmontables encore. Elle affectait de ne recevoir ici que les jeunes filles qui manifestaient, *en toute liberté*, le *vrai* désir d'offrir leur vie en sacrifice à Dieu.

Résultat : les candidatures se multipliaient sur la table de son Conseil.

Sa fulgurante ascension à la tête du monastère disait clairement son sens de la stratégie et son goût du pouvoir. Elle-même avait construit sa propre carrière en contravention avec toutes les lois qui régissaient la vie monastique : le premier archevêque du Pérou, le bienheureux Don Toribio, qu'on appelait déjà Santo Toribio, avait brisé pour elle la règle des communautés, en l'arrachant à son ordre des religieuses augustines pour la faire entrer chez les sœurs franciscaines, comme Supérieure du couvent de Sainte-Claire-d'Assise. Pour elle, il avait contrevenu aux statuts de l'ordre qu'il fondait, en la nommant abbesse *à vie*, quand les abbesses des couvents de sainte Claire ne pouvaient être qu'*élues*, et pour un maximum de *trois ans*. Contrevenu aussi à la règle de l'âge requis : une abbesse ne pouvait compter moins de cinquante printemps. Justina n'en avait pas quarante.

Extrêmement respectueuse des autorités ecclésiastiques, elle travaillait à ne pas rappeler au nouvel Évêque les quelques infractions qui présidaient à son gouvernement.

Son règne *ad vitam* ne faisait que commencer.

En cette aube de novembre 1609, ce n'était donc pas le climat qui empêchait une telle femme de dormir. Mais une décision. Ou plutôt la direction qu'il convenait de donner à la conduite de l'une de ses ouailles, une âme perdue que le Seigneur avait confiée à sa protection. Il s'agissait ici de veiller sur elle, sans heurter la volonté de l'Évêque et sans humilier les protecteurs du couvent.

Ménager ses alliances.

La conscience de Doña Justina la tourmentait peu. Son cœur ne connaissait ni l'angoisse ni le doute. Quant à son mysticisme, il ignorait les affres… Et si l'Abbesse savait lire et écrire comme tous les Voiles Noirs, son esprit n'était pas curieux : les textes des grands penseurs de l'Église ne l'atteignaient pas. Pour le reste, sa piété ressemblait à son physique : elle était aussi forte, aussi tonique, aussi inébranlable que sa silhouette ronde qui trottait partout. Convaincue que le

Seigneur guidait ses pas et qu'Il lui dictait la moindre de ses actions, Doña Justina vivait en paix.

Le cas qui la préoccupait requérait toutefois l'habileté la plus extrême et soulevait en elle une tempête.

Elle connaissait ce *cas* de longue date – elle ne trouvait pas d'autre mot pour qualifier ce qui lui causait souci. Il était célèbre dans tout le Nouveau Monde et portait un nom : Doña Isabel Barreto de Mendaña de Castro.

L'appellation n'avait pas toujours été aussi longue. Mais de tout temps, le personnage avait évoqué la grandeur et l'orgueil. Même dans la maison de son père, même fille parmi cinq autres filles, membre obscur d'une fratrie de onze enfants dont six mâles. Les rues où s'élevaient les demeures familiales finissaient toujours par devenir « La Calle de Doña Isabel ». Sa beauté, ou plutôt sa superbe, ses connaissances dans tous les domaines, le latin, la géographie, le maniement des armes, sa morgue et sa vaillance appartenaient aujourd'hui à la légende du Pérou.

Un cas, oui. Ou un monstre.

Tous les capitaines qui trafiquaient entre la Chine, les Philippines, le Mexique et l'Espagne connaissaient l'histoire de son voyage dans la Mer du Sud. Près de vingt mille kilomètres entre Lima et Manille. Le Pacifique de part en part… Les distances parcourues par Christophe Colomb ne représentaient même pas une étape, en comparaison de ce voyage-là ! Une telle traversée restait si improbable que les navigateurs eux-mêmes avaient baptisé les exploits de Doña Isabel « La traversée de la Reine de Saba au-delà de Dieu » : une périphrase qui fleurait l'hérésie.

En tout cas le blasphème.

Sur ce point l'Abbesse ne s'était pas trompée. Le diable ne dansait pas loin. Pourtant, elle n'avait pas pressenti l'ampleur du danger.

L'eût-elle vu venir, comment aurait-elle pu s'y dérober ?

Comment eût-elle pu se dispenser de recevoir chez elle Doña Isabel Barreto de Mendaña de Castro ?

Le rang de ses alliances, la présence de ses trois sœurs dans les couvents de Lima, la perfection de l'une des deux aînées, déjà religieuse à Santa Clara, le don de *Notre-Dame de la Solitude* parmi d'autres largesses au clergé, tout avait permis à Doña Isabel d'obtenir du nouvel Évêque une dispense l'autorisant à attendre, dans le silence et la paix, le retour de son époux… Son second mari.

À dater de la Toussaint 1608, elle avait eu licence de se retirer derrière les murs du monastère de son choix, aussi longtemps que durerait l'absence en mer de l'illustre capitaine Hernando de Castro, administrateur des mines d'argent de Castrovirreyna et chevalier de l'ordre de l'Habit de Santiago.

Doña Isabel avait élu Santa Clara.

Un honneur.

Jugeant la dévotion de cette grande dame aussi utile pour son monastère qu'édifiante pour le monde, l'Abbesse avait fait redécorer l'une de ses plus jolies cellules… « Cellules », ainsi appelait-on à Santa Clara les demeures qu'occupaient les Voiles Noirs, les religieuses dispensées des tâches domestiques. L'élite. Au nombre de vingt, les Voiles Noirs habitaient des maisons individuelles, que leur famille avait achetées et dont elles étaient légalement les propriétaires. Sous leurs chapiteaux de pierre et leurs blasons, ces cellules s'ouvraient sur des patios fleuris et des salons richement meublés : des petits palais qui grouillaient de servantes indiennes et d'esclaves noires. Toutes avaient suivi leurs maîtresses derrière ces hauts murs qu'aucune d'entre elles ne franchirait plus.

On avait installé, en toute hâte, la cellule voisine de celle qu'occupait Doña Pétronille Barreto de Castro – en religion mère Marie de l'Enfant Jésus, la sœur aînée de Doña Isabel –, afin que les deux dames Barreto puissent souper ensemble, faire de la musique et recevoir en privé les autres nonnes de leur parentèle. Leurs cuisinières partageraient le même four, entre les deux habitations.

Mais Doña Isabel s'était présentée sans domestique. Seule. Aussi seule que le lui permettaient les usages.

Elle pouvait s'autoriser cette fantaisie : elle savait, elle, qu'un mari viendrait un jour la reprendre.

Pas d'esclave. Pas de meubles. Pas de vaisselle. Pas de linge. Rien. Ni coffres, ni toilettes, ni bijoux. Elle avait traversé Lima pieds nus, par amour pour Notre-Seigneur Jésus-Christ, qui lui-même ne rougissait pas de sa nudité sur la Croix.

Et si elle ne s'était pas rasé la tête, elle avait mutilé sa magnifique chevelure blonde, en la teignant en noir à l'heure de son entrée. Un signe de deuil et de repentance.

L'Abbesse avait apprécié l'ampleur du sacrifice.

Elle était toutefois loin d'imaginer les mortifications qui allaient suivre.

Reniant ses velours et ses brocarts, Doña Isabel avait revêtu une robe d'étoffe bise, un sac plus grossier que la plus humble des chemises. Elle portait au cou, non pas les colliers et les perles qu'elle affectionnait, mais un cercle de fer qui lui serrait la gorge. Quant à son lit, elle avait jeté les plumes si douces et si légères de son matelas pour les remplacer par une planche de bois, et une bûche en guise d'oreiller.

Le respect du silence, l'assiduité aux offices, les nuits en prière, les semaines de jeûne : tout, dans la modestie de la femme du monde avait, au début, comblé l'Abbesse. Si elle avait pu craindre que le luxe de ses atours et la légèreté de sa conduite corrompent l'âme de ses filles, elle s'était fourvoyée… Quel exemple pour les Voiles Blancs, les nonnes de moindre condition qui servaient les Voiles Noirs ! Et quel exemple pour les *doñadas* qui servaient les Voiles Blancs ! Quel exemple pour toutes les autres, pour les servantes, pour les esclaves, que ce spectacle-là, celui de la grande dame que la toute-puissance de Dieu plaçait dans le même néant qu'elles !

Au fil du temps, la joie de Doña Justina s'était mitigée. Jusqu'à disparaître totalement. Car au terme de six mois, la dégradation physique de sa pensionnaire lui avait donné la mesure du dénuement que recherchait Doña Isabel.

Nulle ne pouvait plus reconnaître, en ce corps décharné, la femme d'antan. La nervosité de son pas, la rondeur de ses formes, l'éclat de son teint : de tout cela, plus même la trace.

En six mois.

La métamorphose était délibérée. L'Abbesse ne s'y trompait pas. Doña Isabel s'était engagée dans la voie du dépouillement total.

Mais que dirait le mari, que dirait la famille en la retrouvant dans cet état squelettique ? Que dirait l'Évêque qui l'avait confiée à la protection de Santa Clara, et de Doña Justina qu'on disait si sage et si bonne ?

L'Abbesse avait invité la pénitente à se ménager, elle l'avait même vivement pressée d'accepter quelque nourriture, de prendre quelque repos.

Doña Isabel s'était tue, mais n'avait pas obéi.

On avait sommé son confesseur de modérer sa rigueur et d'alléger les peines auxquelles il la condamnait. Il avait reconnu son impuissance à la diriger. Si Doña Isabel accomplissait bien les actes de contrition qu'il lui infligeait, elle n'en respectait pas l'esprit et s'imposait des privations dont il n'avait jamais parlé.

Pressé de questions, il avait refusé d'en dire davantage, laissant augurer, par la raideur de sa mine, la gravité des secrets dont il était le détenteur. Et l'étendue de la dette que la pécheresse payait au Seigneur.

Les fautes de Doña Isabel se révélaient donc si terribles ?

Sous la voûte de l'alcôve qui protégeait son lit des tremblements de terre, Doña Justina se tournait et se retournait entre ses draps de lin. Impossible de trouver le sommeil. Et pour cause ! Elle se remémorait les discussions qui, depuis des semaines, agitaient son Conseil. Les quatre Voiles Noirs qui géraient avec elle les questions internes au couvent égrenaient chaque jour le détail des supplices que s'infligeait leur pensionnaire. Elles racontaient que Doña Isabel se privait de sommeil. Que Doña Isabel se privait de pain, qu'elle se privait d'eau. Même les quelques gouttes qu'elle se concédait pour ne pas mourir de soif, elle les puisait dans le liquide fétide réservé aux cochons. La rumeur courait encore qu'elle ne quittait pas son cilice, qu'elle le portait jour et nuit sous sa chemise.

De cette torture secrète, rien ne transpirait sur son visage. Mais chacune ici savait qu'elle devait serrer les dents – et les serrer très fort –, au moindre de ses mouvements. On disait même que ce cilice n'était pas fait de chanvre et de crin de cheval comme les autres, mais de la peau retournée d'une truie.

La soie du porc infectait les blessures qu'elle avait ouvertes dans son dos, en se lacérant, selon l'usage, avec le fouet de sa discipline. Mais elle se frappait, elle, sauvagement, chaque soir, en répétant ces mots : « Voici la femme égoïste et vorace… Oh mon âme insensible ! Oh mon âme sans pitié ! Oh mon âme sans amour ! »

À ce régime, la chair de Doña Isabel ne devait être qu'une plaie.

Tout cela était bel et bon. Mais, encore une fois, que dirait le mari, que dirait la famille en la retrouvant dans cet état ?

Cette question, qui préoccupait l'Abbesse, n'intéressait guère ses conseillères.

À leurs yeux, il y avait beaucoup plus grave que le délabrement physique de Doña Isabel Barreto de Mendaña de Castro.

Les macérations de cette femme n'appartenaient pas à la sorte d'exercices spirituels qu'elles-mêmes pratiquaient lors du Carême.

Soumettre leur corps, discipliner leurs appétits leur

permettaient à toutes d'atteindre à la suppression des désirs terrestres. La contemplation, la prière, la pénitence entraînaient l'âme sur la voie de la perfection. Or, d'instinct, chacune ici sentait que Doña Isabel ne tendait pas vers la perfection spirituelle. Qu'en dépit de sa conduite édifiante, elle visait un autre but. Et que ce but n'était pas l'imitation de la Passion du Christ.

— C'est l'orgueil qui l'habite, pas la contrition.

— Elle est en proie aux erreurs les plus graves.

— Nous devons faire en sorte que nos filles n'entretiennent aucun commerce avec elle !

— Le faux-semblant d'humilité est, par excellence, le signe du diable qui cherche à abuser les crédules !

— Il faut l'empêcher de s'avancer sur la voie de l'*apparence* du martyre… Ou bien la jeter dehors !

Tel était le verdict. Et le dilemme.

Mais renvoyer de Santa Clara Doña Isabel Barreto de Mendaña de Castro ? Impensable !

Et cependant… pourquoi pas ?

Que Doña Isabel ne suive pas les directions de son confesseur, qu'elle n'obéisse pas aux ordres de son Abbesse, qu'elle refuse même d'occuper la cellule voisine de sa sœur : autant d'infractions à la règle.

Qu'elle prétende maintenant servir à table les Voiles Blancs et partager le dortoir des doñadas, les religieuses du plus bas de l'échelle : cet acte-là, cet acte insensé la déshonorait. Il insultait l'Abbesse, les Voiles Noirs, les Voiles blancs. Il déshonorait tout le couvent.

… Qu'inventerait-elle la prochaine fois ? Servir les métis et les nègres ?

Partager le quartier des esclaves ?

C'était exactement cela, cette éventualité, qui réveillait Doña Justina avant les matines.

Le Conseil avait raison. La vraie question n'était pas de savoir ce que dirait le capitaine Don Hernando de Castro devant l'enveloppe charnelle de son épouse. Mais ce que diraient Santo Toribio et tous les saints du Paradis. Et le Seigneur tout-puissant qui avait créé les hommes et les femmes pour Le servir à la place où Il les avait fait naître en ce bas monde.

« … La place qu'Il nous a assignée sur cette terre… À Doña Isabel Barreto de Mendaña de Castro, comme à nous toutes. »

Oui, le Conseil avait raison. Une fausse apparence : cette pénitente-là ne servait pas les desseins du Seigneur. Et c'était à elle, Doña Justina, qu'incombait la mission de l'arrêter dans sa chute et de la remettre sur le chemin.

« Comment la convaincre de son aveuglement ? Comment l'obliger à renoncer à ses erreurs ? Comment l'éclairer ? »

Doña Justina avait pris la mesure du personnage : cette femme tendait vers la nudité absolue. Son désir d'abaissement ne connaîtrait aucune borne. Elle se dépouillerait de tout. Même – et surtout – de sa dignité humaine, son *honneur* auquel on disait qu'elle avait été si attachée.

Doña Isabel descendrait plus bas, toujours plus bas. Sans limites.

« Comment l'arrêter ? »

L'Abbesse mettait tous ses espoirs dans l'influence de la propre sœur de Doña Isabel, qu'elle avait chargée de la raisonner. Sa favorite entre toutes.

L'absence totale d'ambition, le goût de l'obéissance, la passion du service faisaient de Doña Pétronille Barreto de Castro une religieuse modèle et une recrue de choix. Sa vocation ne datait pas d'hier. Mais si elle avait bien fait part de son désir à son père, il ne l'avait pas respecté. Tandis qu'il plaçait deux autres de ses filles au couvent de l'Immaculée-Conception – quand ces deux-là répétaient qu'elles n'avaient aucun goût pour la vie monastique –, il avait marié Pétronille à un vieillard plus riche et mieux né qu'elle. Cette dernière avait accepté son sort, comme elle l'acceptait toujours, avec docilité et résignation. Mais veuve à trente-trois ans, héritière de plusieurs *encomiendas*, elle s'était hâtée de payer les deux mille pesos de sa dot d'entrée chez les Clarisses, et de trouver refuge derrière les murs de cette petite république de femmes que dirigeait aujourd'hui son amie d'enfance, Doña Justina de Guevara... Le lieu dont elle recherchait la protection, loin des hommes.

Doña Pétronille n'avait pas balancé : elle avait confié l'éducation de son fils au frère de son mari, emmené toutes ses filles avec elle au couvent. Les aînées avaient pris le voile en même temps qu'elle. La benjamine, qu'on destinait, elle, au mariage – Mariquita, âgée de douze ans – partageait la vie des novices. Doña Pétronille et ses enfants vivaient aujourd'hui en famille, dans le confort de la même cellule, à l'ombre de leur vénérée Supérieure.

Ces dames donnaient toute satisfaction.

Bien que Doña Pétronille n'eût aucune aptitude pour le gouvernement, l'Abbesse l'avait imposée parmi les quatre membres de son conseil. Certaine de son admiration et de son soutien, elle comptait sur elle pour faire échec aux trois autres.

Ces trois-là, fondatrices du couvent avec elle, estimaient qu'elles auraient dû devenir abbesse à sa place. Doña Justina contrôlait leurs ambitions en les gardant à proximité de son trône. Mais ses rivales la menaçaient d'un coup dont elle mesurait cette nuit, soudain, maintenant, durant ses heures d'insomnie, le risque et la violence.

En affirmant que Doña Isabel Barreto de Castro, la propre sœur de sa favorite, ne se livrait pas à une vraie contrition mais à un simulacre de repentir ; en soulignant que cette femme était malade d'indépendance, ivre de sa propre liberté, ces trois-là agitaient un spectre dangereux. Celui de l'hérésie.

À mots encore couverts, elles sous-entendaient que l'Abbesse avait laissé le Démon s'introduire à Santa Clara. Pis, que l'Abbesse le savait et qu'elle fermait les yeux.

Si de telles accusations devaient remonter jusqu'à l'Inquisiteur…

Doña Justina ne voulait à aucun prix d'une incursion de l'Inquisiteur entre ses murs !

Rejetant sa courtepointe en un geste d'impatience qu'on ne lui connaissait pas, elle sauta du lit et commanda à l'esclave qui veillait sur son sommeil et son bien-être :

— Va me chercher Doña Pétronille !

*

— … L'as-tu convaincue ? Que dit-elle ?

Assises côte à côte, les deux religieuses conféraient dans la salle du Chapitre. Une audience privée. Elles étaient liées d'amitié depuis l'enfance. Entre elles, contre toutes les règles, le tutoiement perdurait.

— Elle ne dit rien.
— Comment rien ?
— Ma sœur est si faible qu'elle ne profère plus une parole.
— Elle a fait vœu de silence, je le sais.
Doña Pétronille baissa le regard sans répondre.
Les personnes qui auraient aperçu leurs deux silhouettes au fond de l'immense salle voûtée, auraient pu les confondre. On disait que Doña Pétronille était l'ombre de Doña Justina. Son double. Même taille. Même rondeur. Même pas trottinant. Pourtant, hormis leur petitesse et leur embonpoint, elles ne se ressemblaient pas. L'une, Doña Justina, était brune, l'autre avait été blonde, de cette blondeur dorée qui caractérisait toutes les filles Barreto… Aujourd'hui, à quarante ans passés : blanche sous le voile. Pour le reste, le regard vague et doux de Doña Pétronille n'avait jamais de ces éclairs d'acier qui traversaient l'expression de l'Abbesse.
— Elle a fait vœu de silence, répéta durement l'Abbesse, quand je l'ai, moi, relevée de ce vœu ! Donc elle s'obstine ?
À nouveau, l'autre ne répondit pas.
Doña Justina reprit :
— Que lit-elle ?
— Elle ne lit pas.
— Je la croyais férue de livres.
— Elle les a brûlés.
En d'autres circonstances, l'autodafé aurait semblé de bon augure. Doña Justina disait que la tentation du savoir était l'une des formes que prenait le Malin pour détourner les humains de la vraie Connaissance.
Elle insista toutefois :

— Elle ne lit pas son bréviaire ?

Doña Pétronille soupira en signe de regret.

— Chante-t-elle les offices ?

— Elle prie.

L'Abbesse explosa :

— À voix basse, je suppose ! La musique exalte l'âme du pécheur… Se croit-elle plus sainte que les anges musiciens qui rendent grâce à Dieu en chantant ?

Doña Pétronille osa expliquer :

— Comme les livres, elle aime trop la musique.

Doña Justina médita un instant et reprit sur le mode conciliant qui lui était habituel :

— Tu dois obtenir de ta sœur qu'elle abandonne ses excès, qu'elle revienne aux pratiques d'une repentance ordinaire.

— Comment exiger d'Isabel un repentir ordinaire !

— Toi qui connais les secrets de son cœur, toi qui l'aimes, dis-moi… Qu'a-t-elle fait pour s'imposer un tel renoncement ?

— Elle ne renonce pas.

— Elle ne renonce pas ?

— Je ne sais pas.

— Justement, tu le sais et je te le demande : quels crimes a commis ta sœur ?

Le ton ne supportait pas la contradiction.

— Je ne sais pas.

— Tu mens.

La brutalité de l'accusation amena une bouffée de larmes aux paupières de Doña Pétronille. Jamais son Abbesse ne l'avait tancée de telle manière.

— Ne me demandez pas cela, balbutia-t-elle.

— Je t'ordonne de me répondre : qu'a-t-elle fait qui lui impose sa retraite ici ?

— Rien ! Elle n'a rien fait !... Ici, elle se bat. Elle marchande avec la Vierge, elle négocie avec le Ciel.

Cette fois, ce fut au tour de Doña Justina de recevoir un coup en plein cœur. Elle répéta, consternée :

— Doña Isabel *marchande* avec la Madone ?

Le Démon résidait vraiment dans ses murs !

— ... Elle *négocie* avec Notre-Seigneur Jésus-Christ ?

L'autre, sentant qu'elle s'enfonçait sur un terrain dangereux et multipliait les faux pas, tenta d'expliquer :

— Elle échange sa vie.

— On n'échange rien avec le Seigneur.

Doña Pétronille corrigea docilement :

— Elle donne sa vie.

Reprenant les mots malheureux, l'Abbesse aboya :

— Elle échange sa vie contre quoi ? Que veut-elle pour prix de son sacrifice ? Qu'exige-t-elle en contrepartie de sa pénitence ?

Doña Pétronille hésita et tenta d'expliquer.

— Elle renonce à sa liberté, à sa beauté, aux choses qui lui tiennent tant à cœur. (Cherchant à préciser sa pensée, Pétronille assena un mot qui fit bondir l'Abbesse)... Par amour.

— Par amour ? De quelle sorte d'amour parles-tu ? Je ne reconnais dans la conduite de Doña Isabel aucune des joies saintes que dispense l'Amour de Notre-Seigneur Jésus-Christ à ses humbles servantes ! Tu disais qu'elle se bat : que veut-elle ?

— Devenir ce qu'elle n'aurait sans doute jamais dû cesser d'être : une femme qui attend. Une femme qui prie.

— Tu ne réponds pas à ma question… Que cherche-t-elle à obtenir du Ciel ?

Cette fois, Pétronille dut dire ce qu'elle n'avait pas osé formuler jusqu'à présent :

— Elle demande la vie sauve pour son mari Don Hernando de Castro, qu'elle-même a contraint de prendre la mer, sans armes, sans vivres et sans cartes… Elle offre *tout* à *Notre-Dame du Repentir*. Contre cela. Le retour de l'homme qu'elle aime à Lima.

Doña Justina réfléchit un instant avant de conclure avec sécheresse.

— Apporte-moi le coffre que tu gardes chez toi. Ne nie pas : tes filles m'ont dit que, juste avant votre entrée ici, Doña Isabel t'avait confié un coffre. Va le chercher !

*

La malheureuse Pétronille sortit très agitée de la salle du Chapitre. Elle travaillait à soulager son abbesse, à lui complaire en tout… Elle avait les conflits en horreur.

Mais, cette fois, au lieu de lui obéir, au lieu de courir vers sa cellule prendre l'objet qu'on lui réclamait, elle se hâta dans d'autres directions.

Elle ne trouva sa sœur nulle part. Ni devant *Notre-Dame du Repentir*, ni dans la chapelle, ni dans les cloîtres.

Pétronille avait assisté aux discussions du Conseil. Elle avait entendu les murmures qui s'élevaient contre les excès d'Isabel. Elle sentait l'orage s'amonceler sur la tête de la personne qu'elle vénérait le plus au monde, avec Doña Justina. La grande admiration de sa jeunesse.

Le spectacle quotidien de son abaissement la bouleversait.

Et maintenant… Le passé d'Isabel exposé au jugement de l'Abbesse. Et peut-être aux questions de l'Inquisiteur.

Pétronille rentra chez elle, pour trouver ses trois filles dans la même sorte d'émoi : Mariquita arrivait en larmes d'une dispute avec ses condisciples. Ses sœurs s'agitaient autour d'elle, dans un ballet de robes brunes et de voiles noirs.

— Elles disent que tante Isabel finira au bûcher, racontait la plus petite. Que l'Inquisiteur va l'excommunier ! Que nous devons la fuir car elle est maudite !

— Il est vrai que toute sa conduite me fait honte, opina l'aînée.

— Si j'étais toi, intervint Pétronille, si j'étais toi, répéta-t-elle, vibrante d'indignation, je ne proférerais pas de tels mots !

— Vous la défendez, mère, mais elle n'a pas daigné vous adresser la parole, à vous, sa sœur, pas une seule fois, depuis son arrivée chez nous. Elle ne nous aime pas. Elle…

— Isabel, ne pas nous aimer ! Si tu savais, si tu savais… Personne autant qu'elle ne nous aime, nous, ses frères et sœurs, sa famille. Elle a tout partagé avec nous…

— Partagé ? Si vous faites allusion à son expédition dans le Pacifique : cette folie nous a tous ruinés.

— Cette folie, comme tu l'appelles, Doña Isabel continue d'en assumer les conséquences, seule.

— Et toute la gloire, seule !

— Crois-moi : je ne souhaite à personne un tel fardeau... En se conduisant comme elle s'est conduite durant la traversée, elle nous a délivrés, nous, ses proches, tous ceux qu'elle aime – vos oncles Luis, Diego, tous ! – de nos propres fautes et de notre lâcheté.

— Quelles fautes ? Quelle lâcheté ? On raconte que son commandement fut un scandale ! On raconte qu'elle a tué son premier mari et que Don Hernando ne rentre pas de la Mer du Sud, car il la fuit.

— Tu parles de ce que tu ne connais pas.

— En tout cas, je sais une chose : si elle nous aimait, elle ne nous humilierait pas ainsi.

— Mère, c'est la vérité. Elle nous déshonore en servant les Voiles Blancs.

— Elle est plus négligée qu'une souillon.

— On dit même, insista Mariquita, que c'est une *conversa*.

Pétronille pâlit sous l'insulte. La pire. Le terme signifiait une Juive récemment convertie.

— Si ta tante Isabel avait du sang juif, moi aussi, et vous également. Nous ne serions pas ici !

La vérité était que cette rumeur glaçait le cœur de Pétronille. Elle connaissait le bruit qui entachait le nom de son père. Même de son vivant, on murmurait qu'il avait beau se faire appeler Nuño Rodríguez Barreto, se dire rejeton de la grande noblesse portugaise, se prétendre lié aux Aragon et aux Borgia, descendant de Nuño Rodríguez Barreto I et de Nuño Rodríguez Barreto II, il n'avait jamais eu le droit de porter le titre de *Don* devant son prénom. Et s'il avait pu produire les papiers qui confirmaient sa *limpieza de sangre,* l'origine de ses parents restait douteuse. Lorsque, sur son lit de mort, il s'était dit le fils légitime d'un Manuel Pereira, les témoins avaient frémi en songeant que ce nom-là évoquait dangereusement le patronyme d'un juif portugais. La conduite de Nuño Rodríguez Barreto durant la guerre civile qui avait divisé les Espagnols du Pérou en deux camps, le fait qu'il ait choisi le bon parti – celui du Roi contre les conquistadors rebelles cherchant à s'approprier le pays –, sa fidélité et ses exploits au service de la Couronne lui avaient valu la faveur du Vice-Roi. Ce dernier l'avait récompensé en lui donnant une épouse d'une naissance si haute, si éclatante que la pureté de son sang anoblissait à jamais toute leur descendance.

Les rivaux et les créanciers de Nuño s'offraient toutefois le luxe de murmurer qu'il avait falsifié les papiers certifiant son absence de sang juif.

Que cette éventualité, ressentie de tout temps par les onze enfants Barreto comme une menace de mort, que ce doute qu'ils n'avaient même jamais formulé entre eux, fût jeté au visage de sa propre fille déchaînait chez Doña Pétronille une angoisse qui la bouleversait tout entière.

Conversa. Le mot seul suffisait à évoquer un danger qui dépassait, et de beaucoup, les inquiétudes de l'Abbesse. L'intérêt que trouverait l'Inquisiteur pour le faux-semblant de pénitence d'une femme dont on pouvait lui souffler qu'elle était, peut-être, juive, mettait en péril la vie d'Isabel, bien sûr. Mais aussi celle de Pétronille, et la paix de Doña Justina. L'infamie salirait tout le couvent…

L'Abbesse avait raison : Isabel devait rentrer dans le rang. Retrouver sa place. Revenir parmi les filles,

les nièces, les cousines, les sœurs, les épouses des grands Conquistadors. Oui, reprendre son rang parmi la lignée des vainqueurs, à la place où le Tout-Puissant l'avait mise. Héritière – de par sa naissance à Lima – d'une aventure que les Espagnols du Pérou percevaient comme la plus grande geste de tous les temps. Une récompense divine.

La découverte du Nouveau Monde n'était rien moins que cela. Le cadeau du Seigneur à Leurs Majestés les Rois Catholiques, en témoignage de Sa satisfaction pour l'expulsion des Juifs… La preuve ? L'or, toutes les richesses du Quatrième Continent avaient été révélés à Christophe Colomb l'année, et presque le jour, où la Couronne avait décidé de chasser tous les Juifs d'Espagne.

Pour parer à l'accusation d'appartenir au peuple que Pétronille elle-même qualifiait de « maudit », il fallait se fondre parmi les porteurs de la Parole, se soumettre à ceux qui détenaient la vraie Connaissance. Elle connaissait la réponse. L'obéissance.

Coupant net à la discussion, elle se rendit dans sa chambre, mit un genou en terre et tira de dessous son lit le coffre que, naguère, sous le sceau du secret, Isabel lui avait confié.

*

— Quitte cette mine ! ordonna l'Abbesse… Tu ne trahis pas ta sœur. Tu la protèges.

Le regard tourmenté de sa brave, de sa bonne, de sa fidèle Pétronille l'agaçait. Elle-même, d'ordinaire si prudente, ne cherchait pas à dissimuler sa curiosité devant l'objet qu'on venait de déposer sur sa table.

Il s'agissait d'une caisse, du genre de celles qu'emportaient avec eux les marins pour y transporter leurs objets personnels : un coffre de voyage à dos bombé, recouvert de cuir, renforcé de ferrures, fermé ou plutôt verrouillé par trois gigantesques serrures.

Retirée dans l'ombre de la voûte, Pétronille attendait la suite.

— … Donne-moi la clé.

Elle s'avança, posa la clé sur la table, recula à sa place. Elle savait, elle, ce que l'Abbesse ignorait encore : qu'à moins de détruire ce coffre à coups de hache, elles ne pourraient pas l'ouvrir.

Il aurait fallu pour cela qu'elles possèdent, non pas une, mais trois clés et qu'elles les introduisent en même temps, toutes les trois, dans les trois serrures. Rien d'inhabituel à cela. L'or, l'argent, ou n'importe quel bien, se conservait ainsi : sous la responsabilité de trois personnes dont aucune ne pouvait rien, sans la présence des deux autres.

— Donc, les autres clés… où se trouvent les deux autres ?

— La deuxième : au cou de Doña Isabel. La troisième : en possession du capitaine Don Hernando de Castro. Il s'en est emparé.

— *Emparé* ? Veux-tu dire qu'il l'a prise contre le gré de Doña Isabel ?

— Je ne sais pas.

— Ne recommence pas avec cela ! Parle.

— C'était à son époux que ma sœur cherchait à soustraire ce coffre. Elle me l'avait confié pour cela.

— Je croyais leur union un mariage d'inclination. On m'avait dit qu'elle l'avait choisi entre tous… Toi-même tu m'affirmais ce matin qu'elle priait Notre-Dame pour son prompt retour.

— La rumeur est vraie. Et ce que je vous ai dit sur les sentiments de ma sœur envers son mari l'est probablement aussi.

— Qu'est-ce donc que le capitaine Don Hernando de Castro ne doit pas connaître ?

Doña Pétronille hésita. Elle-même ignorait le contenu de la boîte et se posait la question pour la première fois. L'Abbesse insista :

— Que conserve ta sœur de si compromettant qu'elle ait éprouvé le besoin de venir cacher ce coffre chez toi ?

— Des souvenirs.

— Allons donc ! Les souvenirs ne pèsent pas si lourd. Mais l'or des mines du roi Salomon, oui, plaisanta-t-elle.

Le sous-entendu se voulait frivole : une allusion à la Reine de Saba, l'ancien surnom de Doña Isabel sur le Pacifique. Ne disait-on pas qu'elle était partie sur les mers inconnues en quête de cet empire perdu, l'El Dorado ?

L'allusion ne dérida pas Pétronille.

— Eh bien, la chose se révèle plus compliquée que prévue, lança l'Abbesse en tapotant l'une des serrures… Et voilà tout.

Si Pétronille eut un instant l'illusion que l'affaire était close et qu'elle pouvait rapporter le coffre chez elle, elle comprit, à la seconde suivante, que Doña Justina avait bel et bien l'intention de le forcer.

— Des souvenirs, insista-t-elle… Des papiers… Des instruments de navigation. Un livre de bord, que sais-je ?… Rien ! Avant d'y toucher, il faudrait obtenir le consentement…

Elle se reprit :

— Solliciter l'approbation…

Soudain, avec une fierté insoupçonnable, Doña Pétronille se redressa pour lancer sous la voûte, en détachant les mots d'une voix claire, en égrenant tous les titres de gloire, un à un :

— … La faveur de Son Excellence Doña Isabel, *Adelantada* du Cinquième Continent, *Gobernadora* des îles Marquises et des îles Salomon, *Conquistadora* de la Mer du Sud, première et seule femme Amirale d'une armada espagnole !

Trop extraordinaire pour ne pas produire son effet sur l'Abbesse. Les deux religieuses étaient bien placées pour savoir ce qu'avait d'inouïe une telle énumération de charges et d'honneurs.

Dans leur monde, où les femmes étaient considérées comme mineures à vie, où elles appartenaient *stricto sensu* à leurs pères, à leurs maris, à leurs fils, à leurs frères, Doña Isabel Barreto avait brisé les lois de Dieu et toutes les règles de la société, en prétendant régner en maître sur les hommes qui s'aventuraient au-delà de l'horizon. Ces hommes-là, les navigateurs, étaient pourtant les plus méprisants et les plus redoutables. Aucun équipage n'avait jamais pu accepter dans ses rangs, sur un galion, la présence d'une femme. Comme les lapins qui rongent les cordages, les femmes portent malheur aux navires. Les femmes sèment la zizanie, elles conduisent les marins au déshonneur et à la mort.

Les emmener avec soi dans une expédition était déjà une folie. Mais leur obéir en mer ! L'idée même paraissait inconcevable…

Impensable. Impossible.

Cet impossible-là, Doña Isabel l'avait tenté.

Comment violer impunément les secrets d'un tel personnage ?

Prudente, toujours respectueuse du rang et du sang de ses interlocuteurs, Doña Justina remit sa décision à plus tard. L'Angélus sonnait. Elle fit porter le coffre sous son propre lit.

Mais en songeant à la distance qui séparait les hautes murailles de Santa Clara des espaces sans limites de la Mer du Sud, en tentant de prendre la mesure entre l'enfermement volontaire et la soif d'infini qui avait habité sa pénitente, elle ne dormit pas mieux cette nuit-là que les autres nuits. L'image de la Reine de Saba trônant sur ses galions se heurtait dans sa tête à l'autre extrême : la vision d'une Pénélope recluse qui tissait sa toile dans les pleurs. Devait-on fermer les yeux sur ses secrets ? Les démasquer ? Les brûler ?

Aucun doute, les rêves que suscitait le destin de Doña Isabel ne laissaient rien augurer de bon pour la paix, pour le bien du couvent ! Et la prière que l'Abbesse adressait à Dieu ressemblait furieusement à celle que murmurait Pétronille, agenouillée dans sa propre cellule :

« Seigneur mon Dieu, faites que le capitaine Don Hernando rentre vite. Faites qu'il revienne sain et sauf… Faites qu'il la reprenne ! »

Ces mots-là, une troisième femme les répétait au même moment, comme elle les répétait à travers ses larmes depuis des mois, en suppliant jour et nuit *Notre-Dame de la Solitude* :

« Écoutez-moi ! Exaucez-moi, ô Ma Mère qui êtes aux cieux… Les îles, l'or, les titres, toute la richesse du monde, même les enfants, même une descendance

– même le renoncement à son amour – *tout*... contre le retour à Lima du capitaine Hernando de Castro. »

*

Au matin, l'Abbesse tenait sa réponse.

Du moins justifia-t-elle le triomphe de son indiscrétion sur sa diplomatie, par ce devoir et cette nécessité : protéger ses filles.

Elle appela les quatre esclaves noires qui coupaient le bois dans ses jardins : celles-là savaient manier le marteau et la hache.

— Faites sauter les serrures.

Comme les esclaves hésitaient, elle montra leurs outils :

— ... Ouvrez ce coffre !

Chapitre III

L'HÉRITIÈRE

Si l'Abbesse espérait découvrir des secrets… elle trouva parmi les débris ce qui pouvait y ressembler : trois registres, composés de grandes pages manuscrites, cousues et reliées.

Mais en fait de confidences ou de révélations, ces registres ne contenaient que des listes.

Elle feuilleta le premier volume. Listes de noms, listes de chiffres, listes d'objets. Comptes, inventaires, additions, soustractions. De quoi s'agissait-il ? Elle parcourut le deuxième, puis le troisième. Même chose. Les archives de quelque trafiquant sur mer, de quelque marchand sur terre ? La découverte semblait de peu d'intérêt. Un seul parmi les trois documents pouvait peut-être évoquer autre chose. On y trouvait toujours d'interminables chiffres jaunis par l'humidité, des suites de noms et d'objets, des calculs imbibés d'une encre noire qui avait coulé et rendait les résultats illisibles. Toujours des colonnes : additions, soustractions ? Allez savoir… Cette fois néanmoins, la plupart des feuilles étaient aussi couvertes de phrases. Certaines, qui commençaient trop haut, semblaient coupées ; d'autres, qui terminaient trop bas, couraient à l'envers, autour de la page. Plusieurs écritures… Toutes si serrées, si pleines de ratures, si denses que l'ensemble ne revêtait aucun sens. En transparence, les lignes recto verso se confondaient, rendant le texte indéchiffrable.

Du moins pour les pauvres yeux de l'Abbesse !

La lumière et l'eau avaient en outre piqueté le papier de tant de taches et de tant de trous, que tenter de rétablir, par l'imagination, les parties manquantes eût requis une fantaisie dont Doña Justina était dépourvue. Elle n'avait, de toute façon, aucun goût pour les grimoires.

Encore une fois, elle fit appeler Pétronille.

Devant le spectacle des serrures brisées, des éclats de bois et des bouts de ferraille, devant la dévastation des souvenirs que lui avait confiés sa sœur, la malheureuse resta sans voix.

Outre les registres, quelques objets s'étaient répandus sur la table.

— Et cela ? demanda l'Abbesse, en montrant une grande tache rouge qui ensanglantait les débris. Qu'est-ce que c'est ?

— Une plume.

— Je le vois bien. Mais encore ?

— Le panache du général Alvaro de Mendaña.

L'Abbesse n'y accorda aucune importance.

— Et ces pierres ? (Elle avait saisi deux gros cailloux…) Pour me casser le dos, sans doute ? railla-t-elle… Quelle idée d'alourdir son coffre ainsi !

Pétronille reçut les cailloux dans la paume : elle les regarda longuement avant de demander :

— Vous ne les reconnaissez pas ?

— Reconnaître quoi ?

— Les galets noirs du port de Callao.

— Je dois avouer, ironisa l'Abbesse, que jusqu'à présent, les galets de Callao n'avaient jamais attiré mon attention.

Le regard de Pétronille se posait maintenant sur les autres objets qui n'avaient « jamais jusqu'à présent » retenu l'attention de l'Abbesse. Un fragment de couronne en fer forgé. Un petit crucifix. Une flûte andine.

Des objets de si peu de valeur, en effet.

Doña Justina s'était saisie d'une autre relique et la rejetait sur la table :

— Une tige de luth ornée de rubans d'Indiens… Pourquoi Doña Isabel conserve-t-elle tout ce fatras ?

Le mot, et surtout le geste étaient si négligents qu'ils blessèrent Pétronille au plus profond. L'Abbesse l'avait rendue complice de ce qu'elle ressentait comme un outrage.

Tant de mépris !

— Je ne pense pas que ce *fatras* lui appartienne, répondit Pétronille sèchement.

— À qui alors ?

— Je vous l'ai déjà dit.

L'Abbesse perçut, dans la seconde, l'insolence et l'agressivité du ton. Elle se redressa.

Courroucée, glaciale, elle dévisageait sa religieuse.

— Je ne crois pas t'avoir entendue, articula-t-elle.

Pétronille s'entêta.

— Cependant je vous en ai bien nommé le propriétaire.

— Je dois être sourde. Redis-moi à qui appartiennent ces choses.

— À l'Adelantado Alvaro de Mendaña. Le premier mari de Doña Isabel.

— Je connais les liens qui unissaient l'Adelantado à ta sœur. Je sais, mon petit, qui est le général – ou plutôt l'amiral – de Mendaña.

— D'illustre mémoire, souligna Pétronille en montrant du regard le coffre explosé. Paix à son âme.

— Mais tu n'as pas répondu à ma question… Pourquoi Doña Isabel conserve-t-elle ces débris ?

— Ces débris sont sa vie.

Doña Justina ne la lâcha pas. Ses yeux d'acier plantés dans ceux de Pétronille, qui maintenant gardait les siens baissés, elle insista :

— De tels lambeaux : sa vie ?

— Je vous l'ai déjà dit : sa vie et celle d'un autre… Ce coffre n'est pas le coffre d'Isabel. La mémoire qu'elle y défend n'est pas la sienne. Ni les livres ni les objets. Rien de tout cela ne lui appartient. Ma sœur est une personne fidèle, oui. Passionnément attachée à ceux qu'elle aime. Mais sentimentale ? Certainement pas. Du moins… pas de cette façon-là. Les souvenirs sous forme de luths brisés, de galets et de plumes ne sont pas son genre.

— L'Adelantado les aurait traînés avec lui ? Tu te moques de moi ! Un héros de la trempe de l'Adelantado…

— L'adelantado de Mendaña était un homme obstiné, aussi têtu dans ses rêves d'avenir que nostalgique de son passé… Un homme plein de désirs et de regrets. Encore une fois, ces reliques lui reviennent. Ce sont les traces d'un moment qu'Isabel n'a pas vécu… Et pour cause : elle n'était même pas née ! Mais nos parents affirmaient que ce moment-là se trouvait à l'origine de son destin, que tout y était inscrit. Ils répétaient que le destin d'Isabel, notre destin à tous, s'était scellé à cette heure-là, en ce jour-là… Ils nous ont tant de fois raconté le déroulement de la scène que nous avions le sentiment d'y avoir assisté. Isabel, plus que les autres, bien sûr. Elle avait fini par la connaître – ou plutôt par la voir – dans ses moindres détails. Moi aussi, nous tous, cette scène, nous avons fini par la *voir* !

Doña Justina sentit que Pétronille allait parler. Un déluge de paroles, plus de mots qu'elle n'en avait sans doute prononcé de sa vie.

Imperturbable, elle la laissa dire.

« C'était il y a presque quarante et un ans, le 17 novembre 1567, le jour de la fête de Sainte-Isabel de Hongrie. Le port de Lima entrait en ébullition : le neveu du Gouverneur s'embarquait à bord de deux galions. Il partait explorer cette étendue vide, dont les cartes ne disaient rien. La Mer du Sud. Il s'en allait, disait-on, en quête d'îles inconnues. En quête d'un monde nouveau. En quête du Cinquième Continent, qui devait forcément exister dans l'hémisphère Sud, pour que le globe terrestre se tienne droit, équilibré dans toute sa rondeur ! Trouverait-il enfin cette partie du monde qu'il avait lui-même baptisée *La Terre de mon Hypothèse* ?

« Il comptait à peine vingt-cinq ans. On le surnommait le nouveau Christophe Colomb. Il s'appelait Alvaro de Mendaña.

« Massés sur les galets noirs bordant le rivage, marins et soldats rêvaient d'appartenir à la troupe des cent soixante aventuriers qui appareillaient avec lui.

« Sa jeunesse, sa beauté, sa flamme avaient réveillé les songes de tout un peuple. Découvrir, coloniser, christianiser, gouverner, s'enrichir. Son odyssée exaspérait les convoitises. Elle suscitait jusqu'à l'enthousiasme du capitaine Nuño Rodríguez Barreto… mon père.

« Peu enclin d'ordinaire à partager ses joies avec nous, il avait tenu à ce que ma mère, en dépit de sa grossesse, assiste à la cérémonie de l'appareillage. Jerónimo, mon frère aîné, et trois autres enfants dont il paraît que j'étais moi-même – à l'époque, nous devions avoir de sept à deux ans –, participaient aussi à l'événement dans la tribune du Gouverneur.

« Son Excellence Don Lope García de Castro, accompagnée d'une foule immense, était venue saluer son neveu jusque sur la plage… Au nom de la couronne d'Espagne, il lui avait remis les titres qui faisaient de lui, le général Alvaro de Mendaña, le représentant du roi Philippe II, l'arrière-petit-fils d'Isabel la Catholique, le représentant de Dieu sur la terre et sur la mer.

« Mendaña conduisait maintenant ses hommes vers ses navires. Les capuchons bruns des quatre franciscains, qui avaient dit la messe à terre et partaient sauver les âmes, se découpaient au milieu des oriflammes.

« Ils traversaient la baie en une longue procession de chaloupes luttant contre les rouleaux du Pacifique, progressant avec difficulté en direction des deux vaisseaux ancrés dans les hauts-fonds. Les croix, les hallebardes, les arquebuses et les casques montaient au rythme du flux, descendaient et brasillaient dans la lumière blanche de l'été austral. En tête, avec le Général, on apercevait la statue de sainte Isabel, la patronne de l'expédition qui dansait sur les vagues.

« Ma mère racontait toujours que ses fils, et surtout l'aîné, Jerónimo, ne lâchaient pas du regard le grand panache rouge qui ensanglantait le chapeau de Mendaña et le diadème d'or de sainte Isabel. Penchée à leur oreille, elle leur expliquait qu'en dépit de sa couronne, la statue n'était pas la Madone. Elle leur murmurait l'histoire de cette princesse qui aurait dû devenir reine, mais qui avait préféré le service de Dieu aux honneurs du monde.

« Quand on eut hissé la statue à bord de la *Capitana*, quand on l'eut arrimée au pied du mât de misaine, les tambours et les fifres se turent.

« Sur terre et sur mer, ce fut le silence.

« Durant un long moment, on n'entendit plus que le vent qui claquait dans les voiles et le lent raclement des chaînes qui remontaient les ancres.

« On vit alors les deux vaisseaux du général Alvaro de Mendaña se tourner vers le large, lourds comme deux tours pivotant sur elles-mêmes. On les vit franchir la passe entre les deux îlots noirs qui fermaient la baie de Callao. On les vit s'éloigner droit devant et disparaître dans le gris de l'horizon. L'émotion, le bruit, la poussière, les efforts de cette journée eurent sur ma mère l'effet escompté : elle accoucha le soir même.

« Le malheur voulut que ce ne fût pas un garçon. Mais la chance, que son prénom fût tout trouvé : *Isabel.* »

Doña Pétronille acheva son récit sur ces mots. Elle avait répondu aux questions de sa Supérieure, expliqué le sens du panache rouge, des galets, du fragment de couronne, elle retournait au silence dont elle était coutumière.

— Continue.

— Que voulez-vous que je vous dise ?

— *Isabel*... Raconte.

— Elle fut une enfant parmi tant d'autres... Dieu Tout-Puissant allait donner une nombreuse descendance à mon père. Avant Isabel, venaient déjà deux garçons dont le premier mourut à quatre ans. Puis deux filles : ma sœur aînée, Beatriz, dont il ne fit jamais aucun cas. Et moi-même... Après Isabel : un autre garçon qu'il appela Lorenzo, du nom de l'aîné qui était mort. Ensuite Diego et Luis. Puis une cinquième fille Leonor. Ensuite : Gregorio. Antonio. Et finalement, la onzième qui porterait le nom de notre mère, Mariana. De toutes ces naissances dont il rendait grâce à Dieu, je crois que notre père ne se réjouit vraiment que d'une seule. Jusqu'à s'enivrer toutes les nuits dans les tavernes, disait ma mère. Cette joie, il ne la dut ni à l'arrivée de son premier fils, ni à celle du dernier. La place dans la lignée, le sexe ne faisaient rien à l'affaire... Une fille, en plus ! Pourquoi celle-là ? Mystère !... Quoi qu'il en soit, il aima cette enfant-là. J'oserais même dire qu'il n'aima qu'elle. Mais il avait toutes les émotions en horreur et les sentiments lui semblaient, d'une façon générale, totalement méprisables. Il justifia les siens par la raison, en jugeant digne de lui l'objet de sa préférence. Plus jolie, plus intelligente, plus brave. Plus intrépide même que ses garçons. Il s'offrit donc le luxe – ou le caprice – d'élever Isabel à son image.

— À son image ?

— Comme un homme. Et mieux qu'un homme... (Pétronille marqua une pause...) Voilà, vous savez tout, Doña Justina. Maintenant j'entends l'heure de l'office qui sonne : vos filles m'attendent dans le chœur pour fleurir la Madone et préparer la table du Seigneur.

Sans perdre une minute, elle plongea dans une révérence, plantant là sa Supérieure.

*

Vicaria del Coro, l'emploi qu'occupait Doña Pétronille requérait la plus grande organisation. C'était à la Vicaria del Coro que revenait l'honneur de veiller sur le culte divin : l'éclat des chasubles, la blancheur des nappes d'autels, la magnificence de tous les objets liturgiques. Sans parler de l'entretien des orgues et du choix des partitions. Une charge lourde, très convoitée, dont Pétronille s'acquittait avec brio. Un paradoxe, car celle qui voulait conserver un tel poste devait être dotée d'une solide ambition. Avoir l'oreille musicale. Et tenir aux apparences. Or Doña Pétronille manquait de tous ces attributs.

Ses qualités ou ses défauts pouvaient toutefois surprendre. Même son mari, qui avait jadis souffert de son absence de coquetterie, lui reconnaissait ce qualificatif : *surprenante* Pétronille.

Ses compagnes notèrent que Doña Pétronille n'avait pas sa tête à elle. Et qu'elle s'affairait sans prêter la moindre attention à ce qu'elle faisait.

En vérité, son récit à l'Abbesse avait ressuscité des émotions telles, qu'elle-même ne parvenait plus à arrêter le flot de paroles qui l'habitait. Elle poursuivait en son for intérieur l'histoire de sa sœur trop aimée, de sa sœur calomniée et trahie. Elle discourait dans sa tête, discourait, discourait. Un déluge de mots, de couleurs, de sons, une avalanche de souvenirs qui remontaient de l'enfance et de l'oubli.

En portant les candélabres sur l'autel, en fleurissant les images saintes, en rangeant le reliquaire, en ouvrant, en fermant les armoires de la sacristie, Pétronille continuait à raconter *Isabel*. Elle se la racontait à elle-même, elle la racontait à l'Abbesse, elle la racontait à Dieu.

Elle ne pouvait plus prier sinon pour demander au Seigneur la permission de parler.

Elle s'imaginait appelant ses filles autour d'elle et leur disant :

Mes enfants, je vous réunis pour que vous ne teniez plus jamais les propos que je vous ai entendues répéter hier sur votre tante Isabel. Même toi, Mariquita. Plus encore que tes sœurs…

Sur ces phrases, le soliloque de Pétronille s'arrêtait net. Comment expliquer à sa petite Mariquita le cheminement d'un être aussi plein de contradictions qu'Isabel ? Comment lui raconter leur enfance à toutes deux dans la maison de leur père ? Comment tout lui dire qui éclairât les choix d'Isabel aujourd'hui ?

Pétronille gagnait du temps en peaufinant mentalement son discours :

Je vais vous parler de vos grands-parents sur lesquels vous m'avez si souvent questionnée, sans que j'aie jamais eu loisir de vous répondre.

Vous devez savoir que ma mère – comme votre tante Isabel –, que ma mère, Doña Mariana de Castro, avait été mariée une première fois. Et que mon père, Nuño Rodríguez Barreto, souffrait envers celui qui l'avait précédé d'une jalousie maladive… Comme votre oncle Hernando – le second mari d'Isabel – souffre aujourd'hui d'une envie envers le premier, l'adelantado de Mendaña, une envie qui a détruit leur vie. Je m'égare…

Même hors de sa famille, notre père passait pour un homme imprévisible. On l'a toujours vu s'enthousiasmer pour des causes qui n'en valaient pas la peine. Ou se méfier de l'héroïsme des personnages les plus fameux, dont il jugeait les actes trop ordinaires pour justifier son estime. La peur d'être dupe pouvait peut-être passer pour le fondement de son caractère. Dupe des autres, dupe de lui-même... La peur d'être dupe, oui. Dupe de ses chefs, de ses soldats, de ses clients, de ses esclaves. Dupe de sa propre femme et de ses enfants... Envers nous, il se montrait capable de la plus grande injustice ou de la plus époustouflante des générosités. Mépris, admiration : il détestait, il adorait.

Mais si je devais qualifier sa nature – du moins telle que je l'ai connue à la force de l'âge – je le ferais de ces deux mots terribles : « Méfiance, envie. » Oui, j'oserais dire qu'à l'époque de ma naissance à moi – avant celle d'Isabel – la méfiance colorait le moindre des sentiments de mon père.

À l'égard de ma mère, sa jalousie était de notoriété publique.

Certes, elle était mieux née. Et, à coup sûr, mieux éduquée que lui... De cela, il lui en voulait.

L'affaire de son premier mariage obsédait mon père. Il restait hanté par les avantages dont avait joui « le premier époux » et ressuscitait à tout propos « cet imbécile de Don Alonso Martín de Don Benito ».

À entendre les railleries de mon père, « cet imbécile-là » avait obtenu ce que lui-même aurait dû recevoir : un titre, un blason, des terres et des Indiens pour les travailler. Au lieu de cela, lui, il n'avait gagné que la veuve d'un vieux favori de ce forban de Pizarro. Mon pauvre père avait l'orgueil chatouilleux : il se permettait des propos aussi injustes qu'absurdes à l'endroit de feu son rival. Car le fameux premier mari de ma mère, ce Don Alonso Martín de Don Benito, n'était rien moins que l'un des trois conquistadors qui avaient vu l'océan Pacifique, pour la première fois. L'un des trois qui s'était baigné dans ses eaux, pour la première fois. L'un des trois qui avait repéré là, sur la côte ouest du Pérou, l'existence d'un port naturel, et tracé de son talon la circonférence de ce qui allait devenir la nouvelle capitale. Oui, c'était sur ses instructions à lui que Lima avait été dessinée dans le sable, à quelque distance de cette mer insoupçonnée que Don Alonso et ses compagnons avaient baptisée « la Mer du Sud ».

Mon père avait beau dire qu'Alonso était un imbécile et que cet imbécile s'était laissé berner par les Indiens... Il avait beau dire que les guides quechuas de « cet imbécile d'Alonso » s'étaient vengés de lui – et de tous les Espagnols – en leur indiquant la région la plus ingrate et la plus dangereuse de l'Empire inca, un lieu où le soleil ne brillait jamais, secoué par les tremblements de terre, dévasté par les raz de marée, il avait beau dire : les premiers colons avaient choisi Don Alonso comme maire de leur ville. Alcalde de Lima, *le vieil Alonso ? Encore une imbécillité ! C'était néanmoins à l'importance de sa fonction que le vieil Alonso avait dû la main d'une grande aristocrate portugaise, une jeune fille à peine pubère, parente pauvre et demoiselle d'honneur de la Vice-Reine.*

Je vous parle de Doña Mariana de Castro, ma mère.

Elle avait été élevée à la cour de Lisbonne, avant de suivre au Pérou l'épouse de Son Excellence le vice-roi Don Andrés Hurtado de Mendoza, troisième marquis de Cañete.

Mon père, plein d'amertume, répétait que « cet imbécile d'Alonso » n'avait pas été le premier soupirant de Doña Mariana de Castro. Que durant l'interminable traversée sur l'Atlantique, puis pendant le voyage à dos de mulet dans l'enfer de l'isthme de Panamá, enfin sur la Mer du Sud en descendant de la ville de Panamá jusqu'au port de Lima, « cette perle si bien éduquée » avait noué une idylle avec Don

García Hurtado de Mendoza, le fils de ses protecteurs, un jeune homme âgé de vingt ans… L'un de ces amours impossibles que les parents se hâtent de condamner et de rompre.

À entendre mon père, le Vice-Roi avait expédié son fils vers d'autres aventures, l'envoyant pacifier le Chili à la tête de cinq cents soldats. La Vice-Reine s'était chargée d'assurer l'avenir de sa protégée, en la mariant à l'alcalde de leur nouvelle capitale : l'imbécile – mais puissant – Don Alonso Martín de Don Benito. C'était du moins la légende qu'orchestrait mon père, une légende qu'elle-même se gardait bien de corroborer.

À l'époque de son premier mariage, ma mère avait quinze ans, Don Alonso soixante-quinze.

Moins de trois ans plus tard, il décédait. Et sa veuve héritait des villages indiens de Humay, Cañete et Laete, devenant l'une des encomenderas les plus riches du Nouveau Monde.

La plus convoitée, surtout.

Le Vice-Roi, soucieux d'empêcher que les veuves du Pérou ne se trouvent à la tête de petits États, inquiet surtout à l'idée que Doña Mariana de Castro puisse s'allier à un homme qu'il n'aurait pas lui-même choisi, la remaria, contre son gré et en toute hâte, à l'un de ses capitaines, un Portugais qui l'avait bien servi et qu'il voulait s'attacher sans rien débourser.

Ce Portugais-là appartenait à la troupe des cinq cents braves qui avaient combattu au Chili avec son fils Don García, l'ancien amoureux de Mariana. Il se faisait appeler le capitaine Nuño Rodríguez Barreto et se disait le bâtard d'un grand seigneur dont il portait le nom.

La bravoure du capitaine Barreto, sa fureur envers les Indiens qui s'opposaient à notre avancée, son mépris à l'égard des sauvages et sa haine des vaincus étaient alors proverbiaux. Homme lige de Don García, il avait été l'un des instruments de la fondation de la ville qui portait désormais un nom illustre, celui du marquisat, Cañete…

Nous, les Barreto, conservons à ce jour des terres autour de Cañete.

Toutefois, quand l'aventure chilienne avait pris fin, notre père s'était senti lésé. Il traînait son mécontentement partout. Je l'ai toujours entendu se plaindre de l'ingratitude des Grands. Il rappelait que lorsque Charles Quint avait eu besoin de son aide lors des guerres civiles, il avait mis ses propres hommes et ses propres chevaux à la disposition de la Couronne. Lui-même s'était battu contre les traîtres de Gonzalo Pizarro… Il se présenta toute sa vie comme l'incarnation du conquistador trop fidèle qui, en échange de ses services et de sa loyauté, n'avait reçu aucune compensation.

Le don de la veuve la plus riche, la plus noble de Lima incarnait à ses yeux ses arriérés de paiement. Il accepta la transaction comme un dû, en grommelant qu'il méritait de véritables honneurs, et non les restes d'un autre.

À l'époque de son second mariage, notre mère n'avait encore que vingt ans. Mon père en comptait trente-cinq.

Par chance, elle était très jolie. Et par chance, elle avait appris à s'accommoder du pire. Elle s'accommoda donc de la bile de son nouveau mari.

Par chance aussi, elle n'avait pas donné d'enfants à Don Alonso, aucun héritier qui puisse disputer à mon père l'immense fortune qu'elle lui apportait. En revanche, miracle, elle se révéla exceptionnellement fertile avec lui. Quinze grossesses en dix-huit ans. Certes, les débuts avaient été difficiles. Mes parents enterrèrent quatre bébés dans l'église de Santa Ana. Mais le Seigneur miséricordieux entendit leurs prières et le rythme des naissances finit par équilibrer les deuils. Pour le reste, le vice-roi Mendoza, le protecteur de mes deux parents, était mort ; et son fils García avait repassé la mer. D'autres vice-rois leur avaient succédé, se gardant bien de favoriser les clients des marquis de Cañete. À l'époque de ma naissance, le dernier vice-roi en date avait payé de sa vie ses nombreuses liaisons avec les filles et les petites-filles des premiers conquistadors : il venait d'être massacré par leurs maris... Et la Providence avait voulu pour mon père que ce vice-roi assassiné fût remplacé au pied levé par un gouverneur du nom de Lope García de Castro : « de Castro », le noble patronyme de ma mère.

La société de Lima, croyant Mariana de Castro cousine de ce puissant personnage, se répandait en flatteries.

Elles n'étaient pas nombreuses au Nouveau Monde, les femmes de haute naissance qui avaient grandi à la cour et jouissaient d'une éducation soignée ! Ma mère était de celles-là : le gouverneur de Castro rechercha sa compagnie, accréditant la légende d'une parenté. Il permit au mari et aux fils de Doña Mariana d'assister sous son dais, de son balcon, aux fêtes, aux processions... Même à l'appareillage de son prestigieux neveu, le général Alvaro de Mendaña, dans la tribune royale.

En dépit de l'envie qui lui mordait le cœur, mon père commençait donc à reconnaître qu'en passant au Nouveau Monde, en s'y installant, il avait fait le bon choix.

Sa grande maison à l'angle de la plaza Santa Ana et de la calle Albahaquitas résonnait des piaillements de sa descendance. La mère de ses fils lui donnait satisfaction. Et puis, à ses côtés, en adoration devant lui, il possédait la lumière de ses yeux. L'incarnation de la beauté, de l'intelligence et de la grâce. L'héritière de son ambition et de ses rêves : sa fille Isabel. Que demander de plus ? Elle-même était sous son charme et le trouvait superbe : il le savait.

Je dois cependant avouer que le capitaine Barreto ne payait pas de mine.

Notre père avait le nez cassé. Les yeux noirs, à fleur de tête. Une barbe qui lui mangeait les joues, marquées par *les traces de ses combats. C'était du moins ce qu'il nous racontait, quand Isabel demandait à voir son visage, sans barbe. Il portait les cheveux aux épaules. Il était brun, râblé, très costaud... Mais petit : il ne dépassait pas la taille des Indiens dont nous, les Créoles, nous nous gaussions en les disant minuscules.*

À cheval, en revanche... Ah, là, c'était une autre affaire ! Je n'ai jamais connu plus noble cavalier que mon père.

En arrivant au Pérou, Nuño Rodríguez Barreto était le seul parmi les passagers à posséder des chevaux, onze à l'époque, onze qui avaient survécu au voyage. Toute sa fortune. Et toute sa gloire. Il gardait pour la beauté de ces onze-là, pour leur rareté, pour leur bravoure et leur endurance, une admiration fanatique. Durant la campagne du Chili, il en avait vendu huit à son protecteur, Don García, huit étalons qui avaient contribué à l'écrasement des tribus Mapuches lors de la bataille de Lagunillas. Il n'avait gardé que trois montures pour son usage personnel, dont la plus précieuse était la jument. À son tour, elle lui avait donné onze poulains, tous à l'origine de l'élevage de Paso Fino *que mes frères poursuivent aujourd'hui. Ce nombre « onze », qui reste le nombre fétiche des Barreto, apparaît sur notre blason : onze enfants ; onze chevaux.*

Mais de ses enfants ou de ses Pasos, nul n'avait de doute sur la préférence de mon père. Seule Isabel, qui se mettait d'instinct sur le même plan que ses chevaux, ne connaissait pas la rivalité. Il sentait qu'elle aimait le voir passer à l'amble sous nos balcons, totalement immobile dans sa selle, le buste droit, le poing sur la hanche. Un centaure. Il voyait dans son regard qu'elle était fascinée et séduite.

Élevée « à l'image » du capitaine Barreto, peut-être. Mais coquette en sa présence. Petite, elle avait déjà le goût des bijoux et des toilettes. Elle n'acceptait de se présenter à notre père que dans ses plus beaux atours, coiffée et parée. Même à quatre ans, elle cherchait à lui plaire. Elle ne trouvait à cela aucune difficulté.

Il pouvait toutefois l'oublier et l'abandonner. Quand il partait visiter ses villages d'Indiens, à Cántaros ou ailleurs, recueillir en personne le produit de ses revenus et mettre de l'ordre dans ses mines d'argent, ses absences duraient des mois… Il s'adonnait alors à une besogne si féroce qu'il ne voulait pas de témoins autres que ses hommes. Il pouvait emmener ses fils. Pas Isabel. Mais derrière lui, il ne laissait aucun ordre la concernant. Sinon l'interdiction aux femmes, aux servantes, aux nourrices, de l'approcher et de s'occuper d'elle.

Il confiait officiellement les clés de la maison et l'administration du domaine à ma mère ; il lui ôtait la charge d'Isabel, avec la même solennité. Sous le prétexte que cette fille-là ne relevait que de son autorité à lui, elle devait être tenue à distance du gynécée. Craignait-il que la douceur et la tendresse maternelles ne l'amollissent ? Il la remettait aux soins de deux de ses anciens soldats, deux soudards qu'il avait choisis, l'un comme maître d'armes, l'autre comme maître de manège. Par chance, ces deux-là profitaient de la disparition du capitaine Barreto pour vaquer à leurs propres affaires. Restaient les autres maîtres de mes frères. Et notre mère qui, en dépit de ses instructions, veillait au grain.

L'Hacienda, dont elle s'occupait en l'absence de mon père, se trouvait aux confins de la ville, comme aujourd'hui. Mais la propriété était beaucoup plus grande. Nos terres s'étendaient presque jusqu'au fleuve.

Les rives du Rimac demeuraient dangereuses. Derrière l'église de Santa Ana, notre paroisse, les prêtres incas continuaient, en cachette, à célébrer leurs cultes idolâtres. Isabel, évidemment, s'y aventurait. Elle fréquentait aussi les écuries, à proximité du quartier des esclaves qui nous était interdit.

Sous le prétexte que j'étais son aînée, ma mère me dépêchait sur ses traces, avec mission de la surveiller. Je détestais cette tâche inutile qui m'obligeait à la suivre.

Je la revois encore, seule, au centre du corral où les palefreniers entraînaient les chevaux de notre père.

Pourquoi cette scène me revient-elle à l'esprit ?

Les Noirs, les Métis et les Indiens qui travaillaient dans les granges s'étaient juchés sur les barrières. Ils tapaient des mains et faisaient un bruit infernal.

Dans la carrière, debout avec Isabel, trois musiciens jouaient une mélodie barbare où la flûte andine rivalisait avec les guitares et les tambours.

Quel âge pouvait-elle avoir ?

De taille, à ce moment-là, elle était encore une enfant...

Huit ans ? Dix ? Douze ?

Ce devait être en automne... Le temps où l'on pressait l'huile, car l'air sentait l'olive et le crottin.

Elle portait une robe d'un jaune ocre, presque doré. Mais elle n'était pas parée, comme elle l'était toujours en présence de notre père. Pieds nus dans le sable... Je ne sais pas d'où elle sortait. Ni qui lui avait appris à faire ce qu'elle faisait.

Elle avait dénoué ses longs cheveux blonds qui moussaient en vague sur ses épaules. Elle gardait le poing gauche posé sur la hanche, elle tenait la main droite levée, agitant au-dessus de sa tête un mouchoir blanc. Elle avait relevé sa robe des deux côtés et coincé la dentelle de ses jupes dans sa ceinture. Les jambes bien visibles, elle martelait le sol à petits coups de talons et tournoyait au rythme de la sarabande, une musique à quatre temps, heurtée, rapide. En dansant, elle ondoyait des hanches, elle esquissait des gestes lascifs, je n'ai jamais rien vu de plus indécent. Mais ce n'était pas le pire... Son expression, cette joie qu'elle ne se donnait pas la peine de cacher... Elle gardait la tête baissée, mais quand elle la reje-

tait en arrière, son regard me faisait peur. Les yeux d'Isabel, naturellement noirs, devenaient sous l'intensité de son plaisir comme le feu de l'enfer. Les palefreniers ne s'y trompaient pas. Ils l'encourageaient par des cris.

... Comment ne les entendit-elle pas arriver ? Ni elle, ni moi, ni personne. Sans doute la musique couvrit-elle le bruit des chevaux, sans doute les battements de mains masquèrent-ils le grondement de la cavalcade ?

Quoi qu'il en soit, mon père et ses cavaliers rentraient de Cántaros. Ils avaient franchi les murs qui fermaient l'Hacienda. Ils étaient passés sous la cloche de la grande arche, ils avaient traversé la cour et contourné la fontaine. Ils enfilaient les allées du domaine.

Notre père déboucha à l'amble sur la carrière.

Devant sa fille dansant la zamacueca, *la danse des négresses, la danse maudite, la danse interdite par l'Évêque, la danse dénoncée par l'Inquisiteur, j'ignore ce qu'il ressentit.*

Il arrêta son cheval, net. Dans le nuage de poussière, ses hommes et ses fils se pétrifièrent avec lui.

Il ne portait ni casque ni cuirasse mais, comme tous les colons de Lima, un pourpoint sombre et un grand chapeau de paille qui cachait son visage : je ne vis pas son regard, je ne vis pas le rictus sous la barbe.

Les guitares et les tambours s'étaient tus. Nous restions, nous aussi, pétrifiés.

Il ne bougeait pas. Son cheval même semblait statufié.

Je reconnus toutefois les signes avant-coureurs : il gardait les sabots de sa monture bien alignés, le poitrail prêt à l'assaut. L'animal soufflait, sentant venir la charge, rongeant son frein.

Mais elle, au lieu de fuir ce qui se préparait, s'avançait vers lui de son pas chaloupé qu'aucune musique ne scandait plus. Sans le quitter des yeux, elle continuait sa danse. Visage haut, lèvres entrouvertes, souriant avec cette expression qui me terrifiait, elle franchit la barrière.

Sous son grand chapeau, notre père baissait la tête. Regroupé sur lui-même, il ne la regardait pas.

Elle s'approchait, reculait, agitait devant lui son mouchoir blanc, le provoquant comme le matador excite le taureau. Cette fois, la réaction ne se fit pas attendre. Il jeta son cheval en avant. Le pur-sang bondit. Il allait la renverser, la piétiner. Provocante, ou peut-être seulement ingénue, elle sauta de côté, se plaqua contre la jambe de mon père, et tournoya sur elle-même jusqu'à la croupe de l'étalon. Celui-ci fit volte-face. À nouveau, elle l'évita, lâchant ses jupes à toute volée dans les jambes de l'animal. Il se cabra et pivota, se retournant sur lui-même avec une souplesse de serpent, cherchant à charger, risquant de l'écraser. Elle se cambra à son tour, roula contre son flanc, frôla son poil avec son mouchoir qu'il chassa d'un violent coup de queue.

L'étalon piétinait, il avançait, il reculait.

Mon père obligeait le cheval à la suivre, à la devancer. Il lui tournait autour, de ce pas harmonieux et rythmé qui n'appartient qu'aux Pasos.

Il me fallut quelques instants pour comprendre... Une allure à quatre temps, rapide... Comme la danse d'Isabel. Les musiciens, eux aussi, avaient compris. Ensemble, le père et la fille se livraient au plus incroyable des jeux.

Un ballet.

Elle à pied, lui à cheval, ils s'approchaient, s'affrontaient, se fuyaient, se disputaient, se réconciliaient.

La mélodie recommença avec timidité. Le rythme s'accéléra, puis monta, monta jusqu'à l'explosion finale.

Ils s'immobilisèrent. Ce fut à nouveau le silence.

Planté au-dessus d'elle, mon père marqua un temps.

Quand il lui arracha brutalement son mouchoir, quand

il se pencha sur elle, quand il l'attrapa avec violence par le bras, tous crurent – moi la première – que cette fois il allait la jeter au sol et la piétiner. Prenant appui sur son étrier, elle sauta en croupe, et se campa en amazone derrière lui.

Ils partirent à l'amble dans l'orangeraie, sans qu'on sache très bien ce qui allait advenir d'elle.

Sans doute, notre père pouvait-il oublier son amertume et se permettre le pardon... Que lui restait-il à désirer ?

Entre elle et lui, ce vieux soldat sans pitié, ce mari sans tendresse, ce père sans justice, l'histoire était devenue une histoire d'amour fou et de séduction réciproque.

« Une histoire d'amour fou. »

Comment tenir de tels propos, raconter de telles scènes à ses propres filles ? Pétronille le savait : impossible !

Comment dire à mère Marie de l'Immaculée Conception, à mère Marie du Rosaire, à mère Marie de Gethsémani, à la jeune Mariquita les faiblesses morales de leur grand-père, l'illustre Nuño Rodríguez Barreto ? Comment leur dévoiler les manquements qui présidaient à leur ascendance qu'elles croyaient si glorieuse ?

Et comment leur parler de danses interdites par l'Église pour expliquer, pour défendre, la présence de leur tante Isabel à Santa Clara ?

Petit à petit ce n'était plus à ses enfants, ni à ses compagnes, ni à l'Abbesse, ni au spectre de l'Inquisiteur, que Doña Pétronille adressait son réquisitoire.

Ni même à Dieu.

Mais à la seule personne qui pouvait entendre son monologue et le comprendre.

Isabel.

En vaquant à ses affaires, en allant dans le chœur, en venant, en tournant, c'était à sa sœur que Pétronille racontait leur histoire.

Elle la cherchait du regard.

Depuis près d'un jour et d'une nuit, Isabel ne priait plus aux pieds de *Notre-Dame du Repentir*. Elle avait déserté les cloîtres, les rues, les places, tous les endroits publics du couvent. Elle n'assistait même plus aux offices. Encore un scandale, une véritable conduite d'hérétique. Le signe que le diable l'habitait… Le Démon ne reculait-il pas devant la Croix ? Ne se dérobait-il pas devant la Présence Divine ? Le bruit courait qu'elle fuyait la compagnie des religieuses, qu'elle évitait les Voiles Noirs, les Voiles Blancs, même les doñadas, qu'elle se terrait dans une anfractuosité du mur, aussi loin des humains, aussi loin de Doña Pétronille que possible.

Je me doute bien que tu m'as vue porter le coffre de Don Alvaro chez l'Abbesse. Et si tu ne m'as pas vue de tes yeux, tu sais que je l'ai fait. De mon plein gré. Volontairement. Tu le sens, la rumeur en est venue jusqu'à toi… Et tu sais aussi que Doña Justina l'a ouvert. Rassure-toi : je peux te promettre qu'elle n'a lu aucun des trois registres ! Elle n'y parvient pas. Mais les moines et tous les érudits au service de l'Inquisiteur n'auront probablement aucune difficulté à les déchiffrer… Je n'ai pas touché un seul mot à Doña Justina du Journal *d'Alvaro. Je ne lui ai rien dit de tes propres notes : tout ce que tu as écrit dans les livres de bord du navire, après la mort de ton premier mari… Aussi réponds-moi : contiennent-ils des informations que l'Inquisiteur ne doit pas connaître ? Te mettent-ils en danger ? Écoute ma question ! Que penses-tu, toi, de la présence de ces volumes dans la cellule de l'Abbesse ? J'imagine que l'idée t'est désagréable. Mais est-ce vraiment une catastrophe ? Si oui, veux-tu que je tente de les subtiliser ? Que je les détruise ?... Brûler les registres. À cette heure, telle est l'inclination de Doña Justina : tout brûler... Souhaites-tu que je la conforte dans son intention ? Ou que je l'en empêche ? Réponds-moi, Isabel ! Il y va peut-être de la gloire d'Alvaro... De ton honneur, de ta vie !*

Inquiète, comme elle avait pu l'être dans son enfance quand elle recherchait sa sœur dans l'immense jardin de la maison paternelle, Pétronille polémiquait à voix basse :

Ne recommence pas !... Assez avec tes fugues qui me rendent folle ! Assez ! Je te demande pardon... Reviens-moi !

Combien de fois Pétronille avait-elle prononcé ces mots pleins de tendresse, les seuls qui pouvaient faire plier la volonté d'Isabel après une dispute ?

L'absence d'Isabel la renvoyait à d'autres absences et à d'autres conflits qu'elle croyait oubliés.

À mesure qu'elle évoquait l'atmosphère de l'Hacienda familiale, la colère et le ressentiment la gagnaient :

Veux-tu que je te dise, Isabel ? Au fond, tu as été très mal élevée ! Notre père, dont tu prétends qu'il fut si bon envers toi, si parfait à ton égard, ton père t'a pourrie, gâtée, et donné une notion erronée du monde.

Quand je pense qu'il a exigé que tu portes son nom. Pas celui de notre mère ainsi qu'il est d'usage pour toutes les filles en Espagne ! Non : son nom à lui. Barreto. Comme ses fils. Isabel Barreto... Quel honneur ! Et quel désastre ! Je pèse mes mots. Tu as toujours généré des situations impossibles et des sentiments extrêmes... Haïe ou adorée. Tu suscites, chez autrui, le pire ou le meilleur.

Et si notre père avait peut-être trouvé la paix grâce à ton amour, il se servait de toi pour nous diviser et pour régner sur ses fils.

L'envie, encore une fois, empoisonnait l'atmosphère.

La préférence ostentatoire dont il te gratifiait, la totale indifférence qu'il témoignait aux autres – sa dureté envers Beatriz et Leonor, sa rigueur envers Antonio et surtout son mépris pour Jerónimo, l'aîné des garçons –, les torturaient tous.

Le malheureux Jerónimo se considérait, à raison, comme le futur chef de famille, l'unique héritier de notre père. Quelle humiliation de lui imposer les mêmes maîtres qu'à toi ! Quelle injustice de le confondre avec une fille, sa cadette de sept ans ! Il vivait ta présence à l'entraînement, aux écuries, dans la carrière comme une insulte.

Mal aimé et trahi, il se vengeait sur toi. Je l'entends encore te lancer : « Tu as le choix, cloporte : au poignard ou à l'épée ? Bats-toi, puisqu'on te dresse à cela ! » Il prétendait te défigurer, t'éborgner comme la princesse d'Éboli qui avait joué aux mêmes jeux, en apprenant l'escrime. Tu relevais ses défis et lui rendais coup pour coup. Mais les assauts de Jerónimo n'avaient rien de fraternel. Le moins qu'on puisse dire, c'est qu'il ne plaisantait pas. Si tu l'avais laissé faire, il aurait définitivement réglé la question. Tes cicatrices aux bras et au ventre en témoignent… Moins forte que lui, bien sûr. Plus incisive toutefois, plus agile, plus rapide.

Blessée, tu te gardais bien de te plaindre. Pas un mot. Tu ne racontais rien.

Au fond, tu n'es pas bavarde. Tu as même la parole très rare. En dépit de ta superbe, tu te tais.

Au fond, oui, je n'avais jamais pris la mesure de cela : ton silence.

Lorsque tu avais perdu la bataille – après chacune de tes rencontres avec Jerónimo – tu disparaissais. Tu pan-

sais tes plaies, je suppose. Tu pouvais t'échapper des jours entiers… Je me suis toujours demandé comment tu survivais, seule dans les coupe-gorge de Lima. La ville était une ville de bandits, où les gueux d'Espagne et les désœuvrés de la Conquête continuaient de chercher l'aventure, de traîner leur misère et de rêver d'or. La violence explosait partout. Tes absences semaient la panique à la maison. Les nourrices indiennes se répandaient en lamentations. Les servantes métisses poussaient les hauts cris. Ma mère pleurait derrière les portes closes.

On dépêchait Lorenzo à ta recherche. Il avait juste un an de moins que toi… Nous savions tous que tu l'adorais, qu'il était le seul à pouvoir te faire revenir.

Quant à Jerónimo, que notre père corrigeait furieusement à coups de fouet comme les esclaves, il clamait derrière son dos que le favoritisme du capitaine Barreto prouvait qu'il était gâteux. Que toi, sa préférée, tu déshonorais son nom. Que tu ne valais rien, que tu fuyais, que tu avais peur. Le mot peur prononcé à ton propos exaspérait notre père.

Je n'ai jamais douté, moi, que tu avais peur. Pas de Jerónimo. Peur de ne jamais parvenir à la hauteur où notre père t'avait mise. Il te farcissait la tête avec ses récits héroïques. Je l'entends encore te raconter ses propres exploits contre les Mapuches, au Chili. Tu finissais par partager ses rêves de bataille et ses visions sanglantes. La Conquista…

Découvrir, comme lui, un nouveau continent. Dominer une terre inconnue. Régner sur un empire.

Tu te désespérais de ta faiblesse et de tes défaites. Trop orgueilleuse, trop ambitieuse, tu te jurais d'écraser Jerónimo, d'écraser tout le monde un jour. Tu deviendrais la plus riche. La plus puissante. La plus lettrée. La plus belle, la plus brave… Et, cette fois, ton père bien-aimé serait heureux et rassuré. Ni la dupe ni la victime de sa confiance en toi.

Cesse de te tourmenter : tu lui as rendu ses bienfaits au centuple.

Tu as été pour notre père ce qu'il voulait que tu sois : la revanche de l'obscur petit capitaine portugais qui préférait se faire passer pour le bâtard d'un grand seigneur, bâtard de cet illustre Nuño Rodríguez Barreto qui ne l'a jamais reconnu, plutôt que d'avouer son absence de noblesse... Illégitime, quelle importance ? Toi, sa fille, tu serais une reine. À seize ans, tu étais déjà la seule señorita du Pérou à pouvoir débourrer les pur-sang et te battre à l'épée. La seule demoiselle de Lima à parler le latin, à connaître les mathématiques, à savoir la géographie. Doña Isabel Barreto. Tu jouais du luth. Comme une reine. Tu chantais, tu dansais, tu récitais des poèmes. Comme une reine. Et tu te parais, comme une reine... Doña Isabel Barreto. Ironie du destin : en épousant le neveu du gouverneur de Castro, puis en choisissant pour mari le capitaine Hernando de Castro, tu es redevenue au bout du compte ce que tu n'aurais jamais dû cesser d'être. Une de Castro. Comme notre mère, comme nous toutes !

Reconnais-le. À force de te vouloir sienne, à force de te tirer vers lui, notre père t'avait amputée d'une partie de toi-même... Je parle de l'âme de notre mère. Certes tu n'as jamais eu sa douceur ! Ni sa bonté ni son abnégation. Mais son absence de mesquinerie, oui... Sa capacité de pardon, sa grandeur, son amour. Tu disais toujours que, pour ton malheur, vous n'aviez rien de commun, tu disais qu'elle était généreuse et fertile. Toi non... C'est pourtant à elle, notre mère, que tu ressembles !

Même aujourd'hui, tu lui ressembles... Quand je t'observe dans le cloître, les yeux baissés, ta magnifique chevelure blonde teinte en noir : c'est elle que je vois arpenter la galerie, son bréviaire à la main.

Notre père... épris de toi, Isabel. Toi, si semblable par la beauté et par les connaissances à cette épouse trop bien née, trop bien éduquée, dont il restait jaloux... Je me demande comment il a réussi à te céder à un autre !

Et pourtant, c'est bien ce qu'il a fait : il t'a donnée à Alvaro de Mendaña.

Sans doute pensait-il que Mendaña était trop âgé pour te plaire ? Que jamais tu ne tomberais amoureuse de lui ?

Non, il n'avait certainement pas imaginé que tu aimerais cet homme. Que tu l'aimerais à ce point ! Aucun de nous, d'ailleurs ne pouvait le supposer... Il était tout ton contraire.

*

Sur l'évocation du merveilleux visage d'Alvaro, la voix qui monologuait dans la tête de Pétronille, brutalement, se taisait. Elle n'allait tout de même pas raconter à Isabel sa propre rencontre avec son propre mari !

Pourtant, nulle mieux que Pétronille n'aurait pu le faire.

Elle-même n'avait-elle pas été – après sa sœur Beatriz, avant Isabel –, promise en mariage à Mendaña ?

Une vieille histoire. Un ancien projet de leur père. Un rêve d'union avec le neveu du gouverneur Lope García de Castro...

Au retour du premier voyage de Mendaña, le richissime capitaine Barreto avait scellé une promesse d'alliance entre le jeune Général, qu'on surnommait désormais *l'Adelantado des îles Salomon*, et l'une de ses filles... Beatriz ou Pétronille, quelle importance ? Celle qui serait la plus proche de l'âge requis pour paraître à l'autel : celle-là serait dotée somptueusement.

Mais Mendaña était reparti en Espagne. On le disait à la cour, où il relatait au roi l'histoire de ses découvertes.

Au fil du temps, dans la longue suite des contrats établis par procuration entre Lima et Madrid, le prénom de l'accordée avait changé. Beatriz, devenue trop vieille, avait été mise au couvent. Pétronille, qui réclamait d'y entrer, avait été mariée à un autre. En cette année 1584, Nuño comptait encore trois filles à doter. L'aînée des trois, Isabel, avait dix-sept ans.

Depuis la fête de sa sainte patronne, depuis le 17 novembre 1567, jour de sa naissance, elle entendait parler de l'adelantado de Mendaña. La vie n'avait pas été facile pour lui. Il était déjà rentré depuis belle lurette à Lima sans oser, sans daigner, se présenter chez les Barreto. Il ne venait pas réclamer la dot qu'on lui avait promise.

Pour Nuño, dix-sept années d'attente.

D'interminables fiançailles, nées du rêve qu'avait suscité en lui le spectacle des galets noirs sur le rivage de Callao, du panache rouge et des deux galions dorés appareillant sur la Mer du Sud.

Chapitre IV

DEUX COQS SUR UN MÊME TAS DE FUMIER

Quand Pétronille se rendit dans la salle du Chapitre au terme des offices du soir, elle trouva, déjà rassemblés, l'Abbesse et son conseil. Les quatre religieuses siégeaient, raides et droites dans leurs stalles. Toutes gardaient les bras croisés, les mains dans leurs manches, la tête penchée. Toutes semblaient plongées dans de pénibles réflexions.

Pétronille se hâta de gagner sa place à la droite de Doña Justina. Celle-ci attendit qu'elle fût assise pour commencer :

— Après avoir prié ardemment, il nous est apparu, à nos Mères et à moi-même, que nous ne devions pas conserver le contenu du coffre de Doña Isabel Barreto de Castro dans ce couvent. Il nous est apparu que nous, pauvres religieuses au service du Seigneur, nous ne pouvions juger de cette affaire, et qu'il convenait d'en référer…

— À qui ? coupa Pétronille, la voix blanche, manquant par cette interruption à toutes les convenances.

Elle n'avait pu se défendre de ce sursaut : le Chapitre avait siégé et statué en son absence. La décision était prise, sans qu'on eût jugé opportun de la consulter.

— À qui ? répéta-t-elle… À l'Inquisiteur ?

Doña Justina choisit de ne pas relever sa grossièreté. L'absence d'usages ressemblait si peu à Pétronille. Elle poursuivit d'un ton bonasse :

— Pourquoi l'Inquisiteur ? Cette affaire ne le concerne en rien. Non. Pas à l'Inquisiteur. À notre Évêque bien-aimé qui saura nous conseiller… Nos Mères et moi-même souhaiterions lui fournir tous les éléments dont il pourrait avoir besoin… Nous aimerions que vous nous écriviez ce qu'il devrait savoir sur le passé de votre sœur.

— Moi ? Je ne saurais pas !

— Vous sauriez très bien. N'avez-vous pas tout partagé avec Doña Isabel ?

— Dans notre jeunesse, seulement.

— Racontez donc sa jeunesse.

— Il n'y a rien à dire avant son mariage.

— Justement. Évoquez pour notre Évêque les circonstances de sa première union avec l'adelantado de Mendaña…

Doña Justina parlait droit devant elle, sans se tourner vers Pétronille à laquelle elle s'adressait. Sa voix résonnait, comme désincarnée sous la voûte :

— … Croyez bien que, s'il nous avait été loisible d'interroger Doña Isabel en personne, nous ne vous aurions pas mise à contribution. Mais Doña Isabel n'a pas daigné assister aux offices de toute cette journée. D'après ce que nous comprenons, vous-même ignorez où elle se cache.

— Doña Isabel ne se cache pas, répondit Pétronille. Son absence aux offices me donne plutôt à craindre qu'elle n'ait eu un malaise.

— Je veux bien le croire. Et nous partageons votre inquiétude. La question est de savoir comment lui porter secours.

La religieuse qui siégeait à la gauche de l'Abbesse précisa sèchement :

— En admettant que Doña Isabel nous fasse encore l'honneur de sa présence entre nos murs… Ce dont il nous est permis de douter.

— L'épouse de Don Hernando de Castro, la veuve de Don Alvaro de Mendaña n'aurait jamais enfreint les lois qui nous interdisent de franchir notre enceinte, rétorqua Pétronille avec hauteur.

— Quoi qu'il en soit, conclut Doña Justina, je vous prierais de nous adresser une petite relation qui instruira notre Évêque sur le cas que nous comptons lui soumettre. Une relation écrite, puisque vous semblez incapable de la faire de vive voix. Je ne parle que de quelques pages… Presque rien. Les points essentiels. Par exemple : Doña Isabel se confessait-elle régulièrement durant son enfance ? Allait-elle chaque jour à la messe ? Obéissait-elle à tous les commandements ?

— Ma sœur a toujours été d'une grande piété ! Chez notre père, à l'Hacienda…

— Voilà. Vous avez compris. Décrivez-nous les pratiques de Doña Isabel quand elle était jeune fille… Vous avez une écriture très élégante, Doña Pétronille, je me réjouis de vous lire… Plus agréable que les registres de votre sœur, dans son fameux coffre… Les points essentiels.

*

Penchée sur sa table, armée d'une plume et d'un encrier, Pétronille s'employait au travail qu'on lui avait demandé. Elle tentait d'obéir aux ordres et s'adressait à elle-même les questions qui éclaireraient l'Évêque.

Peine perdue. Pas une ligne qui aille dans le bon sens. Pas une phrase qui réponde aux interrogations de l'Abbesse.

Sa plume crissait dans le silence. Elle barrait les mots qu'elle avait esquissés, réfléchissait, et revenait à ses écritures.

De nouveau, peine perdue.

Elle gardait la main en suspens et tentait de reprendre le fil de ses idées. Comment évoquer la nature d'Isabel de manière cohérente ? se demandait-elle.

On pouvait aimer Isabel pour tant de raisons. On pouvait lui reprocher tant de choses. Sa vanité ? Oui, certainement, sa vanité ! Trop d'orgueil, trop de coquetterie, trop de violence, trop d'autorité. Pétronille demandait pardon au Seigneur de n'avoir pas aidé sa sœur à cheminer vers Sa Lumière et vers Sa Paix. Elle Lui demandait pardon de ses propres faiblesses, s'accusant elle-même de ce trouble qu'elle ne parvenait plus à maîtriser.

Elle se leva.

Pieds nus sur les carreaux de faïence, elle allait, elle venait, passait d'une station à sa table à une halte sur son lit, puis recommençait à faire les cent pas. Incapable de raisonner. Incapable d'écrire. Incapable de prier. Incapable même de se coucher. Dès qu'elle s'allongeait, les voix dans sa tête reprenaient, les images revenaient.

Elle revoyait la maison de son enfance, à quelques encablures de l'hôpital réservé aux Indiens, sur la place Santa Ana. La demeure elle-même évoquait une forteresse, un bloc trapu où se succédaient trois patios blanchis à la chaux. Le premier était réservé aux hommes. Le second, aux femmes. Le troisième, aux serviteurs. Chaque cour ne comptait qu'un étage dont toutes les fenêtres donnaient sur le balcon intérieur. Rien sur la ville, sinon le porche d'entrée. Dehors, dans la rue, juste à côté du portail clouté et de l'arche où se balançait une cloche, sourdait un bassin d'eau claire. Là venaient boire les habitants du quartier, hommes et bêtes. Cette source qu'on appelait *la pililla del agua Barreto* alimentait la fontaine et le bassin dans la cour d'honneur. De là, rayonnaient plusieurs chemins qui descendaient vers le quartier des esclaves et les communs. Au bout de l'un de ces chemins se dressaient les écuries et la carrière de sable, où le capitaine Barreto entraînait ses chevaux. Au fond de l'autre sentier, le *corral de toros* et les champs où paissaient ses monstres de combat : la grande fierté d'Isabel. Les taureaux.

À cette évocation de l'Hacienda paternelle, Pétronille ne trouvait ni soulagement ni joie. Les images s'imposaient malgré elle, les phrases tournaient en rengaine, toujours les mêmes. La voix d'Isabel : « … Je n'épouserai pas l'adelantado de Mendaña. »

L'épisode des fiançailles l'obsédait. Pas les siennes. Celles d'Isabel.

Pétronille se releva et reprit sa danse de Saint-Guy, essayant de se raconter à elle-même les scènes de la vie d'Isabel dont elle avait été le témoin.

… Moi ? Comment pourrais-je, moi, savoir ce que tu as pensé ? Ce que tu as senti, Isabel ?

Tu me rétorqueras que je sais tout de toi. Menteuse ! Je ne sais que ce que tu as bien voulu me dire.

Oui, certes, tu m'as expliqué les raisons qui avaient présidé à beaucoup de tes actes… Oui, mais au détour d'une conversation sur un autre sujet, quand tes choix étaient entérinés, quand tes mobiles avaient perdu toute importance... Et longtemps après les événements.

À cet égard, tes fiançailles avec l'adelantado de Mendaña restent significatives. Combien d'années t'aura-t-il fallu pour évoquer devant moi l'affaire de ton mariage, en même temps, sur le même plan, que cet autre drame – l'abomination de ton voyage à Cántaros ?

Tes gestes m'ont tant de fois plongée dans des abîmes de doute. J'ose dire qu'ils n'ont jamais cessé de me surprendre. Et pour cause ! Tu ne formules rien. Interrogée sur tes intentions, tu gardes le silence. Avec obstination. Je me demande quelquefois si tu ne fais pas exprès de laisser s'installer le malentendu. Par orgueil. À tes yeux, ne pas te comprendre signifie ne pas être digne de toi. Dès lors, à quoi bon t'expliquer ? Les mots, les confidences deviennent inutiles.

L'orgueil te tuera.

Je te le répète, ce serait pourtant à toi de parler, Isabel. Comment réussirais-je à le faire ? Quand je songe à notre jeunesse, la seule personne à laquelle je pourrais – peut-être – la raconter, c'est toi. Avoue que l'idée semble paradoxale !

Tout de même, ma sœur, tu exagères de me contraindre à cela !

Voyons. Reprenons au début...

Le mariage. Ton mariage. Racontons à ta place, puisque c'est ce qu'on exige de moi.

Au moins dans ma tête, racontons...

*

Ce jour-là, notre père nous avait tous rassemblés devant le corral de toros, une arène de fortune au fond de la propriété où nous regroupions nos taureaux de combat, pour les obser-

ver et les choisir. C'était il y a plus de vingt ans, à la veille de la corrida en l'honneur de l'entrée à Lima du nouveau Vice-Roi. D'après mes souvenirs, je dirais qu'il s'agissait du comte de Villardompardos.

Moi-même je n'habitais déjà plus la capitale. J'étais mariée et logeais chez ma belle-famille, à une centaine de kilomètres au sud... Mais en ces circonstances exceptionnelles, à l'occasion des processions, de la corrida et des fêtes de la prise de pouvoir, mon époux et moi-même résidions à l'Hacienda.

Je te revois au sortir de l'adolescence, Isabel, debout à côté de notre père, contre la palissade qui encerclait l'arène... L'ombre de ton profil dans le sable. Une silhouette si précise qu'elle paraissait incisée au couteau... Le front haut et bombé. Le nez aquilin, en bec d'aigle. La bouche trop petite, trop étroite pour la sensualité des lèvres. Le menton volontaire. Et le cou : une ligne forte, ferme, qui paraissait interminable. Un port de reine. Sur ce point, aucun doute.

Je me souviens m'être dit que dessiner ton profil eût été un jeu d'enfant. Mais que rendre ton portrait de face, ah cela, c'eût été une entreprise plus complexe ! Car, de face, tu ne te ressemblais pas, tu étais même un autre personnage. L'ovale de ton visage adoucissait toutes tes aspérités. Ton nez semblait court, et ta bouche proportionnée. Une jeune fille différente.

Quoi qu'il en soit, qu'on te regardât de face ou de profil, je crois que n'importe qui, à n'importe quelle époque, t'aurait décrite comme une beauté. Pas jolie. Ni charmante ni même gracieuse... Belle.

D'aucuns, pour te caractériser chez nous à Lima, ajoutaient toutefois l'adjectif étrange. « Doña Isabel, cette demoiselle d'une beauté si étrange », disait-on en parlant de toi... Quant à cela, ton étrangeté, les gens n'avaient pas tout à fait tort ! Car parler de la régularité de tes traits, c'était au fond ne rien voir et manquer le plus important.

L'essentiel ? L'opposition entre ta peau de blonde et tes grands yeux noirs, luisants comme des olives. Le contraste entre tes sourcils, très arqués, très sombres, et tes cheveux d'un or tirant sur le roux, une couleur particulière qui n'appartient qu'à certaines filles de Galice. Ou, selon notre père, du nord du Portugal. Il prétendait que, dans les vagues de ta chevelure, il respirait le parfum des grandes dames de sa lignée. Peut-être disait-il vrai, bien que vous n'ayez rien en commun tous les deux. Tu étais de haute taille, quand lui-même était petit. Et tu avais le teint pâle, quand il l'avait bistre. Et pourtant... Le charme de ton visage, comme celui de toute ta personne, reposait sur ce mélange des genres : blonde et brune, à la fois.

Diaphane et puissante. Suave et dure. Tu as l'éclat de l'or et celui du jais. Le clair et l'obscur. Ces dissonances et ces dualités qui font la singularité de ton apparence s'étendent, je pense, à ton portrait moral.

Double, tu l'es en effet.

Avec son mépris coutumier, Jerónimo, notre aîné, ne t'appelait que « la femelle Isabel... Chienne jusqu'à la moelle. » Élevée comme un garçon, oui, peut-être : l'une des aberrations de son gâteux de géniteur. Mais le maniement des armes ne changeait rien à l'affaire. Tu restais, à entendre Jerónimo, « une drôlesse de la pire espèce qui jouait sur tous les tableaux, une morveuse dangereusement féminine. » Il n'avait pas tout à fait tort. Tu aimais plaire et tu connaissais tes atouts. Jamais, par exemple, tu n'as consenti à te vêtir en homme. Même pour monter à cheval, travailler les taureaux ou combattre à l'épée... En tout cas, moi, je ne t'ai vue qu'en robe. Non par respect envers les lois de notre sexe. Ni par obéissance à la volonté du Seigneur, qui nous interdit de revêtir un autre costume que celui qu'Il a choisi pour nous... Par goût. Par instinct. Notre père s'en félicitait. Il n'aurait pas supporté que tu ressembles à l'un de nos frères.

— Je n'épouserai pas l'adelantado de Mendaña, *lui disais-tu à haute voix, sans quitter des yeux les animaux que nous entraînions pour la cérémonie des jours à venir.*

Cette corrida, qui devait clore les festivités en l'honneur du représentant de Sa Majesté, revêtait pour nous, les Barreto, une importance particulière. Le rattachement de la couronne du Portugal à celle d'Espagne nous rendait, nous les Portugais de Lima, extrêmement soucieux de prouver notre appartenance aux traditions de Madrid.

La première fiesta brava *avait été célébrée au Pérou près d'un demi-siècle plus tôt, au lendemain même de la victoire des Espagnols sur les Indiens. Francisco Pizarro en personne avait combattu le second taureau, prouvant par cette démonstration l'éclat de son courage et la justice de son triomphe.*

Depuis, toutes nos grandes réjouissances s'achevaient dans l'arène, en dépit des édits de l'Église qui, par périodes, dénonçait le paganisme de la « fête sauvage » et *l'interdisait. Peine perdue. La tradition se maintenait.*

En ce matin de novembre 1585, on construisait en toute hâte les arcs de triomphe et les architectures de carton-pâte qui devaient jalonner la route du Vice-Roi entre le port de Callao et Lima. On sablait la place d'Armes, on fermait les rues alentour, on montait les gradins à l'ombre de la cathédrale. Seuls les nobles pouvaient participer à ce jeu qui leur restituait les joies et les dangers de la guerre. Ils combattaient à cheval, dans l'arène, comme lors des tournois.

Le lignage de notre mère, la beauté de nos chevaux, et surtout, surtout la bravoure de nos monstres de combat, imposaient notre père comme maître de cérémonie. Les meilleurs animaux provenaient de ses élevages. Lorenzo, notre frère cadet, passait pour un formidable rejoneador. *Quant à toi, Isabel, demain, tu paraîtrais pour la première fois dans le monde, à la tribune d'honneur avec la nouvelle cour. Tu en rêvais. Nous tous, les Barreto, nous attendions avec ferveur cette course qui nous imposerait comme l'une des plus grandes familles de Lima et glorifierait notre nom.*

À cette heure, Jerónimo, alors âgé de vingt-trois ans ; Lorenzo, seize ; Diego, quinze ; et Luis, douze, observaient les animaux que tu leur montrais. Nulle mieux que toi, Isabel, ne savait sélectionner les bêtes les plus courageuses et les plus agressives.

— Je n'épouserai pas l'Adelantado, *t'entendis-je répéter une seconde fois.*

Tu avais quitté la palissade pour t'installer en surplomb, au-dessus de l'arène. Tu t'étais juchée, là, sur la barrière qui servait de banc, ou plutôt de gradin. Je m'y appuyais déjà, en compagnie de mon mari. Nous dominions de très près le corral.

— Tu feras ce qu'on te dira, *grommela notre père.*

Il t'avait suivie sur la barrière et s'y tenait à tes côtés avec trois de nos frères… Lorenzo, lui, avait sauté parmi les taureaux.

— Dites ce que vous voulez, je ne l'épouserai pas !

— Cela m'aurait étonné, *ricana Jerónimo.* La morveuse s'offre un nouveau caprice !

Vous vous détestiez depuis l'enfance. Une vieille histoire. Il t'enviait plus que jamais. Ta santé, ton énergie, et surtout ta splendeur achevaient de le gêner. Lui-même ne ressemblait à aucun de nos deux parents. Il était aussi haut que large, tout en graisse et en muscle. Mal-aimé, il en était devenu méchant.

L'expérience lui avait toutefois appris quelques règles de vie : ne pas intervenir dans les échanges entre le père et la fille. Jerónimo quitta la barrière et s'écarta.

— L'Adelantado a un quart de siècle de plus que moi, *lançascu-tu avec légèreté.*

— Et alors ? *gronda notre père.*

— Et alors...

Tu laissas ta phrase en suspens, affectant l'indifférence. Tu suivais du regard, avec un intérêt que tu voulais beaucoup plus soutenu que ta conversation, l'agressivité des monstres que tu avais sélectionnés pour Lorenzo.

Celui-là, ton cadet d'un an, était grand et blond comme toi. On aurait pu vous croire jumeaux, tant vous vous ressembliez. Quand je regardais Lorenzo avec les taureaux, j'avais l'impression de te voir, toi, immobile, attentive à sa place.

Plusieurs Indiens, qui couraient autour de lui, travaillaient à faire sortir les animaux de leur querencia *– leur cercle de protection –, et tentaient de les forcer à charger. Si les taureaux se ruaient sur ce qui bougeait à l'autre bout de l'arène, s'ils se jetaient sur les chapeaux qu'on agitait au loin, s'ils s'acharnaient sur les morceaux de tissu qu'on leur abandonnait en s'enfuyant, c'était le signe de leur instinct combatif.*

Un très bon signe.

L'une des bêtes avait foncé, plantant ses cornes dans la palissade avec un bruit mat de cognée, crevant le bois juste devant nous.

Notre père ne put réprimer un mouvement de recul. Tu restas impavide.

— Et alors, *poursuivis-tu,* je ne l'épouserai pas. Voulez-vous que je vous dise ? Une alliance avec vous n'entre pas dans ses projets. La preuve ? Depuis six ans que l'adelantado de Mendaña est rentré à Lima, il n'est pas venu vous rendre visite une seule fois.

— Six ans, tu dis ? Tant que cela ?

— Six ans.

— C'est qu'il est trop occupé pour se marier.

— Trop occupé pour épouser une personne qui lui apporte quarante mille ducats ? Allons donc ! Il a d'autres accords en tête, une autre fiancée, que sais-je ? Une concubine indienne comme Jerónimo. Merci bien ! Nous devons songer pour moi à un mariage plus avantageux.

— Je ne te demande pas ton avis.

— Je vous le donne quand même !

Au contraire de ton faste et de ton maintien habituels, tu avais ce jour-là des mèches folles sur le front, la jupe crottée, les coudes et les bottes troués. Et pour cause ! Les atours que tu affectionnais t'auraient gênée pour travailler avec les peones *dans la boue du toril.*

Demain, à la tribune d'honneur, tu serais méconnaissable : une splendeur, je le savais. J'avais vu tes préparatifs et tes répétitions. Ta chevelure d'or bouclée au petit fer, les crevés de tes manches piquetés des perles de notre mère, la poitrine constellée de ferrets, et le menton haut, posé sur une fraise immaculée, gigantesque, comme tu les aimes. Un monument que blanchissait et tuyautait à cette heure ton armée de lavandières indiennes.

Même assise sur la barrière, tu dépassais notre père d'une tête. À côté de toi, il paraissait presque inoffensif.

Ne pas s'y fier. Pour nous tous, il restait un maître aussi redoutable qu'imprévisible.

— Quant à épouser quiconque, *ajoutas-tu avec légèreté,* si vous continuez d'attendre, c'est moi qui serai trop vieille.

— Tu as dix-sept ans.

— Je vais en avoir dix-huit... Pétronille était mariée à quatorze.

Redoutant vos commentaires en présence de mon époux, je m'éloignai de quelques pas.

Mais impossible de ne pas vous entendre : entre vous, le ton montait.

— Tu as poussé assez de cris contre le mariage de Pétronille, *rétorqua mon père.*

— Oui, car elle n'avait aucun goût pour cet état. Et l'homme à qui vous l'avez donnée est un vieux soudard qui la bat. Mais moi... moi, je peux prétendre à mieux.

— L'Adelantado est de bien plus noble ascendance que ta mère. Et il a été reçu par le Roi.

— Peut-être, mais on dit qu'il a perdu sa fortune. Qu'aucune grande famille ne voudrait donner sa fille à ce gueux.

Cette fois, l'argument porta et notre père réagit :

— Qui prétend cela ? *tonna-t-il.*

Prudente, tu éludas, préférant ne pas citer tes sources.

— Quoi qu'il en soit, il n'est jamais venu me demander.

— Eh bien ma petite, nous allons régler la question tout de suite.

L'adelantado de Mendaña habitait près de chez nous. Sautant de la barrière, notre père remontait déjà l'allée. Je le vis sortir dans la rue. Si le but de ta manœuvre avait été de provoquer ta rencontre avec « ton fiancé », tu avais réussi.

Je savais, moi, ce que notre père ignorait. Que tu avais fait en sorte de voir Don Alvaro. Et même plusieurs fois.

Rien d'extraordinaire à cela. L'Adelantado était célèbre dans tout le Pérou. Tu l'avais repéré.

Lors de tes escapades en ville, tu te vêtais à la tapada, *comme toutes les femmes de Lima qui cherchaient à garder l'anonymat. Un grand châle andalou sur la tête, que tu rabattais jusqu'au front ; la moitié du visage masquée par le pan du tissu ; un œil recouvert, l'autre dégagé. Voir sans être vue. L'une de tes grandes spécialités.*

Je n'ai jamais bien compris où tu courais, ainsi dissimulée. Sans doute en quête de colifichets, de rubans ou de dentelles que les revendeuses ne colportaient pas jusqu'à la maison. En ces années 1580, ce n'était toutefois pas un village que tu traversais, mais le plus grand marché du Nouveau Monde ! Près de onze mille personnes habitaient nos rues, aussi longues, aussi populeuses que celles de Naples ou de Milan : un vaste damier, créé de toutes pièces par Pizarro en dix ans. Dans la rue des Argentiers, la rue des Bouchers, la rue des Savetiers qui se coupaient à angle droit, les maisons basses et chaulées n'évoquaient plus des échoppes de fortune. Même les tavernes où les scélérats qui descendaient des mines venaient négocier leur barre d'argent, même les chicherias *indiennes où les Métis qui travaillaient pour notre père s'enivraient d'alcool de maïs, même les édifices encore plus modestes étaient badigeonnés de blanc et semblaient, de l'extérieur, bien construits.*

Sur la place d'Armes, à l'ombre des deux tours de notre cathédrale qu'on ne cessait d'agrandir, grouillait toute une population bigarrée. Tu te souviens ? Sous les balcons de bois et les galeries en surplomb du Palais, le peuple venait offrir ses merveilles. C'était avant la suite de tremblements de terre... Aventuriers en armures, rabatteurs, musiciens, journaliers. Même les naturels des hauts plateaux, l'œil triste, se regroupaient autour de la fontaine du milieu, qu'on avait mise en eau. Eux aussi, ils aimaient cet endroit. Ils y proposaient le produit de leur village : les sacs en tissu pour les fontes des ânes, les quelques fils de laine qu'ils avaient réussi à voler aux ateliers de tissage appartenant à leur maître.

J'ai pour cette période de notre jeunesse une telle nostalgie ! C'était là, autour de la fontaine, qu'on se faisait prédire l'avenir dans des coquillages par des Indiennes au nez en bec d'aigle, là qu'on discutait le prix de l'or ou des poules, qu'on échangeait ses cochons ou ses breloques, qu'on troquait ses plats d'argent contre des bijoux. Vers ce royaume du petit commerce, convergeaient les tapadas, *aristocrates voilées, plébéiennes masquées, en quête de bonnes fortunes. Ou de bonnes affaires... Comme toi.*

À la cathédrale, l'Évêque tempêtait chaque dimanche contre le foulard qui couvrait les Créoles du Pérou : un voile qu'il disait hérité des populations musulmanes, un legs des femmes maures qu'on avait pourtant chassées d'Espagne.

Il tonnait en vain. Comme pour la corrida, la tradition perdurait.

Sur le chapitre de la décence – ou plutôt de l'indécence des tapadas –, plusieurs de nos vice-rois avaient déjà perdu la guerre. Le dernier en date avait même fini par abandonner, alléguant par un décret officiel que si les pères et les maris n'étaient pas capables de contrôler le costume de leurs femelles, il ne voyait pas comment lui-même pourrait empêcher toutes les filles et les épouses de vaquer à leur guise incognito. Restait l'Inquisiteur. Mais une longue pratique vous permettait, à vous les tapadas, de déjouer la filature de ses agents. Je t'ai vue moi-même faire glisser ton voile sur tes épaules, avec une grâce furtive et rapide qui n'appartenait qu'à toi. Tu te débrouillais toujours pour apparaître tête nue aux ecclésiastiques qui te poursuivaient.

On disait que les tapadas de Lima se rendaient à des rendez-vous galants. Pas toi. Tu méprisais ces manières. Ta beauté t'avait toutefois habituée à des égards. Tu étais même d'une coquetterie insupportable. Tu m'avais raconté, furieuse, que l'adelantado de Mendaña ne t'avait pas accordé un regard. D'ordinaire, les passants se montraient sensibles à la perfection de tes formes que le châle épousait. Lui, rien. Pas même de la curiosité, ou une intuition, un sursaut, quelque chose. Tu t'étais cependant donné le mal de te trouver sur son passage à diverses reprises, te débrouillant pour couper sa route plusieurs fois, dans un sens, dans l'autre... Quiconque à la place de cet homme se serait interrogé, disais-tu. Le plus discret aurait réagi. Excepté celui-là : le personnage auquel on te destinait depuis ta naissance !

Je jugeais, moi, que la correction de Don Alvaro était plutôt à son crédit. Tu ressentais, toi, son indifférence comme un outrage et une menace.

Tu reconnaissais qu'il avait fière allure, oui.

Tu me l'avais décrit comme grand. Large d'épaules. La taille bien prise. Le teint pâle en dépit des traversées. Le cheveu et la barbe courts, bien taillés, d'un roux tirant sur le cendré... En vérité, totalement gris.

Ses longues mains, sans gants, l'une posée sur le pommeau de son épée, l'autre se balançant dans sa cape au rythme saccadé, trop rapide, de son pas, étaient constellées de taches de rousseur. Et ses yeux, gris eux aussi, frangés de longs cils, regardaient droit devant. Manifestement ailleurs. Et manifestement pressé. Tu avais noté tout cela.

Toujours péremptoire, tu résumais l'ensemble à quelques adverbes et deux adjectifs. Bel homme. Mais vieux. Beaucoup trop vieux.

Cette fois, pourtant, ton verdict ne te satisfaisait pas : tu me l'avais avoué.

D'ordinaire, un coup d'œil te suffisait. À tort ou à raison, tu aimais, tu n'aimais pas, tu croyais savoir en face de qui tu te trouvais. Tu jugeais quelqu'un au premier regard. Tu te réservais le droit de changer d'avis, mais tu prétendais avoir une idée claire de ce que tu pensais.

En croisant l'Adelantado : rien. Aucun avis. Aucune idée. Et ta perplexité te poussait, aujourd'hui, à vouloir brusquer les choses. Tu n'avais défié notre père que dans ce but : obtenir une réponse. Oui ou non. Le mariage ? La rupture ? Une décision.

Tu ne pouvais t'empêcher de penser à cet homme qui ne

te demandait pas. Assez, assez avec cette interminable attente qui débouchait sur l'absence et le doute !

Notre père et les nombreux admirateurs de Mendaña nous l'avaient dépeint comme l'un des plus grands navigateurs de tous les temps. Le pays mythique, le paradis perdu que les conquistadors recherchaient depuis plus d'un demi-siècle – l'El Dorado –, Mendaña l'avait trouvé, lui, à vingt-cinq ans. Il avait découvert les îles dont le roi Salomon avait tiré ses richesses : l'or, l'or, l'or, dont la Bible disait que Salomon avait recouvert le temple du Seigneur à Jérusalem. Aujourd'hui, il serrait dans son coffre la charte lui permettant de prendre possession, au nom de l'Espagne, de toutes les terres qu'il pourrait encore découvrir dans la Mer du Sud. Il détenait le droit de les gouverner. Et de les léguer à ses héritiers pour deux générations.

Mieux que Colomb et Cortés n'avaient jamais obtenu pour eux-mêmes. Cela seul eût suffi à susciter ton intérêt.

Mais d'autres rumeurs t'étaient parvenues.

Certains décrivaient le même personnage comme un illuminé, un rêveur et un fou. La preuve ? Il était revenu de ces fameuses îles depuis dix-sept ans et ne réussissait plus à y retourner. Pourquoi ? Car, durant tout ce temps, les conseillers des trois vice-rois qui s'étaient succédé au Pérou l'avaient jugé incompétent. Ils étaient certes les anciens ennemis de son oncle, le gouverneur Lope García de Castro, aujourd'hui décédé, et se vengeaient sur le neveu des humiliations d'autrefois.

On disait que l'existence de Don Alvaro de Mendaña n'était devenue qu'une suite de préparatifs et de départs manqués, d'arrestations et d'emprisonnements.

Tenace, peut-être. Bon navigateur, sans doute.

Ses détracteurs partageaient toutefois la même certitude quant à sa valeur.

Impuissant et médiocre.

Il possédait à leurs yeux un défaut insurmontable, une tare qui le rendait inapte à toute forme de conquête : la bonté. Il semblait, en outre, incapable de survivre parmi les gens de cour et n'avait pas appris à se battre sur le front des intrigues.

La bonté et l'absence de calcul : étaient-ce précisément ces deux travers qui avaient jadis enthousiasmé notre père, de nature si méfiante ? Lui-même avait mesuré l'intérêt qu'il pouvait trouver à marier l'une de ses filles à celui qui deviendrait marquis de la Mer du Sud, quand il aurait colonisé les îles d'or. Le partage de l'El Dorado – un cinquième pour le roi, le reste divisé entre le conquérant et le bailleur de fonds –, paraissait une entreprise digne de considération.

Cette perspective l'avait poussé à venir proposer une première fois à l'adelantado de Mendaña l'usage de sa fortune sous forme de dot. À l'époque, les deux hommes avaient jugé l'affaire conclue et la noce faite. Don Alvaro avait même vendu la peau de l'ours avant de l'avoir tué : il s'était présenté à Madrid comme un homme marié à la fille d'un grand conquistador portugais de Lima.

Ce mensonge, qui anticipait sur les événements, visait à rassurer la Couronne, très soucieuse de ne pas favoriser les aventuriers célibataires, tous les déracinés qui semaient le désordre aux Amériques. Sa Majesté cherchait au contraire à y encourager le développement d'une société stable, fondée sur la famille. Quoi de plus rassurant qu'une épouse partageant aux colonies l'existence de son mari ?

L'administration royale avait été informée de la véritable situation de l'Adelantado, au moment où lui-même apprenait l'entrée dans les ordres de notre sœur aînée Beatriz, sa première promise. Il avait ensuite appris mon propre mariage. Il en avait déduit que le capitaine Barreto s'était fatigué de l'attendre. Quant à lui, emporté par le tourbillon des évé-

nements, il avait fini par oublier cette nébuleuse affaire de noces rêvées et manquées à Lima.

En ce matin de novembre 1585, lorsque notre père surgit chez lui, pour lui renouveler son offre d'alliance et lui proposer sa troisième fille – une blonde aux yeux noirs du nom d'Isabel, qu'il décrivait comme une merveille – la constance du capitaine Barreto ébranla Don Alvaro.

Quarante mille ducats signifiaient deux galions…

À l'instar de tous les marins, Mendaña était superstitieux… Isabel ? *Coïncidence : sa propre mère s'appelait Isabel. Elle était blonde aux yeux noirs, elle aussi. Autre coïncidence, elle était née Isabel de Neyra y García de Castro…* Isabel de Castro. *Ton vrai nom.*

Le marché arrivait à point. Un cadeau de la providence. Cette union était écrite.

Après toutes ces années perdues, Don Alvaro n'attendit pas une minute. Il ouvrit une fiasque, trinqua avec son futur beau-père, et justifia la rapidité de son accord en insistant sur le concours de circonstances qui l'y prédestinait.

Côté destin, Mendaña se garda toutefois de rectifier quelques détails concernant les dates.

Contrairement à la légende familiale que nous perpétuons tous, tu n'es pas née le soir même de son départ pour les îles d'or du roi Salomon, car il ne partit pas ce jour-là. Au terme de la cérémonie d'appareillage, des vents contraires l'avaient ramené au port. Il ne leva l'ancre pour de bon que le 20 novembre 1567, soit trois jours après la Sainte-Isabel. Mais quelle importance ? Il avait choisi Isabel entre toutes les saintes comme patronne de son expédition. À sa première terre, à sa première île, à sa première plage du Pacifique – la découverte à laquelle, disait-il, il devait la plus grande émotion de sa vie –, il avait donné ce nom bien-aimé :

Isabel. Au retour, en novembre de l'année suivante, quand la tempête faisait rage, quand ses deux navires prenaient l'eau, la sainte lui avait rendu son amour. Le naufrage était alors imminent. L'ouragan avait arraché les mâts, les lames avaient emporté le gouvernail. En prières devant la statue, il suppliait sainte Isabel d'intercéder auprès du Seigneur pour le salut de ses hommes. Elle l'avait entendu. Les vents étaient tombés. Les vagues s'étaient retirées. C'était le 17 novembre 1568, un an jour pour jour après les cérémonies de l'appareillage dans le port de Callao. Un an jour pour jour après ta naissance.

Dans la vie de Don Alvaro, cette fête restait la date porte-bonheur. Durant dix-sept ans, tous les 17 novembre, il avait célébré la Sainte-Isabel avec gratitude et nostalgie. Mais sa patronne ne lui avait plus été aussi favorable.

Aujourd'hui, ses accordailles avec une señorita Isabel qui se cachait à quelques pas de chez lui rendaient l'aventure et la victoire – son retour à Sainte-Isabel *dans l'archipel des îles d'or – à nouveau possible.*

Restait à rencontrer sa promise.

Saisissant leurs chapeaux, les deux hommes se rendirent tout droit à l'Hacienda.

Ils n'eurent que quelques rues à traverser pour rejoindre la propriété.

— Tu as voulu que l'Adelantado te demande, *hurla notre père en atteignant l'arène…* Et même qu'il te réclame : je te le ramène !

Les présentations ne pouvaient être plus lourdes, ni plus blessantes. Elles se déroulaient en notre présence à tous, moins de deux heures après votre première conversation sur le sujet. L'air sentait le fauve, l'ail et le fumier.

Tu sautas de la barrière.

— Le voilà ton amoureux, que tu appelais à cor et à cri : il revient avec moi se jeter à tes pieds.

Comme toi, j'avais blêmi.

Je te regardai. Les cheveux dans la figure, la peau imprégnée de l'odeur puissante des taureaux… Aucune Espagnole, aucune Liménienne, aucune femme au monde n'aurait souhaité se montrer à son fiancé dans cet état. Notre père le savait. Ta coquetterie et ton orgueil étaient de notoriété publique.

La perfection… Avec le temps, ton instinct de petite fille s'était transformé en nécessité.

Pour survivre en égale parmi les mâles qui t'entouraient, tu ne pouvais que les contraindre à l'éblouissement et au respect. T'imposer à eux par une superbe qui les tenait à distance. L'éducation de notre père ne te laissait pas d'autre choix : tu te devais de te dépasser toi-même. Il avait fait de toi l'incarnation d'une très grande dame, telle que nous en rêvions au Pérou : une Espagnole qu'on ne pouvait ni forcer, ni acheter, ni même approcher. En termes clairs : l'inverse d'une femme ordinaire. Toujours coiffée, toujours parée, et toujours parfumée. Le masque, aujourd'hui, te collait au visage.

En te piégeant au travail avec les animaux, dans ce monde où nous tous, même les plus humbles, attachions tant de prix à la noblesse et à la prestance, notre père t'infligeait un camouflet.

Évidemment, il le savait. Sa cruauté était consciente.

Je le reconnaissais bien là, avec ses contradictions, ses bizarreries, ses sautes d'humeur : de véritables retournements, que lui-même ne pouvait saisir et ne maîtrisait pas.

Il cherchait à t'humilier, parlant si fort que même les Indiens dans le corral avaient cessé de s'intéresser aux taureaux.

Tout le monde observait la scène.

Tu te tenais debout, face aux deux hommes. Celui qu'on te présentait était si grand qu'il te masquait tout entière. Lui, je le voyais de dos. Nos frères s'étaient rapprochés. Eux aussi tentaient de saisir le sens des plaisanteries de notre père.

— C'est bien ce que tu voulais, non ? Il t'épouse. En l'état ! Même si tu as l'air d'une souillon.

J'avais suivi nos frères, tout près de l'Adelantado. Son expression disait clairement sa surprise. Je le vis froncer le sourcil. Il baissa la tête.

Ma première impression fut semblable à la tienne... Rien. *Je n'en pensais rien. Il n'avait pas daigné se découvrir. Ses yeux restaient dans l'ombre.*

Les tiens en revanche exprimaient clairement tes sentiments. Tu les enveloppais tous deux dans un regard qui ne laissait pas augurer le meilleur pour ton « fiancé ».

Sans doute notre père en comprit-il le sens : l'ordre de changer de registre. Ou de se taire. Il n'en tint aucun compte. Quelque chose le poussait à te défier devant Don Alvaro.

Était-ce la perspective de te perdre, la peur de la séparation qu'il n'avait probablement jamais mesurée, avant cet instant ? Le besoin de te prouver qu'il restait ton maître malgré tout ? Une douleur, une jalousie sourde envers cet événement, ton mariage, qu'il avait pourtant souhaité et provoqué ?

Ou bien la peur de s'être laissé duper par son futur gendre ? Pourquoi l'adelantado de Mendaña avait-il donné son accord si rapidement ? Sinon parce que sa bourse était vide, qu'il se savait lui-même un homme âgé, fini, ruiné. Sinon parce qu'il trouvait à ce mariage des avantages qui ne pouvaient que spolier l'intérêt des Barreto.

Tel que je le connais, notre père se sentait floué.

Piégé par toi qui l'avais contraint à cette démarche. Piégé par l'Adelantado qui l'avait acceptée.

Il s'était laissé manipuler, il avait réagi sans réfléchir.

En cet instant, je crois qu'il le haïssait. Qu'il vous haïssait tous les deux.

— Examine-le, ma fille, examine-le, ton promis que tu disais tout gris, tout courbé : le voilà qui se courbe encore davantage devant toi.

Cette fois, Don Alvaro porta la main à son épée. Allait-il venger cette insulte ? De réputation il n'avait pas le sang chaud. Mais on disait qu'en colère, il pouvait se montrer terrible.

Je soupçonne que lui non plus ne comprenait rien à l'ironie de notre père. Pourquoi ces sarcasmes ? Le capitaine Barreto était-il saoul ? Ils avaient à peine partagé une bouteille tout à l'heure : non, Barreto ne pouvait être ivre. À moins qu'il l'ait été avant ? Barreto avait déboulé chez lui, dès le matin, avec ses propositions insensées…

L'Adelantado t'observait, et ce qu'il lisait sur ton visage le fit se contenir. Il s'obligea à se montrer courtois et se fendit d'un coup de chapeau, auquel tu ne daignas pas répondre.

— Quarante mille ducats… Deux galions. Qui, ma fille, n'accepterait pas n'importe quoi pour deux galions ?

Une seconde fois, l'Adelantado s'apprêta à dégainer. Il avait blêmi jusqu'aux lèvres. Il allait faire taire le capitaine Barreto.

Le coup d'œil que tu adressas à notre père l'arrêta : devant ta honte et ta souffrance, Don Alvaro choisit de ne pas provoquer un esclandre.

Il me dirait plus tard qu'il ne s'attendait pas à te trouver si pleine d'ardeur et de vie. Ni si touchante.

Tandis qu'il connaissait, lui, le coup de foudre, tu travaillais, toi, à contredire ce que notre père avait clamé. « Le voilà ton amoureux, que tu appelais à cor et à cri. » *Tu n'accordas pas un regard, pas un salut à « l'amoureux ». Tu ne lui fis pas l'aumône d'une parole.* « Examine-le, ma fille, examine-le, ton promis que tu disais tout gris, tout chenu, tout courbé : le voilà qui se courbe encore davantage devant toi. » *Aucun intérêt. Aucune curiosité.*

Le message était clair : le mari qu'on te présentait restait invisible. Il n'existait littéralement pas.

Mais de ta colère envers notre père, tu ne fis mystère pour personne.

— Votre grossièreté est sans égale, *assenas-tu.* Quant à ce qui touche à votre noblesse de cœur… Vous avez l'âme basse et vous n'êtes qu'un valet !

Tu lui tournas ostensiblement le dos, lui infligeant une vexation aussi publique que celle que tu venais de subir.

Nous en restâmes pétrifiés. Tu remontas à la maison.

*

Ce jour-là, et toutes les semaines qui suivirent, tu démontras à notre père qu'il ne pourrait te contraindre en rien. Et que tu n'épouserais jamais le personnage qu'il te destinait. Ton fiancé avait beau t'avoir agréée, toi, tu le refusais.

— Si tu n'épouses pas Mendaña, tu n'en épouseras pas d'autre. Je t'enferme au couvent.

— Loin de vous et loin des hommes : la perspective me convient.

— Tu es un monstre, *hurlait notre père.* Voilà comment tu me payes de toute l'indulgence que j'ai eue pour toi ! Tu ne paraîtras pas dans le monde… Ni messes, ni processions, ni corridas, ni bals : tu ne sortiras de cette pièce que mariée à celui que j'ai choisi.

— Alors je n'en sortirai jamais !

— J'interdis les visites. Pétronille ne viendra pas geindre avec toi. Au secret entre les quatre murs de ta chambre… Pour toute ta vie, si tel est mon bon plaisir.

— Au moins, j'aurai la paix.

— Tu n'aimes personne !

— Et vous, mon père, vous aimez quelqu'un ?

*

Ta réclusion mit la maison sens dessus dessous. Notre mère restait le pouvoir derrière le trône. Mais toi, tu avais été la reine durant dix-sept ans. L'âme, la tête, le bras, la véritable maîtresse de l'Hacienda. Ta prodigieuse énergie, ton sens de l'organisation, ton goût du pouvoir manquaient partout. Du plus humble des Indiens aux Métis pleins d'arrogance, les domestiques, en ton absence, se débandaient.

La famille se divisa bientôt en deux camps. Celui de Jerónimo, qui faisait garder ta porte par ses hommes et ses molosses. Celui des « petits », Diego, Luis et Mariana, qui tentaient de communiquer avec toi en cajolant les servantes.

Notre mère, comme les autres, avait pris parti. Elle qui d'ordinaire se tenait en retrait des affaires, le clamait haut et fort : en refusant d'obéir, tu manquais à Dieu, tu manquais à ta famille, tu manquais à ce que tu te devais à toi-même. Tu avais oublié ton sexe et ton rang.

*

Je me doutais que la condamnation de notre mère t'effrayait au plus profond. La peur de manquer à ton devoir te tourmentait depuis l'enfance. Même petite, tu étais si attachée à ton honneur que rien ne parvenait à te faire revenir sur ta parole quand tu l'avais donnée... Se pouvait-il que notre mère, si noble et si sage, ait raison ? Que le chemin de la révolte où tu t'étais engagée soit la voie de l'indignité et de la honte ? Tu pleurais en silence. Mais tu ne cédais pas : « Je n'épouserai pas l'adelantado de Mendaña. »

Pour ma part, je ne comprenais rien à ton entêtement. Le choix de Don Alvaro de Mendaña y Castro de Neyra ne pouvait être meilleur. Notre mère le disait. Elle le répétait même. La pureté de son lignage, les alliances de sa famille et la puissance de sa parentèle en Espagne le recommandaient au Pérou. Un excellent parti !

L'argument de la différence d'âge pour justifier ton refus n'avait pas le sens commun. Notre mère, oui, avait épousé en premières noces un mari d'un demi-siècle plus âgé qu'elle. Pas toi. En accusant Don Alvaro d'être un vieillard, tu exagérais, comme toujours... Il n'avait pas quarante-cinq ans.

Que signifiait cette résistance aux volontés de notre père, cette dispute entre vous qui faisait des ravages ?

En dépit de ta spectaculaire grossièreté à son égard, je ne pouvais douter de ton respect envers lui... Malgré votre caractère difficile à tous deux, pas un nuage, pas une brouille depuis ta naissance ! Tu n'avais jamais caché ton adoration. Tu devançais ses désirs. Tu l'approuvais en tout. Tu l'admirais.

Quant à lui, il n'avait pas cessé de nous donner, à nous ses autres enfants, des preuves éclatantes de sa préférence pour toi. À l'Hacienda, et même à Lima, votre amour était de notoriété publique.

*

« Je n'épouserai pas l'adelantado de Mendaña... »

Comment eussé-je pu imaginer que ce projet de mariage te servait de prétexte pour t'opposer à notre père sur un autre front ? Que cette union ne constituait à aucun moment le véritable sujet de votre querelle ? Que l'âge de Mendaña, l'absence de fortune et l'ambiguïté de sa réputation n'entraient pour rien, ou si peu, dans la bataille que tu livrais ? Que le ton de notre père lors des accordailles, ton humiliation devant l'arène t'avaient moins touchée que d'autres sarcasmes et d'autres hontes ?

Une autre scène. Une autre erreur du capitaine Barreto.

L'affrontement entre vous datait en vérité de cet incident-là : ta visite à l'encomienda de Cántaros, trois semaines plus tôt.

Notre père lui-même se gardait d'évoquer ce voyage devant moi, devant notre mère ou quiconque. Et si par hasard il y songeait, c'était pour regretter à haute voix de n'avoir pas suivi son instinct. Il n'en révélait pas davantage.

Toujours, il avait refusé de t'emmener sur les hauts plateaux. Toujours, il t'avait tenue à l'écart de ses périples dans la cordillère, avec ses hommes. Non qu'il craignît quelque chose pour toi : il te savait capable d'affronter l'épuisement des marches forcées, et tous les dangers.

Il pensait toutefois que tu étais une Créole. Par cet argument, il justifiait sa résistance à te laisser le suivre. Il disait que tu avais beau savoir monter à cheval et manier les armes, tu restais un rejeton de la seconde génération. Née à Lima. Amollie comme toutes les filles de colons.

Ah, les femmes du Portugal ou d'Estrémadure, les rares femmes qui avaient suivi aux Amériques leur mari, leur frère ou leur amant. Celles-là, c'était une autre histoire !

À l'entendre, tu n'appartenais plus à cet univers. Oui, même toi… Un monde où les conquistadors ramenaient les sauvages à la raison et leur apportaient la Vérité par une guerre à outrance… Une guerre dont, en toute bonne foi, il affirmait qu'il ne la cherchait pas. Mais que c'était la résistance des Indiens à la Parole de Dieu, leur cruauté et leur traîtrise qui l'obligeaient à se défendre, lui et tous les autres Espagnols.

Devant certains spectacles, tu pourrais bien t'émouvoir. Savait-on jamais ? Pleurer, crier… ou seulement raconter.

— Tu n'as pas ta place là-haut, *t'avait-il répété pendant des années.*

— Où est ma place sinon à vos côtés ?

Bonne réponse.

Tu avais poussé l'avantage :

— … Vous emmenez bien mon frère Jerónimo ! Quelle différence entre lui et moi ? Aucune. Excepté que je suis plus brave et moins bête… Si vous m'avez élevée comme vous l'avez fait, c'est que vous m'en jugiez digne… En tout cas, digne quand j'avais cinq ans. Pourquoi plus maintenant ? Donnez-moi l'occasion de vous prouver à vous, à moi, à votre crétin de fils aîné, que je suis bien la personne que vous pensiez. Mettez-moi à l'épreuve. Autrement, tous vos efforts pour me forger une âme à votre mesure auront été vains. Mon heure est venue.

Ainsi l'avais-tu harcelé durant des années.

Il avait eu la faiblesse de finir par se laisser convaincre.

Avec un reste de prudence, il n'avait toutefois pas choisi, pour céder à tes instances, le voyage le plus difficile. Il ne t'avait pas conduite dans les deux encomiendas à proximité de ses mines d'argent. Là, régnait une atmosphère bien plus féroce que dans la cour de la paroisse de Cántaros.

« Au bout du compte, l'issue aurait été la même », *grommelait-il depuis votre retour.*

Les choses avaient mal tourné comme elles tournaient toujours avec ceux qu'il appelait « ces chiens et ces porcs d'Indiens ». C'était à prévoir. Il l'avait prévu. Il n'avait rien à se reprocher. Même Dieu et le Roi s'accordaient avec lui.

Non, il n'avait rien à se reprocher. La loi l'autorisait à percevoir un tribut sur les sujets que Pizarro avait concédés au premier mari de notre mère. Le capitaine Barreto détenait donc le droit de les faire travailler à son profit, pourvu qu'il les protège et les évangélise.

Ce qu'il faisait.

Et de bon cœur encore !

Il nous répétait souvent que pour christianiser les ouailles que la Couronne lui avait confiées, il n'avait pas lésiné. Il se félicitait de ses aménagements dont il demeurait très fier.

Sur les fondations des temples incas, dans chacun de ses villages, il avait ainsi édifié une grosse église. Les deux clochers blancs dominaient les murets de pierres noires, les terrasses d'un vert ocre, le cirque des cultures en espaliers. On voyait de partout les deux tours où se déchiraient des lambeaux de nuages. Sous la lumière du ciel toujours plombé, l'église irradiait.

Devant le parvis, il avait dégagé une esplanade et construit un calvaire : une gigantesque croix, blanche elle aussi, plantée sur quatre blocs sombres, quatre marches infranchissables qui naguère avaient servi d'autel aux sacrifices des barbares incas. Autour de l'esplanade, il avait fait bâtir des guérites et des greniers, une série de petits bâtiments reliés par des arcades. L'ensemble évoquait, de très loin, les galeries marchandes de la place d'Armes à Lima et Cuzco.

C'était là que les chefs indigènes venaient lui apporter le tribut qu'eux-mêmes avaient collecté dans toute la région en son absence. Le malheur voulait que ses Caciques – les chefs qui régnaient sur ses villages – fussent complices des autres Indiens : tous des voleurs et des traîtres qui cherchaient à le tromper ! Il travaillait donc à devancer leurs fourberies en les trompant à son tour.

Comme mon mari et la plupart des encomenderos, *notre père trafiquait les poids et truquait les balances qui mesuraient les denrées en nature – le maïs, les balles de coton, les stères de bois –, le fameux tribut auquel la loi astreignait les Indiens.*

Altérer les comptes, falsifier les pesées : cette pratique était courante. Notre père se flattait toutefois d'avoir inventé quelques ruses plus ingénieuses qu'une erreur dans ses additions. De concert avec le prêtre, il avait eu, par exemple, l'idée de maquiller le calendrier religieux et de réduire l'année à quatre mois dans ses encomiendas. De quoi se plaignait-on sur ses terres ? La levée du tribut – non pas une, mais trois fois par an – l'obligeait à revenir plus souvent : le surcroît de fatigue était pour lui ! Gare au Cacique qui aurait eu la velléité de protester auprès des autorités. La capitale se trouvait à près de cinq cents kilomètres et Jerónimo poursuivait les récalcitrants d'une persécution sans miséricorde.

Pour le reste…

Devant les châtiments qu'il était contraint de leur infliger, Lorenzo, qui avait été témoin de la scène, me raconterait que tu avais réagi comme notre père l'attendait de toi. Tu n'avais manifesté aucune surprise. Tu n'avais pas poussé un cri, pas esquissé un geste. Pas tenté d'intervenir ou de protester. Rien pour l'interrompre dans sa tâche et le faire cesser. Tu avais juste un peu pâli.

Et ensuite, durant le voyage de retour ? Pas une question. Pas un commentaire. Pas un mot.

Parfaite.

Certes, quand notre père avait tenté une plaisanterie sur « les vices de ces cochons d'Indiens sodomites », tu lui avais lancé un regard qui l'avait arrêté net.

Certes, en redescendant vers Lima, dirait Lorenzo, tu t'étais tenue à l'écart des hommes. Tu avais gardé le silence. Lui-même n'avait rien remarqué de particulier.

Je dois reconnaître que, lors de votre arrivée à la maison, moi non plus je n'avais rien remarqué.

Je suppose que notre père, lui, s'aperçut que tu lui répondais par monosyllabes. Que tu détournais les yeux quand il te regardait. Que tu cherchais à l'éviter.

Il n'était pas homme à se laisser battre froid.

Que tu ailles au diable, pensait-il... Lui-même se moquait bien de tes états d'âme ! Tu avais vu ce que tu ne devais pas voir ? Tant pis pour toi. Il t'avait prévenue ! Était-ce sa faute à lui si les Indiens de Cántaros étaient des porcs ? Encore une fois : il n'avait rien à se reprocher. Que lui importait la réprobation, ou même le jugement d'une morveuse comme toi ?

Que tu te ressaisisses et tout rentrerait dans l'ordre.

*

En vérité, comment eussé-je pu imaginer que depuis ton retour, trois semaines avant la scène de l'arène, tu avais perdu le sommeil ? Que loin de s'estomper avec le temps, les couleurs, les sons, les odeurs de Cántaros devenaient chaque matin plus réels. Chaque nuit, plus concrets.

Tu n'avais même pas besoin de fermer les yeux. Resurgissaient devant toi les murets et les cultures en terrasse. Toutes les nuances de ce vert qui cascadait dans la vallée, entre les pics acérés des montagnes. Tu revoyais l'église blanche, dressée sous le ciel plombé. Le calvaire blanc, les greniers blancs. Et les Indiens vêtus de rouge, parqués en rond devant le chaudron, au centre de la place d'Armes. Plus précise, plus suffocante encore était l'odeur du feu et de la poix qui te prenait à la gorge.

Tu tentais de comprendre. Tu tentais de te raisonner.

La guerre était la guerre. Pizarro n'aurait pas conquis un tel empire avec ses cent trente compagnons s'il n'avait châtié les millions d'hommes qui s'opposaient à son avancée. Oui, la guerre était la guerre.

Mais à Cántaros ? Il n'y avait plus de guerre à Cántaros ! Pas même une révolte. Ni la moindre velléité de soulèvement. Notre père ne courait aucun risque… Les Indiens de l'encomienda de Cántaros étaient pacifiés depuis trente ans, colonisés, évangélisés.

Comment ton père, à l'âme si intègre, au cœur si droit, avait-il pu ordonner une telle boucherie ?

Tu avais pourtant tout aimé de ce premier périple qui t'avait conduite hors de Lima… La fournaise des jours sous un soleil si blanc qu'il aveuglait jusqu'aux animaux. Le froid glacial des nuits, lors des bivouacs sur les galets au bord des torrents. L'épuisement. La peur. Même le sentier au ras de l'abîme, tellement étroit qu'on ne pouvait le parcourir qu'à pied, en maintenant son cheval vers l'amont. Pas derrière, pas devant. Contre soi, flanc à flanc.

Tu essayais de retrouver la sensation de ton épaule contre l'encolure, la chaleur quand tu empêchais de tout ton poids l'animal de rouler sur les pierres. Si ton cheval devait glisser, il t'entraînerait avec lui au fond du gouffre. Les plus forts, les plus résistants, ne réussissaient pas toujours à retenir leur monture. Les meilleurs, les porteurs indiens, chutaient et disparaissaient avec leur lama. Tu savais que, sur le chemin de l'Inca, notre père perdait deux à trois hommes, chaque fois. Et que les risques se multiplieraient au retour, quand on redescendrait avec le tribut, rapportant vers la côte les sacs de vivres, les poules et les porcs.

Ne pas penser au voyage de retour après le spectacle de Cántaros. Revenir au début. L'excitation d'appartenir à cette colonne qui marchait sur les traces des conquérants, qui remontait les fleuves, franchissait les précipices, avançait à travers les nuages.

Tu aurais voulu arrêter là le fil de ta mémoire.

Parvenus au village, vous aviez attaché les chevaux à l'abreuvoir d'en bas.

Vous aviez grimpé en procession vers l'église, glissant et pataugeant sur le pavement de la rue. Ici, pas de balcons en surplomb, comme à Lima, pas de porches de pierres, pas de portails sculptés. La misère était partout. Dans le caniveau du milieu, roulaient les excréments et ruisselait l'eau des montagnes.

Les cloches sonnaient. Une vibration triste qui vous avait accompagnés jusqu'au promontoire.

Le prêtre, en tête, portait la croix. Vous quatre – notre père, nos deux frères, toi-même – avanciez de front sous vos grands chapeaux de paille. Les hommes étaient en bottes, l'épée au côté. Toi en robe, comme il convenait. Derrière, marchaient les Blancs à notre service : les soldats qui vous avaient accompagnés ici et les contremaîtres qui faisaient régner l'ordre à Cántaros. Puis les cinq Caciques, les épaules couvertes de leurs longues capes rouges, les colliers et toutes les marques afférentes à leur noblesse sur la poitrine, les bâtons de commandement et les insignes de leur charge à la main. Enfin, la troupe des Indiens, qui gardaient le silence et ne semblaient pas vivants.

Tu avais écouté la messe au premier rang, seule sur l'aile gauche. Aucune autre femme ne se tenait à tes côtés ou derrière toi. Les hommes – les Blancs – se massaient sur l'aile droite. Les Indiens restaient dehors.

Contrairement à la loi qui leur reconnaissait une âme, notre père avait décrété qu'aucun d'entre eux ne pouvait pénétrer dans son église, pas même les chefs. Le prêtre les avait bénis collectivement du haut de son balcon, une loge de bois entre les deux tours qui surplombaient l'esplanade.

Caciques et serviteurs priaient sur le parvis, agenouillés devant les portes grandes ouvertes. Un écran de bois leur *bloquait l'entrée du chœur et leur masquait l'autel qui, par respect pour le Seigneur, ne pouvait être vu du dehors.*

Sur cet écran, divisé en deux panneaux, grouillaient des petits personnages peints, dont tu te souvenais clairement. À droite : les bons Indiens qui défilaient à la suite des prêtres et des Espagnols. À gauche : les mauvais Indiens en Enfer, les uns brûlés dans des chaudrons, les autres dévorés par des monstres qui ressemblaient à des cochons.

Tu me dirais un jour que tu n'avais eu cependant aucune intuition.

Après la messe, notre père t'avait invitée à rester dans l'église. Il t'avait même intimé l'ordre de n'en pas sortir. Là encore, tu n'avais rien deviné. Tu n'avais même pas songé à discuter. Il avait fait fermer les deux portes derrière lui, sans réfléchir qu'il te plongeait dans l'obscurité. À nouveau, tu n'avais pas protesté.

En vérité, tu n'aspirais qu'à cela. Rester seule. Non pour prier, mais pour profiter de l'instrument que tu avais repéré sur le côté de la nef. Un orgue minuscule que les Indiens avaient construit sous la férule du prêtre précédent. Rares, si rares les occasions d'en jouer librement !

À l'orgue, tu te savais bonne musicienne.

Tu t'étais offert la joie d'un vacarme tonitruant… Tous les hymnes que tu savais sans partition. L'église entière s'était mise à trembler.

Entre deux antiennes, tu avais bien entendu la voix de notre père qui lançait des bordées d'injures. Nous étions habituées à sa grossièreté. Il traitait de porcs et de chiens tous ses serviteurs de Lima. Toi-même, tu n'hésitais pas à user du même vocabulaire ordurier.

Tu avais joué longtemps. Sans le moindre pressentiment, la plus pâle idée du spectacle qui se donnait dehors.

Après avoir épuisé le répertoire des psaumes que tu connaissais par cœur, tu avais tâtonné jusqu'à la sortie.

La lueur du soleil couchant t'avait éblouie.

Tu n'avais pas compris, pas tout de suite, ce qu'ils faisaient tous avec leur tronc d'arbre et leur chaudron. Tu n'avais pas non plus compris ce que faisaient les deux gros porcs blancs, deux mâles énormes qui n'étaient pas castrés. D'ordinaire, les cochons étaient petits et noirs. Ces deux-là te parurent des monstres qui couraient en zigzag sur l'esplanade.

Notre père se trouvait assis de dos, trônant dans un fauteuil qu'on avait installé sous les arcades. Devant lui, Jerónimo se tenait debout.

Le geste de l'esclave noir, celui qu'on appelait à l'Hacienda le « bourreau », arrêta ton attention. Cette fois, il ne tenait pas un fouet à bout de bras, mais une hache.

Jerónimo s'était baissé. Tu vis qu'il maintenait un Indien à genoux, tandis que Lorenzo forçait l'homme à étendre le bras sur un tronc. L'acier au-dessus de leurs têtes scintilla un instant, et retomba. Pas un cri. Ce furent les porcs qui hurlèrent et se ruèrent vers le billot. L'homme à genoux s'était effondré, visage contre terre. Le sol était rouge de sang. Jerónimo jeta dans une grande corbeille le morceau qui était resté sur le tronc. Les porcs se précipitèrent. Il brandit un instant la corbeille au-dessus de leurs groins, attisant leur convoitise comme il l'aurait fait en nourrissant ses chiens. D'un geste lent et las, il finit par vider le contenu sur leur tête. Une pluie de mains tomba sur les deux monstres qui se les disputèrent avec des grognements, et les dévorèrent.

Jerónimo releva l'Indien, le traîna jusqu'au chaudron et plongea son moignon dans la poix pour le cautériser.

L'amputé ne perdrait pas trop de sang. Il allait survivre et pouvoir continuer à travailler… Comme la vingtaine d'autres

Indiens déjà mutilés qui titubaient à quelques pas. Certains étaient tombés évanouis.

Jerónimo et ses hommes les remirent debout et les regroupèrent devant ton père, qui s'était levé.

Le capitaine Barreto fit quelques pas sur l'esplanade, s'approchant des suppliciés. Planté devant eux, il leur déclara dans un long discours en espagnol que c'étaient eux qui l'avaient contraint à cette punition. Que s'ils devaient le voler à nouveau, s'ils tuaient et mangeaient ses cochons une seconde fois, s'ils tentaient ensuite de s'enfuir dans la montagne, comme ils venaient de le faire : ce ne serait plus la main, ni le pied, ni le nez…

Il laissa sa harangue en suspens et se détourna.

Ce fut à ce moment qu'il croisa ton regard.

*

Un essai de rapprochement… Votre travail avec les taureaux devant l'arène familiale, votre échange autour de ton éventuel mariage n'avaient été que cela : ton premier pas vers lui, ta première tentative de réconciliation.

Ton premier geste de pardon, depuis le terrible voyage à Cántaros.

Beau résultat. Tu te retrouvais enfermée. Avec pour seul exutoire la visite de ton confesseur.

Jerónimo triomphait, répétant à satiété cette phrase qui, à ses yeux, résumait ta situation : « Il ne peut y avoir deux coqs sur un même tas de fumier. » *Une allusion pleine d'élégance à tes rapports avec Don Alvaro et avec notre père.*

*

Ta réclusion durait depuis près de deux mois. Les fêtes pour l'entrée du Vice-Roi étaient passées. Tu n'y avais pas assisté. La punition était totale. La punition devait être levée. Tel était le nouveau verdict de notre mère.

Elle avait été l'une des beautés de Lima. Dix-sept naissances l'avaient toutefois usée et décharnée. Elle ne sortait que pour se rendre à l'église ou à l'hôpital du coin de la rue. Elle visitait ses malades, cousait, priait et aspirait à la paix. Avec nous, les onze enfants survivants, elle n'élevait jamais le ton. Cependant, elle ne mâchait pas ses mots. Et sa grâce, sa lenteur même n'empêchaient pas qu'elle pût se montrer aussi têtue et résistante que toi.

Quand je montai ce matin-là dans ses appartements, je la trouvai triste. Elle était assise selon son habitude, les pieds posés sur son brasero, la tête penchée vers ses travaux d'aiguille. Elle conversait avec le Seigneur, comme chaque jour dans le silence de ses appartements : « ... Et ce gâchis, *murmurait-elle,* ce gâchis, Seigneur Mon Dieu, *répétait-elle en tirant nerveusement sur son fil,* pour quoi ? Un caprice de gamine ! »

— ... Ah te voilà, *me dit-elle quand je lui eus baisé la main.* Je t'attendais. As-tu des nouvelles de ta sœur ?

— Je ne connais que les rapports de ses gardiennes qui sont à la solde de Jerónimo. Il a choisi pour la servir sa propre concubine. Et parmi les filles de cuisine, la plus terrifiée et la plus stupide.

— Je le sais. Ton frère s'est bien gardé de lui donner Inés qui l'aime et lui obéit en aveugle... Tout cela va mal finir ! Envers Don Alvaro, la situation est devenue intenable : il vient ici la voir et lui faire sa cour. Comment avouer à cet homme bien né, bien élevé, qu'on garde sa promise enfermée car elle ne veut pas de lui ? Qu'elle s'est laissé priver de tout plutôt que de l'accepter ? Comment reconnaître devant lui de telles folies ? Ce scandale doit cesser... Isabel doit obéir. Fais ce que tu jugeras bon.

Ma mère secouait la tête. Elle continuait à ne pas comprendre et à désapprouver. Mais elle venait de me donner implicitement la permission de passer outre aux ordres de notre père. De te voir, de te raisonner et de te faire céder.

Parvenir jusqu'à toi n'était pas chose facile. Les jalousies de ta chambre ne s'ouvraient que sur le balcon de bois qui bordait l'étage, autour de la seconde cour intérieure. Je connaissais bien les lieux pour y avoir vécu en ta compagnie jusqu'à mon mariage. Le grand ficus qui s'élançait en bas dans le patio occultait toute la lumière. La pièce était vaste, cependant. Et luxueuse, en dépit de son austérité. Les lambris de chêne qui montaient à mi-hauteur sur les murs blancs, les encadrements des portes et des fenêtres, sculptés dans l'ébène, toute cette débauche de bois disait clairement notre fortune. Aucune ostentation toutefois. Notre père réservait le faste des Barreto aux salles de réception du rez-de-chaussée. Ces salles-là, plus obscures et plus glaciales encore que les appartements privés, rutilaient sous l'éclat des objets d'orfèvrerie. Les candélabres d'argent, les plats d'argent, les vases d'argent rehaussaient les peintures religieuses. Sous les plafonds, qu'on avait construits bas et voûtés contre les tremblements de terre, se dressait l'effigie de Francisco Pizarro, auquel notre père était resté fidèle quand les Espagnols s'entretuaient ; et d'autres portraits de conquistadors en armures, que des artistes italiens, qui ne les avaient pas connus, avaient représentés au hasard.

Rien de semblable dans nos quartiers. Pas de tableaux. Juste la silhouette du Christ en ivoire, cloué sur son immense crucifix noir au-dessus d'un autel où brûlaient des chandelles. Au fond, dans un cabinet, dormait la duègne que t'avait donnée Jerónimo. Au pied de la duègne, sur une chaise, la servante. Ces deux-là t'espionnaient et relataient à leur maître les activités auxquelles tu t'adonnais. Elles lui racontaient que tu passais une grande partie de ta journée en prière devant ton oratoire. Et l'autre, à ta toilette devant la plaque qui te servait de miroir. Vanitas vanitatum. *Elles m'avaient dit que tu affectais de t'habiller chaque matin avec le soin que tu aurais mis pour paraître à la tribune d'honneur. Que tu exigeais d'elles qu'elles te lavent le visage et les mains. Qu'elles brossent de cinquante coups ta chevelure et qu'elles la coiffent en chignon. Qu'elles te revêtent de ton vertugadin et de tous tes jupons. Qu'elles parent tes poignets et ton cou de dentelles. Gare si la collerette ne te paraissait pas amidonnée comme il convenait. Tu te voulais impeccable. Même seule… Surtout seule. De tels préparatifs vous occupaient durant des heures, aussi longtemps que tu le jugeais nécessaire. À quoi rimaient ces apprêts ? Mystère. Interrogée sur ce point par la concubine de Jerónimo, tu lui avais répondu que si ta « duègne » te posait cette question, c'est qu'elle ne pourrait comprendre la réponse.*

Pour le reste, tes nuits étaient traversées de tant de cauchemars qu'aucune de tes gardiennes ne trouvait le sommeil.

Je pouvais imaginer que l'immobilité à laquelle on t'avait condamnée, cette inaction qui n'en finissait pas, te rendait folle.

Je savais aussi que tu ne céderais pas.

Notre père préparait un nouveau voyage. Cette fois, il monterait visiter ses mines. Jerónimo allait disparaître avec ses hommes et ses molosses.

En son absence, la surveillance se relâcherait.

*

— Pétronille ! Enfin, Dieu merci !

Tu m'accueillis avec des transports de joie, tu me pris dans tes bras, tu me serras fort contre toi. Ces démonstrations, qui ne te ressemblaient guère, me touchèrent. J'ai toujours adoré tes élans d'affection. Tu sais te montrer si chaleureuse... Mais tu n'oses t'abandonner que rarement. Ton amour n'en est que plus précieux.

La rumeur du départ de notre père était parvenue jusqu'à toi. Tu te doutais que notre mère en profiterait, et comptais les minutes.

À la vérité, je te trouvais très pâle et amaigrie, en dépit de ton apparente gaieté... Tu avais gardé ma main dans la tienne et tu l'embrassais.

— Tous les soirs, pour m'endormir, je pensais à toi, *disais-tu.* Chaque fois que je devais songer à quelque chose de doux, je pensais à toi... Si tu savais, si tu savais, Pétronille, combien j'ai rêvé de ces moments où tu partais à ma recherche quand j'étais petite, après un duel avec Jerónimo. Déjà, tu pestais contre moi.

— Contre ta conduite, *rectifiai-je.*

— Cependant, tu me retrouvais toujours... Comme aujourd'hui ! Je savais que tu viendrais. Dis-moi une chose : les deux idiotes de Jerónimo... Qu'as-tu fait des deux idiotes qui m'espionnent ?

— Ta chère Inés leur a distribué un peu de ses petites poudres dont elle a le secret.

— Mortes ? Bravo ! Jerónimo pourra les donner à ses chiens.

— Mortes, non. Assommées dans les cuisines. Enfin, je l'espère... Jerónimo n'est pas parti avec les autres. Père l'a laissé ici pour diriger l'Hacienda à sa place.

— À ma place, *corrigeas-tu.*

— Nous avons peu de temps. Quelques heures...

— Quelques heures, tu dis ? Mais c'est énorme ! Laisse-moi te regarder… Tu attends un enfant, Pétronille ?

J'étais consciente de n'avoir pas embelli, ces derniers mois. Et je n'attendais plus d'enfant. Dieu avait rappelé au Paradis le bébé que je portais naguère. J'échappai à tes interrogations par une autre question :

— Tu as l'intention de faire durer ton supplice encore longtemps ?

— Pas une minute de plus. Viens.

Tu m'entraînais vers la porte. Je te retins.

— Non. Mère l'a interdit. Je n'ai réussi à pénétrer chez toi qu'en lui promettant que tu ne sortirais pas.

Tu reculas. Tu ne passerais pas outre à un ordre de Doña Mariana, je le savais.

Je tentai de te conduire vers un siège.

— Parlons, veux-tu ?

Je m'assis. Tu restas debout.

Je me demandais comment introduire l'adelantado de Mendaña dans notre conversation.

— Ils sont cruels, *soupiras-tu.*

Je ne compris pas.

Pourquoi ne m'as-tu pas parlé à ce moment-là de ce que tu avais vu à Cántaros ? Pourquoi ne m'as-tu pas dit que tu ne parvenais plus à surmonter ton dégoût envers l'abjection des actes de notre père ? Et que ta répugnance pour lui, l'homme que tu aimais le plus au monde, ton mépris étaient devenus ta croix ? Si je l'avais su, peut-être aurais-je pu t'aider.

Tu t'étais mise à faire les cent pas.

Je baissai la tête et gardai le silence. Je ne songeais qu'à remplir ma mission : obtenir de toi que tu acceptes le mariage avec l'Adelantado. Et que cessent le désordre et le scandale.

— Qui est cruel, Isabel ?

— Les hommes.
— Pas pour toi.
— Pour moi comme pour tout le monde.
— L'adelantado de Mendaña...
— Oh celui-là ! On cherche à me brader à cet imbécile, exactement de la façon dont on t'a donnée, toi, à n'importe qui !
— L'adelantado de Mendaña n'est pas n'importe qui.
— Un barbon qui se soucie de moi comme d'une guigne !
— Pourquoi dis-tu cela ?
— Je le sais, il suffit de le regarder.
— Tu es si jeune. Comment pourrait-il ne pas t'aimer ? Si fraîche, si pure...
— Et toi si malheureuse, Pétronille.

Tu avais cessé de t'agiter. Tu m'observais de haut. Je sentais ton regard qui me dévisageait. Je baissai la tête. Tu relevas mon menton avec douceur. Tu effleuras ma lèvre :

— C'est lui qui t'a fait cela ?
— Qui « lui » ?
— Ne joue pas l'ingénue... Ton mari.

Je me dégageai et revins à ce qui m'occupait :

— Notre père est si fier de toi qu'il veut te faire marquise de la Mer du Sud.
— Ce titre ne vaut rien, il ne m'intéresse pas.
— Qu'est-ce qui t'intéresse alors ?

J'insistai avec une pointe d'ironie :

— ... Les conquêtes et les exploits de l'adelantado de Mendaña peut-être ?
— De quoi parles-tu, ma pauvre Pétronille ? Les exploits de Mendaña ? Quels exploits ?

Je te savais nourrie de mille romans de chevalerie. Et du récit des batailles de notre père au Chili. Bercée par les légendes que ses compagnons faisaient courir sur toutes les richesses à découvrir. Comme les hommes de notre entourage, comme nos frères, tu rêvais de conquérir les quatre parties du monde. Quant au titre de marquise de la Mer du Sud... si quelque chose pouvait te séduire, Isabel, si quelque chose pouvait te tenter, c'était bien cela. Seules les épouses de Cortés et de Pizarro portaient le nom des terres dont leurs maris s'étaient emparés au Nouveau Monde.

Tu haussas les épaules :

— On dit que Mendaña n'a même pas rapporté d'or des îles Salomon. Pas d'argent. Pas de perles... Rien !

— Il a tout de même dû en rapporter quelque chose, sinon le Roi ne l'aurait pas comblé d'honneurs.

Le silence s'installa entre nous avant que je ne reprenne :

— J'ai vu Don Alvaro. Je l'ai trouvé plutôt bel homme.

— Mou.

— Mou ?

— Sans courage, si tu préfères.

Ton accusation était si grave, si terrible, qu'elle justifiait pleinement ta conduite.

— Sans courage ! Pourquoi dis-tu cela ?

— Il s'est laissé humilier devant moi.

— Quand ?

— Le jour de nos soi-disant fiançailles. Devant le corral des taureaux. Tu l'as vu, tu l'as entendu aussi... Présenté publiquement comme un vieillard. Pauvre, débile, sans autre avenir que son mariage avec moi : un incapable qui se jetait à mes pieds pour ma dot.

— Tu exagères.

— Je n'exagère rien. Il a accepté que notre père le traite de cette façon. Il n'a pas dit un mot, pas fait un geste pour l'arrêter... Rien qui ressemble à un sursaut d'orgueil.

— Il ne voulait peut-être pas te déplaire.

— Tu veux dire : sans aucun doute. Ou plus exactement, il ne voulait pas déplaire au capitaine Barreto qui lui apportait ma fortune.

— Tu devrais tout de même lui parler.

— Que dire à un lâche ?

— Mais s'il venait te rendre ta parole…

— Attendu que je ne la lui ai pas donnée, je ne vois pas ce qu'il viendrait me rendre !

— Mais s'il acceptait, lui, de se retirer du marché ?

— Je n'y croirais pas.

— Et tu aurais tort. Il est prêt à rompre.

— Comment le sais-tu ?

— Il me l'a affirmé.

— Tu l'as vu ?

— Je t'ai déjà dit que je l'avais vu.

— Toi aussi, Pétronille, tu me tends des pièges ?

— Je ne te tends aucun piège, Isabel. Il est venu ici tous les jours. Il voulait te rencontrer. Du coup…

— Du coup, quoi ?

— C'est à moi qu'il s'est adressé.

Tu me lanças un regard hostile :

— Tu as tellement peur, Pétronille… Peur de notre père, peur de ton mari, tellement peur que tu trahirais n'importe qui pour obtenir la paix.

— Ne sois pas injuste, Isabel. Je fais en sorte que tu te tires du labyrinthe où tu te trouves.

— Quel labyrinthe ? Mon nouveau confesseur, celui qu'on m'a donné pour qu'il me prépare à la noce, répète que le mariage est un sacrement que le mari et la femme se donnent l'un à l'autre. Non pas devant le prêtre, mais devant Dieu. Un sacrement qui, pour être valable aux yeux du Ciel, doit être librement consenti… Je n'y consens pas. Tout est dit.

— Justement... Entends la proposition que veut te faire Don Alvaro.

— Je suis tout ouïe.

— Il te l'exposera mieux que moi.

— Je l'écoute.

— Ici et maintenant.

Je sautai sur mes pieds, traversai la salle, repoussai la tenture.

Et je te ramenai l'adelantado de Mendaña qui m'attendait, dehors, sur la galerie.

La présence d'un homme dans ta chambre était d'une telle indécence que je tremblais de tous mes membres.

Je retournai m'asseoir. Tu restas debout, face à l'intrus.

Chapitre V

L'ADELANTADO DE MENDAÑA

Si tu étais surprise, tu n'en laissas rien paraître. Tu assenas :

— Décidément, vous avez le don d'ubiquité, Monsieur... Le moins que l'on puisse dire, c'est que vous ne perdez pas de temps.

Il sourit :

— J'ai plutôt l'impression d'en avoir beaucoup gaspillé.

N'importe qui à ta place l'aurait chassé en poussant de hauts cris. Tu n'y songeas même pas. Moi, oui. Je ne pensais même qu'à cela. À ton déshonneur si quelqu'un nous surprenait. Cet entretien pouvait te coûter la vie... Il pouvait nous la coûter à tous les trois.

Don Alvaro devait te parler vite et dire ce qui devait être dit. Mais il semblait avoir perdu tous ses moyens. Il te contemplait sans réussir à proférer un mot.

Peut-être l'intimidais-tu. Le malheureux avait songé à toi jour et nuit. Il n'ignorait rien de la répulsion que tu éprouvais à son égard. Il savait aussi ce que ton antipathie te coûtait. Je lui avais décrit tes cinq mois d'emprisonnement.

Il t'avait imaginée les cheveux défaits et les bottes crottées, telle qu'il t'avait aimée la première fois. Il te retrouvait en grande dame, parée et coiffée.

Une lueur passa dans son regard. Sans doute avait-il perçu ton goût du paradoxe : en guenilles dehors, en toilette chez toi.

Tu sentis son amusement. Tu attaquas.

— Vous aviez quelque chose à me dire ? Allez-y. Je vous accorde trois minutes.

— Pardonnez-moi d'avoir tant tardé.

— Venez-en au fait.

Pelotonnée sur mon siège, je me faisais aussi petite que possible. Mais j'écoutais. Je prenais même bien garde de ne pas perdre une seule de vos paroles. J'allais devoir rendre compte de cet entretien à notre mère. Et si quiconque surgissait, la présence d'un chaperon à vos côtés ôterait – un peu – au scandale de l'échange.

Il se lança :

— Je ne vous entretiendrai pas de mes sentiments, auxquels je sais que vous ne croyez pas… Ce en quoi vous n'avez peut-être pas raison. J'ai toutefois donné ma parole à votre sœur de ne pas vous importuner sur ce chapitre.

— Si vous êtes venu me tenir cette sorte de propos, vous pouvez sortir. Et si mon père est complice de cette entrevue, vous pouvez lui dire…

— Votre père n'est pas complice. Et Don Jerónimo vengera votre honneur. Il vient de me provoquer en duel. Nous nous battons demain.

— Je ne comprends rien de ce que vous me racontez.

— Je sors de chez votre frère : j'ai rompu mes engagements avec votre famille.

— C'est fait ?

— C'est fait.

— Définitif ?

Un sourire mélancolique passa dans le regard de Don Alvaro.

— Irrévocable. Mais rassurez-vous : je ne tuerai pas votre frère.

— Vous auriez tort de vous en priver... Parlons clair : êtes-vous venu me dire que vous renoncez à ce mariage absurde ?

— Je n'emploierai pas ces mots... En vous rencontrant, j'ai cru au miracle, c'est vrai... Je vous voyais à mes côtés reine des quatre parties du monde... Quand j'ai fait votre connaissance... j'ai cru... Vous êtes si vivante, Doña Isabel. Mais j'ai vite compris ce que vous-même aviez senti d'instinct. Que je n'ai rien à offrir à une jeune fille comme vous. Vous êtes l'incarnation de la vie, je ne trouve pas d'autres mots, vous avez devant vous toute l'existence, je n'ai pas le droit de... Enfin, bref... Pour ma part, je ne suis qu'un vieil obstiné. Mal en cour. Endetté. Plusieurs fois ruiné... Et le pire, c'est que je compte poursuivre dans cette voie. Je continuerai jusqu'à ce que j'obtienne ce que je recherche. Je repartirai un jour. Quand ? Comment ? Je l'ignore. J'ignore aussi où se termine la ténacité, où commence la folie.

— Vous voulez dire la différence entre la détermination et la bêtise ?

— Oui, je parle de cela : la différence entre un Christophe Colomb...

— Et un fou comme vous ? À mon avis, aucune ! Colomb, si je ne m'abuse, s'est trompé sur tout. Il ignorait où il allait en partant. Il ne savait même pas user de l'astrolabe correctement. Vous allez répondre que j'exagère. On prétend toujours que j'exagère. Il n'empêche : la seule différence entre le héros et le fou, entre la détermination et la bêtise, voulez-vous la connaître ? C'est le succès.

L'Adelantado esquissa un sourire.

— En ce cas, Doña Isabel, je tiens ma réponse. L'échec complet ! L'immense désert liquide, dont je demeure ébloui, est probablement le seul où l'on puisse rester si longtemps sans rien voir. Il nous fallut trois semaines avant qu'une masse sombre surgisse de la mer. Notre première île...

— Vous êtes certain qu'il s'agissait d'une île ?

— Je n'étais sûr de rien... Mais je vous ennuie.

— Vous ne m'ennuyez pas. Continuez. Je ne vous interromprai plus.

— Interrompez-moi, au contraire !

— Poursuivez, s'il vous plaît.

— Oui, c'était une île.

La voix hésita et se tut. Tu répétas avec une autorité qui ressemblait déjà à de l'impatience :

— Vous ne m'ennuyez pas ! Racontez...

— À la lueur de l'aube, le 9 février 1566, nous tentâmes de nous approcher du rivage. Les écueils rendaient périlleuse notre avancée. Soudain apparut devant nous, tel un diamant à travers la grande hune, une étoile très brillante. Même à midi, elle scintillait encore. J'ordonnai de mettre le cap droit sur cette étoile. Je sentais que notre patronne l'avait envoyée pour nous guider. Elle nous conduisit dans un port d'eau verte, claire et profonde. Je baptisai l'île Santa Isabel et fis jeter les ancres dans la baie de l'Étoile. Faible fut leur bruit, mais l'émotion immense. Depuis ce moment-là, mes compagnons et moi-même sommes restés les esclaves des îles de la Mer du Sud.

— Les esclaves ?

— Pourquoi pas ? Je n'ai jamais rien vu d'aussi beau... Les naturels qui peuplaient ce paradis terrestre étaient beaux, eux aussi. Ils avaient un chef que j'ai appris à beaucoup aimer. Il s'appelait Bilebanarra : je l'appelais Bile. Chacun apprenait à l'autre quelques mots dans sa langue et nous parvînmes à communiquer. Je commençais même à pouvoir m'exprimer avec les autres tribus. Mais...

— Mais quoi ?

— Contrairement à mes premières impressions, je ne tardai pas à me rendre compte que les habitants de Santa Isabel n'avaient aucune intention de partager leur nourriture avec nous. Ici, comme dans toutes les autres îles que nous allions découvrir, les naturels nous refuseraient jusqu'à l'eau de leurs sources. Quand ils n'avaient plus ni flèches ni pierres à nous lancer, ils crachaient dans notre direction et nous montraient leurs postérieurs. J'eus toutes les peines du monde à contenir mes hommes qui voulaient s'en venger. Mais les Indiens étaient si nombreux que je restai convaincu de la nécessité de maintenir la paix. Un jour, alors que nous écoutions la messe à terre, le chef de l'une des bandes qui nous avaient déjà attaqués déboula sur moi en brandissant le quart du corps d'un homme et le bras droit d'un enfant, avec l'épaule entière. Il me les tendit en disant : « Naela », « Mange-les ». Je compris alors que nous avions accosté chez les cannibales. Je pris les morceaux de corps qu'il m'offrait et les fis immédiatement enterrer. Le chef en fut très offensé et se retira avec ses hommes dans un îlot voisin. Là, nos ennuis commencèrent vraiment.

L'obscurité était presque totale. Tu l'écoutais, Isabel, comme je ne t'ai jamais vue écouter. Je ne distinguais ni tes traits, ni ceux de Don Alvaro. Juste deux silhouettes... Et cette voix chaleureuse qui montait dans la nuit.

« Le matin suivant, quand j'envoyai le cambusier chercher de l'eau à terre, il trouva sur la plage plus de deux cents Indiens qui l'attendaient. D'autres descendaient de la colline en courant. J'aperçus tout cela du navire et sautai dans une chaloupe avec mes soldats. La marée était contre nous. Bien que nous ayons ramé de toutes nos forces, nous mîmes longtemps à parvenir au rivage. Nous courûmes vers la rivière où le cambusier et ses aides étaient censés prendre l'eau. Je ne les trouvai pas. Je pensai qu'ils s'étaient réfugiés à la nage dans un îlot au milieu du fleuve. Je traversai et découvris mes hommes découpés en morceaux. Les uns sans jambes et sans bras, les autres sans tête. Tous avaient le bout de la langue coupé et les canines arrachées. Ceux dont la tête n'avait pas été tranchée avaient le crâne fendu, ouvert comme des grenades : on leur avait mangé la cervelle. Cet épisode terrible nous affecta très profondément. Les sauvages avaient réussi à semer la terreur parmi nous.

— Et vous appelez cela le paradis terrestre ?

— J'appelle cela un nouveau monde.

— Un voyage en enfer, oui !

— Un voyage qui vaut toutefois la peine d'être à nouveau tenté... J'ordonnai l'assemblage du brigantin, que nous avions apporté en pièces détachées. Ce bateau pouvait contenir trente personnes et permettait de naviguer en eaux très peu profondes. J'envoyai mon chef pilote, le vieil Hernán Gallego, faire le tour de l'île. Il découvrit, de l'autre côté, un magnifique archipel et baptisa Guadalcanal la plus grande des terres, dont le paysage lui évoquait les mines d'or et d'argent de son village natal en Andalousie.

« Le temps était venu de pousser plus loin. La chance fut avec nous et nous pûmes jeter l'ancre dans une baie, au large d'une autre île, que je baptisai San Cristobal. Les huit hommes que j'y envoyai en quête de métaux précieux furent à nouveau harcelés par les Indiens. Ils ne purent prospecter longtemps. Mais quand ils revinrent, ils m'affirmèrent qu'ils avaient vu de l'or sur les guerriers indigènes. Eux-mêmes n'en rapportaient pas une once, mais ils me jurèrent que les fleuves de l'île en regorgeaient.

« Hors de question toutefois de nous installer. Nous comptions trop de malades et de blessés. Mon chef pilote Gallego pensait qu'il fallait repartir immédiatement pour le Pérou, et revenir avec d'autres vivres, d'autres hommes, et d'autres vaisseaux. Tous furent d'accord avec lui. Sauf moi qui voulais mettre le cap au sud-est pour aller chercher la Terra Incognita, dont mon cartographe affirmait qu'elle se trouvait entre quinze et vingt degrés de latitude sud... Je sais que vous avez entendu parler de lui – l'Infâme Sarmiento –, qui prétend aujourd'hui que c'est à lui que l'Espagne doit mes découvertes. Vous ne pouvez ignorer qu'il a écrit au Roi dans ce sens... Or rien de ce que dit Sarmiento n'est vrai. J'ai toujours jugé l'homme comme un scélérat. Je ne pouvais toutefois mépriser ses connaissances. Il passait à l'époque – et encore aujourd'hui – pour le plus grand géographe du Nouveau Monde. Je décidai donc de rentrer, oui, ainsi que le désirait mon chef-pilote. Mais non sans avoir cherché le continent que Sarmiento disait exister. Nous levâmes l'ancre le mercredi 11 août, quittant San Cristobal au terme de cinq semaines. J'avais fait capturer quatre Indiens afin qu'ils m'enseignent leur langue.

« La navigation vers le sud s'avéra extrêmement difficile. La grande vergue se brisa, la grand-voile se déchira, les vaisseaux ne parvenaient plus à se suivre. Je sentais couver la mutinerie. Le Chef Pilote répétait que si nous continuions à maintenir le cap exigé par Sarmiento, nous allions nous perdre dans l'immensité de cet océan dont aucun d'entre nous ne savait rien. Il m'adressa une requête écrite, m'enjoignant de rentrer au plus vite. Les pilotes, les officiers et les équipages des deux navires signèrent ce document, donnant à leur pétition un caractère légal. N'ayant pas suffisamment l'expérience de la mer, je fus contraint de me ranger à l'avis de ces messieurs. J'ordonnai donc à Gallego de prendre la route vers le nord, qu'il considérait comme la seule possible. Nous connûmes alors l'une des plus grandes tempêtes de notre existence. Elle dura près de quinze jours. Dans la tourmente, nous perdîmes de vue le second bateau. Quand les choses se calmèrent, nous n'avions plus de mâts, plus de chaloupe, et les réserves étaient épuisées. La mutinerie couvait à nouveau. Je parvins à la contenir durant quinze autres jours, au terme desquels le Seigneur Tout-Puissant, dans Son infinie bonté, voulut bien nous sauver... À l'heure même du bain de sang, un tronc d'arbre vint heurter notre coque... Nous jetâmes l'ancre dans une baie désertique de la Mer de Cortés, au fond du golfe de Californie. C'était à la Noël 1567.

— Et l'autre bateau ?

— Épargné lui aussi... Il fit son apparition la même semaine, dans la liesse générale. Il amenait avec lui l'infâme Sarmiento qui m'accusait maintenant de l'avoir sciemment abandonné. Il ajoutait que j'avais causé l'échec de l'expédition, puisque je n'avais pas découvert le continent dont il prétendait connaître, lui, la position. De telles calomnies pesaient lourd. Il se répandait partout avec ses sornettes et porta plainte contre moi aux autorités du Mexique. Je le fis arrêter pour l'empêcher de nuire davantage. Il réussit à s'échapper.

« Cette fuite, il la nia plus tard, affirmant que je l'avais abandonné une seconde fois, en le laissant à terre malgré lui. À l'entendre, j'aurais levé l'ancre brusquement.

« Je vous parle beaucoup de cet homme, Doña Isabel, car je suppose que, comme tout le monde à Lima, vous connaissez notre conflit... Et combien cette rivalité m'a coûté cher.

« Quand j'arrivai en vue des côtes du Pérou, le 11 septembre 1569, nous étions partis depuis plus de vingt-deux mois... Sur mes cent soixante hommes, j'en avais perdu trente-cinq. Pour le reste, j'étais parvenu à éviter plusieurs mutineries, et ramenais mes deux navires à bon port... Voilà, Doña Isabel, vous savez tout ! »

— Comment tout ? Je ne sais rien ! Que s'est-il passé à votre retour ?

— Vous voulez vraiment connaître la suite ?

— Il me manque quinze ans d'aventures...

— Des aventures ? Quinze ans de luttes et de procès. En accostant à Lima, j'appris que mon oncle, le gouverneur Lope García de Castro, avait été rappelé à Madrid. Et que son successeur n'était autre que Don Francisco de Toledo, l'ennemi mortel de ma famille depuis des générations. Pour moi, les ennuis commençaient.

« Je me rendis tout de suite chez Toledo afin de lui relater mes découvertes et de lui remettre l'étendard royal. J'avais le sentiment d'avoir accompli ma mission. J'étais le premier navigateur qui ait traversé le Pacifique, dans son hémisphère Sud. J'avais rempli les cartes – totalement vides auparavant – d'une vingtaine de terres dont j'avais pris possession au nom de l'Espagne. J'avais découvert un grand archipel, riche en minerais, que mes hommes avaient baptisé les îles Salomon... Toledo m'écouta. Et quatre mois après mon arrivée, vers février 1570, il accepta d'envoyer au Roi une lettre reconnaissant par écrit que j'avais bien travaillé, et fait preuve de plus de sagesse qu'on pouvait en attendre de mes vingt-cinq ans. À ce stade, j'en avais vingt-sept, mais peu importe. S'il me lut le début de ce courrier, qui pouvait me laisser croire qu'il avait l'intention d'appuyer mon projet de nouvelle expédition, il me tut le reste, où il m'étrillait de belle manière.

« L'infâme Sarmiento, le géographe qui avait porté plainte contre moi au Mexique, appartenait à sa clientèle. Sarmiento lui avait raconté que Sa Majesté n'avait aucune obligation de christianiser les îles Salomon, car ces îles n'avaient jamais été mentionnées par la moindre bulle pontificale. J'eus le tort d'exploser en rétorquant qu'évidemment le Pape ne les mentionnait pas, puisque personne ne les connaissait jusqu'à ce que je les trouve !

« Quoi qu'il en soit, la mauvaise foi de Sarmiento donna à Toledo les armes qu'il recherchait. Dans son second rapport, il usa de tous les arguments dont se servaient les proches du Roi pour le décourager d'entreprendre de nouvelles conquêtes. L'Espagne avait déjà fort à faire en administrant et conservant ses colonies ; il était totalement inutile d'ajouter, aux tracas présents, la multitude de problèmes qu'entraînerait une autre avancée dans l'inconnu. Mais parmi toutes les objections que j'allais devoir combattre dans les années à venir, celle-là n'était pas la pire.

« Durcissant sa position à mon égard, Toledo écrivit une troisième lettre au Roi, avec le conseil de ne pas écouter les bavards et les imposteurs qui se rendraient peut-être en Espagne pour y colporter leurs mensonges... En fait de menteurs et d'imposteurs, Toledo et Sarmiento étaient tout de même les maîtres ! Malgré les obstacles qu'ils mirent à mon départ, j'arrivai à Madrid près de deux ans après mon retour des îles.

« S'ensuivit un interminable siège pour obtenir une

audience auprès de Sa Majesté, notre bon roi Philippe II. L'attente allait durer trois ans. J'employai mon temps à réaliser mes biens et à me lier d'amitié, par des fêtes et des présents, aux grands personnages de la cour capables de m'introduire.

« Je ne vous raconterai pas toutes mes démarches, ma patience et ma rage. Elles finirent par porter leurs fruits, puisque le 12 avril 1574, je fus invité à me présenter à l'Escorial. Enfin !

« À la vérité, je ressortis mi-figue mi-raisin de l'audience que le Roi avait bien voulu m'accorder. J'avais pourtant obtenu l'essentiel : la permission d'entreprendre la Conquête des îles occidentales de la Mer du Sud avec plusieurs titres. Adelantado, Capitaine général, Officier de justice. La Couronne s'engageait en outre à m'élever au rang de marquis, plus exactement marquis de la Mer du Sud, pour deux vies : la mienne et celle de mon héritier. En contrepartie, je devais monter l'expédition à mes frais. Et non seulement cela... Il me fallait verser une caution de dix mille ducats au Trésor royal, en garantie de ma bonne foi. Mon oncle me prêta cette somme considérable. Je vendis l'héritage qui me venait de ma mère, et achetai en Espagne les armes introuvables au Nouveau Monde. Je m'embarquai de Séville, avec mes coffres et mes arquebuses. Je n'arrivai au port de Panamá qu'à la fin de l'année 1576. Je comptais y acquérir un premier navire et descendre vers Callao où d'autres vaisseaux étaient à vendre.

« Le malheur voulut que Panamá fût tenue par un ami du vice-roi Toledo. Un filou, que mon oncle avait jadis accusé des pires malversations et chassé du Pérou. Je connaissais cet homme de longue date. Il s'appelait Don Gabriel Loarte, docteur en droit. Je le savais sans scrupule, aussi lâche que vindicatif. Mon oncle, qui avait continué à lui être extrêmement défavorable au Conseil des Indes, venait de mourir. Pour un homme comme Loarte, les représailles s'avéraient faciles.

« Au moment même où je m'apprêtais à appareiller pour Lima, il s'avisa qu'un coffre avait été embarqué par un vétéran de mon premier voyage, sans que celui-ci ait payé ses droits de douane. Il nous fit arrêter tous les deux, et jeter l'un et l'autre au cachot. Pas n'importe lequel... Le cloaque réservé aux esclaves noirs. Une incarcération qui visait à m'ôter l'honneur en même temps que la vie.

« Outre le fait que je n'avais rien à voir avec cette histoire ridicule de coffre, mon arrestation contrevenait aux ordres du Roi et à l'article de notre contrat qui stipulait que je me trouvais sous la seule autorité du Conseil des Indes et qu'aucun juge, pas même le Vice-Roi, ne pouvait s'immiscer dans mes affaires. L'outrage était si énorme que même les conseillers de Loarte finirent par s'affoler et me firent libérer. Durant le temps qu'avait duré ma disparition, mes hommes s'étaient débandés et les armateurs avaient renoncé à mon entreprise.

« À Lima, les choses se compliquèrent encore. Si je réussis à enrôler un nouvel équipage, Toledo le réquisitionna, sous le prétexte que lui-même avait besoin d'hommes pour combattre les pirates anglais. Et notamment le corsaire Francis Drake qui venait de piller Acapulco et s'approchait de Callao.

« Laissez-moi vous préciser, Doña Isabel, que Toledo ne fit rien – et quand je dis rien, je pèse mes mots –, rien pour s'opposer aux pirates. Je poursuivis les Anglais de ma seule initiative. Mais Drake était trop rapide pour ma coque de noix. Quand je rentrai au port, Toledo me fit de nouveau emprisonner. Cette fois-ci, sous le prétexte que mon navire avait fait demi-tour en vue de l'ennemi.

« Je restai détenu trois autres mois. Alors que mes partisans – dont votre père – s'employaient à me faire libérer, mon expédition était paralysée.

« Ma situation financière devint catastrophique. Les volontaires que je rassemblai vivaient dans la peur. Tous agissaient en secret, tant ils redoutaient que le Vice-Roi ne fût mis au courant de nos projets. Ils n'avaient pas tort.

« M'accusant de réunir des factieux, de cacher et de nourrir chez moi tous les bandits de Lima, Toledo me fit arrêter une troisième fois. Il me retint dans ses geôles le temps qu'il fallut pour que mes marins se dispersent et que mon expédition soit à nouveau réduite à néant... Tant que Toledo serait au pouvoir, je ne partirais pas. Je le savais.

« Ce que j'ignorais en revanche, c'est que son mandat allait durer douze ans ! »

Toi, Isabel, tu étouffas un rire :

— Bref vous avez passé toute votre vie derrière les barreaux : pour un grand navigateur, c'est particulier.

Mendaña sourit à son tour :

— Voilà une façon intéressante de voir mon existence.

— Je commence à comprendre pourquoi vous n'êtes jamais venu rendre visite à mon père.

— Je me savais trop mal en cour pour me marier... Et puis ce fatras de rêves ne s'accordait guère avec les besoins d'une épouse.

— Tout dépend de l'épouse.

— Je crois qu'aucune ne s'accorderait avec un homme qui met tous ses biens au service d'une obsession, d'une chimère, appelez cela comme vous voudrez, et qui se ruine pour elle à répétition... Quoi qu'il en soit, cette folie ne vous regarde en rien. J'ai cru que ma rencontre avec vous pourrait me permettre d'y donner libre cours. Je me suis trompé. J'y renonce. Du moins, je renonce à partir par votre intermédiaire. Pour le reste... Je ne vous raconterai pas que j'ai trouvé de l'or là-bas, des pierres, des perles. Tout l'inverse. Je n'ai rien rapporté qui ait une quelconque valeur marchande. Et cependant... Après dix-sept ans, l'éblouissement demeure. Absolument intact. Les Indiens sont cannibales, leurs femmes sont belles mais elles ont les dents noires, le voyage de retour est épouvantable. Et cependant... Je n'ai qu'un désir. La beauté de ces rivages, les levers de soleil sur les lagons, la lumière qui tombe dru à travers les palmes, les animaux étranges, les parfums : de ce monde, à peine entrevu, je demeure enivré et curieux ! En outre, la colonisation de la Mer du Sud n'est pas seulement une lubie de ma part. Elle est nécessaire à notre sécurité. Je le pensais alors. Je le pense toujours. Les corsaires, qui ont franchi le détroit de Magellan une première fois, reviendront. L'Espagne doit se servir des îles du Pacifique comme avant-postes pour résister à l'invasion du Nouveau Monde par ceux qui le convoitent, qu'ils viennent de l'est ou de l'ouest. Je parle des Anglais, des Français et des Hollandais.

— Vous savez, Don Alvaro, que vous pouvez même vous montrer convaincant ?

— Trop aimable. J'essayais de ne rien vous déguiser. Ne vous moquez pas de moi au moment où nos chemins se séparent.

— Je ne me moque pas. Surtout maintenant... Quand nos chemins se séparent, comme vous dites !

— J'aurais dû renoncer depuis longtemps.

— Renoncer ?

— Oui. Renoncer à découvrir des terres dont je ne suis même pas certain qu'elles existent ! Ce ne sont pas seulement les îles : celles-là, au moins, je les ai vues, j'en ai la preuve. Mais le continent austral que je cherche ?... Que je veux ! Une rumeur propagée par les marins. Une hypothèse de ma part... Rien.

— Voulez-vous que je vous propose une hypothèse bien plus dangereuse ? L'abandon. Voilà le vrai péril. Pourquoi laisser à d'autres la gloire de vos conquêtes ? Jamais ! Les obstacles auxquels vous vous heurtez évoquent toutes les difficultés qu'ont connues Christophe Colomb et Fernando de Magellan. En vous écoutant, je croyais les entendre. Relisez les récits de leurs voyages. Comme vous, ils ne savaient pas où se trouvaient les terres ou les détroits qu'ils cherchaient ; ils ont été menacés de mutineries ; dénigrés et trahis par leurs rivaux qui ont tenté de s'approprier leurs travaux... Tout cela pour quoi ? Le triomphe d'une idée. Que dis-je une idée ? Un rêve... Au fond, c'est un réconfort que Dieu ait créé des hommes aussi chimériques que vous. Vous vous riez des cannibales, vous vous gaussez des fièvres, des naufrages, du désespoir, de la mort... Pour ne songer qu'à ce que vous ne voyez pas !

— Détrompez-vous, j'avais vu quelque chose, ou plutôt vu quelqu'un très clairement : vous-même, à mes côtés... Et cette vision-là, il m'a fallu l'arracher de mon âme.

Tu ne dis rien, Isabel.

Après ton discours, que pouvais-tu ajouter ? Je ne perçus ton émotion qu'à ton silence.

Qu'éprouvais-tu devant l'intégrité de cet homme ? Il avouait que son mariage avec toi lui permettait de réaliser l'ambition de sa vie. Et cependant, il choisissait de tout perdre... Et de te perdre. Par amour pour toi.

Tu n'avais pas cité en vain les noms des grands découvreurs. Tu reconnaissais dans le personnage qui se tenait devant toi, la sorte de courage dont tu avais toujours rêvé. Cet homme avait les vertus des figures que tu admirais.

Ton cœur battait si fort, que je te vis y porter la main et le comprimer sous ton poing.

Balayant la dernière phrase de Don Alvaro, tu choisis d'ignorer ses sentiments, pour conclure avec légèreté :

— Quant au reste, je ne sais pas ce que vous aviez fait des chiens de mon frère, mais je les entends qui reviennent. D'expérience, je les sais très mauvais... Fuyez : ce serait dommage de vous laisser dévorer.

Trop tard. La lourde silhouette de Jerónimo s'était profilée dans l'encadrement de la porte.

Terrifiée par cette apparition, j'avais sauté sur mes pieds.

Don Alvaro s'avança pour te couvrir. Tu ne le laissas pas te protéger. Tu marchas droit sur Jerónimo et le bravas :

— Ah, mon frère, tu tombes bien. J'ai deux bonnes nouvelles à t'annoncer. La première, c'est que l'adelantado de Mendaña ne te tuera pas. Du moins, pas cette fois-ci. La seconde, c'est que tu as raison : il ne peut y avoir deux coqs sur un même tas de fumier.

— Le fumier, c'est toi, je suppose ?

— Qui d'autre ?... Tu peux rapporter à notre père que je lui obéis. Je m'incline devant ses désirs et je cède à ses volontés. À toutes ses volontés... J'épouse Don Alvaro. Et je pars sur la Mer du Sud... En quête du Cinquième Continent.

*

Tu tins tes promesses.

Votre union fut célébrée la semaine suivante, en mai 1586, dans notre paroisse de Santa Ana.

Pour ce qui touche à ton second défi, hisser les voiles, assouvir ton désir inextinguible, tu allais devoir attendre.

La bataille ne faisait que commencer.

Chapitre VI

Le désir inextinguible

De tous les événements de cette année 1586, ton mariage reste le seul dans ma mémoire qui ne ressemblât pas à une calamité. Un miracle, au contraire. Un modèle de réconciliation familiale. Chacun y trouvait son compte. Jerónimo s'en réjouissait car tu avais quitté la maison pour suivre ton mari. Les « petits » jubilaient car tu étais sortie de ta réclusion. Quant à notre père, s'il eut un instant la velléité de te contredire et d'alléguer que l'alliance avec l'Adelantado ne lui convenait plus, ma mère se chargea de l'arrêter sur cette pente, en lui présentant ta capitulation sous le jour de sa propre victoire.

Lui-même était revenu satisfait de son voyage dans les mines. Il en ramenait plusieurs grosses barres d'argent qui lui serviraient à régler ta dot. En fait de quarante mille ducats, ce furent finalement cinquante mille que reçut Don Alvaro.

J'ai parlé de la satisfaction de notre clan, et n'ai rien dit de tes sentiments. Ta sérénité, si contraire aux tourments des mois qui venaient de s'écouler, ne fit de doute pour personne. À en juger par ce qui brillait dans tes yeux au lendemain de ta nuit de noces, Don Alvaro avait su toucher ton cœur. Tu avais épousé ses rêves. Tu l'embrassais tout entier, corps et âme.

Quant à lui, il semblait submergé par l'étonnement et la joie. Son union avec toi lui apparaissait comme la rencontre de son existence, la chance de sa vie. Un cadeau de la Providence. Il le disait, il le répétait : avec toi, tout redevenait possible.

Dans son acharnement à repartir pour les îles d'or, il n'avait jamais songé à sa propre paix en termes de félicité conjugale. En concrétisant ce qu'il avait annoncé au Roi tant d'années plus tôt, en se mariant avec la fille d'un grand conquistador du Pérou, il reprenait les fils rompus autrefois, du temps où sainte Isabel protégeait ses entreprises.

En vérité, sa passion pour toi l'aveuglait. Il se souciait comme d'une guigne de la fortune que tu lui apportais ! Il t'aurait épousée pauvre. Et nue. Tu le sentais.

Au lendemain de ton mariage, je m'étais attardée quelques semaines à Lima, repoussant le plus possible l'heure de mon retour dans ma belle-famille. Je suis donc certaine de ce que j'avance. À cet égard, une scène me revient, un moment où je vous ai surpris dans votre intimité, Don Alvaro et toi. J'avoue que ce souvenir me cause la même confusion qu'autrefois, comme si vous vous étiez livrés devant moi à quelque activité dont je n'aurais pas dû être le témoin. Rassure-toi… Rien de grave. Une histoire de cuisine et de repas dont je ne t'ai jamais parlé, car je savais à l'époque, comme je le sens aujourd'hui, qu'il s'agissait de bien autre chose que de nourriture.

Je m'explique…

La tradition voulait que nous, les Barreto, nous soupions ensemble chaque jour. Et qu'à l'exception de nos serviteurs indiens, de nos esclaves noirs, de nos deux sœurs religieuses, de moi-même quand je me trouvais chez mon mari, tous les hommes, les femmes et les enfants de notre maison se regroupent autour du chef de famille, pour dire les Grâces et partager le repas. Cette règle avait été instaurée par notre mère qui nous attendait le soir dans la salle voûtée du rez-de-chaussée. Et nul d'entre nous, du plus grand au plus petit, ni Jerónimo ni aucun de nos frères, n'aurait eu garde de manquer à l'appel. Même les maîtres d'armes devaient paraître à table. Quant à toi, il était entendu qu'en dépit de ton mariage avec l'Adelantado, tu continuerais de siéger aux côtés de notre père, lui-même trônant à un bout de l'interminable tréteau, tandis que Don Alvaro serait exilé à l'autre. Contre toute attente, tu instituas de nouvelles lois. Je dis « contre toute attente », car je sais combien tu aimais notre brouhaha familial. Tu nous annonças qu'à l'avenir, ton mari et toi-même prendriez vos repas chez vous, en tête à tête, sauf le dimanche et les jours de fête... En tête à tête ? On n'avait jamais entendu parler d'une chose pareille ! À Lima, la plupart des familles vivaient en groupe et cohabitaient. Aucun couple marié ne restait seul, à moins qu'il ne fût sans parentèle ou déshonoré. Ta volonté, si contraire aux usages, suscita un ultime tollé. Tu tins bon. Don Alvaro prit sur lui la responsabilité de la tempête, et notre père dut finir par s'incliner devant la décision de son nouveau gendre.

Un soir, au retour de l'église où j'étais restée tard à la veille de mon départ dans le Sud, je m'arrêtai chez vous pour vous dire adieu. Personne, ni tes servantes ni tes esclaves, ne se trouvait dans les parages. Sans doute avais-tu renvoyé tes gens pour la nuit, car je parvins, sans être annoncée, jusqu'à la cuisine où vous vous teniez tous les deux. Je restai sur le seuil. Entre les battants de la porte mi-close me parvenait le plus exquis des fumets... Toi qui rechignais aux tâches domestiques – du moins aux tâches dévolues aux femmes –, tu avais préparé de tes blanches mains un cocido berciano, le pot-au-feu de la province du León dont l'Adelantado était originaire... Comment avais-tu trouvé au Pérou tous les ingrédients nécessaires aux mets du nord de l'Espagne ?

Mystère ! Les pois chiches, oui, pas de problème. Mais le chou ? Le lard et le chorizo fumés ? L'oreille et la queue d'un cochon qui devait avoir été tué non pas la veille, ni même l'avant-veille : douze mois plus tôt, un an jour pour jour avant la cuisson ? Quant au reste, aucune épouse bien née ne se serait attelée elle-même à la réalisation d'un tel plat. Une dame dirigeait ses servantes : elle ne touchait pas à la viande, et surtout pas à la viande de porc ! Tu avais tenu, toi, à cuisiner sans aide, pour ton mari. Tu venais de poser ta marmite fumante sur la table et tu servais l'homme que tu aimais. De ta part à toi, Isabel, qui ne servais jamais personne, ce zèle m'amusa.

Ce ne fut toutefois pas cela, ta gentillesse envers Don Alvaro, qui me retint de vous donner signe de vie. Ni même ta tenue. Tu portais une robe d'intérieur que je ne t'avais jamais vue, aussi simple qu'immodeste. Non, ce fut le ton de ta voix, sa gaieté, son éclat en racontant à l'Adelantado tes mésaventures culinaires des dernières semaines... Tu te moquais de toi-même avec une faconde à laquelle tu ne m'avais guère habituée. Quelle volubilité ! Un flot de paroles... Don Alvaro riait à la moindre de tes plaisanteries.

Mais ton bavardage me surprit moins que ses manières à lui, ou plutôt son expression en dégustant la nourriture que tu lui avais préparée.

Il ne cachait pas son plaisir. Il prenait son temps.

Il avait abandonné couteau et fourchette pour effeuiller le chou à mains nues. Il le dépouillait avec délectation, lentement, sans te quitter du regard, ouvrant un à un les grands pétales nervurés de ce légume de paysan, comme il l'aurait fait d'un bouton de rose. Et, toi, en grand décolleté, debout à ses côtés, parlant, riant toujours, tu saisissais son poignet pour sucer au vol, cavalièrement, la sève qui imbibait ses doigts.

Vos gestes à tous deux eussent suffi à me remplir de honte et d'effroi. Le pire restait à venir.

Ton brusque silence quand, à son tour, il retint ton poignet, ton sérieux, ta pâleur quand il enveloppa ta main dans une caresse que je ne saurais décrire me causèrent à moi une émotion si forte que je reculai et m'enfuis.

Quoi qu'il en soit, votre béatitude ne dura pas. Moins de deux mois plus tard, une suite de malheurs s'abattit sur le Pérou.

Quand je parle de malheurs, je crois qu'il n'y eut guère de périodes plus sombres dans l'histoire de notre pays que les cinq années qui suivirent la cérémonie de ton mariage en l'église Santa Ana. Comment ne pas évoquer ce terrible tremblement de terre du 9 juillet 1586 qui rasa Lima à sept heures du soir ?

Les secousses durèrent quarante jours. Aucun édifice ne resta debout. Les tours de la cathédrale basculèrent. Le tribunal de l'Inquisition et le palais du Vice-Roi s'écroulèrent. La fontaine que j'aimais tant sur la place d'Armes, les arcades qui abritaient les galeries marchandes, le pont sur le Rimac : tout disparut en quelques secondes.

De la capitale construite par Pizarro ne subsistèrent que des ruines. La maison et les bâtiments de notre hacienda ne résistèrent pas mieux que les autres : ils s'effondrèrent. Dans sa miséricorde, le Seigneur voulut que nous ne perdîmes aucun membre de notre famille. Même nos serviteurs, nos chevaux et tes chers taureaux survécurent.

Ailleurs, la catastrophe fut totale.

Le raz-de-marée qui suivit la première secousse détruisit toute notre flotte dans le port de Callao. Des vagues, hautes de vingt mètres, s'abattirent sur les entrepôts. Elles s'enfoncèrent dans les terres, balayant les greniers et les cultures. Pour ma part, j'étais rentrée chez mon mari dans le Sud où nous ressentîmes le choc… Avec moins de violence, cependant. Tu m'écrivis que l'Adelantado avait à nouveau tout perdu. Les voiles qu'il avait accumulées en prévision de son départ, les gréements, les outils, les clous, les mille objets nécessaires à son voyage, qu'il travaillait depuis tant d'années à rassembler, avaient été emportés.

La lettre que tu m'envoyas – celle-là, comme toutes tes autres lettres – ne disait rien de votre véritable deuil.

Seul le récit tardif et déchirant de notre mère me donna la mesure des désastres que tu traversais. Elle était bien placée pour les connaître car tu l'avais prise chez toi, ainsi que Lorenzo et les petits. Vous campiez tous sur les décombres de ta maison, dont tu avais réussi, pour eux, à reconstruire une aile.

Ma mère me racontait qu'à la suite du tremblement de terre, une épidémie de variole s'était propagée dans la ville. Elle évoquait même plusieurs épidémies successives : la variole, puis la rougeole, puis le typhus qui décimèrent tout le pays. Elle me dit que les gens mouraient par milliers autour de vous, et qu'à l'hôpital Santa Ana, juste à côté, vingt malades arrivaient chaque jour. Qu'ils étaient couverts de boutons purulents. Qu'ils en avaient jusque dans les yeux, dans le nez, dans la gorge. Et qu'au terme de souffrances effroyables, ces pustules finissaient par les étouffer. Le mal tuait particulièrement les Indiens, les Noirs et les enfants.

Ce que notre mère redoutait arriva. Pendant cette terrible période qui dura quatre ans, tu donnas la vie à trois reprises. Et tu perdis tes bébés au lendemain même de leur naissance.

De ta douleur devant les cercueils de tes enfants, tu ne me parlas jamais. Dans les années à venir, tu me confierais même qu'au contraire des autres femmes, tu étais, toi, incapable de concevoir… Faux ! Archifaux. Ce discours de ta part, Isabel, qui ne sais pas mentir, m'a tant frappée que j'y reviens… Incapable ? Je crois même que tu portas à terme d'autres enfants. J'ignore leur nom et leur sexe car le Seigneur les rappela à Lui avant leur baptême. Je sens seulement que leur disparition t'affecta si profondément que tu la nias toute ton existence. Et que Don Alvaro ne s'en remit pas mieux que toi.

Contre toute attente, ces deuils contribuèrent encore à vous réunir.

Telle que je te connais, tu choisis d'écarter ta tristesse. Et de réconforter ton mari. Il était devenu la grande admiration, la grande adoration de ta vie. Tu cherchais à l'aider, à le soutenir, à rendre possible l'impossible quête pour laquelle il luttait seul, depuis si longtemps. Avec une énergie décuplée, tu tentais de protéger l'homme que tu aimais de nouvelles pertes et de nouvelles ruines.

Jamais tu ne mis en question le récit qu'il nous avait fait dans ta chambre. Loin de douter de sa parole, tu étais convaincue que Don Alvaro se montrait trop modeste, au contraire. Sa franchise et son intégrité le perdaient. En reconnaissant qu'il n'avait pas rapporté d'or, il minimisait sa conquête. « Il a découvert l'El Dorado ! répétais-tu. Il doit prendre possession de son bien. Les richesses des îles Salomon lui reviennent de droit. »

« L'Expédition » devint bientôt une création commune : l'enfant que vous n'aviez pas ensemble. Tu t'attelas pour ton mari à l'organisation du voyage.

Partir. Partir, partir…

Le Seigneur en décida autrement.

Après le tremblement de terre de juillet 1586, après le raz-de-marée qui détruisit Callao, après la famine et l'épidémie de variole qui résultèrent de ces calamités, après la mort de tes enfants, se profila un nouveau danger. L'irruption dans nos eaux du successeur de Francis Drake : un autre corsaire anglais, plus sanguinaire encore, un bandit du nom de Thomas Cavendish qui remontait le long des côtes et semait la terreur sur nos rivages. Callao était pour lui une proie de choix. La meilleure. En prenant Callao, il conquerrait Lima.

Cavendish accomplissait exactement ce que Don Alvaro avait craint. Il avait franchi le détroit de Magellan, que nous croyions surveillé et fortifié par le vieil ennemi de ton mari, l'Infâme Sarmiento comme il l'appelait.

La faveur dont l'infâme Sarmiento avait joui auprès du vice-roi Toledo lui avait permis d'obtenir de Sa Majesté Philippe II une responsabilité inouïe : vingt-trois navires et huit cents hommes pour tenir le détroit et repousser les Anglais. L'opération avait tourné à la catastrophe. Sarmiento s'était disputé avec tous ses capitaines, avant d'abandonner les colons sur les terres qui bordaient le détroit, sous prétexte d'aller chercher des vivres. Il ne revint jamais, ayant été lui-même capturé par un troisième corsaire, Sir Walter Raleigh, et ramené à Londres.

Les malheureux qu'il avait débarqués périrent de faim et de froid. Le corsaire Cavendish n'en trouva plus qu'une dizaine pour s'opposer à son passage. Il s'offrit le luxe de baptiser leur colonie Port Famine et de ne sauver qu'un Espagnol, un seul, dont il se servait aujourd'hui comme guide vers Lima.

La Providence voulut que Cavendish dépassât Callao et qu'il se contentât de raser nos ports du Nord. Il réussit, en revanche, à prendre au Mexique notre galion en provenance de Manille. Une perte considérable. Le galion rapportait à notre roi les soieries de la Chine, les épices de l'Asie, et cent vingt-deux mille pesos d'or qui devaient permettre à Sa Majesté de financer la guerre contre l'Angleterre. Ce malheur nous fut infligé au moment même où les vents et la tempête détruisaient notre Invincible Armada au large des côtes écossaises.

Il semblait que Dieu nous eût abandonnés.

Dans Son infinie bonté, le Seigneur choisit toutefois de sauver le Pérou, en nous donnant un nouveau Vice-Roi.

Le successeur du comte de Villardompardos, que nous appelions le Tremblotant car il était toujours malade, n'était autre que le premier soupirant de notre mère, Don García Hurtado de Mendoza, avec lequel elle avait fait voile vers le Nouveau Monde, près de trente-cinq ans plus tôt.

Notre père connaissait bien Don García, lui aussi : il avait combattu sous ses ordres au Chili. Ce privilège nous valait de posséder aujourd'hui des terres à Cañete, la ville qu'ils avaient fondée ensemble et qui portait le nom du marquisat. En cette année 1589, Don García, quatrième marquis de Cañete, pouvait passer à juste titre pour le protecteur officiel de mes deux parents. Nous lui devions tout. L'annonce de sa nomination souleva chez nous un délire de joie.

L'enthousiasme dépassait largement le cercle de famille. La ville était en liesse. Les anciens du Chili, auxquels Don García avait jadis donné la victoire contre les tribus Mapuches, savaient qu'il redresserait le pays. Il aurait fort à faire. L'insécurité règnait partout. Les Indiens, victimes des mauvais traitements, se révoltaient. Les terres, ravagées par le raz-de-marée, n'étaient plus cultivées. Nous souffrions de la soif car nous manquions d'eau. Les canaux d'irrigation, rompus, abandonnés, avaient cessé de fonctionner. Quant à la flotte, elle se trouvait dans un état déplorable. Et si le corsaire Cavendish, hier, n'avait pas pillé Lima, d'autres pirates anglais se profilaient à l'horizon.

On disait Don García taillé pour la tâche. Âgé de cinquante-cinq ans, il passait pour un homme autoritaire, colérique, imbu de sa naissance, épris de l'honneur de l'Espagne. Un Grand qui aimait le Pérou avec passion et qui se montrerait soucieux d'imposer à sa cour un protocole calqué sur l'étiquette de Madrid. Il était accompagné de son épouse, la fille du comte de Lemos qui présidait le Conseil des Indes.

Nous n'avions jamais eu de Vice-Reine en résidence à Lima. La propre mère de Don García était morte peu après son arrivée au Pérou. Doña Teresa de Castro y Cueva serait donc notre première souveraine. Elle amenait à sa suite un escadron de meninas : ses demoiselles d'honneur. Un régiment de dueñas : les veuves qui veillaient sur la vertu des demoiselles. Une armée de dames d'atour, une première femme de chambre, une seconde femme de chambre, un maître de cérémonie, un confesseur, un médecin, des secrétaires, des pages, même des musiciens et des peintres italiens. Le débarquement de cette centaine de personnes, toutes rompues au terrible cérémonial espagnol, toutes férues de titres et de généalogies, allait totalement transformer l'atmosphère de la capitale. Jusqu'à présent, la résidence du Vice-Roi n'avait été fréquentée que par des guerriers et des hommes de loi. Un entourage exclusivement masculin dont les maîtresses créoles ou les concubines indiennes ne contribuaient guère à polir les mœurs. Avec la venue de Doña Teresa, avec l'installation de cet essaim de filles et de veuves à marier, toutes issues des plus grands lignages, le palais se métamorphoserait bientôt en une réplique de l'Escorial.

La Municipalité, impressionnée, décida d'organiser pour la Vice-Reine une prise de pouvoir indépendante de celle de son époux. Je fus chargée avec toi, Isabel, ainsi qu'une centaine d'autres épouses choisies parmi les familles des notables, d'accueillir et de guider Doña Teresa à travers sa ville. D'ordinaire nous ne suivions que de loin, du haut de nos balcons suspendus, le passage du cortège caracolant sous l'arc de triomphe qu'on dressait à l'entrée de Lima. Les roues des carrosses cliquetaient sur les lingots d'argent qui servaient de pavés à cette marche triomphale.

Cette fois, la première de notre Histoire, nous les femmes créoles, nous marchâmes à la rencontre de la Vice-Reine. Je revois tes yeux noirs, brillants d'excitation devant le spectacle du cortège qui s'avançait vers nous. Doña Teresa arrivait du port de Callao et s'approchait au son des trompettes et des tambours. Sa gigantesque robe de velours vert débordait de sa litière, se détachant de loin sur les soieries pourpres qui tapissaient son fauteuil. À sa droite siégeait l'ancien Vice-Roi, le vieux comte de Villardompardos. À sa gauche, son propre frère. Derrière eux, piaffait la jument que la Municipalité avait acquise dans l'élevage de notre père. Cette jument noire, magnifique, que la Vice-Reine monterait tout à l'heure, était harnachée d'un mors, de chaînes, d'étriers en argent massif. On n'avait jamais admiré un tel déploiement de richesse sur une haquenée. Les festons de la selle avaient été bosselés, ciselés, niellés et gravés par nos meilleurs orfèvres. Derrière l'animal venaient quatre écuyers, puis quatre chevaliers en armures. Tous marchaient à pied, la tête découverte en signe de respect. Derrière eux zigzaguait la longue file des chaises à porteur où siégeaient les dames d'honneur. Celles-là, les yeux fixes, le menton posé sur leurs fraises, la poitrine constellée de perles, celles-là ne regardaient personne... Et surtout pas nous, les Créoles de Lima. Je dois dire que nous étions bien plus parées qu'elles. J'oserais dire : encore plus belles et plus fières. La Vice-Reine nous avouerait plus tard qu'elle n'avait rien vu d'aussi chargé d'or, de joyaux et de dentelles que le groupe de grandes dames liméniennes l'attendant devant l'arc triomphal. À cette époque, Son Altesse ne savait pas encore jusqu'où nous poussions l'orgueil d'être riches : les boucles de nos jarretières et celles de nos souliers, invisibles aux regards, étaient, elles aussi, constellées de pierres précieuses.

Doña Teresa de Castro y Cueva ne pouvait toutefois ignorer à quel point la gloire de son lignage et la grandeur de sa personne nous impressionnaient : n'était-elle pas l'incarnation de la Reine ? En vérité, la peur nous gagnait. Nous devions la faire descendre de sa chaise et lui permettre de franchir à pied la porte de sa ville. La Providence voulut qu'elle te tende à toi sa main à baiser et que tu l'aides à mettre pied à terre. Tu t'étais poussée au premier rang. Quand elle te demanda de te nommer, tu pris soin d'user du nom de notre mère, le même que celui de Doña Teresa, à laquelle une très lointaine et très vague parenté nous liait. Elle te pria de rester à ses côtés durant le reste de la journée. Sans doute elle-même s'inquiétait-elle de sa propre conduite ? De nature timide, elle se trouvait seule dans un monde dont elle ne savait rien, lors d'une cérémonie qu'elle conduisait en l'absence de son mari… Lui-même n'apparaîtrait pas aux yeux de ses sujets avant sa propre entrée du lendemain.

À la demande de Doña Teresa, tu l'escortas sur la tribune où l'attendaient les corps constitués, pour l'acte solennel du Serment. Son Altesse jura devant Dieu et la Vierge Marie, sur les saints Évangiles et sur la sainte Croix, qu'Elle seconderait le Vice-Roi pour conserver à notre cité tous les privilèges, grâces et exemptions que Sa Majesté le roi d'Espagne lui avait accordés. Le Serment terminé, elle parcourut sur sa jument caparaçonnée d'argent le chemin qui la séparait de la cathédrale. Au soir de cette journée mémorable, la ville lui offrit un feu d'artifice dont quelque chose me dit que tu y trouvas ton compte. Ton mari n'était-il pas l'instigateur du spectacle ? À l'origine même de l'idée et de la mise en scène ? Cette sorte de clin d'œil à la dame de ses pensées était bien dans sa manière. Un tribut aussi discret qu'orgueilleux à vos amours. Une allusion que toi seule pouvais comprendre…

Car, au centre de la place d'Armes, se dressaient quatre piliers surmontés de quatre statues. À minuit, ils s'embraseraient, se transformant en une couronne de flammes qui danserait autour des statues sans les toucher, et leur servirait d'écrin. La première représentait une femme montée sur un taureau : l'Europe. La seconde, une femme sur un dromadaire : l'Asie. La troisième, une femme à dos d'éléphant : l'Afrique. La dernière, une femme installée sur un caïman : les Amériques.

« Les Quatre Parties du Monde. »

Au cou de chacun des animaux pendaient une chaîne et un médaillon où se détachait, gigantesque, le P de Sa Majesté le roi Philippe II. À leurs pieds : un cartel avec une inscription. Devant le taureau de l'Europe, Me habitat : « Philippe m'habite. » Devant l'Asie : Me Vincit, « Philippe me gagne. » Devant l'Afrique : Me terret, « Philippe me terrifie. » Devant les Amériques : Me possidet, « Philippe me possède. »

Doña Teresa connaissait si bien le sens des allégories qu'elle comprit d'instinct l'hommage des continents à sa souveraineté. La Vice-Reine n'incarnait-elle pas la maîtresse de l'univers : l'Espagne ? L'Empire où le soleil ne se couchait jamais, un territoire plus vaste que le monde romain au temps de sa plus grande extension. Tu lui susurras à l'oreille la première de tes petites phrases qui visaient à éveiller en elle le rêve d'autres conquêtes : « Il reste toutefois un dernier monde à découvrir, Votre Altesse… Le continent austral. »

Comment avez-vous pu vous lier toutes les deux, ce jour-là, dans l'heure, d'une affection si étroite ? Entre vous, ce fut, je crois, un véritable coup de foudre d'amitié. Le moins qu'on puisse dire, c'est que vous ne vous ressembliez pas ! Petite et brune, Doña Teresa pouvait avoir six ou huit ans de plus que toi, une trentaine d'années. On la disait douce, soumise, occupée d'œuvres pieuses, visitant les hôpitaux, pansant de ses propres mains les plaies des malades. Son confesseur parlait d'elle comme d'une sainte. Oui, aucun doute : vous n'aviez rien en commun. Une très grande dame... Je te sens qui t'agite, Isabel. Ne t'en déplaise, sur le chapitre de la compassion, tu restes sélective. Tu ne réserves ta charité qu'aux gens que tu aimes. Envers ceux-là, ton dévouement est certes total. Mais les autres... Sauf erreur de ma part, je ne pense pas que tu aies jamais visité les pauvres. Ni même que tu leur aies fait l'aumône. Ou si peu. Ou si mal.

Ta volonté de les servir aujourd'hui en notre couvent de Santa Clara ne m'en paraît que plus louable : je sais d'expérience combien la misère te répugne.

Quoi qu'il en soit, les fêtes en l'honneur des nouveaux Vice-Rois durèrent huit jours. Si tu avais manqué ton entrée dans le monde à l'occasion de la prise de pouvoir du comte de Villardompardos, tu te rattrapas en déployant tous tes charmes à l'occasion de celle des marquis de Cañete.

Tu semblais faite pour vivre dans l'entourage des souverains... L'éducation très inhabituelle que tu avais reçue te taillait à merveille pour l'emploi de femme de cour. Tu aimais le pouvoir et le faste, tu parlais le latin, tu jouais du luth, tu savais danser. Cela posé, un mystère demeure.

Que tu aies séduit Doña Teresa par ta jeunesse, ton naturel et ta vivacité, je peux l'imaginer. De toutes les Créoles de son entourage, aucune ne pouvait l'initier mieux que toi aux mystères de son royaume.

Que tu aies, toi, adoré sa grandeur, que tu aies admiré sa patience et sa piété, que tu l'aies aimée, elle, sans réserve comme tu sais aimer, cela aussi je le conçois. Mais Don García ?

Comment un maître aussi austère que le marquis de Cañete accepta-t-il qu'une personne telle que toi puisse devenir la favorite de son épouse et gouverner en son palais ?

Aux yeux de Don García, l'honneur passait par l'enfermement des femmes. Au lendemain même des cérémonies de son entrée, il nous renvoya derrière les barreaux et les treillis de nos jalousies... Durant son règne, nous ne pûmes parler à quiconque sans la présence d'une duègne. Lui-même dicta des lois touchant à notre conduite, des lois officielles et très strictes, qui se voulaient l'écho dans le siècle des règles du monastère. Hormis les fêtes de la cour auxquelles l'étiquette nous commandait d'assister en silence, nous devions être constamment occupées par une tâche domestique ou un exercice spirituel. Cela n'était pas pour me déplaire, à moi qui sais le néant des choses d'ici-bas... Mais toi, qui adorais les plaisirs du monde et courais la ville vêtue en tapada ? Encore une fois : mystère !

Une anecdote qui continue de courir à ton propos explique peut-être ton ascendant sur cette sorte d'homme.

On raconte que le lendemain de l'Entrée du Vice-Roi, alors que Doña Teresa prenait quelque répit dans un salon de la Résidence en compagnie de ses femmes, un Cacique des hauts plateaux se présenta et demanda à être reçu. La rencontre avait-elle été prévue ? Je l'ignore... Une file d'Indiens le suivait. Ils déposèrent à ses pieds, avec tous les égards dont sont capables les anciens dignitaires incas, une poutre d'argent dix fois plus lourde, dix fois plus large et plus grosse que tous les lingots qu'avait jamais rapportés notre père... Un présent de bienvenue, dont Doña Teresa le remercia. Au nom de l'aristocratie indigène, le Cacique demanda à Son Altesse si Elle lui ferait l'honneur de tenir sa petite fille sur les fonts baptismaux, dans l'église de son village. Émue de rencontrer en ce sauvage un chrétien si pieux, si noble, si poli, Doña Teresa n'écouta que son cœur : elle accepta. Elle précisa même qu'elle ne se ferait représenter par aucune de ses dames, qu'elle viendrait en personne au baptême de sa filleule. Elle ignorait ce que nous savions, nous. Que la province, dont l'Indien se disait originaire, se trouvait à plus de trois cents kilomètres au sud-est de Lima. Et que, détail non négligeable, son village se situait dans un désert glacé à quatre mille mètres d'altitude.

Trop tard pour se dédire. Doña Teresa avait donné sa parole.

Quand Don García apprit l'imprudence de son épouse, il entra dans l'une de ses fameuses rages, la première parmi la longue série de colères pleines de menaces et d'insultes qui lui valurent tant d'ennemis. Le déluge d'accusations qu'il déversa sur les témoins de la scène – nous toutes, les suivantes de sa femme – n'eut d'égal que le torrent d'injures qu'il réserva publiquement à la malheureuse Doña Teresa. Il était terrifiant. Personne au monde n'aurait osé s'interposer pour la défendre. Sauf toi, bien sûr.

J'en frémis encore, du même tremblement que lorsque je te vis te détacher du groupe. Ton ingérence aurait pu nous coûter cher. Valoir à notre famille le bannissement de la cour. Qui sait, l'exil de Lima ? Sur le chapitre de la contradiction, Don García avait mauvaise réputation… Chacun savait qu'en colère, il pouvait se montrer capable du pire.

Au mépris de l'étiquette, tu t'avanças, très calme, et assenas que Son Altesse n'avait pas lieu de s'emporter ni même de s'inquiéter. La barre d'argent que l'Indien avait offerte à Doña Teresa était d'une valeur inestimable et provenait de gisements dont nul n'avait jamais entendu parler. En conséquence, il convenait de lui rendre sa visite le plus vite possible et de monter s'assurer, auprès de lui, de l'existence de ces gisements… Probablement des mines indiennes, encore inconnues. Tu proposais de te charger de l'organisation du voyage et d'accompagner la Vice-Reine.

Contre toute attente, il ne te chassa pas. Il t'ordonna de te ressaisir : « Calmez-vous, mon enfant, calmez-vous… »

Tu ne paraissais pas du tout agitée.

« Ne tremblez plus. Je m'emporte facilement, c'est vrai. Mais je suis comme la poudre : j'explose. Après, il ne reste plus que de la fumée. »

Il semblait avoir retrouvé sa tranquillité, en effet. Ta suggestion lui agréait.

Je dois reconnaître que tu fus la seule à te porter volontaire. Les grandes dames espagnoles, terrifiées à la perspective de ce périple dans la montagne, tentèrent d'y échapper. Nous autres, les Créoles, qui connaissions les fatigues et les dangers de cette sorte d'ascension, nous ne nous montrions pas plus vaillantes. Don García voulut nous y obliger. Tu te débrouillas pour partir seule avec la Vice-Reine.

Quand je dis « seule », entendons-nous. À la suite de vos deux litières, l'interminable colonne qui disparut dans la montagne comptait trois chapelains, une cinquantaine de cavaliers, une centaine de fantassins, autant d'auxiliaires indiens : guides, porteurs, cuisiniers et servantes.

Je n'ai jamais bien su ce que vous fîtes là-haut. La légende veut que l'Indien eût pavé de barres d'argent le sentier qui séparait votre campement de la masure où reposait sa petite fille. Les capitaines qui vous accompagnaient se chargèrent de découvrir d'où venaient ces barres. Ils trouvèrent des mines, en effet. Gigantesques. Pour être précise, il s'agissait de mines de mercure, aussi rares que les veines d'argent… Indispensables ! Seul le mercure permettait de dégager rapidement les métaux précieux de leurs gangues de minerai.

Les hommes de Don García débaptisèrent le hameau et lui donnèrent le nom de notre bien-aimée souveraine : Castro-Virreyna. Don García y dépêcha plus de deux mille personnes le mois suivant. Deux mille indigènes qu'il déplaça des autres provinces.

Après Potosí et Huancavelica, Castrovirreyna deviendrait bientôt la troisième ville minière du Pérou.

Quand je pense qu'hier encore, tu régnais sur les palais de cette ville que tu avais contribué à fonder, sur ses églises, ses couvents, sa cathédrale... Hier ? Il y a de cela combien de temps ? Pas même six mois... Hier oui ! Avant que ton second mari, Don Hernando, dont le Seigneur a fait le plus illustre des administrateurs de Castrovirreyna, ne reprenne la mer contre ton gré. Et qu'en son absence, tu viennes chercher refuge ici, à Santa Clara.

Mais j'anticipe.

De ton équipée à Castrovirreyna avec la Vice-Reine, résultèrent l'estime et l'amitié des marquis de Cañete. Celles de Doña Teresa t'étaient déjà acquises. Don García partagea ses sentiments avec l'emportement qui le caractérisait. Les jalouses et les envieux diraient : avec l'aveuglement de sa passion pour une aventurière. Je crois que tu l'amusais. Son épouse le dirigeait, en le calmant par la douceur. Toi, tu le surprenais par ton panache. Un mot de toi, un mot de vous deux – la parole apaisante de la brune et sainte Doña Teresa, la plaisanterie de la blonde et vivante Doña Isabel – influaient sur ses décisions.

Ta faveur assura le spectaculaire retour en grâce de l'Adelantado, ton mari.

À l'inverse de ses prédécesseurs, Don García restait un chef de guerre, un homme qui avait participé à la conquête du Nouveau Monde : il jugeait que l'Espagne devait tenir et posséder les îles, les continents, toutes les terres dans la Mer du Sud. Il se montrait plutôt favorable à de nouvelles découvertes. Mais l'heure était à une autre sorte d'exploration.

Pour te complaire, le Marquis nomma l'Adelantado inspecteur de la flotte royale. Don Alvaro partit étudier les défenses de nos côtes. Durant deux ans, il en visita chaque port entre

Lima et Panamá, chaque baie, chaque crique, prospecta tous les lieux où les Anglais pourraient s'abriter et se cacher. Il suggéra, dans un rapport que Don García jugea brillant, plusieurs plans pour s'en garder.

Les conclusions de Don Alvaro révélaient en lui le marin habile et le stratège de génie. Elles lui valurent le don de votre première encomienda d'Indiens à Tiaghanaco, dans le district de La Paz. Cette encomienda, qui rapportait trois mille pesos par an, vous permit de soutenir le train des plus grands dignitaires. Une manne bienvenue. Car toi, obsédée par ton projet de départ, tu refusais de dilapider ta dot dans les divertissements de la cour. Quelques années t'avaient suffi pour mesurer les limites du palais. Les luttes de pouvoir que tu orchestrais, les intrigues autour de la Vice-Reine, les rivalités entre les Créoles et les Espagnoles, les petites et les grandes dames, commençaient à te paraître d'une étroitesse insupportable. Le premier éblouissement passé, tu avais le sentiment d'étouffer. Impossible toutefois de suivre Don Alvaro dans ses voyages. Malgré sa bienveillance à ton égard, Son Altesse Don García te gardait enfermée, comme les autres. Il n'était pas du genre à céder à tes caprices, en te laissant arpenter le pont de ses vaisseaux.

Impressionné par les compétences de ton mari, le Vice-Roi l'envoya ensuite moderniser et réarmer l'ensemble des galions de Sa Majesté.

Au terme de deux nouvelles années d'absence et d'un travail colossal, l'Adelantado connaissait comme personne les courants et les vents de la Mer du Sud. Il connaissait, en outre, le nom des meilleurs navires de Sa Majesté, les états de services de Ses meilleurs capitaines, de Ses meilleurs pilotes et de Ses meilleurs maîtres d'équipage.

À son retour, il n'aspirait toutefois qu'à une chose : le repos du guerrier.

Don Alvaro avait alors près de cinquante ans. Il reconnaissait qu'il ne tenait plus autant qu'autrefois à plonger dans l'inconnu… Le contrat qu'il avait passé avec Madrid l'obligeait toujours à financer lui-même son expédition. En termes clairs : à y engloutir sa fortune et à s'endetter sur plusieurs générations. Il savait désormais que seuls les immenses galions du Roi seraient capables de soutenir la sorte de traversée qu'il envisageait. Leur acquisition excédait le coût que pouvait supporter un particulier, fût-il cousu d'or avec, à ses côtés, plusieurs associés. De toute façon, les propriétés de la Couronne n'étaient pas à vendre, et ne le seraient jamais. Ce problème, Don Alvaro ne trouvait plus en lui le désir de le résoudre. Ses dernières pérégrinations le long des côtes lui avaient donné la nostalgie d'une vie domestique à tes côtés.

Tu avais transformé sa demeure en l'une des premières résidences de la ville. Si tu ne savais rien faire de tes dix doigts, ni coudre, ni broder, ni soigner, tu savais tenir une maison. Tu savais diriger tes serviteurs. Et surtout, surtout : tu savais compter.

Le moins qu'on puisse dire, c'est que tu avais le sens des affaires et le goût du confort ! Don Alvaro pouvait se montrer satisfait. En huit ans de mariage, tu avais fait fructifier ses biens et construit autour de lui un écrin fastueux.

Il s'interrogeait.

Une maison, une épouse, des enfants ne suffiraient-ils pas à son existence ? Peut-être. Il possédait une femme magnifique. Son cœur. Son âme… Une compagne qu'il ne méritait pas. Excellente intendante de surcroît.

Il était riche. Bien en cour… Il se surprenait à penser que le Seigneur l'avait comblé. Pourquoi pousser plus loin ?

Là, tu t'insurgeais.

« Pourquoi ? *répétais-tu…* Parce qu'à ce compte, rien,

jamais, ne serait entrepris. Parce que la paix que tu t'apprêtes à accepter, c'est la mort, pas la vie ! »

Entre vous, les rôles commençaient à s'inverser.

Tandis que ton mari retrouvait les joies du foyer, qu'il avouait son bonheur entre tes bras, toi, tu piaffais de désirs et d'impatience... Comment, lui, l'adelantado de Mendaña qui avait découvert la source de toutes les richesses, pouvait-il renoncer à en prendre possession ?

Tu rêvais moins de trésors que de gloire.

Planter la Croix sur des rivages inconnus. Apporter la Parole du Christ aux naturels, sauver l'âme de milliers d'hommes. Construire des villes. Fonder une dynastie... Ici, ta voix se brisait. Tu vivais comme une malédiction la mort de tes bébés. Tu pensais que Dieu ne t'en donnerait pas d'autres. Tu te rattrapais sur le reste : les perles dans les lagons des îles du Pacifique, grosses comme des œufs de caille. L'or que charriaient les fleuves des montagnes.

En t'écoutant lui décrire ses aventures passées et ses conquêtes à venir, chanter la bravoure et la foi, toutes les vertus qui présidaient à son entreprise, Don Alvaro se laissait à nouveau enfiévrer. Ton enthousiasme le galvanisait. Et pour cause ! Il retrouvait dans la femme de sa vie l'énergie de sa jeunesse, sa propre force et sa confiance.

Quant à toi, tu l'aimais sans restriction, comme tu avais aimé notre père. Ce dernier partageait ton besoin d'exploit : vous vous étiez retrouvés sur ce terrain, loin des horreurs de Cántaros. Pourtant votre rêve semblait plus lointain et plus nébuleux que jamais.

En cette année 1594, un quatrième corsaire du nom de Richard Hawkins venait de s'emparer de la cargaison de cinq navires dans le port de Valparaiso. Il remontait vers Lima. Quand il pointa ses canons sur Callao, Don García était si malade qu'il ne put même se lever de son lit. Mais notre défense avait été planifiée par l'Adelantado.

La flotte, que ton mari avait allégée, modernisée et réarmée, se trouvait désormais capable de courser l'Anglais et de lui livrer bataille en mer. Sous les ordres du propre frère de Doña Teresa, nos navires prirent Hawkins de vitesse et le coulèrent devant Panamá. Un triomphe. Le pirate fut fait prisonnier. Nos hommes rapportèrent un butin de trente mille ducats. Et trois vaisseaux ennemis, dont ils s'étaient emparés. Tu tenais ta chance. Outre le fait que la victoire enfiévrait la cour et détendait l'atmosphère, elle ouvrait les esprits, tournait les regards vers de nouveaux horizons... L'un des vaisseaux capturés pouvait se substituer dans la flotte royale au splendide galion que tu convoitais depuis longtemps. Si ce navire portait le nom de notre frère et ne me semblait pas, à moi, du meilleur augure – il s'appelait le San Jerónimo –, ce galion-là, disait l'Adelantado, était capable d'assurer toutes les traversées, d'affronter toutes les tempêtes. Une pure merveille.

Don García, pas plus que ses prédécesseurs, n'était habilité à céder un bateau appartenant au Roi. Il allait toutefois accepter de soustraire celui-là, et de le remplacer dans l'armada espagnole par les navires d'Hawkins. Il vous laissa le San Jerónimo pour neuf mille pesos. Une fortune. Six mois après cette acquisition gigantesque, tu vendais votre maison de Lima, hypothéquais votre encomienda et négociais l'achat d'un second navire, un galion de deux cent cinquante tonneaux, long de vingt-cinq mètres, l'un de ces vaisseaux de haut bord dont les poupes colossales, façonnées comme des tours, confirmaient l'impression de châteaux se déplaçant sur la mer. Celui-là portait un nom cher au cœur de ton mari : la Santa Isabel.

Sous ton influence, Isabel, tout le clan Barreto entra financièrement dans l'entreprise. Si notre père n'avait pas été trop âgé, il vous aurait lui-même accompagnés. N'avait-il pas convenu avec ton mari qu'il deviendrait son Gouverneur général quand vous auriez pris possession de vos îles ? En te comptant, il donna cinq de ses enfants, trois fils et deux filles, cinq sur les onze, pour que sa descendance le représente et retire de la Conquête sa part de fortune et de gloire : Lorenzo, Diego, Luis, même la petite Mariana...

La voix intérieure de Pétronille hésita.

Mais que sais-je, moi, de ces préparatifs qui vous occupèrent durant ces derniers mois ? Vous étiez tous si fébriles... Et pour cause ! Don García avait demandé son rappel en Espagne. Nul ne pouvait affirmer que son successeur se montrerait aussi favorable que lui à vos projets. L'expérience n'avait-elle pas prouvé le contraire ? Le temps pressait. Le prochain Vice-Roi se trouvait à cette heure au Mexique. Hors de question d'attendre son arrivée ! Ironie du destin, je crois que tu mis l'odyssée sur pied en quelques semaines. Certes, tu t'y préparais depuis dix ans. Dix longues années où tu avais employé ton énergie, ton honneur et ta vie au service de ton insatiable désir de conquête... Dix ans ? Rien, comparé à l'Adelantado qui luttait depuis plus d'un quart de siècle. Vingt-sept années de bataille pour en arriver là : une armada de quatre navires. Tu avais donné à cette aventure une ampleur qui dépassait toutes les attentes. L'expédition n'était plus seulement une affaire de découverte, mais de colonisation à grande échelle. Vous emmeniez avec vous quatre cents personnes qui devaient peupler votre royaume. Outre les deux galions qui vous appartenaient, deux autres embarcations – propriétés de leurs capitaines respectifs – devaient vous suivre. Elles étaient plus petites, mais capables de transporter une soixantaine d'hommes... Tandis que ton mari visitait ses navires et vérifiait leur état de la cale à la hune, qu'il inspectait chaque planche, examinait chaque voile, chaque cordage, vérifiait chaque clou, chaque vis, chaque écrou, qu'il faisait fabriquer toutes les pièces en double, en triple exemplaire, tu discutais ferme avec les marchands. Je me souviens de ta diligence à constituer ce que tu appelais le « coffre aux cadeaux » : tous les présents que vous destiniez aux naturels, en échange de leurs bonnes grâces. Don Alvaro savait d'expérience que les indigènes aimaient les chapeaux et les couleurs vives, les perles de verre qui chatoyaient au soleil, les petits miroirs, les ciseaux miniatures, et ces fameux grelots que vous pourriez peut-être troquer contre leurs pectoraux d'or. Tu fis confectionner des centaines de bonnets rouges, semblables à ceux que portent les marins, et tous les colifichets de pacotille dont on disait qu'ils plaisaient aux sauvages... Quant au reste... Tu devinais que l'objet le plus infime auquel tu n'aurais pas pensé, les tenailles, la scie, le marteau, les chandelles, l'encre ou les rouleaux de papier que tu aurais oubliés, resteraient des pertes irrémédiables... Manquaient encore ce que tu ne contrôlais pas, les articles les plus rares et les plus importants : les arquebuses et les canons qu'on ne fabriquait pas au Pérou, mais en Espagne. Toutes les pièces d'artillerie. Et la poudre, et le plomb, et la mèche. Sans parler des barriques qui n'existaient pas en quantité suffisante pour la traversée : Lima manquait de fer et surtout de bois pour les tonneaux. Finalement tu as décidé d'embarquer l'eau dans des jarres de terre cuite, que protégeait un treillis d'osier. Un pari risqué, car les jarres pouvaient se casser. Tu en commandas à tes frais mille huit cents. Tu les remplis de cinquante-quatre mille litres d'eau potable que tu payas de tes écus. Le fait que le voyage ne fût pas financé par la Couronne compliquait infiniment ton organisation. Même si l'Adelantado détenait la majorité absolue, ses associés avaient leur mot à dire. Les réunions se succédaient autour de votre table. On ne rencontrait chez toi que les investisseurs et les colons. Sans parler des gredins de la pire espèce, qu'attirait le rêve de s'emparer de l'or du roi Salomon : pilotes, marins, marchands, soldats, tous ceux qui venaient se mettre sur tes listes... Tu devais penser à tout. Tu étais devenue inaccessible.

Pétronille soupira.

Ah, les fameuses listes d'Isabel ! Listes d'outils, de graines, de plantes, d'animaux. Liste de vivres, liste d'armes. Liste des quatre cents personnes dont les noms dormaient à cette heure au fond des registres que l'Abbesse donnerait à l'Évêque.

... Entre les galets noirs de la plage du port de Callao, je perds ta trace et celle de tous ceux qui sont partis avec toi. Lorenzo, Mariana... Ici nos chemins se séparent, ma petite sœur trop aimée. De vous tous sur la Mer du Sud, je ne sais rien.

*

Pétronille avait cessé d'aller et de venir. Le monologue dans sa tête s'était tu. Assise sur son lit, les bras ballants, elle ne songeait plus à Isabel. Elle évoquait le beau Lorenzo, nommé *Capitán general* des soldats. Mariana qu'on avait mariée en toute hâte à un personnage douteux, l'amiral qui commandait la *Santa Isabel*.

Dans le silence de la nuit, tandis qu'elle les revoyait tous autour d'elle, penchés, ou bien à genoux, emballant leurs effets dans des coffres et des paniers d'osier, Pétronille avait la sensation d'étouffer.

L'aube était encore loin. Combien d'heures interminables avant que les religieuses aux voiles blancs ne sonnent les matines ? Combien d'heures jusqu'au service divin qui, seul, pourrait lui rendre la paix ?

Elle ouvrit la porte de sa chambre, celle qui donnait de plain-pied sur la placette où susurrait la fontaine. Pas une lueur. Pas un bruit. Debout dans l'embrasure, elle respira l'air à longs traits, le regard distraitement fixé sur son ombre qui se détachait du mur blanc d'en face. Cette silhouette longue, maigre… Son cœur se figea.

Cette silhouette ne pouvait être la sienne… Elle remuait, quand elle-même demeurait immobile… Elle grandissait. Elle s'approchait. Elle traversait la rue, elle contournait la fontaine.

La pleine lune, comme suspendue derrière elle, n'éclairait que la chevelure qui ondulait jusqu'à la taille, d'un noir luisant, d'un noir d'encre en signe de deuil. Noire comme la chemise et toute la personne, noyée dans la pénombre.

Pétronille, la gorge serrée, la regardait venir… Isabel.

— C'est toi ?

Chapitre VII

L'ARCHE DE NOÉ

Les deux sœurs se tenaient face à face. L'une ronde, minuscule, le crâne blanc et rasé. L'autre, maigre, longue, enveloppée dans ses étranges cheveux teints qui la recouvraient d'un voile funèbre.

Intimes cependant, et proches comme deux lutteuses dans la nuit.

Pétronille chuchota, collée contre Isabel pour que nul ne les entende :

— D'où sors-tu ?

Sa visiteuse ne daigna pas répondre. Ou peut-être n'en eut-elle pas la force. Ses pupilles, naguère si noires, paraissaient bleues dans le bistre des cernes et la pâleur du visage. Les larmes lui avaient rougi les paupières, brûlé les yeux… Comment reconnaître, en cette terrifiante figure d'outre-tombe, la jeune femme blonde que Pétronille avait évoquée toute la nuit ? La radieuse Isabel, qu'elle-même avait tant enviée pour sa grâce, tant admirée pour sa plénitude ? Sur ce point l'Abbesse et son Conseil avaient vu juste : l'épouse que le capitaine Hernando de Castro avait quittée et celle qu'il allait retrouver – en admettant qu'il rentrât jamais – étaient si différentes que la première semblait n'avoir jamais existé.

Et pourtant !

Les mortifications du repentir pouvaient bien l'avoir blessée dans sa chair : le regard restait inchangé. Il irradiait toujours de la même ardeur, du même orgueil insensé, de la même volonté de vivre et de vaincre.

Dans la seconde, Pétronille sentit qu'Isabel brûlait d'une fièvre où l'amour de Dieu n'entrait pour rien. Et ce qu'elle perçut des désirs terrestres de sa sœur la terrifia si profondément qu'au lieu de la prendre sur son cœur, elle se réfugia dans le sermon et la gronderie :

— As-tu idée du scandale que tu suscites en ce couvent ? chuchota-t-elle avec violence… Mais quelle question stupide de ma part ! Tu t'en moques bien ! Peu t'importent les ennuis que tu crées à mes filles, les soucis que tu causes à notre Abbesse, aux Voiles Noirs, aux Voiles Blancs… À moi, qui ai pris la responsabilité de t'introduire parmi nous !

Isabel s'avança plus près. Elle aussi parlait à voix basse. Sur le même ton où l'inquiétude se confondait au reproche.

— Mes papiers que tu as livrés, Pétronille, tu dois les récupérer.

L'autre recula :

— D'abord, je n'ai rien livré du tout. Ensuite, tu te fourvoies en imaginant que je puisse reprendre quoi que ce soit.

— Reconnais au moins tes erreurs et répare-les ! Tu parles sans cesse d'obéissance : c'est le moment, Pétronille, obéis… Tu vas soustraire les trois registres qui se trouvent sous le lit de Doña Justina et les remplacer par les trois autres que je suis allée chercher.

— Tu as réussi à sortir d'ici ? C'est impossible ! Chercher où ?

— Chez moi.

— À Castrovirreyna ?

— Ne te fais pas plus bête que tu n'es ! À l'Hacienda.

Pétronille répéta :

— C'est impossible.

— Si tu connaissais mieux ton couvent, tu ne serais pas surprise. Peu importe… Les trois volumes que j'ai retrouvés à la maison – mes livres de compte du temps de mon mariage avec l'Adelantado, que j'avais laissés derrière moi à Lima – sont presque identiques aux autres… Ni l'Abbesse ni personne ne verra la différence.

— Que contiennent donc *les autres*, comme tu les appelles, que contiennent-ils de si précieux pour que tu veuilles me les faire voler ?

— Un trésor qui me coûte aujourd'hui l'amour de mon mari Don Hernando de Castro. Un trésor que Don Hernando doit trouver intact à son retour… Si l'Évêque, ou quiconque, devait mettre la main dessus, ce trésor serait perdu.

— Je ne comprends pas.

— Il s'agit des cartes de navigation de l'adelantado de Mendaña. Elles doivent rester secrètes. Il me les avait confiées. Je devais les protéger des curieux, des voleurs, des imbéciles, des traîtres, de tous ceux qui pourraient les vendre aux Anglais, aux Français…

— Je n'imagine pas notre Évêque bien-aimé vendant les secrets de l'Espagne !

— Détrompe-toi. J'imagine très bien notre Évêque, moi, les égarant, les détruisant, les oubliant ou les livrant à l'Inquisition… Par peur, par ignorance. C'est à mon second mari, le capitaine Don Hernando que ces cartes reviennent ! C'est à lui seul que l'honneur et la gloire incombent de poursuivre les découvertes. Il ne travaille qu'à cela. Prendre la relève. Le vieux rêve de l'Adelantado – mon rêve – a contaminé son âme. J'ai voulu lui épargner mes tourments. J'ai voulu l'en protéger. Je lui ai juré sur la sainte Croix que je ne possédais pas les cartes d'Alvaro. Que je ne les avais jamais eues… Je lui ai menti. J'ai juré que je n'avais rien gardé, aucune trace des calculs qui avaient été consignés durant la traversée. Ni même du contrat, signé par le Roi, ce contrat dont je suis l'héritière, et qui lui revient de droit. Il ne m'a pas crue. Il avait raison. Il est parti. Et je meurs de l'avoir trahi.

— Tu m'as l'air, au contraire, bien vivante… De nouveau semblable à toi-même : l'impérieuse Isabel qui demande, qui veut, qui exige, qui ordonne que l'on commette pour elle des actes inacceptables et dangereux ! En admettant que je tente cette substitution dont tu me parles, j'exigerai quelque chose en retour.

— Ce que tu souhaiteras.

— Je *veux,* moi aussi, *j'exige* que tu me dises ce qui s'est passé sur le *San Jerónimo*. Ce qui a tué Lorenzo. Ce qui continue de rendre fous nos frères Diego et Luis. Ce qui contamine l'âme de Don Hernando et désespère ton cœur !

— Tu trouveras la réponse dans les trois volumes que tu me rapporteras.

— Non… Ce serait trop facile ! Je veux l'entendre de ta bouche. Je veux que tu me racontes, toi, cette expédition que les marins de Lima appellent depuis treize ans la Traversée de l'Enfer. Ton fameux exploit :

« Le voyage de la Reine de Saba au-delà de Dieu » ! Je veux que tu me dises ce que tu me caches, ce que tu me tais… Je n'en peux plus de ton silence, Isabel ! Je n'en peux plus de tes absences… Tu n'as pas le choix. Je te tiens cette nuit : je te garde… Entre chez moi. Et parle. Tout de suite. Maintenant… Je jugerai, après t'avoir écoutée, de la fin à donner à ton affaire.

Pétronille avait poussé sa sœur dans sa chambre. Elle avait refermé la porte sur elle et lui avait désigné le seul siège de la pièce. Elle-même avait pris place sur le lit qui occupait l'alcôve creusée au fond du mur.

Comme jadis, comme toujours, Isabel avait refusé de s'asseoir.

Elle se tenait appuyée au mur. Elle gardait son regard noir, planté dans celui de Pétronille. Cette dernière, qui en d'autres temps aurait baissé les yeux, la dévisageait à son tour et semblait l'accuser.

Isabel demanda :

— Que désires-tu savoir ?

— Qui était cet homme, ce chef pilote portugais, celui qui a divulgué contre toi l'an passé cette supplique effroyable qu'il adressa au Roi ?

— Quirós ? Un jaloux minable.

— Je le croyais le meilleur pilote de tous les temps, notre plus grand navigateur. De surcroît, un saint homme qui a fait le pèlerinage de Rome l'année du Jubilé. Un homme au service de Dieu, un vrai chrétien respectueux de Ses Commandements.

— Qui le raconte ? Personne, sinon lui, Quirós ! Il ne sait faire que cela, se vendre… User de la Parole du Seigneur pour arriver à ses fins et servir ses propres intérêts… Lorsqu'il était venu se présenter chez nous en 1595, il avait exactement l'air de ce qu'il était :

un gueux de trente-cinq ans qui avait trouvé la poule aux œufs d'or en rencontrant Don Alvaro… Sais-tu pourquoi il m'a plu à moi ? Pour son apparence ! Ah, les *apparences* de Quirós ! Et cependant, crois-moi, il ne payait pas de mine. À l'époque, il n'avait que la peau sur les os. Le teint bistre. Les joues hâves. Le nez busqué. Un regard noir et brûlant, un regard de saint, en effet… Ou de prédateur. Son accent portugais, son allure, ses yeux, tout en lui m'évoquait quelqu'un d'autre. Quelqu'un que j'aimais. Notre père. Il avait sa maigreur, il avait sa ferveur. Il a suscité ma sympathie pour cela… Leur ressemblance. En réalité, ils ne possédaient rien en commun… Don Alvaro, pour sa part, s'est laissé séduire par la piété et le calme intérieur qu'il affichait. Je reconnais que l'absence de doute de Quirós, ou plutôt sa certitude absolue quant à sa science et ses capacités, était impressionnante… Pourtant d'où sortait-il ? Il disait qu'il avait été éduqué par les Franciscains de Lisbonne, avant de s'engager comme subrécargue sur un navire marchand qui faisait le commerce des épices. Il affirmait qu'il avait parcouru plusieurs fois, dans les deux sens, la route des Indes orientales et que nul ne connaissait la mer mieux que lui. Je veux bien le croire : son expérience sur l'océan Indien avait duré vingt ans. Il assurait encore que, lorsque la nation portugaise était devenue espagnole, il avait voyagé jusqu'à Madrid pour offrir ses services à Sa Majesté Philippe II. Il reconnaissait n'en avoir rien obtenu… Cela aussi, je veux bien le croire ! À Madrid, il s'était marié avec une personne qui lui donna deux enfants. Il les laissa en Espagne et repartit sans sa famille, pour le Nouveau Monde cette fois. Il traînait depuis près de deux ans au Pérou, quand il eut vent de notre expédition… Comme tu vois, sa carrière n'était pas franchement glorieuse ! Il se décrivait toutefois comme le meilleur navigateur de l'Empire… Il le formulait à la façon dont tu le répètes, toi, aujourd'hui *: le meilleur et le seul.* Ce petit Portugais misérable semblait si sûr de lui… Mieux que cela : flagorneur en même tant que vantard. Il disait exactement ce que l'on voulait entendre… Il savait flatter comme personne, donnant à penser à son interlocuteur que chacune de ses paroles était réfléchie et sincère… Au fond, courtisan sous ses airs d'intégrité. Et trouble ! J'avoue que j'ai soutenu sa candidature… Je l'ai même soutenue de tout mon poids. J'appréciais chez cet homme sa foi en l'existence de l'*Australia Incognita* que nous partions chercher. La colonisation des îles Salomon suscitait son intérêt, oui, mais la gloire de trouver le continent austral le faisait vibrer de convoitise. Il prétend maintenant que nous sommes venus le chercher et que nous l'avons prié à genoux de bien vouloir nous conduire sur la mer. Mensonges ! Il nous avait proposé d'investir trois mille pesos dans l'aventure, tout ce qu'il possédait, pour obtenir le poste… Ce qui donne à penser qu'il y croyait tout de même ! Dans les suppliques et les pamphlets qu'il fait circuler sur mon compte aujourd'hui, il raconte qu'il se serait laissé convaincre par mes supplications et n'aurait accepté la charge de « chef pilote » que par amitié envers l'Adelantado… Typique de ses tricheries mentales. Quoi qu'il en soit… Don Alvaro le mit à l'épreuve en lui donnant à dessiner une carte, selon ses directives. Cette carte-là se cache aujourd'hui dans les registres que tu as livrés à l'Abbesse. Quirós avait bien préparé son affaire ! Il sut représenter de tête, dans ses moindres détails, la côte du Pérou, tous les ports, toutes les criques d'Arica à Paita. Et deux points à mille cinq cents lieues à l'ouest de Lima : un au septième degré de latitude sud et l'autre au douzième degré de latitude sud. Nos îles se trouvaient là. Il n'en montrait aucune autre, pas de terres où un navire déserteur pourrait chercher refuge. En vérité, Quirós se moquait bien des îles ! La découverte du continent austral et son évangélisation, tels étaient ses rêves et ses véritables obsessions.

— Les mêmes que les vôtres, ce me semble ?

— Les mêmes que les nôtres, oui. Et là se trouve notre plus grande erreur. Les autres candidats voulaient l'or. Lui, il cherchait la puissance et la gloire. Le ver était dans le fruit, je suppose. Mais que devions-nous faire ? Cet homme-là était sans conteste le plus organisé des marins. Il avait questionné les vétérans de la première expédition qui l'avaient rassuré sur l'excellence du commandement de l'Adelantado. Non content de cet interrogatoire, il avait rendu visite aux hérétiques dans les geôles de Lima, les hommes du corsaire Hawkins que Don García gardait prisonniers. Les Anglais l'avaient conforté dans nos certitudes : le Cinquième Continent, la Terre de l'Hypothèse d'Alvaro, se trouvait dans l'hémisphère Sud, probablement sur le chemin de nos îles. Quirós s'était en outre permis de demander à l'administration royale la copie des actes du Contrat qui faisait de mon mari le gouverneur de tous les rivages qu'il découvrirait… Le moins qu'on puisse dire, c'est que Quirós prenait ses précautions et savait ce qu'il faisait… Et cela aussi me plut… Comparé aux autres qui se ruaient sur l'affaire sans y réfléchir, celui-là n'agissait pas au hasard. Nous l'engageâmes donc le 7 mars 1595. L'Adelantado rendit compte de sa décision au Vice-Roi, décrivant son chef pilote, le maître de ses autres capitaines et de tous ses marins – son second – comme totalement digne de confiance, avec une vaste expérience de la mer et une grande connaissance de la navigation.

— Et les capitaines, les marins, les soldats : les *autres* justement ?

— Ah, ceux-là, ce fut une histoire très différente ! L'Adelantado et moi-même ne nous accordâmes sur rien. Quand je te dis : *rien*, ce n'est pas une figure de style. Je jugeais impropres à l'expédition la plupart des gens qu'il acceptait à bord : de la racaille, issue des bas-fonds… Alvaro me répondait qu'il le savait mieux que moi. Mais qu'il n'y pouvait rien : tels étaient les termes de son marché avec le Vice-Roi. Pourquoi croyais-je que Don García lui avait cédé le *San Jerónimo* ? Pourquoi pensais-je qu'il hâtait notre départ en nous *avançant* des kilomètres de cordages sur les réserves de la Couronne, en prélevant pour nous, sur le butin arraché à Hawkins, une cinquantaine d'arquebuses, des canons et Dieu sait quelles autres armes dont nous manquions encore ? Par bonté d'âme peut-être ? Pour mes beaux yeux, sans doute ? Non ! Parce que Don García se servait de cette traversée pour expédier aux antipodes les bandits qui causaient du désordre dans sa capitale. Ils étaient nombreux : tous les spadassins d'Espagne et du Nouveau Monde, toutes les canailles pressées d'en découdre et de faire fortune, convergeaient vers le Pérou. Une vieille histoire. Près de trente ans plus tôt, sous l'égide de feu l'oncle d'Alvaro, ce mobile-là avait présidé à l'organisation du premier voyage. L'Adelantado ne réussit pas à me faire taire.

Je m'insurgeai : « Que feront-ils en mer, ces vauriens, sinon ce qu'ils savent faire ici ? Semer le chaos ! Je ne veux pas voir la lie de l'humanité se promener sur le pont de mes navires ! » « En ce cas, Isabel, reste à terre. Comprends-moi bien : nous n'avons pas le choix… Je limite les dégâts en élisant des hommes en bonne santé, qualifiés dans leur domaine, compétents pour les tâches auxquelles je les destine. » Dès lors, je ne me mêlai plus du recrutement des gens de mer. Mais nous nous disputâmes comme des chiens à propos du propriétaire de la frégate qui refusait de me laisser inspecter ses cales où devaient voyager les animaux. Ou voir la liste de ses vivres, pour les bêtes comme pour les hommes… En vérité, Pétronille, je crois que j'ai désapprouvé *tous* les candidats que Don Alvaro a choisis… Le plus atroce fut le chef des soldats qui devait commander nos forces militaires. Ne me demande pas comment un être aussi sage que Don Alvaro a pu enrôler un tel monstre… On l'appelait le colonel Pedro Merino-Manrique. C'était un vétéran des guerres d'Italie, de très bonne naissance. Il devait avoir une soixantaine d'années. Massif et court sur pattes. Les cheveux blancs. Le teint grenat. En tant qu'homme de guerre, il se jugeait supérieur aux marins. Supérieur aux quatre capitaines, supérieur même au chef pilote, à *ce sale petit Portugais de Quirós* – je le cite –, qui se disait le premier dans la hiérarchie, après l'adelantado de Mendaña. Le colonel Merino-Manrique se jugeait, lui, le chef auquel Quirós et les autres devaient obéissance. En vérité ce Merino-Manrique nous serinait avec la noblesse de son lignage, et méprisait le monde entier. Jusqu'à mon mari dont il convoitait la place. Il haïssait tout particulièrement nos trois frères, enrôlés non comme marins mais comme officiers, avec des responsabilités militaires… Parmi les rivaux à exclure, Lorenzo et moi-même étions les premiers sur sa liste… Et Merino-Manrique pensait, à la façon de son ancien maître le duc d'Albe de sinistre mémoire, que le meilleur moyen de se débarrasser de ses rivaux est de les exterminer. Et de les exterminer en masse, tout de suite.

— Si je ne m'abuse, Isabel, tu n'es pas loin de partager la même opinion.

— Tu ne sais pas de quoi tu parles… Merino-Manrique était un être infâme. Je l'ai jugé comme tel à la première seconde. La suite m'a donné raison.

— Et le troisième larron, l'amiral Lope de Vega, auquel tu as donné notre pauvre petite Mariana ?

— Je n'ai jamais donné Mariana à cet individu. Elle voulait m'accompagner. Elle y est parvenue en s'offrant au commandant que Don Alvaro avait choisi pour la *Santa Isabel*. Elle s'est jetée à sa tête et s'est laissé déshonorer.

— Tu aurais pu l'en empêcher ! Tu décrivais toi-même ce Lope de Vega comme un forban.

— Un pirate : appelle les choses par leur nom ! Un pirate dont Mariana se montra plus que satisfaite. Elle le trouvait bel homme, je suppose… Grand, maigre, le nez busqué, il se disait le cousin de son illustre homonyme, le poète Lope de Vega, dont la gloire était parvenue jusqu'à nous au Pérou. « Chacun de nous deux vit selon son caprice, avait-il coutume de répéter. Le Vega de Madrid use de plus de parfum ; celui de Lima, de plus de poudre. » Mariana s'en croyait amoureuse… Encore heureux qu'il ait accepté de l'épouser ! Car il ne passait pas pour le genre d'homme à s'embarrasser d'une gamine qu'il avait déflorée.

— Mariana n'avait pas seize ans.

— Et Lorenzo vingt-sept. Diego, vingt-cinq. Luis, vingt-deux… Où veux-tu en venir ? Je n'ai obligé personne à me suivre. Pas même ma fidèle Inés. Ni Pancha. Ni aucune de mes esclaves. Les personnes de notre maison qui m'ont accompagnée l'ont toutes fait de leur plein gré.

— Tu parles de tes servantes. Mais tu ne dis rien des autres : tes demoiselles d'honneur, tes dames d'atour, tes dames de compagnie…

— Nul n'a forcé ces femmes à monter sur mon bateau.

— Tu avais promis tant d'or à ta cour ! Les appartements que tu avais fait installer pour toi, pour elles, dans le gaillard d'arrière du *San Jerónimo* étaient une véritable splendeur. Tu me les avais fait visiter, rappelle-toi : j'en étais restée éblouie ! Plusieurs salons, aux boiseries dorées à la feuille, sur deux étages… Des tapis et des lanternes, une bibliothèque avec une gigantesque mappemonde, et même un petit orgue. Tu avais pensé à tout : tes coffres regorgeaient encore d'autres merveilles, d'autres objets précieux dont tu comptais meubler tes palais sur tes îles… Oui, ta cabine était déjà digne d'une reine. Et les familles de tes jeunes suivantes s'y sont laissé prendre. Un tel faste !… Les malheureuses ! Je n'évoque même pas la destinée de ta lectrice, cette petite Doña Elvira Lozano, que tu présentais comme ta confidente… Celle-là raconte aujourd'hui qu'après lui avoir fait épouser à bord un homme de ton choix, tu as ordonné l'assassinat de son mari.

— Elle n'était pas ma confidente. Et si tu le prends sur ce ton, brisons là, Pétronille ! Tu me poses des questions, j'y réponds. Mais des comptes, je n'en rends qu'au Seigneur. Et crois-moi, devant Lui qui voit tout, je ne mesure pas mes actes à ton aune… Pour le reste, tu te mêles de ce qui ne te regarde pas. Tu as toujours été trop bavarde à mon endroit. Tu as toujours été trop avide à mon égard… Tu vis de ma vie, ainsi que tu l'as toujours fait. Continue donc dans cette voie en agissant comme je te le demande ! Quand l'Abbesse se rendra aux matines, tu prendras les registres que j'ai cachés devant sa porte, sous les deux marches qui conduisent à sa cellule. Un jeu d'enfant… Nul ne s'apercevra de ton absence. Je me trouverai moi-même dans le chœur. Ma réapparition aux offices attirera sur moi l'attention du couvent et les foudres de Doña Justina. Tu n'auras besoin que d'une minute pour entrer chez elle, échanger les volumes, et dissimuler dans le trou les trois livres qui contiennent les calculs et les cartes. Ensuite, plus tard, si tu désires satisfaire ta curiosité, libre à toi de les retirer de dessous les marches, de les rapporter chez toi et de les lire. Tu détiendras le livre de bord d'Alvaro. Le mien, quand j'ai continué le journal à sa suite. Et surtout celui de notre sœur Mariana, qui, elle, osa tout écrire… Sans parler du témoignage de Doña Elvira – ma « lectrice », comme tu l'appelles –, lors de l'enquête demandée par Quirós au bout du voyage.

*

Un jeu d'enfant ? Le cœur de la malheureuse Pétronille en palpitait encore. Elle venait de connaître l'émotion de sa vie. Néanmoins : mission accomplie. Barricadée dans sa chambre, toutes portes closes, elle tenait sur ses genoux, sur son lit, les trois précieux volumes.

L'audace, dont elle avait fait preuve en commettant cette substitution, ne lui servait toutefois à rien : elle ne trouvait aucune des réponses qu'elle cherchait. Elle avait beau feuilleter... Incompréhensible ! Les pages avaient été rassemblées, cousues et reliées dans le désordre. Des cahiers entiers s'intercalaient dans d'autres cahiers. Les différentes écritures se mélangeaient. Qui en étaient les auteurs ? Don Alvaro ? Mariana ? Isabel ? Ou bien la « lectrice » ? Les dates avançaient, reculaient, sautaient dans le temps... Pétronille ne parvenait même pas à identifier les cartes de navigation, si secrètes et si dangereuses ! À moins qu'il ne s'agisse de ces dessins ? Points, lignes, chiffres... Tout cela n'avait ni queue ni tête. *Un fatras*, comme l'avait appelé l'Abbesse, un fatras dans lequel une seule personne pouvait se retrouver.

Elle sauta sur ses pieds et franchit sans frapper le porche de la maison voisine.

— Je t'ai rapporté ce que tu m'avais confié... jeta-t-elle avec une brutalité qui ne lui ressemblait pas.

Isabel priait à genoux au pied du petit oratoire qui lui était destiné. Elle se releva posément.

En échange de son geste et de son courage, Pétronille avait exigé qu'elle s'engage à rentrer dans le rang. Qu'elle renonce aux excès de son repentir ; qu'elle respecte toutes les règles du couvent ; et qu'elle réintègre la cellule attribuée par l'Abbesse, contiguë à celle des nonnes de sa famille.

Isabel avait obéi.

Pétronille poursuivit :

— ... À ton tour de remplir ta part du contrat ! Lis. Et commence par le début !

Entre les deux sœurs, les rôles semblaient s'être

inversés. Pétronille – d'ordinaire si loquace – usait de peu de mots et donnait des ordres. Isabel se montrait docile et douce. Sans doute avait-elle obtenu ce qu'elle voulait et pouvait-elle se permettre la patience ?

Elle demanda :

— Qu'appelles-tu le début ?

— L'appareillage.

— L'appareillage, Pétronille, tu l'as vu : tu y as assisté comme moi.

— De la terre. Pas du pont des navires.

— À ma connaissance, aucun d'entre nous n'a décrit notre départ. Sauf peut-être Quirós. Et les papiers de Quirós sont enfermés dans les coffres de la *Casa de Contratación*, à Séville… Pourtant tu as raison, il y a bien eu un « début » sur le pont du *San Jerónimo*. Mais pas à l'heure de l'appareillage… Bien avant ! Des semaines plus tôt. Lors des préparatifs et des inspections de Don Alvaro, à bord. Même si lui-même n'en a pas mesuré l'importance, même si lui-même ne les a pas consignés dans ses livres… Plusieurs incidents dont nous avons tous été les témoins. Je m'en souviens parfaitement : à l'époque, je les avais déjà ressentis comme prémonitoires… Je t'ai parlé du colonel Merino-Manrique, le chef militaire qui ne respectait que la force, qui méprisait tous les hommes de mer et ne reconnaissait qu'une seule autorité : celle de mon mari. Tu pourrais penser que ce respect était à son honneur et tu te tromperais. Car mon mari incarnait exactement tout ce que le Colonel détestait : l'idéal qui présidait au voyage, le rêve, la chimère, appelle cela comme tu voudras… Quant à notre frère, « ce mignon de couchette de Lorenzo Barreto » – ici aussi je le cite –, Merino-Manrique l'écrasait de son mépris.

À ses yeux, Lorenzo était une nullité qui n'avait aucun entraînement militaire, aucun sens de la discipline, et qui se couchait devant une femelle : « sa putain de sœur ». Moi… Ne prends pas cet air scandalisé, Pétronille ! Comment veux-tu que je te décrive les hommes qui m'entouraient, sans user de leurs mots ? Mon vocabulaire te choque ? Tu devras t'y habituer. Mes compagnons n'étaient pas des enfants de chœur. Ils pensaient, ils parlaient en ces termes… Le malheur pour le Colonel, c'est que nous, les Barreto, nous nous estimions plus hauts que lui… Qui devait obéir à qui ? Entre le Colonel et Lorenzo, ce fut tout de suite la guerre. Le jour dont je te parle, sur le pont, en public, ils se disputèrent. Le colonel Merino-Manrique tendit à notre frère la liste de ses soldats. À peine Lorenzo l'eut-il prise, qu'une bourrasque emporta la feuille de papier. Merino-Manrique accusa Lorenzo de l'avoir jetée à l'eau, exprès. L'un des hommes de Lorenzo lui répondit que c'était faux et que, de toute façon, le Colonel l'avait tendue avec trop de négligence à son maître. Merino-Manrique répliqua en empoignant l'insolent. Il le frappa. Lorenzo s'interposa et protégea son subordonné. Bousculades. Insultes. Merino-Manrique dégaina et les menaça de son épée. J'avais vu tout cela du pont supérieur et me hâtai de descendre l'échelle. J'intervins en disant que contrairement à ce qu'alléguait le colonel Merino-Manrique, c'était bien le vent qui avait emporté sa liste.

— Tu n'aurais jamais dû dire cela !

— Ah oui ? J'aurais dû laisser cette brute insulter Lorenzo et tuer nos hommes ? J'ordonnai à Merino de ranger son arme. Et je l'accusai publiquement de violence et de grossièreté envers mon frère. Furieux, il débarqua du *San Jerónimo* et fonça à la maison, où travaillait mon mari. Il tomba comme un fou sur Don Alvaro, lui jetant sa démission au visage. Je talonnai de près Merino-Manrique. Don Alvaro m'intima l'ordre de lui présenter mes excuses.

— Tu l'as fait ?

— Oui, je l'ai fait. Contre mon gré. Mais je l'ai fait… Quand il sortit de chez nous, je le poursuivis dans la rue et le priai de reprendre son poste de chef militaire de l'expédition. *Contre mon gré*, tu peux m'en croire ! Je sentais que le personnage était dangereux. J'estimais qu'il fallait le licencier. Mais à mes arguments en faveur de son renvoi, l'Adelantado avait répondu que si nous voulions jamais lever l'ancre, je n'avais pas le choix : le colonel Merino-Menrique était notre troisième investisseur, il avait mis cinq mille ducats dans l'affaire. Que pesaient mes prémonitions, comparées à l'équipement militaire de Merino-Manrique et à son expérience de la guerre ? J'avais beau clamer haut et fort ma défiance et mon antipathie, nous avions besoin de lui, de ses soldats, de ses armes… Et de ses ducats ! Même si nous détenions l'immense majorité des parts, les autres, à leur petit niveau, engloutissaient, eux aussi, leur fortune dans le voyage. Notre chef pilote Quirós, le colonel Merino-Manrique, l'amiral Lope de Vega, même les quatre prêtres que nous emmenions, emportaient leurs propres vivres et participaient aux frais. Aucun doute : le fait que l'entreprise ne fût pas financée par la Couronne donnait voix au chapitre à tous ces personnages… Je devais attendre une meilleure occasion pour prouver à Alvaro qu'il devait se débarrasser de l'un d'entre eux, au moins. Je n'eus pas longtemps à patienter.

Le lendemain même du premier affrontement avec Lorenzo, un incident du même ordre se produisit. Mais entre Merino-Manrique et Quirós, cette fois… Un soldat qui dépendait de Merino-Manrique avait jeté son équipement, nippes, casques et armes, entre les cordages du pont. Quirós l'envoya ranger son barda dans ses quartiers :

« – Ceci est un navire. Pas un dépotoir.

« En l'entendant, Merino-Manrique bondit :

« – Je suis le seul ici à pouvoir donner des ordres à mes soldats… Quant au reste… Lorsque nous naviguerons ensemble, Quirós, et que je vous commanderai d'échouer les navires, de les saborder ou de les précipiter sur les rochers, vous devrez obéir !

« – Lorsque de telles décisions se présenteront – plût au Ciel que cela n'arrive jamais ! – je ferai ce qui me semblera bon. Et de préférence : pas une sottise… En outre, je ne reconnais aucune autorité sur le *San Jerónimo*, sur la *Santa Isabel* et sur les deux autres navires que je conduis, sinon celle de l'Adelantado… Dès qu'il arrivera, je lui parlerai de vos obligations et des miennes.

« Croyant tenir le renvoi de Merino-Manrique, je me hâtai de faire chercher mon mari. Il écouta les plaintes de Quirós. Mais il affecta de ne pas les entendre.

« Ce n'était que cela ? Une querelle de gamins. Loin de prendre les griefs de Quirós au sérieux, il les minimisa et les apaisa.

« J'eus beau soutenir *ce sale petit Portugais* contre *cette brute de Colonel*, Don Alvaro me fit taire.

« Le lendemain, nouvelle crise. Merino-Manrique, qui avait exploré les quatre vaisseaux, se répandait partout en critiques sur leur état. Il avait jugé notre second galion – la *Santa Isabel* – trop vétuste pour prendre la mer. Mon mari lui répondit que c'était le meilleur bateau qu'il avait pu trouver et que la *Santa Isabel* ferait parfaitement l'affaire. Merino-Manrique, qui avait repéré dans un port du Nord le type de navire qu'il convoitait, décida de lui forcer la main. De nuit, il fit trouer par ses soldats la coque de la *Santa Isabel.* Bien sûr, il nia devant moi la responsabilité d'un tel sabordage. Qui avait endommagé la coque ? Mystère ! À l'entendre : il n'en avait, lui, aucune idée... Il soulignait seulement que la *Santa Isabel* était désormais incapable de prendre la mer. L'autre navire en revanche, celui qu'il recommandait dans le port du Nord, pouvait la remplacer avantageusement... Seul inconvénient : ce navire-là n'était pas à vendre. Il appartenait à un ecclésiastique qui l'avait payé trop cher pour accepter de s'en départir. Qu'à cela ne tienne ! Merino-Manrique, aidé par son complice l'amiral Lope de Vega, l'arraisonna et s'en empara de force. Un acte de piraterie caractérisée. J'exigeai le renvoi des deux hommes. Et cette fois, je l'exigeai par une grande scène de ménage, un drame que je fis à l'Adelantado. Je criai et cassai tout ce que je trouvai... Ce fut notre premier affrontement, du moins le premier de ce type. Nous nous étions déjà disputés à propos du choix des recrues. Jamais avec cette violence... L'Adelantado était un obstiné... Aussi tenace que têtu. En colère, il pouvait devenir terrible. Il me rétorqua vertement que je n'avais aucune preuve de la culpabilité de Merino-Manrique... Ce qui était exact. Aucune preuve non plus du rôle de l'amiral Lope de Vega dans le sabordage de la *Santa Isabel*, que l'Amiral lui-même devait commander. En outre, si nous renvoyions Lope de Vega, il refuserait d'épouser Mariana. Et s'il ne l'épousait pas, le déshonneur des Barreto serait public. Seul le mariage réparerait la faute de notre sœur. Alvaro proposa donc de dédommager l'ecclésiastique en lui rachetant son bateau. Mais le prêtre réclamait son bien. Comme nous ne le lui rendions pas, il nous maudit tous, l'Adelantado, les colons et moi-même : "Chaque jour et chaque nuit, je demanderai à Dieu la grâce que ce navire n'arrive jamais et que tout son équipage périsse dans les flammes."

« La malédiction me parut terrible. Impossible de passer outre. Nous convoquâmes Quirós à la maison :

« – C'est vrai, Votre Excellence, admit-il en ne s'adressant qu'à mon mari, c'est vrai : le vieux bateau est fichu. Et sans celui du prêtre, nous ne pouvons plus partir : c'est vrai aussi. Et le temps nous presse : vrai encore. La prise de pouvoir du nouveau Vice-Roi est imminente. Si nous voulons mettre à la voile sous la protection de Son Altesse Don García, ce n'est pas la semaine prochaine… Mais demain !

« Quirós affectait de ne pas me regarder. J'avais beau me tenir debout aux côtés de Don Alvaro, il se conduisait comme si je ne me trouvais pas dans la pièce. Il marqua une pause :

« – … Et vous me demandez, Excellence, ce que je pense de tout cela ?

« Il affectait à nouveau de ne pas me voir et de ne répondre qu'à un seul interlocuteur, l'Adelantado.

« – … Je pense, Excellence, que le diable est parmi nous et qu'il nous tient déjà dans ses griffes !

« Cette phrase me fit une impression plus vive encore que les imprécations du prêtre. Évoquer Satan portait malheur.

« J'explosai :

« – Au diable, allez-y vous-même, Quirós ! Si vous avez peur de partir, mieux vaut arrêter les frais. Ici. Et maintenant… Nous trouverons un autre chef pilote.

« Eût-il pu me poignarder – de préférence dans le dos –, en cet instant, il l'aurait fait. Mais Quirós affectait de ne pas manier l'épée. Quirós n'était jamais armé. Quirós se prétendait un homme de paix. Quirós se présentait comme un sage.

« Il se contenta donc d'un pincement de lèvres et se tut. Il alla même jusqu'à s'incliner devant moi, très profondément. Double, t'ai-je dit. Hypocrite, en tout cas.

« Il avait beau afficher, devant l'Adelantado, sa courtoisie et son respect à mon égard, il était ulcéré. Mon intervention l'exaspérait au plus profond… La *Santa Isabel*, que j'avais payée de ma dot et de ma maison, m'appartenait cependant. Son sabordage me regardait !

« Il n'en jugeait pas ainsi. À ses yeux, tout de ce qui se passait sur la mer était son affaire. Pas la mienne. Je n'avais aucun droit de cité sur mes propres navires… Comme son ennemi le colonel Merino-Manrique, il détestait l'idée même de l'existence d'une femme dans le carré. En son for intérieur, il m'accusait déjà de dominer mon mari. "Le diable nous tient dans ses griffes". Il craignait que je tente de le dominer, lui. Que je séduise ses hommes, que je lui prenne ses marins. Une menace, oui : "Le diable est parmi nous". Il parlait de ma présence à bord. Je le savais. Nous le savions tous.

« Les hostilités s'ouvraient sur un nouveau front.

Et, cette fois, entre lui et moi. L'Adelantado y coupa court :

« – Assez !… Assez de disputes pour des sottises. Nous levons l'ancre après-demain. Préparez-vous… Tous !

« En vérité, il comptait sur moi pour le préparer et le rassurer, lui.

« Je crois que sa dernière nuit à Lima, celle du 8 au 9 avril 1595, fut peut-être la pire de son existence. En tout cas l'un de ses moments de doute les plus terrifiants.

« Pour ma part, je m'activais dans la maison. Entourée de notre sœur Mariana et d'une nuée de servantes, je courais d'une pièce à l'autre. Listes. Contre-listes. Livres, habits, objets.

« Le jour allait bientôt se lever. Le jour du départ…

« Assis à sa table de travail, Alvaro regardait le monde qu'il allait quitter. Il était inquiet, je le sentais… Lui avais-je communiqué ma propre peur ? Il nous observait, Mariana et moi-même, qui emballions autour de lui les derniers candélabres, la vaisselle, les tissus, les matelas…

« Je l'entendis soupirer :

« – J'espère que tout cela n'arrive pas trop tard.

« Pour ma part, j'essayais en vain de fermer un coffre, et ne levai même pas la tête pour demander distraitement :

« – Trop tard ?

« – Ce voyage aurait dû être entrepris par l'homme que j'étais autrefois.

« Cette fois je réagis :

« – Comment peux-tu parler ainsi, toi qui as attendu cet instant si longtemps ?

« – Justement. Toutes ces années m'ont usé.

« – Balivernes. Tu es dans la force de l'âge.

« – Je sens le poids du temps sur mes épaules, son froid dans mes os… J'ai cinquante-quatre ans.

« – Et alors ? Tu as gagné la bataille !

« – Alors, Isabel, j'ai perdu la force et la foi. Je suis vieux.

« – Toi ? Vieux ? Tu n'es pas vieux. Tu peux tout, Alvaro ! Et je suis avec toi… Ensemble, nous sommes capables de l'impossible. Tu le sais.

« – Tes frères se sont déjà disputés avec les capitaines. Quirós avec Merino-Manrique… Différons d'un mois.

« Il exprimait exactement ce que je pensais. Ces arguments, je les avais tournés dans ma tête tout l'après-midi, pour arriver à la même conclusion.

« Différer ? Je ne rêvais que de cela…

« Oui, mais comment ? Un regard sur le chaos qui dévastait mon intérieur suffisait à m'en convaincre : nous avions déjà coupé les ponts. Notre maison était vendue, notre encomienda hypothéquée, nos biens réalisés. Nous ne possédions plus rien au Pérou.

« Bon. Et puis ? argumentais-je en mon for intérieur. Le désordre qui nous entourait ne nous empêchait pas de rester ! Il me suffirait de réorganiser notre existence. Pour nous, la vie pouvait reprendre à Lima.

« Oui, oui, nous pouvions différer. Attendre encore…

« Mais attendre quoi ?

« Je balayai cette idée et répliquai à Alvaro exactement l'inverse de ce que je lui aurais dit quelques heures plus tôt :

« – Je saurai contrôler mes frères. Et tenir à distance

Quirós, Merino-Manrique et l'amiral de Vega… J'aurai la force de te soulager de bien des poids.

« La vérité était que j'étais tétanisée par le doute, moi aussi. La semaine passée, dans l'activité, dans l'agitation, dans la fièvre des préparatifs, j'avais pris parti pour Lorenzo… Quand Merino-Manrique et Quirós s'étaient disputés, je m'étais lancée dans la bataille. Mais maintenant…

« Maintenant je me disais qu'en effet, nous n'étions pas obligés de prendre de tels risques et de quitter notre terre bien-aimée… Pourquoi s'engager dans la découverte d'un nouveau continent ? La colonisation d'îles inconnues ? L'évangélisation de tribus barbares ? La construction d'églises, de palais, de villes ? Pourquoi ? Quel besoin de s'imposer à soi-même pareilles folies ?

« Non, il n'était pas trop tard. Je pouvais demeurer chez moi et reprendre une vie heureuse auprès de ceux que j'aimais.

« Mon cœur se serrait en pensant à notre mère. À toi, Pétronille… Vous reverrais-je jamais ? Reverrais-je mon père ? Où serions-nous, où serais-je, moi, dans un an ? Reine des quatre parties du monde ? Ou banquet pour un roi cannibale ? Les mains, les jambes embrochées et rôties comme jadis les hommes de l'Adelantado ? La cervelle éclatée à la façon d'une grenade ?

« Pourquoi ?

« L'angoisse d'Alvaro m'obligea à écarter ces questions, à le rassurer et à lui répondre gaiement :

« – Nous aurons un voyage prospère et nous réussirons !

« – Réussir ? Ne suis-je pas connu au Pérou comme un homme qui raconte des histoires fantastiques sur un continent et des îles qui n'existent pas ? Si mes ennemis avaient raison ?

« – Mais tu ne les as pas rêvées : tu les as vues, tes îles !

« – Qu'en sais-tu ? Après toutes ces années, qu'en sais-je moi-même ?

« Le rassurer, l'exalter… N'était-ce pas mon rôle depuis dix ans ?

« En vérité, si Alvaro ne m'avait pas proposé de retarder notre départ, je l'aurais moi-même suggéré. D'autant que mon père, notre père, était très malade en ce mois d'avril 1595. Souviens-toi Pétronille, il perdait déjà la vue et ne se levait plus. Je détestais l'idée de le quitter maintenant. Demain, oui, quand il serait guéri. Pas maintenant !

« Mais cette tentation d'Alvaro, ce brusque désir d'abandon au terme d'une vie entière de luttes et de frustrations, me coupait, moi, de mes propres craintes et de ma faiblesse.

Il répéta :

« – Je crois que nous devrions attendre de meilleurs auspices.

« J'explosai :

« – Attendre ? Mais *attendre quoi*, Alvaro ? Un jour de plus… et nous ne partirons jamais !

« Il se redressa dans son siège et n'ajouta plus un mot. Cette phrase lui apportait-elle la réponse qu'il souhaitait de ma part ? Puissant, la main sûre, le regard ferme, il se remit au travail avec rapidité.

« Il avait surmonté sa peur. Il s'était ressaisi. Il ne se laisserait plus aller à cette sorte d'effroi. Mais, moi, je ne saurais jamais si… »

La voix d'Isabel resta en suspens. Pétronille attendit la suite. Rien ne vint.

Pétronille insista :

— Si ?

Isabel hésita :

— Si j'aurais dû réagir différemment… Dire autre chose ? (Elle soupira.) Quoi qu'il en soit, j'avais coupé court à l'hésitation qui le clouait au sol. La possibilité de renoncer au voyage était passée. Le cérémonial du lendemain allait revêtir l'apparence d'un départ en croisade.

*

Le silence s'était à nouveau installé.

Chacune des deux sœurs songeait à ce jour solennel. Le jour de l'embarquement. Les mêmes images flottaient devant leurs yeux. Les mêmes scènes restaient gravées dans leurs mémoires. Les couleurs, les odeurs, les sons…

Ce jour-là, en cette aube du vendredi 9 avril 1595, les cloches de la cathédrale de Lima sonnaient à toute volée la grand-messe.

La statue de *Notre-Dame des Navigateurs* – aujourd'hui *Notre-Dame de la Solitude* dans le vocabulaire d'Isabel, *Notre-Dame du Repentir* dans celui de l'Abbesse – se dressait sur son estrade d'or, devant l'autel. La Vierge, les bras largement ouverts, protégeait l'effigie des quatre vaisseaux de l'adelantado de Mendaña, peinte en trompe-l'œil dans les plis de sa cape. Pleine de compassion et d'amour, elle se penchait vers les capitaines, les marins, les soldats, les colons, même sur les familles qui restaient à terre, l'immense foule agenouillée jusque sur la place d'Armes. Huit membres de l'expédition la porteraient tout à l'heure à travers la ville, jusqu'au port. Ils lui feraient traverser la rade en barque et la hisseraient à bord du premier des navires de la flotte, le *San Jerónimo*.

Mais, en cet instant, *Notre-Dame* trônait encore dans les épaisses vapeurs de l'encens, et veillait sur l'ultime messe de ses navigateurs dans la cathédrale de Lima. Elle bénissait le geste de Son Altesse Don García Hurtado de Mendoza qui remettait l'étendard royal au représentant de Dieu et de Sa Majesté sur toutes les mers et toutes les terres inconnues.

Don Alvaro se tenait à genoux devant le Vice-Roi.

Pétronille le voyait alors de dos.

Il était en armure, coiffé de son heaume emplumé. Du fond de l'église, on pouvait repérer son panache rouge qui s'inclinait sur les marches de l'autel.

Avec une piété, un amour infini, l'Adelantado baisa le drapeau. Puis il se releva. Et le regard fervent, le visage baigné d'une joie immense, il se tourna vers la nef.

Dominant les fidèles de toute sa taille, une stature de chef, une silhouette haute, puissante, que forcissait encore l'acier de sa cuirasse, il déroula la bannière blanche tissée d'une croix, et la brandit au-dessus de lui. La croix pourpre de saint Jacques, patron de l'Espagne, la croix de Santiago se déploya dans le chœur. Elle frémit sur la tête de ses hommes agenouillés.

Dans le grondement des armures, à leur tour, ils se mirent debout.

La communion avait purifié leur âme : ils levèrent la main droite.

D'une seule voix, ils jurèrent fidélité au Seigneur

tout-puissant, leur souverain céleste. À Sa Majesté le roi Philippe II, leur souverain temporel. À l'adelantado de Mendaña, sous l'autorité duquel ils allaient conquérir de nouveaux mondes. Le maître absolu de leurs destinées.

Qui dira les sentiments d'Isabel en cet instant ?

Pétronille se souvenait que sa sœur se tenait sur le côté de l'autel, debout, raide dans la loge royale, à droite de la Vice-Reine. Derrière elles, se massaient les filles des Grands d'Espagne et les épouses des dignitaires du Pérou. De toutes ces femmes superbement parées, la toilette de Doña Isabel Barreto de Castro de Mendaña était la plus somptueuse et la plus voyante.

Dans sa robe de moire ocre où se reflétaient les flammes des innombrables chandelles du chœur, avec sa casaque constellé de topazes et ses boucles blondes coiffées d'une toque et d'une aigrette de même couleur que sa jupe, elle paraissait couverte d'or. Une idole. Elle en avait le regard fixe. Pourtant, en dépit de son immobilité et de son absence d'expression, son émotion était palpable. Elle gardait ses yeux noirs, luisants, rivés sur ceux de son époux.

À quoi pensait-elle ?

*

— Tu me poses la question à moi, Pétronille ? Mais je ne sais pas, je ne sais plus ! Honnêtement je n'ai aucune idée de ce à quoi je songeais en cet instant.

— Tu priais, Isabel ?

— Non. Je crois que je passais en revue – une dernière fois – ce que je pouvais bien avoir oublié.

— Tu voudrais me faire admettre que tu dressais

de nouvelles listes ? Que tu continuais tes additions ? En un tel moment ?

— Il me semble que je venais de conclure qu'en conscience, tout, tout, tout ce qui était humainement possible de prévoir et de calculer, je l'avais prévu et calculé.

— Je ne crois pas un mot de ce que tu viens de me dire… Tu te connais mal. Ou tu te décris pire que tu n'es !

Pétronille se rappelait avec quelle passion, avec quelle fierté, quelle ivresse, sa sœur suivait du regard chacun des gestes de Don Alvaro devant l'autel :

— … Tu ne t'es pas vue à cet instant, Isabel ! Tu n'as pas vu ton visage en admirant la noblesse de ton mari !

— Don Alvaro me semblait d'une beauté magnifique, en effet. J'étais fière de lui, oui. Et fière de moi. Nous partions ! Mais quand j'observais les autres, Merino-Manrique, Quirós, l'amiral de Vega, un malaise m'envahissait. En les détaillant un à un, ma gorge se serrait.

— Que pouvais-tu redouter d'eux ? Ils venaient de jurer fidélité à ton mari, devant Dieu !

— Ma pieuse, ma naïve Pétronille… Que ces hommes aient prêté serment à l'Adelantado ne signifiait pas grand-chose. Ils attendaient leur heure et convoitaient sa place. Je le savais. Mais je me rassurais en songeant que nous avions des fidèles à nous dans la flotte. Au moins cent personnes, parmi les meilleures, appartenaient à notre clan… En premier lieu, Lorenzo.

— Tu as toujours eu pour notre frère Lorenzo une faiblesse coupable.

— *Coupable* ? N'insulte pas sa mémoire, Pétronille ! Tu sais comme moi que Lorenzo était une merveille de courage et de beauté.

— Beau, oui. Blond. Bien fait. Et fort. Et puissant. Il te ressemblait comme deux gouttes d'eau. À une exception près… Un exécutant. Brutal et ambitieux.

— Et moi ? Ni brutale ni ambitieuse, peut-être ? Tu devrais parler au pilote Quirós et lui demander, à lui, ce qu'il en pense !

— Cesse de te dénigrer, Isabel. Cesse de t'accuser. Vous vous êtes peut-être conduits de la même manière, Lorenzo et toi. Aussi mal. Tes péchés sont sûrement terribles… Mais tu n'as pas les mêmes défauts !

— En tout cas Lorenzo ne m'a jamais trahie, lui.

Pétronille prit cette phrase pour une insulte. Elle réagit en désignant le fardeau qu'elle avait posé sur le lit :

— Si tu fais allusion au contenu de ton coffre : je te le rends ! Voilà tes cartes et tes livres. Fais-en ce que bon te semblera ! En ce qui me concerne, je ne veux plus en entendre parler. Tu m'écoutes ? Plus jamais !

Isabel affecta de n'avoir pas remarqué sa colère :

— Prions ensemble pour la paix de l'âme de Lorenzo, notre frère bien-aimé qui ne mérite pas ta sévérité… Ensuite, nous irons replacer les registres sous les marches de l'Abbesse… Mieux : dans le chœur, au creux du socle de *Notre-Dame de la Solitude*. Plus facile à cacher. Plus facile à extraire, au cas où…

Isabel marqua une pause avant de reprendre d'une voix pressante :

— Si le Seigneur devait choisir de me rappeler à Lui avant le retour de Don Hernando de Castro, mon mari… jure-moi, Pétronille, jure que tu les lui remettras.

— Je ne te jurerai rien de la sorte ! De cette expédition qui n'apporte que des disputes entre nous, que des discordes et des conflits au sein de mon couvent, je souhaiterais garder un seul souvenir : la montée de toutes les créatures de Dieu sur tes navires. L'Arche de Noé.

— L'Arche de Noé, tu as raison.

À nouveau, les sœurs se turent. Toutes deux connaissaient par cœur le texte de la Genèse : *Yahvé dit à Noé : « Entre dans l'arche, toi et toute ta famille [...]. De tous les animaux purs, tu prendras sept couples, le mâle et sa femelle [...], pour perpétuer leur race sur toute la terre. »*

*

Après la messe, la ville entière s'était regroupée derrière la Madone pour la suivre jusqu'à la mer en une interminable procession. Au rythme des tambours que les chantres encapuchonnés de la cathédrale frappaient à coups réguliers, lourds et lents – une rumeur sourde comme les battements d'un cœur, lugubre comme une marche vers la mort – la cour et le haut clergé en carrosse, le peuple, les moines et les Indiens à pied, tous avaient parcouru la dizaine de kilomètres qui séparaient Lima de Callao.

Le port ne comptait pas de quai. Juste une plage de galets noirs. La foule s'était rangée le long du rivage. Le Vice-Roi, son entourage et les membres de la famille Barreto – ceux qui n'appartenaient pas à l'expédition – étaient montés à la tribune surplombant la rade.

C'était de là que Pétronille avait assisté à la scène : l'embarquement des animaux qui devaient, eux aussi, peupler les îles… Elle n'avait jamais rien vu de semblable !

Devant elle, contre l'unique jetée qui s'avançait très loin dans l'eau, on avait amarré, à la file l'une de l'autre, la frégate et la galiote : les plus petits parmi les quatre navires. Au contraire des galions ancrés en haute mer, ces deux-là avaient pu s'avancer presque jusqu'à la grève. De leurs ponts à la jetée, on avait installé deux larges planches qui couraient en parallèle, deux passerelles où l'on conduisait les chevaux.

La splendide jument baie de Doña Isabel, que son palefrenier menait par son licol, s'était engagée la première. Affolée par le grondement des tambours qui scandaient son pas et le mouvement des vagues qui battaient contre les piliers de la jetée, elle résistait, piétinait, se cabrait. Son va-et-vient sur la passerelle se confondait avec le rythme du ressac sur le sable.

Le pur-sang noir de l'Adelantado, que guidait un autre palefrenier sur l'autre passerelle, renâclait furieusement, lui aussi, et piaffait à côté d'elle. Chacun voyagerait de son côté afin d'éviter les saillies et les naissances à bord. Surtout, surtout, les combats entre mâles pour l'amour d'une femelle.

Suspendus entre le ciel et l'eau, entre la terre et les bateaux, ils avançaient et reculaient ensemble, progressant lentement, au rythme des mêmes batailles contre leurs guides. L'étalon vers la frégate, la jument vers la galiote.

Leurs crinières, leurs naseaux frémissaient de la

même inquiétude et de la même révolte. Leurs sabots martelaient les planches des mêmes coups impatients.

Ils parvinrent aux bateaux en même temps. Sans élan, d'un seul bond, ils sautèrent les rambardes, atterrirent sur les ponts dans un grand bruit de sabots heurtant le bois, glissèrent un instant sur les planchers fraîchement astiqués… Et disparurent, dans des hennissements pathétiques, chacun au fond d'une cale.

Six autres destriers les suivaient : six juments et six étalons qui provenaient, eux aussi, de l'élevage de Pasos Finos, dont Nuño Rodríguez Barreto était le propriétaire.

Vinrent ensuite sept taureaux et sept vaches, chaque sexe sur un navire, comme les chevaux. Sept porcs et sept truies. Sept moutons et sept brebis. Sept coqs, et d'innombrables poules qui piaillaient dans sept cages.

Quand les animaux furent tous montés, les hommes et les femmes suivirent. Cette fois, pêle-mêle. Une cohue de gueux, vagabonds, prostituées, prisonniers, « la lie de l'humanité » dont le Pérou cherchait à se débarrasser. Certains semblaient si miséreux qu'ils emportaient à peine un ballot avec eux.

Les colons moins pauvres que cette horde, ceux qui avaient possédé quelques biens et les avaient vendus pour s'installer aux îles Salomon, ne s'engouffraient pas, eux, sur les passerelles. Ils descendaient dans les chaloupes, par familles entières. Ces embarcations devaient les conduire, à la rame et dans l'ordre, vers les deux galions qu'on apercevait au loin.

Le chef pilote Quirós, l'amiral de Vega et leurs marins se trouvaient déjà à bord, surveillant la progression de l'interminable flottille.

La mer était grise. Le ciel bas, plombé, sans un

souffle de vent. Le temps pouvait, certes, changer, et la bise se lever à tout instant. Mais pour l'heure, les capitaines savaient qu'on ne partirait pas. Les nuages semblaient peser sur les mâts encore dénudés.

À la veille de Pâques, c'était l'hiver dans cette partie du Nouveau Monde… Et la nuit tomberait bientôt. La première nuit d'attente à bord.

L'embarquement se poursuivait. Au total, quatre cent trente personnes qui continuaient de déferler sur les ponts. Quatre cent trente personnes, dont une quinzaine de jeunes filles ; une vingtaine de couples ; une quarantaine d'enfants ; une cinquantaine d'esclaves et de serviteurs : indiens, métis, noirs ou mulâtres, qui grouillaient partout.

À la suite des chaloupes de colons se profilaient d'autres canots. Les barques des soldats en armures, debout, brandissant leurs arquebuses. Puis, la nacelle des quatre prêtres, debout eux aussi, appuyés sur d'immenses croix d'or comme sur des bâtons de pèlerin, regroupés autour du dais de *Notre-Dame des Navigateurs* qui, à chaque coup d'aviron, tanguait au-dessus de leurs têtes.

On déposerait deux de ces prêtres chez l'amiral de Vega, à bord de l'*Almiranta* : le galion volé, rebaptisé la *Santa Isabel*, comme l'ancien galion que Merino-Manrique avait sabordé. *La Santa Isabel II*… Dans l'espoir que la patronne de la première expédition veillerait sur le navire.

Les deux autres prêtres qui, tels des patriarches de la Bible, arboraient une longue barbe blanche, continueraient leur route jusqu'au *San Jerónimo* : le galion de tête, le premier des quatre vaisseaux – la *Capitana* –, où ils voyageraient conformément à leur rang. L'un était l'aumônier personnel de l'Adelantado : le père

Serpa, un vieillard âgé de quatre-vingts ans. L'autre, le père Espinosa, le vicaire de l'expédition et l'un de ses principaux investisseurs. Celui-là ne comptait que soixante printemps.

Enfin venait la plus grande des embarcations : la galère pavoisée d'oriflammes où se dressait le Capitán general, avec ses beaux-frères et tous ses officiers. Casqué, botté, en armure, l'adelantado de Mendaña rejoignait son commandement sur le *San Jerónimo*. Le beau Lorenzo se tenait avec lui à la proue, portant le plus précieux des objets, le plus lourd des symboles pointé vers le ciel : la bannière royale. Un honneur que tous lui enviaient.

Le *San Jerónimo* projetait son ombre gigantesque sur la mer. Une masse qui semblait écraser la multitude d'esquifs alentour… Impressionnante tel un château fort qui aurait surgi des profondeurs. Trois cents tonneaux, vingt-cinq mètres de long, huit mètres de large, trois mâts, un beaupré, et des centaines de vergues qui zébraient les cordages.

En glissant contre sa coque, Don Alvaro observait ses membrures. Tout semblait en place. Ses côtes vermoulues avaient été remplacées, goudronnées, calfatées. Ses cuivres astiqués. Ses plateformes au sommet des mâts, reconstruites. Oui, tout paraissait en ordre. Le commandant en chef de la flotte de la Mer du Sud, l'homme qu'on appelait déjà *El Gobernador*, le gouverneur des îles d'or, pouvait se montrer satisfait.

Manquait toutefois quelqu'un. La personne la plus chère à son cœur.

Isabel.

Au terme de l'embarquement des animaux, Isabel avait disparu.

De la tribune, Pétronille l'avait vue filer. Elle avait repéré sa robe d'or qui se glissait entre les attelages sur la route de Lima, remontait en toute hâte la queue des carrosses, se hâtait vers l'est, en direction de la terre.

Pétronille en était restée médusée. Elle devinait qu'Isabel cherchait une monture, qu'Isabel comptait regagner la ville…

L'idée que sa sœur ne se trouvât pas aux côtés de l'Adelantado, qu'elle ne participât pas au voyage, qu'elle ait finalement pris la fuite au dernier moment, la stupéfiait. Elle ignorait ce que les navigateurs, eux, savaient déjà : que l'absence de vent ne permettrait pas de lever l'ancre ce soir.

Quelles étaient les intentions d'Isabel ? Pétronille ne comprenait pas !

Elle regarda longtemps le petit point d'or disparaître dans la poussière.

*

— Vous n'étiez pas à la cathédrale, père. Vous n'étiez pas au port. Vous ne m'avez pas dit adieu. Et sans vous, père… Sans votre bénédiction…

L'émotion étrangla la voix d'Isabel.

Agenouillée au pied du lit, elle posa le front sur la main du capitaine Nuño Rodríguez Barreto, une petite main courte et décharnée qui pendait le long du drap.

Elle prit cette main et la serra.

Il avait refusé qu'ils se séparent la veille. Il n'avait pas voulu qu'elle vienne le saluer et l'étreindre à l'Hacienda, lui promettant sa présence aux cérémonies du départ.

La mauvaise santé de Nuño l'avait empêché de quitter la chambre.

Son père.

Jamais elle ne l'avait connu si maigre, si jaune et si vulnérable. Un mal étrange lui rongeait l'estomac. Ses yeux se voilaient de bleu. Elle épiait tous les signes…

La cécité lui avait ôté jusqu'à son expression. Ne restait rien du regard, d'ordinaire sombre et intense. L'apercevait-il seulement ?

Isabel avait, depuis longtemps, écarté de sa mémoire la vision de cet être bien-aimé, son maître, son héros mutilant les Indiens de Cántaros. Elle percevait aujourd'hui cette infamie comme un épisode détaché de la réalité : les images d'un cauchemar qui n'existait qu'en elle.

Durant les dix dernières années, son bonheur conjugal lui avait permis de pardonner.

Nuño, quant à lui, avait réussi à surmonter sa jalousie, et retrouvé les raisons qui l'avaient poussé à exiger le mariage d'Isabel avec l'Adelantado.

Aucun doute : le lien qui unissait les deux hommes, le père et le mari, ce lien noué jadis devant le corral de toros sous le signe de la rivalité, avait pris une tout autre dimension lors des préparatifs du voyage. Le capitaine Barreto avait mis sa prodigieuse énergie, cet enthousiasme dont Isabel avait hérité, au service du projet familial… Et de son propre rêve.

Autour de l'expédition, le père et la fille s'étaient retrouvés.

Ils avaient tout partagé. Ils avaient discuté des vivres, des outils, du choix des animaux, de celui des hommes, de la nécessité de se débarrasser de Merino-Manrique, de tant d'autres points encore. Ils s'accordaient sur l'essentiel comme sur les moindres détails. Ils avaient même pu s'unir pour batailler ensemble contre certaines des décisions de Don Alvaro.

Ce dernier avait su se montrer assez ferme, assez bon, assez sage, pour ne pas disputer Isabel à l'amour de Nuño. Entre eux deux, la passion était revenue, instinctive et totale, comme durant l'enfance.

Devant la respiration courte, sifflante, du vieux conquistador, elle fut à nouveau submergée par la terreur de partir.

— Père, murmura-t-elle, jurez-moi que vous m'attendrez… (Les larmes lui coupèrent la parole. Elle fit un effort sur elle-même et reprit…) Si vous m'attendez, je vous jure, moi, d'arriver à bon port et d'en revenir !

— Ne te soucie pas de moi. Pars en paix.

Elle supplia :

— M'attendrez-vous ?

— Je t'attendrai.

— Bénissez-moi, s'il vous plaît, mon père.

De sa main hésitante, il chercha la tête inclinée de son enfant :

— Je te donne ma bénédiction : que le Seigneur soit avec toi. Qu'Il te protège et t'accorde un bon voyage, Isabel…

*

Samedi 10 avril 1595. Le vent s'est levé. Les canons du port de Callao ont tiré leur dernière salve. Dans l'odeur confondue de la poudre, du varech, des feux de bois sur la plage où les familles, priant pour leurs proches, ont campé toute la nuit, la foule immense, massée le long du rivage, s'est mise debout. Elle entonne d'une seule voix l'hymne à Notre-Dame des Navigateurs, qui implore la Sainte Vierge d'étendre son manteau protecteur sur les bateaux regroupés au loin, bien au-delà du gros rocher noir.

Pétronille, comme les autres, chante de toute son âme. Comme les autres, elle ne lâche pas du regard la forêt de voiles blanches qui se déploient majestueusement dans le lointain. Et la petite tache d'or qu'elle croit apercevoir, là-bas, sous le grand mât de la *Capitana*.

De la mer, quatre cent trente voix ont répondu à celles de la terre : *¡Buen viaje nos de Dios !* Que Dieu nous donne un bon voyage !

Les bateaux ont disparu de l'autre côté de l'horizon.

La plus longue traversée sur la Mer du Sud commence.

Livre deuxième

LA TRAVERSÉE AU-DELÀ DE DIEU

1595 – 1596

La Mer du Sud

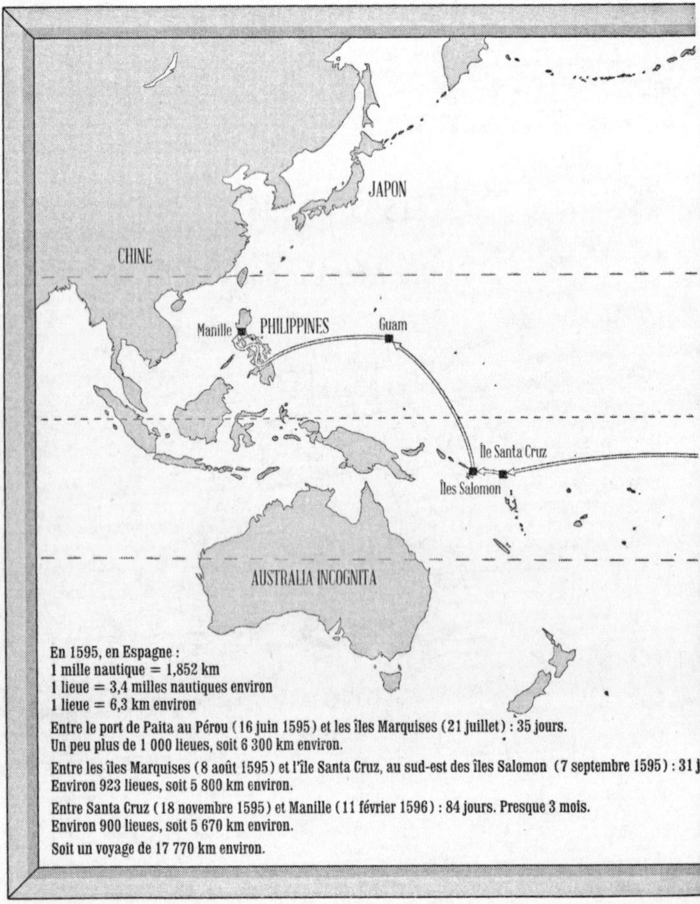

En 1595, en Espagne :
1 mille nautique = 1,852 km
1 lieue = 3,4 milles nautiques environ
1 lieue = 6,3 km environ

Entre le port de Paita au Pérou (16 juin 1595) et les îles Marquises (21 juillet) : 35 jours.
Un peu plus de 1 000 lieues, soit 6 300 km environ.

Entre les îles Marquises (8 août 1595) et l'île Santa Cruz, au sud-est des îles Salomon (7 septembre 1595) : 31 j
Environ 923 lieues, soit 5 800 km environ.

Entre Santa Cruz (18 novembre 1595) et Manille (11 février 1596) : 84 jours. Presque 3 mois.
Environ 900 lieues, soit 5 670 km environ.

Soit un voyage de 17 770 km environ.

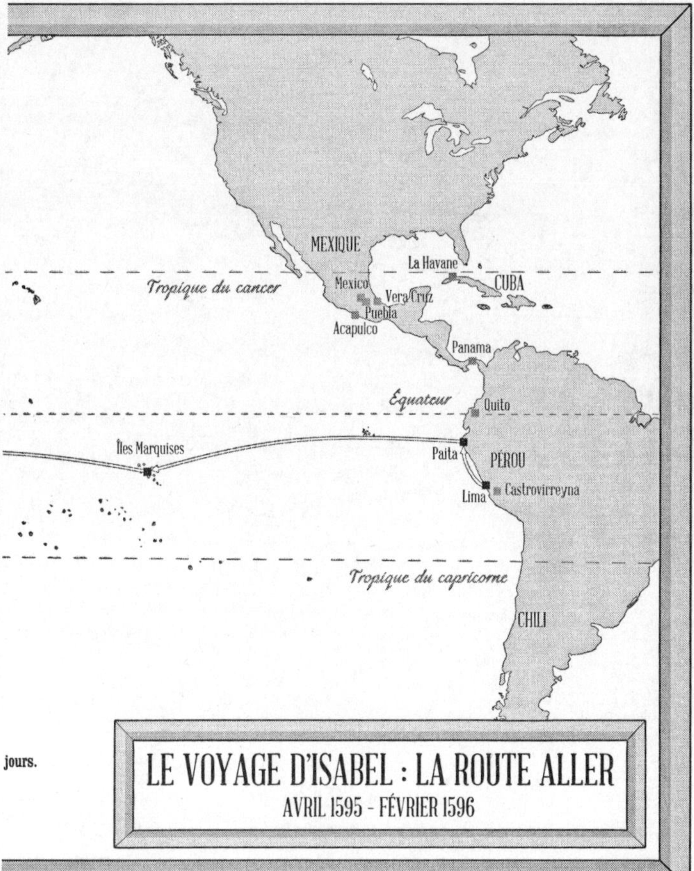
MEXIQUE
La Havane
Tropique du cancer
Mexico
CUBA
Vera Cruz
Puebla
Acapulco
Panama
Équateur
Quito
Îles Marquises
Paita
PÉROU
Lima
Castrovirreyna
Tropique du capricorne
CHILI
jours.
LE VOYAGE D'ISABEL : LA ROUTE ALLER
AVRIL 1595 - FÉVRIER 1596

Chapitre VIII

L'Adelantada

Vendredi 16 juin – Vendredi 21 juillet 1595

En plein vent à la poupe du navire, debout, droite, les poings fermés sur la rambarde du large balcon doré qui bordait le château arrière où se trouvaient ses quartiers, l'Adelantada prenait le frais.

Impériale, toujours. Même sur l'océan, même seule devant l'immensité.

Une centaine d'épingles hérissaient son chignon. D'innombrables aiguillettes arrimaient ses jupons. Sa fraise était tuyautée, et ses oreilles ornées de grosses perles.

La Reine de Saba sur ses navires.

Fût-ce aux yeux des poissons, le message devait être clair. Doña Isabel Barreto de Mendaña représentait la grandeur. Elle était la puissance, elle était la dignité, elle était l'honneur… Si visiblement au-dessus du commun des mortels que son autorité – et surtout son existence à bord – ne pouvait être contestée.

Elle n'avait pas le choix. Forcer le respect était pour elle l'unique façon de s'imposer aux hommes d'équipage – aux cinq pilotes, aux trois capitaines, aux quinze officiers, aux cent matelots, à tous les marins du Señor Quirós – et même aux mercenaires du colonel Merino-Manrique qui, d'instinct, du plus profond d'eux-mêmes, récusaient sa présence ici.

Comment inventer le rôle d'une femme sur un galion ? Sinon en faisant preuve de la même discipline que les gens de mer.

À sa manière.

Elle ne laisserait ni la laideur, ni la fatigue, ni la saleté, ni l'inaction, s'infiltrer chez elle.

Ni s'insinuer, chez eux, le moindre doute sur sa supériorité.

Autant que la redoutable figure de proue du *San Jerónimo*, autant que cette sirène toute dorée qui ouvrait la voie et tranchait les flots devant le navire, Isabel Barreto, avec ses perles blanches et ses dentelles immaculées, symbolisait l'éclat des découvertes à venir et le pouvoir de l'Espagne dans la quatrième partie du monde. Elle incarnait l'Expédition.

Les yeux mi-clos, Isabel ne boudait pas son plaisir. Elle se laissait éblouir par la lumière, enivrer par le soleil. Sous de tels cieux, l'étendue déserte de la mer devenait excitante… En tout cas, songeait-elle, mieux que l'enfermement derrière les hauts murs de l'Hacienda qui avaient encerclé sa vie de jeune fille. Mieux que la réclusion derrière le treillis des balcons suspendus qui ceignaient la résidence du Vice-Roi et la vie de cour. Mieux même que ses interminables stations d'épouse derrière les jalousies de sa propre maison, en attendant les retours d'Alvaro.

Mieux que la vie à terre.

Elle ne se lassait pas de regarder les vagues se former et l'écume se briser et le vent tourner et le ciel changer… Elle aimait cela : la mer. Une révélation. Elle aimait l'odeur des algues, l'odeur du goudron, du fer et du bois, l'odeur très caractéristique de son vaisseau quand elle pénétrait dans ses quartiers le soir. Elle aimait le goût du sel sur ses lèvres quand elle se couchait, et la sensation du roulis quand elle s'endormait.

Entendre le claquement incessant des voiles au-dessus de sa tête, la cloche des quarts et la litanie des mousses en retournant le sablier, le craquement des planches, le grincement des poulies. Et le chuintement des vagues contre la coque.

Regarder le soleil de l'aube poindre au-dessus de l'horizon, regarder le soleil du couchant s'enfoncer et se laisser engloutir, guetter le scintillement inquiet de l'étoile Polaire dans la nuit, observer tous les astres que le timonier prenait pour cap. S'abîmer dans une contemplation sans fin.

Quel était l'imbécile qui lui avait prédit qu'avec sa nature de drôlesse, cette nature de femelle, si vaine et si remuante, elle détesterait le confinement d'une longue traversée ?… Son frère Jerónimo, bien sûr. Tellement chaleureux, toujours.

Quel était l'idiot qui avait comparé pour elle le galion à une prison, et l'océan à un cercueil ? Quirós ?

Ne rien reprocher à Quirós ! Elle s'était trompée sur son compte.

Mais qui d'autre que Quirós pouvait l'avoir prévenue – avec cette sorte de mépris – qu'elle ne supporterait pas la monotonie de la Mer du Sud, ce lac si paisible, si pacifique et si vide, où les jours ressemblaient aux jours ?

Quirós aussi s'était trompé.

Pour elle, comme pour lui, le vaisseau incarnait la liberté, l'avenir, le trésor sans limites. Les voiles blanches du *San Jerónimo*, tissées dans cette toile de Castille qu'aucune bourrasque ne pouvait déchirer, semblaient battre comme des ailes et s'élever avec une liesse qu'elle-même s'efforçait en vain de contenir. Elle ne savait si c'était l'effet du soleil, du vent, de l'eau… Mais quand elle sentait sous ses pieds le navire qui filait allègrement, elle-même éprouvait une joie sans égale. C'était un bien-être nouveau, une plénitude physique, quelque chose d'instinctif et de sensuel qu'elle n'avait jamais éprouvé.

La vie était décidément étrange ! Et les voies du Seigneur, impénétrables…

Dès qu'on avait quitté la terre, son inquiétude l'avait abandonnée. Non pas en avril, lors de la grande cérémonie du départ de Lima, mais deux mois plus tard, au terme d'une interminable période de cabotage dans les ports du Nord où Mendaña avait jugé bon de terminer le ravitaillement des animaux. Le fourrage, l'eau des bêtes… Jugé bon surtout d'améliorer leurs quartiers, afin qu'ils puissent survivre.

Le Gobernador avait fait transborder les quatorze chevaux de l'expédition sur la *Santa Isabel II* – l'*Almiranta*, le second vaisseau de la flotte –, dont les cales étaient plus vastes que celles de la galiote et de la frégate. Ce navire-là serait assez stable pour n'être pas déséquilibré par les destriers lorsqu'ils glisseraient d'un bord à l'autre, au gré du roulis. Au bout du compte, *Lunares* le Paso Fino d'Alvaro, qui provenait des élevages de Nuño Barreto, et *Preferida*, la jument bien-aimée d'Isabel, feraient la traversée ensemble dans des stalles que le charpentier avait construites pour eux, des stalles qui permettaient de les arrimer et de les stabiliser durant les tempêtes.

Les vaches, les porcs et les moutons avaient été redistribués entre la *Capitana* et les autres navires.

L'opération avait pris du temps.

Mais dès l'heure où l'armada avait enfin mis à la voile, le matin du vendredi 16 juin 1595 : plus une angoisse.

Juste cette ivresse improbable qui ne la quittait pas… En cinq semaines de navigation : pas un nuage dans son âme. Et pas une ombre dans le ciel.

Isabel devait tout de même reconnaître ses erreurs.

Erreur de jugement, excès de méfiance et d'imagination… Injustice. Elle se l'avouait : elle s'était fourvoyée sur tous ses compagnons de voyage.

Alvaro avait su, lui, repérer les qualités des hommes qu'il choisissait. Quirós, par exemple, qui se révélait tel que lui-même s'était décrit avec tant de vanité… Un magnifique chef pilote, bien plus amoureux encore du *San Jerónimo* et de la *Santa Isabel*, même de la frégate et de la galiote, qu'on ne pouvait l'espérer. Oui, Alvaro avait raison, songeait-elle en se reprochant ses propres scènes, lors du recrutement… Quirós connaissait les faiblesses, les forces, l'état de toute sa flotte comme s'il l'avait construite lui-même. Il connaissait les vents. Il connaissait les courants. Et surtout, il connaissait son équipage et savait le faire manœuvrer.

Quant à l'abominable colonel Merino-Manrique…

Qui eût pu imaginer qu'il se tiendrait à ce point tranquille ? Il vivait à l'écart avec sa chienne, un roquet minuscule et prognathe, sorte de croisement entre le rat et le carlin, qui le suivait partout en grognant. Il ne se donnait même pas la peine de paraître à la table de Mendaña, son Capitán general, quand ce dernier réunissait autour de lui le Chef Pilote, les officiers, le chapelain et le vicaire de l'expédition. Sans doute Merino-Manrique, qui se prétendait aujourd'hui le descendant de l'illustre Manrique, archevêque de Séville en l'an 1200, se jugeait-il trop bien né pour partager son pain avec Quirós, avec Lorenzo et toute la clique des Barreto ? *Ces sales petits Portugais*... Résultat : il soupait en compagnie de ses soldats, dans leurs quartiers.

Inespéré !

Cette brute n'insulterait que son esclave noir et le jeune neveu qui lui servait de page. Rien à redire sur ce point. Le groupe semblait discipliné. Qui l'eût cru ? Le colonel Merino-Manrique était populaire auprès de ses hommes. Grand bien lui fasse !

Et l'autre canaille ? Ce forban d'amiral Lope de Vega, son nouveau beau-frère ?

Lui aussi se révélait différent ! Meilleur en mer.

Si on avait bien dû lui forcer un peu la main pour qu'il acceptât d'épouser Mariana, il avait fini par s'exécuter d'assez bonne grâce. Le mariage avait été célébré sous la responsabilité du Gobernador, dans une petite église de Santiago de Miraflores, l'un des ports du Nord où l'on avait caboté si longtemps. La cérémonie s'était révélée aussi touchante que possible.

Alvaro prétendait aujourd'hui que cet animal de Lope de Vega s'était ému de la jeunesse, de la docilité et de l'adoration de la dernière des Barreto. Bref, que Vega aimait Mariana autant qu'il était capable d'aimer.

Mille sentiments totalement imprévisibles !

La seule ombre au tableau venait de l'unique personnage dont elle n'avait attendu aucun problème. Son alter ego, Lorenzo, qui avait réussi à se mettre à dos tous les pères, tous les frères et tous les maris. Et pour cause ! Depuis le départ – le premier départ, celui de Callao, en avril –, il courait la gueuse parmi les filles des colons.

À Lima, ses maîtresses ne se comptaient plus… Mais ici, à bord, il exagérait : il faisait des ravages. À l'entendre, il avait réussi en moins de trois mois de vie commune à séduire huit épouses, et presque autant de vierges.

Et il s'en vantait, le monstre !

En évoquant les excès de son frère, Isabel n'avait pu réprimer un sourire. Le vent chaud de la Mer du Sud lui fouettait le visage et lui coupait le souffle. Elle sentait sous ses paumes les vibrations de la charpente. Un instant absorbée par ses propres sensations, elle perdit le fil de sa rêverie.

Son frère…

Lorenzo s'en donnait à cœur joie, comme le jeune fou qu'il était !

Plus si jeune, en réalité. Dix mois de moins qu'elle… Il avait aujourd'hui presque vingt-sept ans.

Ah, Lorenzo, soupira-t-elle… Incorrigible ! Incontrôlable ! Une tête brûlée… Comment lui reprocher d'être trop beau, trop gai, trop *vivant* ? Au fond, Lorenzo, ce n'était que cela : la passion de la vie sous toutes ses formes. La passion du risque, la passion des femmes, la passion de l'amour.

À son seul contact, l'amour devenait un mal contagieux, une véritable épidémie. On ne parlait que de cela à bord. D'amour… Sa petite sœur ? Passionnément amoureuse de son forban d'amiral. Sa lectrice, Doña Elvira ? Éprise de l'enseigne Buitrago auquel il faudrait l'unir, et sans attendre, pensait Isabel, si l'on voulait éviter l'irréparable… Même l'esclave Pancha, que les hommes trouvaient si vilaine. Même Inés, la très raisonnable Inés, sa propre sœur de lait d'origine indienne, sa femme de chambre, sa femme de confiance qui connaissait tous les secrets de l'âme et du corps : entichée d'un soldat ou de Dieu seul savait quel matelot engagé par Quirós.

Décidément, oui, une maladie contagieuse : le vieux père Serpa ne s'était pas contenté de célébrer le mariage de Mariana à Santiago de Miraflores. Il avait sanctifié près de quinze autres noces sur le pont du *San Jerónimo*… Quinze nouveaux couples s'étaient juré fidélité à l'ombre du grand manteau déployé de *Notre-Dame des Navigateurs*, la Vierge protectrice de l'expédition qu'elle-même avait dû faire sortir de son oratoire pour l'arrimer solidement au grand mât, durant les quinze bénédictions… Un présage magnifique ! Les îles Salomon seraient peuplées de tous les enfants conçus durant la traversée. Une promesse de prospérité et de paix.

Pour la première fois depuis la perte de ses bébés, Isabel supportait de songer aux enfants des autres. Elle le reconnaissait. Elle pouvait enfin les entendre rire, les regarder jouer sur le pont… Sans souffrance.

Qui sait si, dans son royaume des îles, elle ne pourrait pas à nouveau concevoir et donner la vie ?

La Mère de Dieu devait être si satisfaite de leur entreprise…

Quand Alvaro aurait ramené l'âme de tous les Indiens dans la lumière du Seigneur, quand il les aurait convertis et rendus à Sa Vérité, Notre-Dame leur accorderait peut-être la grâce d'avoir un héritier.

En attendant ce grand bonheur, la Madone lui envoyait la présence de ses frères et de sa petite sœur… La Madone, si clémente, lui donnait cette joie immense de les avoir avec elle. La gentille Mariana, Luis, Diego, même ce fou de Lorenzo… Ses bébés, ses enfants à elle.

Isabel n'aimait rien tant que leurs réunions du soir : tous les quatre rassemblés autour d'elle, en sécurité dans sa cabine. Elle jouissait de leurs bavardages, du récit que chacun venait lui faire de ses activités du jour, des confidences sur leurs sympathies, leurs disputes et leurs espoirs.

Comme elle, ses frères aimaient la mer. Le cadet – Diego – connaissait déjà l'art de naviguer et promettait, aux dires d'Alvaro, de devenir un excellent marin.

Ne manquait que Pétronille…

Merveilleuse Pétronille, toujours si sage et si résignée, qui portait la croix de son mariage avec tant d'abnégation !

Isabel ne pouvait penser à Pétronille qu'avec tristesse et nostalgie. Elle avait tout fait, tout dit pour l'arracher à son mari, ce Pedro Bustamante qui la maltraitait. Elle avait même proposé aux autres Bustamante de s'associer aux Barreto. Résultat : elle avait trois Bustamante à bord… Mais pas Pétronille !

On avait offert à son époux un poste d'officier sur la *Capitana*, les honneurs, la richesse : tout ce qu'il voudrait. On le nommerait alcalde des îles de la Mer du Sud, si la venue de Pétronille était à ce prix.

Peine perdue. Ce Bustamante-là n'avait pas l'âme vagabonde.

Isabel avait tant rêvé de sauver sa sœur aînée, sa sœur chérie, de la sortir du malheur, de lui faire découvrir l'El Dorado, de partager avec elle les titres et la gloire à venir.

Quoique…

La connaissant, Pétronille n'aurait probablement pas apprécié le luxe dont elle s'entourait, ni les lectures profanes d'Elvira, ni même la musique qu'on jouait dans sa cabine. Encore moins les paroles des chansons que les marins beuglaient sur le pont.

Pourquoi diable Pétronille se montrait-elle toujours si austère ?

Quand Isabel l'avait attirée à bord pour tenter de l'éblouir et de la convaincre, elle avait bien vu sa réaction devant la somptueuse alcôve en bois sculpté qui devait lui servir de couchette. Elle avait bien noté de quel œil Pétronille avait considéré la petite estrade recouverte de tapis, cette estrade où ses visiteuses – les épouses des capitaines – boiraient leur cacao et bavarderaient avec elle durant la traversée… Les sourcils froncés de Pétronille lui avaient donné la mesure de sa désapprobation. Il n'y avait pourtant pas de mal à se renverser parmi les coussins, comme le faisaient toutes les grandes dames dans leurs quartiers réservés, au fond des palais. C'était l'usage au Pérou. En Espagne… Et bientôt, oui, dans les îles ! Un usage hérité des Maures, donc impie, rétorquait Pétronille qui évitait de se tenir en tailleur sur les tapis ou de s'accroupir à la façon des Infidèles.

N'empêche… Avec sa piété admirable et son côté rabat-joie, Pétronille lui manquait !

Pour le reste, ce qui regardait ses sentiments envers Alvaro…

Après ces années où elle n'avait fait, elle-même, qu'évaluer le coût des choses, peser les risques, mesurer et compter, Isabel pouvait enfin se laisser aller au plaisir de l'aimer.

L'avoir à elle, tout le jour. Se serrer contre lui, le soir.

Sans les disputes de l'organisation.

Ils avaient retrouvé la formidable entente qui avait présidé à leur premier échange dans sa chambre de jeune fille, et à leur mariage en l'église Santa Ana.

Mieux que cela.

Ensemble, ils vivaient l'aventure qui les unissait depuis dix ans. Et ils la vivaient de la même façon, avec la même force et la même joie.

En mer, l'essentiel avait resurgi.

N'en déplaise aux prédictions de ces oiseaux de malheur qu'étaient son frère Jerónimo et son chef pilote Quirós : tout était rentré dans l'ordre.

Isabel releva la tête. Elle avait entendu claquer sur l'entrepont les drapeaux qui servaient à communiquer avec les autres navires. Quelqu'un, là-haut, hissait un signal.

Elle savait désormais que la tâche la plus difficile consistait à maintenir les quatre vaisseaux regroupés. Surtout la galiote et la frégate, de tonnages si différents, qui devaient naviguer entre les galions pour qu'on ne les sème pas. D'autant que les pilotes – même Quirós – ne détenaient que la carte qu'Alvaro lui avait fait dessiner à Lima : trois points sur l'océan… Autant dire : rien. Une direction générale. Des consignes fragmentaires… Exprès.

À terre, Mendaña avait dû se contraindre à ne rien leur dévoiler, pour les empêcher, eux, de parler. Chacun, là-bas, comprenait ses raisons. Se taire, afin que le secret de l'emplacement de l'El Dorado ne soit pas livré aux espions à la solde des Anglais qui, dans les tavernes, guettaient les bavardages des navigateurs espagnols.

Mais maintenant ?

Maintenant, toujours le même flou et le même silence. Jour après jour, une consigne – une seule – suivre le *San Jerónimo*. Garder l'œil rivé sur son pavillon, le jour. Sur son fanal, la nuit. Rien d'autre… Sinon l'ordre de se rapprocher de son sillage avant le crépuscule, assez près pour le saluer, lui, Mendaña, avec ces paroles rituelles, que chacun des trois capitaines devait lui crier en personne, l'un après l'autre, afin qu'il puisse reconnaître leurs voix. *Que le Seigneur vous garde et vous protège, vous, Monsieur notre Commandant en Chef et maître après Dieu.* Ainsi était-il assuré de leur présence et de leur respect.

En les privant d'information, il tentait de couper court à toute velléité de trahison.

Une vieille histoire. Ils le savaient.

Comme Colomb, comme Magellan, comme tous les commandants d'expédition, Mendaña gardait ses plans secrets. Il ne disposait pas d'autre moyen de les délivrer, eux, ses associés, de la tentation qui les tarauderait tôt ou tard : lui fausser compagnie. Courir l'aventure sans lui. Trouver les îles *avant* lui.

Il tentait toutefois de les rassurer par sa courtoisie. Usant d'une autre formule rituelle, il répondait à leur salut par une invitation à monter à bord… Une façon, aussi aimable que protocolaire, de commander à chacun de mettre sa chaloupe à la mer et de venir faire le point avec lui. La clémence du temps leur avait permis, jusqu'à présent, ces réunions vespérales auxquelles nul n'aurait eu garde de manquer car nul ne doutait que, ce soir en comparant leurs calculs, Mendaña déroulerait ses propres cartes : les précieux portulans que lui-même – avec le vieil Hernán Gallego, son chef pilote de l'époque, et Sarmiento, le fameux cartographe qu'il qualifiait toujours d'*Infâme* –, avait compilés lors du premier voyage.

Mais… rien.

Bah, l'heure viendrait. Le Gobernador finirait bien par leur dévoiler la route ! Et Doña Isabel les retenait quelquefois à souper. La chère que l'on faisait à sa table, le vin qui, chez elle, coulait à flots leur donnaient confiance. Elle ne se montrait pas avare de ses vivres et de ses réserves d'eau. La route serait donc courte.

Du balcon, elle apercevait l'ombre de la lanterne, le *farol* gigantesque de Mendaña qu'on allumerait bientôt. Outre les codes des drapeaux, elle connaissait aujourd'hui la plupart des feux pour communiquer d'un navire à l'autre. Elle savait que si deux torches brûlaient dans la même lanterne, la galiote devait ralentir et passer le message aux deux autres qui répondraient par le même signal, afin que Quirós comprenne qu'ils l'avaient bien tous reçu… Deux torches, dans deux lanternes différentes ? Attention, prémices d'une bourrasque. Quatre torches ? Amener toutes les voiles. Un coup de canon ? Le sondeur venait de repérer un écueil à la proue du *San Jerónimo*.

Elle savait cela, oui, et bien d'autres choses encore…

Plus compliquées et plus passionnantes sur la marche du galion.

Durant ces semaines de navigation et les deux mois de vie dans les ports, Alvaro, avec cette patience merveilleuse qui le caractérisait, avait pris le temps de lui expliquer tout ce qu'elle souhaitait savoir… Le nom des quatre mâts, par exemple. Le mât de misaine : à la proue. Le mât d'artimon : à la poupe. Le grand mât : au centre… Et même leurs hauteurs : vingt-six mètres pour le grand mât. Et la longueur du beaupré, le mât oblique à l'avant : neuf mètres… Le nom des voiles, mais aussi leurs formes et leurs usages, ceux des vergues, des filins et des cordages. L'importance des pompes qui servaient à aspirer l'eau de mer dans les sentines… Ah les pompes ! Même si on ne devait rencontrer aucune tempête, toutes les parties immergées des quatre navires finiraient par prendre l'eau. Dans quelque temps, même l'entrepont cesserait d'être étanche. Les quartiers surpeuplés où s'entassaient les colons – ils se pressaient sur des nattes, à même le sol dans les cales des quatre navires, les femmes et les enfants d'un côté, les hommes de l'autre – seraient inondés. La mer s'infiltrerait jusque dans la cambuse où le commissaire entreposait les vivres.

Leur calfat, le célèbre Gaspar, pouvait bien passer pour le roi du radoub au Pérou, le meilleur poseur d'étoupe, le meilleur barbouilleur de poix, il ne pourrait pas éternellement calfater les joints des bordages. Seules les trois pompes en cuivre, que les matelots devraient activer jour et nuit au prix d'un travail harassant, permettraient d'évacuer l'eau… Jusqu'à ce qu'on parvienne à caréner, en échouant et couchant le navire de côté sur une plage. Mais avec un énorme galion de trois cents tonneaux, cette opération-là s'avérerait encore plus difficile.

… Les pompes, aussi indispensables que le gouvernail : un levier planté à la verticale, que les trois timoniers, d'une force herculéenne, étaient seuls capables de barrer… Vitales comme la quille. Comme les ancres. Isabel savait désormais que le *San Jerónimo* en comptait sept. Quatre ancres, retenues par des chaînes et manœuvrées par des cabestans, chacune pesant près de cinq cents kilos à la proue. Deux, plus petites, qui serviraient plutôt de grappins. Enfin, cachée dans le ventre du bateau, l'ancre que Mendaña appelait « l'Ancre de l'Espérance ». Celle-là, il la réservait pour le pire, quand toutes les autres auraient été arrachées par les lames ou volées par les sauvages. Il montrait à son épouse les trous où les matelots arrimeraient les bouées, très utiles justement pour retrouver ces précieuses ancres, lorsque les plongeurs indiens auraient coupé les câbles… Ainsi qu'ils avaient eu l'audace de le tenter aux Salomon, vingt-huit ans plus tôt.

En parlant de câble, Isabel devait se souvenir qu'un filin traînait toujours à la poupe du navire, pour les hommes tombés à la mer. Si un tel malheur devait lui arriver, elle devrait absolument s'en saisir. Sa seule chance de salut. Car le *San Jerónimo* ne viendrait pas la chercher : il ne *pouvait* pas faire demi-tour.

Tous ces enseignements n'étaient rien, comparés à l'apprentissage des instruments de navigation… Savoir se servir d'une boussole. Comprendre l'usage du quadrant, qu'Alvaro disait plus facile à manier que l'astrolabe.

Ces deux instruments, l'astrolabe et le quadrant, permettaient de mesurer la hauteur des astres – ou celle du soleil au-dessus de l'horizon –, et de calculer la latitude. Un calcul approximatif, du fait des mouvements du navire : la hauteur du soleil ne variait-elle pas avec l'ampleur du roulis ?

Calculer la latitude restait toutefois une tâche relativement aisée, qu'elle pourrait un jour maîtriser.

En revanche, la longitude : impossible ! Pour elle comme pour quiconque. Malgré tous les efforts des navigateurs, malgré les recherches des savants et des cosmographes, aucun instrument au monde ne permettait de relever la longitude.

Autre difficulté : comment évaluer – avec une précision extrême – l'écoulement du temps, afin de connaître la vitesse du navire et la distance parcourue ?

Le temps… Outre le soleil, seuls les sabliers pouvaient le mesurer. Le passage du sable équivalait à une demi-heure. Mais si le mousse, chargé de retourner l'ampoule quand elle se vidait, faisait preuve d'un instant d'inattention, seulement quelques secondes de retard ou quelques secondes d'avance, sa négligence altérerait tous les calculs. Au fil des mois – fausse demi-heure après fausse demi-heure –, les erreurs s'accumuleraient et prendraient une ampleur qu'Isabel ne soupçonnait même pas.

Comprendre. Comprendre vite.

On pouvait dire ce qu'on voulait, songeait-elle, elle ne manquait pas d'activité mentale… Tenter de saisir le rôle des hommes aux manœuvres. La signification des ordres. *À border les bras sous le vent... Larguez les huniers ! Amures bâbord. Ouest-sud-ouest, près et plein…* Ce peuple de marins demi-nus, tous coiffés du même bonnet de laine rouge, parlait une langue dont elle n'entendait pas un mot.

L'apprendre.

De son balcon, elle percevait la voix de ses servantes, Inés et Pancha, qui préparaient le repas au-dessus d'elle sur le pont. Quirós leur avait interdit d'allumer leur fourneau à l'intérieur du navire, du fait des risques d'incendie. Il avait même poussé le zèle plus loin, en prétendant proscrire l'usage des chandelles dans les quartiers de l'Adelantada. Il accusait ses femmes, et notamment sa lectrice Elvira, d'en faire une consommation dangereuse.

N'empêche qu'avec toute sa prudence, Quirós ne refusait pas un seul souper chez elle… N'empêche qu'à la lueur de ces flambeaux, dont il récusait l'existence sur sa table, il buvait son vin avec avidité. N'empêche qu'en levant son gobelet *à la santé de l'Adelantada,* devant le feu des lanternes et des candélabres, flottait dans ses yeux une flamme bien plus inquiétante que toutes les bougies du carré. L'expression de Quirós en ces moments lui évoquait celle de son frère Jerónimo devant certaines servantes. Les Indiennes qu'il allait châtier pour leurs fautes. Ou forcer pour son plaisir… Quirós n'appartenait probablement pas à cette sorte de mâle. Cependant il avait le même regard. Le même mépris. La même haine. La même impatience.

De l'envie ? De l'ambition ?

Quelle que soit la nature de la fièvre qui dévorait ce petit homme, son ardeur était sombre.

Isabel poussa un soupir…

Sans doute imaginait-elle des choses qui n'existaient pas. Sûrement ! Elle se montrait de nouveau injuste.

Que lui importaient les contradictions de Quirós ?

Alvaro et ses frères arriveraient bientôt pour le repas. Le temps était venu de rentrer et de les accueillir.

*

— Elle mange son pain blanc, la Reine de Saba. Bon vent. Bonne mer. Bonne pitance… C'est ce que j'appellerais une bonne traversée, Señor Quirós, si j'en avais jamais connu une !

— Trop beau pour durer, je m'accorde avec vous, Señor Ampuero… Toutefois, je vous saurais gré de ne pas appeler Doña Isabel, *la Reine de Saba*.

Les deux hommes pouvaient bien se vouvoyer et se donner du *Señor* – une vieille habitude imposée par le cérémonial d'autres traversées – ils étaient amis intimes. Ils avaient partagé la même minuscule cabine et s'étaient succédé sur la même couchette, durant des années. Aujourd'hui, ils prenaient, quand ils le pouvaient, leurs repas ensemble… Seuls, néanmoins, au coucher du soleil, quand Quirós s'octroyait quelques instants et s'asseyait dans l'ombre contre le toit de la dunette.

S'il ne faisait pas mystère de leur camaraderie, Quirós évitait de se montrer en public avec Ampuero. D'abord parce que Ampuero était si largement son inférieur, que sa fréquentation le dévaloriserait auprès de ses hommes. Ensuite parce que Ampuero appartenait à la faction adverse : il n'était pas marin, mais soldat… Attaché de surcroît au service personnel du colonel Merino-Manrique, le personnage dont Quirós abhorrait la présence à son bord. Plus odieuse encore que celle de Doña Isabel.

L'existence du Colonel, toutefois, ne pesait guère sur le lien unissant les deux hommes : ils se connaissaient depuis trop de temps. L'un, originaire d'un petit village de Cantabrie en Espagne, l'autre, Portugais de la région d'Evora, ils avaient parcouru ensemble la route des épices pour le compte de Lisbonne. Quand les deux couronnes s'étaient retrouvées sur la tête du même roi, l'arquebusier Ampuero avait convaincu son compagnon le subrécargue Quirós d'aller faire reconnaître ensemble leurs mérites « chez eux ».

À Madrid, les rôles s'étaient inversés. Contre toute attente, Quirós avait épousé une riche veuve, tandis qu'Ampuero sombrait dans le désœuvrement. La fortune de la femme du premier avait payé leur passage au Nouveau Monde : une aubaine pour tous deux. Tomas Ampuero se présentait aujourd'hui comme le petit-fils du fameux Don Francisco de Ampuero. À cet Ampuero-là, le grand Pizarro avait offert en mariage sa propre compagne, la princesse inca qui lui avait donné des enfants. D'elle, Don Francisco Ampuero avait eu d'autres enfants, demi-frères de ceux du conquérant. L'homonymie avec une telle célébrité au Pérou servait la cause de Tomas : il se prétendait désormais de noblesse indienne, parent des héritiers de Pizarro et des premiers conquistadors. Une pure légende qui lui avait valu quelques ennuis avec l'administration du Vice-Roi, quand il avait tenté de rajouter le *Don* devant son patronyme : Don Tomas Ampuero. Quirós l'avait sorti d'affaire en le recommandant à Mendaña comme le meilleur arquebusier que la terre ait porté. Mendaña l'avait donc mis sous les ordres de son chef militaire. La Providence avait voulu qu'Ampuero s'y trouve bien et qu'il respectât Merino-Manrique.

Au fond… peut-être une bonne chose ?

Par l'intermédiaire d'Ampuero, Quirós pouvait connaître les états d'âme des forces armées qu'il ne fréquentait pas, tâter le pouls de *tous* les hommes qu'il dirigeait. En mer, le groupe des soldats se trouvait sous sa responsabilité, comme les marins, les colons et le haut commandement.

Les soldats… Que pensaient-ils du Gobernador et de sa femme ?

Lors de leurs bavardages nocturnes, chacun tentait de faire dire à l'autre ce que lui-même pensait et n'osait formuler. Quirós était passé maître à ce jeu. Sous couvert de sagesse, de mesure et de raison, il excitait Ampuero, le poussant dans ses retranchements bien au-delà de ses positions.

La prudence les invitait à ne pas comparer leurs avis sur les vertus et les défauts du personnage de Merino-Manrique. Mais d'autres sujets ne leur étaient pas interdits.

Ampuero insista :

— C'est le pantalon qu'elle porte, non, la bougresse du roi Salomon ? Elle est donc ce que je l'appelais : *la Reine de Saba*. Pour ne pas dire la patronne à bord.

Quirós esquissa un geste de protestation, si faible, qu'au lieu d'arrêter son interlocuteur, il l'entraîna dans la voie que lui-même affectait de récuser.

— … Et encore, Señor Quirós, je me retiens : je ne vous répète pas tous les noms que lui donnent les camarades : ces petits noms d'oiseaux qui n'auraient peut-être pas l'heur de vous plaire.

— Je préfère ne pas les entendre, en effet… Nous

devons respect et obéissance à l'épouse de notre Capitán general. Pas un mot à son propos, que le Gobernador ne puisse entendre.

— Le malheureux… Si ce n'est pas une misère de le voir manger dans sa main, comme il le fait ! Un vrai mouton… Et ça prétend nous commander ?

— Il a la confiance du Roi. C'est assez pour le servir.

Ampuero laissa passer une seconde :

— Brave au combat, on le dit… Mais comment un gobernador peut-il se laisser gouverner par une femme ? La sienne de surcroît ! Quand il la promène, chapeau bas sur le pont, tout de même… Quelle pitié !

— Que veux-tu, Ampuero, cette dame est si belle.

En dépit du tutoiement, l'autre ne perçut ni la violence du ton ni le sarcasme du commentaire. Au lieu de s'insurger et de désapprouver comme on l'attendait de lui, il opina :

— Ah ça, belle, elle l'est… À damner tous les saints du Paradis !

— Vraiment ? ironisa Quirós.

— Il a des excuses, le Mendaña. Quand il vient la balader chez nous, c'est l'émeute parmi les gars… En la voyant, tous deviennent fous ! En plus, elle ne fait pas que se balader, elle pose des questions.

— Les hommes ont autre chose à faire que de lui répondre. Vous avez raison, Señor Ampuero : la curiosité de Doña Isabel nous est pénible à tous. À force de fureter sur le navire, elle finira par nous apporter la poisse.

— Ça, c'est sûr. D'autant que les îles ne peuvent plus être loin… Et que, là-bas, les ennuis commencent.

Ampuero n'eut pas le loisir de développer le sens de sa prédiction. Un cri lui coupa la parole.

Les deux hommes sautèrent sur leurs pieds.

Juste au-dessus d'eux, sur la plateforme de hune du mât de misaine, la silhouette d'Antón Martín, la vigie, dressée, le bras tendu, hurlait le même mot que l'écho répétait à l'infini :

— Terre… Terre… Terre !

*

La nuit n'était pas tombée. Mais le crépuscule noyait déjà les contours de l'île. Impossible de distinguer autre chose que le lagon noir où se reflétaient les dernières lueurs du ciel ; l'arc de la baie couleur de lave ; et les blocs, plus sombres encore, des à-pics et de la forêt qui tombaient dans l'eau.

Le front contre les cordages, les yeux rivés sur la masse qui avait surgi de la mer, Alvaro de Mendaña humait à longs traits le parfum de la bise qui soufflait du rivage.

Quand la vigie avait poussé son cri tout à l'heure, il avait distancé les marins sur les échelles et doublé ses trois beaux-frères dans les coursives, pour surgir le premier contre le bastingage. La réserve, la courtoisie, le sens des rites et le goût des apparences : tous les traits qui le caractérisaient avaient disparu. Il pouvait bien garder les lèvres pincées, la main fermement serrée sur le pommeau de son épée, il pouvait bien demeurer immobile, le regard rivé vers la terre, il n'était plus le Gobernador, seul maître après Dieu. Mais l'aventurier qui avait découvert l'El Dorado à vingt-cinq ans. Fou de joie, fou de surprise, fou de curiosité, fou d'impatience. Un très jeune homme que la passion habitait.

Le soulagement était venu ensuite. Puis la gratitude. « Merci, merci, mon Dieu ! » La flotte avait plusieurs jours d'avance – au moins sept – sur ses prévisions. Le Tout-Puissant l'avait récompensé de ses vingt-huit ans d'attente, en lui octroyant la grâce de parvenir rapidement au but. Submergé par l'émotion, il ferma un instant les yeux, balbutiant encore une fois, ardemment : « Merci, Seigneur, qui avez permis notre arrivée ici sans souffrance, plus vite encore que ce que j'avais rêvé, bien plus vite que ce que j'avais calculé. Soyez bénie, Notre-Dame, Mère de Dieu, qui avez intercédé pour nous auprès de Votre Fils. »

Il se laissa de nouveau absorber dans la contemplation de l'île. Il reconnaissait l'odeur très particulière du bois et de la fumée : le feu des villages indiens qui se cachaient sous les palmiers, en retrait du rivage, au pied de la montagne. Et le parfum des fleurs tropicales qui poussaient autour de leurs huttes, ce parfum qui ne ressemblait à rien, et dont il avait tant rêvé.

Le branle-bas de combat autour de lui, les cris des soldats, la bousculade des colons, et les deux coups de canon que le Chef Pilote faisait tirer pour annoncer aux autres navires leur arrivée à destination et la fin du voyage le ramenèrent à la réalité.

L'obscurité serait là, dans quelques secondes. La nuit descendait vite – d'un seul coup –, sous ces latitudes… Hors de question de jeter l'ancre, de nuit, dans une baie qu'il n'avait pas vue depuis vingt-huit ans et dont ses cartes marines ne signalaient pas les écueils. Impossible de descendre à terre, ce soir !

Se reprendre.

Contenir sa curiosité et son impatience.

Retrouver un semblant de raison.

On devait s'éloigner de la côte. S'écarter tout de suite pour éviter les hauts-fonds. Regagner le large, immédiatement !

Se tournant avec brutalité vers Quirós, il donna l'ordre de virer de bord.

Seul à comprendre l'urgence de la situation, seul à l'avoir anticipée, Quirós réagit dans la seconde et veilla à l'exécution de la manœuvre. Ses hommes lui obéirent avec diligence, mais le colonel Merino-Manrique, voyant s'éloigner la terre promise, poussa les hauts cris… Demain ? Pourquoi attendre à demain ? La nuit n'était pas encore tombée. Les dernières lueurs du jour permettaient d'accoster et de prendre possession de l'île. La surexcitation de ses soldats tourna bientôt à l'émeute chez les colons. Tous connaissaient le récit de la Bible. Ils voulaient voir « Ophir » eux aussi, l'île aux cent mines d'or dont la flotte du roi Salomon, le fils de David, rapportait chaque année les richesses à Jérusalem. Qui sait si les îles seraient encore là demain ? On en parlait, on les cherchait depuis si longtemps ! Mieux valait tenir que courir. Ils voulaient voir celle-ci maintenant. Pas demain. Ils naviguaient depuis cinq semaines dans les cales… Sans parler de l'abominable période de cabotage, quand on avait transbordé les chevaux à bord de la *Santa Isabel*… Trois mois au total ! Ils voulaient *voir* le Paradis terrestre pour lequel ils avaient vendu leur maison et sacrifié leurs biens… L'El Dorado où l'or coulait à flots.

« Bien sûr, les îles seront là : vous avez vu la première, Santa Isabel, car je vous y ai conduits ! »

Mendaña avait sauté sur la rambarde du bastingage

et s'accrochait aux étais. Même sans porte-voix, il savait se faire entendre. Les quatre navires l'écoutaient, qui tonnait dans le vent :

« Demain, nous célébrerons la messe à terre. Demain, nous recevrons la communion, chez nous. Mais aujourd'hui, je vous ordonne de vous regrouper en haute mer, de mettre à la cape et de me rejoindre à bord du *San Jerónimo* pour remercier le Ciel de ses bienfaits… Le Seigneur m'a accordé la grâce de vous faire faire un bon voyage. À tous… Le Seigneur m'a accordé la grâce de vous conduire à bon port. Tous… Le Seigneur me commande d'attendre le matin et je vous commande, moi, de m'obéir… Je suis un homme de peu de paroles, qui n'aime pas les grands discours : je ne vous le répéterai pas deux fois. Écartez-vous des côtes et suivez-moi ! »

Il y eut parmi les pilotes une seconde d'hésitation, puis ce fut une immense clameur d'enthousiasme et de reconnaissance :

« Vive notre Gobernador ! Vive le marquis de Mendaña ! »

Isabel se tenait à l'écart.

Depuis l'instant où elle avait rejoint Alvaro contre le bastingage, elle ne bougeait pas. Au contraire de ses habitudes, elle n'écoutait pas, ne questionnait pas, n'intervenait pas.

Elle n'avait pas entendu les protestations de ses frères qui brûlaient de descendre à terre, pas même la harangue du Gobernador.

Le visage tendu par l'émotion, la main accrochée aux cordages, elle contemplait son nouveau royaume.

L'île de Santa Isabel était là, son île, dans la lumière du soir.

*

Nuit noire. L'île avait disparu.

Agenouillée sur le pont, la foule chantait le *Te Deum*. À la lueur des torches, les quatre prêtres brandissaient leurs crucifix : ils parcouraient le navire, d'un bout à l'autre des coursives, tournant autour des croyants. Derrière eux marchaient l'amiral de Vega, avec les trois capitaines et les quatre pilotes : les huit hommes, proches du commandement, qui portaient sur leurs épaules le brancard pavoisé où se dressait l'immense statue en bois de *Notre-Dame des Navigateurs*. Le chef pilote Quirós venait ensuite : il tenait à bout de bras la bannière d'une autre Madone, *Notre-Dame de la Solitude*, une Vierge des Sept Douleurs à laquelle Quirós lui-même vouait un culte particulier.

Pleurant la mort de Son Fils, la Vierge de Quirós frémissait dans le vent. Ses larmes d'argent, brodées en relief sur le velours, coulaient le long de ses joues, et son cœur, percé des sept poignards, semblait saigner sur la tête des fidèles. Quirós l'élevait haut, aussi haut que le lui permettait sa petite taille. Les pleurs et le sang de la Madone purifiaient leurs âmes à tous, et les préparaient pour ce qui les attendait demain.

La procession ferait ainsi treize fois le tour de la *Capitana*, sans qu'aucune messe ne soit célébrée. On ne disait jamais le service divin en mer, on n'y recevait jamais l'Eucharistie. Et pour cause ! Un coup de roulis pouvait jeter l'hostie divine au sol, l'hostie consacrée…

Un tel malheur ne manquerait pas d'attirer sur les marins la colère de Dieu.

Comme le Gobernador le leur avait dit, ils entendraient la messe – leur première messe en cinq semaines – en débarquant. Demain.

Unis dans le même élan d'amour et de foi, tous psalmodiaient à pleins poumons, d'une seule voix, l'hymne d'action de grâces… Leur chant explosait, montant vers le ciel comme un formidable cri de victoire et de joie.

Au centre du groupe en prière, Alvaro et Isabel, à genoux eux aussi, têtes nues, les mains jointes, rendaient grâce au Tout-Puissant avec une dévotion plus ardente encore : « Que Ta miséricorde soit sur nous, Seigneur, car nous avons mis en Toi notre espérance. »

Le *Te Deum* se propageait en ondes sur la mer tel le grondement sourd du tonnerre avant la tempête. Jusqu'à l'île.

*

Impossible de trouver le sommeil.

Accoudés ensemble sur le balcon du château arrière, Mendaña et Isabel reprenaient souffle. Par la fenêtre ouverte derrière eux, ils pouvaient entendre les propos animés de Lorenzo et des autres jeunes gens. Leur agitation ne les atteignait pas.

Tous deux scrutaient la nuit, tentant de distinguer, dans l'obscurité, la terre. Isabel finit par rompre leur silence :

— Comment sais-tu qu'il s'agit d'une île ?

— Parce que je la reconnais.

Elle insista :

— Pourquoi cette terre ne serait-elle pas l'*Australia Incognita* ? Le Cinquième Continent !

Il la serra contre lui.

— Toujours l'exagération et la folie des grandeurs… Nous nous trouvons au large de la première des îles Salomon. C'est déjà beaucoup.

Elle tenta de plaisanter :

— … Et demain, par la volonté de Sa Majesté, Doña Isabel Barreto de Mendaña devient *marquise de la Mer du Sud.*

Il acquiesça sans mot dire. Elle revint à des considérations plus pratiques :

— J'ai fait monter le « coffre aux cadeaux » sur le pont, comme tu me l'as demandé : il est plein de grelots et de chapeaux… Demain, reprit-elle gravement, que va-t-il se passer ?

— Si les chefs, avec lesquels je m'étais lié d'amitié il y a vingt-huit ans, sont encore vivants : tout ira bien.

— Sinon ?

— Je ferai en sorte que leurs fils deviennent mes amis… Ces rivages, dont tu n'as pas entendu monter un bruit, où tu n'as pas vu s'agiter une âme, cette terre qui semble immobile et vide sont peuplés de plus d'Indiens que tu ne peux même l'imaginer.

— Des cannibales ?… Comme ceux dont tu m'as parlé ?… Qui explosent les crânes de leurs ennemis pour en dévorer la cervelle, et t'offrent à manger le bras coupé d'un enfant en guise de présent ?

Alvaro savait à quel festin, à quel massacre de ses hommes, elle faisait allusion. Il en gardait un souvenir de terreur, comme tous ceux du premier voyage qui avaient accepté de revenir ici. Il répondit prudemment.

— Je ne crois pas. C'était sur l'île de Guadalcanal, pas à Santa Isabel…

— Mais tu n'en es pas certain.

— Je ne suis certain de rien, Isabel. Excepté que je parle la langue des naturels, aujourd'hui. Les Indiens que j'avais capturés aux Salomon m'ont appris ce que je dois savoir. Cette fois, nous pourrons nous comprendre.

— Et si ces sauvages – que tu dis tellement nombreux ! – ne voulaient pas de ton amitié ?

— Quand ils verront combien nous sommes puissants, généreux et pacifiques, ils la désireront.

— Pacifiques ? Tu n'as pas entendu Merino-Manrique exciter ses soldats tout à l'heure… Comment il les poussait à débarquer ce soir !

— Manrique n'aura pas le choix. Lui, comme les autres. Pacifiques… Ce sont les instructions du Roi : respecter les naturels afin d'en faire de bons et loyaux sujets du Christ et de l'Espagne.

— Que Dieu t'entende !

— Dieu m'a entendu, Isabel. Dieu m'a accordé de revenir aux îles Salomon. Dieu m'a octroyé d'y revenir avec toi…

Il laissa sa phrase en suspens.

La jeune classe, derrière eux, pouvait les écouter et les voir.

Avec pudeur, avec passion, dans l'ombre, il avait saisi la main de sa femme et la gardait au creux de sa paume, tout entière enfermée.

Il acheva dans un murmure, la voix hachée par l'élan qu'il tentait de contenir :

— … Depuis dix ans, tu n'as jamais cessé de me surprendre. Ton énergie à rendre possible cette expédition… Jusqu'à ces dernières semaines : ta curiosité, ton goût pour la mer… Dieu m'a donné même cela : la félicité de revenir ici avec toi, *par* toi et grâce à toi ! Sans ton courage et ta foi… C'est à toi, mon âme, que je dois mon retour à Santa Isabel, c'est à toi que je dois notre victoire.

Elle secoua l'émotion qui l'étreignait.

— En t'écoutant, Alvaro, ironisa-t-elle, on pourrait se demander lequel de nous deux a la folie des grandeurs et le goût de l'excès !

L'hommage qu'il venait de lui rendre la touchait au plus profond.

Chez Mendaña, rares étaient ces sortes de tirades. Il restait un homme de peu de mots, ainsi qu'il l'avait affirmé tout à l'heure en s'adressant à l'équipage. Il n'aimait pas les grands discours. Et s'il savait conter comme nul autre, il ne brodait pas sur ses aventures. Encore moins sur ses propres mérites. Ni même sur ses sentiments. Il ne cherchait jamais non plus à flatter. L'inverse, songeait-elle, l'inverse d'un Quirós.

L'absence de fanfaronnades chez Alvaro, son manque de vanité la troublaient au plus profond… Toujours la même histoire ! Comme au premier jour dans sa chambre de jeune fille.

Ou bien était-ce son intégrité ? Son courage à reconnaître ses faiblesses ?

Modeste ? Non. Alvaro n'était pas modeste !

Elle le connaissait plein d'orgueil, au contraire. Aussi profondément orgueilleux qu'obstiné.

Elle conjura le mauvais sort, en le ramenant à la réalité :

— La victoire n'est pas acquise… Qui sait ce que la Providence nous réserve ?

Il ne répondit pas.

Absorbés chacun par leurs rêves et leurs peurs, ils laissèrent à nouveau le silence s'installer.

Au-dessus d'eux, sur les ponts, la nuit bruissait de mille autres murmures.

Les femmes de colons se racontaient les fêtes qu'elles donneraient, quand elles seraient riches. Demain… Les soldats se voyaient capitaines. Quirós, béni par le Pape, anobli par le Roi, acclamé par ses hommes, rentrerait à la tête de sa propre flotte, en triomphateur. Quant au colonel Merino-Manrique, il était redevenu l'aristocrate qu'il n'aurait jamais dû cesser d'être : aussi grand que le premier archevêque de Séville, son ancêtre.

Tous s'imaginaient couverts de gloire et d'or.

Certains, plus avides encore, plus ardents et plus téméraires, s'enlaçaient sur les ponts et cherchaient à s'aimer.

Samedi 22 juillet 1595, à l'aube

Sur le *San Jerónimo*, pas un bruit.

Ils étaient tous là, cependant, hommes, femmes, enfants, colons, soldats, officiers, sur le pont, retenant leur souffle. Tétanisés par la curiosité et par la peur. Leurs ombres, d'un noir d'encre dans le petit matin, s'étalaient et se détachaient jusque sur la dunette du château avant. Elles semblaient aussi sombres que les troncs des palmiers qui s'étiraient à l'horizontale, là-bas au fond de la baie, léchant l'eau de leurs branches inertes et mystérieuses.

Quirós avait mis deux sondeurs sur les bossoirs.

La mer était grise, opaque. On ne pouvait voir les fonds de sable noir… Du sable ? Plutôt les têtes de coraux, si tranchantes, qu'en râpant contre la coque, elles pouvaient gravement l'endommager. Quirós avait raison de se montrer prudent.

Le soleil s'était maintenant levé, blanc et mouillé, perçant péniblement la brume chargée d'eau qui pesait sur la forêt. Les masses des promontoires, de chaque côté de la baie, restaient noyées dans le brouillard. On les devinait hérissées de pics, avec des décrochements noirs : les falaises.

Sous voilure réduite, le *San Jerónimo* cherchait lentement son chemin vers la côte. La bise restait si faible que son souffle n'aurait rien pu faire vaciller. Pas même les flammes des chandelles qui avaient brûlé toute la nuit dans les appartements de l'Adelantada.

Ce fut de la plage, du fouillis des branchages sur la mince langue de terre, que surgirent le mouvement et la vie… De là, que bondirent les pirogues. Dix, vingt, quarante pirogues montées par des hommes nus qui pagayaient vers les navires, en criant.

L'immobilité et le silence n'en devinrent que plus profonds et plus terrifiés sur le *San Jerónimo*.

Mendaña se dressait au premier rang, en grande tenue de Gobernador, casqué, botté, la rapière au côté, avec sa cuirasse d'argent qui bombait sa poitrine et scintillait au soleil. Les sourcils froncés, il tentait de distinguer parmi les rameurs, un visage qu'il aurait pu connaître autrefois.

À côté de lui, Quirós, vêtu de noir, minuscule et concentré, jugeait de la rapidité des embarcations – une coque qu'équilibraient deux flotteurs – souples, légères, faciles à manœuvrer, telles qu'il n'en avait jamais vu.

Merino-Manrique pour sa part évaluait le nombre de sauvages qui gesticulaient dans leur direction… Trois cents ? Quatre cents ? Combien étaient-ils, ces singes ? Il cherchait à repérer leurs armes. Où dissimulaient-ils leurs arcs, leurs flèches, leurs lances ? Dans leurs dos ? Au fond des pirogues ?

Les soldats, l'arquebuse d'une main, la poudre de l'autre, s'alignaient sur les coursives, prêts à riposter. Derrière eux, Lorenzo, Diego et Luis protégeaient les femmes qu'ils cachaient aux regards.

Isabel se tenait dans l'ombre, en retrait sous l'auvent de la dunette, avec Mariana et ses suivantes. Elle tentait de voir, par-dessus l'épaule de ses frères, la foule des hommes qui s'approchaient. Certains arrivaient à la nage, d'autres progressaient sur des troncs d'arbre. Tous criaient dans leur direction. Elle notait qu'ils avaient la peau presque blanche. Qu'ils étaient grands, robustes… Les cheveux longs et dénoués. Plutôt blonds, pour certains. Beaux ? Complètement nus… Avec des poissons bleus tatoués sur le visage et le corps. Elle remarquait surtout qu'ils exhibaient leurs parties honteuses.

Les pirogues convergeaient toutes vers la *Capitana* comme si, d'instinct, les Indiens avaient su que le Chef se trouvait là, et non sur les autres navires. Mendaña avait pris soin de se vêtir comme autrefois. Ses cheveux avaient blanchi, oui, mais il portait sa barbe taillée court, et sur la tête, le panache rouge de ses jeunes années. Sa silhouette restait plus haute et son teint plus pâle que ceux de tous ses compagnons… Reconnaissable de loin.

Dressé contre le bastingage, il s'adressa, dans leur langue, aux naturels qui tanguaient sur la crête des vagues. Il leur dit sa joie de les revoir. Il les congratula longuement sur leur belle apparence et leur bonne santé. Puis il convia les plus âgés, les chefs, à monter à son bord.

Ses interlocuteurs l'écoutèrent avec patience. Un vieillard à la longue chevelure blanche se mit debout pour lui répondre. À son tour, il lui adressa une harangue interminable, dont Mendaña ne comprit pas un mot.

Le Gobernador répéta son invitation. L'autre lui cria la même réponse, ou peut-être une autre réponse : de longues phrases inintelligibles.

Mendaña ordonna de jeter les échelles, invitant ses hôtes, par signes cette fois, à s'en saisir et à monter. Aucun d'entre eux n'obéit. Il fit appeler la vigie – le jeune Antón Martín qui, le premier, avait vu la terre –, le priant de plonger et de grimper, lui, dans l'une des embarcations.

Le malheureux hésita longuement avant de sauter à l'eau. Il nagea entre les pirogues, et fut hissé à bord de la plus grande, celle du vieillard.

La manœuvre eut l'effet escompté. Copiant la conduite d'Antón Martín, un jeune Indien osa s'emparer de l'échelle.

Il surgit sur le pont.

Ampuero et ses arquebusiers serrèrent les rangs.

Tatoué de la tête aux pieds… Aussi grand que Mendaña… Bien mieux fait, bien plus fort que tous les Espagnols.

Il regardait en riant autour de lui. Il regardait les soldats. Il regardait le navire… Il regarda les femmes.

La découverte d'Isabel et de ses suivantes, engoncées dans leurs fraises, croulant sous leurs velours et leurs dentelles, déchaîna son hilarité. Il se dirigea vers elles, riant toujours, le bras tendu, droit sur la gorge de l'Adelantada.

Personne, ni Lorenzo, ni Diego, ni Luis ne songea à intervenir. Médusés par le spectacle de ce sauvage entièrement nu qui se précipitait sur la poitrine de leur sœur, ils le regardaient faire.

Tétanisée elle aussi, Isabel ne bougeait pas. Seule Inés, sa servante, sa sœur de lait indienne, saisit son couteau sous sa robe.

— Emparez-vous de lui et couvrez-le !

L'ordre de Mendaña avait réveillé les arquebusiers. Ils se précipitèrent.

— … Doucement, Ampuero, doucement… Histoire de cacher sa nudité aux dames, et de le calmer.

À dix contre un, la lutte dura quelques secondes.

La chance voulut que le jeune homme, se voyant revêtu de la chemise de l'un des soldats et coiffé d'un chapeau, ne se mît pas en colère. Surpris, ravi de son nouvel accoutrement, riant de plus belle, il se présenta du bastingage à ses camarades, les appelant à grands cris, les invitant tous à venir ici regarder et recevoir les mêmes présents.

Cette fois ce ne fut pas un, mais dix, cinquante, soixante hommes qui déferlèrent sur le pont.

Dans un premier temps, ils restèrent immobiles, interloqués par ce qu'ils découvraient.

— Ils ne font pas la différence entre vos habits et vos personnes… Retroussez vos manches, ordonna Mendaña.

Les Indiens regardaient les costumes, en effet… Les

tissus et les cuirasses de métal semblaient les inquiéter tout particulièrement.

— … Dénudez vos poitrines. Baissez vos bas. Descendez vos chausses. Montrez-leur de quoi vous êtes faits.

Les soldats obéirent.

Il y eut un remous parmi les femmes quand elles les virent se déshabiller.

Mais les Indiens comprirent. Ils s'approchèrent pour toucher, pour tâter et palper.

— Ne bougez pas. Laissez-les faire !

Ils examinaient les barbes, les dents et les oreilles. Ils ne se lassaient pas de chercher la peau sous les poils des visages. Et ce qu'ils découvraient paraissait les amuser au plus haut point.

Ils avaient recommencé à rire.

Le Gobernador fit alors ouvrir le « coffre aux cadeaux » et leur tendit les bonnets qu'Isabel avait rassemblés, leur offrant lui-même les grelots, les ciseaux et les petits miroirs. Ils s'en emparèrent avec joie et se les accrochèrent au cou.

Ils appelaient leurs amis, leur montrant ce qu'ils avaient reçu.

Par vagues successives, les Indiens arrivaient toujours plus nombreux : ils envahissaient tout le navire.

Ils s'y promenaient avec désinvolture, s'emparant au hasard de leur visite de tous les objets qu'ils trouvaient. Ils prenaient les clous, ils prenaient les cordes, ils prenaient les seaux… Certains goûtaient même la nourriture, découpant, à l'aide de leurs couteaux en bambou, de grands morceaux du lard qui pendait dans les cales. Ils dévoraient les biscuits de mer enfermés dans les tonneaux et volaient la viande séchée : tout ce que le contremaître conservait précieusement.

Leur présence devenait inopportune… Nettement envahissante.

Leurs excès finirent par mécontenter jusqu'à Mendaña. Par signes, il leur intima l'ordre de cesser le pillage et de quitter le navire. Ses gestes étaient explicites. Ses hôtes le comprirent : il désirait qu'ils s'en aillent. Mais eux, qui n'en avaient pas l'intention, passèrent outre en riant, et continuèrent à se saisir de toujours plus de choses.

L'Adelantado, que la colère commençait à gagner, répéta ses injonctions. Loin d'obtempérer, ils attrapèrent les outils qui risquaient de faire défaut.

Mendaña ordonna alors de tirer en l'air un coup de canon.

L'explosion, qui ébranla le navire et la baie, eut sur les Indiens l'effet qu'il avait imaginé. Affolés, ils se jetèrent tous à l'eau, regagnant leurs embarcations dans le plus grand désordre.

Tous. Sauf un : celui qui, le premier, avait osé grimper à l'échelle.

Celui-là refusait de partir. Les soldats avaient beau essayer de lui faire lâcher prise, il se débattait et ne renonçait pas. Passé par-dessus bord, il s'agrippait encore aux chevilles d'amarrage qui couraient le long du bastingage. Merino-Manrique finit par lui donner un coup d'épée sur la main.

Il tomba à la mer en hurlant.

Ses compagnons le repêchèrent. Il montra, hurlant toujours, sa main tailladée au vieillard, l'homme qui avait, tout à l'heure, répondu par un long discours à l'Adelantado.

La gravité de la blessure sembla lui causer à lui – leur causer à tous –, une forte impression. Le sang coulait à flots dans la pirogue. Le vieillard se mit debout. Il se retourna vers le navire et le défia, en lui adressant des grimaces. Puis il secoua furieusement la tête dans tous les sens, porta ses mains à sa barbe, retroussa ses moustaches, chercha à intimider les Espagnols de la façon la plus terrifiante possible.

Les amis du blessé firent écho à ses menaces en frappant à grands coups de rames les bords de leurs canoës. Ils accélérèrent le rythme jusqu'à le rendre furieux. Leur chahut se propageait en direction de la terre.

Là-bas, un autre groupe d'Indiens s'alignait sur la plage. Ceux-là se mirent à souffler dans de grands coquillages.

Qui n'a pas entendu le son de ces conques marines ne peut imaginer l'effet lugubre qu'elles produisent sur l'âme. Leur vacarme sema la terreur parmi les épouses de colons et les suivantes de l'Adelantada. Certaines commencèrent à perdre le contrôle de leurs nerfs.

Le Gobernador hurla à son épouse l'ordre de quitter le pont et de faire regagner leurs quartiers à toutes les femmes.

Les pirogues s'étaient éloignées.

Mais si les hommes du *San Jerónimo* s'en croyaient débarrassés, ils se trompaient.

Après avoir déposé le blessé sur le rivage, les rameurs revinrent plus nombreux.

Ils encerclèrent bientôt la *Capitana*. Quelques-uns plongèrent à l'avant du navire.

Quirós les vit tenter d'attacher au beaupré les cordages qu'ils avaient volés : comptaient-ils haler le navire et l'échouer ? Sur ce point, pas d'inquiétude… Les plongeurs n'avaient pas une chance. Impossible – à la nage – de tirer un galion de trois cents tonneaux à travers cette baie !

Mais, du fond des pirogues, d'autres Indiens avaient sorti des lances et des frondes. Une pierre ricocha sur la coque du *San Jerónimo*, la suivante blessa légèrement un soldat à la tête.

Alors, sans que Mendaña en ait donné l'ordre, sans même un signal de Merino-Manrique, les arquebusiers tirèrent.

Le vieillard aux grimaces reçut une décharge en plein front qui lui explosa la tête. Plusieurs jeunes gens tombèrent, tués du premier coup.

Les autres ne comprirent pas ce qui leur arrivait : ils n'avaient vu voler aucun projectile, pas de pierre, pas de lance, pas de flèche.

Mais lors de la seconde salve, ils saisirent le rapport entre leurs blessures et le bruit des armes.

Dès qu'ils voyaient qu'on les visait, ils criaient et se jetaient à la mer pour se cacher sous les flotteurs de leurs canoës. Peine perdue. Ils mouraient huit, dix, peut-être vingt, à chaque décharge. Ils périrent ainsi par pirogues entières. Une hécatombe.

Au terme de ce massacre, les sauvages finirent par s'enfuir.

Et les quatre navires remirent à la voile, en quête d'un mouillage sûr.

*

— Beau résultat !

Ivre de rage, Isabel arpentait le carré, gratifiant son mari de l'une de ses scènes dont elle avait le secret.

— Tu dois punir les arquebusiers qui ont tiré sans ton ordre !

— Le problème n'est pas là.

— Même Quirós s'accorde avec moi pour considérer cette tuerie aussi stupide qu'inutile… D'une cruauté absurde. Même Quirós dit que les soldats de Merino-Manrique…

— Assez.

— Tu auras trouvé Merino-Manrique « pacifique », peut-être ?

— Je l'ai engagé, lui et ses soldats, pour nous défendre. Ils l'ont fait.

— Frapper d'un coup d'épée ce pauvre Indien, lui trancher à demi la main, te paraît donc une bonne idée ? À moins que tu aies préféré les coups d'arquebuse sur son père, ou Dieu sait qui était le vieillard aux grimaces ?

— Une escarmouche, comme il y en aura probablement d'autres.

— Une « escarmouche » !

— Tais-toi, Isabel… Tu n'étais pas sur le pont. Tu n'as rien vu.

— J'ai vu leurs armes. Même s'ils avaient voulu nous attaquer, ils n'avaient rien pour le faire… Qu'auraient pu leurs frondes et leurs quelques lances de bois contre nos navires ? Mais Merino-Manrique…

Alvaro abattit sa paume sur la table :

— Tais-toi ! hurla-t-il… Le problème n'est pas Merino-Manrique.

— Quel est le problème, alors ?

Il soupira et, pesant ses mots, dit :

— Nous ne nous trouvons pas dans l'archipel des Salomon.

La nouvelle était si énorme qu'elle fit taire Isabel, en effet.

Mendaña poursuivit :

— Je ne comprends pas un mot de ce que ces gens racontent. Quant à eux, ils ne saisissent rien, pas une parole, de la langue que j'essaye de leur parler… Ils ne ressemblent pas aux naturels que j'ai rencontrés. Ils sont plus grands. Ils ont la peau plus claire… Je ne connais pas cet endroit. Je ne suis jamais venu ici !

— Hier pourtant, tu disais…

— Hier, du large, j'ai pu confondre, oui. Aujourd'hui, non… Nous ne sommes pas à Santa Isabel. Ni à San Cristobal. Ni à Guadalcanal.

— Où sommes-nous, alors ?

Il articula, découpant les mots entre ses dents :

— Je n'en ai pas la moindre idée.

— Comment, « pas la moindre idée » ?

— Ces îles-ci ne figurent pas sur les cartes. Nulle part. Personne ne les a signalées… Personne, de près ou de loin, n'en a même entendu parler. Jamais.

— Tu veux dire que nous serions les premiers chrétiens…

— Je veux dire exactement cela : les premiers, aujourd'hui, à croiser dans ces eaux. Demain, les premiers à fouler ces rivages. Au sens strict : une nouvelle découverte. Je l'admets.

Isabel hésita. Le ton de son mari lui ôtait toute velléité de se réjouir et la surprenait :

— Tu sembles déçu…

— Moi, déçu ?

— Oui… Désappointé.

— Je ne suis pas désappointé, Isabel. Impatient. Les Salomon se trouvent plus loin, à cinq ou six jours de navigation. Comme je le pensais au début… Mais si nous voulons y parvenir jamais, nous allons devoir prendre le temps de nous arrêter ici… Refaire de l'eau et du bois. Trouver des provisions. Les excès des hommes durant les célébrations d'hier – autant que les larcins de nos hôtes, ce matin – ont sérieusement entamé nos vivres. Nous avons peu de réserves. Et contrairement à ce que je croyais, nous ne sommes pas au bout du voyage… J'aurais dû m'en douter.

Dimanche 23 juillet 1595
– Notes de Doña Isabel Barreto
dictées à sa lectrice Doña Elvira Lozano

« Le Gobernador nous paraît, à toutes, de fort méchante humeur. Quirós l'a convaincu de m'interdire l'accès au pont supérieur quand nous approchions des côtes, sous le prétexte que mes suivantes et moi-même excitions la curiosité – Quirós dit l'*hilarité* – des naturels. À l'entendre, les sauvages ne se contiennent plus en découvrant des femmes à son bord.

Je suppose que le Gobernador cherche à me protéger de la sorte de privautés que j'ai bien failli essuyer. Je suis parfaitement capable de me défendre seule et il le sait. En outre, mon costume n'intrigue pas plus les indigènes que la barbe des marins ou l'accoutrement des soldats. Et cela aussi, Don Alvaro le sait.

Pour m'occuper l'esprit et me faire accepter cet ordre inique qui me prive de ce que j'attends, il m'a suggéré de l'aider avec le journal de bord, en dictant à Doña Elvira ces notes dont il se servira.

J'obtempère. Bien que je sache qu'il ne relatera pas un mot dans son propre rapport de ce que je pourrais dire, moi, de "l'escarmouche" d'hier.

La mauvaise humeur est communicative. En cet instant, Elvira n'écrit mes propos qu'avec la plus totale des mauvaises grâces… Elle secoue la tête, proteste, et m'assure que je me trompe… Je sais bien, moi, qu'elle a le mal de mer et ne trace ces lignes qu'à son corps défendant.

Nous nous trouvons sur mon balcon, à l'abri des regards. J'ai fait porter mon écritoire et ma table dehors, ce qui devrait nous donner un peu d'air. Elvira se tient assise. Je dicte debout.

À la vérité, nous sommes toutes les deux aussi irascibles et coupantes que les coraux qui nous empêchent de descendre à terre. Et l'Adelantado a beau prétendre que la découverte de cet archipel le ravit – car il s'agit bien de plusieurs îles –, je le sens aussi déçu de n'être pas arrivé aux Salomon, que froissé et furieux de s'être trompé en nous annonçant la fin du voyage.

Quirós s'obstine à refuser d'entrer dans les nombreuses anses que nous apercevons : il les dit trop étroites. Et les rades ? Trop dangereuses. Nous avons déjà rencontré trois autres îles, sans pouvoir y débarquer. Don Alvaro a baptisé la première "Magdalena", celle que nous avons vue le soir de la fête de Marie de Magdalena, celle de "l'escarmouche". Ses falaises tombent à pic dans la mer et ses baies sont hérissées d'écueils.

Nous avons donc fait voile vers un autre îlot, que nous avons appelé San Pedro. Là aussi, à entendre Quirós, aucun mouillage sûr. Depuis ce matin, dimanche 23 juillet 1595, nous naviguons au large d'une troisième terre qu'Alvaro appelle "La Dominica", car aujourd'hui est le jour du Seigneur.

"En effet, murmure Elvira qui écrit sous ma dictée, en effet… Mais nous ne descendrons toujours pas à terre pour entendre la messe !"

Nous comptons donner à l'ensemble de l'archipel le nom de notre protecteur, notre Vice-Roi bien-aimé, le marquis García Hurtado de Mendoza, qui a tant fait pour notre expédition, qui nous a tant aidés, tant soutenus. Le Gobernador a donc demandé à Quirós de signaler ces îles sous l'appellation de *Las Islas Marquesas de Mendoza* sur sa propre carte. En témoignage de notre gratitude… Et de passer l'information aux autres pilotes afin que les *Îles Marquises de Mendoza* figurent chez eux de la même façon. À cette heure, chacun des pilotes les dessine, signalant ce qu'il voit de son propre navire, les plages, les ports, les reliefs et les fonds. Aussi précisément que possible. On comparera les calculs et les notes ce soir… Bien que je doute que nous puissions nous réunir comme les semaines passées : la houle est devenue si forte que les chaloupes peinent à franchir la distance entre les navires. Pour le reste, Don Alvaro a beau vouloir offrir à ces quatre terres l'honneur de porter le titre illustre des Mendoza au cœur de la Mer du Sud, je le soupçonne, moi, d'en vouloir aux *îles Marquises* de n'être pas les îles Salomon ! Et je le soupçonne aussi de s'en venger, en m'interdisant de paraître sur le pont !

Pour ma part, je suis très impatiente de descendre à terre et de prendre possession de ces rivages. J'ai examiné, pour la centième fois hier, les documents que Don Alvaro serre dans son coffre. J'ai eu toutes les peines du monde à m'en faire remettre ses trois clés, alors qu'il m'a toujours laissé lire avec fierté le précieux contrat le liant à Sa Majesté le roi Philippe II, ce contrat que lui-même appelle les *Capitulations d'avril 1574*. Les clauses en sont très claires. Nous disposons de six années, depuis le jour de notre départ, pour pacifier, coloniser et fonder trois villes dans les îles occidentales de la Mer du Sud… En contrepartie, nous recevons le titre de Marquis de la Mer du Sud *ad vitam aeternam*. Et celui de Gobernador pour deux générations – la nôtre et celle de nos héritiers –, avec le droit de distribuer les *repartimientos* d'Indiens et les terres à nos hommes : terres de notre choix, dont ils deviendront, au bout de cinq ans de résidence, les propriétaires légaux.

Don Lorenzo, avec lequel j'évoquais nos droits, estime que nous n'aurions pas dû appeler notre découverte d'hier *Les Marquises de Mendoza*, mais *Les Marquises de Mendaña* puisqu'elles relèvent de notre titre et tombent dans notre escarcelle. Il pense aussi que, sur les six années que le Roi nous octroie, nous n'avons pas une minute à perdre. Il suggère donc de laisser une trentaine de colons aux Marquises et d'y créer un comptoir commercial qui servira de tête de pont entre les Salomon et le Pérou… Ou le Pérou et les Philippines… Mon frère argue que les colons qui s'installeront ici ont tout à y gagner, car ils trouveront de l'or !

Quoi qu'il en soit, la Dominica semble encore plus difficile d'accès que les autres ! Les hommes de la frégate, qui parviennent, grâce au faible tirant d'eau de leur bateau, à s'approcher plus près des côtes, disent cette île-là très peuplée. Ils auraient vu des centaines et des centaines d'Indiens dissimulés sous les palmiers. À les entendre, les naturels de la Dominica seraient encore plus grands, plus robustes et forts que ceux de l'escarmouche d'hier. Et beaucoup plus noirs.

En face de la Dominica, se trouve une quatrième île que nous baptisons Santa Cristina car nous sommes à la veille de la fête de cette grande sainte, Santa Cristina devant laquelle nous croiserons demain. À cette heure, Quirós en établit la latitude. Il ne s'accordait pas hier avec les autres pilotes…

Mais à écouter Quirós, les autres pilotes sont incompétents !

D'ailleurs, tout le monde ici lui paraît incompétent. Sauf lui-même.

Mon petit frère Don Diego, qui est devenu un excellent marin et se faufile partout, l'a entendu commenter avec Ampuero, son camarade arquebusier, l'étrange méprise du Gobernador, sa confusion entre les Marquises et les Salomon. Ampuero s'étonnait. Et Quirós le laissait dire, non sans insister sur l'importance de la faute. Il parlait de l'erreur dans l'estimation des distances et du temps, et osait s'interroger sur la fiabilité des calculs de son propre capitaine.

En attendant, lui, Quirós, s'autorise à nous promener d'une côte à l'autre, sans trouver de mouillage ! Le vent souffle à l'est, nous tirons des bords, nous utilisons nos vivres, nous buvons notre eau… Et nous perdons du temps.

Le Gouverneur vient d'envoyer la chaloupe, avec Merino-Manrique et le soldat Tomas Ampuero – l'arquebusier préféré du Colonel, celui qui se dit aussi l'ami de Quirós –, à la recherche d'une baie abritée et d'une source d'eau douce. Ils emmènent avec eux une vingtaine d'autres soldats. Dieu veuille que nous puissions recevoir l'Eucharistie, en ce dimanche, malgré tout ! »

Lundi 24 juillet 1595 – Notes de Doña Isabel Barreto et de Doña Elvira

« Au moment même où nous écrivions ces lignes, nous avons entendu des coups d'arquebuses.

Il semblerait que Manrique et ses hommes aient été encerclés par des centaines de pirogues. Et que les Indiens, qui gesticulaient et hurlaient dans leur direction, se montraient rien moins que pacifiques. Don Lorenzo observait la scène du pont. Il dit que les naturels ne leur voulaient aucun mal… Qu'ils riaient et criaient comme ceux de la Magdalena.

Mais ce monstre de Merino-Manrique, prétextant que les naturels cachaient leurs arcs au fond des pirogues, a donné à Ampuero et aux autres l'ordre de tirer dans le tas, histoire de les tenir à distance et d'apprendre à ces singes qui étaient les maîtres.

Le Colonel et ses soldats sont revenus en héros, se vantant d'être si bons tireurs qu'ils en avaient tué une trentaine, sans même gaspiller de poudre, ou si peu… Deux à la fois pour un seul coup de feu. Ils ont ainsi abattu un père et son fils, un petit garçon d'une dizaine d'années : Lorenzo a vu l'enfant qui s'accrochait à son père, avant de se noyer avec lui.

Ces imbéciles remontent à bord sans avoir trouvé ni le mouillage ni l'eau.

Je n'en dirai pas davantage… De crainte d'exploser ! »

Jeudi 27 juillet 1595 – Notes d'Isabel Barreto

« Les Marquises – qu'elles soient de Mendoza ou de Mendaña – ne nous favorisent pas ! Nous jouons de malchance… Une semaine.

Oui, voilà presque une semaine que nous avons vu la terre pour la première fois.

Et voilà presque une semaine que nous ne pouvons y descendre !

Toujours la même histoire.

Quand nous voulons entrer dans une baie, le vent nous est contraire. Quand nous cherchons à naviguer à l'abri, la houle nous malmène. Quand nous trouvons un endroit favorable, la brise qui nous aurait permis d'y rentrer, nous empêcherait d'en sortir. *Dixit* Quirós. En outre, les coraux sont redoutables ici. *Dixit* Quirós, toujours. Ils tailladent nos cordes. Et les fonds ne retiennent pas l'ancre : les pierres roulent et ne la laissent pas s'arrimer.

Nous cabotons le jour. Nous regagnons la haute mer la nuit. Et nous revenons le lendemain croiser près des côtes.

Constamment partagés entre l'excitation et la déception, les colons s'impatientent : alors qu'aucun ne s'était plaint durant la traversée, ils ne supportent plus rien, ni l'attente, ni la houle, ni les coups de vent.

La malheureuse Doña Elvira se sent si mal qu'elle ne peut même pas poser le pied par terre… Incapable *a fortiori* de tenir une plume ! Nul n'en peut plus. Même Inés et mon esclave Pancha renâclent : elles ont pourtant souffert de bien d'autres maux ! Quant à moi, Alvaro dit que je jouis d'une santé de fer. Il prétend que je suis *inépuisable*. Je prends le choix d'un tel adjectif comme un compliment.

Je continue donc à écrire. Seule. Écrire m'empêche de tourner en rond et m'occupe l'esprit. Mais l'échec de Quirós m'épuise autant que les autres !

Au fond, ne plus dicter à Elvira présente un avantage : je ne suis plus obligée de mettre de l'eau dans mon vin. Sans témoin, je gagne la liberté de dire ce que je pense… Et je pense que Dieu nous punit des actes du colonel Merino-Manrique.

À ce propos, les naturels m'ont offert une petite vengeance. Mercredi, à l'heure où, près de la côte, le Colonel tirait les Indiens comme des lapins, quatre d'entre eux montaient à bord. Nous étions alors à la cape, au large. Leur arrivée m'a valu d'être exilée dans mes quartiers, avec interdiction d'en sortir : je ne les ai donc pas vus, ni même entendus. Mais j'ai dépêché ma servante Inés qui n'a pas les yeux dans sa poche. Elle me les a décrits comme jeunes et vigoureux : de grands gaillards, nus et tatoués de dessins bleus, comme les autres.

Mes frères qui, en l'absence du Colonel, protégeaient le navire, les suivaient pas à pas, craignant qu'ils ne recommencent à voler nos outils et à dévorer nos vivres : ils attendaient l'arrivée de Don Alvaro pour savoir ce qu'ils devaient en faire. Mais les naturels n'étaient pas sur le pont depuis cinq minutes que l'un d'eux, apercevant l'affreuse petite chienne de Merino-Manrique, fonça vers elle, s'en saisit, et sauta à l'eau. Les trois autres l'y suivirent. La chienne sous le bras, ils regagnèrent le rivage à la nage. Je suppose qu'il s'agissait d'une plaisanterie, car ils riaient comme des fous, se retournant vers nous pour brandir leur larcin… *Hilares*, comme dirait Quirós. Une blague ? En tout cas, une facétie, car je doute qu'ils aient fait le rapprochement entre le propriétaire de l'animal et le massacre que Merino-Manrique perpétrait au même moment parmi les leurs. Je doute aussi qu'ils aient volé la chienne pour la manger. Les indigènes connaissent les chiens. Les gens de la frégate nous ont rapporté qu'ils en avaient sur l'île… Et, paraît-il, de beaucoup plus gras.

Toutefois l'idée qu'ils puissent faire rôtir le grand amour du Colonel me ravit !

Quand j'ai vu remonter cette brute, rouge d'excitation, se congratulant du nombre de morts et de l'habileté d'Ampuero, je n'ai pu m'empêcher de lui assurer que son rat tournait déjà à la broche, là-bas. La nouvelle l'a dégrisé. Merino-Manrique ne décolère pas. Il reste inconsolable de la perte de sa chienne.

Le soir même, comme nous passions près de Santa Cristina – la dernière des quatre îles – une grosse vague nous a précipités vers une falaise. Nous avons tous cru que nous allions nous écraser contre les rochers. Je dois reconnaître que Quirós nous a sauvés *in extremis*, par une manœuvre habile.

Je répète ici ce qu'affirme Don Alvaro : que nous avons trouvé en Quirós le meilleur marin possible. La galiote en revanche, qui naviguait trop près de nous, a accroché l'une de ses vergues à notre beaupré. Elle y reste encastrée.

Je crois, moi, qu'il faudrait quitter ces rivages et prendre le risque de poursuivre sans s'arrêter. Je sais bien que j'écrivais le contraire les jours derniers. Mais seuls les sots ne changent pas d'avis. Quirós, lui, s'entête. Il clame que nous ne pouvons pas reprendre la mer avant de nous être réapprovisionnés en eau et en vivres. Les naturels ont, semble-t-il, des poules et des cochons. Des fruits aussi. Quirós ajoute que nous devons maintenant réparer notre beaupré. Et rendre sa vergue à la galiote… Il parle, il parle. Mais ne trouve pas de mouillage !

Avant que Quirós ne nous sauve si brillamment du naufrage, je commençais à me demander, je l'avoue, s'il était aussi bon navigateur qu'il le prétend. D'autres que moi se posent la question.

Je sais par exemple que le Colonel répand le bruit que *ce sale petit Portugais* n'a aucune idée de rien. Et je sais aussi que ce *sale petit Portugais* se lamente de la brutalité du Colonel. Qu'il se plaint aussi de l'indulgence du haut commandement envers les excès de ce grossier personnage. Inés a entendu plusieurs rumeurs inquiétantes de cette sorte. Pour ma part je reste partagée entre l'envie d'écouter et le désir de ne pas savoir ce que nos hommes colportent les uns sur les autres… Ou sur nous. »

Vendredi 28 juillet 1595 – Les îles Marquises – Lettre d'Isabel Barreto

« Je t'écris à toi, ma *querida* Pétronille, à laquelle je songe si souvent.

… À toi Pétronille, dont la sagesse et la piété me manquent cruellement. Je m'interroge sur ce que tu penserais, toi, des ragots de certains de mes compagnons.

Je t'écris, car les notes qu'Alvaro m'avait suggéré de prendre pour l'aider dans sa relation de notre voyage ne serviront à rien. Il n'a aucune intention de les inclure dans son livre de bord : il dicte lui-même son rapport au notaire du Roi, notre écrivain assermenté.

En vérité, chacun tient son propre journal. Quirós écrit le sien. Les quatre pilotes et les trois capitaines font de même. Alvaro en rédige deux : l'officiel avec l'homme de loi, et l'autre, les notes et les calculs qu'il griffonne seul.

Quant au mien, mon époux m'a prié, après avoir lu mon récit des derniers jours, de le détruire. Je continue donc à ton intention, avec l'espoir de pouvoir un jour te remettre cette lettre en personne. Sinon je ferai comme Christophe Colomb, le maître à penser d'Alvaro, le modèle si cher au cœur de Quirós… Comme Colomb, je scellerai mes papiers dans un tonneau et je les jetterai à la mer. Je plaisante. Et pour cause ! Nous venons de vivre l'une des plus belles journées de notre existence. Nous avons reçu l'Eucharistie et la paix est descendue dans nos cœurs.

Hier, jeudi 27 juillet, alors que, la mort dans l'âme, nous nous apprêtions à renoncer aux Marquises pour reprendre la route des îles Salomon, nous apprîmes que Merino-Manrique avait enfin trouvé, au large de Santa Cristina, une baie où Quirós acceptait de mouiller. Nous y entrâmes ce matin.

Imagine de grands pics d'un vert sombre, escarpés et boisés, qui ferment l'horizon comme un amphithéâtre. Imagine, au pied de ces montagnes, un fouillis de palmiers où se devinent des toits couverts de branchages… Un village ? Puis un ruisseau qui descend de la montagne et traverse la rade jusqu'à la mer, divisant tout le cirque en deux parties égales.

Imagine maintenant, sur le côté droit, juste au-dessus de l'étroite bande de sable, une butte : une sorte de tertre couvert de fleurs et d'herbes. Une véritable prairie. Ce fut là que le père Serpa décida de dire la messe.

Laissant les canonniers à bord, nous embarquâmes dans les chaloupes. Au rythme des coups de rames dans l'eau, je sentais battre le sang dans mes veines.

Qui dira l'hésitation de nos corps, après tous ces mois en mer, nos pauvres corps qui tanguaient lamentablement sur la terre ? L'incertitude et la pesanteur de nos pas qui s'enfonçaient trop profond dans ce rivage noir, vierge de la présence de tout chrétien ? La peur dans nos âmes à l'idée de laisser derrière nous les chaloupes ? Notre terreur en nous éloignant de la côte, en nous avançant vers le tertre où nous conduisaient les prêtres ? Je ne te parle même pas du choc de la rencontre avec les sauvages, quand ils surgirent devant nous sur toute la largeur de la plage. Ils ressemblaient aux autres, ceux de la Magdalena. Mais ils n'étaient pas complètement nus, à l'exception des enfants. Et les femmes, couvertes à partir de la taille, étaient elles aussi tatouées de poissons bleus. Comme nous, les naturels marchaient de front, les hommes devant.

Je me doute que mes histoires d'Indiens, Pétronille, t'ennuient. Du moins qu'elles ne t'intéressent guère… Tu seras toutefois heureuse d'apprendre que ces gens, qui n'ont jamais entendu parler de Dieu, furent éblouis par l'éclat de Sa Vérité et de Sa Lumière.

Silencieux devant la bannière de la Vierge et le crucifix de Notre-Seigneur, ils nous emboîtèrent le pas et nous suivirent jusqu'à la butte. Ils imitèrent là tous nos gestes… Ils écoutèrent la messe à genoux. Ils se frappèrent la poitrine comme nous. Ils répétèrent le signe de croix avec nous. Ils prononcèrent les noms de Jésus et de Marie sur un ton de révérence que tu ne peux même concevoir.

Après la messe, ils formulèrent encore le nom de Dieu et s'enquirent du sens de la cérémonie. Nous nous installâmes avec eux sur l'herbe et tentâmes de leur expliquer le mystère de la Passion, en leur montrant les Évangiles.

Une femme très grande, très belle, s'assit à côté de moi. Elle pouvait avoir mon âge et me parlait en m'éventant avec une branche de palmier. Elle était blonde, aussi blonde que toi et moi, et nous comparions nos chevelures comme si nous étions de vieilles connaissances… Je sais que tu ne me croiras pas, que tu diras que j'exagère. J'ai donc voulu lui couper une mèche pour te montrer ses cheveux. Armée des petits ciseaux que je venais de lui offrir, je tendis le bras pour le faire. Elle s'est mise alors très en colère. Je me suis gardée d'insister. Peine perdue. Elle avait déjà sauté sur ses pieds et me lançait une bordée d'injures. Son mari, ou son père, qui l'avait vue s'écarter et l'entendait m'insulter, avait sauté sur ses pieds lui aussi. Il portait un bandeau de plumes noires, d'où pendait une longue mèche blonde, une mèche de femme, toute semblable à celle que j'avais voulu couper. Peut-être les cheveux blonds sont-ils précieux, peut-être les Chefs ont-ils seuls le droit de les couper et de les porter ? Je me suis levée à mon tour. Je me suis approchée de lui, je l'ai salué d'une révérence et je me suis confondue en excuses. L'incident n'a pas dégénéré.

Quirós te dira toutefois que je constitue un danger pour ses hommes, qu'il faut me tenir à l'écart. Mieux : me garder enfermée.

Quant à Merino-Manrique, il clame que j'aurais dû me tondre, pour offrir une de mes mèches à chacun des naturels, puisque j'aime tant ces sauvages. Je t'avouerais que je n'y avais pas pensé.

L'Adelantado a choisi ce moment pour donner le signal. Tout le monde se leva. Les Indiens et les nôtres.

Le moment solennel était arrivé.

Il a demandé à Lorenzo de déployer l'étendard royal. À Diego de tenir ouvert le Livre de l'Expédition. Et à Luis de graver dans le tronc de l'un des palmiers une croix, avec la date d'aujourd'hui. Il a fait rouler les tambours.

Le notaire du Roi, qui est jeune et possède une voix de stentor, s'est avancé sous la croix gravée pour lire à pleins poumons l'acte de la prise de possession, au nom du roi d'Espagne, à la demande et avec l'accord des naturels qui se mettent de leur plein gré sous l'autorité de Sa Majesté. Ensuite Don Alvaro a signé l'acte dans le Livre de l'Expédition, avant d'apposer son paraphe sur les trois autres documents que lui présentait le notaire, les trois documents qui font de lui le gouverneur de l'archipel. Puis il a ôté ses gants et plongé la main dans le sac de graines que Luis lui présentait. Il s'est emparé d'une poignée de maïs. Et l'a semé sur le tertre.

Marchant à grands pas, lançant les graines aux quatre vents avec de larges gestes du bras, il a longuement arpenté la prairie jusqu'à l'orée de la forêt. Tous pouvaient le voir.

Il recommença plus tard, semant à nouveau le maïs dans les rues du village, à l'intérieur des terres. Mais cela, je ne l'ai pas vu, car il m'ordonna de rester près des chaloupes sur la plage, gardée par les soldats avec les autres femmes, au cas où surviendrait la même sorte "d'escarmouche" que les premières fois.

Je dois reconnaître que j'étais outrée et furieuse. Don Alvaro ne devrait pas me traiter ainsi : il devrait me laisser l'accompagner. Je dois admettre aussi que je me suis vite consolée : jamais je n'ai autant aimé marcher que sur cette plage. Nous nous sommes ébattues, avec Mariana, avec Elvira, avec toutes mes suivantes, comme des petites filles… Délicieux de courir, après tous ces mois en mer ! Les servantes en ont profité pour laver le linge au ruisseau, tandis que les soldats s'employaient à remplir nos jarres d'eau douce.

Au terme de cette journée, nous sommes tous revenus à bord. À l'exception des quelques colons que le Gobernador songe à laisser ici. Le Colonel et ses arquebusiers resteront avec eux pour la nuit. Ils ont mission de chercher des vivres. Demain, nous terminerons les corvées d'eau et de bois.

Le père Serpa pense que les naturels de ces îles seront faciles à convertir. L'un des jeunes prêtres se propose de demeurer à Santa Cristina afin de les évangéliser : il veut sauver leurs âmes au plus vite.

Je crois vraiment que nous avons trouvé le Paradis terrestre. »

Dimanche 30 juillet 1595 – Les îles Marquises – Suite de la lettre d'Isabel

« Quelle folie d'avoir laissé Merino-Manrique à terre, sans même la présence de Lorenzo pour le contrôler !

Je suppose que tu devines déjà l'histoire, Pétronille.

Les soldats du Colonel s'en sont pris aux Indiens.

Don Alvaro te dira exactement l'inverse : que les Indiens s'en sont pris aux soldats du Colonel.

Laisse-moi te raconter la journée d'hier en trois mots. Ensuite je devrai me taire : Don Alvaro m'a prié de cesser de t'écrire. Il prétend que je te relate les faits d'une façon inexacte. Il n'admet pas que sa propre épouse fixe de sa plume des événements ne correspondant pas à la vérité de cette expédition. Je soutiens, moi, qu'il refuse de l'entendre, la vérité.

Quoi qu'il en soit, Merino-Manrique jure que les Indiens ont attaqué le campement sans raison, à coups de pierres et de lance. Qu'ils se sont ensuite enfuis dans la montagne, non sans avoir volé quatre de nos jarres d'eau. Et qu'il les a vainement poursuivis.

Il est revenu bredouille au campement.

Lors de l'échauffourée, ses soldats avaient tout de même réussi à abattre plusieurs dizaines d'assaillants.

Parmi les morts, Merino-Manrique en choisit trois qu'il fit traîner jusqu'aux huttes en bordure du village. Ces Indiens-là avaient reçu des coups de feu à bout portant en plein visage. Leurs blessures étaient si laides qu'elles impressionneraient les autres et décourageraient les naturels de nous attaquer, à jamais.

Merino-Manrique ordonna donc à Ampuero d'accrocher les corps sur les barrières pour que tout le monde les voie bien.

Comme si ce spectacle ne suffisait pas, il commanda à ses hommes de les mutiler à coups d'épée. Les soldats leur portèrent de grandes estafilades aux bras et aux jambes, les hachant menu, histoire de rendre la leçon plus épouvantable. Certains allèrent jusqu'à trancher les phalanges de leurs doigts et à les égrener au-dessus des barrières, dans la rue encore jonchée du maïs que le Gobernador avait semé le matin.

Ils affirment qu'ils ont été contraints d'agir ainsi, en raison de la duplicité des Indiens. À les entendre, tous sont des traîtres.

Selon le Colonel, les naturels n'étaient venus nous recevoir sur la plage et suivre la messe du père Serpa sur le tertre que pour évaluer notre nombre et nos capacités.

Je veux bien cesser d'écrire, mais je ne me tairai pas ! Cette fois, Alvaro doit châtier ce fou, le destituer de son commandement d'une manière exemplaire ! »

*

— Si tu ne destitues pas Merino, tu entérines sa cruauté. Mieux : tu l'encourages !

— Tu parles de ce que tu ignores. Je condamne la cruauté, Isabel. Sous toutes ses formes.

— Si tu condamnes la cruauté, punis les auteurs de ces actes !

— Tu n'étais pas là-bas. Tu n'as pas vu ce qui s'est passé.

— Non, mais j'ai vu, dans nos rangs, un soldat

blessé d'une minuscule égratignure au pied… Un seul soldat ! Quand le Colonel se vante d'avoir tué soixante-dix Indiens. Qu'ont-ils fait pour mériter pareil traitement ?

— Encore une fois, Isabel, tu juges de ce que tu ne sais pas… J'ai fréquenté les naturels. Il leur arrive de se montrer tels que le Colonel les a décrits. Imprévisibles. Rusés. Tricheurs. Menteurs. Voleurs… Pouvions-nous les laisser s'emparer impunément de nos réserves ? Quatre jarres d'eau qui manquent sur la mer nous coûteraient quatre vies. Quant à mettre Ampuero et ses camarades aux fers, comme tu le réclames, une punition aussi injuste provoquerait le mécontentement des hommes.

— Qu'importe le mécontentement des hommes ?

— Ils n'ont rien fait d'autre que d'obéir aux ordres.

— Effectivement. Destitue le Colonel et remplace-le par Lorenzo.

— Lorenzo n'a pas combattu dans les Flandres… Il ne possède aucune expérience de la guerre. Je dois conserver tous mes soldats unis autour de leur chef, pour lever l'ancre le plus vite possible vers notre vraie, notre unique destination.

— Je te rappelle, Alvaro, que le seul chef, c'est toi. Quant à *l'union* entre nos soldats, crois-moi, Merino-Manrique ne la fera pas autour de l'adelantado de Mendaña !

— Chaque chose en son temps. Nous nous préparons à la traversée vers les Salomon… Aucun des colons ne souhaite demeurer ici.

— Et pour cause ! Après ce qui vient de se passer, nous n'en retrouverions pas un seul vivant aux Marquises.

— Pour l'heure, nous repartons en quête des terres que je cherche. Il me faut donc de l'eau et du bois. Je veux des cochons, je veux des poules, je veux des fruits, je veux toutes les sortes de nourritures dont disposent les habitants d'ici. J'ai besoin que Merino-Manrique aille saisir ces vivres où ils se trouvent : dans les villages, dans les maisons, dans les champs. Et qu'il me les rapporte rapidement, de la façon qui lui convient, en assurant la sécurité de ses hommes.

— Je croyais que nous venions en paix ?

— Le sujet est clos. Tu peux aller te détendre avec tes femmes dans tes quartiers.

*

Le pas de Doña Isabel donna à Inés – sa sœur de lait, son espionne et son factotum depuis l'enfance – la mesure de son exaspération.

— Où se trouve Doña Elvira ? aboya-t-elle, en prenant place sur le tapis, parmi les coussins et les livres de l'estrade.

Isabel conservait là tous ses objets personnels, ses livres oui, mais aussi son luth, et la petite écritoire où elle serrait ses papiers. Elle se saisit d'un volume au hasard.

— À quoi me sert d'avoir ici des dames de compagnie ? On ne lit plus ! On ne fait plus de musique ! On ne fait plus rien, ici ! Où se trouve Elvira ? répéta-t-elle.

— Sur sa couchette, Mamitay.

— Elle compte s'y prélasser *ad vitam* ? Nous

sommes en eaux calmes depuis une semaine. Qu'elle se lève !

— Doña Elvira souffre d'une autre sorte de mal de cœur que celui…

— Peu m'importe la sorte. Qu'elle se lève !

— … D'un autre mal que celui causé par la mer.

— Tu parles par énigmes, maintenant ? Prie Elvira de venir immédiatement.

Inés n'obéit pas.

C'était une petite femme maigre, la peau sombre, les pommettes saillantes et le nez en bec d'aigle. Du même âge que sa maîtresse – elles étaient nées à deux jours de différence –, Inés en paraissait vingt de plus. Immuable, cependant.

Depuis l'enfance, elle coiffait ses cheveux en tresses, deux grosses nattes noires qu'elle nouait dans son dos avec les mêmes rubans rouges. Elle refusait les robes et les casaques que Doña Isabel lui offrait, leur préférant d'amples chemises de coton et des jupes de laine à mi-mollet. Elle marchait pieds nus en toute saison. Bien qu'elle n'eût pas connu le monde avant l'arrivée des Espagnols, Inés restait attachée aux coutumes de ses ancêtres. Elle en connaissait les secrets et les incantations magiques. Très pieuse néanmoins, elle arborait à son cou une médaille de la Madone, un crucifix, un gros coquillage et d'autres amulettes qui la protégeaient des mauvais esprits. Pour le reste, elle n'en faisait qu'à sa tête et vivait selon son caprice.

La place privilégiée de sa mère dans la hiérachie des serviteurs – la mère d'Inés avait été la nourrice en chef des enfants Barreto –, sa propre intimité avec Isabel durant leur jeunesse, l'avaient préservée des outrages et des mauvais traitements… En principe.

Inés, méfiante, secrète, avait le sourire rare. Elle gardait quelque chose de fixe dans le regard. Son visage tout entier semblait avoir conservé la mémoire de son peuple. Et refléter sa tristesse.

Un détail toutefois la différenciait de ses congénères, détail que Lorenzo soulignait par une éternelle plaisanterie. Il claironnait qu'on n'avait jamais vu une seule Indienne courir dans tout le Pérou, sauf Inés à l'Hacienda… Inés galopant au service d'Isabel.

La complicité des deux femmes ne reposait sur aucune confidence. De part et d'autre, elles ne se livraient pas. Le lien qui les unissait participait de quelque chose d'instinctif et d'enfantin, qui ne passait pas par les mots.

En cet instant, Inés se montrait bien plus loquace qu'à son habitude.

— Je ne dis rien d'autre que ce que vous venez d'entendre, Mamitay, et que vous refusez de voir. Don Lorenzo…

— Que vient faire Don Lorenzo ici ?

Inés garda le silence.

— Je t'ai donné un ordre…

Rejetant brutalement son livre, Isabel fronça le sourcil et la fixa :

— … Quel rapport entre Doña Elvira et Don Lorenzo ?

Elle posait la question, mais elle avait déjà compris.

— C'est tout ce qui manquait ! s'exclama-t-elle. Comme si le reste ne suffisait pas ! Juste tout ce qui nous manquait, répéta-t-elle, atterrée. Mon frère… Avec mes propres suivantes !

Inés se garda du moindre commentaire.

Isabel insista :

— … Depuis quand ?

— La nuit où nous nous sentions si heureux, quand Son Excellence a dit que nous étions arrivés.

Quinze jours.

Depuis la découverte des Marquises, Elvira ne se ressemblait plus, en effet.

Isabel revoyait sa lectrice, d'un naturel plutôt placide, sombrement installée à la table d'écriture. Elle se rappelait avec quelle difficulté Elvira prenait sous sa dictée. Comment elle multipliait les erreurs de grammaire et les omissions de mots… Isabel avait mis ces fautes d'inattention sur le compte de la houle et de la déception sans cesse répétée de ne pouvoir entendre la messe et recevoir l'Eucharistie.

Elle devinait maintenant ce qu'elle n'avait ni vu ni senti : qu'Elvira était triste. Pis : qu'Elvira ne faisait que retenir ses larmes en sa présence.

Et pleurer le reste du temps.

— … Lorenzo ? Mais je croyais Doña Elvira follement éprise de l'enseigne Juan Buitrago ?

— Elle l'est.

Inés hésita avant d'assener :

— … Mais Don Lorenzo ne lui a pas laissé le choix.

L'expression d'Isabel donna la mesure du coup qu'elle recevait. Elle tenta de raisonner :

— Qu'essayes-tu de me dire, Inés ? Que la nuit où la vigie a crié terre, Don Lorenzo l'a lutinée d'un peu trop près ?

— Vous pouvez choisir de comprendre ce que vous voulez, Mamitay… Qu'il l'a trouvée seule, dans le noir, sans votre protection. Et qu'il était ivre, comme tous les hommes du bord. Ivre de joie, ivre de vin…

— Tu mens !

— Je les ai vus.

— Tu les as vus ? Pourquoi n'as-tu pas crié ?… Pourquoi ne m'as-tu pas appelée ?

— Vous vous trouviez sur le balcon avec Son Excellence. Et le mal était fait.

— Impossible ! Lorenzo n'est pas Jerónimo… Lorenzo n'a pas besoin de prendre une femme par la force. Il est beau. Il est aimable. Il peut avoir toutes les servantes qu'il veut, toutes les esclaves comme tu le dis toi-même. Et les autres, les filles ou les épouses de colons. Et cela, parce qu'elles sont *toutes* amoureuses de lui ! Pourquoi forcerait-il un laideron comme Elvira ? Une petite sans grâce, sans esprit, sans beauté, sans fortune ? Une demoiselle bien née qui m'a été confiée par sa famille pour que je la marie… Elvira déshonorée par mon frère ? Allons donc !

— Votre frère, Mamitay, a pour coutume de se servir. Il lui a fait ce qu'il nous fait à toutes. Je veux dire ce qu'on fait aux Indiennes.

— Que Doña Elvira ose soutenir une telle fable devant moi… Elle cherche à se faire épouser !

— Je crains qu'il faille, en effet, que vous la donniez rapidement en mariage.

— Va la chercher. Et prie Don Lorenzo de me rejoindre ici.

*

— C'est vrai ! C'est vrai ! C'est vrai ! sanglotait la jeune fille, effondrée aux pieds de l'Adelantada.

Isabel, qui siégeait sur le seul fauteuil de sa cabine, tenta de la relever.

— Calmez-vous, Doña Elvira, calmez-vous, je vous crois.

Lorenzo, debout à côté d'elle, éclata d'un rire sonore et franc :

— En cela, ma sœur adorée, tu as tort. Ta lectrice est une folle qui prend ses désirs pour des réalités. Je ne l'ai pas touchée.

Isabel s'était rassise. Elle dévisageait son frère. Léger. Charmant. Superbe. Elle l'accusa :

— Inés t'a vu !

— Une Indienne.

— ... Qui a toute ma confiance.

— Tu as perdu la tête, Señora Adelantada : tu te permets de douter de ma parole ? Tu oses la confronter avec celle d'une Indienne ?

— Et avec la parole de Doña Elvira Lozano, fille de l'alcalde Don Sancho de Ayala et de Doña María Lozano. Petite-fille de Don...

— Parole de femme, dont les serments ne valent rien.

Isabel foudroya son frère du regard.

— Bref, Lorenzo, tu ne comptes pas réparer le déshonneur de Doña Elvira en l'épousant ?

— Puisque je te dis que je ne l'ai pas touchée ! Outre le fait que je n'aime pas cette demoiselle, et que cette demoiselle ne m'aime pas, pourquoi l'épouserais-je ? Je ne suis pas Lope de Vega, moi : on ne me refile pas n'importe quelle vierge déflorée !

L'allusion au déshonneur de leur propre sœur, à

l'union de Mariana avec l'homme qu'Alvaro avait dû nommer amiral pour prix de sa complaisance, mit le comble au désagrément de la scène. Le comble à l'humiliation d'Isabel.

Avec tout autre que Lorenzo, elle aurait laissé éclater sa colère.

Envers lui, elle se contint.

— Je t'entends, parvint-elle à articuler. Tu peux disposer.

— Trop aimable, Señora Adelantada, je t'abandonne en compagnie de tes espionnes et de tes folles.

L'ironie se doubla d'un grand coup de chapeau.

Restée seule, Isabel tenta de se calmer.

Impossible.

L'indignation. La déception. La tristesse. La peur.

Ainsi Lorenzo, comme les autres, comme Merino-Manrique, comme…

Elle ne pouvait pousser le raisonnement plus loin tant la découverte d'un Lorenzo qu'elle n'avait jamais connu lui était odieuse.

On entendait juste la respiration d'Elvira qui continuait à sangloter, visage contre terre.

Immobile, la tête dans son giron, Isabel réfléchissait.

— Doña Elvira, finit-elle par demander, vous désiriez épouser l'enseigne Juan Buitrago, n'est-ce pas ?

— De toute mon âme, Votre Excellence.

— Et lui ?

— Aussi, Votre Excellence.

— Écoutez-moi bien : quoi qu'il arrive maintenant, ne reconnaissez jamais ce qui s'est passé avec Don Lorenzo. Vous m'entendez, mon enfant ? N'avouez pas à Juan Buitrago ce que nous savons vous et moi. Surtout quand il sera votre mari.

— Mais…

— Mais rien. Il ne s'est *rien* passé avec Don Lorenzo Barreto ! Personne ne vous a connue avant l'homme auquel je vais vous unir. Jurez-moi que vous garderez le silence. Inés sait certains secrets qui vous permettront d'éviter les questions… Jurez-moi que vous vous tairez.

— Je vous le jure, Votre Excellence.

— Allez chercher l'enseigne Buitrago. Et faites venir le père Serpa avec lui…

*

Ce samedi 5 août 1595, le gobernador Alvaro de Mendaña fit célébrer deux cérémonies. L'une, à son bord : le mariage de la première demoiselle d'honneur de son épouse avec le second du capitaine Don Lorenzo Barreto, son beau-frère. L'autre, à terre : l'érection de trois croix, dans trois lieux différents de l'île Santa Cristina. Et cela, en plus de la croix qui avait été gravée par Don Luis Barreto sur le palmier du tertre, avec l'indication du jour – 28 juillet – et de l'année – 1595 – de la prise de possession de l'archipel des Marquises de Mendoza.

Quand ces deux cérémonies furent achevées et que chacun eut regagné sa place, il donna l'ordre à son chef pilote de faire hisser les voiles et lever les ancres des quatre navires.

L'armada navigua cap à l'ouest, quart sud-ouest, pendant près de trois cents lieues.

Huit jours.

Le 13 août, le Gobernador avertit son Chef Pilote qu'ils parviendraient le lendemain aux îles Salomon.

Quirós transmit l'information aux autres pilotes. La nouvelle remplit de joie les navigateurs. Tous, colons, soldats et marins, célébrèrent leur arrivée, en puisant largement dans leurs réserves d'eau et de vivres. Le haut commandement festoya de son côté, avec abondance et dignité, chez l'Adelantada.

On ne vit pas les îles le 14. Mais les calculs concordaient. On les verrait le 15.

Les vigies eurent beau regarder de tous côtés, elles ne virent aucune terre le 15, jour de la fête de la Madone. Notre-Dame étant la protectrice de l'expédition, on ne douta pas que les îles surgiraient le soir. Et l'on poursuivit les célébrations partout. Sauf chez l'Adelantada.

Le 16, on continua de les chercher. On les guetta des trois plateformes de hune. On les guetta du château avant, on les guetta du château arrière, on les guetta des ponts et des dunettes. On eut beau regarder partout, on ne les vit pas ce jour-là.

On ne les vit pas non plus le jour d'après.

Ni celui d'après.

Ni aucun des jours suivants, ni aucune des semaines à venir.

Chapitre IX

SI TU NE LE TUES PAS, JE LE FAIS, MOI, AVEC CE COUTEAU !

Sénile.

Mendaña connaissait les rumeurs qui couraient sur son compte… Un commandant gâteux qui confondait les latitudes, confondait les distances, confondait les chiffres, confondait les jours, confondait jusqu'aux îles. Les colons ne chuchotaient pas encore qu'il leur avait menti, mais ils le considéraient comme un chef sans parole et sans foi. Un illuminé, un fou dont les marins devaient se protéger. Quant aux soldats, ils ne se gênaient pas pour se plaindre. Merino-Manrique affectait de se fâcher contre les racontars de ses arquebusiers. Il grommelait qu'il refusait, lui, d'écouter leurs imbécillités. Qu'il se bouchait les oreilles devant leurs sornettes. Mais il les laissait dire :

— Les îles Salomon se sont enfuies.

— Enfuies ? Tu parles ! Les îles Salomon n'ont jamais existé : un bobard pour que sa drôlesse, cette sorcière de tous les sabbats, puisse porter son titre de *Marquise de la Mer du Sud* !

— La vérité est que la mer a tellement monté durant les vingt-cinq dernières années qu'elle les a englouties. Elle a fini par tout recouvrir.

— Ampuero a raison… Les îles d'or n'existent plus : nous sommes passés au-dessus, sans les voir.

— Pour sûr qu'Ampuero a raison ! Même son compère Quirós ne sait pas où on est.

— Notre Colonel serait plus digne de commander cette satanée expédition que toute leur clique.

— Lui, au moins, ne cherche pas à nous tromper !

*

Tromper ? Le mot courait sur toutes les bouches. *Tromper* ou *se tromper* ?

Quirós, de son côté, s'interrogeait. Les cartes seraient-elles fausses ?

Il connaissait désormais la route. Mendaña lui avait montré ses propres notes, étalant devant lui ses portulans, et lui livrant ses secrets.

Aucun doute : selon les papiers, la flotte aurait dû rencontrer les îles d'or à la date exacte où Mendaña l'avait annoncé.

Compas à la main, les deux hommes, l'Adelantado et le Chef Pilote, reprenaient éternellement les mesures. Et tombaient toujours sur les mêmes résultats.

Se pouvait-il que le pilote de la première expédition, le vieil Hernán Gallego, ait fait une erreur dans le calcul des latitudes, vingt-huit ans plus tôt ?… À moins que la faute ne provienne du géographe Sarmiento, *l'Infâme* ? Lors du voyage de 1567, Gallego et Sarmiento occupaient des postes rivaux : ils se haïssaient. Quant à Sarmiento et Mendaña, leur conflit les avait conduits jusqu'au procès. Se pouvait-il que le géographe ait communiqué à ses deux concurrents des informations délibérément erronées ? Ces précieuses cartes, que l'Adelantado était allé présenter au Roi jusqu'à Madrid, qu'il avait ensuite cachées au regard des curieux durant plus d'un quart de siècle, étaient-elles truquées depuis le début ? Une vengeance posthume de *l'Infâme Sarmiento*…

Tout devenait possible.

Seule certitude : Quirós avait conduit les quatre navires jusqu'au dernier point à l'extrémité ouest du plan que Mendaña lui avait demandé de dessiner à Lima.

Après ? L'inconnu. Une errance sur la Mer du Sud qu'on disait le plus grand océan du monde. Sans limites. Sans repères. Et sans cartes.

Tenir et durer, tel était désormais l'unique mot d'ordre de la flotte.

*

Une éternité ! Ils naviguaient depuis une éternité !

En feuilletant nerveusement la lettre qu'elle destinait à sa sœur, Isabel ne comptait plus les mentions irritantes de ce genre. Rationnement des vivres, rationnement de l'eau. Mauvais esprit de l'équipage…

En continuant d'écrire, elle contrevenait au veto du Gobernador, mais elle ne disait rien, pas un mot qu'il n'aurait ratifié. Elle ne se plaignait plus de la brutalité de Merino-Manrique, ni même de l'hypocrisie de Quirós qui, sous couvert de condamner les rumeurs, susurrait à l'oreille de l'Adelantado les calomnies dont il était l'objet.

Pour l'heure, dans son épître à Pétronille, plus d'accusations. Ni de jugements. Elle se cantonnait aux faits. Elle reconnaissait par exemple que les tempêtes – ou le calme plat – ne jouaient aucun rôle dans le moral désastreux de l'équipage. Elle soulignait même que les vents leur étaient restés favorables, et que la flotte filait vers l'ouest, au rythme soutenu de la première partie du voyage.

L'ouest, oui. Mais jusqu'où ? Et jusqu'à quand ?

Elle passait vite sur ce chapitre, se contentant de relater la conduite de son mari. Elle parlait de la fermeté de l'Adelantado qui tentait de maintenir l'ordre et la discipline, en montrant l'exemple. Elle témoignait de la façon dont il poussait les hommes aux limites de l'épuisement pour les occuper. Elle racontait qu'il ne les lâchait pas une seconde, envoyant jusqu'à trente jeunes gens chaque jour dans les trois mâts du *San Jerónimo*, avec ordre de larguer puis de serrer les voiles, le plus vite possible. Elle disait qu'il inventait ainsi, au fil des semaines, de nouveaux exercices visant à leur donner, à tous, l'impression d'appartenir au glorieux équipage d'une expédition au service de Dieu et de Sa Majesté. Elle insistait sur le fait qu'il ne s'épargnait pas lui-même. Peu de quarts de nuit s'achevaient sans qu'il grimpât sur la dunette pour afficher sa présence. Et les matelots ne déroulaient plus *la corredera de barquillas* – la corde à nœuds qu'on dévidait derrière le navire pour mesurer sa vitesse – sans qu'il ne soit venu vérifier les calculs. Il prêtait main-forte aux travaux du galion et participait en personne aux manœuvres les plus délicates. Il entraînait ses hommes et les pressait durement, dans l'espoir de couper court à leur peur.

En se dépensant sans compter, Alvaro ne cherchait pas à plaire. Ni même à forcer l'admiration ou la sympathie de ses troupes. Il savait que le surcroît de travail, les contrôles incessants, cette vigilance nouvelle qu'il exerçait sur les activités des uns et des autres – au moment où lui-même semblait incapable de remplir sa part de contrat – le rendaient impopulaire. Il savait que les marins maugréaient dans son dos. Il savait aussi, il savait surtout, qu'à l'instant où il les laisserait livrés à eux-mêmes, il perdrait le contrôle de la situation.

Il avait institué la prière commune et quotidienne. Il faisait célébrer les fêtes des saints en déployant bannières et pavillons dans les haubans. Son chapelain et le vicaire promenaient la croix et la grande statue de *Notre-Dame des Navigateurs*, lors de processions interminables qu'ils répétaient désormais deux à trois fois par semaine.

Il avait exigé le même régime sur les autres bateaux, forçant ses capitaines à réunir leurs hommes pour qu'ils se recueillent ensemble. Au grand dam de Quirós, l'étendard de *Notre-Dame de la Solitude* – sa bannière fétiche –, voyageait désormais sur la *Santa Isabel II*, le galion volé qui fermait la marche. La jeune Mariana avait obtenu qu'on lui prête cette bannière, afin que la présence de la Madone à bord du navire de Lope de Vega redonne courage à ceux qui ne bénéficiaient pas de la piété exaltante du Gobernador.

*

Exaltante ?

Alvaro se montrait respectueux du nom du Seigneur, oui. Il tentait de se conduire avec honneur et dignité, oui. Il essayait de maintenir la paix, oui, à n'importe quel prix. Mais, dans son âme, la vérité était tout autre. En fait de sérénité intérieure, il vivait cette traversée comme une montée au calvaire. Humilié, offensé, tourmenté par son échec, il ne parvenait pas à s'expliquer la raison pour laquelle il ne retrouvait pas les îles. Il se relevait la nuit afin de recommencer ses calculs, relire ses notes de 1567, son livre de bord, tout ce qui concernait le voyage d'autrefois.

Les îles devraient être ici. Il montrait furieusement le point sur la carte : là !

Isabel, le cœur serré, le voyait se consumer dans cette lutte sans merci avec sa mémoire et sa conscience.

… Gâteux ? Fou ?

Mendaña faisait face, il se battait. Mais elle sentait combien son impuissance à comprendre le mystère de ce vagabondage, à redresser la barre, à soulager l'angoisse de ses hommes le minait.

Selon son habitude, elle le défendait en attaquant autrui :

— Tu dois punir ceux qui mettent en doute ta connaissance de la mer !

— Tu n'as que ce mot à la bouche, Isabel ! Punir ne changera rien à l'affaire ! Nous devons rester unis au contraire. Tous ! Unis pendant que je cherche, répétait-il, jusqu'à ce que je trouve…

Le désarroi d'Alvaro devenait tel qu'il ne parvenait même plus à nommer son royaume.

Il ne reconnaissait toutefois, devant elle, aucune de

ses difficultés morales. Devant Isabel, moins que quiconque. Il se présentait comme un roc. Imperturbable.

Il avait beau plastronner, elle sentait sa détresse… Combien l'idée même qu'il ait pu la trahir, elle, par naïveté, par sénilité peut-être, qu'il ait pu lui manquer, et l'entraîner dans cette errance absurde qui les conduisait tous à la mort, l'épouvantait. Une torture plus insupportable encore que toutes les autres !

Elle devinait aussi que sa propre foi en lui, la certitude qu'elle continuait d'afficher dans le succès final, ne le rassurait pas. La confiance aveugle de sa femme achevait de le terrifier, au contraire. Elle le savait. Et sa propre incapacité à soulager la souffrance d'Alvaro l'épouvantait à son tour.

Comme lui, elle n'en laissait rien paraître.

Elle se gardait même de tout propos optimiste en sa présence et vaquait à ses affaires, tentant de gagner ce dont il avait le plus besoin : du temps.

Tenir et durer.

Mais de combien de temps disposait-on, avant que les provisions des hommes soient totalement épuisées ?

Les hommes ? Quatre castes. Quatre cambuses. Quatre livres de comptes différents. Que restait-il dans les réserves des marins ? Dans celles des soldats ? Des colons ? Ces derniers avaient tant gaspillé… Elle songeait à leurs ripailles lors des seize mariages. À leurs ripailles, en arrivant aux Marquises. À leurs ripailles durant tous les jours de ce maudit mois d'août.

Un gâchis impardonnable.

Combien de jarres d'eau ? Combien de tonneaux de biscuits ? Combien de viande séchée ? Ces questions, elle les posait directement au contremaître. Elle voulait des réponses précises ! Et que restait-il dans les réserves personnelles du Gobernador ? Combien lui restait-il, à elle, de jarres d'eau, de tonneaux de biscuits qui lui appartiennent en propre ? Elle dépêchait Inés au fond des cales. Exactement ? Combien de sacs de farine ? Combien de cochons ? Combien de poules ?

Le nez dans ses inventaires et ses recensements, Isabel évaluait l'état de ses propriétés.

Elle évaluait aussi le bien des autres.

En conclusion, elle arrivait au résultat suivant :

La mort pour sa famille, pour Alvaro, pour Lorenzo, pour Luis et Diego, pour ses dames de compagnie et ses servantes, si l'on ne trouvait pas les îles d'ici trois mois. Restaient environ quatre cents jarres pour les soixante personnes de son clan.

La mort sous quinze jours pour les hommes, les femmes et les enfants, tous ceux qui n'avaient pas prévu de possibles difficultés, gaspillant leur eau et leur nourriture. Ce vendredi 1er septembre 1595, l'équipage de la *Capitana* ne disposait plus que d'un quart de litre d'eau par jour et par personne. Le 16, tout serait terminé.

Quinze jours.

En admettant que la tribu d'Isabel Barreto – mieux nourrie et bien abreuvée – parvienne à survivre quatre-vingt-dix jours de plus, une question demeurait : comment pourrait-elle manœuvrer, sans marins, un vaisseau fantôme d'un tel tonnage ?

*

Sur l'*Almiranta*, la situation paraissait plus dramatique encore. De cela, Isabel n'avait pas idée. Ni Quirós ni personne. Nul ne se doutait de l'état de la *Santa Isabel II*.

Là-bas, on n'en était même plus au rationnement.

Par malchance ou par négligence, une centaine de jarres s'étaient brisées au départ des Marquises. On s'en était aperçu sans y accorder trop d'importance. La centaine d'autres jarres qu'on avait vérifiées, n'étaient ni cassées ni fêlées : elles ne fuyaient pas… Mais quand on les avait ouvertes : catastrophe ! L'eau s'était évaporée. On avait dû mal les boucher lors de l'aiguade au ruisseau de Santa Cristina.

Restaient donc douze jarres, pour cent quatre-vingt-deux passagers. Et aussi les tonneaux destinés aux quatorze chevaux. Mais ces barriques de bois pourries, moisies, contenaient un breuvage si fétide qu'il rendait malades les hommes qui le buvaient. Aujourd'hui, ils se le disputaient, volant aux bêtes le peu qui leur restait.

L'amiral de Vega avait exigé le secret sur ces désastres. Mariana lui obéissait. Elle savait que cette succession de malheurs remettait en cause l'autorité de celui qu'elle aimait.

Chaque matin, quand son mari rejoignait les pilotes pour prendre les ordres sur la *Capitana* et qu'elle-même rendait visite à sa sœur, elle ne lui confiait pas ce qui se passait vraiment, chez elle, sur la *Santa Isabel*. Elle ne lui disait pas que neuf des quatorze chevaux étaient déjà morts de faim et de soif. Neuf charognes qu'il avait fallu extraire des cales, au prix d'un effort harassant. La puanteur continuait d'infecter tout le navire.

Mariana ne disait pas non plus que la nourriture manquait sur l'*Almiranta*. Qu'on avait donc équarri et mangé les chevaux. Elle taisait aussi que, pour cuire ou fumer ces charognes, il aurait fallu du bois. Et qu'il n'y avait plus de bois.

Au fil des jours, on avait brûlé les dernières caisses, les derniers coffres, jusqu'aux épars, jusqu'à la chaloupe. Ne restait plus même une écharde à brûler sur la *Santa Isabel*. Excepté les mâts et la coque.

— Je vais faire jeter à la mer les cinq chevaux restants…

Allongé en bottes sur la couchette, les bras derrière la tête, Lope de Vega réfléchissait à haute voix. Mariana se tenait assise à côté de lui, nue, au milieu du lit.

Leur cabine, bien que très vaste et située au même endroit que celle d'Isabel dans le château arrière du galion, ne pouvait se comparer aux appartements de la *Capitana*. Ici, aucun luxe. Pas de livres, pas d'instruments de musique, pas de tapis, pas de coussins, pas de candélabres d'argent. Et surtout pas d'estrade réservée aux femmes. Quelques coffres. Un seul siège. Deux tréteaux, une planche qui servaient d'écritoire, où nul ne tenait de journal de bord. Les jupons, les pourpoints, les cartes et les papiers traînaient au sol. D'anciennes fiasques de vins, vidées depuis belle lurette, encombraient la table. L'air demeurait vicié par l'odeur de charogne qui montait des cales. L'inconfort de cet intérieur, son désordre et sa saleté ne gênaient pas Mariana. Elle avait seize ans, et le décor lui importait peu. De nature aussi brouillonne que Lope de Vega, elle ne se souciait pas des apparences. Elle se souciait beaucoup, en revanche, du bonheur de son mari.

Lope était un homme d'une quarantaine d'années,

maigre, sec, qui avait bourlingué sur toutes les mers du globe. On le disait coriace à la douleur. Violent dans la bataille. Joyeux luron avec ses camarades. Ténébreux et méprisant avec ses maîtresses.

Du temps de l'euphorie, il avait puisé sans compter dans ses réserves : les agapes s'étaient succédé chez lui à un rythme soutenu et fastueux. Résultat : ses cambuses étaient vides.

— Les jeter, marmonna-t-il… Avant que mes hommes n'aient plus la force de les sortir.

— Les jeter vivants !

— Tu connais une autre solution, ma mignonne ?

— Mais les jeter vivants ! répéta-t-elle.

— Tu as vu dans quel état ils sont ?

— Pauvres bêtes.

— Comme tu dis : « Pauvres bêtes. » Ces animaux n'ont rien bu depuis six jours ! Rien ! Pas une goutte ! Demain, pour eux, ce sera fini. Et, dans l'état où nous nous trouvons, il s'avérera encore bien plus difficile de nous débarrasser d'un cheval mort que d'un cheval qui peut encore se tenir debout jusqu'au bastingage.

— Attendez encore… Qui sait si Don Alvaro ne trouvera pas les îles ce soir ?

— Tu rêves !

Aucun doute sur ce point : Mariana rêvait beaucoup. Douce et docile, elle n'avait pas la fureur de vivre d'Isabel. Ni son intelligence, ni sa curiosité, ni son ambition. Elle ne possédait pas non plus la foi de Pétronille, son intensité dans l'amour de Dieu.

Mariana priait peu, ne lisait pas, filait et brodait mollement. Si la nature l'avait dotée d'une jolie voix, elle ne s'intéressait guère à la musique. Pour le reste, elle ne se mêlait d'aucune des affaires du navire.

Passive partout, sauf dans l'amour, elle acquiesçait au moindre désir de Lope de Vega et s'était révélée d'une sensualité joyeuse, qui l'étonnait, lui, et l'amusait… Pas vraiment jolie cependant. Brune, à l'inverse des autres filles Barreto, la peau sombre, elle ressemblait à son père, le capitaine Barreto. Mais avec de grands yeux noirs. Un minois charmant. Une poitrine plantureuse. Un corps généreux, jeune, infatigable. Une merveille d'enthousiasme dans les ébats amoureux. L'eût-il rencontrée quand il avait vingt ans, ou même trente, Lope de Vega l'aurait négligée. Et probablement brutalisée. À quarante ans, il était touché par cette petite fille qu'il trouvait d'un appétit et d'une volupté insatiables entre ses bras. Il savait qu'elle ne se refuserait pas à lui, ni ce soir, ni demain, ni jamais. En dépit de la peur qui devait la torturer comme tout le monde. En dépit de la faim et de la soif qui commençaient à l'affaiblir… Pas une plainte, jusqu'à présent. Pas un soupir. Elle ne se lamentait en rien sur son propre sort. Elle acceptait ce qui pouvait advenir, et s'en remettait à la Providence. Sans se débattre, sans lutter. *Rassurante*, à l'inverse de la Reine de Saba qui régnait sur le *San Jerónimo*.

Cette nuit, toutefois, Mariana osait le contredire.

L'idée que son mari puisse sacrifier vivants les chevaux de sa sœur la terrifiait.

— Sinon, chuchota-t-elle… Nous pourrions les manger comme les autres ?

— Crus ?

— S'il le faut.

— Bouffer des animaux crevés lorsqu'ils étaient à peu près cuits, avaler des cadavres, m'avait déjà paru une mauvaise idée… Mais maintenant, sans bois… de la charogne crue ?

— Vous ne pouvez pas jeter *Preferida*, la jument d'Isabel, par-dessus bord ! Ni *Lunares*, l'étalon de Don Alvaro. Si ma sœur l'apprend, elle ne vous le pardonnera jamais… Pas la jument d'Isabel !

— Cette bête est à demi morte de soif. Une question d'heures, avant la fin. Ta sœur n'en saura rien. Elle ne verra pas ce qui se passe. Nous naviguons si loin derrière les autres…

En compagnie des cent quatre-vingts personnes massées à la poupe de la *Santa Isabel*, Mariana assistait au plus déchirant des spectacles. Les destriers qu'elle avait naguère admirés dans le port de Callao, ces chevaux superbes, piaffant et caracolant vers un nouveau monde, ces étalons, ces juments qui devaient galoper sur les plages du roi Salomon, nageaient lamentablement derrière le navire. La tête hors de l'eau, l'œil rivé sur le regard des hommes qui les avaient sacrifiés, ils haletaient et se débattaient contre la mort.

Même *Preferida*, la jument baie, avec son chanfrein blanc, ses naseaux noirs, ses oreilles pointées, *Preferida*, fille du plus magnifique étalon de l'élevage de Nuño Barreto, petite-fille des premiers chevaux arrivés d'Espagne au Pérou, finit par couler et disparaître. Il ne resta bientôt aucune trace de la lutte des chevaux et de leur désespoir dans l'écume du sillage.

Quand tout fut terminé, Lope de Vega aboya une consigne, une seule :

— Maintenant, bouclez-la !… Si vous voulez que ceux de la *Capitana* vous donnent à boire, bouclez-la :

Doña Isabel ne doit pas apprendre le geste auquel l'incurie de Mendaña vient de me contraindre.

*

Le matin du jeudi 7 septembre 1595, l'amiral Lope de Vega monta à bord du *San Jerónimo*, décidé, cette fois, à reconnaître son dénuement devant son beau-frère. Il amenait avec lui son contremaître, gardien de sa cambuse. Doña Mariana, qui ne l'accompagnait plus dans ses visites, le suivait ce jour-là.

L'usage voulait que les capitaines et les pilotes reçoivent leurs ordres dans le carré. Lope ne se donna pas la peine d'y descendre. Il resta sur le pont, collé au bastingage, s'adressant publiquement au chef de l'expédition. Il semblait pressé.

— Excellence, je viens vous demander trois choses, commença-t-il brutalement. Et ces trois choses ne souffrent pas de délai. La première : ne me perdez jamais de vue. Mes mâts risquent de se rompre à tout moment. Mes cordages sont pourris, mes voiles reprisées de partout. Je ne peux naviguer aussi vite qu'auparavant.

L'Adelantado connaissait l'époux de Mariana pour ce qu'il était : un personnage ne s'embarrassant pas des formes. Il fut toutefois surpris par la violence du ton.

Les deux hommes se tenaient face à face. Don Alvaro, en grande tenue selon son habitude. Lope, la chemise ouverte et la tête nue. Sa maigreur, la sécheresse de ses traits, la dureté de son regard n'avaient jamais paru plus spectaculaires.

— Je vous entends, répondit Mendaña. Nous vous

attendrons autant que possible. Mais les îles ne peuvent plus être loin : remettez à la voile.

— La deuxième : je veux du bois. Hormis la coque de la *Santa Isabel*, nous n'avons plus une épine à brûler.

Cette fois, Mendaña fronça les sourcils :

— Vous m'étonnez ! Je vous ai envoyé l'une de mes chaloupes et trente fagots.

— Brûlés depuis quinze jours.

Tous deux ignorèrent l'arrivée de l'Adelantada. Elle avait traversé le pont en hâte pour accueillir sa petite sœur, dont l'absence durant cette dernière semaine l'avait inquiétée.

Isabel avait vu vivre Lope de Vega. Elle connaissait son ivrognerie, son indiscipline et son désordre. Après la brève période où elle avait cru s'être trompée sur son compte et l'avait jugé meilleur, il était redevenu à ses yeux l'homme connu au Pérou : le forban qui s'était entendu avec Merino-Manrique pour trouer la coque de la première *Santa Isabel* et s'emparer, de force, du galion qu'il convoitait. Une canaille et un voleur.

Mendaña réfléchit une seconde. S'adressant à Quirós qui se tenait derrière lui, il concéda :

— Qu'on prenne dix autres fagots dans mes réserves et qu'on les descende dans la chaloupe de l'Amiral.

Deux marins s'y employèrent. Lope de Vega ne se donna pas la peine de remercier.

— La troisième : je veux de l'eau ! Je rationne l'équipage depuis des semaines. Mais avec neuf jarres pour cent quatre-vingt-deux personnes…

Ces chiffres firent bondir Isabel.

— Faux ! s'exclama-t-elle. J'ai contrôlé la liste des provisions des quatre navires.

Il ne lui adressa pas un regard.

— Je dis la vérité, articula-t-il, glacial.

Son contremaître approuva de la tête.

— Faux, répéta-t-elle. Vous avez encore trente jarres, ou davantage.

— Neuf jarres pleines. Les autres se sont cassées en chemin.

— Si vous ne prenez pas soin de votre eau, ceci est votre problème, Monsieur.

— C'est aussi le vôtre, Madame. Mon épouse – votre sœur – n'a rien bu depuis vingt-quatre heures… Et pour cause ! Elle a cédé sa part.

Cette phrase, qui touchait Mariana, ébranla Isabel. Elle se tut un instant avant de reprendre, accusatrice :

— Et vous ? Vous avez bu ?

— Oui, Madame, j'ai bu. Car la ration qui revenait à votre sœur, c'est à moi qu'elle l'a donnée. Je n'avais pas avalé une goutte depuis si longtemps que je ne parvenais plus à diriger le navire.

Quirós intervint.

— Il nous reste encore quatre cents jarres pleines, on pourrait leur en céder une centaine.

— Il ne vous revient certainement pas à vous, Señor Quirós, d'en disposer, répliqua Isabel. Les jarres dont vous parlez appartiennent au Gobernador. Pas à la communauté. Doña Mariana de Castro peut en user à satiété. Cette eau lui revient de droit. Pour le reste… Qui sait ce que l'avenir nous réserve ? Hors de question de gâcher de l'eau pour des gens qui savent juste la gaspiller… Et qui mentent !

Mendaña trancha.

— Il incombe à chacun des capitaines de prendre ses responsabilités. Il vous appartenait à vous, Monsieur l'Amiral, de veiller à ce que vos jarres ne soient ni brisées, ni fêlées, ni volées. Je pense, en outre, que vous exagérez beaucoup ! Il me paraît impossible que vous disposiez seulement de neuf jarres quand ici, nous en comptons encore quatre cents.

Lope dévisagea longuement son beau-frère. Il posa son œil gris sur le visage de Doña Isabel. Et enfin, il regarda Mariana.

— Bien, conclut-il froidement. Je retourne à mon bord. Priez Dieu que nous touchions terre rapidement… avant que mes gens et moi-même soyons tous morts.

Il fit signe à son contremaître d'enjamber la rambarde et se saisit de l'échelle pour rejoindre leur chaloupe.

Mariana les suivit. Mais, alors qu'elle montait sur le bastingage, il la repoussa violemment. Elle perdit l'équilibre, tomba en arrière, s'échoua contre Isabel qui la retint dans sa chute.

Lope de Vega larguait déjà les amarres de sa barque. Le visage levé vers sa femme, il cria :

— Prie, Mariana, prie pour nous… Toi au moins, tu as le droit de boire l'eau du Seigneur, bien que cette eau se trouve dans les jarres de ta sœur ! Bois, ma mignonne ! Vis ! Et prie pour moi !

Mariana fondit en larmes. Penchée sur la mer, elle appelait son mari. Sourd à ses pleurs, il poursuivit sa route.

Elle s'accrocha à Mendaña, et sanglotant toujours, le supplia de faire descendre pour elle une autre chaloupe. Mais de chaloupe, il n'en existait plus qu'une seule sur la *Capitana*, et celle-là, Alvaro refusa de prendre le risque de la perdre. Isabel tentait de la consoler :

— L'Amiral reviendra prendre ses ordres demain. Alors tu repartiras avec lui. Tu es si faible, épuisée. Accompagne-moi dans ma cabine, tu as besoin de boire et de te restaurer. Et tu me raconteras tout ce qui se passe là-bas.

Mais la docile Mariana n'obéissait plus. Elle refusa toute la journée de quitter le bastingage, le regard rivé sur la silhouette décharnée de l'*Almiranta* qui, dans le lointain, perdait de la vitesse à l'arrière de la flotte.

Elle n'absorba que tard dans l'après-midi la timbale d'eau que lui tendait sa sœur.

— Viens, suppliait Isabel. Viens t'allonger chez moi. Profite de ce séjour forcé pour, au moins, te reposer.

Alors qu'elle répétait cette phrase pour la centième fois, le cri de la vigie, sur la plateforme de hune au-dessus d'elles, déchira l'air :

— Terre !

Mendaña, Quirós, tout le monde se rua sur le pont.

Au sommet du mât, le jeune Antón Martín pointait du doigt une fumée dans le lointain.

— Terre !

La masse sombre qu'on apercevait pouvait bien être une île, oui.

Enfin ! Le soulagement et la joie transfigurèrent le visage de Mendaña. Enfin, les Salomon ! Chacun à bord partageait son émotion. La proximité de la terre transportait tous les cœurs et galvanisait les énergies.

— Attention aux rochers qui pourraient commencer d'affleurer, cria Quirós.

Il donna l'ordre de réduire la voilure, d'avancer lentement et de ne s'enfoncer dans la nappe de brouillard qu'avec la plus grande prudence.

La nuit était tombée. Impossible de distinguer les étoiles. Une brume épaisse recouvrait la mer qui avait viré au noir. Le rideau de fumée s'épaississait à chaque seconde, charriant avec lui une étrange odeur de soufre.

— Qu'on prévienne le reste de la flotte de la présence d'une île, avec des écueils probables. Mettez deux torches dans la lanterne de la poupe.

Selon les conventions, la galiote ralentirait et passerait le message aux autres, qui répondraient par le même signal.

Les quatre navires procédaient avec précaution. Ils semblaient se perdre dans un vide insondable. Sur la *Capitana*, on n'entendait que le chuintement de l'eau contre la coque.

Soudain l'amas des nuages se déchira dans un éclair. On y vit un instant comme en plein jour. Un immense volcan se découpa dans la lumière. Puis ce fut le déluge : une averse tropicale, aussi courte que violente, masqua la montagne et noya tout l'univers. Et de nouveau, l'obscurité. Nuit noire. Mais la pluie avait chassé les vapeurs. Un mince croissant de lune finit par se lever.

On apercevait les bateaux suspendus entre ciel et mer. On voyait clairement les lumières de la galiote. Un peu plus loin, les lueurs de la frégate. Mais le fanal de l'*Almiranta* ? Nulle part !

Mariana poussa un cri. La *Santa Isabel* avait disparu.

Le père Serpa, accouru sur le pont avec les autres, récitait déjà son chapelet. Le vicaire de l'expédition, lui, priait à genoux. La panique gagnait l'équipage. Tous songeaient à la malédiction qui frappait le galion volé.

Isabel, Mendaña et Quirós, qui avaient assisté à la scène où le prêtre, propriétaire de la *Santa Isabel II*, avait maudit le navire, entendaient dans leur âme résonner ses paroles : « Chaque jour et chaque nuit, je demanderai à Dieu la grâce que ce vaisseau n'arrive jamais ! Et que tout son équipage périsse dans les flammes ! »

Mendaña prit la parole :

— Aucun bateau ne disparaît ainsi, sans tempête ni coup de vent. Nous n'avons pas de raison de nous inquiéter. La *Santa Isabel* nous rejoindra demain matin.

Ils attendirent longtemps, scrutant l'horizon. En vain. On voyait les lueurs de deux fanaux. Pas de trois. Mariana ne cessait de sangloter.

Même quand Lorenzo, Luis et Diego descendirent dans leurs quartiers, elle refusa, elle, de quitter le pont. Isabel demeura à ses côtés.

Mendaña veillait chez lui. Il attendait que Quirós descende lui annoncer que la vigie avait enfin aperçu la lanterne de l'*Almiranta*.

Mais Quirós ne vint pas.

Peu avant l'aube, Isabel finit par convaincre Mariana de rentrer avec elle. Elles trouvèrent Alvaro assis, le visage entre les mains. Il leva sur elles un regard poignant.

— J'ai péché contre toutes les lois de Dieu, et Dieu nous inflige ce châtiment.

Il n'accusait pas Isabel de l'avoir mal conseillé. Il

s'accusait de sa propre injustice, de son égoïsme et de sa dureté.

— … J'avais quatre cents jarres pour deux cent sept personnes, lui neuf pour cent quatre-vingt-deux. J'aurais pu, j'aurais dû lui en donner cent.

En l'entendant, Mariana réagit violemment :

— Vous l'avez tué ! Il est mort par votre faute. Que son sang retombe sur votre tête !

Elle hurlait. La crise de nerfs qui suivit obligea Isabel à la sortir de force sur le balcon.

Elles y trouvèrent Inés, assise en tailleur dans l'ombre, qui psalmodiait un chant funèbre. Son amant, un soldat de Merino-Manrique, se trouvait lui aussi sur le bateau disparu. Inés sentait qu'il était mort.

Serrées les unes contre les autres, les trois femmes passèrent le reste de la nuit à guetter.

Le petit jour ne leur révéla rien qu'elles ne sachent déjà : pas de *Santa Isabel*.

Le volcan se dressait dans le lointain. Le *San Jerónimo*, qui avait dérivé durant la nuit, s'en était éloigné. On distinguait toutefois sa forme noire, pelée, parfaitement conique jusqu'à son sommet.

Inés fut la première à repérer une seconde île. Luxuriante, celle-là. Avec de longues plages et des collines aux pentes boisées. Dans un élan, Isabel exprima ce qu'espéraient les deux autres :

— Ils sont tous là-bas ! Ils ont trouvé refuge dans l'une de ces anses !

Mendaña, déjà sur le pont, s'était ressaisi. Il avait demandé que les capitaines de la galiote et de la frégate le rejoignent immédiatement.

Au premier, un petit homme rond du nom de Felipe

Corzo, il ordonna de se mettre en quête du bateau disparu. La galiote, grâce à son faible tirant d'eau, pouvait longer les côtes et faire le tour du volcan. Elle visiterait les criques et s'assurerait que la *Santa Isabel* n'était pas encalminée au fond d'une anse.

À la frégate, il donna les mêmes instructions : elle devait, elle, s'approcher le plus près possible de l'île verte, et fouiller le moindre de ses renfoncements.

Quant à lui, il s'occuperait avec Quirós de chercher un mouillage sûr pour le galion. Bien que très inquiet sur le sort des cent quatre-vingt-un voyageurs de l'*Almiranta*, il ne doutait pas d'être arrivé chez lui.

À peine les deux petits navires se furent-ils éloignés que surgirent les pirogues. Cette fois, la plupart des canoës ne possédaient pas de flotteurs et ressemblaient à ceux que Mendaña avait connus jadis. Certains étaient même dotés de voiles, comme les embarcations d'autrefois. Quant aux rameurs, ils étaient petits. Très sombres. Tous armés d'arcs et de flèches. À l'inverse de ceux des Marquises, leurs tatouages n'étaient pas bleus, mais noirs, plus noirs encore que leur peau. Ils portaient des lianes entortillées autour de la poitrine et de nombreux colliers de dents ou d'os aux bras et au cou.

Comme à la Magdalena, ils tournèrent autour du navire. Mais aucun n'accepta de monter à bord jusqu'à l'arrivée de la plus grande des pirogues, où se dressait un homme d'une soixantaine d'années, maigre, le teint sombre. Sur ses longs cheveux blancs, rasés par moitié d'un côté de la tête, il portait une coiffe de plumes jaunes, bleues et rouges, lui donnant fière allure. Le respect que lui témoignaient les siens, et notamment les deux guerriers qui l'encadraient, pouvait donner à penser qu'il s'agissait du chef de l'île.

Il grimpa l'échelle avec sa suite. Mendaña s'approcha, se présenta et lui fit les honneurs dans la langue des Salomon. Son hôte lui répondit par une suite de phrases, que le Gobernador ne comprit pas. Se trouvait-il encore ailleurs ? Malgré la ressemblance de ces montagnes avec celles des îles d'or ? L'idée lui fit froid dans le dos. Il l'écarta.

Le chef s'était nommé. Il s'appelait Malopé. L'Adelantado se nomma à son tour. Mendaña. L'Indien lui prit la main, la posa sur sa propre poitrine et lui fit comprendre par signes que c'était, lui, désormais, « Mendaña » et que l'autre serait désormais « Malopé ». Alvaro connaissait le sens de l'échange symbolique des noms : l'amitié, la fraternité, à la vie à la mort. Ils scellèrent leur alliance par des cadeaux. Des grelots, pour le nouveau « Mendaña », des miroirs, des ciseaux et des chapeaux. Des noix de coco, pour le nouveau « Malopé », des bananes et des petits cochons.

Ensemble, les deux « Mendaña-Malopé » baptisèrent leur terre « Santa Cruz ».

Si cette première journée pouvait laisser augurer le meilleur pour l'évangélisation et la colonisation de Santa Cruz, le retour de la frégate et de la galiote fit déchanter ceux de la *Capitana*.

Bredouilles. Aucune trace nulle part de la *Santa Isabel* : le navire semblait s'être volatilisé.

Le lugubre conseil de guerre qui suivit acheva de troubler les esprits. Personne ne parvenait à imaginer ce qui pouvait s'être passé. La *Santa Isabel*, certes, se traînait. Lope de Vega avait demandé qu'on l'attende, supplié que le *San Jerónimo* navigue de conserve avec lui. Se pouvait-il que le rideau de fumée qui s'était abattu sur la mer l'ait coupé des autres bateaux ? Et qu'en se trouvant isolé, il se soit laissé désorienter jusqu'à manœuvrer *vers le volcan* ?

— Même si c'était le cas, raisonnait Quirós, même s'il s'était échoué là-bas, vous auriez retrouvé une épave, des débris.

— De plus, le volcan, en admettant qu'il s'agisse bien de cela, n'est pas en éruption, appuya Mendaña.

À peine eut-il prononcé ces paroles qu'une formidable explosion ébranla la mer et le navire. La fumée envahit la cabine, tandis qu'une pluie de cendres s'abattait sur le balcon. Tous les officiers se ruèrent dehors. Bien qu'on fût ancré à dix lieues de l'île, on voyait clairement que le mont avait été décapité et que le feu jaillissait furieusement de son cratère.

Mariana, comme hallucinée, poussa son dernier cri :

— La *Santa Isabel* est en flammes ! Ils sont tous morts !

Elle avait raison. À supposer que la *Santa Isabel* n'ait pas coulé la veille, qu'elle soit restée encalminée de l'autre côté du volcan, invisible au fond de l'une des criques, c'en était définitivement terminé de ses cent quatre-vingt-un passagers…

Au-dessus d'eux, sur les ponts, les marins, pétrifiés, demeuraient saisis d'épouvante. Ils se trouvaient aux portes de l'Enfer ! Ils respiraient l'odeur du diable !

Quirós fut le premier à reprendre ses esprits. Le galion chassait sur ses ancres et dérivait vers les écueils de Santa Cruz. Ses ordres réveillèrent les hommes :

— Tout le monde sur le pont ! Les gabiers à vos postes ! Brassez les vergues ! Colonel, veuillez envoyer vos soldats prêter main-forte aux marins afin de relever les ancres.

La marée était haute, les fonds en pente. La nuit rendait le danger redoutable. Tous devaient participer à la manœuvre pour regagner la haute mer. Ils y attendraient le matin et reviendraient au lever du soleil. Mais, pour l'heure, on devait s'écarter des deux îles.

Assis sombrement sur un rouleau de cordages, Merino-Manrique ne bougea pas. L'un des arquebusiers qui formaient sa garde rapprochée marmonna à l'endroit du Chef Pilote :

— Tu peux aller au diable, imbécile : c'est pas à nous de diriger ton cercueil ! Tous nos camarades se trouvaient sur le navire que tu as perdu ! Et nos chevaux, et nos équipements. Alors si tu crois qu'on va te donner un coup de main… Plutôt crever que de toucher à tes ancres rouillées !

Quirós choisit de ne pas entendre. Son métier ne consistait pas à se battre avec des soudards.

Mais ceux-là, l'Adelantado allait devoir les occuper. Et rapidement.

Mercredi 13 septembre –
Vendredi 22 septembre 1595 –
Suite de la lettre d'Isabel Barreto à Pétronille

« Mercredi 13 septembre,

Depuis l'éruption du volcan, notre pauvre petite Mariana ne verse plus une larme. Elle a cessé de pleurer, elle a cessé de parler. Elle ne profère plus un son et reste murée dans son silence. Nous cherchons toujours l'*Almiranta*. Chaque jour, Don Alvaro envoie la galiote et la frégate croiser au large des deux îles.

Les naturels d'ici ne sont pas comme ceux des Marquises. Nous devons nous en garder… Ils trempent leurs flèches, aux pointes d'os bien acérées, dans un liquide noir que Lorenzo dit être du poison.

Hier, contre toute attente, nos deux petits navires, qui longeaient les côtes, ont été attaqués à coups de lances et de flèches. Sept hommes sont revenus blessés. L'Adelantado, furieux de la duplicité du chef Malopé qu'il a reçu ici, en ami, pendant près de cinq jours, vient d'ordonner au Colonel de prendre trente soldats et d'incendier toute la flotte des canoës sur le rivage. »

« Jeudi 14 septembre,

On pouvait faire confiance à Merino-Manrique : il a opéré un véritable carnage. Outrepassant ses ordres, il a brûlé la flotte, oui, mais aussi le village le plus proche, dont il a volé les animaux et pillé les réserves de nourriture. Il revient avec des cochons, des poules, des fruits. Et aussi avec treize soldats blessés.

Cet après-midi, le chef Malopé s'est présenté sur sa pirogue. Il s'est lamenté de la destruction de ses canoës. Il nous a fait comprendre que ce n'était pas ses hommes à lui qui avaient attaqué nos navires. Mais ses propres ennemis, les tribus qui peuplent l'autre côté de la baie.

Alvaro a tenté de s'excuser. Il l'a invité sur la *Capitana*. Malopé a refusé.

Je crains que nous ne nous soyons fait un ennemi

d'un brave homme. Alvaro, d'instinct, l'aimait beaucoup. Il ne sait plus qu'en penser. »

« *Vendredi 15 septembre,*

Les accrochages avec les Indiens se poursuivent et s'intensifient. Leur hostilité nous empêche de descendre à terre et d'écouter la messe. Lorenzo est parti sur la galiote, avec instruction de retourner à l'endroit précis où nous avions aperçu le volcan pour la première fois. Il doit, de là, tenter de reconstituer la route qu'aurait pu prendre la *Santa Isabel*. »

« *Jeudi 21 septembre,*

Lorenzo est rentré. Toujours aucune trace de la *Santa Isabel*. Sa disparition demeure incompréhensible. L'absence de vestiges, d'une barrique, d'une planche ou d'un corps, qui témoigneraient d'un naufrage, achève de nous troubler et de nous plonger dans l'effroi. Peut-être Lope de Vega nous a-t-il faussé compagnie ? Exprès… Peut-être nous attend-il à San Cristobal, l'île où Alvaro avait donné rendez-vous à tous les navires, si l'un d'entre eux devait se perdre ?

Lorenzo n'a rien trouvé, mais il a vu un meilleur mouillage pour le *San Jerónimo*. Nous l'avons suivi pour découvrir une baie si agréable, si jolie, que le Gobernador l'a baptisée la “Baie Gracieuse”.

Gracieuse peut-être. Mais les habitants de ses rivages ne sont guère accueillants. Ils ont crié toute la nuit, en jouant du tambour et en dansant autour de grands feux. Aucun d'entre nous n'a pu dormir. Mes femmes sont terrifiées. »

« Vendredi 22 septembre,

D'autres tribus sont venues rejoindre les Indiens qui hantent notre baie. Cette fois, ils ont poussé l'audace jusqu'à s'en prendre à nous, ceux de la *Capitana*. De leurs pirogues, ils nous ont lancé des pierres et des harpons.

Comme ils ne parvenaient pas à nous toucher, ils ont arraché et volé toutes les bouées servant à repérer nos ancres.

L'Adelantado, qui se trouvait sur la galiote près du rivage avec Lorenzo, lui a donné l'ordre de prendre Diego, Luis et quinze soldats pour les poursuivre en chaloupe.

De mon balcon, j'ai vu plusieurs flèches traverser leurs boucliers. Certains de nos hommes doivent être blessés. Ces Indiens se battent avec fureur. Par chance, le bruit des armes à feu les terrorise. Lorenzo a pu les mettre en déroute et récupérer les bouées qu'ils ont abandonnées derrière eux.

Maintenant, Lorenzo a débarqué. Il les pourchasse. J'entends Merino-Manrique au-dessus de moi, là-haut sur le pont, qui le somme de rebrousser chemin. Il hurle que Lorenzo met ses soldats en danger.

Le malheureux ne l'entend pas. Il a disparu dans la forêt, suivi de Diego, Luis et de tous leurs hommes. Le Colonel vient de mettre la chaloupe à la mer pour les rejoindre avec ses propres arquebusiers. J'avoue que cette initiative me rassure. Fasse le ciel que mes frères reviennent vivants ! »

*

— Ce petit couillon de Lorenzo Barreto a failli nous faire tuer ! Une bite molle, tout juste capable de baiser les suivantes ! La seule chose que sache faire ce mignon de couchette, c'est ramper devant sa sœur !

Merino-Manrique remontait sur le pont. Couvert de poudre et de boue, le visage congestionné, ses boucles blanches collées au front par la sueur, il éructait, au bord de l'apoplexie. Il balança à toute volée son bouclier contre le mât, en répétant : « Petit couillon de merde ! »

Lorenzo n'était pas présent pour essuyer sa fureur. Il se trouvait sur la galiote, avec Diego et Luis : il y rendait compte à l'Adelantado du succès de sa mission.

— … Aucune discipline, aucun respect envers ses supérieurs ! Et ce sale petit Juif portugais se prétend capitaine de Sa Majesté ! Je te le collerai au cachot vite fait ! Et pour longtemps !

— C'est vous, Monsieur, qui finirez aux fers !

Isabel venait de surgir devant lui.

— … Don Lorenzo est le second personnage de cette expédition. C'est vous qui lui devez obéissance et respect !

L'Adelantada était plus pâle que la mort. Au contraire du Colonel, l'indignation la figeait tout entière dans une attitude hiératique et glaciale.

— Vous vous prétendez, Monsieur, petit-fils d'un archevêque de Séville ? Votre ancêtre a dû beaucoup pécher pour que son bâtard soit descendu aussi bas… Quand on est aussi grossier que vous l'êtes, Monsieur, aussi sot, aussi cruel, on ne mérite pas de commander.

Quirós et ses marins, qui avaient écouté en silence

Merino-Manrique insulter le beau-frère de leur Gobernador, se gardèrent bien d'intervenir dans l'altercation. Ils crurent néanmoins que Merino allait passer Doña Isabel au fil de l'épée. Le regard qu'elle lui lança l'arrêta net dans ses velléités.

Saisissant son barda qui traînait sur le pont, il donna à ses arquebusiers l'ordre de le suivre dans la chaloupe.

— Tu ne perds rien pour attendre, garce, grommela-t-il.

Il retournait à terre. Il camperait sur le rivage, au risque de se faire massacrer.

Tout, plutôt que de rester sur ce maudit bateau !

Samedi 23 septembre – Samedi 7 octobre 1595 – Suite de la lettre à Pétronille

« Samedi 23 septembre,

Je t'épargne les détails de la scène d'hier avec cet insensé de Merino-Manrique. J'en tremble encore… J'ai peut-être eu tort de m'en prendre à lui, mais pouvais-je le laisser insulter Lorenzo en ces termes ?

À te dire la vérité, en entendant ses injures, j'ai longuement balancé dans ma cabine, avant de monter l'affronter. Je n'avais pas le choix. Il fallait le forcer au silence.

Cet homme me fait peur. Il est capable de tout.

Quelques colons, avec leurs femmes et leurs enfants, sont allés le rejoindre sur l'île. Ils vont construire des cabanes, défricher un champ… Ils comptent s'installer. Nous allons fonder ici la première de nos trois villes. »

« Samedi 30 septembre,

Les travaux avancent bon train. J'aperçois déjà plusieurs petites maisons couvertes de feuilles et de palmes. Mais le plus merveilleux, Pétronille, ce qui te causera la plus grande joie, c'est l'édification de notre église. N'imagine pas la cathédrale de Lima ! Pas encore… Il s'agit juste d'une cabane, plus vaste que les autres. Mais elle compte déjà une table d'autel, que j'ai fait recouvrir de la plus fine de mes nappes. Et la cloche que nous avons apportée du Pérou vient d'être fixée sur le toit, avec un arc de bambou.

La bannière de la Madone, si chère au cœur de notre Chef Pilote, a disparu avec la *Santa Isabel*, comme tu le sais. J'ai donc fait porter à terre ma statue de la Vierge, que j'accepte désormais d'appeler *"Notre-Dame de la Solitude"*. Il s'agit d'un vœu pressant de Quirós, auquel je réponds. La statue se dresse sur le côté de la travée, entre mes candélabres d'argent et les encensoirs du père Serpa. Et demain, dimanche 1er octobre, le chapelain et le vicaire célébreront le premier service divin dans notre première église.

… Notre première église, Pétronille ! Toutes les provinces de l'univers ont eu leur commencement et je ne peux m'empêcher de penser que les îles où abordèrent Colomb et ses marins n'étaient rien d'autre que cela : la jungle de la Baya Graciosa que nous défrichons aujourd'hui… Et regarde les îles de Colomb maintenant ! Regarde Hispaniola ! Fondée sur le néant, par la seule volonté d'un homme… Même Lima. Vois ce que Lima est devenue en moins de cinquante ans !

Après la messe, l'Adelantado prendra officiellement possession de l'île de Santa Cruz.

Cependant, nous ne nous trouvons pas aux Salomon, Alvaro en est convaincu. L'expédition devra donc se scinder en deux. La moitié des colons évangélisera cette terre avec le père Espinosa qui souhaite s'établir ici. Les autres nous suivront jusqu'à Santa Isabel ou San Cristobal.

Par ailleurs, Alvaro s'est réconcilié avec le chef Malopé qu'il tient en très haute estime. Malopé nous a fait comprendre qu'il existait plusieurs îles au nord-ouest d'ici, dont l'une pourrait bien être San Cristobal. Fasse le Ciel que la *Santa Isabel* nous y attende ! Malopé partage avec nous ce qu'il possède : il nous a offert, sans contrepartie, des dizaines de noix de coco et de régimes de bananes. Même des cochons et des poules, qui ressemblent à ceux que nous avons à Lima.

L'Adelantado a donc ordonné de bien traiter les Indiens, interdisant aux soldats et aux colons de piller leurs champs ou de s'emparer de leurs bêtes. Lorenzo, Diego et Luis, qui campent avec eux, ont entendu les hommes murmurer que Mendaña estime que tout ici lui appartient. Et que si l'on prenait les maisons et les récoltes des Indiens, il jugerait qu'on le volait, lui. D'après Lorenzo, les arquebusiers de Merino racontent que le Gobernador ne distribuera aucune terre aux colons, car il a déjà financé leur transport, et que leur travail lui appartient pour cinq ans.

Je crains que la présence de Merino-Manrique sur l'île, si loin de l'autorité d'Alvaro à bord du navire, ne conduise à des difficultés. En sa compagnie, les hommes se montent la tête. Les plus excités soulignent qu'ils ne sont pas arrivés à destination, qu'ils n'ont pas trouvé d'or, qu'ils ne veulent pas rester ici. Ceux-là exigent de continuer jusqu'à l'El Dorado qu'on leur a promis, ou de rentrer au Pérou. Quirós sait, par son ami l'arquebusier Ampuero, qu'une pétition circule. Elle serait déjà signée de plusieurs noms.

Alvaro, que la disparition de la *Santa Isabel* a beaucoup ébranlé, s'épuise à tenter de calmer les esprits. Il espère beaucoup en la messe qui sera célébrée avec solennité, demain matin. »

« Au soir du dimanche 1er octobre,

Je ne sais pas par où commencer, Pétronille : cette journée fut un désastre.

En descendant à terre, mon mari souffrait déjà mille morts. Ses chevilles ont beaucoup enflé la semaine dernière. Il a du mal à marcher. Il avait cependant tenu à mettre ses bottes. J'aurais dû l'en empêcher.

Nous fûmes accueillis sur la plage par les familles de colons et plusieurs soldats en armes. L'enseigne Buitrago, l'époux de ma lectrice Doña Elvira, se présenta comme leur porte-parole et tendit au Gobernador un rouleau de papier. Une feuille couverte de signatures. À peine eut-il jeté un coup d'œil sur la feuille, qu'Alvaro comprit. La pétition.

— Êtes-vous le chef d'une bande de traîtres, Buitrago ? explosa-t-il.

Il se retourna vers les autres :

— Avez-vous tous oublié que signer un parchemin, sans qu'apparaisse au bas de la feuille le paraphe de votre Capitán general, porte un nom ? Cela s'appelle une *mutinerie* !

— Ces gens ne demandent rien d'autre que ce qui est juste, insista Buitrago. Ils disent que tout le monde doit rester ici, ou que tout le monde doit partir… Il n'y a pas d'or sur cette île.

Lorenzo lui sauta à la gorge :

— Silence, ou je te mets aux arrêts !

Le regard que Buitrago jeta à mon frère m'a donné froid dans le dos. Je ne t'ai jamais décrit le mari de ma lectrice car, honnêtement, je n'y avais pas prêté attention. Qu'il suffise de te dire qu'il m'a paru aussi grand que Lorenzo. Moins beau. Néanmoins du même âge et d'un physique agréable.

M'est avis que ce Buitrago se moque bien des colons ! En prenant leur parti, je crains fort qu'il ne vide une querelle personnelle. Il a toutefois obéi et s'est tu. Quelqu'un d'autre s'est avancé à sa place.

— L'endroit choisi pour la fondation du village est mauvais. Ici, *tout* est mauvais. Les Indiens n'ont pas d'or. (Il répéta :) Il n'y a pas d'or sur cette île ! Et nous ne sommes pas venus de Lima pour jouer les paysans sur ce sable. Si c'était pour ça, nous pouvions rester au Pérou : la terre y est plus riche.

— Taisez-vous, hurla l'Adelantado. Un mot de plus et vous pendez ce soir aux vergues du *San Jerónimo*… Allons prier et demander pardon de votre désobéissance au Roi et à Dieu.

Après la messe, j'ai trouvé Alvaro très fatigué. J'ai dû le ramener en toute hâte sur la *Capitana*, afin que nul ne s'aperçoive de son épuisement. »

« Vendredi 6 octobre,

Le Gobernador vient d'ordonner à Quirós de dégréer. Comme tu le vois, Pétronille, les événements se précipitent.

À cette heure, les marins plient les voiles, qu'ils me remettront et que je serrerai dans ma cabine.

Cette décision, Alvaro l'a prise afin de montrer aux colons que nous n'avions aucune intention de filer en douce. Il l'a prise aussi pour couper court à toute velléité des soldats de s'emparer des navires par la force. Nul ne pourra partir sans un vrai branle-bas de combat et de longs préparatifs : une mise à la voile au vu, au su du moindre d'entre nous.

Quirós, pour sa part, acquiesce pleinement à cette résolution. Il estime que, de toute façon, nous ne pouvons lever l'ancre avant plusieurs semaines. Les cordages ne sont pas réparés, les vents et les courants nous sont désormais contraires.

À terre, le moral se dégrade chaque jour. Les troupes et les familles se divisent en deux factions : celle de Merino-Manrique et de ses hommes liges, l'arquebusier Ampuero et l'enseigne Buitrago ; celle de Lorenzo, avec Diego, Luis et leur dizaine de fidèles. Le parti du Colonel n'a rien trouvé de mieux que de porter la guerre chez les Indiens. Le plan est clair : pousser les naturels à nous attaquer, ce qui forcerait l'expédition à quitter Santa Cruz. Car, en dépit de nos armes, nous ne sommes pas assez nombreux pour leur résister.

Ces imbéciles se sont déjà laissé déborder par leur bêtise.

Les brutes de Merino, en manquant les cochons qu'ils tiraient, ont prouvé aux Indiens que nos arquebuses ne tuaient pas à tout coup. Ils leur ont aussi montré, en crânant avec leur cuirasse et en les invitant à viser leur poitrine, qu'ils n'étaient invincibles qu'à cet endroit-là. Les Indiens ont compris qu'ils n'avaient qu'à les attaquer aux yeux ou dans les jambes, pour qu'ils s'effondrent.

La palissade autour du camp est achevée. Le Gobernador compte se rendre à terre afin de vérifier l'état des fortifications. Il verra le Colonel.

Mariana refuse toujours de prononcer une parole. Elle gît, prostrée, sur ma couchette. Inés bataille pour l'abreuver et la nourrir. Quant à ma lectrice, Doña Elvira, elle m'a demandé la permission d'aller vivre à terre avec l'enseigne Buitrago, son époux. Je l'y ai autorisée. Une erreur peut-être… Depuis son mariage, elle me semble étrange. En la donnant à Buitrago, je lui avais conseillé de garder un secret. Je l'ai interrogée sur son silence. Elle jure qu'elle a su se taire. Je ne la crois pas.

Don Alvaro souffre d'emphysème. J'ai l'impression que ses jambes ont encore enflé. Il m'assure du contraire et se prétend en excellente santé. Il se reconnaît seulement très attristé par la conduite de Merino-Manrique envers les naturels, et par la disparition des âmes de la *Santa Isabel*, qui étaient sous sa responsabilité.

Je le trouve, moi, si mal que je l'accompagnerai à terre cet après-midi. »

« Samedi 7 octobre,

Nous allons de Charybde en Scylla, ma pauvre Pétronille !

Merino-Manrique nous a cependant reçus avec des égards. Une apparence de respect. Le chapeau à la main, il s'est confondu en courbettes et en phrases pompeuses :

— Que Votre Excellence soit la bienvenue dans son royaume ! Que Votre Excellence me fasse la grâce de venir voir notre nouveau corps de garde. Il me semble que des gens mal intentionnés ont dit à Votre Excellence que mes arquebusiers ont attaqué les Indiens. Ceux qui prétendent qu'ils ont agi sous mes ordres veulent me brouiller avec Votre Excellence. Si Votre Excellence me le permet, je ferai pendre les canailles qui propagent de tels bruits et fomentent la rébellion au sein de cette belle expédition.

Ce ton me parut insupportable. Plus chargé d'insultes encore que sa grossièreté habituelle ! Alvaro l'écoutait sans mot dire.

— … Je vais parler franc à Votre Excellence : Votre Excellence n'est pas sans savoir que certains colons veulent s'en aller d'ici. Et qu'une pétition circule. Dieu m'est témoin que, sans moi, ces coquins traîneraient l'honneur de Votre Excellence plus bas que terre ! Ils sont si avides et enragés qu'ils colportent n'importe quoi. Ils disent par exemple que les toilettes de Doña Isabel, votre épouse, ont coûté plus cher que tous les outils que vous aviez soi-disant achetés pour la colonisation de ces îles. Que le linge et les jupons de Doña Isabel excèdent le montant de toutes leurs soldes mises bout à bout, et qu'ils mettraient cent ans à gagner ce que vaut le moindre de ses peignes. Je rapporte de telles paroles en les condamnant, et en conseillant vivement à Votre Excellence de faire châtier les bavards. Il suffit de si peu de malveillants pour instaurer le désordre.

Cet édifiant discours était distillé à l'oreille de Don Alvaro sans que je sois censée l'entendre. Merino-Manrique à sa gauche, moi à sa droite, nous marchions tous les trois de front vers les fortifications. L'Adelantado ne réagissait pas. Rien. Pas un mot. Il gardait le regard rivé sur la nouvelle palissade : elle seule semblait l'intéresser… Et ce fut là, devant l'enceinte à peine terminée, qu'il choisit de riposter aux perfidies de Merino-Manrique. Il l'humilia publiquement, attaquant le Colonel dans ce qui le touchait au plus profond : son génie pour l'architecture militaire.

Merino se flatte d'être un astre dans l'organisation des défenses. Songe que son titre officiel est celui de *maître de camp*. Le meilleur dans tout le Pérou. Son expérience, il l'aurait acquise auprès du duc d'Albe, lors de la guerre des Flandres. Eh bien, je peux te dire que Merino-Manrique, ce si grand capitaine, s'est fait étriller de jolie manière !

Tu sais combien Alvaro peut se montrer virulent quand il est en colère. Il critiqua tout : la hauteur et l'épaisseur des planches, l'emplacement des contreforts, la taille de la porte, le nombre d'ouvertures. Il lui ordonna de détruire ce château de cartes et de reconstruire quelque chose qui ressemblât à un fort digne de ce nom.

Après cette sortie, j'ai senti l'Adelantado au bord de la syncope.

Je l'ai conduit dans l'avant-poste et l'ai fait asseoir. J'ai étendu ses jambes sur un coffre. Il peinait à respirer. Même ses mains avaient doublé de volume.

Il m'a demandé de le ramener à bord de la *Capitana*.

Comme nous regagnions la plage, nul ne pouvait se douter de son malaise. Son pas paraissait aussi décidé, son visage aussi noble que jamais. Il est parvenu à faire illusion jusqu'à notre cabine. Là, il s'est effondré. Il prend à cette heure quelque repos.

Je suis inquiète, Pétronille. Je crains que l'eau de ses jambes ne remonte à ses poumons.

Pour ce qui est de la rencontre de ce matin, aucune décision n'a été prise. Ni sur la palissade ni sur le reste. Et quand nous sommes remontés dans la chaloupe, j'ai vu l'abominable Merino-Manrique cracher dans notre dos. Ses hommes aussi l'ont vu. La mesure est pleine. Nous devons nous en débarrasser. »

*

En cette fin d'après-midi, Mendaña, allongé sur sa couchette, gardait le visage tourné vers l'étroite fenêtre de la cabine. Il ne pouvait détacher son regard de la fumée du volcan qui continuait à traverser l'horizon.

Délaissant la mer, il se laissa un instant absorber par la contemplation d'Isabel. Dans la lumière du soir, sa chevelure évoquait une masse incandescente, le bouillonnement d'un métal en fusion… Isabel. La passion de sa vie.

Installée en tailleur parmi les coussins de l'estrade, elle affectait de lire. L'expression de son visage disparaissait sous ses paupières baissées. Mais il y avait plus troublant que son regard trop noir et le cuivre de ses cheveux. Le grain de sa peau. Sa douceur. Son odeur. Un parfum dont il n'avait jamais pu se rassasier. Dire qu'il allait devoir renoncer à tout cela. La grâce de son cou, le ruissellement de ses boucles sur son front incliné…

Il la déviseagea, comme s'il la regardait pour la dernière fois. Elle sentait qu'il l'observait et ne bougeait pas, se laissant admirer.

Mais il ne conclut pas de la façon qu'elle eût pu souhaiter :

— Si je meurs… Si je meurs, tu devras prendre le commandement.

Elle tressaillit et vint s'asseoir auprès de lui.

— Que dis-tu ? Tu ne vas pas mourir, Alvaro.

Il insista :

— Mais si je meurs, tu devras prendre le commandement. Repose-toi sur les connaissances de Quirós. Lui seul peut te ramener au Pérou.

— Je ne veux pas retourner au Pérou ! Je veux rejoindre avec toi les îles du roi Salomon.

— Les îles Salomon existent-elles seulement ?

— Comment peux-tu en douter ? Évidemment, elles existent et tu les trouveras !

— Un mirage… ou bien la colère de Dieu. Le châtiment pour mes péchés !

Elle prit sa main entre les siennes :

— Cesse de te tourmenter ainsi, Alvaro : tu n'es coupable de rien ! Ce n'est pas ta faute si Lope ne savait pas commander. Ce n'est pas ta faute s'il a laissé ses propres hommes se servir dans ses vivres, gâcher son bois et gaspiller son eau. Et ce n'est pas ta faute, non plus, s'il a choisi de nous fausser compagnie en conduisant son propre navire droit sur un volcan en éruption !

— Lope aura fait cap sur la seule terre en vue pour trouver de l'eau. À n'importe quel prix : de l'eau ! C'est ce qu'il a tenté en se dirigeant vers le volcan. Rien d'autre… Comment pourrais-je ne pas penser à lui, à la *Santa Isabel* prise par le feu, et aux cent quatre-vingts personnes piégées dans les flammes ? Tous ces hommes, toutes ces femmes, tous ces enfants que j'aurais pu sauver en leur donnant les quelques gouttes dont ils avaient besoin.

— Et les deux cents passagers à bord de ce navire ? C'est à eux que tu as pensé ! Et tu as bien fait ! Car c'est à nous, à moi, à Mariana, à mes frères, à Quirós, au père Serpa, au vicaire Espinosa, aux serviteurs de Dieu qui peuplent la *Capitana* – à Notre-Seigneur tout-puissant et au roi d'Espagne ! –, au succès de la conquête, que va ta responsabilité. En refusant à Lope de Vega l'eau dont nous avions besoin ici, tu as tenté de nous protéger tous.

— Ma responsabilité allait aussi aux autres ! Aux deux prêtres sur le navire de Lope de Vega, à toutes les âmes de la *Santa Isabel.*

— Peut-être. Mais tu n'y es pour rien. En revanche, Alvaro, si tu veux savoir le fond de ma pensée, c'est aujourd'hui, maintenant, que tu manques à tous tes devoirs. Car c'est nous, pas la *Santa Isabel*, nous, ceux du *San Jerónimo*, ceux de la galiote et de la frégate, qui sommes en grand danger. Si tu laisses le colonel Merino-Manrique continuer ce qu'il a si bien commencé…

— Tu le hais depuis le début.

— Et j'avais raison ! Merino-Manrique est un traître. Mais ceci n'est pas le sujet. Agis, Alvaro, défends-toi, défends-nous, et tu cesseras de connaître ces attaques de conscience qui te torturent. Tes tourments ne sont que le produit de ton indécision. Les insolences d'aujourd'hui t'ont donné la mesure du désastre. La mutinerie s'étend. Tu dois éliminer Merino-Manrique. Tu aurais même dû t'y résoudre il y a longtemps. Laisse cet homme à la tête de ton armée et nous sommes perdus.

— Tu exagères, Isabel. Les colons sont âpres, certes, pleins d'envie et de haine, mais tu exagères.

— Je n'exagère rien. Ils deviennent incontrôlables.

— Toi aussi, Isabel, tu es incontrôlable ! Pleine de colère…

— Oui, je suis en colère ! Envers ce que tu devrais faire et ne fais pas… Débarrasse-toi de Merino-Manrique, et tout ira mieux.

— M'en débarrasser ? Ce que tu veux, c'est l'assassiner !

— L'exécuter. Si nous n'agissons pas, il nous tuera tous.

— Je ne pense pas que le Colonel ait de tels desseins !

— Ah non ? Et que crois-tu donc ?

— Aujourd'hui, il m'a reçu à terre très poliment, m'accueillant avec tout le respect qu'il me doit.

— Oui, et le chapeau à la main, le compliment à la bouche, il m'a rendue responsable, moi, mes jupons, mon linge et mes peignes, de toutes les difficultés que nous rencontrions… Oh, il ne te tuera pas lui-même. Mais il excitera ses soldats et leur donnera toute latitude pour se charger des basses besognes à sa place.

— Merino-Manrique est furieux de la perte de ses compagnons qui se trouvaient, pour la plupart, sur la *Santa Isabel*. De ses chevaux, de ses armes, de son équipement, que nous conservions sur l'*Almiranta*. Rien d'autre.

— Rien d'autre ? Cesse de tricher avec toi-même, Alvaro. Le Colonel veut ta place, et il veut ta vie. Si tu ne l'exécutes pas maintenant, il obtiendra l'une et l'autre.

Elle sentit qu'il ne l'écoutait plus. Le regard de

Mendaña avait filé sur le coffre aux trois serrures, ce coffre où il serrait les Capitulations de Sa Majesté, le roi Philippe II.

En son for intérieur, l'Adelantado revenait éternellement à cela : les îles d'or du roi Salomon. Le voyage d'autrefois. Pourquoi le Seigneur lui refusait-il de retrouver les îles qu'Il lui avait permis de découvrir ?

— J'ai été fou de tenter de vivre deux fois. Aucun homme ne peut revivre sa jeunesse…

— Tu n'es pas vieux, Alvaro !

Il ne l'écoutait pas.

— … Nous avions connu des difficultés, jadis. Des révoltes. Même des tragédies, comme celle de la disparition de la *Santa Isabel*… Mais Dieu nous protégeait… Aujourd'hui, Dieu m'abandonne. Il me punit d'avoir voulu forcer le destin… Cherché à bafouer les règles de la nature, telles que le Seigneur Tout-Puissant, dans Son infinie sagesse, les a créées… Tenté de réaliser les rêves d'un très jeune homme, alors que j'avais le corps, le cœur, l'âme d'un vieillard ! Voilà ma faiblesse, Isabel, et mon erreur : avoir cru que j'étais capable de tout, malgré Lui, et sans Lui… Ta faiblesse à toi, mon amour, c'est ta passion pour la vie. Ton incapacité à dominer ta soif d'exister et de vaincre. Tu veux tout trop vite, et tu veux tout trop fort.

— Ma faiblesse, Alvaro, est de ne rien vouloir d'autre que ce que tu veux, toi. Mais ma passion de la vie, comme tu l'appelles, je ne la crains pas. Et je n'ai pas peur de l'avenir. Ou plutôt si : je redoute ce que Merino-Manrique peut te faire. Et je n'ai aucune intention de le laisser te trancher la gorge. Tu dois te défendre. Tu dois ordonner sa mort.

— Je préfère perdre le commandement, que de

décider le meurtre d'un homme contre lequel je ne possède aucune preuve, dit-il en haletant.

Il reprit son souffle pour conclure :

— … Je préfère mourir que de commander grâce à un assassinat.

Isabel le regarda : Alvaro. Si triste, si profondément désespéré. Un très vieil homme, en effet.

Il la bouleversait. Elle éprouvait la même émotion que devant son père, quand elle avait couru le retrouver pour la dernière fois, le jour de l'embarquement. La même douleur que devant ses enfants, à la veille de leur mort.

Submergée par les sentiments qu'éveillaient ces souvenirs, elle serra de toutes ses forces la main de son mari qu'elle avait gardée dans la sienne. Elle tentait de surmonter la crise de larmes qui la secouait, essayant de retrouver le rythme de sa propre respiration. Elle lutta longtemps. Le silence s'installa.

Quand elle eut enfin réussi à refouler sa terreur de le perdre, elle continua de se taire et de réfléchir.

« Si je lui disais ce que j'ai vu Merino faire ce matin derrière lui… »

Si Isabel racontait le crachat dans le sable, le crachat public de Merino-Manrique sur les traces de l'Adelantado, à coup sûr elle le convaincrait de la nécessité d'agir. Mais ce geste offenserait Alvaro si profondément, ce mépris lui causerait une telle douleur, une telle humiliation…

Infâme.

Elle écarta l'argument.

Il ne pouvait cependant continuer d'ignorer ce qui se préparait là-bas.

Au terme de plusieurs minutes, elle finit par demander avec gravité :

— Veux-tu, Alvaro... que je te décharge de cet acte qui te répugne ?

La voix d'Isabel tremblait :

— ... Si l'idée de commander par le fer et le sang te tourmente, je peux prendre la faute sur moi. Je peux donner l'ordre à Lorenzo. Dire à mes frères d'agir... Je le ferai, Alvaro, car *il faut* le faire.

Un coup de feu l'interrompit. On tirait de la terre en direction du *San Jerónimo*.

Ce ne pouvait être les Indiens. Ceux-là n'avaient pas d'arquebuses.

Se précipitant sur le balcon, elle aperçut au loin quelques soldats regroupés sur le rivage. L'un d'entre eux – Buitrago ? – visait le bateau. Il tira de nouveau. Quelque chose explosa sur le pont. Les soldats quittèrent la plage en riant, et disparurent derrière la palissade. Elle entendit de nouveaux coups de feu dans le camp, où se trouvaient Lorenzo, Diego et Luis.

— Ils vont les tuer ! s'exclama-t-elle, au comble de l'inquiétude.

— Encore une exagération, Isabel... Deux idiots qui essayaient leurs armes depuis le rivage. Je les punirai pour avoir gaspillé des munitions.

— Mais que te faut-il de plus ? s'indigna-t-elle. Tu viens de le voir : les soldats de Merino-Manrique tirent sur la *Capitana* !

On frappa à la porte. Mendaña sauta sur ses pieds et se campa au milieu de la cabine.

La minuscule silhouette noire de Quirós se découpa dans l'encadrement de la porte. Il s'inclina :

— Votre Excellence a entendu les coups de feu ?

— J'ai entendu. De quoi s'agissait-il ?

— J'ignore, Votre Excellence, quelle sorte de volatile chassaient les soldats du Colonel, mais je peux assurer à Votre Excellence qu'il n'y avait pas d'oiseaux dans nos mâts… Ni mouette ni perroquet. Juste mes gabiers.

— Ce qui signifie, Señor Quirós, qu'ils nous visaient ?

Le silence de Quirós pouvait ressembler à un acquiescement.

— Faites donner un coup de canon en l'air, ordonna Mendaña.

— Et que le boulet traverse le ciel du camp, intervint Isabel. Ces gens doivent comprendre que nous sommes armés et prêts à riposter.

Quirós ignora son intervention. Il ne prenait aucun ordre, sinon de l'Adelantado :

— Sauf votre respect, Votre Excellence, dit-il en ne s'adressant qu'à lui, un boulet tiré au-dessus du camp risque d'exaspérer les colons.

Il attendit la réponse.

Mendaña était pâle, les bras ballants. Il respirait avec difficulté. Il esquissa un geste de renvoi, ordonnant sans autre précision :

— À la tombée de la nuit, tirez un coup de canon.

Quirós se retira. Isabel le suivit dans l'escalier de coupée. Elle le contraignit à s'écarter pour la laisser passer, gravit une marche, se retourna et le domina de toute sa hauteur :

— Señor Quirós, entre vous et moi, juste une précision : dans quel camp vous trouvez-vous ? Êtes-vous pour le Gobernador ? Ou contre ?

— Je suis pour *nous tous*, Madame, et *contre* personne.

— Ce qui veut dire ?

Pressé, il la bouscula à son tour pour gravir deux autres marches. Cette fois, c'était lui qui la dominait :

— Rien d'autre que ce que je viens de déclarer… Qu'il est plus facile de susciter la guerre que de conclure la paix.

— Pour formuler des évidences, vous vous y entendez ! Mais…

— Mais quoi, Madame ? coupa-t-il avec violence.

En dépit de sa sécheresse, elle sentit dans son ton l'inverse de la froideur, le contraire de l'indifférence. Elle hésita. Il la regardait avec cette expression qu'elle lui avait déjà vue. Quelque chose de fixe, de fou, quelque chose d'affamé. Elle avait, jusqu'à présent, refusé de saisir le sens de ce regard-là chez Quirós, refusé de s'y arrêter. Impossible maintenant de ne pas le comprendre.

Une soif de conquête et de possession dévorante. Une soif d'extermination plus dévorante encore. Le désir et l'horreur confondus. Isabel était le fruit qu'il convoitait, elle était aussi le Serpent qu'il devait écraser. Elle incarnait le péché, le démon qu'il portait en lui. *La Tentation*.

Elle se découvrit dans ses yeux comme le Mal. Cette révélation la fit trembler de colère, de honte et d'effroi. Elle ne craignait pas pour sa vertu. Elle savait que Quirós ne tenterait rien, qu'il ne se permettrait aucun geste choquant ou déplacé. Il n'essaierait jamais de la prendre dans ses bras. Ni de l'effleurer. Il ne s'en approcherait même pas. La concupiscence de Quirós était d'un autre ordre. Le désir, chez lui, visait bien au-delà du corps et se souciait peu de la chair. Un besoin de conquête absolue et d'assujettissement total.

Investir son âme, lui imposer sa loi et la briser.

Elle frissonna. Il venait de gagner sur elle un avantage qu'il ne devait pas connaître : il l'épouvantait. Plus encore que Merino-Manrique.

L'idée que ce sage Quirós, si pontifiant, si sûr de lui, si calme toujours, si raisonnable, l'idée que cet homme qu'elle avait d'abord jugé hypocrite ; qu'elle savait aujourd'hui pieux et sincèrement dévot ; qu'elle connaissait habile, prudent, brillant, excellent marin ; surtout plein d'ambition, avide de gloire, avide de pouvoir, l'idée que cet homme brûle pour elle de cette façon-là…

Elle comprenait pourtant qu'en jouant bien, elle pourrait l'influencer, exercer sur ses décisions une forme de pouvoir. Jouer avec Quirós ? Impossible. Elle ne gardait qu'un instinct à son contact : le fuir.

Elle fit le contraire.

Elle réagit comme elle se comportait toujours face à la peur : en fonçant sur le danger.

Elle le regarda dans les yeux :

— *Mais*, Señor Quirós, répéta-t-elle avec toute la force de conviction dont elle était capable, celui qui tuera le Colonel nous sauvera tous.

Ils se dévisagèrent. Deux puissances dressées l'une contre l'autre.

Puis, brusquement, Quirós lui tourna le dos et remonta sur le pont.

À peine revenue dans la cabine, Isabel entendit le canon tonner. Collée à l'étroite fenêtre, elle observa le boulet traverser le ciel et passer au-dessus du camp, ainsi qu'elle l'avait exigé.

Du fort montèrent les cris de surprise des colons, les hurlements de fureur des soldats : « Le Gobernador nous tire dessus ! »

*

À l'aube, un branle-bas de combat arracha Isabel et Mendaña à leur mauvais sommeil. Merino-Manrique et sa horde avaient débarqué sur le pont. Elle les entendit qui écartaient les marins et descendaient à leur cabine. Elle entendit aussi Quirós qui les suivait et tentait de parlementer.

Merino-Manrique ouvrit la porte sans frapper.

Mendaña s'était vêtu en toute hâte et se tenait campé dans ses bottes, au milieu de la pièce.

Il tonna :

— Sans même vous faire annoncer, vous vous présentez en armes, Monsieur, et vous vous présentez couvert ! J'ai toutes les raisons de vous mettre aux arrêts et de vous faire pendre.

— Les deux hommes qui m'accompagnent empêcheront précisément cela. Pour le reste, j'ai, quant à moi, quelques petites questions à vous poser... La nuit dernière, vous avez envoyé un boulet sur le camp. Qu'est-ce que cela signifie ? Êtes-vous notre gouverneur ou notre assassin ?

— Comment osez-vous poser une telle question ? explosa Isabel, qui avait aidé Alvaro à s'habiller, le chaussant et lui bouclant son sabre, mais n'avait pas eu le temps, elle, de se vêtir. Elle se tenait en chemise, les cheveux dénoués... Vous avez commandé à vos soldats de tirer sur le navire du Roi, ce qui – en soi – constitue une trahison. Ensuite, vous avez fait tirer dans le camp… Qui cherchiez-vous à tuer ? Mes frères ?

— Vos frères ? (Le Colonel releva les lèvres de dégoût…) Permettez-moi une question, Excellence : qui commande ici ?

— Le canon a tiré sur mon ordre, aboya Mendaña. (Il était pâle. Il tremblait de colère. Il poursuivit :) … Et vous allez punir vos soldats.

Merino-Manrique haussa les épaules :

— Nul ne sait qui a tiré. En ce qui concerne mes soldats, ils affirment que c'est la racaille indisciplinée, dont s'entoure le capitaine Lorenzo, qui vous a visés.

— Vous mentez ! assena Mendaña.

— Tout ici est mensonge, Votre Excellence. Où sont vos îles ?

— Attention à vos paroles ! En ma présence, vous êtes en présence du Roi.

— Je ne le nie pas.

Merino-Manrique ôta son chapeau. Ses deux acolytes répétèrent son geste.

— … Et j'obéis à Votre Excellence. Mais si Votre Excellence veut un retour à la discipline, Votre Excellence doit venir habiter à terre avec nous.

— C'est cela, ironisa Isabel, ainsi pourrez-vous assassiner l'Adelantado plus commodément.

Mendaña coupa court :

— Sortez avec vos sbires ! Sortez, Colonel, tous les trois !

Merino-Manrique et ses hommes s'inclinèrent et disparurent.

Isabel se tourna vers Mendaña :

— Tue-le ! Ou fais-le tuer avant qu'il ne quitte le

navire… Il y a vingt marins sur le pont qui nous aideront.

— Non !

— Si tu ne le tues pas… (Elle s'empara de quelque chose sur la table, fonça vers la porte, repoussa Quirós qui se tenait encore dans l'embrasure.) … Je le ferai, moi, avec ce couteau !

Quirós ne douta pas qu'elle allait mettre son geste à exécution.

— Donne-moi cette arme ! hurla Mendaña.

La violence de l'ordre arrêta Isabel dans son élan. Déjà sur l'escalier, elle hésita. Mendaña répéta avec véhémence :

— Donne-moi cette arme ! Il existe une différence entre la justice et la trahison… Rends-moi ce couteau immédiatement ! Tu m'entends ? Reviens ici !

Elle se retourna, marcha vers lui, lui remit le poignard avec une brutalité qui donna l'impression à Quirós qu'elle le lui jetait au visage, le dépassa, et sortit sur le balcon.

Quirós s'approcha de Mendaña pour susurrer de son ton le plus modéré et le plus rassurant :

— Laissez-moi aller à terre parler aux soldats, Votre Excellence. J'ai un bon ami dans le village. L'arquebusier Ampuero. Je le raisonnerai en votre nom. Il passera votre parole aux autres.

L'expression de Mendaña le pétrifia. Rouge, les yeux exorbités, brandissant son bras encore armé du couteau, il renversa la table et hurla :

— Dehors ! Foutez le camp !

Quirós, qui n'avait jamais connu l'Adelantado grossier, salua et fila.

Inés avait assisté à la scène : elle soutint l'Adelantado qui chancelait. Il était au bord de l'attaque. Isabel se précipita pour l'asseoir.

Bouleversées, anxieuses, les deux femmes le mirent au lit.

*

Quand Quirós rejoignit le pont, il trouva le père Espinosa qui revenait de sa visite au camp. Comme chaque jour, il avait dit la messe dans la nouvelle église. Quelques marins l'aidaient à franchir le bastingage. Tous avaient sur les lèvres la même interrogation : que se passait-il à terre ?

Le prêtre anticipa la question :

— Ils vont partir.

— Sans voile ? grommela Quirós… Où iront-ils ?

— N'importe où. Mais ils partiront… Presque personne n'est venu à la messe. Ils ne se confessent même plus. Ils blasphèment. Ils disent que prier le Seigneur ne sert plus à rien, car cet endroit n'a pas d'or et se trouve au-delà de Dieu.

Le vicaire réfléchit une seconde, avant d'ajouter :

— … Les fièvres ont déjà tué trois colons. La Baie Gracieuse est peut-être aussi mauvaise qu'ils le prétendent… Mais Dieu nous montrera ici d'autres baies.

Âgé, comme Merino-Manrique, d'une soixantaine d'années, d'un caractère aussi sanguin et passionné, le prêtre se disait en relation directe avec le Ciel. Le Seigneur lui avait ordonné de s'installer à Santa Cruz et de travailler, avec le père Serpa, à la conversion des sauvages. Il s'opposait donc aux manigances du Colonel. Très agité, il gardait les yeux fixés sur la palissade.

— À votre avis, mon père, insista Quirós, les colons seraient prêts à nous massacrer pour partir ?

— Oui, avec les soldats, ils y sont prêts, concéda le prêtre.

*

Minuit. Incapable de prendre du repos, Isabel, sur le pont, scrutait le rivage. Beaucoup d'agitation dans le camp. Notamment du côté des baraques où habitaient ses frères... Elle savait que les soldats du Colonel les avaient cherchés la veille, surgissant dans leur cabane, tâtant de leur épée les grabats désertés. Prudents, Lorenzo, Diego et Luis s'étaient repliés chez leurs partisans, sous d'autres tentes.

Elle entendit un clapotement... Les Indiens chercheraient-ils à reprendre les bouées ? Elle retint un cri sur ses lèvres. Dans l'eau : une tignasse blonde... Diego. Elle lui jeta l'échelle.

Le jeune homme avait nagé jusqu'ici. Épuisé, il eut besoin de quelques secondes avant de réussir à parler.

— Ils ont encore essayé de nous faire la peau. Cette fois, Ampuero, Buitrago et leurs hommes sont allés de maison en maison... Chez tous nos amis.

— Buitrago, toujours Buitrago, le mari d'Elvira...

— Le plus violent de tous. Il prétend que Lorenzo l'a déshonoré en déflorant sa femme. Tous les cocus font corps avec lui. Tuer Lorenzo est devenu le mot d'ordre dans le camp. À sa meute de cornards, Buitrago a juré qu'il poursuivra Lorenzo sur toute la surface du globe, qu'il ira jusqu'en Enfer s'il le faut. Mais qu'il s'en vengera et le tuera. Il a été à deux doigts d'y réussir cette nuit... Ils ont à nouveau transpercé nos matelas à coups d'épée. Lorenzo avait pris ses précautions et fait évacuer les nôtres dans la forêt. Mais, au jour, ils nous poursuivront et nous trouveront.

Elle le prit par le bras :

— Viens… Cette fois, Alvaro doit agir.

Deux heures du matin. Diego ressortit sur le pont. Il avait ordre de chercher Quirós dans sa cabine : Mendaña le réclamait.

Quand le Chef Pilote fut descendu, le jeune homme enjamba le bastingage et repartit dans l'obscurité, à la nage.

Quirós trouva la cabine du Gobernador illuminée par toutes les chandelles de l'Adelantada, ces dangereuses bougies dont lui-même, mille fois, avait interdit l'usage à bord.

Le dos soutenu par les coussins, le visage livide, Mendaña le reçut couché. Il paraissait plus vieux, plus épuisé encore que durant les dernières semaines. Il ne respirait qu'avec une extrême difficulté. Il désigna la chaise qu'Isabel avait laissée vide à son chevet. Et réfléchit longuement avant de parler. Quirós sentit qu'il rassemblait ses forces.

Quand l'Adelantado lui adressa enfin la parole, il avait recouvré ses manières d'antan : cet air à la fois martial et bon. Et puis, cette voix de gorge, très particulière, qui exsudait la chaleur et le charme :

— Certains n'ont pas confiance en vous, Señor Quirós. Moi, oui. Vous êtes un grand capitaine…

Quirós sentit le regard d'Isabel sur ses épaules. Elle se tenait derrière lui, immobile, debout dans l'ombre.

— Si je meurs, poursuivit Mendaña, vous seul

pourrez manœuvrer le *San Jerónimo* et le conduire à bon port.

— J'ai toujours obéi aux ordres de Votre Excellence.

— Je le sais, Señor Quirós, je le sais.

Le silence s'installa. Mendaña choisissait ses mots.

— Demain, poursuivit-il, nous irons à terre, et nous y descendrons porteurs de l'étendard royal. Vous-même serez armé et choisirez quatre hommes de confiance. Il s'agit de faire justice, car la justice commande de punir le colonel Merino-Manrique.

— Il n'y a pas d'autre solution ?

— Non… Des raisons profondes, et trop longues à vous expliquer, m'obligent à prendre cette décision.

— Mais si le Colonel résiste, devrai-je, moi, participer à son arrestation ?

Le regard du Gobernador se durcit :

— Quand le moment sera venu, je vous prierai d'être le témoin de la volonté de Dieu et de crier avec vos hommes : « À mort les traîtres ! »

Chapitre X

À mort les traîtres !

À l'aube de ce dimanche 8 octobre 1595, l'adelantado de Mendaña et le chef pilote Quirós, accompagnés de deux officiers, deux rameurs et quatre matelots, s'embarquèrent dans l'unique chaloupe de la *Capitana*. Ils laissaient derrière eux, sur le galion, le père Serpa et le père Espinosa, Doña Isabel et Doña Mariana. Le gros des forces armées restait auprès des prêtres et des femmes, pour défendre leur vie et tenir le vaisseau.

La chaloupe s'arrêta au pied de la galiote. Mendaña envoya l'un de ses officiers en quête du capitaine Felipe Corzo. L'officier trouva le capitaine sur son pont, occupé à aiguiser une machette. Corzo le suivit, sans poser de question. En descendant dans la chaloupe, il tenait encore son outil à la main.

Mendaña lui exposa en deux mots la situation. Corzo acquiesça. Puis ce fut le silence. On entendait seulement le bruit régulier des rames frappant l'eau dans le petit matin, et le chuintement de l'affûtage : Corzo continuait d'aiguiser sa machette contre la lame de son épée.

Les onze hommes accostèrent. Les frères Barreto, qu'accompagnaient une dizaine de partisans, surgirent du fouillis des palmiers. Ils avaient attendu là, en armes, toute la nuit. Le petit groupe longea la plage vers le camp. On apercevait clairement l'enceinte qui se dressait au bout de la baie : une palissade de bois, sur la butte, près de la mer.

La porte du fort s'ouvrit. Une troupe de soldats en sortit, marchant en bon ordre.

L'Adelantado envoya son officier à leur rencontre. Il priait ces soldats de venir le rejoindre au pas de course : il voulait leur parler. Miracle : les hommes obéirent.

— Qui commande cette unité ? demanda Mendaña.

L'enseigne Buitrago s'avança :

— Moi, Votre Excellence.

— Où allez-vous ?

— Chercher à manger chez le chef Malopé… Sur ordre du colonel Merino-Manrique.

Mendaña fronça le sourcil. Une expédition de ravitaillement avait permis, la veille, de rapporter plusieurs cochons et des douzaines de régimes de bananes. Ces vivres étaient le produit de la générosité de Malopé. Un don.

— Ne prenez rien chez lui par la force. Respectez ses biens. Je vous interdis de piller ses maisons et de brûler ses villages ! Entendez-vous ? Le chef Malopé est notre ami. Il partage avec nous tout ce qu'il possède… Suis-je bien clair ?

— Certes, Votre Excellence, acquiesça Buitrago, l'œil vide.

— Vous m'avez compris ? insista Mendaña.

— Certes, Votre Excellence.

L'expression de Buitrago leur donna à tous, et plus encore à Mendaña, l'exacte mesure de son commandement : « Cause toujours, vieux gâteux ! » semblait dire la vacuité de son regard.

Buitrago et ses compagnons poursuivirent leur chemin.

Cette rencontre conforta l'Adelantado dans sa décision. Il devait restaurer le pouvoir de l'autorité royale. La sienne.

Il franchit les deux postes de garde et laissa la palissade derrière lui.

Flanqué de Lorenzo et de Diego, marchant en tête, il traversa le camp. Le jeune Luis avait déployé l'étendard de Sa Majesté le roi Philippe II d'Espagne et les talonnait de près.

Les hommes de l'Adelantado se dirigèrent droit sur la cabane du Colonel. Elle se dressait au-dessus de l'église, la plus proche de la mer, au sommet de la petite butte.

L'esclave noir de Merino-Manrique, un géant, venait d'allumer, dehors, le feu du petit-déjeuner et se tenait accroupi devant les flammes. En apercevant le Gobernador, il se leva pour avertir son maître qui s'habillait à l'intérieur.

Merino-Manrique sortit tête nue, boutonnant son pourpoint. Quand il vit les trois frères Barreto, il cria à l'intention de l'esclave :

— Mon épée, mon poignard…

Il était déjà encerclé.

Mendaña poussa un soupir, leva une seconde les yeux au ciel en une brève prière, porta la main à son épée, dégaina, et cria :

— À mort les traîtres ! Vive le Roi !

Un soldat, passé dans le dos de Merino-Manrique, le saisit à la gorge et, de derrière, lui assena deux coups de couteau, le premier dans la bouche, le second dans la poitrine. Le regard du Colonel exprima la surprise, comme s'il ne comprenait pas qu'une telle chose puisse lui arriver, à lui. Un autre soldat lui donna un coup de poignard dans le flanc. Cette fois, le Colonel chercha à se défendre. Son esclave, interloqué sur le pas de la porte, tenait son épée. Le Colonel tendit la main pour s'en saisir. Mais le capitaine Corzo arrêta son geste d'un coup de machette qui lui trancha le bras. La main sectionnée du Colonel resta accrochée à son poignet par les nerfs et la peau.

Luis frappa l'esclave d'un coup de sabre qui lui entailla l'épaule. Le Noir hurla et s'enfuit en lâchant l'épée. Lorenzo la ramassa. Il en transperça Merino-Manrique de part en part, laissant l'arme au fond de la blessure.

Cette fois, le Colonel s'effondra.

Criblé de coups, la bouche crachant le sang, la main pendante, il hoqueta :

— Laissez-moi me confesser.

Diego rétorqua :

— Il n'est plus temps. Fais ton acte de contrition, repens-toi !

Le corps du Colonel palpitait dans la boue. Il râlait :

— Jésus ! Marie !

L'épouse de l'un de ses hommes, une matrone dépenaillée, en chemise, se rua vers la butte qu'elle grimpa en hurlant :

— … Au nom du ciel !

Elle tomba à genoux, souleva les épaules du mourant, prit sa tête entre ses cuisses et le berça comme un enfant.

Le sang qui coulait à flots de la main tranchée, de la bouche, du flanc, de la poitrine de Merino imbiba sa camisole et sa jupe, la rougissant tout entière.

— … Au nom du ciel ! Au nom du ciel ! Allez chercher un prêtre… Aidez ce malheureux à mourir, suppliait-elle. Ou bien achevez-le pour qu'il cesse de souffrir !

Lorenzo, d'un mouvement sec, arracha l'épée de la poitrine de Merino-Manrique. Ce geste tua le Colonel.

Lorenzo posa la lame sur le brasier du petit-déjeuner, purifiant le sang par le feu.

— Que la volonté de Dieu soit faite ! clama Mendaña d'une voix forte. Justice a été rendue au nom du Roi. Le traître est mort. Sa punition suffit à Notre-Seigneur dans le ciel. Sa punition suffit à Notre-Seigneur sur la terre… Au nom de Sa Majesté le roi Philippe II d'Espagne, j'accorde mon plein pardon à tous les complices du colonel Merino-Manrique. Que la paix soit maintenant avec vous !

L'exécution du Colonel avait peut-être suffi à l'Adelantado, au roi d'Espagne et à Dieu, mais pas aux trois frères Barreto.

— À mort les traîtres ! hurlèrent-ils en se ruant sur les cabanes des partisans de Merino-Manrique.

Ceux-là étaient venus visiter par deux fois la maison des Barretto et crever à coups d'épée leurs couches encore tièdes.

À mort !

Lorenzo et Luis s'étaient emparés de l'arquebusier Ampuero et le poussaient hors de chez lui dans la boue.

Ampuero réussit à se dégager et à s'enfuir. Il courut vers le corps de garde, tentant de sortir du fort. Il trébucha. Lorenzo le reprit. Tous deux luttèrent entre les cases, jusqu'à l'arrivée de Luis et de Diego, qui remirent l'arquebusier debout.

Pétrifié à quelques mètres, Quirós assistait à la scène. Il vit son ami de vingt ans, l'homme avec lequel il avait bourlingué de Lisbonne à Goa, de Madrid à Lima, se débattre.

Il n'intervint pas. Il n'en eut ni le temps ni l'instinct. Les frères Barreto avaient déjà disparu avec leur victime, la tirant au fond de l'une des sentes. Quirós entendit la voix épouvantée d'Ampuero crier :

— Pitié !

… et celle de Lorenzo répondre :

— Pas de pitié pour les mutins !

Manrique baignait dans son sang, nu comme un ver sur la butte. Le tambour l'avait déshabillé. S'emparer des habits des morts était l'unique prérogative des tambours. Pas de solde, mais le droit de dépouiller les cadavres… Le regard du garçon balaya le camp. Il avait repéré Lorenzo qui traînait Ampuero dans l'impasse. Il descendit la pente au pas de course et disparut à son tour entre les cabanes. Il en ressortit, les bras chargés des effets de l'arquebusier assassiné. À quand le prochain ?

Les épouses des soldats du clan Merino-Manrique suppliaient les frères Barreto d'épargner leurs maris.

Aussi affolée qu'elles, Doña Elvira n'essayait pas d'approcher Lorenzo. Moins encore de plaider ou de négocier la cause de son homme, en réparation du viol que Lorenzo lui avait infligé.

Comme Ampuero quelques secondes plus tôt, elle courait vers la porte du camp… Trouver la chaloupe, atteindre sa maîtresse, là-bas, sur la *Capitana*. Se mettre sous la protection de Doña Isabel. Implorer auprès d'elle le pardon de l'enseigne Buitrago !

Impossible : les portes du fort étaient déjà closes. À défaut, Elvira essaya de rejoindre Mendaña qu'on disait retiré dans le corps de garde.

Mais là, devant la porte de l'Adelantado, c'était l'émeute et la curée. Chacun tentait de prouver sa fidélité, en lui livrant ses anciens compagnons. On s'en prenait aux serviteurs, aux pages, aux esclaves des mutins, qu'on attaquait, qu'on blessait et qu'on poursuivait. Mendaña avait beau demander qu'on laisse ces malheureux tranquilles, il n'était pas entendu.

Pour calmer les excités et donner à ses fidèles la punition qu'ils réclamaient, il ordonna qu'on décapite les cadavres des deux coupables – le Colonel et son complice Ampuero – et qu'on plante leurs deux têtes sur les piques à l'entrée du fort, comme l'usage le voulait avec les traîtres.

En guise d'exemple et d'avertissement.

La machette du capitaine Felipe Corzo se chargea à nouveau de la besogne.

Corzo fit ensuite poser une échelle contre la palissade. Il y grimpa lui-même, portant les deux têtes dans un filet, et les empala de part et d'autre de la porte. Sa mission accomplie, il vint en rendre compte à Mendaña.

— Fort bien, capitaine. Veuillez maintenant prendre ma chaloupe et aviser les gens du *San Jerónimo* de l'heureuse issue de cette matinée. Rassurez Doña Isabel, qui doit être extrêmement inquiète. Dites-lui que la justice du Roi a été rendue. Et revenez avec elle pour la messe d'action de grâces.

Rapide, Corzo avait déjà sauté dans la barque.

L'Adelantada refusa de laisser sa sœur sans protection à bord du *San Jerónimo*. Le capitaine Corzo reconduisit donc les deux femmes à terre, en compagnie des prêtres et des marins. Tous se montraient pressés de témoigner au parti des Barreto leur fidélité, leur soutien et leur joie de l'exécution du Colonel.

Aussi grossier, aussi volubile que l'avait été Merino-Manrique, Corzo servait à Isabel des compliments qui frisaient l'outrage :

— Vous voilà *marquise de la Mer du Sud*, paradait-il, comme moi je suis *colonel* depuis que le Gobernador m'a commandé l'exécution de ce pourri de maître de camp ! Je l'ai frappé au nom de l'Espagne. Et par amour pour vous. Vous pouvez m'en être sacrément reconnaissants, vous et le Gobernador.

Isabel, debout dans la chaloupe, fixait la plage et conservait le silence… Que lui importait Felipe Corzo ? Ils étaient tous vivants. Ne pas entendre le reste. Ne pas laisser ce Corzo l'entraîner sur son terrain. Ne pas perdre de vue l'essentiel. La seule chose qui importait : Alvaro vivait. Et l'abominable Merino-Manrique ne pourrait plus tuer personne.

À la porte du fort, la tête aux boucles blanches du Colonel, cette tête tranchée qui semblait la regarder, la fit tout de même vaciller. Corzo ne manqua pas de la lui désigner du doigt.

— Madame est-elle satisfaite ?

Elle ne répondit pas.

Attrapant Mariana, que cette vision avait conduite

au bord de l'évanouissement, Isabel l'entraîna vers le corps de garde. Alvaro les reçut sans un mot. Ils échangèrent un long regard qui disait l'infini de leur amour et l'immensité de leur soulagement.

La tension, là-bas sur le bateau, avait été terrible. Isabel avait vu les mouvements de foule dans le camp. Mais comment aurait-elle pu les interpréter ? Impossible de savoir si Alvaro était… Ses nerfs brusquement lâchèrent. Baissant la tête pour que les hommes ne la voient pas pleurer, elle fondit en larmes.

Puisque Dieu avait voulu qu'ils fussent réunis, Mendaña ordonna qu'ils aillent prier ensemble. Leurs retrouvailles se solderaient par un pardon général.

Dans la petite église de Santa Cruz, il embrassa la croix et fit face à la foule.

— Ne vous indignez pas de ce que vous avez vu ce matin. Les mutins devaient mourir. Redevenez les sujets obéissants de votre Roi… Et cessez d'avoir peur.

Isabel sentait l'odeur des hommes, une odeur âcre de transpiration et de sang. La peur, oui. L'odeur de la peur. Les marins, les colons, les soldats, les femmes, les serviteurs indiens, les esclaves noirs se pressaient loin dehors, debout sous un soleil au zénith. Tête basse, ils écoutaient :

— … Ce qui a été fait le fut pour le bien de tous. Le Seigneur a dit : « Si ton pied droit est pour toi l'occasion de pécher, coupe-le. » Le Seigneur a dit : « Si ton œil droit est pour toi l'occasion de pécher, crève-le. » En ordonnant les exécutions dont vous avez été les témoins, j'ai obéi aux ordres du Seigneur. J'ai extirpé le mal. Maintenant, vous pouvez aller en paix, dans la sagesse, dans la justice et la miséricorde de votre gouverneur. Et dans l'amour de Dieu.

À la suite de cette homélie, le Gobernador traversa l'allée centrale. Au son des fifres et des tambours, il marcha en tête du cortège, devant le chapelain et le vicaire qui s'étaient hâtés de le rejoindre. La procession traversa le village jusqu'au corps de garde. Mendaña salua la foule sur le seuil. Puis il se tourna vers Lorenzo, le nomma solennellement *maître de camp* à la place du Colonel, et lui demanda de faire enterrer les cadavres des traîtres. Il lui ordonna aussi de distribuer les biens d'Ampuero et de Merino-Manrique aux plus pauvres des colons.

La chaleur devenait étouffante. Isabel observait son mari. Elle savait qu'Alvaro s'était poussé aux limites de lui-même, et le sentait épuisé. Elle affecta de vouloir prendre quelque repos. On se retrouverait vers cinq heures.

À peine la porte fut-elle refermée que Mendaña s'échoua de tout son poids sur un coffre. Il avait joué son rôle à la perfection. Maintenant, le masque tombait. Isabel et Mariana tentèrent d'étendre ses jambes et de lui ôter ses bottes. Impossible. Il faudrait les découper.

Le répit ne dura pas. On frappait déjà : Lorenzo.

— Deux soldats marchent sur la plage : l'avant-garde de l'expédition de ravitaillement chez le chef Malopé qui rentre, annonça-t-il. Ils atteindront le camp dans cinq minutes. Le reste du contingent les suit à bord de deux pirogues.

— Que personne ne les informe de ce qui s'est produit, ordonna Mendaña. Descendez les têtes des piques. Cachez la bannière du roi.

Quand les deux éclaireurs se présentèrent au corps de garde, l'Adelantado les reçut gracieusement.

— Comment s'est passée votre mission, Messieurs ?

— Pas trop mal, Votre Excellence. Nous avons eu seulement un petit ennui : Malopé a cherché à nous trahir.

— Vous m'étonnez. Malopé est notre ami. Ses actes l'ont toujours prouvé.

— Il a tout de même voulu nous trahir, insista le premier soldat.

— C'est si vrai, Votre Excellence, qu'on a dû le descendre.

— Nous n'avons pas eu le choix, il a fallu l'abattre !

Le coup fut tel qu'Isabel crut que Mendaña allait s'effondrer. Il dut s'y prendre à plusieurs reprises pour retrouver sa respiration.

— Malopé… Vous avez tué le chef Malopé ?

— Pas moi… Pas nous, Votre Excellence. Juan Buitrago.

Les deux soldats, comprenant soudain que cette nouvelle ne plaisait pas, changèrent de ton :

— L'enseigne Buitrago lui avait demandé de nous conduire dans la forêt, à un endroit où les arbres produisent beaucoup de fruits. Malopé ne se doutait de rien. Alors, Buitrago lui a posé le canon de son arquebuse sur le cœur… Et il a tiré à bout portant. Ah ça, impossible de le louper !

— Malopé est tombé… Quelqu'un d'autre…

— C'est Salvador Lopez, coupa le premier soldat qui ne voulait pas être en reste.

— Oui. Il l'a achevé en lui fendant le crâne avec une hache. Notre lieutenant a dit que Salvador Lopez n'avait jamais rien fait de mieux.

— Leur lieutenant, c'est toujours Buitrago, intervint Lorenzo… Il arrive avec les autres. Que faisons-nous de ces deux hommes, Votre Excellence ?

La question n'atteignit pas Mendaña. Il semblait absorbé, happé par la catastrophe.

Malopé mort. Malopé assassiné.

Il savait désormais que l'expédition ne pourrait pas s'installer à Santa Cruz. Ce meurtre, par trahison, signifiait la guerre à outrance avec les naturels. Exactement ce qu'avait recherché Merino-Manrique… Rendre la vie tellement impossible aux Indiens qu'ils soient obligés de harceler les colons.

Et contraindre Mendaña à l'abandon de la Baie Gracieuse.

Isabel avait compris le stratagème et la débâcle en une seconde, elle aussi. La fin de la colonisation.

Par la meurtrière du corps de garde, elle apercevait les autres soldats débarquant des deux pirogues. Ils traversaient la plage vers le fort. Juan Buitrago marchait le dernier : il couvrait ses arrières, avec ses arquebusiers. À raison… Dès que les Indiens découvriraient le cadavre de Malopé, ils poursuivraient les Espagnols et les attaqueraient.

L'homme qui avait donné le coup de grâce, le soldat Salvador Lopez, était reconnaissable de loin. Il marchait au milieu de la troupe, sous bonne garde, les mains liées derrière le dos.

Buitrago tenait donc sa victime toute prête : Salvador Lopez subirait la colère du Gobernador. Un plan probablement échaufaudé la veille par Merino-Manrique. On blâmerait un crétin sans importance, un soldat imbécile, dont on prétendrait qu'il avait agi sans ordre. On l'exécuterait à la hâte, avant qu'il parle.

— Ils arrivent, insista Lorenzo. Que fait-on de ces deux-là ?

La question tira Mendaña de sa consternation.

— Mettez-les aux fers… Et renvoyez les gens dans leurs maisons… Que personne n'ait accès aux soldats qui rentrent : ils ne doivent se douter de rien… Capitaine Barreto, prenez quatre hommes, cachez-les dans cette pièce. Placez-en dix autres autour du corps de garde… Tenez-vous prêt à arrêter Juan Buitrago et à vous saisir de ses complices.

À peine eut-il prononcé ces paroles que s'éleva la voix de Doña Elvira, criant derrière la porte du camp : « Juan ! Attention ! Lorenzo est là… Juan ! Ne rentre pas ici, hurlait-elle à pleins poumons… Sauve-toi ! »

Si cette femme réussissait à donner l'alarme… Lorenzo fonça, attrapa son ancienne maîtresse par le cou et l'enferma dans une cabane à l'autre bout du village. Il revint auprès de Mendaña.

Les soldats pénétrèrent, à la file, dans le corps de garde.

L'un après l'autre, les hommes de Lorenzo les neutralisèrent, les bâillonnèrent et leur passèrent les fers.

Les partisans de Merino-Manrique échangeaient des regards affolés. Que s'était-il passé durant leur absence ? Ils avaient repéré, dans l'ombre, le jeune page du Colonel. Garrotté. Les fers aux pieds, lui aussi. Il avait toutefois les mains libres. Se passant le doigt sur la gorge, le garçon fit le geste de se la trancher. Les deux soldats comprirent : leur chef était mort.

Quand Buitrago entra à son tour dans la cabane, il aperçut l'ensemble de sa troupe entravée, et la tête tranchée de Merino-Manrique, qui s'était échappée du filet pour rouler sous la table.

S'il voulut pousser une exclamation d'horreur, Lorenzo le fit taire. Avant même que Mendaña ait pu lui poser la moindre question, il l'avait traîné dehors.

— Pourquoi ? Qu'ai-je fait ? protestait Buitrago, qui trébuchait sur les souches des arbres coupés.

— Tu as assassiné Malopé.

Le vieux père Serpa, qui assistait à la scène devant son église, ne bougea pas. Luis, l'attrapant par la manche, l'emmena de force.

— Ne me tuez pas, suppliait-il. Pour l'amour du Christ ! Je suis un prêtre, ne me tuez pas.

— Il ne s'agit pas de vous tuer, mais de confesser cet homme qui doit mourir.

— Moi, mourir ? se révolta Buitrago.

Le mari d'Elvira ne s'attendait pas à cela.

Pas si vite. Pas maintenant. Pas sans jugement.

Il se débattit. Lorenzo lui assena un coup de poing en plein visage. Buitrago vacilla, mais ne tomba pas. Un hurlement de femme déchira l'air du soir. La voix d'Elvira.

— Juan, Lorenzo… !

Les deux hommes se figèrent, liés une seconde par le désespoir de ce cri qui venait, une dernière fois, d'unir leurs noms dans la même tragédie. Ils échangèrent un regard. Et l'enseigne comprit. Entre Buitrago et Barreto, le Seigneur avait choisi.

Il murmura :

— Que la volonté de Dieu soit faite.

Ils se trouvaient maintenant dans une clairière, aux limites de la palissade. Buitrago s'agenouilla. Le père Serpa se tenait devant lui.

— Veuillez vous éloigner, Don Lorenzo, je vous prie, demanda le prêtre.

Lorenzo recula d'un pas.

Quand Buitrago eut achevé sa confession, l'esclave qui avait naguère appartenu à Merino-Manrique lui porta un coup de machette qui l'atteignit à l'oreille et à la tempe. Le second coup le décapita.

L'esclave recouvrit de branches la dépouille du supplicié, et Lorenzo rapporta son trophée – la troisième tête – au corps de garde. Les deux autres, qu'on avait descendues et cachées avant l'arrivée des soldats, furent récupérées et hissées à nouveau sur les piquets à l'entrée du camp. La tête de Buitrago couronnerait la porte.

Lorenzo regardait les prisonniers. Son regard s'arrêta sur l'homme qui avait achevé Malopé à la hache. Il demanda à l'Adelantado :

— Qui sera le prochain, Votre Excellence ?

La tension était extrême.

Hébétée, Isabel luttait contre la nausée. Mariana sanglotait derrière elle. Les larmes de la jeune fille coulaient sur son visage, presque sans bruit. Elle ne pouvait plus s'arrêter de pleurer.

Le long du mur, Salvador Lopez – l'homme qui avait donné le coup de grâce à Malopé – et les dix soldats entravés pleuraient, eux aussi. Certains tentaient de se traîner jusqu'aux pieds du Gobernador, le suppliant de leur laisser la vie sauve. Ils n'étaient pas coupables, gémissaient-ils... Ils ne savaient pas, ils n'avaient fait qu'obéir.

Leurs explications laissaient Mendaña de marbre. Assis, crispé, l'Adelantado ne les écoutait même pas. Des bouchers !

Isabel le sentit sur le point de les condamner.

— Épargnez-les ! implora-t-elle dans un élan. (Elle

ne s'adressait qu'à son mari.) Épargnez-les ! Qu'ils vous prêtent serment. Qu'ils jurent sur la Croix de vous être fidèles et de vous obéir. Vous avez besoin de ces hommes… (Elle plaidait, elle parlait vite.) Épargnez-les !

Ivre de douleur et de rage, Mendaña se tourna vers elle :

— Comment vengerais-je la mort de Malopé, sans prendre la vie de ses bourreaux ? tonna-t-il.

Elle connaissait la violence des colères d'Alvaro. Elle savait qu'il pouvait devenir impitoyable. Elle tenta de le raisonner :

— Ils ne l'auraient pas tué, si on ne leur en avait pas donné l'ordre. Le Colonel et l'enseigne Buitrago – les deux responsables de ce meurtre – ont été châtiés… Ce soir, demain, nous aurons la guerre avec les Indiens. Nous ne serons pas trop nombreux pour nous défendre.

Mendaña lui adressa un regard ulcéré.

— Comment honorerais-je la mémoire d'un homme qui était mon ami, comment exprimerais-je l'immensité de mon chagrin à ses proches… Sans punir ses assassins ?

— Les Indiens connaissaient Buitrago. Ils l'ont vu emmener Malopé dans la forêt. Montrez-leur la preuve de votre colère. Faites porter sa tête chez eux. Ils comprendront qu'en prenant la vie de Buitrago, vous avez vengé la mort de leur chef… Mais épargnez ces soldats ! Vous avez déjà châtié trois de vos gens.

Alvaro poussa un soupir. Sa désolation était totale. Plus qu'il n'en pouvait supporter. S'il tuait Salvador Lopez, il devait exécuter les dix autres.

— Qu'on les mette aux fers. Je statuerai demain.

Mendaña se leva péniblement. Il comptait reprendre

avec sa suite, avec son épouse, sa famille et ses prisonniers, le chemin de la *Capitana*.

*

Après le meurtre de Tomas Ampuero, Quirós avait regagné son bord. Mais il ne comptait pas paraître sur le pont pour recevoir son Capitán general. Il considérait désormais Alvaro de Mendaña comme un assassin. Lui, sa femme, ses beaux-frères, toute sa clique : les pires criminels que la terre ait portés.

Terré dans sa cabine, Quirós pleurait son ami.

Comme Elvira, terrée dans sa cabane, pleurait son mari.

*

Lorsqu'elle passa sous les piquets, Isabel songea que sa tête à elle, celles d'Alvaro et de ses frères auraient pu se trouver là-haut. Elle remercia la Vierge d'avoir intercédé pour eux au Paradis.

Le dernier coup de cette abominable journée lui vint toutefois de la seule personne dont elle ne l'attendait pas : sa servante Inés.

En observant l'Adelantado au pied de l'échelle de coupée, les jambes, les bras, les mains si gonflés qu'il ne parvenait même plus à les lever pour remonter à bord, Inés commenta sombrement que ce n'était pas Malopé qui était mort aujourd'hui.

Il fallut en effet quatre hommes pour hisser Don Alvaro jusqu'au pont.

L'Indienne aida sa maîtresse à découper ses bottes et à le mettre au lit.

Au comble d'une agitation qui ne lui ressemblait pas, Inés poursuivait ses marmonnements : ce n'était pas le chef Malopé qui avait été touché ! Doña Isabel en voulait-elle la preuve ? L'Adelantado se plaignait d'une douleur au cœur. Le cœur ? Exactement l'endroit où l'arquebuse avait frappé Malopé ! L'Adelantado souffrait de la tête ? Exactement l'endroit où la machette avait fracassé le crâne de Malopé !

— Cesse tes incantations de sorcière, ordonnait Isabel.

Mais Inés ne se taisait pas.

Elle avait assisté, comme tous, à l'échange des noms entre les deux chefs. L'amitié de Mendaña et Malopé, la fraternité à la vie à la mort.

Elle devinait l'autre sens de cet échange, un sens qui avait échappé aux Espagnols : en troquant son nom avec celui de Mendaña, Malopé avait tenté de se prémunir contre la trahison dont il était aujourd'hui la victime. Il tenait sa vengeance.

Isabel refusait de l'entendre. Le parti du Gobernador avait gagné. La mutinerie était écrasée. Elle ne souhaitait rien savoir de plus.

— Tais-toi !

Elle sentait cependant qu'Inés avait raison. Outre la perte d'un allié irremplaçable, cette journée se soldait par la disparition de deux êtres dont Quirós et Elvira les tiendraient, elle et les frères Barreto, pour responsables.

Quant au reste, elle entendait sur le rivage les lamentations des Indiens pleurant leur vieux chef assassiné.

Les cris de douleur dureraient jusqu'à l'aube. Ils se transformeraient ensuite en cris de guerre et de mort.

Pourtant les Indiens savaient, eux, que l'homme exécuté dans la forêt n'était pas Malopé, mais Mendaña !

Inés disait vrai : Malopé tenait sa vengeance. C'était l'âme de Mendaña que Manrique et ses hommes avaient assassinée.

Chapitre XI

La Gobernadora

Lundi 9 – Samedi 14 octobre 1595 – Suite et fin de la lettre d'Isabel Barreto à Pétronille

« Nous avons emménagé à terre, Pétronille.

Mariana, Alvaro et moi-même sommes installés avec nos gens dans une cabane à côté de l'église. Lorenzo nous a convaincus de cette nécessité. Partager la vie des colons lui semblait la seule façon de maintenir la paix entre les factions qui persistent à s'affronter.

J'ai essayé de rendre notre hutte aussi confortable que possible, en y apportant mes tapisseries que j'ai fait accrocher entre les piliers de bambous qui soutiennent le toit. Ces tentures nous servent de cloisons. Les gens appellent l'endroit "La Résidence". En fait de résidence, la maison ne compte qu'une seule pièce qui évoque un tombeau !

La mort, ici, rôde partout. Les fièvres font des ravages. La plupart des soldats tombent malades. Les enfants grelottent sur leurs grabats. Les mères pleurent. Les pères maudissent le Ciel. Mais ils n'accomplissent pas un geste pour améliorer le sort de leur famille. Nul parmi les colons ne se donne la peine de déblayer les immondices qui pourrissent sous la pluie, devant leur porte. Je ne comprends pas ces gens. Ils laissent les sentes entre leurs cahutes devenir un bourbier.

Et les Indiens nous harcèlent.

Ils ont beaucoup appris depuis notre arrivée. Ils visent nos hommes au visage et aux jambes, les deux endroits qu'ils savent vulnérables. Pour le reste, ils ne craignent même plus le vacarme des détonations d'arquebuses.

Plus personne n'ose sortir du camp. Impossible de faire un pas sur la plage ou d'aller chasser en forêt, sans être attaqués. Depuis la mort du généreux Malopé, les vivres manquent cruellement. Lorenzo pense qu'il faudrait capturer cinq ou six Indiens pour leur apprendre le castillan. Sinon, nous ne parviendrons jamais à nous entendre… Faire de quelques naturels nos interprètes. Une vieille idée d'Alvaro, un projet constamment contredit par Merino-Manrique qui arguait que nous ne devions pas introduire de sauvages dans le fort. Car, alors, ils mesureraient combien nous étions peu nombreux. Lorenzo estime qu'il faut courir ce risque et trouver le moyen de communiquer. Il a dépêché une vingtaine de ses hommes, avec mission de s'emparer de jeunes garçons. Mais il leur a donné l'ordre d'attirer leurs proies dans les chaloupes par des cadeaux, sans user de la force. Si ces enfants devaient s'avérer peu doués pour notre langue, on les échangerait par la suite contre des cochons et des poules.

Les Indiens, qui montent désormais très attentivement la garde devant leur village, ont reçu les envoyés de Lorenzo à coups de javelot. Ils en ont même blessé plusieurs. Pis : ils les ont poursuivis si près du camp que Lorenzo a dû opérer une sortie afin de les couvrir. Les Indiens se sont enfuis. Sans aucune perte de leur côté. En revanche, Lorenzo et six de ses soldats sont revenus blessés. Notre frère a été touché par une flèche à la jambe.

De concert avec lui, Alvaro a répliqué par une expédition punitive immédiate. Hors de question de laisser les Indiens savourer un succès, qui pourrait leur donner des idées quant à notre faiblesse.

Sans attendre, Lorenzo vient donc d'envoyer vingt autres soldats, chargés cette fois de brûler les maisons, les canoës, les cultures, de raser et piller le village de Malopé et tous les villages d'Indiens à proximité.

À cette heure, leurs huttes sont en flammes et nos hommes rentrent. Les naturels se sont défendus avant de disparaître dans la forêt. Nos troupes comptent huit nouveaux blessés. Elles reviennent en outre sans nourriture, ayant trouvé les cases vides. Les naturels avaient pris leurs animaux avec eux. Même leurs noix de coco et leurs fruits.

Bilan de la journée : en ce vendredi 13, les guerriers de Malopé nous ont vaincus à trois reprises. Devant les soldats qui devaient nous ramener des "interprètes". Devant le fort et les hommes de Lorenzo. Devant l'expédition punitive.

Les colons regrettent ouvertement le Colonel. Lorenzo, lui, regrette les soldats qui peuplaient l'*Almiranta*, nos chevaux et nos armes, tout l'équipement militaire à bord de la *Santa Isabel*.

En soignant sa jambe, Mariana lui a avoué qu'il ne devait pas regretter les chevaux.

Il a envoyé Diego rechercher, une dernière fois, la trace du navire autour du volcan. Diego est parti sur la frégate et doit revenir dans quinze jours au plus tard. En son absence, Luis assure ses tâches dans le camp.

J'ignore combien de temps je pourrai encore continuer cette lettre, Pétronille. Je sens toutefois que je dois fixer les événements, avant de n'en avoir plus la force.

Après le grand espoir soulevé par notre installation à terre, le moral des hommes est retombé au plus bas. Tout le monde veut partir. Et moi, la première ! Mais la vérité est que nous ne le *pouvons* pas. Et cela, les soldats et les colons refusent de le comprendre ! Le harcèlement des Indiens et nos divisions constantes ralentissent les réparations nécessaires aux trois navires. À entendre Quirós, nos mâts sont pourris. Et les cordages du *San Jerónimo* ne valent guère mieux que ceux de l'*Almiranta*. Il dit que nous devons abattre des arbres pour changer plusieurs vergues, tresser des lianes afin d'en faire des filins, et repriser les voiles. Il recommande mille autres tâches encore, avant de reprendre la mer. Depuis la mort de Malopé, nous avons peu d'eau. Peu de vivres. Quirós précise que nous ne pouvons pas retourner au Pérou, car les vents qui nous ont poussés jusqu'ici nous empêchent de faire demi-tour. Et que, pour le reste, nous ignorons toujours la durée du voyage qui nous attend. À combien de jours, combien de semaines, combien de mois nous trouvons-nous des îles Salomon ?

La blessure dans la cuisse de Lorenzo ne cicatrise pas. Jour après jour, le trou, que Mariana ne parvient pas à nettoyer, semble s'élargir. Le cratère se creuse et s'étale. La flèche avait été trempée dans une substance noire et collante qui pourrit les chairs.

Les nouvelles que je te confie demeurent si mauvaises, et depuis si longtemps, que je n'ose même plus prendre la plume, Pétronille. Je me dis que non, je me répète que c'est trop... Que je ne peux plus te décrire ce qui nous arrive.

Comment t'avouer qu'en ce premier dimanche d'octobre, près de trente croix hérissent le pourtour de l'église, que les tombes atteignent jusqu'à ma porte, que la Baie Gracieuse se résume aujourd'hui à un cimetière, un cloaque et un mouroir ? Comment t'expliquer que nous disposons d'à peine quinze hommes valides pour assurer notre défense ? Si les Indiens savaient ! En vérité, Pétronille, ils n'auraient qu'à pousser d'une petite secousse les deux portes du fort pour faire irruption et nous massacrer. Lorenzo lutte comme il peut. Il essaye de maintenir l'ordre et tente d'organiser notre survie. Mais il souffre le martyre. Sa jambe est en putréfaction. Diego et la frégate ne sont pas de retour. Quant à Quirós, il semble impuissant : les soldats ne lui laissent aucune liberté pour vaquer aux affaires du *San Jerónimo*. Ils s'en méfient. Ils le surveillent, ils l'épient. Les gens pensent que, ayant peu de provisions pour le voyage, Quirós a déjà sélectionné ses favoris parmi les colons et qu'il prendra la fuite avec ses marins, à bord de la *Capitana*. Pour ma part, je ne le crois pas capable d'une telle trahison. Ses perfidies sont moins voyantes et plus subtiles. Mais qu'en sais-je ? Il a gardé les voiles à bord : elles se trouvent encore dans ma cabine, où je ne loge plus.

Depuis notre emménagement dans le camp, Alvaro a cessé de se lever. Il dit qu'il n'est pas venu ici afin de gouverner mais de mourir. »

*

— Tu ne vas pas mourir, Alvaro, pour une raison simple : tu ne peux pas me laisser seule… Tu ne *peux* pas mourir.

— Tes frères feront le nécessaire… Lorenzo possède un bon jugement.

Isabel se retint de lui révéler combien Lorenzo était touché, combien sa jambe gangrenée le torturait.

La nuit était tombée, plongeant la résidence dans les ténèbres. Pas une lueur autour d'eux. Pas une lueur dehors. L'obscurité paraissait d'encre et de poix. La lune, en montant vers l'est – à peine un pâle croissant – avait subitement disparu. Une éclipse.

Absorbée par sa propre inquiétude au chevet d'Alvaro, Isabel ne discernait aucune des rumeurs qui agitaient le camp. Elle n'imaginait pas que les colons tombaient à genoux devant leurs paillotes. Que les hommes, le front dans la boue, se lamentaient. Que les femmes pleuraient. Que les enfants, le visage tourné vers le ciel, s'accrochaient à leur mère. Et que la panique gagnait. Elle ne percevait rien, ni les cris d'épouvante, ni les prières du vicaire Espinosa dans l'église. Elle n'avait même pas remarqué l'éclipse.

Tous les sens aux aguets, elle épiait le souffle de son mari, le rythme auquel se soulevait sa poitrine. Elle n'entendait que cela : le râle qui montait de ses poumons. Elle ne voyait que cela : le faible mouvement de la respiration, ce mouvement dont elle redoutait qu'il ne s'arrête à tout instant. Elle aussi, l'effroi la glaçait. Elle savait maintenant qu'Alvaro disait vrai, qu'il ne vivrait peut-être pas jusqu'au prochain jour. Dans quelques heures…

Durant toutes ses nuits de veille, Isabel n'avait jamais cessé de garder espoir. Alvaro était fort. Sa constitution résisterait aux fièvres. Si elle ne s'endormait pas, si elle ne le quittait pas, si elle l'entourait de soins, si elle le nourrissait, si elle l'abreuvait, si elle le berçait, si elle lui parlait de paix, si elle restait là, assise près de lui, si elle le défendait… la Mort ne pourrait pas l'emporter.

Mais ce soir, elle n'avait plus besoin de le voir, plus besoin même de le toucher pour sentir que le cœur de l'homme qu'elle aimait allait cesser de battre.

Isabel effleurait les doigts gonflés. L'épaule toujours chaude… Son corps vivant.

— … Et puis Quirós, reprit-il avec difficulté, tu auras Quirós pour te guider… Un grand capitaine et un vrai chrétien.

Elle opina :

— Oui, nous avons un bon chef pilote. Le meilleur possible. Ne t'inquiète pas.

— Dieu me punit de ne pas avoir, comme le généreux Quirós…

« L'homme généreux, songea-t-elle avec élan, le vrai chrétien, le grand capitaine, c'est toi ! »

Elle enveloppa son mari dans un regard si plein de vie et d'amour que l'intensité de sa tendresse le fit, lui, fermer les yeux de compassion, de remords et d'angoisse.

— Ne t'inquiète pas, répéta-t-elle en caressant son front. Tout ira bien.

Il rassembla ses dernières forces pour rouvrir les paupières. Elle l'aida à se redresser dans ses oreillers :

— Écoute, haleta-t-il en lui attrapant la main, écoute. J'ai peu de temps… Quand je serai mort, les colons et les soldats voudront te forcer à quitter Santa Cruz. Ne cède pas à leur désir. Ne répète pas mon erreur. J'ai payé trop cher ce premier manquement !

— Quel manquement, Alvaro ? Tu n'as commis aucun…

— Si ! s'impatienta-t-il. (Il étouffa.) Si ! Écoute-moi, Isabel, écoute ce que j'essaye de te dire ! J'ai commis la faute d'avoir cédé au désir de mes hommes qui voulaient rentrer au Pérou, il y a vingt-huit ans, dans les mêmes circonstances que celles où je t'abandonne aujourd'hui.

Il devait reprendre sa respiration entre les mots. Chaque phrase lui coûtait. Mais il voulait parler, il ne lâchait pas prise.

— … La faute d'avoir quitté les Salomon sans y avoir fondé un comptoir. Cette faute, Colomb, lui, ne l'avait pas commise… M'être séparé de mes découvertes, sans y laisser un seul chrétien. Ce fut cette faute-là, l'abandon de mes conquêtes… dont Sarmiento n'a cessé de m'accuser. Ce fut le reproche que m'adressa Sa Majesté le roi Philippe II, lors de mon audience à l'Escurial… Jure-moi que tu ne la répéteras pas, jure que tu poursuivras la colonisation, que tu n'abandonneras pas Santa Cruz !

— Je ne ferai rien que tu ne veuilles que je fasse… Mais calme-toi.

— Jure sur ce crucifix !

— Je poursuivrai… Je te le jure !

Ce serment apaisa Alvaro. Il sembla retrouver une respiration normale. Il referma les yeux, avant de continuer avec moins de difficulté, donnant à Isabel l'illusion de s'exprimer presque normalement :

— … Pour avoir eu cette faiblesse-là, j'ai connu

tous les obstacles que… tu sais. (Il s'agrippait à elle.) Écoute-moi… Écoute-moi… Il nous reste peu de temps. Il te reste à toi moins de six ans pour fonder trois villes. Ensuite tu perdras *tous* tes droits sur les îles de la Mer du Sud. N'importe quel marin pourra s'en dire le véritable découvreur, et s'en emparer à ta place. J'ai ruiné ton père, hypothéqué nos propriétés à Lima. Je ne te lègue rien. Juste cela : les Capitulations du roi qui donnent à mon héritier tous les pouvoirs, tous les privilèges et tous les titres que Sa Majesté m'avait octroyés. Ces papiers que je serre dans mon coffre sont ta seule fortune. Remarie-toi avec un homme qui puisse la défendre et continuer la Conquête…

— Je n'aime que toi, je me remarierai jamais !

— Tu *devras* te remarier, mon âme… La veuve d'Alvaro de Mendaña ne pourra pas se défendre contre les autres navigateurs : ils ne laisseront pas une femme monter une nouvelle expédition ! Sans appuis, pauvre de surcroît, tu ne pèseras rien dans le monde des conquistadors… Choisis un homme qui agira en ton nom. Un époux digne de toi et digne de moi… Afin de poursuivre ce que nous avons commencé ensemble. Le rêve de ma vie. Le rêve de *ta* vie… Cette terre, quoi qu'en ait dit le Colonel, cette terre, n'en déplaise aux soldats qui ne cherchent que l'or, cette terre est riche de sources vives, riche de fruits, riche de toutes sortes de cultures. Riche… Quant aux naturels, il existe certainement, à la tête d'autres tribus, d'autres chefs comme Malopé, aussi généreux que lui, aussi bons… Le Cinquième Continent doit se trouver assez proche d'ici pour que leurs ancêtres aient pu traverser la Mer du Sud sur leurs petits canoës. Tous ces gens sur les îles, les Indiens des Marquises, les Indiens des

Salomon, les Indiens de Santa Cruz, tous ces gens ne viennent pas de nulle part : ils viennent de là ! De la Terre de mon Hypothèse ! Santa Cruz servira d'escale à l'armada du Roi, elle servira à tous les navires espagnols en route vers l'Australia Incognita, ou vers le Japon, ou vers la Chine. Ne renonce pas. N'abandonne pas Santa Cruz. Trouve un moyen avec Quirós.

Alvaro recommença à s'agiter :

— … Si tu abandonnes la Baie Gracieuse sans y avoir créé une colonie, mes combats auront été vains. Mon existence entière inutile… La chimère d'un fou. Un illuminé. Un gâteux. Seigneur Tout-Puissant… (Il grelottait de fièvre.) Je voudrais me confesser… Appelle le père Serpa.

Isabel retint un sanglot et ne bougea pas.

Le père Serpa ne pourrait plus absoudre Alvaro de cette « erreur » et de tous les péchés dont il s'accusait. Le chapelain venait de rendre son âme à Dieu, emportant avec lui l'espérance des chrétiens de la Baie Gracieuse. Restait le vicaire Espinosa. Mais à cette heure, le père Espinosa pleurait au pied de la croix, submergé par la certitude de mourir à son tour, mais de mourir, lui, sans confession, sans absolution, sans les sacrements d'un prêtre. Des quatre religieux de l'expédition, il était le dernier.

— … Fais ensuite venir tes frères, le capitaine Quirós, le capitaine Corzo, tous mes officiers, ainsi que le greffier assermenté, je parle du notaire du Roi. Je dois dicter mon testament en présence de témoins.

*

De part et d'autre du grabat, Isabel avait allumé les deux candélabres d'argent, aussi grands qu'elle, qui éclairaient le visage de son mari. La senteur de la cire, un parfum d'église, montait vers le plafond, se confondant avec l'odeur d'humidité qui émanait des piliers de bambous et du toit en branches de palmiers. La statue de *Notre-Dame de la Solitude,* qu'elle avait fait rapporter du transept, se dressait au pied du lit. La pluie ne cessait pas de tomber, achevant de noyer dans les ténèbres cette nuit sans astres. Le ciel ne pâlirait pas avant plusieurs heures. L'aube restait loin.

Parmi les hommes du Gobernador rassemblés à son chevet, manquaient les deux plus importants : son maître de camp, le chef de ses forces armées, Don Lorenzo Barreto, qui n'avait pu se lever de son propre lit de douleur ; et son officier d'ordonnance, le capitaine Don Diego Barreto, toujours en quête de l'*Almiranta.*

Le dos soutenu par les coussins, le visage couvert de sueur, Mendaña tentait d'accomplir l'effort, désormais pour lui surhumain, de formuler ses volontés. Le greffier prenait sous sa dictée.

« Au nom du… Seigneur Tout-Puissant… Amen. »

Durant les longs silences qui entrecoupaient les mots, on entendait la plume du greffier crisser sur le papier.

« Moi, Alvaro de Mendaña, Adelantado des îles de la Mer du Sud, Gouverneur et Capitaine général de ces îles de par la grâce du roi d'Espagne, malade de corps mais sain d'esprit, libre de ma volonté, libre de mon jugement et libre de mes choix, tel que Dieu m'a créé, croyant comme je le crois en la Sainte-Trinité et en la sainte Église romaine, je professe d'avoir vécu et de mourir dans les principes de la vraie Foi… Et je publie ici mon testament de la manière et dans la forme suivantes :

« En premier lieu je recommande mon âme à Dieu et demande que, si je devais mourir de cette maladie, mon corps soit enterré dans l'église que j'ai fondée ici, sur cette île que j'ai appelée Santa Cruz. Je demande que le père Espinosa, vicaire de ladite paroisse, m'assiste dans la mort, qu'il célèbre la cérémonie de mes funérailles en disant une messe, pour laquelle il recevra les dons habituels, ainsi que les aumônes obligatoires prises sur mes biens. Je demande que vingt autres messes soient dites pour le repos et le salut de mon âme dans cette même église, ou dans l'endroit où mon corps sera enseveli si je ne devais pas mourir à Santa Cruz. Et que ces vingt messes soient payées pareillement sur mes biens.

« Je rends Doña Isabel Barreto, mon épouse légitime, seule propriétaire et maîtresse absolue de tous les biens apportés avec moi sur ces rivages. Ainsi que de tous les autres biens qui sont miens aujourd'hui, ou qui pourraient un jour le devenir. Je lui lègue le marquisat héréditaire que je tiens du Roi, avec tous les titres et les privilèges afférents. Je la nomme solennellement Adelantada des îles de la Mer du Sud et Gobernadora de toutes les terres que j'ai découvertes ou qu'elle-même pourra découvrir… »

Isabel n'écoutait plus. Tête baissée, elle regardait les mains de son mari, posées sur le drap. Son linceul. Comment continuer à vivre sans lui ? Comment ? « … elles sont mes irrévocables et ultimes volontés. » Ne pas renoncer. Poursuivre. Persévérer. « Fait dans la Baie Gracieuse, le 18 octobre 1595, en présence de… »

Les témoins s'avancèrent pour signer.

Le geste de tous ces hommes s'approchant d'un seul mouvement du grabat d'Alvaro, le raclement de leurs bottes et de leurs épées la tirèrent de son hébétude.

Un vieil instinct de protection. Pour elle. Pour lui. Pour la Conquête.

Elle se pencha et murmura quelques phrases à l'oreille de son mari.

Il acquiesça et reprit avec difficulté :

« Je déclare que l'époux...

Le greffier hésita.

À bout de force, il s'impatienta :

— Écrivez !

« ... que si Doña Isabel Barreto désirait se remarier après ma mort, elle pourra jouir librement de tous mes biens. Et que son époux pourra jouir, comme elle, avec elle, de tous mes titres et de toutes les distinctions que Sa Majesté le roi d'Espagne avait bien voulu m'octroyer dans le passé, dans le présent et dans l'avenir. »

Le greffier lui tendit la plume. Il ne parvint pas à la tenir. On dut refermer ses doigts sur la tige et guider sa main. Au terme de minutes qui semblèrent pathétiques aux dix spectateurs, il finit par réussir à tracer son paraphe. Une signature méconnaissable.

Le dernier acte de pouvoir de l'adelantado de Mendaña.

Il retomba dans ses coussins. Les témoins signèrent à leur tour. Isabel les pria de bien vouloir sortir.

Elle ne garda auprès d'Alvaro que le père Espinosa qui devait le confesser. Elle-même se retira derrière la tapisserie, emportant avec elle le testament qu'elle comptait enfermer dans le coffre aux armes des Mendaña... Le coffre de marin d'Alvaro. Une lourde boîte dont il ne se départait pas et qu'il exigeait de porter sur son épaule, seul. Il y serrait ce qu'il possédait de plus précieux. Elle vit les Capitulations d'avril 1574, l'étendard du Roi, le Livre de bord, tous ses registres, et le grand panache rouge qu'il arborait au départ des deux expéditions. Il avait même conservé les rubans qu'elle portait sur sa robe quand, pour la première fois dans sa chambre, il lui avait raconté sa découverte des îles du roi Salomon. Toutes les reliques de ces années, de ces moments ensemble… Les galets noirs du port de Callao qu'ils avaient si souvent arpenté côte à côte, en rêvant du voyage.

Elle reposa les souvenirs, chacun dans le compartiment où Alvaro les avait placés, glissa ses dernières volontés entre les feuilles du Livre de bord, referma le couvercle, enfonça les trois clés dans leurs serrures et déclencha le mécanisme très complexe qui protégeait le coffre de toutes les curiosités.

Ces gestes accomplis, les désirs de son mari et son propre destin sinon assurés, du moins clarifiés par le testament, elle tomba à genoux.

Elle pleura en silence, priant, priant pour que le Seigneur sauve Alvaro, priant sans pouvoir contenir ses sanglots.

Après avoir reçu l'extrême-onction, l'Adelantado sembla plus agité, plus confus. Espinosa lui faisait répéter un *Miserere*, un *Credo*… Il s'exécutait avec docilité, mais son âme divaguait, il appelait, il réclamait Isabel.

Elle se précipita.

Elle plaça entre ses mains le crucifix sur lequel il lui avait fait jurer de ne pas abandonner Santa Cruz, essaya de lui parler de Dieu, de la vie éternelle, du Paradis où l'attendaient leurs enfants. Mais Alvaro ne pensait qu'à cela : l'Expédition. Et qu'à elle, son épouse, son héritière, sa légataire, celle qui devait continuer la Conquête et qu'il laissait seule, parmi des hommes prêts au meurtre, sur une île perdue, au milieu de l'océan Pacifique. La Conquête, Isabel : dans son délire, Mendaña les confondait dans une même interrogation : « Que va-t-il advenir des îles, que va-t-il advenir de toi ? Les îles Salomon existent, répétait-il inlassablement, elles existent, tu existes, je te vois reine des quatre parties du monde… »

En entendant cette phrase, celle de sa première déclaration d'amour, celle de sa demande en mariage, celle de leur nuit de noces, Isabel se raidit.

Elle devait *tenir et durer*. Le soleil était à son zénith. « Je te vois reine des quatre parties du monde. »

Le navigateur Alvaro de Mendaña expira sur ces mots. C'était le mercredi 18 octobre 1595, en début d'après-midi.

*

« Moins de cinq heures plus tard, on lui avait déjà retiré le corps de son mari, devait écrire Mariana, reprenant la lettre à Pétronille… Ils ne lui ont même pas laissé le temps de comprendre… Le temps de mesurer… J'entends encore le bruit des haches et des marteaux : c'était Quirós qui construisait le cercueil. »

Mariana, la petite veuve de seize ans, essayait à son tour de fixer les événements. Pourquoi elle ? Et pourquoi si vite ? Pressentit-elle qu'Isabel allait se laisser dévorer par le chagrin ? Engloutir, comme elle-même s'était laissé engloutir ? Se noyer encore plus loin, couler encore plus profond ? Fut-ce pour cela, parce qu'elle savait de quoi elle parlait, que la jeune fille continua l'épître à leur sœur aînée ? Parce qu'elle devinait qu'Isabel n'écrirait plus une ligne ? Qu'Isabel ne toucherait plus à aucune lettre ni à aucun Livre de bord ? Qu'elle se tairait à jamais sur les horreurs passées, les horreurs à venir ? Qu'elle ne livrerait rien à quiconque ? Et qu'avec son silence, leur tragédie à tous allait se perdre dans l'oubli ? Quoi qu'il en soit, la tentative de Mariana dura peu. Elle se résumerait à ces quelques lignes :

« Lorenzo a ordonné la mise en bière sans attendre. Il n'a pas le choix. Dans ce climat humide, les corps se décomposent rapidement. Il est habité par la volonté de rendre les honneurs à Don Alvaro, selon les usages. En dépit de ses souffrances, il compte porter à sa dernière demeure, en personne, avec Quirós, avec Luis, avec leurs officiers les plus gradés, la dépouille de notre beau-frère.

« Protocole, étiquette, apparat : une gageure sur l'île de Santa Cruz, où tout est pourri, où plus un homme ne tient debout. Mais, cette fois, Lorenzo s'accorde avec Quirós sur la nécessité d'enterrer l'adelantado de Mendaña avec toute la pompe due aux représentants du roi d'Espagne dans le Nouveau Monde. Je viens de trouver dans nos hardes plusieurs aunes de velours dont Luis tapisse la boîte.

« Isabel nous laisse faire. Elle ne réagit plus. Elle a lâché prise. »

*

La pluie, toute la journée la pluie. Et la cloche de l'église qui sonnait le glas. Et le chef des forces armées, le beau Lorenzo en grand uniforme de parade : un mourant qui, sous le regard des colons, venait enfin de réussir à s'extraire de sa cahute.

Incapable de marcher, il s'appuyait sur l'épaule de sa petite sœur.

Mariana l'avait revêtu de son armure et coiffé de son casque à plume. Elle lui avait ceint la taille de son épée, et couvert les mains de ses gantelets. Seules les bottes manquaient. Il claudiqua dans la boue jusqu'à la Résidence. Le glas, en bruit de fond, sonnait toujours.

Les huit hommes de l'état-major avaient hissé sur leurs épaules le cercueil recouvert de l'écusson à six boules aux armes des Mendaña de Neyra y Castro, et du drapeau du Roi, avec la croix de Saint-Jean, rouge sur fond blanc.

Les deux tambours – leurs baguettes et leurs caisses enveloppées de toile noire –, leur emboîtèrent le pas. Ils rythmeraient lentement, à grands coups sourds, l'avancée du cortège.

Les deux porte-étendard marchaient derrière eux, drapeaux en berne, hampes pointées vers le sol. Les soldats suivaient, les canons de leurs arquebuses tournés vers le sol, eux aussi.

Venait ensuite la petite troupe des colons valides, les femmes et les enfants que la disparition du Gouverneur achevait de plonger dans la terreur et le deuil. Enfin Isabel et Mariana, voilées de noir, qu'encadraient les capitaines Quirós et Corzo.

Ils progressaient avec solennité sur le sentier, franchissant en droite ligne la courte distance qui séparait la Résidence de la paroisse. Le père Espinosa se tenait sur le seuil de son église.

Il célébra une messe rapide qu'il conclut en prononçant l'éloge du défunt. Brièvement.

Le vicaire n'ignorait pas que les soldats de Merino-Manrique tenaient l'Adelantado pour un assassin : le meurtrier de leur Colonel bien-aimé. Et que les colons le jugeaient responsable de tous leurs malheurs. Il sentait que la haine affleurait, que la vengeance pouvait éclater à tout moment. Aussi se contenta-t-il d'égrener les titres et les mérites de leur chef, de leur maître à tous, achevant par ces mots : « Son Excellence a rendu son âme à Dieu, de la façon dont le Créateur pouvait l'attendre d'un homme aussi pieux, aussi bon, aussi vaillant, aussi juste que lui… Un homme uniquement soucieux du service de Dieu et de l'honneur du Roi ! »

La tombe, béante, attendait dans l'église. On l'avait creusée devant l'autel, comme il était d'usage pour les grands personnages. Mais, ici, pas de dallage de marbre, pas de plaque, pas de monument. Un trou dans la boue.

Isabel se dressait à l'orée du remblai, roide et figée. Tous savaient déjà qu'ils lui devaient, à elle, loyauté, obéissance et respect. Tous l'observaient. Tous remarquaient combien elle avait maigri depuis son installation à terre. L'ombre d'elle-même. Impressionnante de douleur et d'absence. Sans doute n'avait-elle ni dormi, ni mangé, ni bu – ou si peu – durant les semaines qu'avait duré la maladie de son mari.

Les deux images de la Gobernadora se superposaient devant leurs yeux, irréconciliables. Celle de la splendide Doña Isabel, avec sa chevelure d'or hérissée de peignes et constellée de perles. Curieuse de son galion, amoureuse de la mer, touchée par la beauté des îles… Et puis ce spectre, tête basse, dissimulé dans ses voiles. Sans visage, sans regard et sans larmes.

Chez certains, elle suscitait la compassion. Chez d'autres, la curiosité. Pourquoi cette femme ne souffrirait-elle pas comme tout le monde ? Elle avait tenu trop longtemps. Elle allait s'écrouler comme une poupée de chiffon. Ils guettaient ce moment.

Elle résistait encore.

À la dernière pelletée, elle s'en retourna. Les officiers et les femmes de colons lui emboîtèrent le pas. Même les soldats et les marins la suivirent. Les trois ordres tenaient à présenter leurs condoléances à Doña Isabel Barreto, leur Gobernadora, l'incarnation de la volonté du Roi sur cette île et la représentante de la volonté de Dieu sur toutes les terres de la Mer du Sud. Sa servante Inés leur ferma la porte au nez.

*

— Je ne l'ai pas reconnue ! s'exclama Diego. Elle qui se tenait toujours si droite ! Elle qui se parait pour le principe, même quand elle était seule, qui…

Pas plus que ses frères, Diego n'était un sentimental. Beau garçon, il ressemblait à ses deux aînés, Isabel et Lorenzo. Blond comme eux. À vingt-cinq ans, il avait vu d'assez près la souffrance humaine pour ne se laisser impressionner par aucune. La douleur d'une femme le touchait moins qu'une autre. Il sortit toutefois choqué de son entrevue avec sa sœur :

— Il ne reste rien d'elle… En combien ? Dix jours ?

— Je sais, soupira Mariana. Je sais. Elle ne s'habille plus. Elle ne mange plus. Elle ne prie plus. Elle ne pleure plus. Elle n'appelle pas la mort. La mort est en elle.

En accueillant Diego à son retour de mission, Mariana n'avait pas eu à formuler la question qui l'obsédait : elle connaissait la réponse. Il revenait bredouille de sa chasse. Aucune trace de l'*Almiranta*, ni le moindre vestige d'une épave. Aucun indice sur le sort de Lope de Vega. Le mystère demeurait.

Le spectacle qui s'offrait aux yeux du jeune homme était, en revanche, très clair. L'Adelantado avait emporté avec lui ce qui restait de discipline, de foi et d'espérance dans le camp. L'interminable agonie de Lorenzo, cloué chez lui par la gangrène, l'absence physique et mentale de la Gobernadora, tout contribuait au naufrage.

— Cet endroit est pourri. On doit s'en aller d'ici ! Que dit Luis ?

— La même chose que toi.

— Quirós ?

— Il répète que nous ne pouvons prendre la mer dans l'état où nous sommes. Je crois toutefois qu'il commence à se rendre à l'évidence.

— Les autres, les soldats ?

— Ceux-là menacent de s'emparer des navires, après s'être débarrassés de Quirós et d'Isabel. Les colons ne font rien. Leurs seuls mouvements dans le camp se résument à des déménagements entre les bateaux et la terre. Ceux qui sont malades sur le *San Jerónimo* viennent s'installer dans le fort. Et ceux du fort fuient la terre pour s'installer à bord. De chaque côté, on meurt de toute façon.

— Et le vicaire Espinosa ?

— C'est un bon prêtre. Il fait ce qu'il peut pour sauver les âmes. Il apporte les sacrements aux mourants et tente de dire la messe. Mais lui aussi est malade.

— Qu'est-ce qu'il a ?

— Les fièvres… Il nous prédit la mort et nous promet la damnation éternelle pour nos crimes. Tous ceux qui ont des meurtres sur la conscience, les assassins de Malopé, du Colonel, de Buitrago, d'Ampuero, même ceux qui ont tué les naturels des Marquises ou les Indiens d'ici, il les maudit et les presse de venir se confesser.

Diego haussa les épaules :

— Le père Espinosa a toujours voulu rester dans ce trou.

— Il a changé d'avis. Il ne compte plus œuvrer à la conversion des Indiens. Il est même à l'origine d'une nouvelle pétition en faveur du départ.

— Si tout le monde est d'accord, quel est le problème ? Je suis de retour : on lève le camp… Isabel doit ordonner l'embarquement. Ce soir, demain, vite !

— Elle ne le fera pas.

— Pourquoi ?

— L'Adelantado lui a fait jurer sur la Croix de ne jamais abandonner Santa Cruz.

— Convoque tout le monde chez elle… Quirós, le vicaire, Corzo, les autres… Alvaro était un imbécile ! Nous quittons cet endroit, nous le quittons maintenant, que cela plaise ou non à ma sœur.

Diego la retrouva, tête basse, assise, les mains jointes, les bras posés sur la lourde table d'Alvaro.

Son aspect le rassura : elle présentait mieux que dans l'après-midi, lorsqu'en rentrant de son voyage autour du volcan, il l'avait surprise dans son intimité. Si sa maigreur et son hébétude demeuraient impressionnantes, elle avait cédé aux instances d'Inés : elle s'était laissé coiffer, habiller et préparer. Elle portait, pour cette rencontre avec ses frères et ses hommes, une toilette sombre et propre, comme il convenait à la Gobernadora.

Le spectacle qu'offrait la famille Barreto restait toutefois terrible. Diego n'imaginait pas qu'un tel changement eût été possible.

Lorenzo, qu'il avait tant admiré pour son insouciance et sa beauté, pour son succès auprès des femmes, pour sa chance aux cartes et sa bravoure au combat, ne maîtrisait plus le rictus qui déformait son visage. En traversant le camp à cloche-pied, son pansement s'était défait. L'ulcère lui mangeait toute la jambe. La plaie dégageait une odeur pestilentielle. Il sautillait pour trouver un siège et tentait en vain de s'asseoir. Mariana, à genoux, essayait de refaire son bandage. Luis, harassé par ses tours de garde, sale, dépenaillé, s'appuyait au mur. Le regard aussi fixe que celui d'Isabel, il semblait fasciné par la blessure de Lorenzo. Ou bien par la nuque de Mariana qui se tenait au pied de leur frère. En vérité, Luis dormait debout et ne voyait ni l'une ni l'autre.

Le vicaire Espinosa, une couverture jetée sur les épaules, grelottait de fièvre et claquait des dents.

De tous, Quirós paraissait le moins mal en point. Le deuil n'avait en rien changé son apparence. Vêtu de noir selon son ordinaire, debout, son béret à la main, il égrenait, dans un discours qui se voulait factuel, les mille raisons qui l'empêchaient de recommander le départ. Principale difficulté : la route du retour. Impossible de rentrer en utilisant le même chemin… Impossible ! On se heurtait au mur infranchissable des alizés.

Il expliquait que, dans l'hémisphère Sud – où ils se trouvaient –, la route maritime de l'Asie vers l'Amérique n'existait pas. Pour revenir au Pérou, on devait naviguer dans l'hémisphère Nord. En clair : à partir d'ici, remonter très haut vers le nord, franchir la ligne de l'équateur, passer dans l'autre hémisphère et naviguer jusqu'au Mexique. Puis de là, franchir à nouveau l'équateur vers le sud, afin de redescendre vers Lima en longeant la côte des Indes occidentales. On ne parlait plus des deux mille lieues du voyage aller – douze mille six cents kilomètres –, mais d'environ deux fois cette distance. Un tel détour signifiait au moins six mois de traversée. Quirós rappelait accessoirement que le plus long des voyages de Christophe Colomb, celui qui lui avait valu maints problèmes et coûté une mutinerie, n'avait pas duré trente-quatre jours !

Demeurait la possibilité de poursuivre vers l'ouest, jusqu'à Manille. Une traversée qu'il estimait à neuf cents lieues, soit près de six mille kilomètres… Sans cartes.

Outre le fait que – sans cartes – on risquait de manquer ces îles, car les Philippines s'étendaient sur des centaines de milles, le piteux état des marins et des navires excluait d'y parvenir jamais…

Isabel gardait le silence.

Le vicaire Espinosa prit à son tour la parole, égrenant, lui, les arguments en faveur du départ.

— Les Indiens et les fièvres vouent les membres

de cette expédition à une mort certaine. Nous n'avons donc rien à perdre, en levant l'ancre… À la grâce de Dieu, fût-ce pour mourir en mer, si telle est la volonté du Seigneur.

La démonstration du vicaire reposait sur une vérité imparable : les hommes de l'Adelantado ne se trouvaient pas aux îles Salomon, pour lesquelles ils s'étaient tous embarqués.

Cette phrase, qui accusait implicitement Mendaña d'incurie, provoqua la première réaction d'Isabel.

Elle conservait ce regard atone et vitreux qui les gênait tous, mais elle affirma du ton qu'on lui connaissait :

— Le Gobernador n'a pas failli.

— Je vous demande bien pardon, intervint Quirós… Le Gobernador n'a pas conduit les navires où il avait dit !

Depuis le début, Quirós semblait combattre l'idée même de départ que défendait le vicaire. Changeant soudain d'avis, il soutint l'argument d'Espinosa en martelant avec violence :

— Nous ne nous trouvons pas à la destination qu'on nous avait promise.

— La faute à qui ? aboya Luis.

— J'ai suivi les instructions de l'Adelantado…

— Dites plutôt que l'Adelantado vous a fait confiance, Quirós !

— L'Adelantado croyait en son chef pilote, renchérit Diego. Et son chef-pilote, toujours imprévisible, toujours surprenant, nous a emmenés aux bouches de l'Enfer où nous avons perdu l'*Almiranta* !

— Très bien. Si vous le prenez sur ce ton… (Quirós était blême.) Demandez-moi ma démission.

Lui qui, d'ordinaire, n'était pas armé, déboucla son ceinturon et jeta à toute volée son épée sur la table. Il ne s'adressait qu'à Isabel :

— ... Révoquez-moi et choisissez qui vous voudrez pour manœuvrer vos navires !

Luis s'était avancé, menaçant :

— On en a tué d'autres, et des meilleurs, pour semblable manquement !

Lorenzo cria :

— Taisez-vous ! (Il s'était mis debout, avec peine...) Cessez vos sottises, tous les deux !

Il dévisageait ses frères. Diego et Luis furent sur le point de lui répondre. Lorenzo les coupa :

— ... Je suis le commandant en chef de ce camp : je vous ordonne de présenter vos excuses au capitaine Quirós !

Leurs regards se posèrent sur Isabel, interrogateurs.

Elle dit, sans lever les yeux :

— Ces derniers jours ont été difficiles, pour vous et pour nous, Señor Quirós. Nous sommes tous à bout de nerfs... Nous respectons vos capacités et nous avons besoin de votre aide. Veuillez pardonner cette offense à votre honneur.

— J'accepte vos excuses, Madame. Et je partage votre douleur, dans la perte de notre regretté Gobernador. Je vous servirai, comme je l'ai servi... Avec fidélité et compétence.

Espinosa saisit l'occasion :

— Alors, sortez ces malheureux d'ici !

— Hier – ou bien était-ce avant-hier ? – persifla Luis, vous professiez exactement le contraire, mon père : vous vouliez rester à Santa Cruz prêcher la bonne parole aux naturels !

Le vicaire passa outre :

— Je sollicite de Son Excellence Doña Isabel, Gobernadora de cette île, la grâce et l'autorisation d'être le porte-parole de tous les hommes qui vont mourir.

Luis opina :

— Il vendrait son âme au diable pour qu'on le ramène à son couvent de Lima !

Isabel lâcha entre ses dents :

— Assez.

Elle réfléchit un instant et marmonna :

— Je vous remercie, mon père, de m'avoir informée de la volonté des colons et de ce qui se passe dans le camp.

— Votre Excellence m'autorise-t-elle à faire ratifier par le greffier les dix raisons qui poussent ces gens à signer la pétition demandant à partir ?

— Un procès-verbal devant le notaire du Roi ? On ne saurait être plus prudent, ironisa Luis. Craindriez-vous le sort que nous réservons aux mutins ?

Avec lassitude – ou peut-être un mépris sans fond envers leur violence et leur vulgarité à tous –, elle murmura :

— J'autorise le vicaire Espinosa à consigner, devant notaire, les raisons des personnes qu'il représente. Je les lirai et j'y réfléchirai. Maintenant, veuillez vous retirer.

Cette neutralité lui ressemblait si peu que même ses frères s'exécutèrent. Lorenzo se leva péniblement et sortit, appuyé de tout son poids sur l'épaule de Mariana.

*

Isabel demeura assise, immobile, appuyée contre le dossier de son siège. Le fauteuil paraissait si grand dans cette paillote, qu'il évoquait un trône.

Partir ? Rester ?

Rester, bien sûr ! Ne jamais abandonner Santa Cruz.

« Si je cède aux colons, je trahis la volonté d'Alvaro. Il l'a dit. Il l'a répété... Que sa vie aura été vaine. Oui, c'est bien ce qu'il a dit ! »

Elle devait... Que devait-elle faire déjà ?

Tenter de mettre de l'ordre dans les affaires du camp. Tenter de réfléchir.

Qu'avait donc expliqué Quirós ? Que le *San Jerónimo* ne tiendrait pas un jour en mer ? Que, dès la première bourrasque, le naufrage était certain ? Que les vents, qui les avaient poussés jusqu'ici, leur seraient contraires au retour ?

« ... Prendre le risque de partir, quand tous les bateaux sont pourris ? Prendre le risque de rester, quand dix Indiens suffisent pour s'emparer du fort ? »

Cette pétition que brandissait le vicaire : s'agissait-il d'une nouvelle mutinerie, comme Diego et Luis l'avaient laissé entendre ?

Alvaro lui-même n'avait-il pas expliqué que cet acte maudit – *la mutinerie* – commençait par trois signatures au bas d'un parchemin sans le paraphe du commandant en chef ?

Non, il ne s'agissait pas de cela puisque les signataires s'étaient assurés de sa permission. Non, puisque les arguments en faveur d'un départ seraient soutenus par des témoignages. Non, puisque la démarche avait pris tous les dehors de la légalité. Ce document, sous forme de procès-verbal, pouvait, à l'inverse, la garantir, elle, contre le reproche d'abandon que Sa Majesté le roi Philippe II ne manquerait pas de lui adresser. Ce document pouvait même prouver devant un tribunal que le choix d'Isabel Barreto reposait sur des points numérotés, qu'il avait été réfléchi, ratifié par l'Église et par ses capitaines.

Alvaro de Mendaña. Qu'aurait souhaité Alvaro de Mendaña ? Partir, oui. Mais pour se réapprovisionner en vivres, en armes, en hommes. Et revenir à Santa Cruz. Et continuer la colonisation. Voilà ce qu'il aurait voulu.

Tous les raisonnements d'Isabel aboutissaient à cette conclusion : les Philippines – plus proches que le Pérou – constitueraient une étape. Là-bas, elle recruterait de nouveaux prêtres et de nouveaux colons…

La crainte de manquer à sa parole, cependant, la tourmentait. Elle remit sa décision à plus tard.

*

— C'est la fin !

Mariana venait de faire irruption dans la pièce. Les sœurs ne s'étaient pas revues depuis plusieurs jours.

— Lorenzo veut te parler, cria Mariana en lui jetant son châle… Lorenzo, répéta-t-elle affolée : c'est la fin. Il te réclame.

Les deux femmes, courant vers la cahute, traversèrent le camp sous la pluie.

Les souffrances du malheureux dépassaient l'imagination. Il gisait, le dos arqué par les spasmes du tétanos, la tête rejetée en arrière. Il ne contrôlait plus son visage. Il ne contrôlait plus sa bouche. Une abominable grimace déformait ses lèvres, naguère si pulpeuses. Lorenzo. L'incarnation de l'amour, de tous les plaisirs de la vie.

Isabel réprima un gémissement. Retrouvant son instinct de survie et son sens pratique, elle réagit :

— Appelle Diego et Luis ! Qu'ils viennent nous aider avec deux hommes. Il faut le bouger.

Lorenzo, à la fois raide et tordu, pesait plus lourd qu'un gisant de pierre. Quatre hommes et deux femmes n'y suffirent pas. Isabel fit monter, au-dessus du grabat, un crochet et une corde pour le soulever.

Chaque mouvement arrachait au malade des cris de douleur.

Cramponné à la main de sa sœur, il tentait d'articuler ses instructions. En vain. Il pleurait. Son regard s'attachait à celui d'Isabel. Il se reprit et recommença à essayer de parler.

Seule une bribe de mot, avec un jet de bave, réussirent à sortir :

— … fession.

Elle s'écria :

— Allez chercher le vicaire !

— Espinosa n'est pas dans le camp, rétorqua Diego.

— Il est retourné vivre sur le bateau, précisa Luis.

Elle se tourna vers Mariana qui expliqua :

— Le père Espinosa se meurt dans sa cabine.

— Pour l'amour du Ciel… Allez le chercher ! Que Quirós le ramène ici !

Le prêtre, que le Chef Pilote conduisit au chevet de Lorenzo, se trouvait aussi proche du trépas que son pénitent. On avait dû le porter sur un brancard.

Isabel ordonna qu'on aligne sa civière contre le

grabat de son frère et qu'on fasse glisser Espinosa dans le lit.

Là, les deux moribonds se parlèrent de Dieu. Lorenzo confessa ses péchés à l'oreille du religieux. Et le vicaire, allongé près de lui, tenta de lui donner l'absolution.

Ayant accompli ses devoirs, Espinosa demanda à être ramené à bord.

Lorenzo s'éteignit à l'aube du 2 novembre 1595. Le jour des Morts. Deux semaines après la disparition d'Alvaro. Les mêmes coups de tambour scandèrent sa marche funèbre, qui progressa dans la même boue, sous la même pluie. Ne restaient toutefois qu'un seul musicien dans le cortège, un seul porte-étendard, et moins de cinq officiers pour lui rendre les honneurs. Sa dépouille fut acheminée dans un drap jusqu'à sa dernière demeure, sans cercueil. On l'ensevelit aux côtés de son beau-frère, devant l'autel, dans l'église. Mais cette fois, on ne dit pas de messe : aucun prêtre n'était présent pour prononcer son éloge funèbre.

Mariana, Diego et Luis se tenaient d'un côté du remblai. Isabel, seule, de l'autre. Elle venait d'enterrer son alter ego, son frère adoré.

Comment Dieu avait-il pu laisser mourir Lorenzo dans de telles souffrances ? Comment Dieu, qu'on disait si bon, avait-Il pu le torturer de cette manière ? Et torturer Alvaro, comme Dieu l'avait tourmenté, en l'empêchant de retrouver les îles ?… Alors que la volonté de son mari, son souhait le plus cher, leur désir à tous n'avaient été que de Lui complaire en apportant Sa Parole aux naturels, en les convertissant à la vraie Foi, en sauvant leurs âmes !

Ce deuil, qui achevait de la plonger dans le désespoir, l'agitait de sentiments nouveaux. La colère. La révolte… Bientôt le blasphème.

Dieu, si Dieu avait jamais existé, les avait abandonnés. Les Indiens, les chrétiens, Alvaro, Lorenzo. Tous abandonnés depuis belle lurette ! Mais elle, elle ne laisserait pas mourir les autres. Elle ne laisserait pas mourir Mariana, mourir Diego et Luis. Elle ne laisserait pas le Tout-Puissant lui ôter ces trois-là. Le Seigneur lui avait déjà pris ses enfants. Le Seigneur lui avait pris son mari. Le Seigneur lui avait pris son frère. Le Seigneur lui avait enlevé jusqu'aux secours de la religion, jusqu'au soutien d'un prêtre. Le Seigneur ne lui arracherait pas sa petite Mariana. Ni Luis ni Diego.

La perte de Lorenzo l'avait réveillée. Une décharge, un sursaut.

Le décès du vicaire lui assena le coup fatal. L'expédition d'Alvaro de Mendaña se trouvait au-delà de Dieu. Elle ne permettrait pas au Ciel de continuer son œuvre de destruction et de mort !

*

Le lendemain des funérailles de Don Lorenzo Barreto, la Gobernadora regagna son navire.

Tous l'y suivirent avec armes et bagages.

De là, elle ordonna des corvées d'eau, de bois, de nourriture. Elle fit ajouter une voile à la chaloupe, ce qui permit aux soldats d'accoster de l'autre côté de la Baie Gracieuse, et de s'approvisionner dans des villages qui ne connaissaient pas Malopé. Ils parvinrent à razzier jusqu'aux îlots alentour.

La perspective du départ galvanisait les énergies. Son pragmatisme fit le reste.

En dix jours, Isabel accomplit ce que ni Quirós, ni Lorenzo, ni même l'Adelantado n'avaient réussi en deux mois à Santa Cruz. Elle réorganisa toute l'armada, redistribuant leurs tâches aux soldats, aux marins et aux colons, redonnant à chaque membre de l'expédition sa raison d'être. Elle reprit en main jusqu'à Doña Elvira, la veuve de Juan Buitrago, la forçant à réintégrer son poste de lectrice et de secrétaire.

Elle-même se refusait désormais à prendre la plume. Ses actes parlaient pour elle. Elle n'avait rien à dire, elle ne consignerait pas les faits. Mais elle chargea Elvira de dresser la liste de ses biens, et de recopier en double, en triple exemplaire, les inventaires des vivres qu'elle entassait dans sa cambuse.

Ses hommes rapportèrent des noix de coco, des fruits de l'arbre à pain, près de deux cents poules et cent vingt cochons, tout ce qu'ils avaient pu piller et entasser sur une flotte de canoës, volée elle aussi.

Les matelots, pour leur part, plongeaient et grattaient les coques des trois navires, essayant de les débarrasser des algues et des coquillages qui avaient grignoté le bois.

Isabel, pour sa part, examinait les livres de lochs et les cartes marines. Le peu dont elle disposait.

Si la Gobernadora ne prétendait pas dominer la connaissance des vents et des courants, elle maîtrisait l'usage de toutes les voiles et des gréements. Sa curiosité de jadis et l'enseignement d'Alvaro de Mendaña, six mois de navigation à ses côtés, l'avaient initiée aux choses de la mer. Elle savait désormais lire la boussole, manier l'astrolabe et le quadrant. Elle pouvait calculer, seule, la route parcourue, la vitesse du navire et toutes les latitudes.

Elle consultait chaque nuit ses capitaines, les obligeant à étudier leurs propres livres et à lui proposer de nouvelles routes maritimes. Elle exigeait de tous, de Quirós, de Corzo et du propriétaire de la frégate, qu'ils consignent dans leurs journaux de bord les discussions qu'ils avaient avec elle. Et qu'ils lui adressent par écrit, personnellement, les conseils qu'ils lui prodiguaient de vive voix. Doña Elvira recopiait tous les documents, que Doña Isabel rangeait dans le coffre de l'Adelantado.

Son gouvernement ne reposait que sur cela : le respect des lois. Et le culte de la hiérarchie. Isabel Barreto était la première. Quirós, le second.

Le Chef Pilote avait demandé qu'elle le confirme officiellement dans son titre. Il voulait un papier paraphé de sa main, le maintenant à son poste de commandant de la flotte. Elle l'avait signé, à la condition qu'il s'engage, en retour, à mener sa mission jusqu'au bout. Traduction : à la conduire, elle, jusqu'aux îles Salomon. Mieux : jusqu'à la découverte du Cinquième Continent, l'Australia Incognita, leur but à l'un comme à l'autre. Elle stipulait en toutes lettres que, même si les circonstances la forçaient, pour l'heure, à abandonner Santa Cruz, Quirós – après avoir atteint Manille – recruterait un nouvel équipage et repartirait avec elle. À charge pour elle de trouver les fonds permettant de payer les marins et de financer la suite de l'expédition. Elle s'occuperait en outre d'enrôler de nouveaux soldats, de nouveaux colons et quatre prêtres. L'abandon du camp de la Baie Gracieuse ne signifiait à aucun moment, et sur aucun plan, la fin du contrat de Quirós. Ce contrat qu'il avait passé avec Mendaña, recevant au Pérou l'intégralité de sa paye, se poursuivait, dans les mêmes termes, jusqu'à la réussite finale.

Sur tous ces points, ils s'étaient entendus.

Elle comprenait fort bien les mobiles qui poussaient Quirós à solliciter son renouvellement. S'il méprisait les capitaines de la frégate et de la galiote, il savait qu'il suscitait leur méfiance. Et ne pouvait ignorer que Diego et Corzo le présentaient comme un escroc.

À les entendre, tout ce que Quirós avait entrepris jusqu'à présent aurait pu être mieux fait. Ils en voulaient pour preuve leur errance autour des Marquises, et le temps perdu à y chercher un mouillage.

Pour l'heure, Isabel choisissait d'accorder sa confiance au pilote de feu son mari.

Le plan qu'elle avait défini était le suivant : tenter, d'abord, de retrouver San Cristobal, l'île des Salomon que l'Adelantado avait assignée comme point de ralliement. Qui sait ? Peut-être Lope de Vega et la *Santa Isabel* les attendaient-ils tranquillement là-bas ? Auquel cas ils seraient sauvés : l'*Almiranta* comptait à son bord des canons et des armes, le gros de l'infanterie et deux prêtres.

À défaut : continuer vers le nord-ouest et rejoindre les Philippines, comme Quirós l'avait suggéré.

Restait toutefois un ordre à donner, un ordre qui s'opposait à toutes les lois de la mer : elle voulait que le cercueil d'Alvaro soit déterré et chargé à bord.

Ce commandement-là provoquerait un tollé, Isabel le savait. Aucun navire ne voyagerait avec un cercueil. Mais elle demeurerait fidèle à l'homme qui incarnait la Conquête.

On quittait Santa Cruz, d'accord. Mais on emmenait la dépouille de Mendaña. Elle s'entêtait sur ce point. Le pouvoir absolu, c'était de lui qu'elle le tenait. C'était en son nom qu'elle le gardait. L'Adelantado poursuivrait donc le périple avec eux. N'en déplaise à Quirós, Alvaro restait encore l'instigateur et le maître de cette expédition.

Dernières corvées de bois, d'eau, de vivres. Sous la férule de la Gobernadora, même les malades, même les blessés se hâtaient et s'affairaient sur les ponts.

La minuscule silhouette noire de Quirós allait d'un bateau à l'autre. Partout, les cordes étaient rongées. Les voiles trouées. Les mâts branlaient et les carènes prenaient l'eau. Ils n'avaient pas une chance d'atteindre Manille.

Mais qui savait, avec cette diablesse de femme dont la détermination à survivre paraissait aussi forte que sa tête était froide ?

En cette veille de départ, tous se trouvaient réunis dans la cabine de la Gobernadora. Quirós délivrait ses instructions aux autres capitaines :

— Nous naviguerons ouest-sud-ouest, jusqu'à onze degrés de latitude. Si nous ne rencontrons pas l'île de San Cristobal, alors nous naviguerons nord-nord-ouest en direction des Philippines. Nous y serons dans deux mois.

— Deux mois ! s'écria Luis.

— Ou trois. Avec l'aide de Dieu…

Quirós ne regardait personne. Il ne s'adressait qu'à Isabel. Les réactions d'autrui comptaient peu. L'échange – les jeux de pouvoir – n'existait désormais qu'entre eux deux. Et chacun savait que l'autre le rendrait responsable du moindre manquement.

— … Attendez-vous au pire, poursuivait Quirós. Quand nous avons quitté Lima, on disait que les Japonais s'apprêtaient à envahir les Philippines. Peut-être ne trouverons-nous plus un seul Espagnol, là-bas.

— Vous avez une autre solution, Señor Quirós ?

— Aucune, Madame. Je crains toutefois qu'il nous soit difficile de naviguer de conserve avec la frégate et la galiote.

— Je vous prierais de m'appeler *Votre Excellence.*

Décidément, la Reine de Saba était redevenue elle-même ! Aussi impeccable, aussi impérieuse, aussi impossible !

— Leurs gréements, Votre Excellence, reprit-il, ne pourront supporter une telle traversée. De plus, elles vont nous ralentir. Je crois donc judicieux de transporter leurs cordages et leurs voiles ici, sur la *Capitana*. Avec leurs hommes. Nous aurons besoin de tous les bras et de tout le matériel.

— Abandonner mon navire ! s'exclama, outré, le propriétaire de la frégate. Vous êtes fou, Quirós ! On voit que ces bateaux ne vous ont rien coûté, à vous !

Le capitaine Corzo, selon son habitude, se montra plus violent :

— Le Chef Pilote cherche à nous ruiner pour son seul bénéfice. Depuis le départ, il veut nous mettre au même niveau que lui. Et pour cause ! Il a reçu sa paye. Il n'a rien à perdre. Il ne possède aucun des vaisseaux de cette armada et n'a pas d'intérêt dans l'affaire. Sinon celui-là : nous faire abandonner nos navires. Ainsi deviendra-t-il le maître absolu. C'est ce que vous espérez, n'est-ce pas, Quirós ? Le pouvoir sur les trois équipages.

— Dans l'état où vous avez mis votre galiote, Corzo, elle ne vaut pas un clou. Ce serait un crime d'y embarquer quiconque.

Diego intervint :

— Vous pouvez nous parler de crime, Quirós, et accuser le capitaine Corzo d'incompétence, mais vous, plus qu'aucun d'entre nous, êtes responsable de nos désastres.

Isabel trancha.

— Nous prendrons l'ensemble de l'armada.

« Cette femme, pensa-t-il, est folle ! »

Consciente des sentiments de Quirós à son égard, elle ajouta :

— Nous avons besoin des trois navires. Vous ferez transporter tous les malades de la *Capitana* sur la frégate.

— Pourquoi cela ? demanda-t-il glacial.

— Afin de vous alléger et de permettre à vos marins de manœuvrer sans gêne, répondit-elle.

— Ces hommes sont malades. Vous allez les entasser sur le pont d'un bateau trop petit ? Sur le pont, Madame ! Alors que vous avez ici une cale où ils seront à l'abri… N'avez-vous donc aucun cœur ? Vous avez déjà refusé de donner votre eau à ceux de l'*Almiranta*. Et maintenant, vous condamnez à mort les victimes des fièvres !

— Nous ne voulons pas de ces gens ici, coupa Luis. Ils empoisonnent l'air et répandent la contagion.

— En outre, raisonna Diego, un dais pourrait être tendu sur le pont de la frégate, entre les mâts : une véritable tente qui protégera ces malheureux du soleil et des pluies. Ils respireront mieux à l'air libre que dans votre cale immonde !

Quirós pinça les lèvres. Décidément, songea-t-il avec mépris, ces Barreto n'étaient que des voyous ! Il insista :

— Pour que la frégate puisse manœuvrer dans les bourrasques, les marins devront décrocher votre dais. Je ne parle même pas des tempêtes… (Quirós ne s'adressait qu'à Isabel.) Durant les tempêtes, que ferez-vous des malades et des blessés ? Hein, sur la frégate : où les mettrez-vous, Madame ?

Isabel réfléchit et trancha une seconde fois :

— Laissez-les ici.

Furieux à leur tour d'avoir été publiquement désavoués par leur sœur, Diego et Luis haussèrent les épaules et quittèrent la cabine.

— … Capitaine Quirós, veuillez dessiner une carte de mémoire. Vous nous en distribuerez un double… Faites au mieux.

— Au mieux ? Vous voulez dire au hasard, Madame.

— Je n'ai rien dit d'autre que ce que je voulais dire : et j'ai dit *au mieux*. Vous pouvez disposer, Messieurs.

Les capitaines de la galiote et de la frégate prirent congé. Quirós sortit à leur suite.

À peine eut-il émergé sur le pont qu'il entendit des protestations et des cris. Les frères Barreto désobéissaient. Leurs soldats avaient déjà fait descendre une dizaine de malades dans la chaloupe, avec mission de les conduire à la frégate.

— Remontez-les ! La Gobernadora a donné l'ordre que les malades restent à bord de son navire.

Diego et Luis marchèrent sur Quirós. Par leur taille

et leur force, ils le surpassaient de beaucoup. Le Chef Pilote recula :

— … Votre sœur représente ici le Roi. Allez-vous me tuer pour avoir obéi aux ordres du Roi ?

Les frères hésitèrent.

Puis ils redescendirent rapidement chez Isabel.

— Non seulement Quirós joue double jeu, mais il monte les gens contre toi, en faisant mine de les défendre.

— Non seulement il se donne, lui, pour une grande âme, appuya Luis, et nous présente, nous, comme des brutes, mais il te contredit ouvertement en interdisant à quiconque de sortir ton mari de sa tombe.

— Seul point, commenta Diego, où l'on ne peut lui donner tort !

— Vous savez ce que les Indiens feront à Alvaro après notre départ ? demanda-t-elle froidement. Le premier acte des fils de Malopé ? Ils se vengeront sur lui : ils profaneront sa tombe et mutileront sa dépouille.

Ce qu'elle ne leur décrivait pas, c'était la vision qu'elle avait des atrocités qui seraient perpétrées. Une vision très claire. Elle en connaissait tous les détails. Et pour cause ! Depuis qu'elle avait décidé du départ, elle faisait chaque nuit ce rêve terrifiant : le cauchemar d'une cérémonie macabre, d'un rite expiatoire. Elle voyait les guerriers de Malopé creuser le sol dans l'église, devant l'autel, les Indiens déterrer Alvaro. Elle voyait le noble visage de son mari, son corps tant aimé, qu'on humiliait, qu'on dénudait, qu'on écorchait, qu'on équarrissait, qu'on dévorait…

— Pourquoi n'emportes-tu pas Lorenzo pendant que tu y es ? Et les cinquante-trois morts de Santa Cruz !

— Alvaro de Mendaña était l'Adelantado des Mers du Sud… Il recevra en terre chrétienne les honneurs qui lui sont dus !

— Tu sais ce que ça fait un cadavre, Isabel ?… Ça grouille de vers et ça pue !

Elle baissa la tête. Diego poussa l'avantage :

— Quirós a expliqué que la traversée jusqu'à Manille pouvait prendre trois mois : tu vas garder un cadavre à bord durant *trois mois* ?

Elle réfléchit :

— Il existe une autre raison.

Ses frères se turent et l'écoutèrent :

— En admettant que nous réussissions un jour à regagner le Pérou, nous aurons des comptes à rendre. Tous. Le colonel Merino-Manrique n'avait pas exagéré l'importance de son lignage : les autorités mèneront une enquête sur les circonstances de sa mort. Vous devrez répondre à des questions. Raconter ce qui s'est passé à Santa Cruz. Donner des détails sur la façon dont vous vous êtes débarrassés de lui… Beaucoup de ses soldats veulent votre peau pour l'avoir assassiné. Ils vous accuseront de meurtre. Et même d'une boucherie… Sur la personne du Colonel. Mais aussi sur celle de Juan Buitrago. Et de Tomas Ampuero. Celui-là était le grand ami de Quirós. Et si Quirós choisissait d'appuyer les soldats du Colonel et de venger sa mémoire… Alors, ce serait sa parole contre la mienne. Je n'aurais pas une chance de vous défendre et de vous sauver… En tant que femme, ma parole ne vaut rien.

— Quirós, venger le Colonel ? s'enquit Luis… Absurde ! Il le haïssait !

Isabel haussa les épaules :

— Comme il me hait, moi. Qui sait dans quel camp

Quirós se trouvera devant la Loi ? Il est imprévisible. Toujours du côté de son avantage, qu'il appelle sa conscience.

— Curieux, en effet, combien le vent l'entraîne immanquablement dans le sens de son intérêt, médita Diego.

— Quirós ne cesse d'accuser l'Adelantado de son propre échec : il n'a pas trouvé les Salomon. Sa réputation est en jeu. Il pourrait bien se défendre contre ce que j'aurais à dire, moi, sur ses compétences. Et riposter en me rendant responsable de la mort d'Alvaro. Je suis son héritière. Les Salomon m'appartiennent. Ainsi que la tâche de les pacifier, de les coloniser et de les gouverner... Ce droit-là, Quirós me le conteste. Il ne le dit pas. Il ne dit rien. Mais attendez de voir ! À ses yeux, le conquérant des Salomon, le véritable Gobernador de la Mer du Sud : c'est lui... Depuis le départ de Lima, il se prend pour Christophe Colomb et se voit en découvreur d'un nouveau continent. Il se moque bien des archipels. Ce qu'il cherche, ce qu'il veut, c'est la Terre australe.

— Comme nous, coupa Diego.

— ... Et si quiconque peut contester mes droits, en m'accusant de complicité d'assassinat, je perds tout et Quirós aura les mains libres... À Manille ou à Lima, nous devrons certifier qu'Alvaro est décédé de mort naturelle. Et comment le prouverons-nous sans son corps pour témoigner qu'il n'a été ni empoisonné ni poignardé ?

Elle avait gagné. Elle le savait en concluant :

— Voilà pourquoi je ne veux pas le laisser ici.

— Compris... Mais tu ne peux pas le transporter sur le *San Jerónimo* !

— Le *San Jerónimo* m'appartient. Je suis libre d'y naviguer avec qui bon me semble, et notamment avec mon mari.

— Avec le *cadavre* de ton mari, Isabel : le cadavre de ton mari que les vers dévorent à cette heure.

— … Et qui puera jusque dans ta cabine, même si tu l'entreposes à fond de cale.

— Puisque tu as ordonné que les malades ne voyagent ni sur la frégate ni sur la galiote, elles sont pratiquement vides. Il y a de la place sur ces bateaux-là pour ton foutu cercueil !

*

En cette nuit de la Sainte-Isabel, patronne de la première expédition de Mendaña, le 17 novembre 1595, date de son vingt-huitième anniversaire, la Gobernadora épiait de son balcon ce qui se passait à terre.

Elle voyait s'agiter sur le rivage les silhouettes du capitaine de la frégate et de ses marins. Ils chargeaient la dépouille d'Alvaro sur la chaloupe. Avec son cercueil, ils ramèneraient la bannière du Roi.

Isabel avait voulu que la bannière reste à Santa Cruz jusqu'à la dernière seconde. Le drapeau de l'Espagne, symbole de la prise de possession de l'île, partirait en même temps que le découvreur de tous les archipels de la Mer du Sud… L'étendard royal : l'obsession de la Gobernadora. Son garant.

Elle entendait maintenant le bruit des rames frappant l'eau, et le grincement des poulies qui hissaient la caisse à bord du plus petit des trois bateaux.

Quand elle fut certaine de n'avoir pas abandonné

Alvaro, elle poussa un soupir lourd de souffrance et d'angoisse.

Elle se sentait toutefois soulagée.

Du pont arrière, Quirós observait le même spectacle, écoutait les mêmes bruits… Impuissant.

Aucun doute : cette femme constituait une menace pour le salut de tous. Malheur à qui l'approchait ! Un être contre nature. Un monstre. La Méduse. Malheur à qui rencontrait son regard ! Elle fascinait et tuait ceux qu'elle séduisait. Il devait trouver le moyen de la neutraliser. D'abord parce qu'elle était une femelle, et qu'une femelle portait malheur sur un navire. Ensuite parce qu'une femelle ne pouvait commander à des hommes. Encore moins à des marins. Encore moins à un chef pilote comme lui, Pedro Fernández de Quirós. La preuve ? Son premier ordre sur mer était cette aberration… Voyager avec un mort !

La rancœur avait pris le pas, chez Quirós, sur ses sentiments d'autrefois, sur la convoitise et la tentation.

Au matin du 18 novembre 1595, Doña Isabel Barreto ordonna de hisser les voiles.

Cet ordre qu'elle transmit en personne à tous les hommes de son armada, cet ordre où Quirós n'entrait pour rien, mit le comble à sa vindicte. Il ne le lui pardonnerait pas. Avec ce geste symbolique, qu'elle avait accompli sciemment, elle prenait la responsabilité de toutes les décisions. Dieu était au ciel, le Roi était au loin, Mendaña était mort. Et ici, maintenant, Isabel Barreto commandait !

Dure avec elle-même. Terrible envers les autres. Elle s'imposait – elle leur imposait à tous – une discipline de fer. Dès l'aube, ou à la nuit tombée, elle étudiait la position des astres et questionnait les vieux marins. Ils lui décrivaient la Mer du Sud comme le plus vaste océan du monde, une mer ouverte. Sans fin… Ils lui racontaient qu'en franchissant la ligne de l'équateur, ils pénétreraient dans le pays de Satan et seraient tous métamorphosés en nègres. L'ardeur du soleil ferait bouillir la mer et les voiles prendraient feu. Avide d'informations, Isabel écoutait les légendes. Et vérifiait les points.

Sa vigilance envers les calculs du Chef Pilote ne connaissait aucune borne. Cette femme se mêlait de tout ! Cette femme contrôlait tout ! Cette femme le rendait fou !

Quirós ne trouvait pas San Cristobal.

Ils avaient navigué deux jours, atteignant les onze degrés de latitude qu'ils s'étaient fixés. Rien. L'horizon restait désespérément vide.

Devait-elle insister ? Poursuivre dans la même direction ? Ou changer de cap vers Manille, comme Quirós l'exigeait. Il soulignait que les provisions diminuaient. Que les fruits qu'ils avaient embarqués étaient déjà consommés ou pourris. Que les jarres dégageaient une odeur pestilentielle et qu'on devait se pincer le nez pour boire leur eau. Plus ils attendaient, plus la disette s'aggraverait.

Le doute rongeait l'âme d'Isabel. Si elle choisissait de continuer encore deux jours, parviendrait-elle à rejoindre le point de ralliement qu'Alvaro leur avait fixé ?

Elle relisait les récits de voyages des grands découvreurs. « Souviens-toi de Magellan, se répétait-elle. Pas plus que toi en quête de San Cristobal, il ne savait où se trouvait le détroit qu'il cherchait. »

Oui, mais si le roi d'Espagne lui avait donné raison, c'est qu'il l'avait trouvé, justement ! Eût-il échoué, Magellan n'aurait été qu'un petit escroc portugais, un bouffon assassin qui avait trompé son maître.

Comme Quirós.

… La distance entre le héros et le fou : n'était-ce pas le sujet de sa discussion avec Alvaro dans sa chambre, la première fois qu'ils avaient évoqué les îles Salomon ? La grandeur du conquérant se mesurait à l'aune de sa réussite. Et la gloire se mettait toujours du côté du vainqueur !

Elle n'avait plus confiance en sa force, ni en son instinct. Elle se défiait même de la miséricorde divine. Et pour cause ! Le Seigneur lui avait joué un nouveau tour : la nuit du 10 décembre, la galiote de Felipe Corzo leur avait faussé compagnie.

Sous le prétexte que Quirós ignorait son métier, Corzo avait changé de cap et disparu. Lui se moquait bien de l'*Almiranta* et de San Cristobal : il connaissait la route et gagnerait Manille. Un déserteur. Mais qu'importait à Corzo une accusation de traîtrise ? À ses yeux, personne sur le *San Jerónimo* ne survivrait pour témoigner contre lui.

Elle finit par donner l'ordre de le suivre et de rejoindre les Philippines.

À mesure qu'ils montaient vers le nord, les vents tournaient. De grandes vagues les secouaient. Le mât d'artimon menaçait de se briser. Le support du beaupré pendait déjà par-dessus bord. La civadière était partie à la mer avec tous ses agrès.

Au loin, la frégate, le dernier navire de l'armada, se traînait avec son cercueil, mais elle résistait mieux.

Depuis leur altercation à son propos, Quirós n'en avait plus parlé. Mais les vergues, là-bas aussi, tombaient des mâts. Les drisses se rompaient. Les voiles étaient restées affalées durant trois jours, sans qu'aucun marin n'ait eu la force de les hisser à nouveau. Trop faibles, trop peu nombreux.

— Vous devez, Madame, ordonner aux hommes de la frégate de monter à bord et de partager avec nous leur matériel.

À son corps défendant, Quirós était venu plaider auprès de la Gobernadora l'abandon du plus petit des navires. Une seconde fois.

— La frégate ne m'appartient pas : je n'ai pas le droit d'exiger son sacrifice.

— Vous avez tous les droits : vous êtes la Gobernadora !

— J'ai *tous les droits* ? Vous m'étonnerez toujours, Quirós. Tous les droits, selon que mes ordres vous complaisent… Vous oubliez vos scrupules de conscience que la ruine du capitaine de la frégate ne semble pas déranger. Si j'obligeais cet homme à commettre un acte qu'il ne veut pas commettre, ce serait pour lui sauver la vie. Et s'il venait à mon bord, il viendrait avec la dépouille de l'Adelantado.

— Impossible ! Les marins du *San Jerónimo* ne vous laisseront pas faire !

— Et moi, je n'abandonnerai jamais le seul navire qui accepte de porter le corps de mon époux !

— Le pire châtiment que Dieu nous inflige pour nos péchés est votre folie, Madame ! Elle nous perdra tous.

— Le pire châtiment que Dieu nous inflige, c'est

votre incompétence en matière de navigation. Je ne parle même pas de votre hypocrisie et de votre suffisance : elles nous ont *déjà* perdus.

Il sortit en claquant la porte. Elle resta face à la mer.

La frégate suivait.

Mais quand, au lever du jour, le mercredi 20 décembre, elle scruta l'horizon, il était vide : la frégate avait disparu.

Elle ordonna qu'on l'attende. Quirós refusa. De toute façon, ce bateau était maudit. Avec un cercueil à son bord, la frégate leur portait malheur. Le vent se levait. On devait avancer avant qu'il ne retombe.

Elle le contraignit à attendre toute la journée. Les marins maugréaient :

— Comme si on n'avait pas assez la poisse !

— Chacun pour soi et Dieu pour tous.

Afin de les occuper, elle fit porter *Notre-Dame de la Solitude* au pied du grand mât, et ordonna un *Salve Regina*.

Le bois de la statue était piqué, la peinture écaillée. L'humidité de Santa Cruz avait pâli son auréole. Le sel achevait de délaver ses couleurs. Le charpentier disait *Notre-Dame* rongée par les vers, et répétait qu'on devait s'en débarrasser avant que les larves n'aient envahi la coque du navire.

La Madone n'avait plus de regard. Plus de bouche. Surtout plus de sourire en se penchant vers les marins en prière. Même les quatre vaisseaux, qu'elle protégeait jadis dans son manteau, s'étaient effacés.

En fin d'après-midi, Isabel avait compris qu'Alvaro ne reposerait jamais en terre chrétienne, et qu'aucune sépulture n'honorerait sa mémoire.

Elle autorisa ses frères à jeter *Notre-Dame* par-dessus bord et décida de continuer la route nord-nord-ouest.

*

Désormais, le *San Jerónimo* voguait seul sur l'immensité.

*

Ce qu'Isabel Barreto ignorait, ce que Pedro Fernández de Quirós ignorait, ce qu'ils ignoraient tous, c'est qu'ils s'étaient trouvés à quelques milles de San Cristobal.

Eussent-ils poursuivi deux jours, comme elle en avait eu l'intuition, ils auraient retrouvé l'*Almiranta* qui s'était échouée là-bas. Et Lope de Vega, mourant, qui attendait leur secours…

Pis encore : ce qu'ils ne pouvaient savoir, c'est que l'adelantado de Mendaña n'avait pas failli.

En les conduisant dans la Baie Gracieuse, Don Alvaro avait accompli sa mission et gagné son pari. Cette terre maudite appartenait à l'archipel des Salomon : l'île de Santa Cruz était la dernière, la plus au sud des douze îles et des neuf cent quatre-vingt-dix îlots qui composaient le royaume du fils de David !

Ils s'étaient donc bien installés chez eux.

Et l'Expédition avait atteint sa destination.

Chapitre XII

Elle lavait ses jupons avec nos vies

Le temps n'existait plus. Le temps ne s'écoulait plus. Même l'espace ne se déplaçait plus. Isabel avait l'impression de se trouver immobile au centre d'un cercle parfait, qui la cernait nuit et jour, un cercle à la limite de l'horizon, qu'un autre cercle remplaçait sans cesse, identique. Elle étouffait. Pourquoi le navire n'avançait-il pas ? La complainte de l'eau contre l'étrave, pourtant, ne cessait jamais. Même quand elle somnolait, elle entendait le chant de la mer, les gémissements de la coque et du gréement, et les voiles qui battaient. Pourquoi le navire n'avançait-il pas ?

Toujours la même odeur de pourriture montant des entrailles du galion. Toujours les mêmes visages figés dans le désespoir. Des spectres, qui marchaient en chancelant ou gisaient, épuisés, sur les dunettes.

Le *San Jerónimo* était devenu si monstrueusement sale, les ponts inférieurs si débordants de boue et d'immondices, que les plaies des blessés s'infectaient jusqu'à la gangrène.

Au fond, Diego et Luis avaient eu raison : les malades auraient été mieux ailleurs, sous un dais, à l'air libre. Rien, ici, n'était ce qu'il paraissait. Rien, ici, n'était ce qu'il aurait dû être.

Elle voyait les hommes voler leurs gobelets d'eau aux plus jeunes, les mères s'emparer de la ration qui revenait à leurs bébés, mille petites infamies dont elle était le témoin. Elle reconnaissait en son for intérieur qu'elle n'avait jamais accordé beaucoup d'attention aux colons… Assassins, prostituées, vagabonds : la lie de l'humanité. Dès l'embarquement à Lima, elle les avait jugés. Même les familles étaient restées à ses yeux une masse indistincte.

Dans les premiers temps, elle avait pourtant regardé leurs enfants jouer sur le pont, avec bienveillance. La tension et les soucis l'avaient détournée de cet agréable spectacle.

Lors de sa vie à terre, à côté d'eux, elle les avait jugés une seconde fois : indisciplinés, âpres, grossiers, violents les uns envers les autres, cruels avec les Indiens.

Sous le prétexte que les naturels ne portaient pas de bijoux d'or, et qu'eux-mêmes ne voulaient pas rester à Santa Cruz, les colons et les soldats avaient fait du camp un enfer, laissant leurs propres excréments pourrir sur le seuil de leurs portes.

Aujourd'hui, elle n'évoquait plus ses compagnons de voyage qu'en les appelant, avec un mépris sans borne, « ces gens ».

Incapable d'indulgence, sourde à la compassion, la Gobernadora disait préférer à « ces gens » tous les animaux de la création.

Elle donnait en exemple le courage de cette petite chienne qu'on avait abandonnée sur la plage de Santa Cruz, avec les autres chiens. Et pour cause ! L'eau était trop rare pour qu'on puisse les abreuver durant la traversée. Tandis que les plus forts, les molosses, aboyaient du rivage, cette pauvre bête-là s'était jetée à la mer. Elle avait nagé comme une forcenée, parvenant jusqu'à l'échelle de coupée de la *Capitana* qui hissait les voiles. Isabel avait exigé qu'on la repêchât. Elle ressentait pour l'énergie de cet animal une pitié et une affection, qu'elle refusait désormais aux hommes. Bien plus brave qu'eux, la chienne avait forcé le destin.

Une seule chose lui importait désormais : préserver Mariana. Et Luis. Et Diego. Son obsession. Les sauver, eux !

Les provisions diminuaient de jour en jour. Et la famine s'aggravait.

Le soleil devenait si brûlant que même à l'aube, nul ne pouvait le supporter. Sur le pont, on cuisait le jour, on grelottait la nuit.

Au fond, Quirós avait peut-être eu raison, contre Diego et Luis : les malades étaient mieux dans les cales. Oui, au fond, rien n'était ce qu'il semblait.

Le navire se trouvait aujourd'hui dans cette zone tant redoutée des marins, où les voiles prenaient feu : l'abominable « pot au noir » autour de l'équateur. Le ciel était sombre, la mer plate, luisante et huileuse. L'étuve. Et la soif. On rationnait l'eau au maximum. Moins d'un quart de litre par personne. Une eau pleine de cafards, dont la puanteur donnait la nausée. Quant à la nourriture, les colons s'étaient rués dès le départ sur les noix de coco et les régimes de bananes. Ne restait qu'une demi-livre de farine par jour et par personne, qu'on pétrissait en galettes. Mariana avait demandé que les malades aient droit, en plus, à une assiette de bouillie avec un peu de lard, pour se maintenir en vie. Elle avait obtenu gain de cause. Du coup, les marins se couchaient et refusaient de se relever, dans l'espoir de recevoir, eux aussi, cette malheureuse assiette.

Avec la faim, l'émeute recommençait à gronder. Les colons grommelaient que la Gobernadora leur mangeait la laine sur le dos. Qu'elle, elle avait du vin, de l'huile, et même des œufs. Elle gardait vingt poules et cinq porcs, qu'elle réservait à ses proches. À cela, Isabel répondait que les autres, « ces gens », avaient gaspillé les vivres qu'elle avait rassemblés pour eux à Santa Cruz, en les dévorant d'un coup. Elle rétorquait qu'ils n'avaient pas plus de jugeote que de dignité et que, si elle les laissait faire, ils gaspilleraient le peu qui restait. Pas de dignité, non ! Ils n'avaient qu'à regarder la saleté dans laquelle ils vivaient.

Elle-même ne se présentait à eux que coiffée et parée. Même avec la nausée, elle exigeait qu'on lui serve son maigre repas dans de la vaisselle d'argent, son eau et son vin dans des aiguières de cristal. Même avec la nausée, elle se changeait pour le souper, allumait ses candélabres et faisait brûler des parfums. Que croyaient-ils ? Qu'elle se prélassait dans le luxe et vivait dans le laisser-aller ? Erreur ! Elle se contraignait en tout et s'obligeait à l'austérité. Le contrôle quotidien qu'elle exerçait sur sa personne et sur ses réserves était, à ses yeux, le symbole de son pouvoir, de son honneur et de sa liberté. De tout ce qu'elle considérait comme ses prérogatives de Gobernadora. Elle ne possédait au monde que le peu qu'elle conservait ici.

À mesure que son patrimoine de vivres, d'animaux, d'outils diminuait, à mesure que se désagrégeait le *San Jerónimo*, elle savait qu'elle renonçait davantage à poursuivre la quête de Mendaña. Et cette idée la tuait. Chaque jour davantage, elle perdait les îles d'or du roi Salomon.

Elle revenait sans cesse à son obsession : la survie des siens… Elle ne demandait rien aux colons. Maintenant, qu'ils ne lui disputent pas ce qui lui appartenait ! Si elle partageait avec ces rapaces, elle mettrait Mariana, Diego et Luis en danger. Et alors qu'arriverait-il ?

— Est-ce ma faute à moi si ces gens ont gaspillé d'un seul coup leurs propres réserves ? Les rations que je consens à ma famille et à mes serviteurs sont maigres, et vous le savez, Quirós.

Le Chef-Pilote se trouvait désormais au cœur de tous les conflits. Ses hommes exigeaient qu'il prenne parti, et lui posaient la question qu'Isabel lui avait posée jadis. Dans quel camp était-il ? Le leur : le parti des marins qui mouraient de soif et de faim ? Ou celui de la Gobernadora, qui le gavait à sa table et l'achetait ?

— Puisque tu es notre chef, Pedro Fernández de Quirós, fais en sorte que ta maîtresse échange son eau et son vin contre notre travail. Sinon, nous coulerons son bateau, et elle sombrera avec nous.

Au terme de deux mois de traversée, Quirós demanda une nouvelle audience dans le château arrière.

— Il est injuste qu'on meure de faim, quand il y a de quoi manger sur ce vaisseau ! s'insurgea-t-il. Mes hommes manquent de l'essentiel. Vous avez, vous, Madame, trop de tout ! Considérez qu'il serait bien pire de mourir massacrée, que de dépenser un peu de votre bien en partageant vos réserves. Si je plaide la cause de mes marins, ce n'est pas parce que je suis leur ami, mais le vôtre.

— Vous n'êtes pas mon ami, Quirós, bien que vous acceptiez mes largesses.

— Je les accepte seulement pour être capable de conduire votre navire. Et je viens réclamer la pareille pour les autres.

— Si vous étiez aussi pur que vous le prétendez, aussi proche de vos hommes que vous cherchez à le faire croire, vous refuseriez ce qui vient de chez moi. Mais, au propre comme au figuré, vous mangez à tous les râteliers.

— Votre avarice et votre mépris nous assassinent tous.

— Mon avarice et mon mépris en sauveront peut-être quelques-uns.

— Erreur, Madame. Si les soldats et les colons s'emparent de votre cambuse, ce sera la catastrophe. Et vous ne pourrez vous en prendre qu'à vous-même.

— Les vivres que j'y conserve m'appartiennent.

— Ils appartiennent à tous.

— Vous n'avez jamais dit cela, Quirós, quand vous veniez, ici, améliorer votre ordinaire. Que je sache, vous ne le partagiez avec personne, pas même avec votre cher ami Ampuero. Que je sache, vous possédez encore vos propres réserves, auxquelles nul autre que vous n'a accès. Vous cachez votre eau et vos biscuits…

Il ne la laissa pas terminer et tourna les talons. Elle le retint :

— Attendez un instant, Quirós ! Qui, à cette heure, possède les clés des cambuses ?

— Le contremaître.

— Les deux clés ? Celle qui ouvre la porte du magasin général, et celle qui donne accès à mes réserves personnelles ?

— En effet.

— De quel droit avez-vous remis ma clé à autrui ?

— L'homme qui la détient a toute ma confiance.

— Je n'en doute pas. Mais n'avez-vous pas dit aussi que les gens affamés sont capables des pires excès ?

— Je pense, en effet, que vous devriez avoir du respect envers ceux qui peinent et ne s'emparent pas de ce que vous possédez, par la force. Entendez mon conseil : si vous ajoutez des souffrances à celles qu'ils endurent déjà, ils pourraient bien se coucher pour ne plus se relever. Et alors… Votre prudence ne vous aura servi à rien, ni à vous, ni à votre sœur, ni à vos frères, que vous prétendez protéger et défendre.

— Épargnez-moi vos sermons ! J'exige que vous alliez chercher les clés des deux cambuses et me les rapportiez. Désormais, Don Diego les conservera à votre place. Ou plutôt à la place de votre homme de confiance.

— Allez vous-même les lui demander et les lui confisquer. Je ne tiens pas à ce que mes derniers marins répètent ce que les autres disent déjà : que je me laisse gouverner par une femme qui lave son linge avec leur sang !

Ils se mesurèrent. Si Isabel laissait sortir Quirós sur ces mots, c'en était fini de son autorité. La Gobernadora n'existait plus. Qu'elle ait eu tort en demandant les clés, ou raison, elle ne pouvait pas, elle ne devait pas céder ! Tendue par l'effort, elle articula lentement :

— Je vous ai donné un ordre, Señor Quirós, et cet ordre, je ne le répéterai pas une seconde fois : je vous prie de m'apporter en personne les clés que je vous ai confiées, et de me les remettre à moi, votre commandant, en mains propres… Vous pouvez disposer. Et revenir avec les objets qui relèvent de votre responsabilité, dans le quart d'heure.

Il claqua la porte. Elle resta plantée dans sa cabine, la rage au cœur. Quitte ou double ! Si Quirós n'obéissait pas… elle avait perdu la guerre. La colère, oui. La colère contre le destin dont elle était le jouet. Elle savait que Quirós disait vrai : qu'elle devait partager avec ses compagnons d'infortune. Ses compagnons ? Elle ne se reconnaissait pas en eux. Elle n'avait rien de commun avec ces brutes. Sinon la pauvreté qui, elle aussi, la guettait. Une veuve sans ressources, comme toutes les autres veuves. Si elle devait sacrifier à ces gens-là les derniers débris de la Conquête, elle perdrait à jamais toutes ses chances de regagner le terrain perdu, de revenir à Santa Cruz et de tenir parole à Alvaro. Un gâchis absolu.

Et pourtant, elle sentait que Quirós se conduisait mieux qu'elle. Comment Dieu pouvait-il lui préférer ce tricheur ?

Se trompait-elle encore ? Quirós était-il vraiment ce qu'il paraissait : un homme de bien, un homme de cœur, un vrai chrétien ?

Non ! Elle le connaissait : il ne reculait devant aucun arrangement avec sa conscience. Sa charité, son dévouement, sa miséricorde ? Des poses qui le servaient. Elle se souvenait de son obéissance, tellement ostentatoire, au moment même où il désapprouvait l'Adelantado. Il sapait, par des regards derrière le dos d'Alvaro, minait par des murmures, par mille allusions, l'autorité de l'homme qu'il prétendait respecter et servir. Quant à la compassion dont il faisait parade devant ses hommes ? Sa meilleure arme ! Imparable.

Elle devait obtenir qu'il lui apporte les clefs.

Isabel ricana intérieurement. Dire qu'elle jouait sa vie là-dessus ! Deux clés qu'elle possédait déjà. En double exemplaire.

Elle attendit debout, prête à la prochaine confrontation. Quelle feinte dans leurs rapports de force allait-il encore lui imposer ? En vérité, elle avait peur. Une solitude abyssale sur un océan de haine.

Une heure passa.

Elle allait devoir envoyer Diego arrêter Quirós pour désobéissance. Exactement ce qu'elle ne voulait pas faire !

Était-il aussi incompétent que l'affirmaient ses frères ? Était-il un bon pilote ? Là encore, elle ne savait plus, et ne l'avait jamais su. Une certitude : il était le seul à pouvoir manœuvrer le bateau. Le destituer ? C'était se trancher la gorge. Mais le laisser impuni, quand il lui résistait ? C'était se passer la corde au cou. On frappa à la porte. Elle se ressaisit.

— Entrez !

Elle pensait voir Quirós. Erreur. Bonnet à la main, regard au sol, le contremaître traversa la pièce et posa les deux clés sur la table.

Elle prit la sienne. Elle laissa l'autre. Elle savait qu'elle humiliait un homme. À moins d'une faute grave, on ne retirait jamais la charge de la cambuse au contremaître. Celui-là n'avait pas démérité. Elle l'offensait injustement.

— Gardez celle du magasin général.

Il ne fit pas un geste pour la reprendre. Elle aurait

voulu lui dire autre chose. S'expliquer. Elle le laissa seulement sortir avec ces mots :

— De quoi avez-vous *vraiment* besoin ?

— Dix jarres d'eau, deux jarres d'huile, un tonneau de farine et dix poules.

— Vous les aurez. Mais rien de plus. Jamais.

Comme Isabel l'avait prévu, les vivres prélevés sur ses réserves firent long feu. Plusieurs hommes se gavèrent, au point de mourir d'indigestion. Un comble !

Tous souffraient à nouveau de la faim.

*

— … Tu sais combien elle garde de cochons, là-dedans ? Et de tonneaux pour abreuver ses bêtes ? Et de sacs de farine ?

La mutinerie pouvait éclater à tout instant. Diego présidait désormais à la distribution des rations. Mais ce jour-là, manque de chance, les marins tombèrent sur la servante Inés et l'esclave Pancha, qui se servaient dans le grenier privé de leur maîtresse. Elles ramenaient deux jarres d'eau, dont elles comptaient se servir pour la lessive. En les voyant passer, ce fut l'émeute.

— Je vous le disais bien que cette salope lavait ses jupons avec nos vies !

Les servantes échappèrent de peu au lynchage. Quant aux précieuses jarres, elles furent brisées dans la bataille. Quirós se hâta sur les talons des deux domestiques et fit irruption chez Isabel.

— Avez-vous totalement perdu la tête ?

— De quel droit pénétrez-vous chez moi sans vous faire annoncer ?

— Du droit de Jésus, Notre-Seigneur, qui commande qu'on partage avec son prochain !

— Vous vous prenez pour le Christ ? Vous blasphémez, Quirós.

— Si je ne puis atteindre votre cœur, j'en appelle à votre intelligence ! Continuez à pousser ces hommes à bout, et ils en finiront avec vous.

— Si vous parlez au nom des mutins, vous êtes un traître. Ceux qui m'assurent que vous convoitez cette cabine, ces vivres et le poste d'Adelantado ont raison.

— Tranquillisez-vous. Personne ici ne songe à s'affubler de vos oripeaux. Quant à venir occuper votre cabine, on a mieux à faire sur le pont ! Pour le reste, seule sur votre navire fantôme, je vous souhaite le meilleur du monde !

*

Une seule gorgée d'eau chaque jour.

— Mariana, bois ! Je t'en supplie. Ne sois pas ridicule : tu as besoin de toutes tes forces.

— Ma force est en Dieu. Je n'accepterai rien de plus que les autres.

— Tout ce que je garde, c'est pour toi, mon bébé, mon amour.

— Justement !

— Quoi « justement » ? Tu as l'existence devant toi. Vis, Mariana !

Sans même s'en rendre compte, Isabel lui répétait les derniers mots de Lope de Vega : *vis, Mariana*.

Mais Mariana se trouvait désormais trop près de l'homme qu'elle avait aimé, trop près du ciel, pour pouvoir confier à sa sœur que le bonheur suprême n’existait que dans la communion avec la souffrance d’autrui.

Elle s’était mis en tête de seconder, auprès des malades, le seul infirmier du bord. Celui-là était un saint homme. On l’appelait *l’Ermite*. Il se nommait en réalité Juan Leal : Jean Le Loyal.

L’Ermite avait combattu au Chili avec le vice-roi García Hurtado de Mendoza, avant de servir à l’hôpital de Santa Ana, qui se trouvait à quelques pas de l’Hacienda des Barreto. Il y avait soigné les plus pauvres parmi les pauvres : les Indiens de Lima.

Sur le *San Jerónimo*, il pratiquait les saignées, posait les ventouses et préparait les potions. Il aidait les agonisants à bien mourir, les enveloppait dans leur linceul, et les accompagnait jusqu’à leur dernière demeure : la planche pour l’immersion.

Il assistait aujourd’hui jusqu’à quatre malheureux par jour, facilitant leur passage vers l’au-delà.

Envers la bonté de Juan Leal, Mariana éprouvait un respect proche de la fascination. Isabel comprenait que sa petite sœur fût touchée. Celui-là pratiquait les enseignements du Christ. Celui-là les appliquait dans ses paroles et dans ses actes. Celui-là compatissait à la misère et soulageait la douleur. Il était le seul.

Mais quand elle voyait Mariana suivre, jusqu’au plus profond de l’horreur et de l’abjection, ce personnage en robe de bure, maigre et courbé, les pieds nus, la barbe grise, elle s’inquiétait et souffrait. L’Ermite était charitable, grand bien lui fasse ! Mais sa charité exposait Mariana à toutes les contagions. La jeune fille était déjà couverte de vermine. À force d’épouiller les autres, sa longue chevelure grouillait de lentes. Elle allait devoir la sacrifier et la couper ras. Ses yeux s'enfonçaient dans ses orbites, ses joues ne cessaient de se creuser, et son pas devenait vacillant.

Lorsque le vieil homme s'éteignit à son tour, ce fut Mariana qui le guida dans son dernier voyage.

Si Isabel crut qu'avec cette disparition, sa sœur chérie allait revenir à la raison, elle se trompait. Mariana, naguère si passive et si nonchalante, poursuivit l'œuvre de Juan Leal, avec un zèle accru.

— Tu dois partager avec les autres ce que nous possédons, Isabel. Souviens-toi de ce que Notre-Seigneur a dit : les derniers seront les premiers.

La piété de Mariana angoissait Isabel, qui vivait dans la terreur de la perdre.

Elle avait pris conscience que, sous ses airs indolents, sa sœur, son enfant, se révélait une femme inflexible. Une passionnée qui allait jusqu'au bout. Une fille Barreto… Comme elle.

Mariana avait voulu épouser Lope de Vega ? Elle l'avait obtenu. Mariana avait décidé d'appartenir au voyage de l'Adelantado ? Elle l'avait obtenu. Mariana avait cherché à sublimer son chagrin en aidant Lorenzo à mourir ? Elle l'avait obtenu. Elle souhaitait maintenant partager la vie – et la mort – des plus démunis ? Elle allait l'obtenir et périr avec eux !

Isabel tentait de combattre ce pressentiment, en se disant que si Mariana réussissait à sauver tous les miséreux du *San Jerónimo*, le Seigneur ne chercherait pas à l'enlever aux hommes qu'elle soulageait, le Seigneur ne voudrait pas la rappeler auprès de Lui… Comment le Seigneur souhaiterait-Il priver les pauvres et les malades de la présence d'un être aussi utile ?

Quand Isabel rencontrait l'étrange lumière qui brillait dans les yeux de Mariana, cette flamme qui l'irradiait tout entière, elle cédait sans batailler à ses requêtes les plus extravagantes : elle donnait de l'eau, de la farine, du lard… Elle donnait *tout* aux colons. Non par amour pour eux. Mais par amour pour Mariana, par admiration, par respect aussi… La meilleure, parmi les âmes de l'expédition !

Bien plus, bien mieux que Quirós, la jeune veuve de Lope de Vega savait plaider la cause des malheureux. Pas de marchandage avec elle : Mariana recevait ce qu'elle demandait.

Si le Tout-Puissant était satisfait de l'œuvre de cette enfant, espérait Isabel, Il la laisserait poursuivre sa bataille ici-bas.

Elle ne la maintenait en vie qu'à ce prix : *tout lui donner*, afin que Mariana triomphe et survive.

*

Mariana s'éteignit pourtant dans ses bras la nuit du 24 décembre 1595.

Isabel dut faire immerger le corps décharné de sa petite sœur, son bébé, le soir même.

Noël 1595

En ce jour de la Nativité, la Gobernadora se préparait, elle aussi, à la mort.

Mais elle ne s'y préparait ni dans la paix, ni même dans la peur. Envers le Tout-Puissant, qui venait de lui arracher Mariana, sa fureur ne connaissait aucune borne.

Elle sanglotait sans larmes, debout devant le vide de l'alcôve qui avait jadis abrité *Notre-Dame de la Solitude*.

Dimanche 7 janvier 1596

Les jours se traînaient. La lumière crue, le soleil implacable, la haine qui grondait et le meurtre qui se préparait, rien de tout cela n'avait plus d'importance. Pas même la duplicité de Quirós, qui acquiesçait à tous ses ordres, en semblant y résister pour sauver sa réputation auprès de ses marins. Pas même la continuelle présence de la mer, ce cercle immuable autour d'elle. Elle avait perdu le sens du temps. Le sens de l'espace. Le sens des autres. Le sens d'elle-même. Deux instincts subsistaient toutefois : son amour maternel pour Diego et pour Luis, et son obsession de ne rien céder de ce qui lui appartenait. Elle les confondait dans la même bataille et la même obstination. Ses droits restaient ses droits, et sa colère à l'idée qu'on les lui dispute demeurait intacte.

Quand elle regardait autour d'elle, elle ne voulait, désormais, voir que deux êtres : ses deux frères, trop jeunes, trop faibles pour résister à la trahison de Dieu. Les défendre, eux, contre la soif, contre la faim, contre la maladie, contre la mort. Ne pas les laisser sombrer avec elle : son idée fixe depuis le départ de Santa Cruz.

Dimanche 14 janvier 1596

Dans la brume… le sommet d'une montagne ? Miracle : terre ! Il s'agissait, selon Quirós, de la première île de l'immense archipel des Philippines : la pointe nord de Samar.

Isabel percevait, sur les ponts au-dessus d'elle, l'allégresse qui soulevait l'équipage. Ces morts vivants se croyaient au bout de leurs peines. Erreur. Quirós criait déjà de s'écarter. Il ordonnait de virer de bord vers la haute mer. À l'entendre, cette île était inabordable.

— Pourquoi inabordable ? hurlait le plus vieux des marins. Il existe une passe. Et cette passe, elle est là !

Il montrait une sorte de détroit. Vétéran de la huitième expédition aux Philippines, il connaissait ces eaux : il avait navigué sur le vaisseau du conquérant de Manille, Miguel López de Legazpi. Il avait même participé à la prise de possession de tout l'archipel, que les navigateurs avaient baptisé *Philippines*, en l'honneur de l'infant d'Espagne, le futur Philippe II. C'était trente ans plus tôt.

Quirós hésitait. Le vent était fort, la terre couverte de brume, le soleil caché. Il refusa de s'engager dans ce chenal qu'il jugeait dangereux.

Cette fois, ce furent les marins du Chef Pilote que la Gobernadora entendit dévaler ses escaliers.

Ils firent irruption dans sa cabine. Ils venaient plaider leur cause contre l'avis de leur commandant. Tous la suppliaient de les sauver de ce fou, qui refusait toujours et partout de jeter l'ancre. Elle écouta leurs arguments. Puis elle convoqua Quirós.

— Pourquoi pensez-vous que ceci n'est pas la passe dont ils parlent ?

— Ne vous mêlez pas de cela. Et laissez-moi faire mon métier comme je l'entends.

— Je vous ai posé une question.

— Et je vous réponds : je *sais* que nous engager dans ce chenal serait une erreur. C'est tout.

— Vous me parlez toujours de votre sympathie envers vos hommes. Comprenez-les vraiment : ils se croient sauvés, et vous, sans explications, vous les ramenez au large. Allez-y, Quirós, repartez en haute mer, continuez cette errance éperdue ! Croyez-vous que j'ignore pourquoi nous voguons dans ces eaux sans jamais toucher terre ? Pour assouvir votre ambition. Vous ne cherchez pas les Philippines ! Vous profitez de votre commandement sur le *San Jerónimo* pour explorer la Mer du Sud et tenter de découvrir de nouvelles îles auxquelles vous pourriez donner votre nom ! Vous ne rêvez que de cela : être Christophe Colomb… « Pedro Fernández de Quirós : l'homme qui aura découvert le Cinquième Continent. » En vérité, vous faites durer sciemment cette abominable traversée. Et cela, pour deux raisons. La première, c'est qu'à l'heure où nous entrerons dans un port espagnol, vous redeviendrez un petit pilote portugais, sans bateau. La seconde, c'est que si vous parvenez à pousser à bout les malheureux qui vous entourent, ils vous débarrasseront de moi, de mes frères, de notre témoignage quant à votre propre incapacité à nous conduire à destination… Comment un pilote, aussi expérimenté que vous – du moins aussi expérimenté que vous prétendez l'être –, un pilote de la trempe de *Pedro Fernández de Quirós* a-t-il pu manquer ainsi l'archipel des Salomon ? Mystère… Une révolte de vos marins contre la tyrannie des Barreto expliquerait votre échec, une révolte que, dans votre immense sagesse, vous seriez parvenu à maîtriser, une révolte qui vous ouvrirait, à vous, le chemin vers la prise de possession du navire… Un pari risqué… Mais allez jusqu'au bout de vos calculs, Quirós : saisissez-vous du vaisseau ! Réussissez enfin cette mutinerie dont vous me menacez depuis si longtemps. Suscitez-la. Provoquez-la : qu'elle ait lieu, et que nous en finissions, vous et moi. Pour le reste : ne me parlez plus de votre compassion. Vous n'aimez pas vos hommes, vous n'aimez personne. Vous ne servez que votre intérêt, Quirós. Et contrairement aux apparences, vous ne partagez rien !

Lundi 15 janvier – Mercredi 30 janvier 1596

La terre, la passe, tout avait disparu. Le bateau dérivait dans la brume, entre les récifs qu'on apercevait à fleur d'eau. Les hommes, apathiques, ne songeaient même pas à sonder les fonds. La fin leur apparaissait désormais comme un moindre mal. Le *San Jerónimo* pouvait s'échouer. Et couler à tout instant. Quelle importance ? Même Isabel s'en moquait. Ils allaient tous mourir. Ils le sentaient. Isabel le savait comme les autres.

Mais avant cela, elle avait une dernière chose à régler avec elle-même. Sauver Diego et Luis. Si les rochers qui affleuraient appartenaient vraiment aux îles Catanduanes, comme le répétait le vieux marin, alors en effet, le *San Jerónimo* était perdu. On disait qu'aucun galion n'avait jamais pu réchapper de cette zone hérissée d'écueils. Mais si le bateau se trouvait bien enfermé entre ces récifs-là, alors il longeait le nord du détroit, près de la côte est de Luçon. Auquel cas : le *San Jerónimo* était tout de même assez proche de la terre. Diego pourrait essayer de passer entre les récifs, avec la chaloupe.

Priver le *San Jerónimo* de sa chaloupe, quand le naufrage était imminent, c'était vouer les cinquante survivants à une noyade certaine. La plupart des femmes et des enfants ne savaient pas nager. Une regrettable et triste situation. Mais comparé à la mort de ses frères, que lui importait le sort de ces gens ?

Ils étaient partis à quatre cents. Ils arriveraient à deux.

Et ces deux-là, Isabel les avait choisis : Diego et Luis Barreto.

Restait toutefois le problème de les faire partir, avec des vivres, des munitions, et les meilleurs parmi les soldats. Dans le dos de Quirós. Et sans susciter l'émeute.

Elle s'y employait avec diligence, préparant les cartes et guettant son heure.

*

En ce premier jour de février 1596, Isabel Barreto savait qu'elle embrassait ses frères pour la dernière fois. Enfermés dans sa cabine, ils recevaient ses instructions.

— Pourquoi ne nous accompagnes-tu pas ? demanda Diego.

— Il a raison, appuya Luis. Viens avec nous.

— Quirós et les autres comprendraient dans la

seconde que vous prenez la chaloupe pour ne pas revenir. Ils s'empareront du navire.

Luis haussa les épaules.

— Quelle importance ? Le *San Jerónimo* est pourri. Laisse-les faire… Et qu'ils crèvent tous, si telle est la volonté de Dieu.

Elle ignora le commentaire.

— Emportez l'ensemble des armes. Entourez-vous des derniers arquebusiers… Il semblerait que les Indiens d'ici soient particulièrement malins et cruels. Le vieux marin m'affirme que cette contrée-là est peuplée des plus terribles parmi les tribus cannibales. Soyez prudents… Si mes calculs sont justes, vous allez accoster sur l'île de Luçon et rejoindre une pointe appelée Galvan : vous serez alors à quinze lieues de Manille. Tentez de la rejoindre par l'intérieur des terres. Encore une fois, montrez-vous prudents. Si les Japonais n'ont pas envahi les Philippines, si les Chinois n'ont pas massacré les Espagnols, si, si, si… Comment savoir ? Bref, si rien n'a changé, le gouverneur des Philippines compte parmi ses favoris un lointain parent d'Alvaro. Dites-lui ce qui s'est passé à Santa Cruz. Dites-lui où nous sommes. Et revenez ici avec des vivres, avec l'alcalde, avec des officiers de justice.

— Et si nous ne sommes pas sur l'île de Luçon ?

— Vous vous trouverez quand même sur l'une des sept mille îles des Philippines… Que Dieu vous garde, mes frères.

Ils s'embrassèrent.

Isabel était très émue, au bord des larmes pour la première fois depuis bien longtemps. Elle répéta :

— Que Dieu vous protège !

— Que le Seigneur veille sur toi aussi ! répondirent-ils.

Les deux garçons étaient pressés.

La question de son sort à elle, quand ils l'auraient abandonnée seule parmi les hommes qu'elle vouait à la mort, ces hommes qu'elle avait trahis en les laissant sans chaloupe, sans vivres et sans armes, cette question-là ne fut pas évoquée.

Ils se coulèrent sans un bruit sur l'échelle de coupée et disparurent avec la barque.

Vendredi 2 – Vendredi 9 février 1596

Elle renonçait à la vie. Sans ses frères à protéger, elle travaillait à lâcher prise. Elle s'y attelait avec sérieux, avec application. Elle se contraignit même à l'acte qu'elle n'avait jamais voulu commettre : rendre la clef de sa propre cambuse au contremaître, et lui donner toute latitude pour se servir dans ses réserves.

Une erreur.

Quirós n'avait pas su maintenir l'ordre. Toutes les provisions avaient été dévorées dans l'heure. Comme la première fois, deux hommes en étaient morts. Restaient cependant à la Gobernadora deux truies. Son dernier bien. Dans un sursaut, elle venait d'ordonner à Pancha de les cacher. On garderait les cochons sur le pont du château arrière, protégés de la mer par son balcon doré.

Mais à quoi bon ?

Samedi 10 février 1596

Dix jours sans eux. Ciel bas. Temps couvert. Elle arpentait le pont… Diego et Luis étaient-ils saufs ? Ou alors, les avait-elle tués ? Expédiés au massacre, en les envoyant à terre ? Tués, comme elle avait tué Alvaro, tué Lorenzo, tué Mariana, tué jusqu'à Lope de Vega, son beau-frère !

Depuis qu'elle se trouvait seule, elle s'accusait de leur mort à tous. N'avait-elle pas entraîné ses frères, sa sœur, même son mari dans cette expédition qu'elle avait voulue, et montée malgré la multitude de présages contraires ?

La responsabilité du désastre familial lui incombait… Coupable envers son père, le malheureux capitaine Nuño Rodríguez Barreto qu'elle avait prétendu aimer, auquel elle avait arraché ses trois fils et dont elle avait causé la ruine.

Elle restait hantée par le souvenir de ce moment à la veille du départ, leur dernière nuit à Lima, quand l'Adelantado lui avait avoué ne pas se sentir prêt pour le voyage et suggéré, sinon d'abandonner la Conquête, du moins de l'ajourner.

Elle distinguait dans sa tête la voix d'Alvaro, comme une litanie, qui plaidait auprès d'elle le renoncement aux îles d'or du roi Salomon. Il disait qu'ils étaient heureux au Pérou et qu'ils ne devaient pas mettre en péril la félicité que Dieu leur avait octroyée. Elle s'entendait lui répondre que seul le courage de tout risquer et de tout perdre, l'audace de vivre faisaient d'eux des êtres humains et de vrais chrétiens. Elle s'entendait ajouter que Dieu avait désiré que l'adelantado de Mendaña se mette à Son service. Et que Son service exigeait qu'Alvaro prenne possession des terres et sauve les âmes des naturels que le Seigneur s'était donné la peine de créer. Comment osait-il se prétendre trop âgé, trop faible – trop heureux avec elle ! – pour répondre à l'appel du Seigneur ? Cette prétendue sagesse de vieillard n'était que de la lâcheté. Une couardise de dernière minute qui trahissait la mémoire de ses glorieux ancêtres et salissait jusqu'à l'honneur des Barreto.

Ainsi avait-elle obligé Mendaña à poursuivre une aventure en laquelle lui-même ne croyait plus.

Par ambition, par inconscience, par égoïsme.

Dans l'état de confusion mentale, de détresse et d'épuisement où elle se trouvait, le passé ne pesait toutefois pas bien lourd : aussi irréel que le présent, aussi abstrait que l'avenir. Et les remords ne fixaient pas longtemps son attention.

Demeuraient les réflexes. Restait l'instinct.

Persévérer sur la route qu'elle avait établie, quand elle était capable de calculer. Avancer sans se poser les questions auxquelles elle ne pouvait plus répondre. Garder le cap selon ses plans d'autrefois, du temps où elle savait penser.

Continuer aveuglément, sans dévier.

Tête basse, elle ne regardait que cela : la mer. Repérer les écueils. Scruter les fonds.

Pour le reste, elle ne voyait rien ni personne. Pas même l'ombre d'Isabel Barreto, allant, venant le long du bastingage.

Elle ne s'était jamais beaucoup attardée sur les

visages des autres femmes, des veuves, qui gémissaient de faim, de soif, d'épuisement autour d'elle. Guère davantage sur les frimousses des enfants aux yeux mornes, les enfants qui avaient cessé de bouger. Pas plus que sur les corps affalés des marins qui gisaient çà et là, purulents de plaies et d'ulcères, au pied du grand mât. Eux-mêmes ne se souciaient pas de sa présence. Trop faibles, trop proches de la mort, pour chercher à l'interroger… Manille ? Ils avaient cessé d'espérer en sa détermination à les y conduire, en sa volonté de vaincre et d'achever cette errance dans un port. Ils ne se donnaient même plus le mal de la condamner et de la maudire.

Excepté Quirós.

Au-dessus d'elle, sur le toit de la dunette, il observait ses allées et venues… Que signifiait cet ultime sursaut qui la conduisait à nouveau sur le pont ? Prétendait-elle encore sauver le navire ? Increvable ! Hier – ou bien était-ce avant-hier ? –, il l'avait vue à sa dernière extrémité. *Vue* au bout du rouleau… Erreur ! La Gobernadora continuait de gigoter comme les serpents auxquels on a coupé la tête.

En découvrant la fuite de ses frères, il avait pourtant cru que l'équipage allait s'en venger et l'éliminer. La conduite de Doña Isabel l'avait lui-même ulcéré.

Une lueur passa dans les yeux du Chef Pilote.

Ici, seule, sans aucun membre de son clan pour témoigner… Ici, sans ses suivantes, sans ses frères, sans personne pour la défendre… L'occasion était belle !… Quelle occasion ?

Quirós, qui conservait sa prudence jusque dans son for intérieur, se garda de répondre à sa propre question.

Il se demandait tout de même comment ses matelots,

ou les anciens soldats de Merino-Manrique, comment tous les gredins et les soudards qui l'entouraient ne l'avaient pas encore assassinée… Un vieux projet pourtant. Oui, déjà du vivant de l'Adelantado, les brutes du Colonel rêvaient de la posséder. Ils parlaient de la culbuter et d'en jouir à tour de rôle… Puis de s'en débarrasser en la passant par-dessus bord.

La conscience si pointilleuse de Quirós l'empêchait de formuler le moindre regret sur un meurtre qui n'avait pas eu lieu.

Tout de même, il s'étonnait de la passivité de ses hommes. Doña Isabel se trouvait aujourd'hui à la merci de n'importe quelle canaille. Après le tour qu'elle leur avait joué en les privant de la chaloupe, les marins du *San Jerónimo* auraient eu tort de se gêner ! Quels sentiments les retenaient au bord du crime ? Le respect ? Le devoir ? Allons donc ! Ils étaient bien au-delà de cette sorte de considération ! La peur ? Elle ne pouvait plus leur paraître redoutable… Qui la protégerait ici, songeait-il, qui la vengerait ? À l'exception de son esclave et de ses servantes, des quelques compagnes qui lui vouaient un culte dans le château arrière, personne ne l'aimait. Elle ne comptait aucun partisan parmi les soldats… Certainement aucun défenseur parmi les colons ! Chacun pouvait lui régler son compte. Seul ou ensemble. Et pourtant tous, colons, marins, soldats, tous s'abstenaient d'agir. Et tous continuaient de subir son gouvernement. Pourquoi ? Sa beauté les fascinait-elle encore ? À nouveau, Quirós haussa les épaules. Sa beauté ? Allons donc !

Il l'avait épiée avec trop d'attention, il connaissait de trop près les étapes de sa métamorphose, pour ne pas reconnaître que les charmes et les fastes d'Isabel

Barreto n'étaient désormais qu'un souvenir. Et que ce souvenir-là n'impressionnait, n'émouvait ou n'exaspérait plus aucun membre de l'équipage.

Fini depuis belle lurette, l'étalage des dentelles éclatantes que le vent ne pouvait chiffonner ! Terminée l'époque des jupons craquants et des fraises empesées qu'elle promenait sur le pont ! Révolu le temps des frisons et des bouclettes, de ses coiffures si hautes et si luisantes, arrimées de tant d'épingles et de tant de peignes, que même les bourrasques ne parvenaient pas à les déranger !

Si la Gobernadora n'avait pas dû se raser la tête comme feu sa sœur Doña Mariana, le vent avait délavé les ondes dorées de sa chevelure jusqu'à l'extrême pâleur, le sel les avait fanées et ternies. Quant aux coiffures de cour… Elle portait aujourd'hui ses cheveux plaqués sur le crâne, tirés et noués dans la nuque en un chignon plat qui dégageait largement ses tempes et son cou.

Son teint n'avait pas été trop brûlé par le soleil… Ni noirci par la crasse qui, chez autrui, s'incrustait dans les rides des yeux, de la bouche, du front, la crasse qui salissait toute la figure. Six mois en mer avaient toutefois desséché sa peau, craquelé ses lèvres, émacié l'ovale de son visage jusqu'à le rendre anguleux. Le nez paraissait nettement plus busqué et plus fort, les pommettes plus saillantes…

Elle restait décente. Et pour cause ! Elle avait sur ce terrain quelques longueurs d'avance : chez elle, la misère n'avait pas oblitéré la pudeur. Pas encore… Elle n'exhibait pas ses jambes et ses seins nus.

Elle n'était pas couverte de poux, non… Pas de plaies, pas d'ulcères visibles.

Mais la fin était proche. Les crêpes de deuil, dont elle s'enveloppait depuis la mort de l'Adelantado, ne dissimulaient plus ses formes, tant son corps semblait absent, diaphane et désincarné. Sa jupe noire pendait mollement, comme vide autour d'elle. Le malheur l'avait, elle aussi, réduite à l'état de squelette.

Quirós avait noté tout cela.

Méconnaissable.

Et pourtant ! Quand cette femme-là relevait la tête, quand ses paupières dévoilaient son regard, quand ses prunelles daignaient se fixer sur quelque chose ou quelqu'un, tout dans son expression, tout, l'autorité, l'ardeur, la superbe, tout paraissait intact. L'éclair durait un fragment de seconde. Cet instant suffisait à Quirós pour juger que rien, et surtout pas la souffrance de ses semblables, n'avait abattu, ni même rabaissé, l'orgueil de la Gobernadora… Sans cœur. Sans âme.

Indestructible. Comme le Mal, comme la Bête.

Enfiévré par la fatigue et l'angoisse, il ne parvenait plus à supporter l'idée qu'elle pourrait survivre – elle ! – quand lui-même allait périr.

La pantomime de cette hyène allant et venant sur son pont – le seul être valide à son bord, le seul être debout avec lui, le seul être vivant et remuant – lui causait une répulsion proche du vertige. Il s'avança pour la chasser, la repousser dans sa tanière. Elle n'avait rien à faire ici ! Qu'elle disparaisse, qu'elle continue sa danse de Saint-Guy sur son balcon doré, parmi ses truies !

De la plateforme où il se tenait, il se pencha et l'apostropha d'une phrase qu'elle ne saisit pas. Son cri toutefois l'arrêta dans sa course. Plantée au pied de la dunette, elle avait levé sur lui ce regard qu'il détestait.

Elle le dévisageait.

Incapable de comprendre le sens de l'ordre qu'il lui donnait, elle notait seulement ce qu'elle parvenait à voir : un détail absurde, le seul auquel Quirós ne pouvait supposer qu'elle penserait en de telles circonstances… Elle constatait qu'une pustule lui était poussée sur la narine droite : une verrue qu'elle ne lui avait jamais connue. Turgescente au bout du nez, irrégulière et blanchâtre dans le minuscule visage bronzé qui s'approchait : « … Décidément, songea-t-elle, ce nain devient tous les jours plus répugnant. »

Chez elle, le dégoût était palpable, la répulsion… plus que réciproque.

Devant son expression, Quirós recula, se tut et disparut.

Elle se retourna vers le large.

Hallucinations ?

Une pirogue semblait se diriger vers le navire. Aucun doute : une embarcation tentait de les rejoindre… Combien en avait-elle vu, de ces pirogues qui se détachaient ainsi des rochers, luttant contre la marée sans jamais parvenir jusqu'au bateau !

Les Indiens qui peuplaient ces îlots pratiquaient le troc. Ceux-là ? Qu'apportaient-ils, qu'échangeaient-ils dans leur barque, qui pourraient soulager – sauver ! – les hommes du *San Jerónimo* ? Des bananes, des noix de coco… *à boire*, miracle, qui sait ?

… Pas une pirogue comme les autres, cependant.

Une embarcation dont le toit bombé, en nattes de jonc, masquait les occupants.

Même les corps des deux rameurs, armés de longues pagaies, qui se tenaient debout à la proue et à la poupe, ne ressemblaient pas aux silhouettes, désormais si familières, des naturels de la Mer du Sud… Vêtus. Coiffés de grands cônes de paille… Isabel se retourna, voulut appeler.

Derrière elle, le silence, l'immobilité.

Quirós s'était esquivé. Et personne, parmi les marins, n'esquissait le geste de se lever. Le temps était loin où l'équipage se précipitait vers le bastingage en criant « terre » !

Les vergues du mât de misaine étaient rompues. Les voiles, déchirées. On n'entendait que le crissement des drisses et le grincement des cordages.

Elle dévala l'escalier, se hâta vers la timonerie. À coups de pied, elle réveilla les barreurs, leur ordonnant, à eux, de se placer face au vent… Aux autres, de monter sur le pont et de mettre en panne. Ses ordres trouvèrent un écho chez ceux qui n'agonisaient pas tout à fait. Ceux-là obtempérèrent et tentèrent de la satisfaire en lui obéissant.

Parmi les débris qui jonchaient le pont, elle cherchait quelque chose qui ressemblât à un filin.

Penchée sur la rambarde, elle le jeta au premier des rameurs. Il l'attrapa. Ce n'était pas un Indien… Mais un homme aux yeux bridés, avec une tresse dans le dos. Quatre Blancs armés, bottés, casqués venaient de surgir derrière lui.

Debout, gesticulant, ils hurlaient en espagnol que Don Diego et Don Luis avaient atteint leur destination. Qu'ils avaient prévenu les autorités. Qu'ils les suivaient… Qu'ils arrivaient avec plusieurs autres chaloupes, avec des vivres, avec de l'eau. Et avec les hommages du Gouverneur.

*

Guidé par une flottille de sampans et de balanghais, le *San Jerónimo* pénétrait lentement dans la baie. On apercevait au loin les fumées d'une ville, on entendait sonner les cloches des églises et tonner les canons des forts : la salve d'honneur à la femme amirale, qui avait conduit son vaisseau de l'autre côté du monde.

En Asie.

Les coups de feu venant de la terre – arquebuses, mousquets, pétards – saluaient sans discontinuer l'héroïne d'un pareil exploit : la traversée totale de la Mer du Sud sur la plus longue des routes maritimes en partant du Pérou.

Une route inconnue.

Plus de vingt mille kilomètres entre Lima et Manille… Près de la moitié du globe terrestre, d'est en ouest.

Toutes les cartes qu'Isabel Barreto avait dessinées, les plans et les croquis qu'elle avait remis à ses frères s'étaient révélés exacts, au degré près… Comme tous ses calculs de navigation durant la traversée. Précis et justes.

Certes, sous son commandement, cinquante personnes étaient mortes de maladie, de faim, de soif, d'épuisement. Cinquante, en trois mois. Sans compter les passagers de la frégate et de la galiote dont on restait sans nouvelles. Sans parler des disparus de l'*Almiranta*. Et des défunts de Santa Cruz.

Mais les autres, ceux qu'elle avait guidés, ceux sur lesquels elle avait veillé, elle les avait conduits à bon port : quarante rescapés, que les nouvelles des Amériques avaient donnés pour perdus avec le reste.

Elle ramenait avec elle les hommes et les femmes qui l'avaient fidèlement servie. Les membres de sa propre maison : sa lectrice, Doña Elvira Lozano ; sa servante indienne, Inés ; son esclave, Pancha ; le vieux marin, découvreur des Philippines ; et son chef pilote, Quirós.

Lui-même se présentait comme le géant de l'aventure, le seul maître du navire, le seul qui eût sauvé le *San Jerónimo* : l'homme auquel Doña Isabel Barreto devait son salut.

Entre eux, la guerre ne faisait que commencer.

Pour l'heure, le peuple, massé sur les remparts, acclamait la grande dame qui descendait sans chanceler l'échelle de coupée et sautait dans la barque qui tanguait au pied de son navire fantôme.

On la conduisait à terre, à Manille, où la lumière du matin avait, disait-on, la douceur du miel ; et la lumière du soir, l'ardeur du feu… À Manille où convergeaient la soie et la porcelaine de Chine, les armures du Japon, l'ivoire du Siam, les rubis de Ceylan, le poivre de Malabar, les esclaves de Bornéo, les épices des Moluques. À Manille où l'opium, le camphre, le musc, l'ambre, le benjoin s'échangeaient contre les lingots d'argent des mines du Nouveau Monde… À Manille, où se dressait la plus belle des cathédrales espagnoles en terre de conquête.

Le Gouverneur, l'Évêque, le clergé, la noblesse se regroupaient là-bas, sur la plaza Mayor. Armés de leurs croix et de leurs épées, de tous les emblèmes de leurs charges et des signes de leur puissance, ils s'ébranlaient en cortège et marchaient vers le port. Moines, navigateurs, aventuriers, conquistadors, tous se pressaient à la rencontre de celle que les marins appelaient à nouveau – que les hommes appelaient déjà ! – *la perle de l'Orient, la gloire de l'Occident : la Reine de Saba dans la Castille des antipodes.*

Elle avait vingt-huit ans.

Livre troisième

LE CARRÉ DES OMBRES

On appelle le carré des ombres les deux carrés qui forment un rectangle deux fois plus large que haut dans l'astrolabe des navigateurs espagnols.

1596 – 1609

Manille – Acapulco – Castrovirreyna – Lima

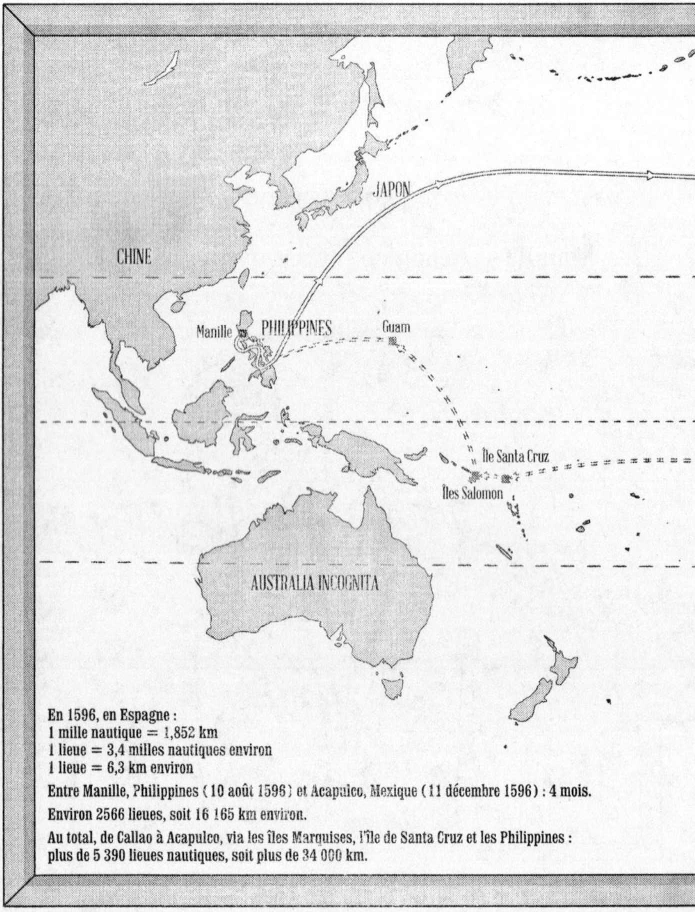

En 1596, en Espagne :
1 mille nautique = 1,852 km
1 lieue = 3,4 milles nautiques environ
1 lieue = 6,3 km environ

Entre Manille, Philippines (10 août 1596) et Acapulco, Mexique (11 décembre 1596) : 4 mois.

Environ 2566 lieues, soit 16 165 km environ.

Au total, de Callao à Acapulco, via les îles Marquises, l'île de Santa Cruz et les Philippines : plus de 5 390 lieues nautiques, soit plus de 34 000 km.

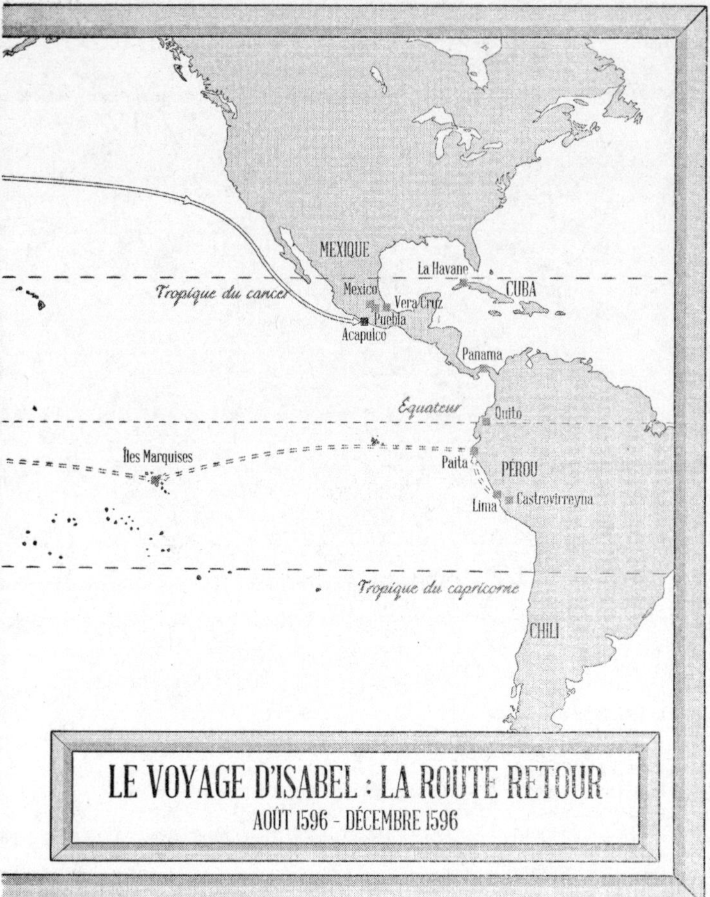

MEXIQUE
La Havane
CUBA
Tropique du cancer
Mexico
Vera Cruz
Puebla
Acapulco
Panama
Équateur
Quito
Îles Marquises
Paita
PÉROU
Lima
Castrovirreyna
Tropique du capricorne
CHILI
LE VOYAGE D'ISABEL : LA ROUTE RETOUR
AOÛT 1596 - DÉCEMBRE 1596

Chapitre XIII

Le neveu du gouverneur

Maigre. Sèche. Brûlante comme le pont du *San Jerónimo*…

Quel calme, pourtant, dans ce palais ! Et quelle délicieuse odeur de jasmin dans cette chambre ! Il suffirait peut-être qu'elle conserve les paupières ouvertes pour que disparaisse tout ce bleu qui l'aveuglait, et que se taise enfin le chant de l'eau contre l'étrave… Oui, il suffirait qu'elle regarde autour d'elle pour que s'estompe le cercle dansant de l'horizon et que règne le silence.

Maigre. Sèche. Brûlante comme le pont du *San Jerónimo*. Par moments, elle aurait pu croire qu'elle allait mieux. Seuls les battements du sang dans sa tête, seules les pulsations dans ses tempes ressuscitaient encore ce mouvement continuel des vagues. Et puis, ce mal de mer, une nausée perpétuelle qui ne l'avait guère torturée sur le navire, qui ne la quittait plus à terre.

Ne pas fermer les yeux. Ne pas s'endormir. Si elle fermait les yeux, elle replongerait. Empêcher ses visions de la reprendre, de l'envahir, de l'entraîner, et de la rejeter sur les rivages de Santa Cruz.

Durant ces jours, étrangement irréels, qu'elle passait à lutter contre l'épouvante, elle se recroquevillait sur elle-même et s'arrimait mentalement à tous les objets qui l'entouraient. Ils avaient, eux, cessé de bouger. Son regard s'accrochait aux coffres et aux meubles bien carrés, aux plis cassés des brocarts devant les fenêtres, aux panneaux du lit chinois qui l'enfermait. Une boîte, cubique comme le reste. Elle s'obligeait à contempler le ciel de bois noir, lisse, droit, carré lui aussi, un bois dur incrusté d'éclats de nacre qui évoquaient des étoiles dans une nuit solide. Même le nuage de poussière blonde – un essaim de moucherons qui tourbillonnaient au-dessus d'elle dans l'alcôve – formait un tout compact, palpable, qu'elle pouvait embrasser.

Elle devait garder les yeux ouverts. Continuer de se battre contre les grandes vagues qui la projetaient sur les tombes et les croix de Santa Cruz.

Seul mouvement dans sa chambre : ce faible bourdonnement des moustiques et le bruit de l'éventail qu'Inés remuait à côté d'elle.

Et pourtant la ville était là. Elle entendait dehors Manille bouillir et grouiller.

Derrière les tentures, les jalousies restaient baissées.

Et pourtant, oui, la vie était là.

*

À l'heure de son débarquement, dans la surexcitation de ses premiers moments à terre, Isabel avait cru pouvoir tout maîtriser. La reine de la fête. Consciente d'elle-même, présente au monde, elle avait ressenti l'univers qu'elle découvrait avec une acuité sans égale… Le volcan qui se soulevait au loin dans l'immense étendue de verdure. La ceinture des palétuviers qui bordaient la baie. Les maisons blanches du port, où le *San Jerónimo* restait ancré. Et, le long du rivage, les cases agglomérées des villages indigènes.

Hallucinée, les sens embrasés par la fièvre, elle avait tout vu, tout noté. Elle avait même pu remarquer l'apparence des naturels, si différents de ceux rencontrés sur les autres îles. Leur taille minuscule, leurs yeux sombres à peine bridés sous leurs chapeaux de paille en forme de cône… Et puis la foule des *coolies* chinois, avec leur longue natte dans le dos, vingt Chinois pour un Blanc. Enfin ses hôtes, les Espagnols. La chaleur de midi excluait pour eux le port de l'armure, mais ils avaient la rapière au côté et le heaume à la main.

Dans le désordre de ses sensations, dans ce fouillis d'images si clair et si précis, elle avait repéré dans la seconde leur rang et leurs liens. Elle aurait pu tous les décrire.

D'abord, Don Luis Dasmariñas, chevalier de l'ordre de l'Alcantara. Le plus titré. Vingt-six ans, très brun, le visage en lame de couteau. Il remplaçait son père, assassiné trois ans plus tôt, et assumait aujourd'hui la fonction de gouverneur par intérim.

Puis le personnage qui marchait à sa droite : le lieutenant général Don Antonio de Morga. Un officier directement mandaté par le Roi. Ce gentilhomme-là détenait le vrai pouvoir. Il n'avait pas quarante ans et semblait parfaitement courtois.

Le troisième : le neveu de feu le gouverneur, le capitaine Don Hernando de Castro Bolaños y Rivadeneyra, chevalier de l'ordre de l'Habit de Santiago. Cet officier-ci, par sa flamme et sa fougue, attirait sur lui toute la lumière… Jeune. Plus chaleureux, plus éloquent que les autres. Il avait une façon très particulière de poser des questions, d'écouter les réponses. Il s'intéressait à l'héroïne du jour, à la route qu'elle avait empruntée, à l'aspect des îles qu'elle avait découvertes et aux terribles difficultés qu'elle venait de traverser. Bref, il cherchait d'instinct à lui plaire, autant qu'à s'informer.

Isabel l'avait jugé de belle apparence et d'un commerce agréable.

Les plus hauts dignitaires de la province. Si familiers, déjà.

Elle aurait pu se croire chez elle à Lima, dans le cercle de la cour, en compagnie de ses amis, les marquis de Cañete.

Son corps et son esprit retrouvaient leurs habitudes. Elle se fondait dans le moule et s'imprégnait des usages. Avec une parfaite aisance, elle s'imbibait des odeurs, des couleurs et des bruits. Aucun détail ne lui échappait. Les femmes, même les Blanches, se promenaient dans les rues, libres et dévoilées. Elles frayaient sur les places avec les soldats, eux-mêmes couverts de bijoux et vêtus de soie. Elle entendait le neveu de feu le gouverneur, Don Hernando de Castro, lui murmurer que le luxe des militaires s'expliquait par la facilité avec laquelle on pouvait acquérir les soies et les pierreries dans le quartier chinois. Oui, elle avait bien compris. Acheter les marchandises qui arrivaient d'Orient… À bas prix… Pour les revendre aux commerçants espagnols. Et ensuite, sur les marchés du Nouveau Monde. Elle avait pris note de cela et des autres informations qu'il lui distillait.

Et surtout, elle avait observé la ville. Construite en damier, comme Lima. Et comme Lima, dotée d'une résidence royale, celle-là en pierre grise avec un immense toit de tuiles. Elle avait parfaitement saisi ce que son voisin Don Hernando lui expliquait : que les encadrements de portes et les magnifiques balcons de l'étage avaient été copiés, sculptés et forgés par les artisans du quartier chinois. Que d'ailleurs tout était fabriqué par les Chinois, ici… Ils avaient même bâti les palais sur la plaza Mayor, en pierres grises eux aussi, avec d'innombrables fenêtres, des jalousies, et des porches aux armes des grandes familles. De hautes murailles encerclaient le quartier des Blancs, remparts jalonnés de bastions, de tours et de forts, qui donnaient sur la mer d'un côté, sur le fleuve de l'autre et sur le Parian : le quartier chinois justement. Trois fronts que défendaient plusieurs rangées de canons. La Nouvelle-Castille, oui. L'Espagne dans toute sa splendeur.

Elle aurait pu se croire à Lima le jour du départ, en effet. Comme si l'Expédition n'avait pas eu lieu, comme si rien ne s'était passé.

Même cathédrale à deux clochers qui sonnaient gaiement le *Te Deum*. Même foule de naturels et mêmes troupes de gueux, debout au fond de la nef. Mêmes officiers devant le chœur.

Durant la messe d'action de grâces, elle s'était tenue au même endroit, à la gauche de l'autel, derrière le balcon de la tribune réservée aux dames de la cour. L'Évêque, à quelques pas, portait la même tiare et la même chasuble brodée d'or. Et les quatre autres prêtres célébraient le service divin en maniant les mêmes calices d'argent et les mêmes ostensoirs. Et dans les vapeurs de l'encens, tous chantaient les hymnes avec la même voix. Elle pouvait voir Quirós, en noir, au premier rang, comme elle l'avait toujours vu. Diego et Luis aussi blonds, plus beaux que jamais. Mais les autres ? Lorenzo ? Mariana ? D'instinct, comme si elle avait oublié les événements des derniers mois, elle les avait cherchés du regard parmi les dignitaires. Elle ne les avait pas trouvés.

À ses yeux, la cathédrale était soudain devenue vide. Même Dieu semblait l'avoir désertée.

Don Alvaro de Mendaña ne s'inclinait plus devant la grande statue de *Notre-Dame des Navigateurs*. Il ne brandissait plus l'étendard royal au-dessus de sa tête, en se retournant vers la troupe de ses conquistadors à genoux. Ne restaient de sa haute silhouette que son heaume et le panache rouge, qu'elle-même tenait sur un coussin, comme une tache de sang entre ses cuisses.

Elle ne prenait qu'ici, dans son monde, elle ne prenait que maintenant, la pleine mesure de sa misère.

La brusque découverte que l'absence d'Alvaro était irréversible, qu'elle ne l'entendrait jamais plus lui prodiguer ses critiques et ses conseils, qu'ils ne partageraient jamais plus le même rêve dans leur chambre, ni dans la cuisine, le *cocido berciano* qu'ils aimaient tant… Cette prise de conscience aboutissait à sa propre absence et à sa propre mort.

Irréversible. Une absence irréversible. Elle y revenait, y retournait : *irréversible*. Elle qui avait toujours cru que, par la discipline et la ténacité, par la prière et la foi, les hommes parvenaient à influer sur leur destin… Elle qui avait toujours cru qu'en faisant preuve de courage et d'invention, elle pourrait obtenir de la Providence ce que la Providence chercherait peut-être à lui refuser…

Elle comprenait qu'elle n'avait aucune arme pour

lutter contre cela. La mort d'Alvaro était partout. Elle la portait en elle.

Ce fut alors que se produisit l'événement que Quirós guettait depuis si longtemps : Doña Isabel Barreto, Gobernadora des îles Marquises et des îles Salomon, première et seule femme Adelantada d'une flotte espagnole, redevint ce qu'elle n'aurait jamais dû cesser d'être. Un tas de nippes. Son corps, en s'affaissant, ne fit pas d'autre bruit qu'un vague murmure de jupon entre les stalles.

Avec le chuintement d'une robe qui tombe, elle s'effondra.

Personne ne bougea. Nul ne songea à sortir de son rang pour la secourir. Pas même Doña Elvira qui se tenait derrière elle. Pas même ses frères. Tous, immobiles et surpris, regardaient le vide qu'elle avait laissé. Le peuple, lui, s'émouvait du malaise et de la chute de la Reine de Saba. Dans le fond de la cathédrale, la rumeur s'amplifiait jusqu'au bourdonnement.

Son évanouissement, toutefois, ne dura pas. Elle revint à elle et se releva seule.

L'Évêque écourta le service. Et la dernière bénédiction donnée, les autorités se hâtèrent de la reconduire chez elle.

On lui fit traverser en grande pompe la plaza Mayor pour la mener aux appartements préparés à son intention.

Suivie de ses femmes et de ses coffres, elle laissa retomber derrière elle la lourde porte du palais et disparut sous les arches du patio.

*

À l'annonce de son arrivée, l'hébergement de Doña Isabel avait soulevé mille questions d'étiquette, plongeant la colonie dans un abîme de perplexité. En vertu du protocole, seule l'épouse du Gouverneur aurait pu prendre la veuve de l'adelantado de Mendaña sous son aile. Malheureusement Dasmariñas le Jeune était célibataire. Restait l'épouse du Lieutenant général, Don Antonio de Morga, qui résidait lui aussi au palais royal. Malheureusement, elle souffrait des fièvres et se trouvait hors d'état de recevoir quiconque. Les autres dames de l'aristocratie, qui auraient pu loger l'illustre voyageuse, se comptaient sur les doigts d'une main. Les hidalgos n'amenaient pas leurs femmes ici. Ils les laissaient chez eux, en Espagne. Au mieux, à Mexico. Aucune n'avait la préséance à Manille et le choix de l'une ou de l'autre risquait de froisser les orgueils et de créer un incident.

On avait donc songé aux trois religieuses qui peuplaient le tout nouveau couvent de Santa Clara. Mais avant même d'avoir posé le pied à terre, Doña Isabel avait bien précisé qu'elle n'habiterait pas dans un monastère. Elle avait même expliqué au capitaine du port, et répété très clairement au juge et aux officiers des douanes qui inspectaient son navire, qu'au terme de tous ces mois d'enfermement sur la mer, elle ne supporterait pas la clôture. Chez n'importe qui, n'importe où… Sauf dans une cellule des Clarisses de Manille.

Ses frères avaient fini par résoudre le problème en s'adressant au neveu de feu le gouverneur, le sybaritique Don Hernando de Castro, avec lequel eux-mêmes s'étaient liés d'amitié durant leur court séjour.

Jouisseur, tête brûlée et sensiblement du même âge qu'eux, le capitaine de Castro avait accepté sans difficulté de déménager du palais qu'il occupait sur la plaza Mayor. Il avait transporté ses effets de l'autre côté du fleuve, dans la demeure de campagne qu'il partageait avec Dasmariñas, gouverneur par intérim, dont il était l'alter ego et le cousin.

Cet arrangement avait reçu l'approbation de tous. Don Hernando semblait, en effet, l'hôte qui s'imposait.

L'homonymie de son patronyme avec celui des « Barreto de Castro » donnait à penser qu'ils étaient parents. Une erreur qui recouvrait une réalité. Par sa mère, Doña Beatriz de Castro, dame du château de Torés en Galice, Hernando était un arrière-arrière-petit cousin des Mendaña de Neyra. Feu l'Adelantado était même originaire du village de Congosto, dans le Bierzo, à moins d'une centaine de kilomètres de la forteresse où lui-même avait grandi. Il connaissait l'histoire des Mendaña, et notamment un épisode que tous ignoraient au Nouveau Monde. Que le père de Don Alvaro avait été accusé de plusieurs meurtres et pendu haut et court, quelques heures après la naissance de son fils. Hernando savait en outre que l'orphelin avait été élevé par son grand-père, un García de Castro qui était aussi l'un de ses arrière-grands-parents. Ces liens géographiques et ce passé familial justifiaient que la veuve de l'adelantado de Mendaña fût son invitée à Manille.

Mais l'hospitalité de Don Hernando ne se réduisait pas à ce simple principe de courtoisie. L'Adelantado était célèbre en Galice. Enfant, Hernando avait entendu parler de la découverte des îles d'or du roi Salomon et des titres conférés par le Roi à son parent et voisin. Il aurait même pu dire que le pouvoir de l'Adelantado sur toutes les îles qu'il découvrirait dans la Mer du Sud l'avait fasciné.

Il aimait à rappeler aujourd'hui qu'à une génération d'écart, leurs deux destinées se développaient en parallèle, avec de nombreuses coïncidences… Comme Mendaña avait suivi son oncle, le gouverneur Lope García de Castro au Pérou, lui avait suivi le sien, le gouverneur Gómez Pérez Das Mariñas aux Philippines. Mendaña était arrivé au Nouveau Monde en 1564. Hernando un quart de siècle plus tard, en 1589. À Lima ou à Manille, tous deux avaient occupé le même poste très envié et très critiqué : celui de *neveu du gouverneur*.

Ce népotisme les ayant catapultés très jeunes, sans mérites et sans fortune, au sommet de la hiérarchie, ils avaient su, l'un et l'autre, en user à bon escient. Loin de se contenter des intrigues de cour, ils avaient travaillé à devenir d'excellents marins et de grands capitaines. À vingt-cinq ans, Mendaña conduisait sa première expédition dans la Mer du Sud. À vingt-deux, Castro naviguait jusqu'en Chine.

Là s'arrêtait leur ressemblance. Et nul n'aurait songé à les comparer, si Hernando ne s'était mis en tête cette idée de leur analogie.

L'arrivée dans la Castille des antipodes du navire fantôme de feu Mendaña ne pouvait que l'intriguer.

En accueillant la veuve de son illustre parent avec les échevins de la ville, il l'avait jugée, sinon comme une personne d'âge mûr, une dame d'une autre génération, dont les marins du port avaient beaucoup exagéré la beauté. En fait de Reine de Saba, cette visiteuse-là n'était dotée ni de l'exotisme, ni même de la superbe de l'antique maîtresse du roi Salomon. On l'avait peut-être vue sauter lestement dans la barque qui la conduisait au rivage, mais à terre, son pas continuait de tanguer. Rien que de très naturel au terme de tous ces mois en mer : Hernando était bien placé pour le savoir. Toutefois, le deuil dont elle s'enveloppait, ses voiles noirs et son évanouissement dans la cathédrale évoquaient davantage les drames d'une impératrice en exil que les fastes d'une prêtresse de l'Amour.

Majestueuse, certes. Admirable, en effet… Épuisée, néanmoins.

Les autorités, qui avaient partagé les mêmes constatations, venaient de remettre à huit jours – et plus précisément au mardi 20 février 1596 – toutes les réjouissances prévues en son honneur.

On avait remercié le Seigneur de la bonne arrivée du *San Jerónimo*. Bien. Mais pour le banquet et le bal, on attendrait que Doña Isabel se fût remise des épreuves du voyage. Mieux : qu'elle les ait oubliées.

Elle avait compris le message.

Elle ne recevrait personne. Pas même ses frères, pas même son hôte, le capitaine de Castro.

Huit jours de silence et de paix.

Jusqu'au 20 février.

*

La maison des champs, où Don Hernando s'était installé, avait été construite par son oncle, feu le gouverneur Gómez Pérez Das Mariñas. De plain-pied, moitié en pierres comme toutes les constructions espagnoles, moitié en bambou comme toutes les huttes philippines, elle comptait une petite cour intérieure, qui évoquait les patios de Séville ; un toit de nipa et une véranda, semblables à ceux des paillotes. L'ensemble, hybride, trônait sur une pelouse au cœur d'un jardin magnifique. Entre les arbustes de bougainvillées pourpres et la blancheur crue des parterres de sampaguitas, on apercevait le flot bourbeux du Pasig, la rivière qui traversait la ville et se jetait dans la baie.

Pas un cri d'oiseau. Mais de la véranda montait, en cette heure matinale, un léger bruit d'eau : Hernando se prélassait dans son bain, un baquet qu'il avait fait porter dehors. Les brocs, qu'un serviteur philippin lui versait sur la tête, évoquaient le jaillissement d'une cascade dans le soleil de l'aube. Divin… Tellement exquis qu'il reculait le moment de s'extraire de sa cuve.

Don Hernando savait goûter le plaisir. Il aimait le faste et la gloire.

On racontait qu'il avait commencé sa carrière à dix-huit ans par un coup de maître. Lors de sa première traversée vers les Philippines, alors qu'il n'était encore que porte-drapeau sur l'un des bateaux de son oncle, une terrible tempête s'était levée au large de l'île de Marinduque. Le naufrage était imminent. L'équipage se savait perdu. La perspective de se trouver expédié par-dessus bord, au cœur des ténèbres, dans des vagues en furie, n'a jamais fait plaisir à personne. Sauf, peut-être, à ce genre de garçon que le risque excite et le danger stimule. Dans l'affolement général, il avait enroulé l'étendard royal autour de son cou, le précieux symbole dont il avait la garde. Puis il s'était emparé d'un très long filin et l'avait attaché au grand mât. Enfin, il s'était jeté à l'eau, le bout du filin entre les dents. Comment ne l'avait-il pas lâché en avalant des paquets de mer ? Mystère… Alors qu'on le croyait écrasé contre les rochers, il avait nagé jusqu'à l'île, planté le drapeau de l'Espagne dans le sable, arrimé son filin aux cocotiers. Et fait passer un à un ses camarades jusqu'au rivage, à l'aide de cette corde qu'il avait eu l'intelligence d'emporter.

Le vaisseau avait sombré. Mais les hommes avaient survécu. Par quel miracle ? Encore un mystère. Ils restèrent sans eau et sans vivres, harcelés par les tribus belliqueuses, pendant plus de quinze jours. Les compagnons de Don Hernando reconnaissaient aujourd'hui que c'était à lui, à sa débrouillardise et à son goût de la vie, qu'ils avaient dû de ne jamais désespérer. *Tenir et durer*. Comme le jeune homme l'avait prédit, le vaisseau de son oncle avait fini par les retrouver, et les avait rapatriés à Manille, tous sains et saufs.

Depuis ce premier naufrage, Hernando en avait essuyé beaucoup d'autres. Nommé capitaine des soldats et des marins de la flotte des Philippines, il s'était écrasé sur les rochers des côtes de Cochinchine. Il avait ensuite connu les prisons portugaises de Macao, les geôles chinoises de Malacca et les abominables cachots de Canton. Ses nombreuses incarcérations, ses fuites à répétition le hissaient au rang des braves.

À y regarder de plus près, ses séjours derrière les barreaux l'apparentaient – encore ! – aux habitudes de son parent, l'Adelantado, qui avait passé sa jeunesse dans les prisons du Nouveau Monde. Pour le reste : Hernando était plus léger, plus pragmatique et plus sensuel que Mendaña ne l'avait jamais été.

Quand il ne naviguait pas, il poursuivait le moindre de ses plaisirs avec frénésie, comme s'il craignait que ce bonheur ne lui fût ôté. Il aimait avec fureur les fastes de l'Orient et semblait savourer les voluptés de Manille, en redoutant que la Providence ne le renvoyât à l'austérité de son château de Galice.

Il jouissait de chacune de ses sensations, attentif à son souci de goûter à tous les fruits que la terre produisait, et à profiter des joies que la vie pouvait lui offrir.

Trouver dans la Castille des antipodes, à chaque instant, la femme qui convenait à ses distractions, représentait à ses yeux le comble de la félicité. Ses goûts en ce domaine étaient éclectiques. Le sourire éclatant des Indiennes – les Espagnols appelaient *Indiens* les naturels des Philippines –, leur douceur, leur gentillesse le touchaient. La peau, le pas, la grâce, la beauté des métisses chinoises le bouleversaient. Bref, les maîtresses indigènes de Don Hernando ne se comptaient plus. Il les préférait, et de loin, aux filles ou aux veuves d'hidalgos qui, elles, cherchaient à se faire épouser.

Il mesurait clairement à quel point un homme comme lui, jeune, titré – et de plus, entier ! – constituait un luxe à Manille. De nombreux Espagnols portaient en effet la trace de leurs combats contre les tribus qui avaient recommencé à se soulever partout : les Mapuches au Chili, les Quechuas au Pérou. Et les pires de tous : les Malais musulmans des Philippines qui, à Mindanao, ne s'étaient jamais soumis. Résultat : d'horribles cicatrices défiguraient la plupart des Blancs.

Pas le visage d'Hernando, grâce à Dieu ! À vingt-quatre ans, il avait encore l'éclat et les rondeurs de l'enfance. Aucune barbe, aucune moustache ne dissimulaient ses traits. Son teint clair de Galicien et ses taches de rousseur s'étaient patinés jusqu'au doré. Les yeux couleur noisette, le nez court, les lèvres sensuelles : l'ensemble lui constituait un physique agréable. Il savait qu'il passait pour l'un des galants les plus recherchés de la colonie.

Il restait en outre très conscient de sa naissance. Les aventuriers de sa caste n'étaient pas nombreux en Asie ! Une vingtaine. Son cousin Dasmariñas, Morga, Figueroa, quelques autres pouvaient s'enorgueillir, comme lui, de la pureté de leur lignage. Pour le reste : des gueux et des scélérats. Tous les coquins dont les vice-rois cherchaient à se débarrasser venaient se faire pendre aux Philippines. La Castille des antipodes était même devenue l'ultime terre d'échouage des rebuts du Nouveau Monde. *Le Ressac de la Conquista.* Le débarras.

L'horreur du mariage, que Don Hernando professait bruyamment, ne l'empêchait pas de nouer des aventures avec les belles Espagnoles qui croisaient son chemin. Aussi voluptueux que sentimental, il s'éprenait de l'une ou de l'autre. Pour un jour, une semaine, un mois… Cette sorte de liaison le conduisait toujours à la catastrophe. C'est-à-dire à une union forcée avec la señora ou la señorita qu'il avait conquise et déshonorée.

Jusqu'à présent, la puissance de son oncle, puis celle de son cousin le Gouverneur par intérim lui avaient permis de se tirer d'affaire. Il savait offrir des réparations si fastueuses, doter avec tant de générosité – au profit d'un autre mari que lui – les proies qui lui étaient tombées du cœur, qu'elles finissaient par accepter ses lucratives propositions de paix. Même ses amoureuses les plus déçues, même les plus amères et les plus vindicatives reconnaissaient qu'en frayant avec Don Hernando, elles jouaient avec le feu.

Si toutes avaient rêvé d'être la seule, l'unique, qui saurait le retenir, aucune n'ignorait qu'il parvenait toujours à filer. Sinon sans dégât pour sa fortune, que ses amours écornaient gravement, du moins avec sa chemise et sa liberté. Il avait la réputation de se tirer, avec panache, des plus mauvais pas.

« Je le reconnais à ma honte, résumait-il en riant à son cousin Dasmariñas qui le sermonnait sur ses frasques et ses ruines à répétition : je ne suis peut-être pas l'homme d'une seule femme. »

— Sa Seigneurie mettra-t-elle son *hanfu* bleu ou son hanfu rose ? ironisa Dasmariñas, qui détestait l'habitude prise par ce fou d'Hernando de se vêtir de soie et de prendre des bains chauds à la façon des Orientaux.

Dasmariñas, lui, ne se lavait pas dans les baignoires. Pas même dans les rivières. Il restait persuadé que la coutume péruvienne, qui consistait à s'étriller dans l'eau, amollissait les chairs. Pis, qu'elle altérait le sang. Et s'il avait fait fermer, avec de solides grilles de fer, la partie du fleuve qui coulait au fond de son domaine, ce n'était pas pour y créer un bassin d'agrément, ni même une piscine où s'ébattre avec les naturelles, mais afin d'empêcher les crocodiles de traverser son gazon.

Assis, les jambes en l'air, les bottes et les éperons posés sur la rambarde de la galerie qui courait autour de leur maison des champs, il regardait Hernando macérer.

On aurait pu dire que les cousins se ressemblaient. Sinon par les traits, au moins par la jeunesse et la puissance. Même si Dasmariñas était plus brun, plus petit et plus mince, il avait lui aussi les épaules larges et la taille bien prise. Pour le reste, deux types d'hommes. Dasmariñas passait pour austère et pieux, aussi rigoureux et solennel, que Castro pouvait paraître vif, bouillonnant de désirs et d'idées.

En réalité, ils se comprenaient, ils se complétaient. Ambitieux l'un et l'autre. Fiers de leur naissance, imbus de leur honneur. Téméraires et généreux jusqu'à l'excès. Les deux revers de la même médaille.

Le plus organisé toutefois, le plus pragmatique et le plus retors n'était pas celui qui semblait le plus sérieux. En affaires, Don Hernando menait la danse.

Ils étaient arrivés ensemble dans le Nouveau Monde. Ils étaient passés ensemble aux Philippines. En vérité, ils avaient tout partagé. À l'exception de leur enfance.

Tandis que l'un, Hernando, second fils d'une fratrie de onze enfants, se morfondait dans son château médiéval de Galice où la pauvreté de son père et sa position de cadet lui fermaient tous les horizons, Don Luis entrait à dix ans comme page au service de la reine d'Espagne. Il était, lui, le seul rejeton mâle d'un homme proche du pouvoir, un grand commis de l'État qui avait été sucessivement *corregidor* des villes de Léon, de Cartagène et de Murcie, avant d'être nommé gouverneur des Philippines : un officier énergique, intelligent, noble. Leur modèle à tous les deux.

Comme Hernando, que la miraculeuse invitation d'appartenir à la suite du frère aîné de son père avait tiré de son donjon, Luis, de deux ans son aîné, estimait que la vie n'avait véritablement commencé qu'en quittant l'Espagne. Il avait détesté le confinement de l'existence de cour à l'Escurial.

Don Luis – connu à Manille sous le nom de *Dasmariñas le Jeune* – était aujourd'hui l'héritier d'une fortune qu'il rêvait d'investir dans une conquête à sa mesure. Il préparait à cet effet une expédition qui reprenait un projet paternel, une expédition dont il avait soumis les plans au Conseil des Indes. Au terme de plusieurs années d'attente, le galion en provenance d'Acapulco venait de lui apporter sa réponse : le plan avait été accepté par le Conseil, pourvu qu'il restât secret, et que Dasmariñas finance lui-même son idée…

Pas une petite idée.

S'emparer du Cambodge et du Laos. Conquérir le Siam en détrônant son roi.

Hernando, son associé dans toutes leurs affaires, nourrissait quelques doutes sur cette entreprise. Il comptait toutefois en profiter pour venger la mort de l'homme auquel il devait tout : son oncle, l'illustre gouverneur Gómez Pérez Das Mariñas, qu'un équipage de mutins chinois avait massacré sur son bateau.

Les deux garçons ne s'étaient jamais remis de ce drame. Luis en conservait une rancune proche de la haine envers les *Sangleys* – les Chinois établis à Manille. Hernando, quant à lui, s'enrichissait sur leur dos et travaillait à les plumer.

Un pari difficile.

C'était sur eux, les Sangleys, que reposait l'économie de la ville. Ils étaient les rouages de tous les commerces. Établis à Manille du temps des rajahs malais qui tenaient l'archipel avant les Blancs, ils trafiquaient ici depuis des lustres. Leur nombre inquiétait les Espagnols : ils immigraient par hordes, et les autorités travaillaient à limiter leur arrivée. Plusieurs fonctionnaires ne s'employaient qu'à cela : leur délivrer des licences, vérifier leurs papiers et rembarquer de force les indésirables. Ne pouvaient s'installer que les Chinois nécessaires au négoce. Et même de ceux-là, la Couronne se méfiait. Elle les soupçonnait de vouloir s'emparer des Philippines.

On les avait donc parqués entre les hautes murailles du « Parian », un quartier marécageux gardé par des soldats. Aucun Sangley n'avait le droit d'en sortir après le coucher du soleil, sous peine de mort.

L'assassinat du gouverneur par des coolies accroissait encore l'inquiétude et la suspicion. Le père de Dasmariñas n'avait pourtant pas péri dans une révolte du Parian, mais lors d'une banale affaire de pillage et de meurtre. Les travailleurs chinois, qu'il avait enrôlés par la violence et contraints à ramer sur ses navires, s'étaient vengés en le poignardant en mer avec tous ses officiers. Ils avaient ensuite pris la fuite pour se réfugier chez eux. Ils avaient vendu la vaisselle et l'argenterie du Gouverneur aux seigneurs de la province du Fujian, le navire et les canons du roi aux mandarins de la ville de Quanzhou.

Don Luis, en succédant à son père, avait protesté contre ces exactions auprès de l'empereur de Chine. Ce dernier ne s'était pas soucié de lui répondre. Il n'avait pas non plus restitué le navire, ni même présenté d'excuses à Sa Majesté.

Outré, Dasmariñas avait dépêché un ambassadeur à Pékin. Ce vaillant diplomate n'était autre que son cousin Hernando, dont la mission avait rapidement tourné court : en prison dès l'accostage.

Faire tomber le Siam dans l'escarcelle de l'Espagne, au nez et à la barbe des Chinois qui le convoitaient, s'approprier le Cambodge, s'implanter au Laos paraissaient sinon une juste réparation, du moins une vengeance à la mesure de l'outrage. Castro et Dasmariñas s'y employaient allègrement.

Durant leurs trois ans au pouvoir, ils s'étaient constitué une clientèle leur permettant, quoi qu'il arrive, de rester les premiers notables de Manille. Ils savaient qu'ils devraient, dans un avenir très proche, justifier leurs dépenses auprès de leur remplaçant et successeur : un gouverneur légitime, qui n'aurait pas hérité sa charge d'un père, mais aurait été choisi par le Roi. On attendait ce gouverneur-là pour juillet. La Couronne avait déjà envoyé en éclaireur un homme de loi, chargé de mettre de l'ordre dans l'administration des Philippines : le lieutenant général Don Antonio de Morga. Aussi habile qu'intelligent, Morga se gardait de toute critique envers Dasmariñas le Jeune, qu'il savait très populaire, tant parmi les ordres religieux que parmi les soldats et les marchands. Dans ses nombreux rapports à l'Escurial, il ne lui reprochait donc que son âge et la flamme belliqueuse qui continuait de l'animer contre les assassins de son père. Il n'insistait pas sur le fait que l'antipathie de Dasmariñas envers les Chinois ne l'empêchait en rien de trafiquer avec eux. Et ce, malgré la loi interdisant aux militaires et aux fonctionnaires espagnols de s'enrichir par le commerce. Un veto absolu, que Dasmariñas et son cousin Castro transgressaient sans état d'âme : les deux lascars spéculaient. En six ans de vie aux Philippines, ils étaient même devenus les Blancs les plus puissants du quartier chinois. Toutes les négociations entre l'Orient et l'Occident passaient par leur intermédiaire. Ils touchaient sur les transactions des deux parties.

— … Quelles nouvelles du port ? demanda Hernando en s'enveloppant dans la serviette que Dasmariñas lui avait jetée.

— Les jonques sont arrivées, plus nombreuses que l'année dernière…

— Nos facteurs s'en occupent ?

— Ils attendent que les douaniers aient tout vérifié, avant de faire transporter la marchandise dans les hangars. La routine. J'irai voir tout à l'heure.

Hernando opina.

— Rien d'autre ?

— On a retrouvé à Mindanao la galiote de ta Reine de Saba. Avec son équipage… En mauvais état. Mais vivant. Le capitaine, un certain Felipe Corzo, accuse le dénommé Quirós d'avoir refusé de l'attendre et de l'avoir abandonné en pleine mer.

— Mauvais, cela, très mauvais pour le dénommé Quirós.

— Il prétend que c'est l'autre, Corzo, qui a déserté.

— Ils mentent tous les deux.

— Probablement… On a aussi retrouvé la frégate… Échouée toutes voiles dehors sur une plage. Le pont couvert de cadavres… Aucun survivant. Tous en putréfaction depuis belle lurette.

— Et la dépouille de mon compère l'Adelantado ?

— Pas trace de cercueil sur la frégate.

— Mauvais, ça, très mauvais pour la Reine de Saba.

— Ils avaient sans doute balancé le cercueil avant.

— Tu penses ! Dès qu'ils l'avaient pu !

Hernando, sorti du bain, reprit en s'essuyant :

— … Et le quatrième des navires ? L'*Almiranta* qu'ils disent égarée dans les parages d'un volcan ?

— Perdue corps et biens. Évanouie. Avalée… On ne saura jamais ce qui s'est passé.

Hernando soupira.

— Personne ne revient jamais pour raconter combien la mort est dure sur un navire qui disparaît.

Son regard avait filé vers une embarcation qui glissait là-bas, entre les palmes sans tronc du nipa, au pied des grands palétuviers de la rive.

— … Tout de même, demanda-t-il songeur, tu crois qu'elle a vraiment fait cela ?

— Quoi ?

— Déterrer le cadavre de son mari pour l'apporter jusqu'ici… Par amour ?

— Tu lui poseras toi-même la question.

Don Hernando renversa le baquet d'un coup de pied et, renvoyant sa serviette au visage de son cousin, railla :

— À toi d'interroger cette dame, mon cher. N'es-tu pas le premier dignitaire de Manille ? Tu vas en ville, tu forces ma porte, tu montes dans mon lit, tu cajoles la veuve qui s'y trouve… Et puis tu reviens ici me raconter à quoi elle ressemble et ce qu'elle t'a dit.

— Pourquoi la cajolerais-je ?

— Pourquoi pas ? Le *San Jerónimo* reste un beau navire. Bien construit… En bois de Guayaquil, comme on les aime. Il a certes besoin de réparations. Importantes… Coûteuses. Mais les vaisseaux sont si rares à Manille. Et celui-là… Deux cent cinquante tonneaux. Si la veuve pouvait nous le vendre…

— J'ai compris… Tu as raison. L'idée est bonne.

— Le vendre… Ou te l'offrir, mon prince ?

Dasmariñas lui retourna la serviette en bouchon à la figure.

— Vas-y toi-même... C'est toi le joli cœur dans cette ville !

— Plût au Ciel !

Riant, Hernando rentra nu dans la pièce qui lui servait de chambre.

L'après-midi le trouva au port de Cavite, où les gros vaisseaux incapables de s'ancrer dans la baie peu profonde de Manille, étaient parqués à touche-touche le long des quais.

*

Trente à quarante jonques chinoises s'alignaient en parallèle, atteignant jusqu'au centre du bassin. Leurs voiles noires, montées sur des lattes, évoquaient les ailes à nervures de grandes chauves-souris.

Parties toutes en même temps de Canton, de Chicheo, de Fo-Kuen au début du mois de février, elles n'avaient pas mis quinze jours pour parvenir jusqu'ici. Elles resteraient trois mois, le temps de vendre leur cargaison, et lèveraient l'ancre en mai, avant les *vendavals*, les redoutables ouragans qui commençaient au printemps et dureraient tout l'été. Aussi lourdes qu'à l'aller, elles rentreraient chez elles chargées du seul bien espagnol qui intéressait la Chine : des tonnes et des tonnes de barres d'argent dont l'empire du Milieu était totalement dépourvu. On estimait, à Séville, que les Chinois raflaient près d'un tiers de la production des mines du Nouveau Monde.

Toute la ville savait la nouvelle de l'arrivée des jonques avant même qu'elles ne se soient engagées dans le chenal.

Les quatre communautés qui peuplaient la cité – les

Espagnols, les Chinois, les Philippins et les Japonais – vivaient uniquement de troc et d'échanges. Le port était à cette heure une fourmilière. Une multitude de petites embarcations – sampans, paraos, bancas et balanghais – grouillaient dans la rade, tournant comme des mouches autour des coques, toutes ornées de l'œil qui guidait les bateaux.

Pour le moment, seuls les douaniers étaient autorisés à monter à bord. À cette heure, ils dressaient l'inventaire des marchandises, estimaient leur valeur et calculaient la taxe dont les capitaines chinois seraient redevables au roi d'Espagne. Trois pour cent sur les porcelaines, trois pour cent sur les tissus, trois pour cent sur les pierreries. Mais aussi trois pour cent sur les grands buffles noirs qui resteraient à Manille, sur les oies qui ressemblaient à des cygnes, sur les chevaux mongols, sur les mules tibétaines, sur les rossignols, sur les oiseaux exotiques et sur tous les animaux en cage qui plaisaient tant aux dames. Trois pour cent sur toutes les babioles de moindre valeur, les bracelets de verre ou les colliers de perles d'eau. Et sur tous les objets copiés, les mantilles espagnoles, les éventails semblables à ceux de Séville, les broderies et les dentelles, les bottes et les souliers, que la main-d'œuvre chinoise reproduisait à la perfection, dans toutes les couleurs et toutes les tailles, pour un prix défiant toute concurrence. Sans parler des objets de dévotion, des Vierges et des crucifix en ivoire.

Une fois ces droits acquittés, les fonctionnaires royaux autoriseraient les coolies à débarquer les balles et les caisses, à les transporter en ville, à les mettre sous clé dans les hangars du Parian.

Alors, Don Hernando interviendrait.

Mais en cet instant, il ne songeait pas à l'âpreté des négociations qu'il devrait bientôt mener.

Il regardait autre chose. Il observait le bateau qui tirait sur son ancre loin dans la rade, le seul gros navire espagnol appartenant à un particulier. Une exception. Un miracle. Seuls les galions de Sa Majesté détenaient le droit de traverser la Mer du Sud et d'y faire du commerce avec le Nouveau Monde.

Celui-là, abandonné, ressemblait à un oiseau sans ailes. Le vent l'agitait de mouvements vagues et désordonnés. Nul ne semblait veiller sur le danger que constituait son évitage dans le courant… Personne à bord ?

Le mât de misaine était brisé, irrécupérable. Toutes les vergues pendaient… Et ces dégâts se révéleraient probablement dérisoires, comparés aux autres avaries ! En très mauvais état. Mais puissant. Les vaisseaux d'un tel tonnage étaient rares à Manille… Et jamais la propriété d'un armateur privé !

Quoi qu'il en soit, un tel morceau pouvait servir ses projets et ceux du cousin Luis.

À voir… Le navire semblait lourd à manœuvrer. Pas assez rapide pour l'usage qu'ils comptaient en faire. À voir. S'ils pouvaient s'en emparer. Pour rien ?

Menant son sampan à la godille, Don Hernando de Castro se frayait un chemin dans le clapot. Il n'avait pris avec lui qu'un seul serviteur. Inutile d'attirer l'attention. Il avait même attendu le coucher du soleil. Pas la nuit noire : eût-il été surpris, sa présence dans l'obscurité aurait décuplé la curiosité. Il savait que si quiconque à Cavite le voyait rôder autour du *San Jerónimo*, d'autres acquéreurs se mettraient sur les rangs.

Assis sous l'habitacle du sampan, dissimulé par le toit, il ne perdait pas le galion des yeux. Un monstre. Une merveille. Tout droit sorti des chantiers de Guayaquil sur l'île de Puña au Pérou : ce vaisseau était fait d'un bois qui ne pourrit pas.

Combien avait-il pu coûter ? Cinq ans du salaire officiel d'un gouverneur ?

La logique exigeait que cette sorte de bateau fût gardée.

Il se souvenait toutefois qu'à l'arrivée du *San Jerónimo*, aucun des marins ne tenait plus debout. On avait dû les évacuer sur des civières. Dix d'entre eux étaient morts depuis. Les malades récupéraient dans les hôpitaux. Les soldats et les colons, ceux à peu près valides, logeaient chez l'habitant. Les veuves, chez les Clarisses… Et la Gobernadora, chez lui. Bien… Restait le pilote. Celui-là, le Portugais, il le savait à Manille, occupé à se défendre. Sans doute faisait-il à cette heure le siège des bureaux de Morga, récusant les accusations du capitaine Corzo, qui prétendait qu'il avait sciemment abandonné la galiote et la frégate.

Mais qui savait ? Si ce Portugais était un bon pilote, il avait laissé un officier de quart sur son navire.

L'échelle à crochet qu'Hernando avait jetée du sampan s'était arrimée sans difficulté à la rambarde. Elle pendait, flasque, le long de la coque.

Aucune lueur. Aucun bruit là-haut. Qui savait ? La visite du *San Jerónimo* se révélerait peut-être plus facile, l'inspection plus naturelle, en tout cas plus rapide, qu'il ne les avait imaginées.

Ayant intimé l'ordre à son serviteur philippin de l'attendre, il grimpa.

Il fut accueilli à l'arrivée par les deux seuls personnages auxquels il n'avait pas pensé. Les deux seuls dont il n'avait même pas imaginé la présence à bord. Les frères Barreto.

— Don Diego, quelle surprise !

— Don Hernando ? Mais la surprise est tout à fait pour nous.

Ce que les trois hommes se dirent dans la cabine d'Isabel cette nuit-là, elle ne le saurait jamais.

Elle ne connut de leurs discussions que cela : la réaction de Don Hernando devant le luxe de son lit à baldaquin, sa curiosité devant ses livres reliés en cuir de Cordoue, son intérêt devant son luth et ses partitions de musique. Surtout, surtout, ses conclusions devant la copie du contrat passé par Mendaña avec le roi en 1574, la *Capitulación* qu'elle avait fait retranscrire par Elvira en plusieurs exemplaires durant la traversée. Ainsi que devant la copie du testament qui la laissait seule héritière des îles, et faisait du mari qu'elle choisirait l'*Adelantado de la Mer du Sud*.

*

Durant ses huit jours de répit dans le palais de son hôte, elle s'était enfermée. Elle avait même refusé de recevoir le lieutenant général de Morga qui était venu lui rendre une visite privée, cherchant à lui présenter ses condoléances et ses respects en tête à tête. Morga avait la réputation d'aimer les femmes. Celle-là l'intéressait, il voulait la voir. Peine perdue. Doña Isabel resta inaccessible.

En son absence, les rumeurs les plus contradictoires couraient sur son compte. Son pilote, très bavard sous le manteau, l'accusait de tous les crimes. Les frères Barreto ripostaient – publiquement, eux – en s'interrogeant sur les raisons de la mort de l'Adelantado et de l'échec de l'Expédition. Il s'agirait tout de même de savoir, disaient-ils, pourquoi les quatre navires avaient manqué les îles Salomon ? La réponse fusait, claire : par la faute de ce marin portugais qui savait seulement se vanter et se plaindre !

Les deux parties se renvoyaient la balle avec tant de passion que Morga s'était vu contraint d'ordonner une enquête auprès de l'équipage. Tous les survivants défilaient dans ses bureaux de la Résidence. Ils entraient par la petite porte qui donnait sur la rue, juste en face des fenêtres de Doña Isabel.

Elle, toutefois, continuait à se taire.

On attendait avec d'autant plus d'impatience le bal du 20 février.

*

Dans la chambre à coucher du capitaine de Castro, Isabel émergeait lentement.

En ce matin du 19 février, elle n'était pas pressée. Les événements que lui réservait le destin avaient attendu huit jours. Ils pourraient encore patienter quelques heures. Aujourd'hui, du moins, serait une journée agréable. La dernière. Avant le bal.

Une torpeur, une douce quiétude l'avait envahie. Les jalousies qui donnaient sur la rue protégeaient la pièce du soleil. Les mouches tournaient autour du lustre de cuivre en bourdonnant. Dans les pots de porcelaine bleue, dans les coupelles et les vases chinois qui ornaient ses appartements, les fleurs blanches des sampaguitas exhalaient leur odeur entêtante de jasmin, qu'elle aimait et qui flottait partout. Elle soupira.

Rester à jamais enfermée ici. Dans ce monde alangui où même les plantes ne fleurissaient que la nuit. Pourquoi pas ?

Dehors sous la fournaise, la ville bouillonnait. Elle grondait comme le chant des théières dont Inés l'abreuvait.

Le bal en son honneur.

Depuis quelque temps, d'anciennes préoccupations, de vieux réflexes recommençaient à l'assaillir.

Elle devait faire ouvrir les coffres, aérer ses toilettes, sécher ses jupons. Le bal… Toutes ses fraises étaient moisies. Ses manchettes de dentelle, jaunies.

Nécessité de séduire. Et d'emporter la bataille. Quelle sorte de bataille ? Elle l'avait oublié. Mais elle avait bien senti son échec, elle l'avait vu dans le regard de ses hôtes le jour de son arrivée. Son corps, durant la messe d'action de grâces, l'avait trahie… Ou bien était-ce son âme ? Tout en elle avait cédé. Ce matin-là, dans la cathédrale, elle avait perdu la première manche.

Remonter si haut dans sa propre estime qu'elle ne lirait plus jamais, dans les yeux d'aucun homme, cette expression d'apitoiement.

La Gobernadora ne pouvait être l'objet de la moindre pitié. Susciter la commisération, c'était, pour elle, courir le risque de disparaître.

Elle ne devait même pas être devinée et comprise.

Préparer la guerre afin d'obtenir la paix… Qui veillait à cette heure sur son vaisseau ?

Inés lui avait assuré que ses frères s'en occupaient. Mais elle savait que Diego et Luis se souciaient peu du

San Jerónimo. Ils ne l'aimaient pas comme ils auraient dû. Pas comme elle l'aimait, elle. Un navire était une créature douée de sens. Un navire avait ses propres besoins et ses propres droits. Il exigeait des soins. Le *San Jerónimo* lui avait été fidèle, il l'avait conduite à Manille. Il ne se laisserait pas tromper par une fausse apparence de respect. Comment avait-elle pu négliger son vaisseau à ce point ? La femme amirale qui laissait son bateau à l'abandon ? Indifférente à son sort ? La proie des naufrageurs et des trafiquants, celle des pilleurs et des voleurs ?

En tout cas, la proie de Quirós.

Quels étaient donc les termes de leur contrat, au moment où elle lui avait donné l'ordre de rallier Manille ? Que l'expédition n'était terminée sur aucun plan. Manille, oui, afin de se réapprovisionner en eau, en vivres, en armes, en soldats, en prêtres. Manille, oui, afin de recruter un nouvel équipage et de repartir en quête du Cinquième Continent. À charge pour elle de trouver les fonds.

À quoi travaillait Quirós à cette heure ?

Elle connaissait la réponse.

À poursuivre avec le *San Jerónimo*, justement. Mais à poursuivre sans elle.

Reprendre possession de son bien. Et vite ! Son galion était sa richesse et sa force.

Elle devait aussi dicter à Doña Elvira son rapport, raconter sa propre version de la mutinerie de Santa Cruz, de l'exécution de Merino-Manrique, de celle du compagnon de Quirós et du jeune Buitrago.

Où diable était passée sa lectrice ? Elle ne l'avait pas vue depuis qu'elle vivait enfermée dans cette chambre. Elle n'y avait même pas songé. Isabel ne prenait conscience qu'aujourd'hui de sa disparition. Que tramait Doña Elvira à cette heure ? Se plaignait-elle de la mort de son mari, en accusant les frères Barreto de son assassinat ? Diego avait en effet secondé Lorenzo quand il l'avait fait décapiter.

Aucun doute, elle-même devait écrire la relation de son voyage et la remettre au lieutenant général de Morga.

« N'abandonne pas, n'abandonne jamais », avait dit Alvaro…

Depuis sept jours, elle lâchait prise. Elle manquait à sa parole. Elle le trahissait.

… Debout, Isabel ! Tu t'es octroyé le repos nécessaire. Tu es rétablie. Pourquoi attendre ? Tu n'as pas le choix : debout. Pour survivre ici comme ailleurs, tu vas devoir trouver la force de tenir ton rang. Il ne te reste que cela : les apparences. Car en vérité, désormais, tu n'es rien. L'expédition aux îles Salomon que tu as voulue, que tu as conduite, est un échec. Tu n'as pas découvert l'El Dorado. Et tu n'es aujourd'hui que l'une de ces nombreuses veuves sans le sou, qui viennent s'échouer sur ces rivages. « On ne prête qu'aux riches », répétait ton père… Seule. Pauvre. Et vaincue.

Leur donner à penser le contraire, leur faire croire à ton triomphe… Mieux que les obliger à t'admirer : les contraindre à t'envier.

Elle s'était mise sur son séant. Inés, accroupie au pied de l'alcôve, la vit tendre ses bras et les lever. Elle serrait les poings. La tête rejetée en arrière, les yeux clos, elle avait bandé les muscles de son dos et s'était arquée. Elle s'étira ainsi, longuement. Puis avec lenteur, elle rendit la liberté à son cou, à ses épaules, à ses bras. Quand son corps sembla tout entier détendu, elle poussa un interminable soupir qu'Inés aurait pu prendre pour un soupir d'aise ou de soulagement. Mais qu'elle prit pour ce qu'il était. Un cri de guerre.

Isabel sauta du lit.

— Aide-moi à porter le coffre de l'Adelantado sur la table, ordonna-t-elle. Donne-moi les trois clés. Il nous faut mesurer où nous en sommes, ce qui nous reste… Savoir ce que je dois vendre. Ce que je peux garder. Appelle Elvira.

Un sourire passa dans les yeux sombres d'Inés. Les coquillages où elle lisait l'avenir n'avaient pas menti. Le retour aux calculs : le retour à la vie. Elle la regarda sortir un à un les livres de comptes.

— Doña Elvira n'est pas ici, répondit-elle.

— J'ai oublié, tu me l'avais dit… Avec Quirós ? Chez Morga ? Où se trouve-t-elle ?

— À la promenade.

— Il y a des « promenades » à Manille ?

— Et de très jolies à ce qu'elle raconte. Notamment une route le long de la mer, qui part de la tour qu'on aperçoit là-bas et conduit à la mission de Notre-Dame-des-Navigateurs, le couvent des moines augustins… En carrosse.

— En carrosse ! Doña Elvira ?

— Ta lectrice songe à se remarier.

— En huit jours ? Grands Dieux ! Elle ne cessera jamais de m'étonner. Je la croyais inconsolable de son Buitrago. Note, voici plutôt une bonne nouvelle ! Au moins n'accusera-t-elle pas mes frères du drame de son veuvage.

— Doña Elvira ne se ressemble plus.

— En tout cas, elle manque à tous les usages. Elle ne peut se lier à quiconque sans mon consentement. Je m'étais engagée auprès de son père à ne l'unir qu'à un gentilhomme.

— Le gentilhomme en question ne lui a donné, que je sache, aucune assurance de cette sorte.

— Comment, *pas d'assurances* ? Elle se laisse courtiser sans promesse de mariage ? Elle a vraiment perdu la tête !… De qui s'agit-il ?

— De ton hôte, Mamitay. Il est venu chaque matin te présenter ses hommages et s'enquérir de ta santé. Il l'a interrogée. Elle lui a répondu tandis qu'il l'emmenait visiter la ville.

— Tu parles du neveu de l'ancien gouverneur ?

— Lui-même. Un mélange de Don Lorenzo… en moins méchant. Et de Don Alvaro… en plus jeune.

Qu'une Indienne se permette une telle comparaison, qu'elle ose proférer un jugement sur ses maîtres, était aussi incongru qu'outrageant. Certes, celle-là s'exprimait en bon espagnol et se savait indispensable. Mais elle ne pouvait ignorer qu'elle dépassait les bornes.

Isabel l'attrapa par la manche, l'obligeant à se lever :

— Tu ne sais pas ce que tu dis ! siffla-t-elle. Comment oses-tu, Inés ? Comparer quiconque à l'Adelantado ! Toi, la servante qui l'as le mieux connu, la servante qu'il a le plus aimée. Toi ! Je devrais te vendre pour t'avoir entendue tenir de tels propos !

— Je ne suis pas une négresse, Mamitay.

— Non, les Indiennes ne sont pas des esclaves, mais des chiennes mordant la main qui les nourrit. Et comme telle, je peux te noyer.

Inés ne daigna pas répondre.

Son mutisme n'avait jamais été pour déplaire à Isabel : Inés ne proférait aucune parole au hasard.

Avec ces bavardages qui ne lui ressemblaient guère, tentait-elle de lui transmettre quelque chose ?

Isabel se radoucit :

— Détiens-tu des informations que je devrais connaître ?

L'autre haussa les épaules sans mot dire.

Isabel conclut :

— Assez avec les amours de ma lectrice ! Un Castro Bolaños y Rivadeneyra n'épousera pas une Elvira Lozano, tu peux m'en croire ! La difficulté d'établir cette sotte sera bientôt insurmontable. Le sujet est clos. Habille-moi. Nous allons dans le quartier chinois.

*

Quand Doña Isabel surgit de ses appartements le soir du bal, Don Hernando apprécia la mise en scène et goûta le raffinement du spectacle.

Aucun rapport avec l'impératrice en exil du premier jour. Aucun lien non plus avec les sévères descriptions d'Elvira. Si elle portait toujours le deuil, elle se présentait sans voiles et tête nue. Pas de bijoux au col, pas de perles aux oreilles. Elvira lui avait rapporté que sa maîtresse avait dû vendre tous ses joyaux aux Sangleys du Parian. Bonne nouvelle : la Gobernadora avait besoin d'argent, elle lui céderait bientôt son navire. Mais Elvira n'avait pas précisé qu'en échange de ses parures, elle avait déniché là-bas une toilette constellée de minuscules gouttes de jais qui lui donnait, à elle, l'apparence d'un énorme diamant noir.

Don Hernando était, certes, sensible aux charmes féminins. Mais celle-là… Diable !

À chaque pas, elle semblait briser le carcan de sa

toilette et forcer les perles de ses jupes à suivre les ondulations de ses hanches. Dans ce monde de métal et de pierres, dont toutes les facettes réfléchissaient la lumière, la lourde masse de ses cheveux blonds, qui la couronnaient d'or, l'obligeait à lever haut la tête.

À la lueur des torches, elle traversait la cour du patio. Son ombre glissait lentement sur les piliers qui scandaient les arcades. Elle était seule. Ses frères, contrairement aux règles de l'étiquette, ne l'escortaient pas. La courte silhouette de sa lectrice se profilait dix pas derrière elle.

Doña Isabel se tenait très droite. Vers quel ciel portait-elle son regard ? Un vague sourire aux lèvres, elle lui tendit la main…

Oui, celle-là valait la peine qu'on s'y arrête. Elle valait même qu'on lui sacrifie les autres. Celle-là était faite pour lui. Ou plutôt, lui, il était fait pour elle…

Celle-là, il allait, sinon la consoler comme il avait suggéré à Dasmariñas de le faire, du moins la cajoler, la bercer et l'associer à ses affaires !

Ce que Don Hernando ignorait, c'est qu'en acceptant son poing pour sortir de chez lui, traverser la rue et gravir l'escalier d'honneur qui conduisait aux salons du palais royal, elle partageait les mêmes intentions… Sinon dépouiller ce hobereau qui courtisait sa lectrice, du moins s'en servir pour arriver à l'autre, le Gouverneur par intérim : Dasmariñas le Jeune, plus riche et plus puissant.

Une fois la protection de Dasmariñas acquise, parvenir à celle du lieutenant général de Morga, représentant de Sa Majesté.

Et par Morga : accéder au Trésor royal.

Et de là : aux réparations du *San Jerónimo*.

Et de là : aux canons et aux vivres.

Et de là : au recrutement de nouveaux marins, de nouveaux soldats, de nouveaux prêtres et de nouveaux colons.

Et de là : à l'appareillage du *San Jerónimo*.

Bref, à chaque marche du grand escalier : se rapprocher du rêve d'Alvaro.

Jusqu'à la découverte, jusqu'à la pacification, et la colonisation des îles d'or de l'adelantado de Mendaña.

Jusqu'à la conquête de la Terre de son Hypothèse.

Tenir. Durer. Poursuivre.

*

Les festivités commençaient à peine quand Hernando et Isabel franchirent le seuil du salon d'apparat. Pour anxieuse qu'elle fût de réussir son entrée, elle n'en gardait pas moins ses facultés d'observation. Elle remarqua tout de suite que ses frères, avec Dasmariñas et toute la société, s'étaient regroupés autour de Doña Juana, l'épouse du lieutenant général de Morga. Elle nota que cette dernière semblait remise des fièvres dont elle avait souffert. Et qu'elle était jeune et jolie. Chaque fois que le gouverneur Dasmariñas lui adressait la parole, un éclair passait dans ses yeux. Mais lorsque Don Hernando vint la saluer, son visage s'illumina : l'Hôtesse de Manille. Une grande dame qui avait l'habitude de recevoir les hommages et régnait sur ce petit monde. Le regard avec lequel elle inspecta l'adelantada de Mendaña s'avançant sur son territoire, donna à Isabel la mesure du chemin qu'elle aurait à parcourir. Avant de gagner la faveur des hommes de ce salon, elle devrait rassurer leurs épouses. La concurrence ne serait toutefois pas trop rude. Les femmes étaient ici peu nombreuses : elles avaient l'embarras du choix.

Doña Juana la reçut avec toute l'amabilité dont elle était capable. Isabel répondit à sa courtoisie en déployant ses charmes. Elle savait que plaire à la maîtresse de maison qui la considérait, sans même la connaître, comme une rivale, représenterait son premier combat de la nuit.

Elle comprit vite que, sur ce front, elle n'avait pas une chance : la bataille était déjà perdue.

Assise à la droite de Dasmariñas durant le banquet, à la gauche de Morga, Isabel rayonnait. Elle se sentait d'une beauté souveraine. À l'inverse de ce qu'elle avait pu craindre, elle avait tout de suite obtenu les bonnes grâces du Lieutenant général. Trente-cinq ans, la barbe encore noire, l'œil vif… Il lui parlait sans discontinuer, avec une forme de politesse obstinée, cherchant manifestement à éviter qu'un tiers n'attire son attention. Muette, immobile, elle l'écoutait.

Ce qu'il lui disait l'intéressait au plus haut point. Il évoquait l'arrivée imminente du nouveau Gouverneur, Don Francisco Tello de Guzmán. Celui-ci, ancien trésorier de la Casa de Contratación de Séville, avait travaillé toute sa vie au contrôle du monopole royal sur le commerce. Aux Philippines, il veillerait avec fureur à la collecte des taxes douanières qui revenaient à la Couronne. À entendre Morga, il allait remettre au pas les fonctionnaires qui se servaient sur la part de Sa Majesté.

Dasmariñas, qui ne goûtait pas le discours de Morga, se lançait, lui aussi, dans des apartés. Sa conversation, connue pour être monosyllabique, devenait, en compagnie de Doña Isabel, une interminable tirade sur l'honnêteté des Espagnols et la fourberie des Chinois.

— Voyez-vous ce personnage au somptueux pourpoint de soie ?

Il lui désignait un homme de haute taille, placé très loin dans la hiérarchie des convives.

— … N'a-t-il pas l'air d'un hidalgo de Cadix ou de Séville ? Plus Espagnol qu'un Espagnol ? Mais regardez-le bien. Regardez son front, regardez ses yeux : c'est un Jaune converti. Il s'appelle Juan Bautista de Vera. Son vrai nom, seuls les Sangleys le connaissent. Ils l'ont élu pour leur chef quatre fois de suite. Il est le parrain de tous les petits Chinois que les pères dominicains réussissent à baptiser. C'est lui le véritable empereur de Manille. Il dispose de sa propre police, de ses juges et de sa prison. Il nous achète son poste quatre mille pesos par an, une bagatelle comparée à ce qu'il touche en réalité… Aucun de nous n'ignore qu'il soustrait une partie du tribut qui nous revient, en imposant tous les clandestins que nous n'avons pas réussi à recenser. Si l'on songe que le Parian peut en compter jusqu'à dix mille, à six pesos par tête, je vous laisse faire le calcul.

— Et vous le recevez au palais royal ?

— L'Espagne n'a pas les moyens de se montrer regardante… Jusqu'à ce qu'elle ait conquis la Chine, il lui faudra composer.

Il lui jeta un coup d'œil entendu, auquel elle répondit avec la même expression.

Elle ressentait, au degré près, les nuances de l'attention dont la gratifiaient les deux hommes assis à ses côtés. Elle se laissait porter par leur admiration, avec émerveillement. Elle irradiait de la joie de se sentir en vie. Elle mesurerait plus tard les effets de cette fête et en tirerait les conclusions. Ce soir, elle s'abandonnait au plaisir d'exister.

À l'autre bout de la table, Hernando soutenait une conversation difficile avec la maîtresse de maison. Il voyait que Doña Juana, en dépit de ses efforts pour lui paraître aussi gaie et charmante que d'habitude, ne lâchait pas son mari du regard. Elle le savait coureur de jupons et souffrait de ses infidélités.

Depuis moins d'un an qu'ils résidaient à Manille, Morga avait déjà noué plusieurs liaisons. L'existence de ses maîtresses était connue de tous, même des ordres religieux et de l'Évêque : une tache sur sa carrière d'homme de loi. Un scandale que Doña Juana affectait d'ignorer. Par chance, les amours de son mari n'appartenaient pas à son monde.

Elle sentait toutefois qu'il retrouvait avec l'Adelantada ses manières de cour, celles dont il avait usé pour la séduire au lendemain de leurs noces.

Hernando partageait son début d'irritation. Assister de loin à l'entreprise de séduction qui visait à lui enlever sa protégée l'agaçait.

Il voyait bien que Doña Isabel répondait à ses voisins comme si elle les distinguait et leur accordait un intérêt tout particulier.

Il avait décidé qu'après le repas, il la conduirait dans la salle de bal. Mais Morga, qui se savait chez lui à la Résidence, la retint et lui offrit la main en se levant.

Ainsi qu'Hernando, Dasmariñas en fut contrarié.

Non pas qu'il se désolât, lui, de ne pas plaire à cette femme. Mais parce que le geste de Morga prouvait qu'il estimait son rang au-dessus de celui du gouverneur par intérim. « … Il semble juger naturelle sa préséance ici ! » Furieux, Dasmariñas constata qu'en effet, pour Doña Isabel, accepter le poing du Lieutenant général paraissait évident.

Doña Elvira, qu'on avait reléguée au bout de la table avec Quirós et le capitaine des Chinois, n'avait pas manqué une miette du manège des uns et des autres.

Dans la petite troupe qui traversait l'enfilade des salons, elle tentait de remonter jusqu'à Hernando et de le rejoindre pour le bal. N'avait-il pas été son chevalier servant durant la semaine passée ? Ne l'avait-il pas conduite partout, veillant à lui faire plaisir et à la distraire ? Il lui avait montré, avec tant de gentillesse et de sollicitude, les lagons et les mangroves, la menant en carrosse jusqu'à la chapelle du village de Mahalat… Au terme de ces moments qui l'avaient éblouie, elle se sentait proche de lui. Une amie de cœur. Ce lien, qui devait aboutir à une union plus durable, lui donnait, à elle, quelques droits. Elle le rattrapa.

— N'est-elle pas comme je vous l'avais décrite ? demanda-t-elle en désignant du menton la silhouette noire qui les précédait.

— En effet, Doña Elvira. Le portrait que vous m'en avez dressé est conforme au modèle.

— Ce soir, je la retrouve tout entière ! poursuivit-elle avec une pointe d'acidité. La Gobernadora ne sera pleinement satisfaite que lorsque sa beauté aura détrôné les plaisirs de la fête, dans le cœur de *tous* les hommes.

— J'avais cru comprendre que vous l'admiriez ? s'étonna Hernando. Et même que vous l'aimiez ?

Elle baissa les yeux.

Elle devinait qu'il nourrissait des projets qui la dépassaient. Lesquels ? Mystère. Il l'avait tant questionnée sur les mœurs et le commandement de Doña Isabel, lors de leurs promenades… Sa curiosité pour cette femme, qu'il n'avait alors qu'entraperçue, ne pouvait être totalement gratuite. Cherchait-il à en obtenir quelque chose ? S'il imaginait que l'adelantada de Mendaña possédait le pouvoir de l'aider en quoi que ce soit, il se trompait !

— Dès qu'elle le pourra, elle partira d'ici… Partir, voilà ce qu'elle veut.

— Pourquoi partir ?

— Elle n'a pas le choix. Qui voudrait d'elle à Manille ? Doña Isabel le reconnaît, et elle a raison, affirma Doña Elvira, non sans perfidie. Elle n'a plus que sa chemise sur le dos.

— Pourtant, à en juger par la qualité de ses livres et de ses instruments de musique…

— La qualité ? Vous pensez en connaisseur, Don Hernando. Mais pour un connaisseur, grinça-t-elle, se fier aux apparences n'est pas une bonne idée… Je dis la vérité quand je vous assure qu'elle est ruinée.

Une lueur d'amusement passa dans le regard d'Hernando :

— Elle n'aura qu'à se débarrasser de sa coque de noix, lança-t-il avec désinvolture.

Doña Elvira ne comprit pas le sens de la plaisanterie. Au lieu d'approuver et de se taire, elle se lança dans un véritable discours.

— C'est à cause du *San Jerónimo* que je l'ai entendue hier marcher toute la nuit dans votre chambre. Je crois bien qu'elle pleurait. Elle se fait du souci pour lui. Elle aime son bateau comme elle aimerait un homme. Si je n'avais pas été témoin de son sang-froid en mer, si je ne l'avais pas vue gouverner à bord, elle me ferait de la peine. Mais depuis Santa Cruz, elle m'effraie. Le malheur la poursuit, conclut Doña Elvira… Et le malheur s'attaque à ceux qui l'approchent, insista-t-elle.

Le ton devenait lourd de menace. Une mise en garde. Hernando ne se donna pas la peine de répondre. Décidément, cette petite lectrice devenait pesante !

Elle se laissa distancer sans essayer de lutter : « Il éprouve pour elle des sentiments qui l'exaltent, songeait-elle, c'est évident. Je n'existe même plus… »

Doña Isabel portait le deuil de son mari : conformément à l'étiquette, elle refusa toutes les pavanes et ne participa à aucune des sarabandes. Un sacrifice. Elle aimait la danse et se savait d'une grâce sans égale dans toutes les figures. Mais elle restait prudente. En vérité, elle sentait qu'elle ne devait pas pousser plus loin l'avantage, sous peine de s'aliéner à jamais la sympathie de son hôtesse.

Morga dut se résoudre à la quitter afin de remplir ses devoirs auprès des autres dames.

Elle resta seule, entre les plantes tropicales qui jaillissaient des pots. Droite, les yeux brillants, elle se laissait absorber par le rythme lent, solennel, des violes et des hautbois. Elle redécouvrait le plaisir qu'elle avait toujours trouvé à écouter de la musique, ce plaisir qu'elle croyait oublié.

À quelque distance, Hernando l'observait. Il ne parvenait pas à détacher son regard de cette forme noire, si constellée de gouttes de lumière qu'elle étincelait dans la pénombre. Doña Isabel semblait attendre un événement. N'importe lequel… Pourvu qu'il se passe quelque chose. Les violes s'étaient tues. Il saisit l'occasion.

Quand il s'approcha, elle devina qu'il se disait : « Mon tour est venu ! À nous deux ! »

Elle sentit qu'il voulait la forcer à lever les yeux sur lui, l'obliger à le voir, à le distinguer. Elle s'y laissa contraindre. L'expression d'Hernando la stupéfia. Il la dévorait du regard. Pas seulement son visage. Il dévorait son cou, ses épaules, sa poitrine. Il ne se donnait même pas la peine de dissimuler son désir.

Une telle impudence la troubla au point qu'elle eut le réflexe de couvrir sa gorge. Il se pencha vers elle.

— Vous arborez un air bien étrange, dit-il avec gravité. Comme si vous aviez longuement observé quelque chose d'affreux qui vient enfin de disparaître.

Elle se ressaisit.

— C'est à peu près cela… Exprimé d'une autre façon que ce que j'aurais pu dire.

S'il imaginait pouvoir continuer la conversation, il se trompait.

Il enchaîna toutefois.

— Jouez-vous toujours du luth ?

Toujours ? Comment savait-il qu'elle possédait un luth ?

Ce capitaine de Castro se croyait tout permis ! Sous le prétexte qu'il l'hébergeait, il faisait preuve d'une indiscrétion inacceptable.

— Que vous importe ?

— Montez-vous toujours à cheval ?

— Que vous importe ?

— Songez-vous toujours à repartir ?

— Que vous importe ?

— Si je comprends bien… Ce qui comptait pour vous, ce que vous aimiez, ce que vous vouliez, n'a plus aucun intérêt… Parfait, j'attendrai.

Elle lui décocha un regard glacial, le dévisageant à son tour.

Pas plus qu'il ne s'était donné le mal de voiler son désir, elle ne se préoccupait de lui cacher son dédain… Quel âge pouvait-il avoir ? Celui de Diego ? Vingt-cinq ans ? Encore plus jeune, probablement.

Sans même se soucier de lui donner son congé, elle lui fit un signe de tête et le planta là.

« … Curieux, songea-t-il en la laissant partir, combien cette splendeur a la capacité de se transformer dans la seconde en un très méchant petit garçon ! »

— Tu abandonnes ? lui murmura Dasmariñas à l'oreille.

— Je lui donne le temps de reprendre du poil de la bête. Elle a « du sang », comme disaient nos maquignons de Galice. Si j'avance trop vite, elle piaffera et s'énervera… On doit arriver doucement à son encolure. Alors, elle se calmera et ses muscles tressailleront sous sa peau.

— Je vois, dit Dasmariñas, je vois… Tu lui caresses la crinière et tu lui flattes la croupe.

— Exactement. Comme à une jument de race qui doit être dressée. Elle apprendra bientôt à connaître son maître.

*

Quand elle rentra chez elle, dans les appartements de Don Hernando, Isabel se sentit étrangement paisible et rassurée. Impossible de dormir toutefois. La tête sur le dossier de son fauteuil, elle s'abandonnait au souvenir de ce qu'elle avait lu dans les yeux de ce très jeune homme… Pourquoi la vie ne serait-elle pas cela aussi ?… Tout n'était donc pas fini ?

Chapitre XIV

Les associés

Durant le mois de mars, les fêtes se succédèrent. Il y eut d'autres banquets, il y eut d'autres bals au palais. La colonie se hâtait de profiter de tous les plaisirs. On savait que l'arrivée du nouveau Gouverneur, Don Francisco Tello de Guzmán, allait changer l'atmosphère de la cour. Qu'il voyageait flanqué d'une épouse d'âge mûr, qui allait supplanter Doña Juana à la Résidence. Et qu'il amenait avec lui sa propre parentèle, notamment un fils et un neveu.

Dasmariñas prenait prétexte de la prochaine passation de pouvoir pour célébrer fastueusement la fin de son mandat et traiter ses obligés avec générosité. Il assurait ses arrières et préparait l'avenir.

Diego et Luis Barreto, qui jouissaient sans mesure de Manille, ne quittaient pas leur compère Hernando. Isabel, pour sa part, se tenait à distance. Elle avait réintégré sa cabine sur le *San Jerónimo* et n'habitait plaza Mayor que les soirs de réception, ou les matins de ses grandes plongées dans le Parian.

Elle connaissait si bien la route du quartier chinois qu'elle aurait pu franchir, les yeux fermés, la distance qui séparait le palais de Castro de la porte San Gabriel. Cette porte-là ouvrait sur une fourmilière. Les mille peuples de l'Orient venaient vendre ici tout ce qui pouvait être acheté sur cette terre, et le lacis des ruelles grouillait de plus de monde qu'elle n'en avait jamais vu. Des centaines d'échoppes offraient aux chalands leurs monceaux de marchandises, un fatras inouï qui allait des serpents dans les bouteilles aux mandragores et aux fœtus dans leurs bocaux, en passant par les brides et les selles. Le pain, le riz, le poisson. Toutes les sortes d'objets, meubles, bibelots, venus d'Asie ou copiés d'après les gravures espagnoles.

Le marché de la soie. Elle connaissait désormais les meilleurs négociants. Dans les boutiques d'importance, elle savait distinguer les Chinois, aux cheveux noués en chignon sur le haut de la tête, des Japonais, le crâne rasé jusqu'à la couronne. Si tous avaient conservé leurs costumes traditionnels – le hanfu pour les uns, le kimono pour les autres –, elle distinguait les rangs sociaux à la couleur des robes. Elle savait surtout repérer les convertis : ceux-là avaient sacrifié leur chevelure et la portaient courte comme les Espagnols.

L'ensemble de ces informations l'intéressait, autant qu'elles pouvaient lui servir. Elle avait compris qu'on pouvait, ici, s'enrichir rapidement.

Elle disposait, toutefois, de peu de fonds et de peu de temps pour saisir les lois du négoce. Elle n'ignorait pas que toutes les transactions seraient conclues avant la fin du mois de mai, période où les jonques rentraient chez elles. Et que tous les objets chinois seraient réembarqués sur le galion du Roi avant la mi-juillet, période où le navire faisait voile vers le Mexique. Elle n'ignorait pas non plus que cette cargaison serait vendue à la foire d'Acapulco, avant d'être transportée par voie de terre jusqu'au port de Vera Cruz sur la côte atlantique. Puis chargée à bord des vaisseaux de la flotte des Indes en direction de l'Espagne. Et de là, dispersée sur les marchés de l'Europe entière. Elle avait compris que les taxes sur cette suite de transactions rapportaient à la Couronne un profit gigantesque. Ces gains expliquaient l'interdiction, faite à tous les autres navires, de commercer entre Manille et Acapulco : le Roi tenait à garder son monopole. Il avait toutefois dû restreindre son trafic à un voyage par an, pliant devant les protestations des marchands de Séville, qu'étranglait le faible coût des contrefaçons chinoises. Résultat : les négociants se livraient une guerre féroce pour obtenir une place, rare et chère, sur cet unique galion de Sa Majesté, qu'on appelait « le galion de Manille ». Le gouverneur des Philippines, qui avait le pouvoir de décider du tonnage imparti à chacun, choisissait les vainqueurs selon ses sympathies. Traduction : selon l'importance des pots-de-vin qu'on lui offrait.

Dasmariñas et Morga n'échappaient pas à la règle. Mais ils devaient se hâter de récolter leur pourcentage, avant que cette manne ne tombe dans l'escarcelle de Tello de Guzmán.

Le plan d'Isabel était simple.

Première partie du programme : acquérir – moyennant un prix dérisoire – dix balles de la meilleure soie. Elle comptait sur la protection du Chinois converti, Juan Bautista de Vera, et répétait ses visites dans ses entrepôts. Elle le devinait plus soucieux de son rang que n'importe quel gentilhomme espagnol, et tentait de le flatter par son amitié.

Deuxième partie : faire voyager sa soie sans payer ni les taxes ni la place. Sans régler non plus le passage de Diego et Luis, chargés d'écouler les balles au Mexique. Elle espérait pour cela en la bienveillance de Morga.

Alors, elle pourrait remettre le *San Jerónimo* en état.

Ce qu'elle n'avait pas prévu, c'était que ses activités dans le Parian intéresseraient Don Hernando de très près. Dût-elle réussir, il perdait le bateau qu'il convoitait.

Le dernier vendredi de mars, il l'arrêta au détour d'une ruelle.

— J'ignorais, murmura-t-il non sans ironie, qu'une si grande dame pouvait faire ses emplettes dans ce cloaque.

Il affectait la surprise, mais se moquait bien de rendre crédible le hasard de leur rencontre. Il l'avait suivie. Elle lui répondit sur le même ton :

— J'ignorais, moi, qu'un chevalier de l'ordre de l'Habit de Santiago fréquentait les Sangleys.

— Allons donc ! Vous savez très bien que je traite avec eux. Venez, je vous conduis chez leur parrain à tous. Les hangars de Juan Bautista de Vera se trouvent dans l'Alcaiceria.

— Je connais l'Alcaiceria.

— C'est un coupe-gorge !

— Pas du tout. C'est un édifice octogonal à deux étages, où les magasins ne vendent que de la soie. Et je n'ai pas besoin de votre introduction chez le parrain de vos convertis : nous nous connaissons très bien, lui et moi.

Bien qu'Hernando se tînt dans l'ombre, elle crut

remarquer l'expression d'enthousiasme qu'elle avait vue sur son visage durant le premier bal. Il coupa court.

— Comme vous avez recommencé à vous intéresser au monde et que vous habitez votre bateau, je présume que vous jouez à nouveau du luth et que vous remontez à cheval.

— Pourquoi pas ?

— Je dois aller à la mission des moines augustins. Une très jolie promenade le long de la baie.

— Contentez-vous, pour ce genre d'escapade, de la compagnie de ma lectrice.

Il renfonça sur sa tête le grand chapeau qu'il avait ôté pour la saluer. Elle ne vit pas son expression. Il jubilait. *Jalouse ?*

— Que diriez-vous d'une chasse aux canards jaunes des Philippines ? En seriez-vous capable ?… À l'arquebuse, dans les mangroves du Pasig ?

Elle hésita. Il entendit distinctement la petite voix qui répétait dans sa tête : « Pourquoi pas ? » Il ne la laissa pas décider.

— Je passerai demain à l'aube vous prendre sur votre vaisseau.

*

Elle avait pris place dans la pirogue. Le jour se levait à peine. Aucun bruit dans les palétuviers. Elle apercevait, entre les huit rameurs qui pagayaient, les feuilles énormes et lourdes qui bordaient la vaste avenue d'eau. Le nœud d'une racine noire et tordue affleurait çà et là comme un gros serpent. Quel calme régnait ici, et quel silence ! C'est à peine si elle osait respirer.

La longue barque s'était engagée dans la coulée de

lumière d'un canal. La forêt se constellait d'ombres bleues. De minuscules silhouettes se dressaient sur les berges. Des femmes, coiffées de leurs chapeaux coniques, se tenaient accroupies, immobiles, les bras entre les jambes, suivant des yeux l'embarcation.

Doña Isabel leur rendait leur regard. Elle prenait un plaisir manifeste à observer la nature autour d'elle.

— Le spectacle vous plaît-il ? demanda Hernando.

Elle avait tourné son visage vers le soleil.

— Beaucoup, répondit-elle sans baisser la tête.

Le silence retomba.

— Beaucoup… répéta-t-elle. Je suis heureuse de découvrir tout cela.

Ils avaient débouché sur une sorte de lac, une nappe si couverte de nénuphars qu'ils devaient se frayer un chemin entre les tiges. Tout près, résonnait le rire fantomatique d'un oiseau.

— Un martin-pêcheur à poitrine bleue, commenta Hernando.

Plus loin, dans la mangrove, deux autres oiseaux s'appelaient avec des cris plaintifs et passionnés. Quelque chose comme un chant d'amour, un accouplement secret entre les feuilles.

Isabel, son arme sur les genoux, restait assise, immobile.

Soudain, dans un claquement d'ailes, une nuée de canards s'envola devant eux ! Elle se dressa, posa le pied sur le bordage de la pirogue, mit feu à sa poudre et tira. Le recul manqua de lui faire perdre l'équilibre, mais elle resta debout.

Hernando, lui, ne s'était pas même soucié d'allumer sa mèche. Fasciné, il l'observait, elle : son corps nerveux, son visage ardent que le plaisir de la chasse avait empourpré. Elle avait abaissé son arme, et fixait passionnément le ciel. Le canard, avec sa petite tête ocre jaune et son plumage zébré de raies noires, semblait hésiter. Il se débattit un instant, puis chuta. Elle ordonna brutalement aux pagayeurs de se hâter vers l'oiseau, avant qu'il ne coule. Agenouillée, elle attrapa sa proie par le cou et, se relevant, l'agita tel un trophée au visage d'Hernando. Elle riait. Il observait ses gestes et partageait son exaltation.

— Seriez-vous cruelle ? interrogea-t-il en la contemplant.

La question l'arrêta net dans son élan. Elle lui rétorqua avec sérieux :

— Et vous, Don Hernando ? Vous êtes-vous jamais demandé, en tuant des canards, si vous étiez cruel ?

Pour toute réponse, il la saisit par le poignet et l'attira dans ses bras. Il n'aurait pas pu dire qu'il savait ce qu'il faisait. Un acte instinctif, comme de rattraper quelqu'un qui tombe, comme de retenir quelque chose qui vous échappe… Son élan était aussi dépourvu de calcul que de gentillesse. Elle n'eut même pas la liberté de reculer, tant la barque était étroite. Le premier baiser d'Hernando ressembla à une morsure. Elle se défendit par une morsure plus cruelle encore. Il réagit en lui prodiguant une avalanche de baisers, qu'elle repoussa au hasard. Il ne sut rien lire dans ses yeux, qu'elle gardait grands ouverts. Sinon une gigantesque colère. La lutte dura quelques secondes. Soudain il la lâcha. Ils se mesurèrent du regard et se rassirent. Hernando ordonna à ses rameurs de rentrer.

Il n'avait jamais douté qu'elle lui appartiendrait. Il s'était trompé. Ici, avec elle, dans cet air étouffant de la mangrove, il perdait espoir. Et cependant, de toute son existence, il n'avait convoité aucune femme comme il désirait celle-là.

Sur le chemin du retour, dans l'obscurité des lianes, entre les racines et les troncs, ils eurent tous deux l'impression que la nuit était tombée.

— Vous mesurez très bien la force des sentiments que j'éprouve à votre égard... Et vous faites exprès de me torturer, murmura-t-il quand, au terme de cette journée où ils n'avaient plus échangé une parole, il tendit à Doña Isabel l'échelle de coupée qui lui permettrait de remonter sur le *San Jerónimo*.

Elle garda le silence.

— Nous... dit-il. Nous, répéta-t-il doucement, vous et moi, ensemble, nous pourrions être libres.

— Libres ? Certainement... Mais pas ensemble !

Elle se leva et attrapant les barreaux, grimpa à son bord.

*

La réunion du soir entre les trois Barreto fut houleuse.

Diego et Luis avaient pour habitude de se retrouver dans la cabine de leur sœur avant de vaquer à leurs occupations nocturnes. Hernando s'était fait fort de les introduire auprès de ses belles amies et les deux garçons possédaient chacun leur maîtresse indigène à Cavite.

Quirós, qui occupait ses quartiers sur le navire, était exclu de leur conseil de guerre.

Il avait remis son rapport à Don Antonio de Morga, peu de temps après l'arrivée. Prudent, il y taisait, par écrit, les accusations qu'il clamait à tous vents. Devant la réaction du Lieutenant général à ses discours, il avait jugé que Morga appartenait à cette sorte de dignitaire qui n'entendait que les voix du pouvoir. Un homme de loi, peu soucieux des pauvres et de tous ceux qui, comme lui, travaillaient sans salaire ni remerciements.

Face à cette sorte de personnage, Quirós avait conclu qu'il n'avait pas une chance.

En vérité, son équipage ne l'avait guère aidé dans sa lutte contre la Gobernadora. Aucun de ceux qui avaient défilé dans les bureaux de l'administration royale n'avait accepté de se plaindre de Doña Isabel. Pas un mot sur sa tyrannie. Pas une parole non plus sur son absence de générosité. Même la lectrice Elvira, que la jalousie dévorait aujourd'hui, était restée neutre. Rien sur l'assassinat de son mari par Don Lorenzo.

Quirós, craignant que son impuissance entraîne une recrudescence des accusations de Felipe Corzo et des frères Barreto, avait réclamé aux autorités une seconde enquête, celle-là sur la qualité de son commandement.

Cette fois, il avait obtenu de ses témoins une description louangeuse de ses propres mérites et de son caractère : un homme respectueux des lois du Seigneur, charitable envers ses semblables, un bon pilote, qui les avait conduits au port.

Pour corroborer ce portrait, il était allé jusqu'à solliciter la faveur de Doña Isabel, la priant de lui fournir un certificat de bons et loyaux services.

Elle avait hésité et réfléchi longuement.

Elle cherchait à se montrer juste. La fin du cauchemar avait affaibli en elle la plupart de ses griefs. Elle ne s'autorisait plus le droit d'accuser Quirós de l'échec de l'expédition. Comme il le disait, le répétait, il n'avait pas démérité. Il était demeuré fidèle à l'Adelantado, obéissant à ses ordres. Elle savait qu'elle n'aurait jamais pu conduire le bateau sans lui, et qu'elle lui devait – plus ou moins – leur arrivée à Manille, sans cartes. En outre, il s'était engagé à poursuivre avec elle la découverte du Cinquième Continent. Elle devait lui conserver sa confiance.

Elle n'avait aucune raison de briser sa carrière, en lui refusant la protection qu'il lui demandait.

À la fureur de ses frères, Isabel venait d'exempter officiellement Quirós de toute erreur de calcul et de toute faute.

— En conclusion, persifla Diego avec aigreur, tout ce qui s'est passé durant la traversée n'était pas si dramatique.

— Pas si dramatique ? s'exclama-t-elle.

Quiconque, autre que lui, eût prononcé une phrase aussi monstrueuse aurait été giflé.

— Pas si dramatique ? répéta-t-elle. La mort d'Alvaro ? La mort de Lorenzo ? La mort de Mariana ?

Au moment où elle prononçait leurs noms, sa voix se brisa. Leur absence lui causait toujours une telle souffrance, qu'elle continuait à ne pouvoir la supporter. Elle ne cessait de repousser leur souvenir, de le chasser, de l'enfouir au plus profond. Ne plus jamais penser à Santa Cruz. Avancer. Se jeter dans l'action. Vivre.

Elle avait joui de toutes les fêtes. Joué avec les uns et les autres. Ce qu'elle avait vu dans le regard d'Hernando lors du premier bal, elle le lisait désormais dans les yeux de Morga et de la plupart des gentilshommes de la cour. Et toutes ces nuits, la même voix intérieure lui avait répété ce qu'elle-même, jadis, avait dit à Mariana : « Vis ! »

Cette petite voix poursuivait, avec plus de fureur et de hâte : « Vis, tu n'as aucune honte à avoir. Aucun regret. La vie est là. Profites-en. De quoi as-tu peur ? »

— Pourquoi faut-il, insista Diego, que tu sois si généreuse avec cet avorton de Quirós et si désagréable avec notre hôte ? Don Hernando n'a pas cessé de nous aider et de nous soutenir à Manille. Et grâce à lui, nous pourrions partir d'ici. C'est ce que tu veux, non ?

Elle hésita. Diego se moquait-il ? Affectait-il l'innocence ? Il ne pouvait ignorer qu'elle avait accepté l'invitation à la chasse aux canards.

Au fond, il avait raison : tout cela n'était pas si dramatique. Il suffisait en effet de réparer le *San Jerónimo* et de repartir.

— … Tu pourrais aussi le lui vendre.

Elle jeta à son frère un regard qui, cette fois, le fit taire.

*

En cette nuit du 15 avril 1596, la société se pressait dans les salons de Doña Juana.

Au contraire de toutes ses habitudes, Isabel fuyait ses admirateurs. Elle était dans l'un de ses mauvais jours. Elle n'avait rien obtenu du Chinois Juan Bautista de Vera, en dépit de leur courtoisie réciproque et de leurs multiples courbettes. Il avait accepté de lui vendre ses balles de soie, oui, mais au prix fort. Celui des enchères.

L'avenir lui paraissait sombre.

Elle avait commis une erreur. Elle avait investi ce

qu'elle avait tiré de la vente de ses bijoux dans des biens qu'elle n'avait plus les moyens d'exporter. Si Morga ne lui offrait pas la place sur le galion de Manille et ne l'exemptait pas de toutes les taxes qu'elle devait au Trésor, sa marchandise resterait à quai.

Plus elle tarderait à lui demander cette faveur, plus ses chances de l'obtenir s'amenuiseraient. L'imminence de l'arrivée de Tello de Guzmán rendait tout le monde nerveux. Morga et Dasmariñas devaient, eux aussi, se hâter de boucler leurs affaires. Le temps pressait.

Lors de leur dernière réunion, ses frères lui avaient rappelé que la réputation du nouveau Gouverneur ne laissait pas augurer le meilleur pour ses allées et venues dans le Parian. Guzmán passait pour un homme austère. Comme le marquis de Cañete au Pérou, il n'était pas du genre à laisser les femmes courir la ville. Il croyait en la nécessité de leur protection et de leur enfermement. Il s'immisçait dans les politiques matrimoniales des familles et donnait les filles et les veuves à qui lui convenait. Plusieurs lignées de Séville avaient protesté auprès de Madrid contre son ingérence.

Elle était inquiète.

La musique, la danse, les compliments, tout lui devenait insupportable. Rentrer chez elle. Non pas dans ses appartements du palais de la plaza Mayor. Chez elle. Se réfugier sur le *San Jerónimo* et réfléchir.

Alors qu'elle se dirigeait vers le grand escalier, Hernando l'arrêta.

— Ne partez pas ! Il faut que je vous parle ce soir.

Le regard malveillant de Doña Juana, la curiosité des autres femmes en le voyant lui barrer la route la poussèrent à les braver.

Elle hésita.

— Restez, insista-t-il… Je vous rejoins dans le salon rouge.

Elle hocha la tête, rebroussa chemin, et se perdit parmi la foule dans le dédale des pièces qui conduisait au lieu du rendez-vous. Il la suivit à distance, affectant de se laisser arrêter par les bavardages sur sa route, et de respecter les convenances.

Au-delà de la provocation, Isabel avait une raison impérieuse d'accepter cette rencontre. Elle ne doutait pas que le capitaine de Castro pourrait, sinon résoudre les complications auxquelles elle se heurtait, du moins suggérer une issue à certains de ses problèmes. Non qu'elle le crût désintéressé. Il convoitait le *San Jerónimo*, elle le savait. Mais l'extraordinaire vitalité de Don Hernando était contagieuse, son énergie communicative : l'échange lui permettrait de clarifier ses propres idées. Elle avait tout à gagner en recevant l'avis d'un homme dont, malgré sa jeunesse, les dignitaires des Philippines respectaient la finesse de jugement et l'habileté dans l'action.

Ainsi justifia-t-elle l'imprudence de ce tête-à-tête qui la compromettait.

Elle l'attendit, debout selon son habitude, retirée dans l'une des encoignures du salon. Pourquoi tardait-il ? Elle découvrait à quel point elle espérait sa présence. Combien elle guettait sa venue. Elle caressait, d'un geste impatient, les tiges des orchidées géantes qui jaillissaient des pots, humant la terre, cette terre de Manille puissante et féconde.

Elle perçut son pas derrière elle.

— Vous aviez l'air bien préoccupé… constata-t-il. Que se passe-t-il ?

— Rien.

Elle se dérobait.

Loin de se confier, ainsi qu'elle en avait eu l'intention, elle cherchait à se dégager de son ton de sympathie et de l'intimité dans laquelle il l'enveloppait.

— Rien ? Allons donc, je ne vous ai jamais vue aussi triste que ce soir !

— Rien qui puisse vous intéresser.

— Détrompez-vous : tout ce qui vous concerne me touche.

Elle baissa la tête et garda le silence.

— … Vous ne pouvez ignorer que je vous aime à la folie !

Elle fuyait son regard. De toute son âme, elle tentait de lui cacher son trouble.

Il répéta avec sérieux :

— Je vous aime à la folie, Doña Isabel.

Elle s'obstina à se taire.

— … Vous le savez, n'est-ce pas ?

Pas un mot.

Il l'adjura de répondre :

— … Avouez que, vous aussi, vous m'aimez un peu.

— Ce n'est pas possible, murmura-t-elle.

— Pourrez-vous le dire un jour ?

— Donnez-moi du temps, Don Hernando.

— Vous avez l'éternité devant vous, s'exclama-t-il avec fougue, si c'est de cela dont vous avez besoin ! Ne vous avais-je pas déclaré, la première nuit, que je vous attendrais ?

Elle poussa un soupir. Il lui pressa brièvement la main.

— Tout ira pour le mieux, assura-t-il.

Cette fois, devant l'expression avide d'Hernando, quelque chose, en elle, lâcha.

— Laissez-moi, s'il vous plaît.

Elle le suppliait, elle l'implorait presque. Il se pencha pour l'effleurer, se retint, s'inclina et obéit.

Elle entendit son pas se perdre dans l'enfilade des salons.

Une immense lassitude s'était emparée d'elle. Elle se sentait fatiguée, comme lorsqu'on parvient à surmonter un danger, à chasser une terreur… Dans son âme, le désir et la peur se heurtaient. Et le combat, cette fois, la rendait étrangère à elle-même.

Depuis le premier bal, quand elle s'était vue si vivante, si séduisante dans le regard d'Hernando, elle l'avait distingué.

Au fil des jours, elle n'avait que trop écouté les bruits qui couraient sur sa vaillance. Elle savait la façon dont il s'était échappé des geôles chinoises et des prisons portugaises. Elle connaissait ses rêves de conquête en Asie, ses ambitions sur le Siam et le Cambodge. Elle mesurait très précisément l'excellence de sa réputation de marin.

Hernando fourmillait de tant de projets ! Elle aimait son enthousiasme qui l'emplissait, elle, d'espoir et d'une forme de joie. Son rire résonnait longtemps après qu'il l'eut quittée. Et sa voix continuait de faire écho dans sa tête, chaude, envoûtante comme celle de l'Adelantado.

Inés n'avait pas eu tout à fait tort, en assurant qu'il avait des points communs avec Alvaro. Sa foi en l'avenir balayait tous les doutes et la subjuguait. Comme naguère, la foi d'Alvaro en la beauté de ses îles.

Elle n'avait pas laissé son imagination s'arrêter sur

leur ressemblance. Elle avait même refusé de comparer plus d'une seconde le capitaine de Castro avec ce qu'avait pu être son mari dans sa jeunesse.

Peine perdue.

Hernando ? Un navigateur qu'on disait digne des plus grands.

Digne d'Alvaro ?

Peut-être !… Et alors ?

Le goût de l'aventure ne pouvait justifier l'élan qui l'assaillait, l'élan qu'elle combattait, qu'elle condamnait. Comment osait-elle ressentir cette sorte d'attirance ? Si peu de temps après la disparition d'un être comme l'adelantado de Mendaña ? Inacceptable !

Cette inclination pour le capitaine de Castro signifiait-elle que ses sentiments envers Alvaro, l'amour qui les avait unis durant dix ans, étaient sans valeur et de peu de poids ? Elle s'était posé plusieurs fois la question. Elle y avait répondu par une fin de non-recevoir.

L'étreinte sur le fleuve avait marqué une nouvelle étape. L'appétit d'Hernando lui avait donné faim et soif, à elle aussi. La peau lui brûlait entre les reins quand elle se souvenait de sa frénésie en la couvrant de baisers.

« Non, pas cela ! » murmura-t-elle. Elle s'appuya contre le mur et répéta : « Pas cela. Jamais. » Elle avait fermé les yeux et se laissait bouleverser par sa propre ardeur. « … Serait-ce possible, malgré tout ? Malgré son âge, malgré… Serait-ce possible ? »

Elle fit un effort sur elle-même.

Sortant de sa rêverie, elle vit s'approcher Don Antonio de Morga.

Il la dévisageait avec un sourire qui se voulait complaisant.

— Ainsi l'aveu de Don Hernando vous enflamme, constata-t-il. Dans une âme aussi bien trempée que la vôtre… je n'eusse pas imaginé un tel feu !

Elle lui décocha un regard où se mêlaient autant de courroux que d'indifférence et de dédain.

— Qu'est-ce qui vous permet de penser, Don Antonio, que le capitaine de Castro m'ait avoué quoi que ce soit ? demanda-t-elle froidement.

— Sa passion pour vous est évidente… La passion, ma chère, ne se commande pas.

Isabel choisit l'ironie.

— Vous avez tellement raison ! Si un gentilhomme daigne nous adresser la parole, ce ne peut être que pour nous parler d'amour… Et nous, pauvres femmes, ne pouvons qu'en demeurer tout embrasées.

Il ne perçut pas le sarcasme.

— Qui élirez-vous au bout du compte ?… Castro ou Dasmariñas ?

— Lequel des deux me conseillez-vous ?

Le Lieutenant général réfléchit.

— L'un ou l'autre, peu importe… Ce dont vous avez besoin, c'est d'un homme qui vous protège.

— Vous sentez bien les choses, Don Antonio. Je suis beaucoup trop faible pour exister sans le rempart d'un mari. Trop misérable, trop… Vous avez devant vous une petite veuve en mal de protection, comme toutes les autres.

— Je veux bien le croire. Vous êtes terrifiée par votre solitude. Et par la nécessité de retrouver votre place dans le monde. Mais ensuite, quand tout sera rentré dans l'ordre… qui sait ? Souvenez-vous alors de mon existence, Doña Isabel. N'oubliez pas votre véritable protecteur. Et permettez-lui de vous dire qu'il vous aime, lui aussi. Rappelez-vous cela et faites-lui la charité d'un petit baiser. (Il s'avançait, le visage congestionné.) Scellons notre alliance, accordez-moi cette obole dérisoire qui ne vous coûte rien. Qui sait ce que vous réserve l'avenir ? Un petit baiser, s'il vous plaît, à un homme que vous rendez bien malheureux !

Elle éclata d'un rire contraint et recula.

— Que le Seigneur me garde de cela… « Un petit baiser à un homme que je rends malheureux. »

— Je patienterai.

— Que le Seigneur me sauve de *cela*, répéta-t-elle.

*

La nuit était maintenant trop avancée pour parcourir la vingtaine de kilomètres qui la séparaient de Cavite. Encadrée par la cohorte des esclaves noirs de Bornéo, tous les porteurs de torches de Don Hernando, elle traversa la ruelle afin de rentrer dans ses appartements.

Le chantage, à peine voilé, de Morga empêchait désormais qu'elle lui demandât les faveurs sur lesquelles elle comptait. Elle ne pouvait plus feindre d'ignorer la sorte de gratification qu'il exigerait en retour. « Je patienterai. Qui sait ce que vous réserve l'avenir ?… Un petit baiser, s'il vous plaît. » Elle en avait le cœur soulevé de mépris et de rage.

Alors qu'elle gravissait rapidement l'escalier, elle buta contre Hernando qui le descendait. Il ne s'attendait pas à la trouver là. Elle avait donné des ordres pour que le carrosse l'attende et la ramène au port.

Il prit l'agitation qu'il lisait dans ses yeux pour de la colère à son égard.

— J'avais à faire chez moi, balbutia-t-il, et j'ignorais que…

Elle ne répondit pas.

Confus à l'idée qu'elle puisse penser qu'il ne respectait pas sa parole et la poursuivait jusqu'au seuil de sa chambre, il tenta de la rassurer.

— Je m'en vais, je pars… Je vous ai froissée, je vous ai fait peur ? Dites quelque chose, je vous en prie ! Vous ne devez pas me craindre.

Elle leva la tête et s'étonna elle-même de sa réponse.

— Il ne m'arrivera rien que je n'aie voulu moi-même.

Avec l'audace de quelqu'un qui commet l'irréparable et le sait, elle remonta la marche qui les séparait. Son visage paraissait torturé.

— Peu importe ma peur, murmura-t-elle.

Il la prit dans ses bras.

Ils surent dans la seconde que les émotions de cette première nuit resteraient gravées dans leur mémoire. Ce fut une passion aveugle, déchaînée, qu'ils partagèrent à égalité.

La complicité vint ensuite.

*

Durant toutes ces années, elle avait paré l'Adelantado des vertus dont elle-même se savait dépourvue. La bonté, la patience, la compassion… Une figure tutélaire qu'elle continuait de vénérer. Elle découvrait aujourd'hui une autre forme d'attachement. Une union fulgurante. Une fusion instinctive et vitale.

*

— … Eh bien, si tu veux faire quelque chose pour moi, répondit Hernando à son cousin qui lui demandait les raisons de son silence, tu le peux.

— Je t'écoute et me tiens à ton service.

— Tu possèdes toujours ta pagode ?

— Elle est à toi.

— Je te remercie.

Hernando n'en dit pas plus, ne jugeant pas nécessaire d'expliquer l'usage qu'il comptait en faire.

Au contraire de ses habitudes avec Luis, il se gardait de toute plaisanterie et de toute confidence. Il ne lui avait pas raconté les étapes de son « dressage », depuis leur premier échange sur la jument de race. Aucune allusion à Doña Isabel. Il ne prononçait même son nom qu'avec le plus total détachement. Mais Dasmariñas le savait tenace et ne doutait pas d'une victoire imminente. Quand Hernando échafaudait un plan, il s'enflammait et le réalisait. Sans doute cherchait-il un écrin pour abriter sa liaison avec l'adelantada de Mendaña. Un lieu aussi discret que fastueux. Digne de sa conquête.

Tous deux se turent un instant, songeant au pavillon chinois monté sur pilotis, au milieu de l'un des îlots, dans les marais du fleuve. Les Sangleys l'avaient baptisé « la pagode du rajah ». Et les Espagnols se transmettaient mille contes sur les drames qui s'étaient déroulés là, parmi les Malais, au temps de l'occupation musulmane. Aujourd'hui, l'édifice tombait en ruines et Dasmariñas le cédait volontiers à son cousin. Hernando s'occuperait de le remettre en état et choisirait dans leurs entrepôts tous les objets de luxe qui conviendraient à ses amours.

— Veux-tu que je te dise ? reprit Dasmariñas. À

mon avis, ils ont stupidement élevé cette femme au Pérou. Ils l'ont même complètement dénaturée en l'éduquant comme une grande dame. Avec le sang juif qu'elle doit tenir de son père portugais, elle est mieux que cela : une superbe commerçante.

— Je te prierais de te taire ! hurla Hernando, prêt à lui sauter à la gorge.

Dasmariñas en resta pétrifié. Il avait parlé au hasard. Diantre, l'affaire devenait sérieuse ! Cette veuve-là l'avait décidément rendu fou.

— … Tu ne sais pas ce que tu dis, aboya Hernando en lui abandonnant le terrain.

*

Ils se retrouvaient à l'heure de midi.

Avec son impatience coutumière, Hernando arrivait le premier dans la pagode. Sous son grand toit recourbé, l'édifice ne comptait qu'une pièce circulaire. Par les jalousies qui donnaient sur l'eau, il entendait le bruit lointain des pagaies. Elle approchait sur le canal. Il repoussait les contrevents et gardait les yeux fixés au pied des grands arbres. De là surgirait sa pirogue. Il l'attendait avec un sentiment d'urgence, comme si sa vie dépendait de son arrivée. En quinze jours, elle était devenue pour lui, pour chaque fibre, chaque goutte de son sang, une nécessité.

L'embarcation d'Isabel venait battre à angle droit contre les pilotis. Il savait qu'Inés irait l'attendre quelque part sur la rive, de l'autre côté, avec les rameurs. Elle monterait seule.

Il entendait sur l'échelle ses bottines qui se hâtaient. Il voyait son ombre apparaître sur la plateforme.

Elle avait ouvert la porte. Avec elle, pénétraient la lumière et les vibrations de l'onde, qui se reflétaient par taches sur les murs laqués rouges, ornés de dragons.

— Dieu soit loué, disait-il, te voilà ! Si j'avais dû t'attendre en vain, je ne l'aurais pas supporté, tu m'aurais rendu fou.

Tandis que l'avidité d'Hernando se transformait en une ivresse volubile, elle ne prononçait, elle, pas une parole. Elle tirait dans son dos les deux volets de la porte et redescendait, une à une, les jalousies qu'il avait ouvertes. Ensuite elle ôtait sa mantille.

C'était à ce moment-là seulement qu'elle le regardait, posant sur lui ses yeux où flottait un sourire. Son amour l'illuminait tout entière.

Il délaçait son corselet, dont les œillets tombaient sur les lattes du parquet avec un bruit métallique, comme le gantelet d'une armure. Ensuite les jupes s'affaissaient. Il s'agenouillait à ses pieds, écartant le cercle du vertugadin tandis qu'elle se dégageait de son piédestal de dentelles. Un instant, il la contemplait nue, debout au-dessus de lui, les bras levés, retenant ses cheveux, s'enivrant de sa propre impudeur. Elle allait alors s'allonger sur le lit, où il la rejoignait. Ils roulaient tous deux. Hernando, enfoui dans sa chevelure, manquait défaillir. Ils partageaient le même désir de se fondre l'un dans l'autre. Ils savaient que leur union serait complète.

Renversée nue en travers d'un fauteuil, elle avait posé son pied sur le ventre d'Hernando, et le contemplait. Il sentait son regard attentif, émerveillé, glisser sur ses cheveux, ses sourcils, ses lèvres. Elle ne le quittait pas des yeux en le frôlant du talon. Il aimait ses attaches, ses chevilles si fines qu'il pouvait les enserrer entre deux doigts. Il aimait jusqu'à son pas libre et rapide qui claquait sur les dalles.

Il la caressait à son tour, remontant le long de sa jambe jusqu'au genou. Avec cette caresse, venaient les questions. Leur échange touchait alors à tous les sujets. Au commerce. Aux vaisseaux. Aux Chinois. À l'avenir.

— Que comptes-tu faire des îles Salomon ? lui demandait-il.

— En prendre possession, ainsi que j'en ai le droit.

— J'entends bien... Mais comment ?

— Tu devrais poser la question à Quirós, plaisantait-elle.

Il se dressait sur son séant.

— Quirós ? Que t'importe Quirós ?

— Il m'importe beaucoup. Il reste mon Chef Pilote sur le *San Jerónimo*.

L'idée de lui arracher son navire, de s'en emparer pour une bouchée de pain, cette idée-là, Hernando l'avait abandonnée depuis belle lurette. Il rêvait au contraire de le lui offrir. Il était même prêt à employer sa fortune pour lui rendre le *San Jerónimo* tel qu'elle l'avait connu au départ de Lima, quand il possédait la noblesse, la force et la grâce.

Mais sa dernière passade avait coûté cher au capitaine de Castro. La dot qu'il avait dû payer à la famille l'avait départi de toutes ses liquidités. Il ne s'était pas encore refait.

— Au Pérou, demanda-t-il, combien avait coûté le montage de l'Expédition ?... Au total ?

— Cinquante mille ducats d'or.

— Cinquante mille ducats ? (Il poussa un long sifflement…) Tudieu !

— Sans compter la galiote et la frégate, qui ne nous appartenaient pas.

— Je ne pourrai pas rassembler une telle somme maintenant. Il me faudrait au moins deux ans.

— Avec la soie que j'ai achetée au parrain des Chinois, j'espérais commencer à…

— Oublie la soie de Juan Bautista de Vera. Dans mes entrepôts, je possède, moi, cent fois le cubage de ce que tu viens d'acquérir. Et de meilleure qualité. Si nous parvenons à l'exporter et à le vendre à Acapulco cette année, alors nous disposerons presque de cinquante mille ducats.

— Comment importer cent fois le cubage de mes soies en un seul voyage ? Même si Morga te le permettait, charger une telle cargaison sur le galion de Manille signifierait occuper les deux tiers de sa cale… Impossible.

— Oui, mais sur le *San Jerónimo*, nous aurions la place…

Elle fronça les sourcils.

— Le *San Jerónimo* a besoin d'être caréné et radoubé. Il n'est pas en état de prendre la mer.

— Sauf si je m'en occupe. Je ne peux pas financer tout de suite une nouvelle expédition vers les îles Salomon… Mais les réparations, si.

Elle s'était dressée, nue, le visage en feu. Il lui proposait la réalisation de tous ses rêves.

— Parles-tu sérieusement ? demanda-t-elle, la voix altérée.

Il ne se donna pas la peine de répondre. Le regard brillant, il savourait son idée. En vérité, il y songeait depuis plusieurs jours. Son plan était arrêté, il le considérait déjà comme réalisé et ne souffrirait aucun retard dans ses projets. Elle connaissait chez lui les signes de l'impatience. Ses yeux couleur noisette devenaient plus clairs, presque jaunes.

Elle avait sauté sur ses pieds et arpentait la pièce.

— Te rends-tu compte de ce que tu viens de suggérer ?

— À ton avis ?

— Tu proposes de faire de la contrebande avec le *San Jerónimo* !

— Qui parle de contrebande ? Je paierai intégralement toutes les taxes. Et même davantage… Deux pour cent au départ, onze pour cent à l'arrivée. Notre retour au Mexique sur le *San Jerónimo* rapportera à la Couronne environ cinq mille pesos… Crois-moi, personne n'y trouvera à redire.

Elle ne parvenait plus à se calmer. L'exaltation la gagnait. Le *San Jerónimo* réparé, l'expédition remontée… Elle continuait de marcher de long en large, elle s'abattait sur le fauteuil, elle repartait.

Il aimait à contempler la rapidité avec laquelle elle changeait d'attitude. Il aimait à se laisser surprendre par ses gestes imprévisibles et par la grâce de son corps sinueux, toujours en mouvement.

— Tu ne t'arrêtes jamais ? interrogea-t-il, goguenard.

Elle s'était tournée vers lui, et le regardait avec gravité.

— Si, dit-elle. Si, je m'arrête.

Elle s'avança vers le lit et se pencha. Le désir qui le submergeait lui coupa le souffle.

— Épouse-moi, balbutia-t-il.

*

— Je ne comprends pas, je ne comprends pas, je ne comprends pas !

— Qu'est-ce donc que vous ne comprenez pas, Doña Juana ? s'enquit Dasmariñas, d'un ton lugubre.

— Je ne comprends pas qu'un gentilhomme comme votre cousin accepte de se lier à une Doña Isabel… Elle est tellement plus vieille que lui !

— Quatre ans, précisa sombrement Dasmariñas.

Il ne jugea pas utile de préciser que Don Hernando n'était pas majeur. Et que, jusqu'à l'âge de vingt-cinq ans, il devait obtenir le consentement du Gouverneur pour se marier. C'est-à-dire celui de Morga. Ou le sien. La conversation de Dasmariñas avec son cousin sur ce chapitre avait été houleuse.

Qu'Hernando se divertisse avec la Gobernadora était une chose. Qu'il l'épouse, une autre. Les Castro Bolaños y Rivadeneyra Pimentel étaient parents des comtes de Lemos. Leur lignage surpassait, et de loin, la naissance d'une Doña Isabel, qui n'apportait, de surcroît, aucune dot. De quelque façon qu'on regarde ce projet de mariage, il déshonorait Hernando. Une mésalliance.

En outre, si Hernando partait créer un comptoir au Mexique, son absence des Philippines signifiait l'abandon de leur projet cambodgien. Ils pourraient rester associés à Manille… Mais c'était la fin d'une époque.

— Situation embarrassante, commenta Don Antonio de Morga. Si nos filles et nos veuves se permettent de se marier toutes seules, maintenant ! Sans l'autorisation de leur père, de leurs frères, de personne…

— Détrompez-vous, Don Antonio, interrompit Dasmariñas. Les frères Barreto applaudissent à deux mains ! À les entendre, cette union va de soi : l'adelantado de Mendaña ne pouvait rêver meilleur successeur que son propre parent.

— Tout de même, insista Morga, si nos filles et nos veuves se mêlent de choisir seules des maris mieux nés qu'elles, plus riches et plus jeunes…

— Qui parle d'elles ? coupa Dasmariñas. Vous parlez seulement de cette femme-là !

— Vous avez raison… Je ne sais pas ce que c'est que la Gobernadora, ni même à quelle espèce elle appartient. Mais, en effet, il ne s'agit pas de…

Don Antonio de Morga laissa sa pensée inachevée.

*

Isabel Barreto épousa Hernando de Castro dans la cathédrale de Manille en mai 1596. Dix ans, jour pour jour, après son premier mariage. Sept mois après la mort d'Alvaro. Trois mois après son arrivée aux Philippines.

Et vingt-quatre heures après la majorité de celui qui était devenu l'amour de sa vie.

Par un étrange caprice du destin, le capitaine Nuño Rodríguez Barreto expirait à Lima, au même moment.

Mais cela, Isabel ne le découvrirait que bien plus tard.

Son père tant aimé avait rendu son âme à Dieu à l'instant où elle donnait la sienne à l'homme qu'elle adorait.

Chapitre XV

Rien ne ressemble plus à l'amour que l'enfer[1]

Du jour de ses noces, une nouvelle vie commença. Réconciliée avec la peur de l'avenir, Isabel se livrait tout entière à sa joie. La jeunesse d'Hernando ne l'alarmait pas. Elle n'avait plus de temps à perdre avec cette sorte de doute. À vingt-huit ans, elle se laissait conduire avec détermination sur la voie qui devait être la sienne.

Une nuit loin des bras d'Hernando lui semblait une torture. Il était devenu son trésor. Autant que le rêve des îles d'or du roi Salomon, la violence de son inclination pour lui l'éblouissait et la comblait. Quant à leur entente, elle l'émerveillait. Un équilibre des forces, une harmonie qu'elle n'avait jamais connus. Ils partageaient la même curiosité du monde, le même goût du faste, le même sens pratique… Et la même soif de pouvoir.

Il se montrait aussi rapide qu'elle, aussi avide et tenace. Capable d'une compassion totale. Et d'une

1. Sainte Thérèse d'Avila.

dureté sans égale. Habité par l'égoïsme, autant que par l'esprit de sacrifice. D'une fidélité absolue envers les êtres chers. D'une froideur, tout aussi absolue, à l'encontre de ceux qui l'exaspéraient ou le laissaient indifférent.

Isabel avait trouvé son double.

Elle qui n'avait jamais été ni sentimentale ni superstitieuse, consultait les graines et les coquillages d'Inés, s'étonnait des coïncidences dans les dates qui jalonnaient leur histoire et ne se lassait pas d'écouter les bons présages. Elle comptait les jours et les heures qu'ils passaient l'un sans l'autre et ne s'inquiétait pas de cette passion qui les submergeait tous deux.

Ils galopaient au même rythme. Tellement pressés de vivre l'un et l'autre, qu'on n'osait imaginer ce qui pourrait advenir si leur pas devait se décaler d'un temps.

Lorsqu'elle plantait son regard dans les yeux d'Hernando, l'un de ses longs regards noirs qui constituaient son arme la plus terrible, il tombait à genoux, encerclait sa taille, appuyait son visage contre son ventre et balbutiait son adoration d'une voix hachée. Il n'avait jamais autant le sentiment de sa grandeur et de sa dignité qu'aux pieds d'Isabel, lorsqu'elle-même se tenait droite, immobile entre ses bras, abîmée dans sa tendresse envers lui. Il sentait alors sa main douce posée sur sa tête, ses doigts légers qui, du front à la nuque, effleuraient ses cheveux. Une caresse plus émouvante qu'une étreinte. Un geste qui pénétrait dans les profondeurs de son âme, lui apportant l'exaltation d'avoir conquis cette femme et la terreur d'une défaite plus exaltante encore : il n'existait plus sans elle. Elle était son soleil et sa joie. Elle le savait. Elle savait aussi qu'elle était sa faille, le défaut de sa cuirasse. Elle s'enivrait de le sentir vibrer, souriant de ce qu'il éprouvait, et souriant aussi de sa propre adoration. Un dieu. Vulnérable pour elle seule. Elle l'avait à elle tout entier. Avec sa fragilité et sa fougue. Avec son impatience et son audace. Avec son adresse et sa désinvolture. Elle maîtrisait tout cela. Et pensait déjà aux batailles à venir.

— … Tu peux prendre tous les risques, Hernando. Je protège le reste.

Le reste ? L'un et l'autre comprenaient de quoi elle parlait : la difficulté du voyage de retour. Comment remettre le *San Jerónimo* en état, avant la saison des ouragans ? Trois semaines… Impensable. Impossible.

Finies les longues après-midi à l'ombre des jalousies de la pagode, les siestes voluptueuses entre les dragons dorés. Terminées les nuits de bals à la Résidence et les intrigues de cour. Dans leur palais de la plaza Mayor, les listes d'objets et les livres de comptes envahissaient à nouveau les tables. Et, dans la cabine du *San Jerónimo*, les coffres s'empilaient.

Hernando l'avait prise au mot. Il allait de l'avant et ne lésinait pas sur les dépenses. Elle le soutenait et l'encourageait. Qu'il agisse, qu'il ose : elle travaillait, elle, à couvrir leurs arrières. Tous deux vivaient dans l'ébullition des préparatifs.

Inépuisables.

Un mois après leur mariage, le *San Jerónimo* était prêt à reprendre la mer. Une gageure, un véritable tour de force, dont chacun avait pris sa part. Mâtures et gréements remplacés, carène calfatée, coque radoubée. Cent soixante hommes d'équipage triés sur le volet et payés à l'avance. Eau et vivres à profusion.

Cette fois, à bord du galion de la Gobernadora, personne ne manquerait de rien. Elle avait tout prévu.

Seuls « détails » qu'Isabel restait incapable de vaincre ou de contrôler : le calendrier du nouveau Gouverneur et la fureur des éléments.

Le temps pressait. Aucun galion en partance pour le Mexique ne devait hisser les voiles au-delà du 15 juillet. Une règle incontournable, qui l'inquiétait. Et pour cause ! Durant toute la traversée entre Santa Cruz et Manille, Quirós n'avait cessé de lui répéter que l'on pouvait naviguer vent en poupe d'est en ouest, mais que l'on ne pouvait revenir sur le Pacifique… À moins d'emprunter l'unique route découverte par un moine navigateur trente ans plus tôt. C'était cette seule voie, interminable et terrible, que tentait de suivre chaque année le galion de Manille. Il n'existait aucune alternative : utiliser les vents de la mousson, qui soufflaient du sud-ouest ; monter très haut, jusqu'à trente ou quarante degrés de latitude nord ; se servir des grands vents d'ouest jusqu'aux côtes californiennes ; de là, en longeant le rivage, redescendre jusqu'au Mexique. Et savoir qu'il serait impossible d'accoster sur les îles au vent, et donc de se réapprovisionner en bois et en eau. Durant six mois. La moitié du globe terrestre sans pouvoir, dans ce sens, relâcher nulle part. Un navire sur trois devait rebrousser chemin et n'atteignait jamais Acapulco. Et ceux qui y parvenaient perdaient les deux tiers de leur équipage. Même en levant l'ancre à temps, l'extrême violence des typhons au large du Japon, la traîtrise des courants et la perfidie d'une mer hérissée d'écueils laissaient peu de chances aux capitaines d'arriver à bon port. À la furie des tempêtes, s'ajoutaient le scorbut et toutes les maladies qu'engendraient six mois en mer : Isabel et Hernando savaient tout cela.

Ils savaient surtout que cette route maritime, qui passait pour l'une des plus meurtrières de l'histoire de la navigation, tournait au naufrage annoncé durant l'été. Un suicide. S'ils devaient partir, c'était maintenant.

La rigidité du protocole espagnol empêchait toutefois qu'ils quittent les Philippines avant l'arrivée de Tello de Guzmán. Ils avaient déjà commis une faute envers le nouveau Gouverneur : aucun membre de l'aristocratie, *a fortiori* un chevalier de l'Habit de Santiago, n'avait la licence d'épouser quiconque sans l'accord de son ordre et de la Couronne. L'alliance de la lignée des Castro avec celle des Barreto avait été conclue en toute hâte et librement. Un défi à l'autorité royale.

Rebelles ? Si quiconque à Manille prononçait ce mot, une telle accusation risquait de leur coûter cher : leur mariage annulé, leurs biens confisqués, et les deux parties incarcérées.

Pouvaient-ils se permettre de tomber en disgrâce maintenant ? Quand ils s'apprêtaient à contrevenir à l'autre loi, celle qui leur interdisait de trafiquer entre la Chine et le Mexique ? Non ! Le soutien des autorités de Manille demeurait indispensable à leurs affaires.

Ils n'avaient pas le choix : faire amende honorable et courber l'échine devant Tello de Guzmán. Non seulement l'attendre, mais financer les fêtes pour sa prise de pouvoir. S'investir, avec grandeur et générosité, dans toutes les réjouissances en son honneur. Applaudir aux prouesses des trois éléphants que Dasmariñas avait reçus du roi du Cambodge : cadeaux spectaculaires qu'il offrait en grande pompe à son successeur. Et laisser ces interminables cérémonies retarder leur embarquement d'un jour, d'une semaine, d'un mois, de tout le temps nécessaire pour séduire et regagner la faveur.

— La saison des ouragans est là, piaffait Hernando.

— Je sais ! s'impatientait Isabel. Et la sagesse exigerait que nous remettions notre voyage à l'année prochaine.

— Impossible. Personne ne peut se permettre d'attendre un an avant de vendre sa cargaison à la foire d'Acapulco. Sous peine de faire faillite.

— Donc : prendre le risque de partir.

— Nous n'avons pas une chance sur dix de passer à travers les tornades.

— Prendre le risque de rester, alors ?

— Ce serait tout perdre.

Partir ? Rester ? Un vieux dilemme auquel Isabel s'était confrontée au Pérou, à la veille de l'expédition avec Mendaña. Puis sur l'île de Santa Cruz avec Quirós.

Elle tentait de raisonner.

— Qui sait ce qu'il adviendra quand Tello de Guzmán aura repris les rênes du pouvoir ? Crois-tu qu'il te laissera, toi, le capitaine de Castro, officier de Sa Majesté, commercer sur ton propre navire ?

— Mon cousin restera maître du port et nous autorisera à quitter Manille.

— Je doute fort que Don Luis te soutienne.

En effet. Si les jeunes gens demeuraient liés d'intérêt, ils se désapprouvaient. Dasmariñas exécrait la mésalliance de son alter ego. Hernando jugeait que Dasmariñas avait perdu le sens commun : il s'était acoquiné avec deux canailles qui venaient d'obtenir de lui l'armement d'une expédition à ses frais vers le Cambodge.

— … Levons l'ancre tout de suite, conclut-elle.

Une nouvelle fois, le couple partageait le même désir et s'accordait. Partir.

À n'importe quel prix.

*

Ils larguèrent les amarres le 10 août 1596.

Beaucoup, beaucoup trop tard ! Une folie.

Ils misaient tout, leur fortune et leur vie, sur la conviction que s'ils s'avançaient ensemble dans la même aventure, le Seigneur les favoriserait. Quoi qu'ils entreprennent, le Ciel serait avec eux et les protégerait.

Le 10 août : encore une date anniversaire. Seize mois, jour pour jour, après l'appareillage solennel du *San Jerónimo* à Callao.

*

L'enfer.

Si l'expédition de Mendaña avait pu paraître éprouvante, elle relevait de la promenade de santé, comparée à cette traversée.

Sur le pont supérieur, les vergues, que la tourmente arrachait, fendaient l'air pour écraser les marins au hasard. Le sifflement du vent dans les drisses évoquait la plainte suraiguë et désespérée d'enfants pris au piège, un cri de douleur que couvrait le grondement du tonnerre tout proche. Pas de trace d'orage, cependant. Pas d'éclairs. Pas de foudre. Seulement une mêlée sauvage. Les vagues se dressaient en une succession de hautes murailles qui s'écroulaient avant de remonter encore.

Les ténèbres. Une nuit constante. Le temps des illuminations dans la cabine de la Gobernadora était révolu. Et cette fois, Isabel respectait les ordres d'Hernando : interdiction d'utiliser la moindre chandelle, pas même une lanterne. Ni flambeau ni brasero.

Dans le froid glacial de ces latitudes et l'humidité qui imbibait ses tapis et ses draps, elle se roulait en boule.

Peur des fureurs du ciel. Peur des caprices de la mer. Peur des ravages du feu. Peur des mâts qui se rompent. Peur des voiles qui s'abattent. Peur des cordes qui cèdent. La peur, omniprésente. Un interminable cauchemar où tous les jours, toutes les heures, toutes les secondes, elle croyait leur dernière heure arrivée. Inés, à ses pieds, gémissait : « Mauvais vent, mauvais vent… » Un euphémisme. Ouragans, cyclones, tornades et typhons.

Par chance ses frères étaient, eux, restés à quai. Une décision d'Isabel. Elle avait encore voulu les protéger, et leur avait confié le comptoir familial de Manille. Quant aux autres passagers, elle avait retenu la leçon du passé : pas de soldats, pas de colons, pas d'enfants, pas de femmes. Elle n'emmenait dans sa suite que les personnes indispensables. Inés, bien sûr. Son esclave Pancha. Et Doña Elvira.

En vérité, la malheureuse lectrice se serait bien passée des affres d'un nouveau voyage. La douleur d'assister durant six mois, dans le confinement d'un navire, aux amours de l'homme qu'elle avait considéré comme son promis multipliait son anxiété. La peur et la jalousie l'avaient même poussée à refuser de s'embarquer. Mais elle ne pouvait rester seule aux Philippines, sans avoir été placée dans un couvent ou mariée. Isabel l'avait donc dotée et proposée en toute hâte au premier gentilhomme venu.

Il n'en avait pas voulu.

Ce nouveau camouflet, Elvira l'avait vécu comme une humiliation planifiée. Elle vouait désormais une haine farouche à la femme qui avait fait son malheur, et partageait la vindicte du Chef Pilote.

Plus hostile que jamais, ce dernier surveillait les faits et gestes de ses armateurs.

*

Quirós s'était cru tout près du but.

Fort de l'attestation de Doña Isabel qui reconnaissait la qualité de ses services, il avait réussi à démontrer aux nouvelles instances de Manille qu'aucune femelle, fût-elle la pseudo-Reine de Saba, n'était capable de diriger un équipage et de découvrir un continent.

… Si près du but que Quirós avait même pensé recevoir de Tello de Guzmán le commandement officiel du *San Jerónimo*.

Erreur !

L'arrivée d'Hernando de Castro dans le jeu changeait la donne. L'apparition d'un mari navigateur le renvoyait, lui, à son néant. *Un mari navigateur* ? Ce blanc-bec impatient, qui ne connaissait pas la mer et prenait des risques fous ? Aux yeux de Quirós, une imposture ! Mais il avait beau faire, beau dire, il ne pouvait nier l'évidence. Don Hernando de Castro, chevalier de l'ordre de l'Habit de Santiago, était aujourd'hui le propriétaire légal du *San Jerónimo* et l'héritier de Don Alvaro de Mendaña. Le bénéficiaire de toutes les prérogatives concédées par le Roi.

Lui, Castro. Et non plus Doña Isabel.

Quels seraient ses plans, à lui, l'héritier, en atteignant le Mexique ? À quelles nouvelles expéditions refuserait-il d'associer son chef pilote ? Quand chercherait-il à l'évincer ?

En le regardant vivre avec la Gobernadora, Quirós regrettait l'époque où elle écoutait ses avis et suivait ses conseils. Cette période si courte à Santa Cruz où, privée de l'influence de son frère Lorenzo, privée même du contrôle de Mendaña, elle n'avait dépendu que de lui.

La hyène avait trouvé son maître, elle était rentrée dans le rang. Mais son maître n'était pas un homme comme lui, Quirós : un homme sage et pieux qui connaissait son métier. Et la soumission de Doña Isabel ne laissait rien augurer de bon.

Quirós mesurait très exactement l'étendue du malheur qui le menaçait. Retour aux années d'impuissance qui avaient précédé sa rencontre avec l'Adelantado. La Gobernadora n'avait plus besoin de lui pour poursuivre la Conquête.

Il misait donc sur les tensions de cette abominable traversée. Avec un peu de chance, elle se plaindrait d'être tenue à l'écart. Telle qu'il la connaissait, elle dirait qu'elle n'avait plus sa place sur son propre bateau. Qu'elle n'existait plus à son bord. Oui, telle qu'il la connaissait, elle essaierait bientôt de reprendre la main et de jouer un rôle. Elle s'immiscerait dans les décisions de son mari. Mais celui-ci n'était pas comme l'autre ! Celui-ci avait le goût de l'autorité. En mer et partout. Il jouerait les capitaines jusqu'au bout… Certainement pas du genre à se laisser diriger par une femme, encore moins à se laisser contredire. Qu'elle tente de le gouverner, et l'idylle volerait en éclats.

Alors… qui sait ? Quirós pourrait peut-être s'allier avec lui ? S'entendre comme jadis avec Mendaña, avant qu'elle n'intervienne dans leurs relations ? Et poursuivre la découverte entre hommes.

Plus flatteur et onctueux que jamais, il guettait la faille et faisait sa cour à son jeune supérieur.

Mais il avait beau espérer…

Le *San Jerónimo* poursuivait sa route vaille que vaille, sans devenir le théâtre d'aucun des drames humains qu'avait connus l'expédition de l'Adelantado. En dépit des difficultés, Castro tenait son monde. Pas la moindre faiblesse parmi ses officiers. Pas la moindre velléité de mutinerie parmi les hommes d'équipage. Les règles de la hiérarchie étaient claires : le Chef Pilote obéissait au Capitán general. Et la Gobernadora ne donnait pas d'ordres au commissaire aux vivres, au quartier-maître ou au cambusier.

Gobernadora ? Le titre même semblait avoir perdu son sens. Si chacun lui devait le respect, l'épouse du commandant demeurait à sa place dans sa cabine, invisible aux marins.

Cet effacement, Quirós l'interprétait comme un recul

et une défaite de Doña Isabel. Sans imaginer qu'elle l'avait mis en scène.

En vérité, elle avait choisi et voulu son retrait. Elle y trouvait une forme de paix.

S'offrir le luxe de ne plus jamais s'opposer de front au Chef Pilote. N'être plus contrainte à la moindre relation avec lui. Ne plus le voir, ne plus l'entendre, lui, Quirós, qu'elle continuait d'exécrer, ses discours, son hypocrisie et son affreuse verrue. Ne garder pour seul interlocuteur que son époux et associé.

Hernando n'ordonnait rien sans qu'ils en aient débattu ensemble. Il avait un besoin viscéral de réfléchir, de raisonner et d'agir de concert avec elle. Isabel était son mentor et son garde-fou. Elle le savait. Elle régnait sur le corps et sur l'âme de l'homme qu'elle adorait. Cette forme de royauté la rendait infiniment plus puissante que jamais. Cela aussi, elle le savait… Elle demeurait le pouvoir derrière le trône.

La division des tâches qui le poussait, lui, sur le devant de la scène et la rejetait, elle, dans l'ombre, lui convenait donc à merveille.

Pour le reste, elle veillait sur l'essentiel.

S'aimer et survivre.

*

Démâté, prenant l'eau de toutes parts, le *San Jerónimo* atteignit les côtes californiennes fin novembre. Il franchit la passe qu'on appelait la Boca Grande et déboucha dans la baie d'Acapulco le 11 décembre 1596… Avec une avance de deux mois sur les espérances les plus folles.

Moins de dix décès à bord. L'équipage épuisé, malade, arrivait presque au complet. Le capitaine de Castro avait accompli un exploit. Certains appelaient ce voyage un prodige.

Ultime miracle : les épreuves qu'Hernando et Isabel venaient ensemble de traverser achevaient de les souder.

Ils ne s'étaient pas trompés : s'ils s'associaient, ils réussiraient ce qu'ils entreprendraient.

Aucun doute sur ce point, Dieu les soutenait.

*

Acapulco. Un village de pêcheurs infesté de moustiques, qui somnolait sous le soleil, au fond de sa rade. Quelques maisons blanchies à la chaux, au bord de l'eau. Rien. Un trou qui ne pouvait se comparer à Manille ou à Lima.

Une fausse impression, toutefois. Ne pas s'y fier.

Dès que, du haut des collines, les sentinelles eurent repéré une voile à l'horizon, ce fut la ruée vers le rivage. Les cloches sonnèrent jusqu'à Mexico. Ce qui n'était, quelques instants plus tôt, qu'un petit port infecté par les fièvres se transforma dans la seconde en une ruche. Et pour cause ! Les commerçants de toutes les Amériques accouraient vers ce qu'ils prenaient pour le galion de Manille.

Avec son chargement estimé à près de un million cinq cent mille pesos d'argent, le vaisseau du Roi n'était pas arrivé et faisait aujourd'hui défaut sur les marchés. Une catastrophe qui pouvait ruiner les négociants des Philippines. Mais aussi ceux du Pérou, du Mexique et d'Espagne.

Sur le minuscule sentier qu'on appelait le *Camino de la China* – le chemin qui reliait la capitale à la rade d'Acapulco –, les trains de mules se hâtaient. Mieux valait tenir que courir, et se précipiter pour acheter ce que le capitaine de Castro et son épouse avaient à offrir.

*

Riches. Du premier coup. Immensément riches.

En ce mois de janvier 1597 à la foire d'Acapulco, les prix s'envolèrent. La soie, les porcelaines, les pierreries, les épices et les précieux ivoires partirent à deux cents fois leur cours habituel. Encore un miracle.

Ils purent même vendre les restes de l'expédition de Mendaña : les vieux cordages, les canons rouillés, le soufre humide et la poudre moisie… Pour une véritable fortune.

En vérité, là, Hernando et Isabel outrepassaient leurs droits. Ces armes et ces outils ne leur appartenaient pas. Le marquis de Cañete, ancien protecteur de Mendaña, les lui avait seulement prêtés. L'Adelantado s'était engagé sur l'honneur à les restituer au Pérou dès son retour.

Le couple bradait à son profit les biens de la Couronne… Un détail que le comte de Monterrey, vice-roi du Mexique, se garda bien de leur rappeler. La mise aux enchères des dépouilles du *San Jerónimo* évitait la banqueroute à ses sujets. Et pour l'heure, ce sauvetage lui suffisait.

Son Excellence était seule à savoir ce que le peuple

ignorait encore : le galion de Manille avait été pris dans un typhon et rejeté sur les côtes du Japon. Comme de nombreux missionnaires œuvraient à Kyoto, les Espagnols avaient cru qu'ils seraient les bienvenus. Erreur. Le daïmio de Tosa, chez qui ils s'étaient échoués, allait se révéler peu accueillant. Il avait fait haler le navire sur un banc de sable et séquestrer la marchandise dans ses hangars. Le capitaine du galion était toutefois parvenu à envoyer un émissaire à la cour du Taiku, le maître du Japon. Nouvelle erreur. Le Taiku manquait d'argent : il ne se montra guère pressé de rendre ce qu'on lui réclamait. Cherchant à l'intimider, l'émissaire brandit une carte du monde et lui désigna toutes les possessions de l'Espagne… Un domaine impressionnant, en effet ! Comment son roi, lui demanda le Taiku, avait-il pu s'emparer de tant de territoires ? L'émissaire répondit que Sa Majesté envoyait d'abord ses prêtres en éclaireurs : ceux-là convertissaient les populations à Sa religion et les pacifiaient à Son profit. Ensuite, Sa Majesté débarquait en personne avec Son armée. Troisième erreur. La fanfaronnade avait déclenché l'un des plus grands massacres de chrétiens au Japon. Les missionnaires espagnols étaient à cette heure crucifiés à Nagasaki. Quant à la soie et aux biens du galion de Manille, ils renflouaient aujourd'hui les caisses du Taiku.

Le Vice-Roi ne pouvait donc que se féliciter de l'arrivée du *San Jerónimo*. Il y gagnait au moins un navire.

À ce propos justement, Son Excellence avait en tête une petite idée…

*

— … Retourner tout de suite aux Philippines ? De quoi parles-tu, Hernando ? Nous ne sommes à terre que depuis deux mois !

Il revenait en droite ligne de la cour. Et la proposition qu'il transmettait à Isabel les bouleversait tous les deux.

— En fait de proposition, c'est un ordre ! expliqua-t-il d'une voix altérée. La perte du galion de Manille exige son remplacement. Le Vice-Roi a songé au *San Jerónimo*. Il s'engage à le réparer et à m'octroyer un pourcentage sur tout ce que mon navire transportera. Il m'a déjà nommé général en chef de la route des Philippines et prétend vouloir faire de moi le marchand le plus prospère du Nouveau Monde… À l'entendre, il me fait un honneur que je ne peux refuser.

Elle balaya l'argument.

— Boniments et fausses faveurs : Son Excellence se moque de nous !

— Tu as raison. Il ne s'agit pas d'un présent. Mais d'une menace. Nous avons porté ombrage au commerce du Roi, en trafiquant. Nous avons, en outre, vendu à l'encan les armes de Sa Majesté… Si je ne mets pas ma personne et mon vaisseau au service du Mexique, le Vice-Roi se chargera de le réquisitionner et de confisquer tous nos biens.

Isabel mesurait ce qu'il tentait de lui dire : leur succès pouvait les séparer.

Elle arpentait la pièce de long en large, comme toujours dans ses moments d'émotion.

— Même si nous étions prêts à reprendre la mer, objecta-t-elle, ce ne serait pas pour convoyer des barres d'argent qui ne nous appartiennent pas, mais pour retrouver les îles Salomon !

— La rançon de la gloire, essaya-t-il de plaisanter… À mon retour, nous disposerons des cinquante mille ducats nécessaires à l'Expédition.

— À *notre* retour ! corrigea-t-elle avec un semblant de légèreté.

Elle affectait de s'aligner sur le ton raisonnable d'Hernando, mais son agitation était sensible.

— Si tu repars avec moi, Isabel, le comptoir que nous venons de créer disparaîtra. Nulle autre que toi ne peut s'occuper de nos entrepôts sur le continent. J'ai besoin de toi ici.

— Mes frères veillent sur nos affaires.

— Tes frères se trouvent en Asie. Toi, tu dois gérer Acapulco.

Elle éclata :

— Cela signifierait un départ en mars ? Dans une semaine ! C'est impossible.

Il se garda de rectifier son estimation : le *San Jerónimo* levait l'ancre dimanche. Leur restaient deux jours ensemble.

En réalité, l'accord avec le Vice-Roi était scellé de longue date.

Les discussions au palais, qui contrecarraient ses projets, avaient exaspéré Hernando durant des semaines. Mais si la perspective de retourner seul à Manille l'affligeait autant qu'elle, il en avait pris son parti et finissait par en reconnaître l'intérêt.

Hernando demeurait un aventurier et un marin. Il ne pouvait se dérober, sans déshonneur. À ses yeux, reculer devant les ordres du Vice-Roi relevait de la lâcheté… Un manquement à son devoir que l'amour fou qu'il portait à sa femme ne justifierait jamais.

De toute façon, on ne lui laissait pas le choix. En

outre, on avait exigé de lui le secret. Sur ce point, il n'avait pas eu de mal à obéir. Il craignait trop la violence du désaccord d'Isabel pour l'affronter durant ses préparatifs.

La plus petite divergence d'opinion avec elle, la moindre critique lui semblaient une menace fondamentale. Leur amour s'appuyait sur leur complicité. Hernando avait besoin de son soutien inconditionnel.

Quand elle le désapprouvait, elle le punissait par un silence têtu, auquel il répondait par une foule de questions et de reproches. Jusqu'à présent, ils avaient réussi à dominer leurs colères pour revenir l'un vers l'autre et se rencontrer à mi-chemin. Elle finissait toujours par lui demander pardon de son mutisme et de sa difficulté à s'expliquer.

Il avait craint, cette fois, de devoir reprendre la mer sans qu'elle ait accepté de desserrer les dents. Comment lui annoncer impunément qu'il brisait leur alliance autour de la Conquête, et la laissait à terre ?

La perspective de cette séparation l'affectait trop lui-même pour supporter le blâme et la bouderie.

Il avait donc choisi de se taire. Et de prétendre découvrir l'horreur de la situation en même temps qu'elle… Au dernier moment.

Elle lui jeta un regard sombre :

— Pourquoi fais-tu semblant ? Pourquoi ne me dis-tu pas la vérité ? Pourquoi n'avoues-tu pas que tu as déjà tout planifié ?

— D'où sors-tu cette idée ?

Hernando lui mentait, elle le sentait.

— Tu travailles en cachette à ce départ depuis des semaines.

Elle tremblait de tous ses membres. Il tenta de la prendre dans ses bras.

— Souviens-toi, murmura-t-il : tu couvres nos arrières, tu veilles au grain.

Elle se dégagea violemment.

— Refuse !

— Impossible. Service du Roi.

On frappait à la porte. Elle se ressaisit… Inés.

L'Indienne s'effaçait devant Doña Elvira qui entrait. Un regard suffit à la lectrice pour comprendre qu'elle interrompait la première scène de ménage de ce couple qui se prétendait si bien assorti.

Doña Elvira esquissa une révérence. Elle ne se départait plus de son maintien glacial et guindé.

— Le Señor Quirós demande à être reçu par vous, Madame.

— Que veut-il ?

— Le Señor Quirós vient vous demander son congé et vous faire ses adieux.

— Qu'il attende.

Elvira plongea dans une nouvelle révérence et se retira.

Dans l'encadrement de la porte, Inés n'avait pas bougé.

— … Donne-moi deux minutes !

Le ton était presque suppliant. Inés acquiesça. Elle ignorait la nature du coup qui ébranlait sa maîtresse, mais devinait qu'en fait de « deux minutes », Isabel n'aurait pas assez d'une éternité pour s'en remettre.

Quirós, son bonnet à la main, patientait dans l'antichambre. Il n'avait pas reçu l'ordre, lui, de repartir aux Philippines. Une aubaine. Cette mission allait distraire le capitaine de Castro de ses velléités d'expédition sur les traces de l'Adelantado. Elle l'occuperait un an, si ce n'était deux ou trois.

Quirós tenait enfin sa chance. Durant l'absence du *mari navigateur*, il pourrait descendre vers Lima et présenter son rapport au successeur du marquis de Cañete. Seul. Relater ses propres exploits dans la Mer du Sud. Faire valoir ses droits sur toutes les conquêtes à venir. N'avait-il pas, lui, Quirós, découvert les îles Marquises, Santa Cruz et toutes les terres qui jalonnaient sa route ? Ne savait-il pas mieux que personne où se trouvaient les îles Salomon ? Et l'Australia Incognita, la Terre de *son* Hypothèse ?

Le vice-roi du Pérou ne manquerait pas de s'intéresser à l'histoire de la traversée du Pacifique en partant de Callao. Une aventure qui, peut-être, lui permettrait de commercer directement avec Manille, sans passer par Acapulco.

Dès son arrivée au Mexique, Quirós avait exigé une nouvelle enquête sur la qualité de ses services. La troisième. Il tentait d'accumuler les preuves qui discréditeraient le commandement de Mendaña et celui de son épouse. Il avait fait interroger Doña Elvira à ce sujet. Elle était désormais son alliée. Le récit qu'elle donnait aujourd'hui de leur première traversée ne ressemblait plus à ce qu'elle avait déclaré à Manille. Elle fournissait, cette fois, un témoignage accablant sur les assassinats de Santa Cruz et la conduite de la Gobernadora envers les colons.

Mais cela, ce dernier coup de patte de Quirós, Isabel l'ignorait.

Leur contrat avait expiré à l'entrée du *San Jerónimo* dans la passe de la Boca Grande. Ni l'un ni l'autre ne songeaient plus à « poursuivre et durer » ensemble. Pour une fois, ils s'accordaient. Elle souhaitait même s'en séparer en bons termes.

— C'est avec tous mes regrets que je vous vois partir, Señor Quirós.

En ce matin de février 1597, dans la grande maison qu'elle avait acquise au cœur des nouveaux quartiers de Mexico, Doña Isabel Barreto lui apparut telle qu'il l'avait connue autrefois, chez elle, à Lima. Grande, mince, hiératique, ne laissant rien deviner du trouble qui la submergeait à l'annonce du départ de son mari. Seul signe de nervosité : elle jouait avec ses bagues, qu'elle faisait passer d'un doigt à l'autre.

Elle resta debout selon son ordinaire, en grande toilette, les hanches démesurément élargies par les armatures de son vertugadin.

Même cette petite pièce qui lui servait d'écrin évoquait le faste dont elle avait jadis entouré Mendaña.

Encore plus somptueuse. Et plus exotique. Le miroir de Venise et les flambeaux d'argent du Mexique le disputaient aux soieries des tentures et aux bibelots qu'elle avait rapportés d'Asie.

Ce décor, reconstitué en deux mois, donnait à Quirós la mesure de son énergie et de tout ce qui les séparait. Tant d'éclat éveillait en lui l'aigreur de toujours. Il se sentait infiniment supérieur à cette femme, et cependant elle l'abaissait. Elle générait dans son âme le même désordre. L'éblouissement et le dégoût, une confusion entre l'envie et le mépris.

Quant à Isabel, si elle avait cru son aversion éteinte, un seul coup d'œil sur la petite silhouette noire qui se courbait, lui suffit pour reconnaître sa vieille impatience de s'en défaire.

Ils avaient beau se contraindre, leur antipathie demeurait palpable.

— Les regrets sont pour moi, Madame. Vous conduire sur la Mer du Sud fut un honneur et un plaisir.

— Vous entendre discourir sur les lois de la navigation, Señor Quirós, fut un bienfait et une leçon.

— Fasse le Ciel, Madame, que je puisse connaître à nouveau le privilège de vous servir.

Ils se séparèrent sur ces mots, avec autant de hâte que s'ils venaient de s'insulter et de convenir de l'heure d'un duel.

*

Comment vivre sans Hernando ? En cette veille de départ, Isabel comptait les heures.

Depuis deux jours, ils n'échangeaient plus une parole.

Elle s'en voulait de gâcher leurs derniers instants en affectant la froideur. Quant à lui, il ne réagissait plus par des questions et des reproches, selon son ordinaire. Furieux contre le Destin qui les séparait, furieux contre Isabel qui le désapprouvait, il affichait une distance plus violente encore.

À mesure qu'approchait le moment qui les terrifiait tous deux, leur mésentente s'aggravait.

Était-ce sa faute à lui s'il était officier de la marine du Roi, avec d'autres obligations que ses sentiments envers son épouse ? Quand il tentait de se justifier, elle ne lui répondait que par un mot : mensonges !

Le cœur serré, elle le regardait ranger dans le coffre

de Mendaña tous les papiers qui leur permettraient de continuer la Conquête. Les secrets de l'Adelantado, ses cartes marines et ses calculs.

Avec solennité, il lui remit deux des trois clés :

— Tu en seras la gardienne.

Que signifiaient ces paroles pleines de morgue ? Cette fois, elle l'attaqua :

— Je te rappelle que Don Alvaro disposait seulement de six ans pour fonder trois villes. Et trois années se sont déjà écoulées.

Il ignora le reproche.

— À mon retour, en décembre, nous lèverons l'ancre… Alors nous ne posséderons pas seulement le *San Jerónimo*, mais dix autres vaisseaux pour transporter nos colons !

Elle posa sur lui son regard soupçonneux. Il affectait de partager sa douleur, mais vibrait d'exaltation. Le Vice-Roi venait de l'autoriser à acquérir un second navire, la *Contadora*, une petite merveille qui portait le tonnage de la flotte d'Hernando à la puissance de l'ancien galion de Manille. Il naviguerait même avec un troisième bateau, une autre petite merveille du nom de la *Santa Margarita,* qu'il avait fait acheter à l'un de ses parents fraîchement débarqué de Galice. À vingt-cinq ans, le capitaine de Castro commandait déjà trois bâtiments dont il était aujourd'hui le seul propriétaire… Une aventure rarissime au Nouveau Monde.

Pour un marin, la félicité.

— … Quand tu rentreras, il sera trop tard, insista-t-elle. Nous aurons perdu nos droits sur la pacification et la colonisation des îles Salomon.

— J'ai entamé les démarches qui reconnaissent notre légitimité. J'ai fait enregistrer devant notaire le testament de l'Adelantado et recopier par des hommes de loi les Capitulations qui le rendent propriétaire des archipels de la Mer du Sud, pour deux vies. Tous ces documents sont déjà partis vers Madrid. En mon absence, je te donne tous pouvoirs sur nos biens. Tu pourras diriger le comptoir d'Acapulco sans aucun contrôle. Tu recevras les marchandises et les vendras selon ton seul jugement.

Elle n'écoutait pas. La nouvelle était pourtant d'importance. Il lui annonçait qu'il l'avait légalement émancipée de sa propre tutelle.

Un geste inouï.

Ici, dans le Nouveau Monde, comme en Espagne, les épouses appartenaient à leur mari, avec leurs biens. Mineures à vie, elles ne pouvaient voyager, acheter, vendre, signer un contrat, sans la garantie de leur « propriétaire » ou d'un mâle de leur famille. En mettant, de son vivant, sa propre fortune au nom de sa femme, Hernando détournait les lois et les usages. Il rendait Isabel Barreto libre de tous ses actes et de tous ses mouvements.

Libre comme aucune autre femme mariée ne l'avait jamais été à Mexico.

Pour l'heure, Isabel s'en moquait. Elle avait repris sa marche silencieuse dans la chambre. Sans une larme, sans un sanglot… Tout le désespoir du monde semblait pourtant contenu dans son regard.

— Ce départ est une erreur, finit-elle par articuler. Attends de meilleurs auspices.

Il explosa.

— Attendre ? Mais *attendre quoi*, Isabel ? Tu n'as pas compris : si je ne pars pas maintenant, tous nos efforts auront été vains ! On nous prendra nos biens, on nous prendra notre bateau. Si je ne pars pas maintenant, répéta-t-il, nous ne partirons jamais et notre union à Manille n'aura eu aucun sens.

Elle blêmit. Ne l'avait-il épousée que pour cela ? La Conquête ? Ne l'avait-il épousée que parce qu'elle lui était utile ? Non. Hier encore, il l'aimait. Elle le savait, le sentait. Hier, oui. Mais aujourd'hui ? Pourquoi était-il devenu si calme et si retors ?

Elle pouvait bien user de l'argument des îles pour l'empêcher de lever l'ancre. En vérité, y renoncer la laissait aujourd'hui indifférente !... Les îles du roi Salomon. Cette chimère !

— Sans toi, balbutia-t-elle, je ne tiendrai pas un an.

Elle lui parlait d'amour. Il ne l'entendait pas. Il tentait de la rassurer en évoquant un avenir plus lointain : l'expédition qu'ils conduiraient ensemble. Il pensait l'apaiser en revenant à ce qu'il croyait, pour elle, l'essentiel... Le projet qui les unissait, le rêve qui avait présidé à leur mariage. Mais plus Hernando s'avançait sur cette voie, plus il s'enfonçait dans le malentendu.

— Pourquoi prendre le risque de tout perdre ? murmura-t-elle. Nous étions heureux.

Il se récria :

— Seul le courage de tout perdre fait de nous des êtres humains et de vrais chrétiens. La vie ne vaut d'être vécue qu'en prenant quelques risques !

En entendant ces paroles, elle se figea. Mot pour mot... Hernando répétait ce qu'elle-même avait dit à Mendaña. Mot pour mot.

La scène se reproduisait à l'identique, mais les rôles s'étaient inversés. Serait-elle devenue une vieille femme, à son tour ? Trop âgée pour Hernando ? Elle n'avait pas trente ans ! La dernière traversée lui avait toutefois donné la mesure de ses limites. Ses limites ? Il ne s'agissait même pas de cela… Elle avait pris conscience de n'avoir été créée, peut-être, que pour un bonheur unique. Et le Destin se montrait quelquefois très avare. Si elle manquait ce bonheur, elle pourrait bien tout accomplir : son existence aurait été vaine.

— Pourquoi mettre en péril ce que Dieu nous a octroyé ?

— C'est toi qui me dis cela, Isabel ? Toi !

— Ne me quitte pas, Hernando.

— Mon absence sera courte.

Elle ne parvenait pas à exprimer ses sentiments par la parole, mais savait encore le faire par les gestes. Attrapant au hasard un poignard qui traînait sur la table, elle l'envoya à toute volée dans le bois de la porte.

— Si tu pars, je pars avec toi !

— Non.

*

… *Libre* ? Pour la première fois de sa vie, la volonté d'Isabel Barreto ne prévalait pas.

*

Sans lui, sans son corps contre le sien, elle ne trouvait ni la paix ni l'oubli.

Comme à l'époque de ses premières nuits dans le palais de la plaza Mayor à Manille, son sommeil était agité de rêves si terribles qu'elle luttait pour ne pas s'endormir. Ses cauchemars avaient toutefois changé de nature. Ce n'étaient plus des impressions physiques, la sensation d'être roulée et projetée contre les croix du cimetière de Santa Cruz, mais des scènes où les êtres qui lui étaient les plus chers souffraient devant ses yeux. Une suite de visions où elle-même ne jouait aucun rôle. Spectatrice.

Durant les premiers mois de son année à terre, elle n'imagina que cela : le fantôme du *San Jerónimo* pris dans le tourbillon des tornades, craquant de toutes parts, errant à jamais sur la Mer du Sud. Elle voyait la masse informe d'Hernando, ses épaules disloquées, ses os à vif, sa chair en lambeaux, que battaient les vagues et retenaient les rochers.

Mais à mesure que le temps passait, ce n'était plus Hernando qu'elle se représentait noyé, la bouche ouverte, le regard blanc tourné vers le ciel. C'était Alvaro. C'était Lorenzo. C'était Mariana.

La main tranchée du colonel Merino-Manrique se confondait avec celles des Indiens de Cántaros, qui pleuvaient sur les cochons. La tête sanglante du jeune Buitrago se dressait sur sa pique à l'entrée du fort, et l'ulcère qui avait dévoré la jambe de Lorenzo s'étendait de l'aine jusqu'à son visage, pour le noircir et le pourrir tout entier.

Mais ces images-là n'étaient pas les pires.

Les silhouettes de tous ceux qu'elle n'avait jamais regardés resurgissaient du néant. Les pères veillant leurs fils qui grelottaient dans la boue de Santa Cruz. Les mères hurlant leur chagrin sur les corps de leurs bébés. D'autres scènes qu'elle croyait n'avoir pas vues. Et pourtant, si… Elle les avait vues. Elle avait vu cette femme qui lui mendiait de l'eau sur le pont. Son cri muet, ses yeux creux qui la suppliaient.

Un souvenir parmi d'autres souvenirs.

Il en était toutefois un qu'elle ne parvenait pas à nommer, ni même à identifier… Le regard d'un petit garçon qui ne lui demandait rien, et qu'elle avait laissé mourir. Un mousse maigre, les cheveux rasés, le crâne dévoré par la vermine.

L'avait-elle vraiment laissé mourir ? Comment ? Elle avait beau chercher dans sa mémoire, elle ne trouvait pas. Elle cherchait, elle cherchait… En vain. Mais chaque fois que ce visage d'enfant s'imposait, la terreur la submergeait.

De ses plongées nocturnes au fond de sa conscience, elle ne remontait qu'avec d'immenses efforts. En vérité, elle réussissait de moins en moins à dompter sa confusion et son inquiétude. Ses jours commençaient à ressembler à ses nuits.

Pour le reste, Hernando ne s'était pas trompé en lui confiant leur comptoir d'Acapulco.

Quand elle retrouvait son calme, lorsqu'elle redevenait elle-même, Isabel faisait fructifier leurs affaires. À son retour, il retrouverait sa fortune établie. Et l'expédition remontée.

Ne manquaient que les bateaux.

*

Quirós travaillait avec la même diligence à la réalisation de ses desseins. Arrivé à Lima le 5 juin 1597, il s'était débrouillé pour être reçu dans l'heure par le vice-roi du Pérou. Leurs entrevues allaient durer plus d'un an.

Son Excellence, très favorablement impressionnée par les compétences et la piété du pilote portugais, l'avait invité à lui soumettre une relation écrite de ses exploits. Ce récit, où Quirós se taillait la part du lion, il l'avait conclu par quelques requêtes… Pour lui-même, il ne réclamait rien. Mais qu'on lui accorde quarante marins et un navire de soixante tonneaux : il se faisait fort, lui, de prendre possession de toutes les terres, autrefois promises par Mendaña à la Couronne.

Aussi enflammé par l'aventure qu'échaudé par l'expérience de ses prédécesseurs, le Vice-Roi s'abrita finalement derrière Madrid. Il ne pouvait rien autoriser sans le consentement de Sa Majesté. Quirós devait aller défendre son projet en Espagne, comme Mendaña avant lui.

Le malheur voulut qu'en cette année 1598, le roi Philippe II se soit éteint à l'Escurial. Et qu'on dise Philippe III, son fils, moins intéressé que lui par les Grandes Découvertes.

Avant de s'engager dans un tel voyage – la traversée jusqu'à Séville lui prendrait plus d'un an –, Quirós demanda audience à l'archevêque du Pérou. Il allait trouver là une oreille attentive à ses rêves d'évangélisation. Le prélat lui conseilla mieux que Madrid et mieux que le roi d'Espagne… La Ville éternelle et le Pape !

Muni de toutes les lettres de recommandation pouvant l'introduire auprès de l'ambassadeur d'Espagne au Vatican, Pedro Fernández de Quirós débarqua à Gênes lors du jubilé de l'an 1600. Il avait revêtu la robe de bure des pénitents qui marchaient jusqu'à Rome. Son bâton de pèlerin à la main, sa besace au côté, il mendia son pain le long de la route et franchit la porta del Popolo en juillet.

Deux mois plus tard, il avait convaincu la Curie. Sa Sainteté se devait de soutenir les conquêtes du Señor

Quirós dans la Mer du Sud : une croisade pour le salut et la conversion de milliers d'âmes.

Au même moment, en juillet 1600, Hernando de Castro quittait le port de Manille, à la tête de ses trois vaisseaux.

Sa flotte fut prise dans une suite d'ouragans, qui l'obligèrent à faire plusieurs fois demi-tour. Il mettrait huit mois à sortir du dédale des Philippines.

En mars 1601, il affronta un nouveau typhon. De mémoire de marin, on n'en avait jamais connu d'aussi terrible. Le *San Jerónimo*, la *Contadora* et la *Santa Margarita* firent naufrage. Les deux plus petits disparurent corps et biens. Le *San Jerónimo*, lui, s'écrasa sur les récifs des îles Catanduanes, perdant sa cargaison et la plupart de son équipage.

Le galion tant aimé de Doña Isabel finit là, en miettes, fracassé par les écueils de cette Mer du Sud, qui avait la réputation de ne jamais rendre ce qu'elle avait arraché aux hommes.

Les quelques survivants ne réapparurent à Acapulco qu'en décembre 1602.

Parmi eux se trouvait le capitaine de Castro. Son absence avait duré cinq ans. Il ramenait avec lui Diego et Luis dont la présence à Manille ne se justifiait plus. Leur comptoir avait fait faillite avec le naufrage des navires.

*

En dépit des épreuves, en dépit des échecs : Hernando, inchangé. Bouillonnant de projets et d'idées… Aussi épris d'Isabel. Aussi impatient. Aussi doué pour le plaisir. Ils s'unirent à la perfection.

Contre toute attente, ils surent s'aimer et reprendre leur vie où ils l'avaient laissée.

À trois exceptions près.

D'abord, les réponses arrivées de Madrid en l'absence du capitaine de Castro contestaient ses droits. On lui interdisait d'entreprendre le voyage en Espagne afin de plaider sa cause. Celle-ci était définitivement perdue : le délai imparti à l'adelantado de Mendaña pour fonder ses trois villes avait expiré.

Ensuite, Quirós jouissait de la faveur du Roi et suivait les déplacements de la cour entre l'Escurial et Valladolid. Recommandé par le pape Clément VIII, il détenait une bulle pontificale conférant une indulgence plénière à tous les hommes qui l'accompagneraient sur la Mer du Sud. Ceux-là parviendraient au Paradis, même s'ils mouraient sans confession.

Enfin, Doña Isabel Barreto estimait qu'elle avait lutté jusqu'au bout pour respecter son serment à son premier mari sur l'île de Santa Cruz. Maintenant, assez ! Elle avait perdu la guerre et s'en trouvait bien. Désormais, elle refusait d'entendre parler de cette maudite Conquête qui continuait d'obséder Hernando.

Les premiers transports, l'ivresse des retrouvailles passés, elle se contraignit à ne l'accueillir dans son lit qu'à une condition : échanger ses cinq ans d'absence contre cinq ans à terre.

Il accepta le marché.

*

Négociant à Acapulco. Juge de paix à Puebla. Magistrat à Quito. Maire à Castrovirreyna… Hernando s'attelait consciencieusement à mener sa carrière au pinacle. En vérité, il jouait le jeu avec bonne volonté et connaissait une réussite éclatante. Castrovirreyna : la ville des hauts plateaux péruviens qu'Isabel avait contribué à fonder avec la vice-reine Teresa de Castro, en 1590. Les mines qu'il administrait aujourd'hui passaient, avec celles de Huancavelica et de Potosí, pour les plus riches du Nouveau Monde.

Cette série de postes lucratifs, le capitaine de Castro la devait à ses mérites. Au Mexique – et maintenant au Pérou –, on disait qu'il transformait en or tout ce qu'il touchait. Et que le destin lui restait favorable, jusque dans ses coups les plus durs.

Un an après son retour, une nouvelle l'avait rejoint, qui l'atteignit au plus profond. Les Chinois avaient assassiné son cousin Dasmariñas.

Ce qu'Hernando avait toujours redouté était arrivé. L'expédition au Cambodge venait de tourner au fiasco… Et, aux Philippines, les Sangleys du Parian s'étaient révoltés.

Conduits par Juan Bautista de Vera, le Chinois converti, ils égorgeaient les Blancs par centaines. Dasmariñas avait pris la tête de l'armée et poursuivi les rebelles. Il était tombé dans une embuscade au cœur des marais qui jouxtaient sa maison. Il avait été massacré et décapité au pied de la Pagode. Sa tête avait servi de trophée aux Sangleys durant des semaines. Les Espagnols, plus féroces encore et mieux armés, avaient fini par exterminer les deux tiers de la population chinoise.

Le corps de Dasmariñas reposait aujourd'hui dans la cathédrale de Manille : son plus proche parent de sexe masculin héritait de tous ses biens.

Cette succession faisait d'Hernando le légataire universel de son oncle bien-aimé, le puissant gouverneur Pérez Das Mariñas, propriétaire de terres et de châteaux en Galice.

Don Hernando de Castro Bolaños semblait plus prospère et respecté que jamais.

*

Une idée toutefois le minait, elle le rendait fou : la victoire de Quirós. Ce dernier était parvenu à s'emparer de toutes les prérogatives de Mendaña. Le triomphe du Chef Pilote tourmentait Hernando jusqu'à lui faire croire à sa propre lâcheté. Il y voyait la preuve de son échec en mer.

Hernando n'avait jamais évoqué, devant Isabel, son désespoir en découvrant les débris du *San Jerónimo* parmi les écueils des îles Cantaduanes, ni reconnu sa souffrance et son humiliation. Mais la perte de ses trois navires l'avait profondément meurtri.

Il reconnaissait que les dons de sa femme pour les affaires lui avaient été d'un grand secours. Isabel avait pu éponger leurs dettes. Sa propre énergie, sa confiance en l'avenir et sa chance lui avaient permis de reconstruire leur vie.

Il gardait toutefois de son naufrage un souvenir cuisant. Malheur à qui se permettait de l'évoquer devant lui ! L'honneur d'Hernando avait toujours été chatouilleux. Tout ce qui touchait à la Mer du Sud suscitait son intérêt et réveillait ses émotions.

Les réponses de Madrid, qui le déboutaient de ses droits, lui paraissaient iniques. L'adelantado de Mendaña, son prédécesseur, avait déposé une caution de dix mille ducats dans les caisses de la Couronne. Cette somme considérable lui garantissait le privilège exclusif de coloniser les îles occidentales de la Mer du Sud. Les Capitulations de 1574 étaient claires : elles rendaient Mendaña Gobernador des îles du Pacifique pour deux vies, la sienne et celle de son héritier. Ce dernier, le capitaine de Castro, avait été réquisitionné dès son retour sur le continent par le service du Roi, et renvoyé malgré lui aux Philippines. Seul le respect des ordres de Sa Majesté l'avait empêché de poursuivre. Il n'avait en rien abandonné les découvertes… Et n'abandonnerait jamais la Conquête.

Il refusait de se laisser piller par Quirós sans le combattre.

Certes, Quirós n'avait pas reçu le titre d'Adelantado, ni celui de Gobernador. Mais il venait d'obtenir mieux : trois cédules signées de Sa Majesté Philippe III, intimant l'ordre à tous les vice-rois du Nouveau Monde de soutenir ses démarches et de les financer. La Couronne lui accordait ce qu'elle avait toujours refusé à Mendaña. L'aventure de Quirós ne serait pas une expédition privée, mais une conquête royale.

On le savait en route pour Panamá. Il parviendrait à Lima dans quelques mois.

Devant une telle avancée, Hernando ne décolérait plus. Le temps était venu pour lui de reprendre la mer. Il comptait s'embarquer à son tour.

Avant tout, il devait quitter son royaume de Castrovirreyna, à plus de trois cents kilomètres de la capitale. Redescendre à Lima. Fréquenter la cour. Et briser les prétentions de ce cloporte de Quirós. S'il le reconnaissait assez bon pilote, il le jugeait comme Isabel :

un imposteur et un illuminé. Il montait encore d'un cran dans la critique, l'appelant en son for intérieur *un escroc et un fou.*

Hernando vivait à terre depuis trois ans : il estimait qu'il avait rempli son contrat envers sa femme. Il lui offrit donc d'acquérir une propriété en ville, non loin du port de Callao. Isabel retrouverait à Lima sa sœur aînée, la chère Pétronille, veuve aujourd'hui et prête à s'enfermer dans un couvent. Elle pourrait fréquenter Diego et Luis, mariés à des femmes qu'elle ne connaissait pas… Revoir tous ceux qui lui manquaient.

Isabel ne batailla pas. Elle n'y songea même pas.

Elle savait qu'elle n'avait pas une chance de retenir son mari loin de Quirós. Et qu'Hernando se moquait bien que les îles du roi Salomon fussent un leurre, qu'il n'y eût pas d'or là-bas ! Il n'entendait pas. Il ne pouvait pas entendre… Comme elle-même n'avait pas écouté l'Adelantado autrefois.

Alvaro lui avait pourtant dit que les femmes des îles Salomon avaient les dents noires. Que les hommes étaient cannibales. Et que de ces rivages, lui-même n'avait rien rapporté de précieux.

Elle devinait aujourd'hui que le besoin de conquête chez Hernando allait bien au-delà du désir d'enrichissement. Inutile de lui expliquer qu'il possédait déjà ce qu'il recherchait… À ses yeux manquerait toujours l'essentiel : la gloire.

Et au-delà de la gloire : l'immortalité.

Il crèverait de cette soif-là.

Il y engloutirait sa fortune. Et, qui sait, leur amour.

Chapitre XVI

Que la mort me trouve encore entre tes bras[1]

Le capitaine de Castro ne quittait plus le port de Callao et montait à ses frais, sans l'autorisation de la Couronne, sa propre expédition.

On parlerait longtemps, à Lima, de sa rencontre avec le capitaine Quirós sur la plaza Mayor. Il l'avait traité publiquement de fourbe et de voleur. Loin de s'en formaliser, Quirós avait répondu qu'il reconnaissait bien volontiers ses torts, qu'il s'en excusait, qu'il s'en accusait même.

Castro ne s'en était pas laissé conter. La noblesse de sa naissance l'empêchait de provoquer ce nabot en duel. Mais il pouvait le faire bastonner par ses gens ou le rosser en personne. Hernando lui laissait le choix.

Quirós déclina les deux propositions et convint de sa pitoyable infériorité.

Il rappela toutefois qu'il sortait d'une audience avec le Vice-Roi… Il conseillait donc à ce brave gentilhomme de se méfier. La cour de Madrid ne l'appelait-

1. Lope de Vega.

elle pas, lui, Quirós, « le nouveau Magellan » ? Pour sa part, il restait un homme de Dieu, qui ne faisait jamais couler le sang.

Aussi pleins de haine l'un que l'autre, les deux hommes s'étaient séparés sans conclure. La vengeance de Quirós ne tarda pas.

Volubile selon son ordinaire, il s'offrit le luxe de publier le récit de son différend avec Hernando de Castro en ces termes :

Le mari de mon ancienne Gobernadora, qui était venu vivre au Pérou avec elle et les gens de sa maison, me déclara qu'il s'opposerait à mon voyage car la colonisation des îles du roi Salomon lui revenait. Il se disait, lui, le successeur de leur découvreur, l'adelantado de Mendaña.

Mais ce brave gentilhomme se laissa convaincre par mes pieux arguments et reconnut qu'en son âme et conscience, quiconque tenterait d'empêcher mon voyage se condamnerait à brûler en Enfer.

Une telle mauvaise foi ne pouvait qu'exaspérer son adversaire. Quirós paracheva son œuvre dans une version ultérieure, ajoutant que le capitaine de Castro lui avait proposé un pot-de-vin de plusieurs milliers de pesos afin qu'il abandonne le service du Roi et renonce à sa quête. Cette calomnie allait porter la fureur d'Hernando à son paroxysme.

Perdant toute mesure, il s'employa à prendre le Portugais de vitesse.

*

Quirós leva l'ancre en grande pompe le 21 décembre 1605 à trois heures de l'après-midi. Il commandait une flotte de trois navires qui comptaient cent soixante hommes d'équipage, dont dix religieux. Son départ de Callao fut salué d'autant de coups de canon qu'autrefois celui de Mendaña.

Ni le capitaine de Castro ni son épouse ne se dérangèrent.

*

La chance voulut que le vice-roi du Pérou fût l'ancien vice-roi du Mexique, le protecteur d'Hernando : le comte de Monterrey. Et que celui-ci ne partageât pas la sympathie des Grands envers Quirós.

Certes, il ne pouvait se permettre d'appuyer officiellement une entreprise visant à discréditer le candidat de la Couronne. Mais il pouvait fermer les yeux et laisser faire. Que Castro réussisse là où le Portugais échouerait, l'Espagne y gagnerait. Monterrey applaudissait au projet.

La seule personne qui y trouvait à redire était Isabel.

Elle sentait que les îles Salomon se dressaient entre eux et les séparaient. Le souvenir de sa propre expédition était devenu son tourment. Ses visions de cauchemar continuaient à la hanter. Et ses nuits d'insomnie tournaient désormais au monologue :

« Hernando, mon âme, je vais tout perdre sans te regagner ! songeait-elle, terrifiée, en comprimant à deux mains les battements de son cœur. Devrais-je prétendre te soutenir et te seconder, alors qu'un seul désir me hante : t'empêcher de poursuivre cette aventure insensée ?

« Va-t'en… Hernando, pars. Mais ne me demande pas d'être complice de ta mise à mort. Tout ce que tu peux exiger de moi, c'est de ne pas intervenir. Et crois-moi, cette passivité de ma part est bien plus qu'un sacrifice ! Si je te laisse partir, je te laisse mourir. Et cela, Hernando, constitue sans doute la plus grande preuve d'amour que je puisse te donner.

« Tu me reproches de ne plus t'aimer assez pour te suivre. Mais comment te suivre sans y croire ?… Devrais-je t'aimer assez pour feindre ? Absurde ! Ce serait te tromper, ce serait te trahir.

« Tu es jaloux de l'Adelantado, dont tu me crois plus fière, plus admirative, même plus amoureuse que je l'ai jamais été de toi. Quelle erreur ! Avec la distance, je mesure combien je n'avais pas compris Alvaro. Il était pour moi un dieu, c'est vrai. Et dans une certaine mesure, il le reste. Mais aujourd'hui, je ne peux m'empêcher de penser qu'il était aussi un rêveur aveuglé par sa chimère. Et je ne lui pardonne plus d'avoir entraîné quatre cents personnes dans un voyage dont il soupçonnait la vanité. Je lui en veux de m'avoir laissée y croire. Je lui en veux de s'être laissé lui-même gagner, contaminer par mon enthousiasme… Mais qu'importe Alvaro ? J'ai tort de te permettre de lui donner une importance qui n'a aucun sens dans notre vie.

« Depuis longtemps, il me semble que nous jouons tous à un jeu où chacun endosse le rôle de l'autre et prend sa place. Je suis devenue Alvaro qui affecte de partager les rêves d'un être plus jeune. Mais justement… je ne peux pas faire semblant d'y croire, comme Alvaro ! Je ne peux pas te tromper et prétendre que les îles Salomon restent le rêve de ma vie ! Ma vie, elle est ici, à Lima. Dans cette maison. Avec toi. Et peut-être les enfants que nous pourrions encore avoir. La vie est là… Tu dis que mes doutes et mes scrupules signifient précisément le contraire. Tu soutiens que je suis morte à moi-même, que je ne ressemble pas à la femme que tu as épousée, que je me suis trahie, que je t'ai trahi, en changeant. Tu affirmes que je suis devenue frileuse et pusillanime. Mais en vérité, c'est toi, Hernando, qui as peur… À moins que tu me caches quelque chose ? Comme tu m'avais dissimulé ton accord avec le Vice-Roi pour que mon navire succède au galion de Manille ? Tu m'avais menti durant des semaines sur ce que tu tramais alors… Serais-tu épris d'une autre ? Je te connais : tu aimes la jouissance, tu es fait pour l'amour. As-tu noué une liaison au port ?

« … Pars, Hernando ! Va te faire pendre ailleurs… Après tout, je m'en moque ! »

Ses idées s'embrumaient. Elle ressassait ce qu'elle s'était répété cent fois.

« … Tout cela, le pavillon chinois, ta demande en mariage, notre retour sur le *San Jerónimo*, notre bonheur au Mexique et à Castrovirreyna, tout cela n'était-il qu'un leurre ? Un moyen pour toi d'arriver au but ?

« Maintenant que je refuse d'être ton instrument, tu cherches à te libérer et me rejettes. Mais si je te rends les deux clefs que tu me réclames, si je te donne le coffre de l'Adelantado, si je te livre ses secrets, ses cartes et ses plans, je te renvoie au même destin que lui… Tu me répondras qu'on ne fait pas le bien des gens malgré eux. Mais comment faire – sciemment – le malheur des êtres que l'on aime ? Tu me rétorqueras qu'en te refusant les cartes d'Alvaro, je laisse toutes ses chances à Quirós. Tu m'accuseras de vouloir te garder pour moi. Et tu rajouteras que si je t'aimais – si je t'aimais vraiment –, je me réjouirais que tu connaisses la gloire de découvrir le Cinquième Continent.

« … Où te trouves-tu à cette heure ? Inés m'a rapporté ton message : tu avais à faire à Callao et tu y coucherais.

« Tu profites de l'occasion pour me faire comprendre que tu gardes ton indépendance. Et quand tu rentreras, tu ne rentreras pas seul. Tu amèneras avec toi ta clique de marins, tous ceux que tu as déjà enrôlés. Nous ne nous serons pas vus depuis plusieurs jours. Pourtant, nous ne pourrons rien nous dire. Je ne conteste pas ta liberté, mais pourquoi me l'imposes-tu ainsi ? »

Les journées de cet hiver 1607 étaient grises. Un vent du nord-est soufflait constamment. Cependant aucun nuage ne défilait dans le ciel. Pas une ombre, sinon ce brouillard vert-de-gris, cette brume éternelle qui pesait sur les cloîtres de Lima.

*

Lima, deux ans plus tard, novembre 1609, couvent de Santa Clara

— Je ne comprends pas, je ne comprends pas, je ne comprends pas…

— Tu parles comme les dames des Philippines, ma Pétronille. Qu'est-ce que tu ne comprends pas ?

— Toi, Isabel, répondit l'aînée en dévisageant sa cadette.

Pétronille avait beau essayer, elle ne s'habituait pas aux cheveux noirs de sa sœur, à sa maigreur, à tous les ravages que causaient chez Isabel les terribles pénitences qu'elle s'imposait.

— ... Pourquoi t'es-tu retirée ici ? Tu n'appartiens pas à ce couvent. Que fais-tu à Santa Clara ?

Isabel sourit, retrouvant un peu de la légèreté qui présidait à leur intimité d'autrefois :

— Je te découvre bien impie, *querida mía* : les voies du Seigneur sont impénétrables. Qui te dit que je n'ai pas été appelée parmi vous ?

— Je sais une chose, Isabel : tu aimes Don Hernando plus que ton Créateur... Et tu te trouves en état de péché mortel, en adorant quiconque autre que Dieu !

— Si mon seul péché avait été d'aimer...

— Pourquoi te sacrifies-tu ? Pourquoi renonces-tu au monde ?

— Qui te parle de sacrifice ? Qui te parle de renoncement ?

— Quand tu es venue cacher chez moi le coffre de l'Adelantado, j'ai acquiescé à ta demande : je l'ai conservé. Ce matin, j'ai encore agi selon ton désir : j'ai placé tes livres sous la statue de *Notre-Dame des Navigateurs*. Maintenant, explique-toi... Qu'as-tu fait ?

Isabel obtempéra.

— Lorsque nous nous sommes retrouvées toi et moi à Lima, j'ai cru que je pourrais expier ma conduite durant l'expédition de Don Alvaro.

— Quels crimes avais-tu donc commis, Isabel ?

Elle ignora la question.

— J'ai cru qu'en soustrayant le coffre, Hernando comprendrait qu'il n'avait aucune chance... Je ne pensais pas qu'il partirait quand même ! J'avais parié sur le temps. Alvaro avait mis plus de vingt-cinq ans à monter son expédition. Et moi, dix. Hernando était riche, certes, mais pas au point de pouvoir organiser rapidement un voyage de cette ampleur. Le soir où j'ai couru chez toi, il venait de m'apprendre que Quirós était revenu au Mexique. Hernando racontait que notre ancien pilote avait connu les mêmes difficultés que l'Adelantado, et que son équipage s'était mutiné. Qu'il ne ramenait qu'un bateau sur les trois et rentrait bredouille… Quirós n'avait pas découvert l'Australia Incognita, il n'avait pas retrouvé les îles Salomon, il n'avait même pas réussi à rallier Santa Cruz. Tu me répondras que, pour nous, ces nouvelles étaient plutôt bonnes… Je les ressentis, moi, comme une catastrophe. En dépit de ses échecs, Quirós se vantait déjà d'avoir fondé sa première ville sur le Cinquième Continent… Il s'était embarqué pour chanter ses hauts faits à Madrid. Je connaissais sa mauvaise foi et son énergie. Il parviendrait de nouveau à ses fins. Il obtiendrait un second commandement et reviendrait à Lima en triomphateur. Aucun doute sur ce point : il allait repartir en quête de nos îles… Je le savais. Hernando aussi le savait. Il m'affirmait que, si Quirós avait vraiment découvert l'Australia Incognita, lui-même se serait incliné devant la volonté de Dieu et le choix du Roi. Il aurait cessé le combat. Mais Quirós avait failli… Cette fois, Hernando ne doutait pas que je le soutiendrais. Je lui ris au nez. Que m'importait que Quirós monte une deuxième, une troisième expédition ? Que m'importait qu'il nous calomnie auprès des Grands et réécrive l'Histoire ? Que m'importait que l'éclat de notre nom – dont Hernando restait si jaloux –, le prestige des Castro Bolaños y Rivadeneyra Pimentel, la renommée des Mendaña de Neyra, même la gloire de Doña Isabel Barreto, disparaissent de toutes les mémoires au profit de la gloire d'un Quirós ? N'étions-nous pas heureux au Pérou ? Ici et maintenant. En m'entendant, moi, faire l'éloge de la médiocrité, Hernando jugea que je le trompais depuis toujours… L'exploit de la Reine de Saba qui traversait les océans à la tête de ses navires, relevait décidément de la légende et de l'imposture… Ces derniers temps, il m'avait crue lâche. Il me découvrait aujourd'hui résignée… En fait d'Adelantada : une Pénélope qui tissait son propre linceul ! S'était-il fourvoyé en m'épousant ? L'avais-je piégé dès l'heure de notre rencontre ? Comment un esprit comme le mien, qu'il avait senti si curieux, comment sa propre épouse pouvait-elle accepter la défaite et la honte ? Sans même tenter de les combattre ! Que pesait la félicité derrière laquelle je m'abritais, l'amour que j'agitais sous son nez tel un chiffon rouge, face à l'Injustice et au Mensonge ? Quirós jouissait d'un privilège usurpé, d'un honneur qui lui revenait de droit à lui, à moi, à notre descendance, à la postérité. « Que m'importe la postérité, me récriais-je, quand nous n'avons même pas d'enfants ! » Là, je tressais la corde pour me pendre : je savais qu'Hernando me reprochait d'être stérile, qu'il voulait un fils pour perpétuer son sang. Mais… fierté contre fierté, orgueil contre orgueil, je m'entêtais. Il exigea de moi, non seulement que je l'aide et le seconde dans ses préparatifs, mais que je le serve et m'incline devant ses ordres. S'il avait pu, il m'aurait mise à genoux… Pour le reste, son navire était prêt. Ses hommes l'attendaient au port. Nous pouvions hisser les voiles ensemble, comme nous l'avions toujours projeté. Comme je l'avais toujours rêvé. Il suffisait de lui rendre les deux clés que je lui avais volées, disait-il. J'ai choisi, moi, de faire l'inverse. Je t'ai donc apporté le coffre tout entier, afin qu'il ne puisse ni s'en emparer ni le forcer… Notre dernière altercation fut d'une violence que tu ne peux même concevoir ! En le laissant lever l'ancre sans le journal de bord des deux voyages de Mendaña, sans ses portulans et sans ses cartes, je l'ai envoyé à une mort certaine !… Voilà ce que j'expie, Pétronille : ma responsabilité dans le malheur de l'homme que j'aime et que j'ai condamné.

Pétronille, qui se souciait assez peu du sort de son second beau-frère, refusa de lâcher prise. Elle revint au seul sujet qui l'intéressait :

— Tu n'as pas répondu à ma question, Isabel. Quel crime as-tu commis lorsque tu commandais l'expédition jusqu'à Manille ?

— Tu n'as donc pas lu le récit que Quirós fait circuler…

— Si. Et j'ai mesuré ce dont il t'accuse. Tu as manqué à tous tes devoirs de chrétienne. Tu n'as pas partagé ce que tu possédais… Cependant, à lire son texte de près, tu as toujours fini par céder aux prières de ton brave pilote. Tu as sacrifié tes vaches et tes cochons. Jusqu'aux jarres d'eau qu'il te demandait… Il dit même que tu as finalement gracié, sur ses instances, le marin que tu avais condamné à l'estrapade, pour avoir tenté de suivre nos frères quand tu les avais envoyés chercher de l'aide.

— Tu prends les écrits de Quirós pour argent comptant. Non seulement il témoigne rarement de la vérité, mais il ne sait pas tout.

— Que sais-tu, toi, qu'il ignore ?

Poussant un soupir, Isabel baissa la tête.

— Faut-il vraiment le formuler ?

— Oui.

— Je ne l'ai compris qu'au moment où Hernando a hissé les voiles de nuit, sans un adieu… Au terme de notre dispute la plus terrible… Cette nuit-là, ce que je cherchais à comprendre depuis des années m'est apparu dans toute sa clarté… Ce visage d'enfant… Un mousse couvert de vermine, venu voler un morceau de biscuit jusque dans ma cabine. Diego l'avait surpris. Le petit, terrifié, avait réussi à se dégager. Il s'était réfugié dans mes jupes et s'y cramponnait. Diego m'a demandé ce qu'il devait en faire. C'était au soir de la mort de Mariana. J'ai répondu : « Tue-le ! » Il a sorti son couteau et l'a traîné dehors. Le garçon s'est laissé emmener sans un cri. Il avait de grands yeux noirs épouvantés… Quand Diego l'eut égorgé et jeté par-dessus bord, il revint raisonner avec moi que nous ne pouvions nous permettre de tels manquements à la discipline, et que le mousse devait s'estimer heureux d'une punition aussi rapide.

Cette confession fut suivie d'un long silence. Pétronille finit par se signer. Mais si Isabel se croyait quitte de sa curiosité, elle se trompait.

— Demandes-tu vraiment pardon au Seigneur d'un forfait aussi abominable ? Ou bien Lui dis-tu : « Don Hernando est parti, pour moi tout est donc fini… » ? Te repens-tu réellement de ta cruauté et de ta barbarie, ou ne penses-tu qu'à retrouver ton amour perdu ? Que confies-tu au Tout-Puissant, lorsque tu pries ? Lui dis-tu : « … Puisque j'ai condamné mon époux, je me condamnerai aussi. Je me dépouille de tout ce qui faisait ma vie, de tout ce dont je voulais qu'il profite. De notre maison, de ma beauté, du monde… Puisque j'ai péché contre la volonté d'Hernando, puisque je l'ai perdu, je ne veux ni paix ni espoir. J'accepte la séparation. Je refuse sa perte et sa mort. Seigneur, prenez-moi, mais sauvez-le ! »

— Mes prières, Pétronille, ne te regardent pas !

— Peut-être… Mais le salut de ton âme, oui. Et je crains que tu ne blasphèmes encore… Que tu essayes de marchander avec ton Créateur et tentes de conclure une affaire avec Lui.

Le jour s'était levé.

Les deux femmes ne pouvaient que reconnaître leur incapacité à se rejoindre et à s'aider. Les nuits passées dans la même cellule à évoquer leur jeunesse, à poser leurs questions, à écouter leurs raisons : tout était resté vain. Elles n'avaient rien appris qu'elles n'aient déjà deviné.

Elles ne pouvaient maintenant que mesurer l'infranchissable distance qui les séparait.

Elles savaient, comme elles l'avaient toujours su, que Pétronille n'avait pas pardonné à Isabel son mariage avec Mendaña. Ni son bonheur auprès de lui. Ni leur départ ensemble sur la Mer du Sud. Ni la mort de Mendaña à Santa Cruz. Ni l'oubli de Mendaña à Manille… L'oubli si rapide, l'oubli si scandaleux, l'oubli si radical d'Alvaro, quand Isabel avait épousé le capitaine de Castro en trois mois.

Les sœurs avaient pris conscience d'autres choses encore : que l'aînée ne s'intéressait au destin de la cadette que dans la mesure où il la ramenait, elle, à un autre destin. Celui de l'homme que Pétronille avait perdu, sans l'avoir jamais possédé. L'Adelantado avait été son grand amour. Il demeurait la passion de sa vie.

Le reste, pour Pétronille, comptait peu.

L'aube les trouva immobiles, figées dans leurs douleurs et leurs interrogations.

C'était compter sans l'Abbesse.

En ce matin de novembre 1609, Doña Justina et les trois Voiles Noirs de son conseil firent irruption dans les appartements des dames Barreto de Castro. Elles apportaient une nouvelle stupéfiante. Au terme de treize mois d'absence, le navire du capitaine Hernando de Castro arrivait du Mexique et s'était ancré dans la baie de Callao. On attendait son propriétaire au couvent. L'Évêque lui avait donné licence d'y venir chercher son épouse. Il serait là aujourd'hui ou demain.

*

Inconsciente de la curiosité des moniales qui la regardaient arpenter les allées du cloître, Isabel tournait comme un fauve sous les arcades : « Où fuir, mon Dieu ? » songeait-elle, affolée, marchant toujours.

— Il débarque pour la reprendre, dit tout haut un Voile Blanc à l'une de ses compagnes.

— Dans l'état où elle s'est mise, la reconnaîtra-t-il seulement ? opina l'autre.

Isabel hâta le pas et s'arrêta sur le seuil du long corridor voûté conduisant au parloir. « Maintenant, pensa-t-elle en fixant le boyau noir, maintenant je vais être punie. Et j'aurai enfin expié, Seigneur mon Dieu… Quand il m'aura vue, je serai délivrée de moi-même. »

Elle fit le signe de la croix, rentra la tête dans les épaules et s'enfonça lentement au cœur de l'obscurité.

*

Il faisait encore nuit lorsque Hernando longea à cheval l'interminable muraille ocre du couvent de Santa Clara… pour trouver le portail fermé. Avec son impatience coutumière, il s'était trop hâté. Et pour cause : il n'y tenait plus ! Inés, pas plus qu'Elvira ou les autres suivantes de Doña Isabel n'avaient pu le renseigner sur le sort de sa femme. Nul ne savait rien d'elle, sinon cela : elle avait quitté leur maison au soir de son départ en mer, et s'était retirée au couvent, interdisant à quiconque de l'y suivre.

Il n'avait pas attendu que ses domestiques eussent fini d'atteler. Son carrosse le rejoindrait devant le porche, avec les deux charrettes pour les coffres et les effets.

Enveloppé dans sa cape, le feutre sur l'œil, la rapière au côté, il faisait maintenant les cent pas. Il se sentait transi. Il se reconnaissait nerveux… Depuis treize mois, Inés ne trouvait dans ses coquillages que de mauvais présages : son inquiétude l'avait gagné.

Il allait, venait, tirait la chaîne, sonnait la cloche. Peine perdue. La sœur tourière était absente, endormie ou sourde ! Personne ne venait lui ouvrir… Il repartait, longeait le mur, arpentait la ruelle entre le porche du couvent et l'église des Clarisses qui se dressait sur la place. Ses portes étaient ouvertes.

Quand il perçut une vague rumeur dans la nef, il comprit que les religieuses assistaient aux matines… Bien sûr ! Relevant son épée afin qu'elle ne racle pas sur les dalles, il gravit en courant les marches du parvis. La tristesse des lieux le saisit… Aucune comparaison avec les grandes cérémonies pour l'Assomption de la Vierge, toutes les fêtes mariales auxquelles lui-même avait assisté ici.

Il était seul et s'avança jusqu'à l'autel où le prêtre célébrait une messe basse. Il se tint debout sur la droite, tout près du grand treillis d'où montaient d'ordinaire le tonnerre des orgues et le chant des vierges. Mais ce matin, derrière la première grille de fer, derrière la seconde grille de bois, derrière les deux rideaux de velours et de toile, les nonnes psalmodiaient leurs prières d'un ton monocorde. S'il avait espéré déceler la voix de son épouse dans ce grondement, il s'était trompé.

La voix d'Isabel… Le murmure de l'eau sous la glace. Un ruissellement ponctué de silences, qui l'avait hanté.

Durant ses nuits en mer, il n'avait jamais cessé de l'entendre. Il l'avait écoutée, allongé sur sa couchette, les bras croisés derrière la nuque, dans une sorte de torpeur oppressée.

Comment pouvait-il se souvenir de cette femme avec une telle intensité ?

Il humait à longs traits son parfum. De l'ambre ? Du musc ? Il cherchait à isoler les essences. Il avait tant aimé les senteurs et les épices à Manille !… Impossible de les identifier. Les effluves qui émanaient de la chevelure d'Isabel n'appartenaient qu'à elle. Les yeux clos, il en respirait les ondes incandescentes. Sous l'or des mèches qui bouclaient sur le front, il voyait ses yeux aux ombres noires, son nez busqué, la ligne admirable de son cou… Et ses seins. Il parvenait à reconstituer son corps, à la reconstituer tout entière, avec une acuité étrange, anormale, dont il s'était longtemps défendu. Sa perception de la démarche d'Isabel n'était même plus visuelle : le balancement de ses hanches s'imprimait dans sa chair, dans son âme.

Et toutes les secondes au cœur de l'océan, il s'était posé la même question : « … Pourquoi me suis-je amputé d'elle ? »

Il avait tenté de se remémorer ses griefs et les raisons de leur rupture. En vain.

Cette femme, la sienne, il l'avait quittée pour quoi ?

Pour l'amour d'une autre ?

Allons donc ! Depuis qu'il possédait Isabel, il n'avait désiré qu'elle… Infidèle, oui, dans les derniers temps, pour rester libre sous le joug.

Abandonnée, pour quoi ?

Pour rien. Une idée. Ou plutôt une manie. Un refrain, une ritournelle, une sorte d'obsession dont il avait pris l'habitude : les îles Salomon, Quirós, la richesse, la puissance, la gloire… Une folie, dont il mesurait aujourd'hui la vanité.

À l'inverse de Mendaña, Hernando de Castro n'était pas homme à traquer les chimères. D'instinct, il s'intéressait peu à ce qu'il ne pouvait ni voir ni toucher. Il savait aujourd'hui, sur lui-même, ce qu'il voulait savoir. S'il se montrait prêt à courir toutes les aventures, à affronter les naufrages, le désespoir et la mort, ce ne serait jamais en quête d'une utopie.

Un matin, au lever de l'un de ces soleils qui semblait monter sur l'aube du monde, il s'était surpris à formuler la question que l'Adelantado s'était posée avant lui, en partageant la vie d'Isabel. Cette question qu'elle-même avait murmurée entre ses bras : « Que nous importe l'or des îles du roi Salomon ? »

Le scorbut décimait ses hommes. Il avait presque

épuisé ses réserves d'eau. Aussi bien, son errance pouvait durer des mois, des années, une vie entière…

Qu'il trouve ces terres ou qu'il les manque, le résultat serait le même : il leur aurait sacrifié l'essentiel.

Il avait choisi de faire demi-tour vers le Mexique.

En tirant, avec tant d'impatience, la cloche de Santa Clara, Hernando tenait sa seule certitude. La vie, la vraie vie, la seule vie qui vaille la peine d'être vécue se cachait derrière ces murs.

*

— … Différente. Vous la trouverez toutefois différente, murmura Pétronille en s'effaçant pour laisser pénétrer son beau-frère dans le parloir.

Il connaissait le *locutorio* de Santa Clara. Une vaste galerie qui servait de salon après les grands-messes et les cérémonies.

Contre le mur, sur toute la profondeur, courait un alignement de fauteuils aux dossiers pourpres, vastes comme des trônes, que les religieuses réservaient à leurs visiteurs. Face à la rangée des sièges, en guise de mur, se dressait une haute grille noire, tressée serré comme un filet, semblable à celle qui séparait le chœur des moniales du chœur des fidèles dans l'église.

Mais ici, au contraire de l'église, les nonnes ne se tenaient pas cantonnées derrière la clôture. Une petite porte découpée dans le treillis, invisible malgré ses gonds, permettait de passer des profondeurs du couvent à la salle de réception.

Pour le reste, si le parloir de Santa Clara pouvait paraître austère avec ses barreaux et ses grands crucifix, il bruissait chaque jour de jupons. Et ses fauteuils demeuraient rarement vides.

Aujourd'hui, l'Abbesse, Pétronille, le conseil, tout l'aréopage des Voiles Noirs ainsi que leur confesseur se pressaient là, debout, afin de recevoir dignement le capitaine de Castro. Rien que de très naturel à cet accueil. La fin d'une retraite donnait toujours lieu à des réjouissances. De préférence, un goûter. Les religieuses offraient des gâteaux, des bonbons, toutes sortes de sucreries à la parentèle de la grande dame qui leur avait fait l'honneur de sa compagnie, et regagnait ses foyers en les ayant comblées de ses largesses.

À leurs agapes, les Clarisses conviaient les amies de leur bienfaitrice. Mais aussi les hommes de sa famille, ses frères, ses fils, son mari, l'ensemble du monde venu la reprendre… On bavardait, on jouait de la musique. On pouvait même, sinon danser, du moins chanter les airs profanes, les cantilènes à la mode, dont les personnes du siècle apportaient les partitions à leurs hôtesses recluses.

Ce matin, pas de sirops, pas de bonbons. Le parloir n'était éclairé que par deux maigres bougies. Un jour crépusculaire tombait de l'étroite lucarne qui donnait sur le ciel. Les religieuses s'étaient regroupées au centre, sous la voûte. Têtes baissées, bras croisés, elles s'abîmaient dans leur méditation. Ne manquait que l'héroïne de la fête.

— Vous allez la trouver changée, insista Pétronille.

Différente ? Changée ? Que signifiaient ces précautions oratoires ?

— … Qu'est-il donc arrivé ? s'enquit Hernando avec une affectation de légèreté.

Pétronille hésita. Il chercha son regard.

— Qu'est-il arrivé ? répéta-t-il, la voix soudain altérée.

Elle détourna les yeux. Il pâlit.

— … Non, il ne s'agit pas de cela ! s'écria-t-elle.

Elle avait vu la terreur dans le regard de son beau-frère.

— … Doña Isabel n'est pas morte ! Mais…

— Mais ?

— Elle a été brûlée par l'amour qu'elle vous porte.

— Doña Isabel se consume dans l'Amour du Seigneur, rectifia Doña Justina.

Insensible à la sainteté de la phrase, indifférent au respect dû à l'Abbesse, Hernando gronda :

— Allez la chercher ou j'y vais moi-même !

Il n'eut pas à répéter son ordre. Une ombre, à peine une silhouette, se dessinait derrière les barreaux de la clôture.

Au brusque silence qui s'abattit sur le parloir, il comprit que cette forme pouvait être Isabel. Franchissant la distance le séparant de la grille, il se précipita contre le treillis.

Il avait pris de vitesse la curiosité des nonnes. Elles ne surprendraient ni n'entendraient rien : il leur bloquait la vue.

Immobile, il scrutait les entrailles du couvent… Isabel ? En vérité, il n'en était pas certain. Il tentait de distinguer son corps dans la nappe d'obscurité. Elle s'avançait avec trop de lenteur. Il ne la reconnaissait pas.

Ce n'était pas tant cette démarche d'automate qui le troublait, ce vacillement de tout l'être, si loin du pas d'Isabel claquant sur les dalles. Ni le sac de bure qui la recouvrait tout entière, ni le cercle de fer qui enserrait son long cou, ni même le visage qu'entre les barreaux, il devinait émacié, blême et fiévreux… Mais cela : ces immenses cheveux noirs qui recouvraient ses épaules comme un voile de deuil.

Même quand elle fut assez près de lui pour qu'il pût la voir, il ne la reconnut pas.

Elle s'arrêta à quelque distance, se dissimulant derrière le pan à demi tiré du rideau. Un poignant vestige de coquetterie.

Une morte.

Il resta si saisi que les larmes lui montèrent aux yeux. Il ne put prononcer une parole. Il la contempla longtemps.

Elle gardait la tête baissée, essayant de cacher son visage sous sa chevelure funèbre, afin qu'il ne mesurât pas l'étendue du ravage.

— Pourquoi ? finit-il par balbutier… Pourquoi as-tu commis cet… ? Pourquoi, répéta-t-il, t'es-tu infligé cela ?

— Pour me souvenir, pour reconnaître devant le monde…

Elle releva le front et le regarda droit dans les yeux. Ce regard ne lui laissa aucun doute : c'était elle.

— … Que j'ai tué un enfant, murmura-t-elle.

— Au nom du Ciel, Isabel, écoute-moi !

— … Pour me rappeler que je suis damnée et que je ne m'appartiens plus.

Même si le corps était brisé, la voix vibrait encore. Passionnée. Déchirée… Isabel restait vivante.

— Approche. Écoute-moi !

Il tentait de l'attirer, de l'attraper, de la capter.

Elle le sentit et recula, pour se réfugier dans une bataille plus ancienne :

— Les cartes marines se trouvent sous la statue. Quand j'aurai disparu, quand on m'enterrera ici, ma sœur trouvera le moyen de vous les remettre... Quand j'aurai disparu, faites en sorte de revenir à Santa Clara !

Elle le vouvoyait, rendant plus sensible encore le gouffre qui les séparait.

— Moi aussi, je suis coupable d'un meurtre, Isabel : je t'ai frappée dans ce que tu avais de plus précieux, j'ai tué en toi la joie et la vie. Pardonne-moi. Car, sans ton pardon, je meurs à mon tour. Nous sommes fondus l'un en l'autre... Notre chair, nos âmes restent soudées. Rien ne peut nous délier.

Elle le fixait sans comprendre. Il poussa l'avantage :

— Recommençons une vie nouvelle. Revenons à l'époque du bonheur... Retournons à Castrovirreyna.

Elle recula encore.

— Vous voulez ce qui n'est plus possible !

— Qui en a décidé ainsi ?... Toi ?

— Lui !... Mon Dieu, s'écria-t-elle cherchant le crucifix des yeux, mon Dieu pourquoi me rendez-vous l'Espérance quand Vous savez qu'il est trop tard ?

— Il n'est pas trop tard, Isabel.

— Si, murmura-t-elle avec désolation. Lorsqu'on a longuement appelé la mort, le Seigneur exauce vos prières.

— Quoi que tu en dises, tu ne Lui demandes pas la mort, tu Lui demandes la vie. Et cette vie, le Seigneur peut encore te la donner.

— Il est trop tard.

— Ma Mère, ouvrez cette grille ! hurla-t-il.

L'Abbesse et le confesseur échangèrent un regard.

— Cette femme est mon épouse. Elle m'appartient… Ouvrez cette grille ! répéta-t-il.

D'un hochement de tête, Doña Justina donna l'ordre à la sœur tourière d'obéir. La petite porte grinça sur ses gonds. Hernando se rua derrière la clôture. Isabel tenta de fuir. En deux enjambées, il la rattrapa. Elle se débattit.

Affaiblie par le jeûne et les veilles, elle n'était plus en état de se défendre. La lutte dura peu. Il la renversa avec brutalité, s'en saisit et l'emporta dans ses bras. La haie des religieuses s'ouvrit devant lui. Il traversa leurs rangs, serrant durement contre sa poitrine son fardeau inanimé.

Médusées, les Clarisses regardaient les longs cheveux noirs qui ondulaient jusqu'au sol, cette chevelure de veuve qui frémissait comme un drapeau autour du capitaine.

Il la porta à travers l'atrium, jusqu'au carrosse qui l'attendait devant le porche. Il déposa sa proie dans la voiture, monta et claqua la portière. On l'entendit crier :

— À Castrovirreyna !

Le lourd portail des Clarisses retomba sur le piétinement des chevaux qui partaient au galop.

*

On n'avait jamais rien connu de semblable.

L'enlèvement de Doña Isabel Barreto, perpétré en pleine lumière, par son propre mari, avec la bénédiction de son confesseur, en présence de l'Abbesse et des religieuses, était contraire à toutes les lois du genre.

Même en matière de scandale, cette femme défiait les usages et suscitait l'étonnement.

Elle avait commencé sa vie sur la mer, en conquérante. Elle souhaitait la terminer derrière la muraille d'un couvent, en pénitente. Si elle s'était arrêtée là, le monde n'y aurait, peut-être, rien trouvé à redire.

Mais en fait d'obscurité, de silence et de paix, elle brisait ses chaînes et s'échappait de la prison qu'elle s'était imposée, pour s'enfuir, pâmée, dans les bras de l'homme qu'elle aimait : son époux devant Dieu, son amant qui l'adorait.

Elle avait alors quarante ans.

Son enlèvement avait duré moins d'une minute…

On en parlerait encore quatre siècles plus tard à Lima !

Épilogue

Jusqu'à la mort, tout est vie[1]

Province de Castrovirreyna
– Couvent de Santa Clara
Trois ans après l'enlèvement
Juillet – novembre 1612

Par un matin glacial dans le palais du Gouverneur, à quatre mille mètres d'altitude au cœur des Andes péruviennes, l'épouse de Son Excellence Don Hernando de Castro gisait sur son lit d'apparat. Les yeux clos, les mains croisées sur son ventre, elle respirait avec difficulté.

Autour d'elle, les six braseros, brûlant en permanence, ne suffisaient plus à la réchauffer. Elle entendait le vent qui hurlait sur les lacs. Et puis, plus près, les moutons qui bêlaient et les lamas qui piétinaient dans les enclos de pierres. Elle savait qu'au-dessus d'eux planaient les grands condors des montagnes.

Comme toutes les femmes à la veille de leur accouchement, elle avait peur. Elle tentait de se raisonner,

1. Miguel de Cervantès.

de surmonter les pressentiments qui l'assaillaient. Si Dieu lui avait accordé la joie de porter un enfant, ce ne serait pas, cette fois, pour le lui reprendre.

*

Quand son mari l'avait arrachée du couvent, il ne l'avait pas conduite ici. Pas tout de suite. Il avait mesuré dans leur carrosse la gravité de son état. Il l'avait ramenée dans leur maison de Callao.

Son premier geste, en arrivant chez eux, avait été d'ôter lui-même la teinture noire qui endeuillait la chevelure d'Isabel. Il avait demandé à Inés de lui préparer une mixture décapante, d'en appeler à toutes ses herbes et toutes ses poudres. L'entreprise s'était révélée longue et difficile. Ils durent s'y reprendre à plusieurs fois. Au terme de leurs efforts, ils réussirent toutefois à rendre un peu de leur éclat aux ondes mordorées d'antan. Un peu… Les tempes d'Isabel restèrent grises et son front cendré. Loin de s'en désoler, le capitaine de Castro ne vit dans ces marques qu'une preuve d'amour, lui rappelant les souffrances qu'elle s'était infligées afin d'obtenir du Ciel son retour et sa vie.

Il la veilla durant des mois, en silence. La faiblesse de sa femme ne permettait pas qu'il lui parle. Mais lorsqu'au début de l'été, elle réclama son bras pour l'aider à faire quelques pas et s'appuya sur lui de tout son poids, il sut qu'il avait gagné la guerre.

Leur amour était redevenu si visible, si palpable, qu'Inés, en leur servant à souper, sentait vibrer l'air et vaciller les flammes des candélabres d'argent. Ils ne voulaient autour d'eux aucune autre domestique. Isabel préférait se lever de table pour prendre elle-même les assiettes sur le buffet ou porter les aiguières. Elle se déplaçait avec lenteur et difficulté… Elle demeurait très malade. Inés n'avait pourtant jamais ressenti sa force vitale avec une telle évidence. Quand Isabel retournait s'asseoir en face de son mari, elle passait sa main dans les cheveux d'Hernando, comme elle le faisait autrefois, avec le même mélange d'adoration et d'ivresse. Elle demeurait là, plantée un instant derrière son siège, lui prodiguant du front jusqu'à la nuque cette caresse qu'il reconnaissait comme l'une des grandes jouissances de sa vie. Hernando s'abandonnait tout entier à ce geste. Isabel ne voyait pas son regard. Inés, oui. Les yeux noisette du capitaine devenaient plus clairs, presque jaunes.

Ce fut au terme de cette période de délivrance morale et de retour à la paix qu'ils décidèrent de s'isoler à Castrovirreyna.

Ils n'emmenèrent avec eux que les servantes de toujours, Inés et l'esclave Pancha. Et parmi les dames de compagnie, Doña Elvira. Son témoignage contre la Gobernadora, au profit de Quirós, n'avait pas provoqué sa disgrâce. Isabel avait partagé assez d'épreuves avec sa lectrice pour lui pardonner. Quant à Elvira, l'appartenance au monde du capitaine de Castro compensait la virulence de ses griefs à l'égard de sa maîtresse. Célibataire à près de quarante ans, elle ne pouvait que suivre le couple ou prendre le voile.

Leurs proches, Diego et Luis, seraient aussi du voyage : ils seconderaient leur beau-frère dans ses tâches. D'ancien maire de la ville, Don Hernando venait d'être nommé Gobernador de toute la province. Là, les lacs glaciaires se confondaient avec le ciel, et le bleu infini de l'eau qui déchirait la lande leur évoquait l'immensité de la Mer du Sud.

*

En ce matin du 14 juillet, les contractions se succédaient. On attendait l'enfant pour septembre. Il allait naître avant terme. Isabel avait passé la nuit son mouchoir sur les lèvres pour se défendre de crier. Inés, Doña Elvira, la sage-femme et les servantes se pressaient autour d'elle, essayant d'étancher l'hémorragie. Elles savaient déjà que leur maîtresse avait perdu son bébé, un garçon. La fièvre puerpérale s'était déclarée. Chez une femme de quarante-trois ans, le mal pardonnait rarement.

Quand Hernando pénétra dans leur chambre, il reçut un coup au cœur. Isabel paraissait inanimée, plus pâle encore que naguère au parloir. De ses paupières baissées, deux larmes coulaient en silence.

Il avait tellement rêvé d'avoir un fils… Il tenta de surmonter sa douleur.

Elle murmurait son nom. Elle l'appelait.

Il s'approcha, lui caressa la main. Elle ouvrit les yeux.

— J'ai voulu ce qui n'était plus possible, murmura-t-elle dans un sanglot.

— De quoi parles-tu, mon âme ? Calme-toi. Tout ira bien.

— Appelle Diego et Luis. Fais venir le notaire et le prêtre…

Hernando, pétrifié par le chagrin, ne bougea pas.

— C'est la mort, s'excusa-t-elle.

Il la regarda sans vouloir comprendre. Elle essaya d'expliquer :

— Le Seigneur m'a pris la vie de notre enfant pour me punir d'avoir pris celle de l'autre.

*

Les deux grands candélabres d'argent, qui avaient entouré Alvaro de Mendaña sur l'île de Santa Cruz, brûlaient de chaque côté du lit. La flamme des bougies dansait sur le front moite d'Isabel.

Tous se tenaient debout, rassemblés dans sa chambre : Hernando, Diego, Luis, les notables de Castrovirreyna, son confesseur, et la troupe de ses Indiennes qui gémissaient. Même le visage fermé de Doña Elvira, qui d'ordinaire n'exprimait rien, ruisselait de pleurs.

Isabel avait cherché à s'asseoir, mais ne parvenait plus à se tenir droite. La nuque appuyée sur les coussins, elle regardait devant elle, rassemblant toutes ses forces pour trouver ses mots.

Attablé à son chevet, le greffier prenait note de ses paroles. La voix était basse. Mais contre toute attente, elle s'exprimait avec la précision qu'on lui avait toujours connue.

« En cette ville de Castrovirreyna au Pérou, le 15 juillet 1612, moi, Doña Isabel Barreto, malade de corps et saine d'esprit, j'exprime mes dernières volontés en préparant mon âme à la vie éternelle, au nom du Père, du Fils et du Saint-Esprit, en lesquels je crois et que j'adore.

« Premièrement, je déclare être la fille légitime de Nuño Rodríguez Barreto et de Doña Mariana de Castro, ayant vécu tous deux à Lima.

« Deuxièmement, je déclare que mes parents m'ont

mariée à Don Alvaro de Mendaña, adelantado des îles Salomon, avec une dot qui lui a permis d'acheter deux navires : la *Santa Isabel* et le *San Jerónimo*.

« Troisièmement, je déclare avoir épousé en secondes noces, sans l'autorisation de quiconque et selon ma volonté, Don Hernando de Castro, chevalier de l'ordre de l'Habit de Santiago, au mois de mai 1596 aux Philippines…

« Je laisse audit capitaine de Castro, mon époux légitime, tous mes biens. Et je fais de lui mon légataire universel.

« À charge pour lui de créer dans le couvent où ma sœur Pétronille est aujourd'hui religieuse, une fondation de dix mille pesos, avec une rente annuelle de quinze pour cent. Je lègue cette rente au monastère de Santa Clara, afin que soient dites tous les ans, dans son église, deux cent huit messes basses et deux messes chantées, pour le salut de mon âme et celui des personnes dont je reste la débitrice et l'obligée. Et ce, à perpétuité.

« En outre, seront dites au couvent deux mille messes basses, dans les six mois qui suivront ma mort.

« Je souhaite surtout que Don Hernando de Castro rapporte mon cercueil à Lima et qu'il enterre ma dépouille, secrètement et de nuit, sous l'autel, dans l'église de Santa Clara. »

Cette étrange requête, qui permettait à Hernando de pénétrer dans le couvent et de s'entretenir seul avec Pétronille, ne retint l'attention de personne.

Pour les témoins, le destin d'Isabel Barreto s'incarnait dans les deux galions dont elle avait évoqué la mémoire, dans les deux hommes dont elle avait partagé les aventures, et dans les somptueux objets, les plats d'argent, les colliers de perles, les rubis, qu'elle destinait à ses frères, à leurs épouses, à leurs enfants, à ses propres serviteurs.

L'égrenage de ses biens serait suivi par la confession de ses fautes.

Avant de recevoir l'extrême-onction, elle pria sa sœur de lait, Inés, et sa lectrice, Elvira, de lui pardonner ses manquements, et les confia toutes deux à la protection de Don Hernando.

Puis elle demanda de rester seule avec le prêtre.

Loin de l'apaiser, les derniers sacrements la laissèrent très agitée.

La fièvre cependant tomba dans la nuit. Durant le mois qui suivit, Isabel reprit des forces. Le péril semblait écarté. Même le chirurgien la disait sauvée.

Mais si tous avaient retrouvé l'espoir et ne doutaient pas qu'elle vivrait, Hernando, lui, sentait le danger plus proche et menaçant que jamais. Il savait que le mal n'était pas physique. Qu'Isabel souffrait d'une blessure dont, cette fois, il ne parviendrait pas à la guérir. Elle ne cessait d'évoquer le petit garçon, le mousse qu'elle avait tué.

Chez elle, le remords était désormais plus fort que l'amour.

Hernando interrogea ses beaux-frères sur ce crime qui la hantait. À l'entendre, Diego n'avait fait qu'exécuter ses ordres.

Diego lui affirma qu'il n'avait jamais commis une telle horreur. Qu'il n'avait jamais jeté par-dessus bord aucun enfant. Ni égorgé quiconque parmi les hommes d'équipage. Que cette hallucination devait être due à la douleur qui la frappait aujourd'hui, en perdant son fils. Ou plutôt aux séquelles des mortifications qu'elle s'était infligées au couvent.

Le capitaine de Castro, qui connaissait le caractère de Diego et le savait capable de mentir, ne se contenta pas de son témoignage. Il alla trouver Doña Elvira. La lectrice reconnut n'avoir pas assisté à la scène de meurtre dont s'accusait sa maîtresse. Elle ajouta toutefois, non sans une pointe de perfidie, que l'impiété et les méfaits de Doña Isabel durant leur traversée devaient s'être incarnés, pour elle, dans cette vision de cauchemar.

*

Les yeux rivés sur Hernando, Isabel se sentait enfin arrivée jusqu'aux limites du monde. Devant l'éternité, elle éprouvait une jouissance qui n'exigeait plus aucun effort.

Lui-même ne voyait que ses yeux noirs, brillant de ce qu'il aurait pu prendre pour de la joie, qui s'approchaient de plus en plus, l'aveuglant presque de leur dernier éclat. Ensemble, ils retournaient aux sensations de Manille, à la douceur de l'air, à la lenteur de la vie qui coulait là-bas comme le miel. Ils retournaient à cet univers où les naturels restaient immobiles, accroupis le long des canaux du Passig, leur regard rivé droit sur l'horizon, sur l'infini de l'océan, sur le soleil couchant qu'ils fixaient comme s'ils tentaient de le retenir.

Doña Isabel Barreto s'éteignit dans les bras d'Hernando de Castro, le dimanche 2 septembre 1612.

*

Deux mois plus tard, en ce jour de la Sainte-Isabel, le 17 novembre, Doña Justina se penchait, avec la plus grande attention, sur la longue supplique et les deux dossiers de candidature que la sœur tourière venait de lui remettre. L'ensemble de ces documents émanait de la maison du capitaine de Castro et la laissait perplexe.

Deux personnes, appartenant à la domesticité de Don Hernando, désiraient se retirer derrière la clôture de Santa Clara. L'une avait été la lectrice de son épouse, l'autre sa sœur de lait. La première demandait à entrer comme Voile Blanc, la seconde comme doñada. Les postulantes souhaitaient servir Doña Pétronille et ses filles. Leur protecteur les avait pourvues avec générosité, offrant au couvent des dots plusieurs fois supérieures à celles qui correspondaient à leurs statuts.

En outre, le capitaine de Castro se proposait de créer une *capellanía* – un fonds d'œuvres pieuses – de dix mille pesos, afin que les nonnes de Santa Clara chantent *ad perpetuam* la mémoire de leur bienfaitrice, l'illustre Doña Isabel Barreto. Et que, dans les six mois à venir, elles disent pour son salut deux mille messes basses.

L'Abbesse avait déjà fait le calcul… Deux mille messes jusqu'en mai ? Cela signifiait qu'à Santa Clara, on prierait pour elle plus de dix fois par jour. Doña Justina reconnaissait bien là les excès de son ancienne pensionnaire.

Même défunte, Doña Isabel cherchait encore à attirer la lumière.

La perspective d'évoquer si souvent ce personnage, qu'elle-même jugeait plus proche du diable que de Dieu, n'enchantait pas l'Abbesse. Elle gardait du séjour de Doña Isabel entre ses murs un souvenir pénible !

Quant à l'affaire du coffre… Pour se débarrasser de l'odeur de soufre émanant de ce tas de vieilleries, elle avait dû se résoudre à tout brûler.

Mais la somme que lui offrait Don Hernando s'avérait si considérable qu'elle ne pouvait écarter une telle manne sans y réfléchir.

Une dernière clause, toutefois, suscitait son indignation. En contrepartie des fabuleux dix mille pesos, elle devrait autoriser le capitaine de Castro à pénétrer chez elle, avec le cercueil de son épouse, afin que Doña Isabel jouisse d'un repos éternel parmi les vierges consacrées. Il suggérait de le faire secrètement et de nuit, en signe d'humilité et afin d'éviter tout scandale.

Cette exigence-là était inacceptable. Aucune femme, qui n'ait prononcé ses vœux perpétuels, ne pouvait être ensevelie sous l'autel de l'église des Clarisses ! Celle-là moins encore que les autres !… Même si elle avait offert à Santa Clara l'un des trésors du couvent, la fameuse statue de *Notre-Dame des Navigateurs* sculptée à Séville, que sa sœur fleurissait avec un zèle jaloux.

Que faire ? Le capitaine de Castro passait aujourd'hui pour l'un des hommes les mieux en cour du Pérou.

Face à ce dilemme, l'Abbesse convoqua ses Voiles Noirs.

La chance voulait que Doña Pétronille n'eût pas son mot à dire. Depuis qu'elle avait résisté à sa Supérieure, lui préférant sa parente, Doña Justina lui avait retiré sa faveur. Elle ne siégeait plus au conseil.

Les dossiers des deux candidates furent examinés avec une minutie extrême. Doña Elvira Lozano appartenait à une famille honorablement connue. L'autre était une Indienne qui pourrait, en effet, travailler aux cuisines. Après moult tergiversations, les Voiles Noirs donnèrent leur accord.

À une réserve près : si elles acceptaient les anciennes servantes de Doña Isabel Barreto, elles refusaient d'accueillir son corps. Que sa dépouille demeure où elle se trouvait à cette heure !

Un veto sans appel.

Quant au reste, l'Abbesse trouverait bien un moyen de récupérer les dix mille pesos du capitaine…

Doña Justina entérina leur décision par ces mots, qu'avant elle, une autre grande dame avait prononcés avec quelques variantes :

« Don Hernando gouverne à Castrovirreyna. Le Vice-Roi règne dans son palais. Mais chez moi, dans ce couvent, ici et maintenant, c'est moi qui commande ! »

Madrid, janvier 2013.

Ce qu'ils sont devenus

Don Hernando de Castro Bolaños y Rivadeneyra Pimentel

Don Hernando resterait gouverneur de Castrovirreyna durant trois autres années.

Inconsolable de la perte d'Isabel, il tomba gravement malade. Craignant de la suivre rapidement dans la tombe, il réitéra l'inventaire des biens et les dernières volontés de sa femme dans son propre testament.

Il finit toutefois par se rendre à la raison.

Le jeudi 27 août 1615, il se remaria dans la cathédrale de Lima, épousant une demoiselle de haute lignée, qui lui apportait en dot le marquisat de Villafuerte. Elle lui donna en outre trois enfants, deux filles et un garçon. Ce dernier, Don Sancho de Castro Ribeyra y Verdugo, fera procéder à plusieurs enquêtes sur la noblesse et les hauts faits de son père, enquêtes qui permettent de suivre à la trace la carrière de Don Hernando.

À la naissance de son fils, en 1620, il est nommé général du port de Callao et général de la Mer du Sud. Il s'emploie, comme l'avait fait l'adelantado de

Mendaña avant lui, à la défense de tous les ports du Pérou. Ses travaux de fortifications seront mis à profit lors des nouvelles attaques de corsaires en 1624.

Sa conduite héroïque durant les combats à Callao lui vaut de devenir lieutenant général du royaume : le second personnage après le vice-roi.

Il vivra très riche et très honoré dans sa propriété proche de Callao, au moins jusqu'en 1640, date à laquelle il figure encore dans les archives comme l'hôte qui reçoit le Vice Roi lors de son débarquement sur les côtes péruviennes. Le séjour chez Don Hernando de Castro, puis chez son fils Don Sancho, deviendra une tradition au Pérou. Tous les vice-rois se rendront d'abord chez eux, pour y attendre leur entrée officielle dans leur capitale.

En 1666, Don Sancho le dit décédé.

Selon toute probabilité, le capitaine de Castro n'avait pu transporter à Lima la dépouille de sa première femme, la passion de sa jeunesse. Il l'avait laissé reposer sous l'autel de la cathédrale, dans la ville où elle était morte, où il l'avait pleurée. À Castrovirreyna.

Une erreur.

S'il avait réalisé les vœux d'Isabel, il aurait peut-être retrouvé à Santa Clara les trois livres de l'Adelantado et toutes les cartes qu'il avait tant convoités.

Pedro Fernández de Quirós

Revenu de son périple en Mer du Sud, le 23 novembre 1606 à Acapulco, il repart pour Madrid en mai 1607. Il y harcèle le Roi et fait circuler des dizaines de placets en sa faveur. Il écrit trente-huit requêtes, qui seront traduites en plusieurs langues et diffusées en Europe. Cette fois, son éloquence et ses indiscrétions vont le perdre.

Aux yeux de l'Espagne, il devient un homme dangereux. Ce navigateur portugais pourrait bien, si on le contrecarrait, divulguer les secrets des sacro-saintes routes maritimes. En avril 1615, Sa Majesté affecte de lui donner le commandement qu'il réclame et le renvoie au Pérou. Il aura fait le siège de la cour pendant huit ans.

Quirós part de Madrid avec sa femme et ses deux enfants. Il croit revenir au Nouveau Monde en vainqueur. Il se trompe. Sa Majesté Philippe III a envoyé des ordres secrets à Lima. Le Vice-Roi ne doit obéir en rien aux cédules dont Quirós est porteur. Il doit, au contraire, l'empêcher de s'embarquer pour une nouvelle expédition.

Quirós ignorera tout de cette duperie. Il meurt en chemin, à l'âge de cinquante-cinq ans, à l'heure où son vieil ennemi, le capitaine Hernando de Castro, se remarie en grande pompe dans la cathédrale de Lima : en août 1615.

Si Pedro Fernández de Quirós n'a pas découvert l'Australie, il aura tout de même réussi à conduire – sans cartes – le navire d'Isabel Barreto entre Santa Cruz et Manille. Il reste le premier à avoir relevé les latitudes des îles Tuamotu. Et ses marins débarqueront même à Hao. Il explorera ensuite l'archipel des Vanuatu, inconnu jusqu'à ce jour. En y prenant possession de la terre qu'il baptise Espiritu Santo, en y fondant la ville qu'il appelle la Nouvelle-Jérusalem, il croit sincèrement avoir trouvé la *Terra Incognita*. Mais il était en réalité à mille sept cent cinquante kilomètres à l'est du continent austral.

Selon ses dires, il aurait parcouru, au service du roi d'Espagne, trois fois la circonférence du globe : « Je suis allé du Pérou à la Terra Incognita. Et de la Terra Incognita aux Philippines. Et des Philippines, je suis rentré présenter mes projets à Lima. Et de Lima, je suis reparti pour Rome. Et de Rome, je suis revenu tout droit en cette terre de Madrid. Et de Madrid, je suis reparti au Pérou. Et du Pérou à la Terra Incognita. Et de là, au Mexique, que j'ai traversé d'une côte à l'autre. Et de là, je suis revenu à Madrid… En presque seize ans : vingt mille lieues. »

Un record. Il estime que ses travaux surpassent ceux de Christophe Colomb, tant par l'importance des terres offertes à son souverain que par les distances parcourues et les souffrances endurées.

La postérité lui rendra justice. Son nom figure au Musée naval de Madrid, non loin de celui de Magellan.

Les frères Barreto

À l'exception de Lorenzo et de Mariana, les cinq frères et les trois sœurs d'Isabel sont encore vivants à sa mort. Tous lui ont emprunté de l'argent, dettes qu'elle rappelle et dont elle leur fait grâce dans son testament. Ils ne se sont jamais remis de la perte de la fortune paternelle, qu'avait engloutie l'expédition de l'adelantado de Mendaña.

À la mort de leur mère, en 1602, l'aîné, Jerónimo, a hérité du peu qui restait : les trois encomiendas de Humay, Cañete et Late.

La même année, un autre frère, Gregorio, dépose une requête pour obtenir du roi d'Espagne la reconnaissance des services rendus par son père lors des guerres civiles entre Espagnols au Pérou. Ce placet, qui retrace l'histoire de Nuño Rodríguez Barreto et de son épouse Mariana de Castro durant la Conquista, rappelle que l'expédition aux îles Salomon pour le compte du Roi a ruiné leurs enfants. Les notaires de la famille Barreto garderont une copie de ce document jusqu'au XIXe siècle. Toutes les requêtes suivantes, aujourd'hui conservées à l'*Archivo General de Indias* à Séville, reposent sur ce premier placet.

Plus tard, les neveux d'Isabel – Diego en 1648 et Juan en 1666 – rappelleront à nouveau les mérites et la ruine de leur grand-père, afin d'obtenir pour eux-mêmes les hauts postes qu'ils convoitent. L'un désire devenir évêque de Lima, l'autre appartenir au Conseil des Indes.

Avec le temps, Nuño deviendra, sous la plume de ses descendants, *Don* Nuño Rodríguez Barreto – un titre que personne ne lui a donné de son vivant, pas même Isabel dans son testament. À la fin du Siècle d'Or, il figure dans les généalogies comme un *Barreto de Aragón*, appartenant à la branche des Borgia. Il aurait même été parent de Don Francisco Borgia, prince d'Esquilache, vice-roi du Pérou en 1609.

L'hacienda des Barreto, à l'angle de la plaza Santa Ana et de la calle Albahaquitas, se trouverait aujourd'hui dans le quartier chinois de Lima.

Elle appartiendra à la famille jusqu'à la fin du XVIIIe siècle. Lors de sa vente, ses propriétaires se présentent non comme les descendants de Don Nuño, mais comme les arrière-arrière-petits-neveux de *Doña Isabel Barreto, l'épouse héroïque de l'amiral Don Alvaro de Mendaña, el* descubridor *des îles Salomon.*

Le couvent de Santa Clara

Au fil des siècles, le couvent et l'église de Santa Clara de Lima seront détruits par les tremblements de terre, reconstruits et restructurés plusieurs fois.

Le terrain et les bâtiments s'amenuisèrent avec le temps, l'église elle-même changea d'orientation.

Le dernier aménagement en date – une route qui coupa le couvent en deux dans les années 1960 – acheva de transformer ce lieu, jadis si peuplé et si beau. Les murs ocre de l'enceinte continuent toutefois d'abriter une dizaine de religieuses qui vivent cloîtrées, retranchées au cœur des Barrios Altos, un quartier aujourd'hui dangereux.

Pour ma part, j'y ai connu le privilège – et l'émotion – d'y être reçue par l'Abbesse en septembre et en octobre 2011.

Durant mes rencontres avec elle, j'ai tenté de la convaincre de bien vouloir surseoir à la Règle actuelle des Clarisses, qui interdit l'entrée du couvent à quiconque n'est pas une proche parente de l'une des sœurs.

Une affaire difficile…

Au terme de nos discussions, l'Abbesse a eu la bonté de céder à mes instances. Elle m'autorisa à franchir la clôture.

Grâce à sa bienveillance, j'ai pu voir les jardins, visiter certaines cellules, arpenter les deux cloîtres, accéder à la petite chapelle désaffectée qu'on réservait autrefois aux prières des novices.

Là, sont conservées les archives.

En découvrant ces registres poussiéreux qui s'empilaient sur les rayonnages, j'ai frémi d'excitation… Se pouvait-il que les trois livres d'Isabel contenant les papiers de Mendaña se trouvent encore ici ?

Je ne pus dépouiller cette masse de documents, grignotés et jaunis, qu'en grande hâte, au hasard. Et cette fois, la chance ne m'a pas souri. Je n'ai trouvé que le montant des dots, la liste des recettes et des dépenses, les acquisitions, les ventes : les écritures des Clarisses depuis la fondation du couvent. Mais aucune trace de la présence d'Isabel à Santa Clara. Pas même les comptes qui auraient pu correspondre aux œuvres pieuses dont elle mentionne les conditions dans son testament.

Quelques documents, découverts plus tard aux Archives épiscopales, semblent indiquer qu'Hernando de Castro tenta bien de respecter ses volontés et de la faire enterrer « secrètement » dans l'église. Mais qu'il rencontra de telles difficultés qu'il finit par abandonner le projet.

Les découvertes d'Alvaro de Mendaña, d'Isabel Barreto et de Pedro Fernández de Quirós

Le silence, imposé aux navigateurs, sur les routes maritimes qui pouvaient mener les ennemis de leurs nations à la découverte de nouvelles terres, contribua à la perte des cartes marines, des cartes côtières, des livres de lochs, de tous les calculs, de tous les travaux d'Alvaro de Mendaña durant sa traversée avec Isabel Barreto.

L'absence de ces témoignages aboutit à l'ignorance des générations suivantes, quant à la situation des îles de Mélanésie et de Polynésie.

Puis à la tombée dans l'oubli des trois premières expéditions espagnoles – celles de 1567 et 1595, sous le commandement de Mendaña ; celle de 1606, sous celui de Quirós –, les trois seules qui explorèrent la Mer du Sud en partant du Pérou.

Toutes les découvertes de Mendaña et de Quirós – les îles Salomon, les îles Marquises, les Tuamotu, les Vanuatu – disparurent des livres de navigation et du globe terrestre. Et durant près de deux cents ans, leurs rivages redevinrent mythiques.

Le mystère perdurera jusqu'aux voyages de Cook et de Bougainville, les grands navigateurs du XVIIIe siècle.

*

En 1793, à la veille de monter sur l'échafaud, Louis XVI interrogera encore ses bourreaux : a-t-on reçu des nouvelles de l'expédition que lui-même, le roi de France, avait envoyée dans le Pacifique ? Monsieur de La Pérouse a-t-il enfin retrouvé ces terres espagnoles, ces îles perdues ? Les fameuses îles d'or de Monsieur de Mendaña.

ANNEXES

Petit glossaire

Adelantado : L'homme qui avance. Le chef de l'expédition et le représentant du Roi en terre de conquête. Ce titre est dévolu aux découvreurs d'un territoire.

Alcalde : Maire.

Alferez general : Officier supérieur.

Amiral : Deuxième personnage de la flotte qui commande l'*Almiranta.*

Almiranta : Deuxième navire de la flotte.

Brigantin : Voilier muni de rames qu'on peut transporter en pièces détachées.

Cacique : Au temps de la Conquête, les Espagnols appellent ainsi les princes ou les nobles indiens. Plus tard, le terme s'applique au seigneur indigène, le chef de village qui lève le tribut pour le compte de l'administration coloniale.

Capitán general : Premier personnage de la flotte, Commandant en chef de tous les bateaux, qui voyage sur la *Capitana.*

Capitana : Premier navire de la flotte où embarque le Commandant en chef.

Capitulaciones : Contrat passé entre la Couronne et un particulier, définissant les droits et les obligations de chacun.

Chef pilote : Le personnage chargé de la navigation de l'ensemble de la flotte, qui voyage sur le premier navire – la *Capitana* – et commande aux pilotes de tous les autres navires.

Conseil des Indes : Conseil qui siège à Séville et s'occupe de tout ce qui concerne les possessions espagnoles aux Amériques.

Converso : Catholique d'origine juive.

Corregidor : Magistrat qui gouverne une ville ou une contrée.

Créole : Individu né aux Amériques de parents espagnols ou de souche totalement espagnole.

El dorado : *L'homme doré.* Mythe du Pays de l'Or qui, sur les indications fantaisistes, traîtresses ou erronées des Indiens, engendrera une suite d'expéditions.

Encomendero / encomendera : Le ou la titulaire d'une *encomienda.*

Encomienda : Droit donné aux conquérants de percevoir un tribut sur les Indiens, en échange de l'obligation de les protéger et de les évangéliser. Cette prébende est accordée jusqu'à la deuxième génération, avant de retourner au Roi.

Gobernador : Gouverneur d'un district au sein d'un territoire sous contrôle de l'administration royale.

Frégate : Petit navire avec trois mâts et des rames.

Galion : Grand navire destiné au commerce, avec un château avant et un château arrière. Le mât de misaine et le grand mât portent des voiles carrées. Le mât d'artimon porte une voile latine.

Galiote : Petit navire à voiles rondes.

Hanfu : Costume tradionnel chinois.

La conquista : Exploration, invasion et occupation du Nouveau Monde par les Espagnols.

Licenciado : Titulaire d'un diplôme universitaire. Licencié en droit.

Maître de camp : Chef des soldats et des opérations militaires. Il ne relève que du premier personnage de la flotte, le Commandant en chef.

Nipa : Palmes issues d'un petit arbre de la famille des palmiers, très utilisées pour les toits aux Philippines.

Rejoneador : Torero à cheval.

Repartimiento : Distribution et répartition d'Indiens sur les terres de l'*encomendero*.

Vice-roi : Représentant direct du Roi qui le nomme personnellement. Comme le Roi, il doit administrer, gouverner, rendre la justice. Surtout défendre et propager la religion. Le Vice-Roi n'est pas nommé à vie mais pour plusieurs années.

De l'histoire au roman

Le seul texte, l'unique témoignage contemporain d'Isabel Barreto, qui évoque sa personnalité et dénonce la dureté de son commandement lors de la traversée de 1595-1596 entre l'île de Santa Cruz et la ville de Manille, émane de son chef pilote Pedro Fernández de Quirós.

Rédigé à la troisième personne, écrit par lui-même ou plutôt dicté à un poète de grand talent qui lui servait alors de chantre et de secrétaire, le récit de son voyage sous le commandement d'une femme s'inscrit entre deux autres : le résumé du voyage de jeunesse d'Alvaro de Mendaña, auquel lui-même n'a pas participé (1567-1569), mais dont Quirós se veut le continuateur. Et la relation de la traversée qu'il vient d'accomplir aux frais de la Couronne, à la tête de trois navires dont il a été le Maître et le Commandant (1605-1606).

Ces trois documents s'adressent aux Grands d'Espagne et au roi Philippe III. Ils circulent à Madrid et à Séville, sous forme de manuscrits. Ils seront publiés ensemble au XIXe siècle, en Espagne ; puis traduits en anglais au début du XXe siècle ; enfin traduits en français, magistralement commentés et publiés aux Éditions de l'Harmattan en 1982 par Annie Baert, professeur agrégée d'espagnol à Tahiti et spécialiste des premiers voyages espagnols dans le Pacifique (voir les références de toutes ces éditions, et notamment les ouvrages d'Annie Baert dans ma bibliographie générale).

À l'époque où Quirós divulgue l'histoire de sa fameuse traversée avec Isabel Barreto dans la Mer du Sud, il se trouve à Madrid. Il connaît bien le Roi pour l'avoir déjà convaincu une fois de lui confier la responsabilité de sa propre expédition. Il rentre tout juste de ce voyage-là, en triomphateur. Il tente donc d'obtenir une nouvelle cédule, lui octroyant tous les pouvoirs sur une nouvelle expédition en quête de l'Australie.

Par malheur pour Quirós, plusieurs lettres du bout du monde – elles arriveront des Philippines, des Indes, des Amériques – parviennent à la cour au moment où le souverain et ses ministres examinent ses requêtes. L'une est signée de l'un de ses vieux ennemis, le propriétaire de la galiote lors du voyage avec Mendaña : Felipe Corzo, alors capitaine général du port de Cavite, près de Manille. Les autres émanent des subordonnés de Quirós lors de son dernier voyage. Toutes ces missives ne sont rien moins que des mises en garde : elles avertissent Sa Majesté que ce Portugais bavard, qui sait si bien se vendre et chanter ses propres mérites, n'est en réalité qu'un vantard et un illuminé.

Parmi les détracteurs de Quirós, figure le second époux d'Isabel Barreto, Don Hernando de Castro. Il accuse explicitement d'incompétence l'ancien employé de sa femme, et l'accable en citant le témoignage des prêtres franciscains qui se trouvaient à bord des navires que Quirós vient de commander. Il supplie le Roi de ne pas le dépouiller, lui, de ses droits, et des droits d'Isabel, au profit d'un personnage aussi trouble et controversé.

Le récit de Quirós, antérieur de quelques mois ou de quelques années, selon le cas, à l'ensemble de ces accusations, vise à balayer les prétentions d'Hernando de Castro et de ses autres adversaires. Son texte – diffamatoire pour Isabel Barreto – travaille à le montrer lui, Quirós, sous un éclairage avantageux. Au contraire de celle qu'il appelle la Gobernadora, il se présente comme un sujet respectueux des ordres du Roi, un chrétien respectueux de la volonté de Dieu. Un être pieux, sage, raisonnable. Un marin honnête et désintéressé. De surcroît, un marin de génie : le seul navigateur digne de poursuivre la découverte de toutes les terres dans la Mer du Sud... Bref, Quirós, secondé par le talent de son secrétaire, chante les mérites de Quirós et déboute, en prouvant sa supériorité, les prétentions de ses rivaux.

Dans de telles circonstances – un contexte de délations réciproques et de luttes de pouvoir –, le regard de Quirós sur l'héritière de feu l'adelantado de Mendaña, sa rivale la plus dangereuse, le portrait terrible qu'il en dresse, ses accusations de tyrannie et d'égoïsme à son endroit, deviennent sujets à caution.

Ajoutons qu'aucune voix parmi celles des rescapés, colons, soldats ou marins, ne s'était élevée lors de l'enquête des autorités de Manille à l'arrivée du *San Jerónimo* aux Philippines, ni en février, ni en mars, ni en avril, ni en mai 1596 – pas même la voix de Quirós – pour se plaindre des iniquités d'Isabel Barreto durant la traversée.

Ajoutons encore que, lorsque Quirós lui avait demandé à Manille, puis à nouveau au Mexique, des lettres de recommandation et des certificats de bons et loyaux services, elle les lui avait accordés sans balancer.

Elle l'exemptait, lui qui la détestait, de toutes fautes et de toutes responsabilités dans l'échec de l'expédition où elle-même venait de perdre son mari, son frère, ses proches, un échec qui la touchait, elle, et la ruinait, elle… Une conduite plutôt clémente pour une personne que Quirós ne cesse de nous décrire comme l'incarnation de l'arbitraire et de la vindicte.

Ne disposant toutefois que du seul témoignage de Quirós, la postérité ne gardera d'Isabel Barreto que le portrait qu'il a bien voulu nous laisser : une héroïne à la Lady Macbeth.

Depuis le XXe siècle, les nombreux auteurs de fictions et de récits qui s'intéressent à leur odyssée, répètent les dires de Quirós, sans s'interroger sur sa personnalité – à l'exception d'Annie Baert et de Mercedes Maroto Camino (voir leurs travaux dans la bibliographie générale).

Le nom de Quirós figure aujourd'hui dans toutes les encyclopédies.

Ces facettes, si contradictoires, d'une conquête qui touche à la soif de découvrir le monde, l'une des plus grandes aventures de l'humanité, m'ont donné envie d'en savoir plus. Sur le personnage d'Isabel. Sur ceux de Mendaña et de Quirós. Et sur les mobiles de tous leurs comparses dont les existences vagabondes avaient été oubliées.

Rendre à chacun le tumulte de son destin allait devenir mon obsession.

En étudiant les documents produits par Quirós, qui condamnaient Isabel ; en les comparant à ceux qui accablaient Quirós, je n'ai pu m'empêcher de respecter l'une plus que l'autre, et d'éprouver une grande colère envers les injustices de l'Histoire.

La chasse à de nouveaux indices, la traque dans les bibliothèques et les Archives de Séville, de Madrid, de Lima, de Mexico et de Manille ne faisaient pour moi que commencer.

Elle durerait trois ans.

Bibliographie

Sources manuscrites

Archivo General de Indias, Séville (Espagne)

Bienes de difuntos Nuño Rodríguez Barreto, 1598 (Contratación, 253, N.1, R.13).

Carta de Gómez Pérez das Mariñas sobre ataque japonés, 1592 (Filipinas, 18B, R.2, N.8).

Carta de Gómez Pérez das Mariñas a Ibarra sobre situación general, 1592 (Filipinas, 18B, R.2, N.11).

Carta de Luis Pérez das Mariñas sobre Maluco, Tidore, China, 1594 (Filipinas, 18B, R.4, N.23).

Carta de Luis Pérez das Mariñas sobre minas, Cochinchina, Castro, 1595 (Filipinas, 18B, R.5, N.40).

Carta de Morga sobre asuntos generales, 1596 (Filipinas, 18B, R.6, N.51).

Carta de Luis Pérez das Mariñas sobre jornada de Camboya, 1598 (Filipinas, 18B, R.8, N.104).

Carta de Pablo de Portugal a Luis Pérez das Mariñas e información, 1599 (Filipinas, 6, R.8, N.134).

Carta de la Audiencia de Manila sobre su fundación y funcionamiento, 1599 (Filipinas, 18B, R.9, N.122).

Carta de la Audiencia de Filipinas sobre materias de gobierno, 1601 (Filipinas, 19, R.2, N.22).

Carta del Cabildo secular de Manila en favor de Fernando de Castro, 1605-1606 (Filipinas, 27, N.54).

Informaciones : Don Juan Pardo de Castro, 1621 (Filipinas, 38, N.74).

Informaciones : Pedro de Cordoba Mejia, 1596-1622 (Lima, 211, N.9).

Confirmación de oficio : Jerónimo López de Saavedra, 1617 (Lima, 182, N.19).

Informaciones : Jerónimo López de Saavedra, 1625 (Lima, 225, N.10).

Informaciones : Diego Barreto de Castro, 1648 (Lima, 241, N.7).

Informaciones : Sancho de Castro Verdugo, 1666 (Lima, 256, N.14).

Informaciones : Juan de Villegas Barreto de Aragón, 1666 (Lima, 257, N.10).

Cartas del virrey Conde de Monterrey, 1597 (Mexico, 23, N.82).

Capitán Pedro Fernández de Quirós, 1615 (Pasajeros, L.9, E.4265).

Méritos y servicios : Pedro de Ortega Valencia, 1567 (Patronato, 18, N.10, R.4).

Méritos : Pedro Fernández de Quirós : islas Occidentales, 1596 (Patronato, 51, N.3, R.8).

Expediente de doña Isabel Barreto : complimiento capitulación, 1598 (Patronato, 18, N.10, R.8).

Armada que fue a la zona austral : Pedro Fernández de Quirós, 1606 (Patronato, 260, N.1, R.31).

Méritos y servicios : Pedro Fernández de Quirós : Perú, etc, 1618 (Patronato, 147, N.4, R.2).

Méritos y servicios : Pedro Fernández de Quirós : Perú, etc, 1628 (Patronato, 149, N.1, R.4).

Carta Antonio de Morga, 1616 (Quito, 10, R.3, N.16).

Archivo Arzobispal de Lima (Pérou)

Monasterio de la Concepción II : 14, 1622. Lima. Demande d'autorisation présentée par Doña Florencia Barreto, religieuse au voile noir, pour obtenir une *doñada* à son service (2f., 2b).

Monasterio de la Concepción VIII : 20, 1642. Lima. Réclamation de Doña Leonor Barreto, religieuse au voile noir, qui se plaint que sa sœur Doña Beatriz de Castro, elle aussi religieuse, a cédé une cellule lui appartenant en propre dans le monastère à l'une de leurs nièces (10f., 2b.).

Monasterio de la Concepción VIII : 43, 1643. Lima. Profession de foi de Doña Mencia Barreto y Olivares, novice (4f.).

Monasterio de la Concepción X : 43, 1650. Lima. Procédure du capitaine Don Gregorio Barreto qui demande à ce que sa fille, Doña Manuela Barreto de Castro, soit reçue au couvent, où il l'a laissée depuis sept ans (6f., 1b.).

Monasterio de la Concepción X : 60, 1651. Lima. Demande présentée par Doña María Josefa de la Torre y Vargas, âgée de seize ans, et servant la religieuse Doña Leonor Barreto qui l'a fait admettre, pour devenir religieuse au voile noir, sans payer l'intégralité de sa dot. Cela du fait qu'elle est une excellente chanteuse, une grande musicienne, et que son père est très pauvre (5f.).

Monasterio de la Concepción XX : 53, 1676. Lima. Procédure de Don Tomas Barreto de Castro pour que sa fille, Doña Ana María Barreto de Castro y Cabrera, déjà élevée au couvent de la Concepción, soit acceptée comme religieuse au voile noir. Cela du fait que son propre père, le capitaine Don Gregorio Barreto de Castro, fut un bienfaiteur du monastère, et que sa fille, Doña Ana, joue très bien de la harpe. Il demande qu'on l'exonère des dépenses qui accompagnent la prise de voile (3f., 1b.).

Plainte devant les tribunaux civils XXXII : 5, 1627. Lima. Procédure engagée par Jerónimo López de Saavedra contre Doña Leonor Barreto, religieuse au voile noir du monastère de la Concepción, pour la restitution d'un grand vase d'or et d'argent, que la femme du plaignant, María de Castro Bustamante, lui avait confié. Ce vase appartient à María de Castro Bustamante, car il lui avait été légué, à Castrovirreyna, personnellement, par sa tante Doña Isabel Barreto de Castro sur son lit de mort (3f.).

Plainte devant les tribunaux civils XXXII : 5, 1627. Lima. Nouvelle réclamation de Jerónimo López de Saavedra contre Doña Leonor de Castro, sœur de feu Isabel Barreto, qui n'a toujours pas rendu à María le vase d'or et d'argent que lui avait légué Isabel (3f.).

Plainte devant les tribunaux civils XXXIV : 37, 1629. Lima. Procédure engagée par Doña María de Guevara, veuve de Don Rodrigo de Torres y Navarra, contre le prêtre bachelier Pedro Barreto, qui lui doit 78 pesos qu'elle-même lui avait donnés pour l'achat de quatre paires de gants (39 f.).

Bénéfices ecclésiastiques et fondation d'œuvres pieuses, LXI, feuille volante. X : 60, 1. 1643. Demande du licencié Don Bernardo Barreto de Figueroa, prêtre gestionnaire de la fondation de feu sa tante Doña Isabel Barreto au couvent de Santa Clara, pour que Juan de Guedeja Quiroga, représentant du général Fernando de Castro, lui remette les documents lui permettant de gérer la fondation, et de toucher un pourcentage sur les messes basses et chantées, sur les célébrations des mariages et sur toutes les autres fêtes religieuses. En souvenir de sa tante, Doña Isabel Barreto et pour le salut de son âme (1f.).

Bibliothèque nationale de France

Mélanges – Voyage aux Terres Australes (Français 5561, f° 5-11).

Relations de la Chine, de l'Inde, etc. (Français 9093, supplément français 879, f° 71).

Notice sur le second voyage de l'adelantado de Mendaña (Espagnol 324, notice 33, f° 121v.-122).

Sources publiées

Avant toutes choses, je voudrais attirer l'attention du lecteur sur l'œuvre titanesque du père Celsus Kelly, franciscain originaire d'Australie, dont les travaux furent mes livres de chevet durant toutes ces années. Le père Kelly consacra sa vie à la recherche et à la publication des documents originaux qui concernaient les voyages espagnols, dans le Pacifique Sud, entre 1567 et 1794. Les six volumes de son *Austrialia Franciscana*, publiés entre 1963 et 1973, son *Calendar of Documents* publié en 1965, et les deux tomes de *La Austrialia del Espíritu Santo*, publiés en 1966, restent à ce jour une mine pour les historiens, et un monument. J'y ai pu trouver, entre autres, le testament d'Isabel Barreto et le récit du voyage de Quirós en 1605-1606, vu par son aumônier et ses capitaines.

ALVA RODRÍGUEZ Inmaculada, *Vida municipal en Manila, siglos XVI-XVII*, Universidad de Córdoba, 1997.

ALVAREZ MARTÍNEZ, Félix, *Galeón de Acapulco, el Viaje de la Misericordia de Dios, Relato histórico*, Polifemo, Madrid, 1993.

ANTHOONS, Luc, *Le Journal de bord d'Alvaro de Mendaña, le découvreur des îles Marquises*, Éd. SDE, Paris, 2004.

ARCINIEGAS, German, *Le Chevalier d'El Dorado*, traduction et notes de Georges Lomné, Éditions Espaces 34, Montpellier, 1995.

ARGENSOLA, Bartholomé Leonardo, *Conquista de las Islas Malucas*, Ediciones Miraguano, Ediciones Polifemo, Madrid 2009.

AVILA (d'), Thérèse, *Vie écrite par elle-même*, Le Seuil, Paris, 1949, 1995.

— *Je vis mais sans vivre en moi-même*, Éd. Allia, Paris, 2008.

BAERT, Annie, « Le prisme magique des hommes et de la mer : réel et fantastique dans le récit de trois voyages espagnols en Océanie aux XVIe et XVIIe siècles », *Magie et Fantastique dans le Pacifique* (Actes du colloque organisé par l'UFP), Éditions Haere Po no Tahiti, Papeete, 1993, p. 119-132.

— « Las condiciones prácticas de los viajes de Mendaña y Quirós a Oceania », *Revista española del Pacífico*, n° 4, 1994.

— « Doña Isabel Barreto, première femme gouverneur et marquise de la Mer du Sud », *Tahiti Pacifique*, Papeete, n° 42 et 44, 1994.

— « Premiers regards espagnols sur l'Océanie : la découverte des Marquises », *Bulletin de la Société des études océaniennes*, Papeete, n° 267, tome XXVI, n° 5, septembre 1995, p. 18-58.

— « Les Espagnols aux Marquises », et « Les conditions pratiques des voyages de Mendaña et Quirós en Océanie », *Bulletin de l'Association des Historiens et Géographes de Polynésie française*, CTRDP, Tahiti, n° 2, février 1993, p. 33-37, et n° 4, juin 1996, p. 7-25.

— « Les Espagnols aux Marquises » et « Les clichés ont la vie dure », *Marquises*, Éditions Polyèdre Culture, Papeete, 1996, p. 97-123.

— « Los contactos entre Españoles y Marquesanos en 1595 », *España y el Pacífico*, Madrid, 1997, p. 39-45.

— « Des îles bien peu secrètes. Les récits de trois

voyages espagnols dans le Pacifique aux XVIe et XVIIe siècles et leur diffusion à travers l'Europe et l'Amérique », *Revue française d'histoire du livre*, Bordeaux, n° 94-95, 1997.

— *Le Paradis terrestre, un mythe espagnol en Océanie*, L'Harmattan, Paris, 1999.

— « Du Continent Austral au Paradis Terrestre. Une vision espagnole des peuples océaniens, XVIe-XVIIe siècles », *Hermès* (CNRS, Paris) n° 32-33, 2002.

— « Les compagnons de Mendaña et de Quirós dans la mer du Sud », p. 257-273, s.p., 2002.

— « Don García Hurtado de Mendoza, marquis de Cañete (1535-1609), le vice-roi du Pérou qui donna son nom aux îles Marquises », *L'Amérique hispanique et le Pacifique* (Hommage à Hugo Neira), éd. Karthala (s.d. P. Vérin et R. Veccella), Paris, 2005.

— « Don Diego de Prado y Tovar en el Mar del Sur », *Revista española del Pacifico*, n° 18, 2005.

— « Les explorations espagnoles du Pacifique (1521-1606) : échec ou réussite ? », *in* Jean-Pierre Poussou (s.d.), *Revue d'histoire maritime*, n° 6, PUPS, Paris, 2006.

— « Prémices de l'évangélisation dans le Pacifique », *in* Claire Laux (s.d.), *Les Écritures de la Mission dans l'outre-mer insulaire*, Brepols, 2007.

— « La découverte de Vanuatu par Pedro Fernández de Quirós » et « Pedro Fernández de Quirós, l'homme », *in* Pedro Fernández de Quirós et le Vanuatu, *Découverte mutuelle et historiographie d'un acte fondateur*, 1606, coédition du GRHOC & Délégation de l'Union européenne, Nouméa, 2007.

— *Marquise de la mer du Sud*, Au vent des îles, Tahiti, 2011.

— « Vasco Nuñez de Balboa (1475 ?-1519), "découvreur" de la Mer du Sud » ; « Andrés de Urdaneta (1508-1568), le moine navigateur » ; « Le tour du monde de Magellan et de son successeur Elcano » ; « Alvaro de Mendaña (1542-1595), un explorateur du Pacifique au destin tragique » ; « Le capitaine Pedro Fernández de Quirós, "Don Quichotte de la Mer du Sud" (1560-1615) » ; « Luis Vaez de Torres, entre la Nouvelle-Guinée et l'Australie » ; publiés sur le site www.leehman.cuy.edu/île.en.île.

BARCELÓ, Juan, « Manierismo y utopia en los Memoriales de Pedro Fernández de Quirós », *España en el Pacifico*, p. 115-120, Cordoba, 1997.

BARREDA LAOS, Felipe, *Vida intelectual del Virreinato del Perú*, Universidad Nacional Mayor de San Marcos, Lima, 1964.

BAUDOT, Georges, *La Vie quotidienne dans l'Amérique espagnole de Philippe II, XVI*[e] *siècle*, Hachette, Paris, 1981.

BEL BRAVO, María Antonia, *Mujeres españolas en la Historia Moderna*, Silex, Madrid, 2002.

BENAVIDES (de), Milagrito Alegría, « El monasterio de Santa Clara de Lima en el siglo XVII, espacio social de la élite colonial (1606-1640) », *in Turismo*, 2011.

BENNASSAR, Bartolomé, *Un Siècle d'Or espagnol*, Robert Laffont, Paris, 1982.

BERNABEU Albert, Salvador, *El Pacífico ilustrado : del lago español a las grandes expediciones*, Éd. Mapfre, Madrid, 1992.

BERNANT, Carmen, GRUZINSKI, Serge, *Histoire du Nouveau Monde*, Fayard, 1991, 2 vol.

BOSCH BARRETT, Manuel, *Doña Isabel Barreto adelantada de las Islas Salomón*, Editorial Juventud, Barcelona, 1943.

BOUZAS, Pemón, *El informe Manila*, Ediciones Martínez Roca, Madrid, 2005.

BRAUDEL, Fernand, *La Méditerranée et le Monde méditerranéen à l'époque de Philippe II*, 2 vol., Armand Colin, Paris, 1985.

BUSTO DUTHURBURU (del), José Antonio, *Historia marítima del Perú. Siglo XVI.* Historia externa, tome 3, vol. 2, Lima, 1977.

CASTOY BRAVO (de), Federico, *Las Naos españolas en*

la carrera de las Indias. Armadas y flotas en la segunda mitad del siglo XVI, Madrid, 1927.

CERVANTÈS (de), Miguel, *L'Ingénieux Hidalgo Don Quichotte de la Manche*, 2 vol., Flammarion, Paris, 1969.

CHAUNU, Pierre, *Les Philippines et le Pacifique des Ibériques, XVIe, XVIIe et XVIIIe siècles*, SEVPEN, Paris, 1960.

— *Colomb ou la Logique de l'imprévisible*, Éd. F. Bourin, Paris, 1993.

Colección de documentos y manuscritos compilados por Fernández de Navarrete, vol. 18, Kraus-Thomson Organization Ltd, Liechtenstein, 1978.

DEFOURNEAUX, Marcelin, *La Vie quotidienne en Espagne au Siècle d'Or*, Hachette, Paris, 1964.

DELAMARRE, Catherine, SALLARD, Bertrand, *La Femme au temps des Conquistadores*, Stock/Pernoud, Paris, 1992.

DENIAU, Jean-François, *La mer est ronde*, Gallimard, Paris, 1981.

DUNMORE, John, *Who's who in Pacific Navigation*, University of Hawaii Press, Honolulu, 1991.

ELIASDE ZEVALLOS, Hilda, « Primera expedición colonizadora que parte del Callao, hacia Oceanía », in *Actos del Primer Simposio de Historia Marítima y Naval Iberoamericana,* Callao, 1991.

— *El entorno de Isabel Barreto Castro de Mendaña y su viaje hacia las islas Salomón, 1595-1596*, Asociación Nacional Pro-marina del Perú, Lima, 1995.

ESPINOZA SORIANO, Waldemar, *Virreinato Peruano : Vida Cotidiana, Instituciones y Cultura,* Biblioteca Nacional del Perú, Lima, 1997.

FENTON HUIE, Shirley, *Tiger Lilies, Women adventurers in the South Pacific*, Angus & Robertson, London, 1990.

FERNANDEZ FERNANDEZ, Amaya, GUERRA MARTINIERE, Margarita, LEIVA Viacava, Lourdes, MARTÍNEZ ALCADE, Lidia, *La Mujer en la conquista y la evangelización en el Perú (Lima 1550-1650)*, Pontificia Universidad Católica del Perú, Fondo Editorial, 1997.

FERNANDEZ, Belén, « Isabel Barreto, una mujer en el Pacífico », *Cuaderno n° 26 del Instituto de Historia Naval*, Madrid, WIII Jornadas de Historia Marítima, 1995, p. 15-32.

FERNANDEZ DURO, Cesareo, *La Armada española desde la unión de los Reinos de Castilla y Aragón*, Madrid, 1972-1973.

FERNANDEZ Y FUENTES, Belén, « Isabel de Barreto, una mujer en el Pacífico », in *Cuadermo n° 26 del Instituto de Historia Naval* (XIII Jornadas de Historia Marítima), Madrid, 1995, p. 15-32.

FERNANDEZ VASQUEZ, Vicente, « Bercianos en América. Siglos XVI-XVIII », in *Bierzio,* Ponferrada, 1992, p. 3-29.

— « Don Alvaro de Mendaña y sus orígenes bercianos », in *Revista española del Pacífico*, n° 4, Madrid, 1994, p. 51-63.

— « Don Alvaro de Mendaña », in *Bierzio,* Ponferrada, 1995, p. 24-30.

— « Orígenes leoneses de Alvaro de Mendaña », in *España y el Pacífico*, Córdoba, 1997.

— « Alvaro de Mendaña, navegante y descubridor de los Mares del Sur », Congreso de la Asociación Española de Estudios del Pacifico, Valladolid, 2002.

FISH, Shirley, *The Manila-Acapulco Galleons : The Treasure Ships of the Pacific,* Author House, U.K., 2011.

GARCÍA, Albert, *La Découverte et la Conquête du Pérou d'après les sources originales,* Klincksieck, Paris, 1975.

GARRETT, David T., *Sombras del Imperio, La nobleza indígena del Cuzco, 1750-1825*, Instituto de Estudios Peruanos, Lima, 2009.

GARCILASO DE LA VEGA, Inca, *The Royal Commentaries of the Incas*, Editorial Piki, Cusco, 2010.

GRAVES, Robert, *Les Îles de la déraison*, Stock, Paris, 1995.

GRUNBERG, Bernard, *Dictionnaire des Conquistadores de Mexico*, L'Harmattan, Paris, 2001.

GRUZINSKI, Serge, *Les Quatre Parties du monde, Histoire d'une mondialisation*, Éd. de la Martinière, Paris, 2004.

— *L'Aigle et le Dragon, Démesure européenne et mondialisation au XVIe siècle*, Fayard, Paris, 2012.

GUAMAN POMA, Felipe, *Los Dibujos del Cronista Indio,* Editorial Piki, Cusco, 2009.

HAMPE, Teodoro, *Santo Oficio e historia colonial. Aproximaciones al Tribunal de la Inquisición, 1573-1820*, Congreso de la República, Lima, 1998.

HANKE, Lewis, *Los Virreyes Españoles en América durante el Gobierno de la Casa de Austria*, vol. 1-3, Madrid, 1978.

HARING, Clarence H., *El Comercia y la Navegación entre España y las Indias en la época de los Habsburgos*, Mexico, 1939.

HERNANDEZ SOBRINO, Angel M., *La Real Mina de azogue de Huancavelica*, Ed. Minas de Alamdén y Arrayanes, 1999.

HERVÉ, Roger, *Découverte fortuite de l'Australie et de la Nouvelle-Zélande par des navigateurs portugais et espagnols entre 1521 et 1528*, Bibliothèque Nationale, Paris, 1982.

HILDER, Brett, *The Voyage of Torres, the Discovery of the Southern Coastline of New Guinea and Torres Strait by Captain Luis Baez de Torres in 1606*, University of Queensland Press, San Lucia, 1980.

IBAÑEZ, Ricard, *La Monja alférez*, Devir Contenidos, Barcelona, 2004.

JACK-HINTON, Colin, *The Search for the Islands of Salomon, 1567-1838,* Clarendo Press, Oxford, 1969.

JOLLY, Margaret, « The Sediment of Voyages : remembering Quirós, Bougainville and Cook in Vanuatu », in *Oceanic Encounters : Exchange, Desire, Violence*, ANUe Press, Canberra, p. 57-111, 2009.

KELLY, Celsus, *Calendar of Documents Spanish Voyages in the South Pacific from Alvaro de Mendaña to Alejandro Malaspina and the Franciscan Missionary Plans from the Peoples of the Austral Lands 1617-1634*, Archivo Ibérico Americano, Madrid, 1965.

— *La Austrialia del Espíritu Santo,* vol. 1 et 2, The Hakluyt Society, The University Press, Cambridge, 1966.

— *Austrialia franciscana*, vol. 1-6, Franciscan Historical Studies, Australia/Madrid, 1963-1973.

Las Clarisas en el Perú, Monasterio Santa Clara de Lima, Federación « Inmaculada Concepción », 2006.

LANDÍN CARRASCO, Amancio, « La cuna de Alvaro de Mendaña », in *Revista de Historia Naval, Año XI,* n° 41, 1993.

LAS CASAS (de), Bartolomé, *Obras completas*, Alianza Editorial, Madrid, vol. 11, 1992.

LAVALLÉ, Bernard, *Le Marquis et le Marchand, Les Luttes de pouvoir au Cuzco (1700-1730)*, Éd. du CNRS, Paris, 1987.

— *Quito et la crise de l'alcabala (1580-1600)*, Éd. du CNRS, Paris, 1992.

— *L'Amérique espagnole de Colomb à Bolivar*, Belin, Paris, 1997.

— *Francisco Pizarro, conquistador de l'extrême*, Payot, Paris, 2004.

LEÓN PORTOCARRERO (« El anónimo portugués »), *Descripción del virreinato del Perú. Crónica inédita de comienzos del siglo XVII,* Ed. Boleslao Lewin, Universidad Nacional del Litoral, Rosario, 1958.

LEONARDO DE ARGENSOLA, Bartolomé, *Conquista de la Islas Malucas*, Miraguano Ediciones, Madrid, 2009.

LEVILLIER, Roberto, *Santo Toribio Alfonso Mogrovejo arzobispo de los Reyes (1581-1606)*, Madrid, 1920.

— *Gobernantes del Perú*, vol. 1-14, Madrid, 1921-1926.

— *Don Francesco de Toledo*, Espasa-Calpe, Madrid, vol. 1-3, 1935-1940.

LOCHART, James, *Spanish Peru, 1532-1560 : A Colonial Society*, University of Wisconsin Press, Madison, 1968.

LOHMANN VILLENA, Guillermo, *El Conde de Lemos, virrey del Perú*, Escuela de Estudios Americanos de la Universidad de Sevilla, 1946.

— *Las Leyes Nuevas y sus consecuencias en el Perú*, Ed. Rialp, Madrid, 1982.

— « Más sobre doña Isabel Barreto », *El Comercio*, 18 février 1987, Lima.

— *Las Minas de Huancavelica en los siglos XVI y XVII*, Escuela de Estudios Americanos de la Universidad de Sevilla, 1999.

— *Historia general del Perú. El virreinato*, vol. 5, Editorial Brasa, Lima, s.d.

LORENZO SANZ, Eufemio, *Comercio de España con América en la época de Felipe II*, 2 vol., Valladolid, 1979-1989.

LUQUE, Miguel, MONDRAGÓN, Carlos, « Faith, Fidelity and Fantasy », in *The Journal of Pacific History*, Vol. 40, No 2, Septembre 2005.

MADARIAGA (de), Salvador, *Mujeres españolas*, Espasa-Calpe SA, Madrid, 1972.

Manila 1571-1898. Occidente en Oriente. Ministerio de Fomento, Madrid, 1998.

MAROTO CAMINO, Mercedes, *Producing the Pacific, Maps and Narratives of Spanish Exploration (1567-1606)*, Rodopi, Amsterdam, 2005.

— *Exploring the Explorers, Spaniards in Oceania, 1519-1794*, Manchester University Press, Manchester, 2008.

MARQUEZ DE LA PLATA Y FERRANDIZ, Vicenta María, *Mujeres de acción en el Siglo de Oro*, Castalia, Madrid, 2006.

MARTÍN, Luis, *The Kingdom of the Sun, A short history of Peru,* Charles Scribner's Sons, New York, 1974.

— *Daughters of the Conquistadores : Women of the Viceroyalty of Peru*, Southern Methodist University Press, Dallas, 1983.

MARTÍNEZ HIDALGO, José María, *Las Naves del descubrimiento y sus Hombres,* Ed. Mapfre, Madrid, 1991.

MAURA, Juan Francisco, *Women in the Conquest of the Americas*, Peter Lang, New York, 1997.

MAZIN, Oscar, *L'Amérique espagnole, XVIe-XVIIIe siècles*, Les Belles Lettres, Paris, 2009.

MELLÉN BLANCO, Francisco, LUQUE TALAVÁN, Miguel, MANCHADO LÓPEZ, Marta María, *Un océano de intercambios. Hispanoasia (1521-1898)*, Agencia Española de Cooperación Internacioal, Madrid, 2008.

MILLS, Kenneth, TAYLOR, William. B., *Colonial Spanish America, A documentary history*, SR Books, Lanham, 2006.

MIRON, Andrés, *Historia de Guadalcanal*, Ed. Ayuntamiento de Guadalcanal, 2006.

MORGA (de), Antonio, *The Philippine Islands, Moluccas, Siam, Cambodia, Japan and China at the Close of the Sixteenth Century*, Applewood Books, Bedford, Massachussets, s.d.

MOREIRA PAZ-SOLDAN, Manuel, *Estudios sobre el tráfico marítimo en la época colonial,* Lima, 1944.

MUGABURU (de), Joseph et Francisco, *Diario de Lima (1640-1694)*, Ed. Carlos Romero y Horacio Urteaga, Colección de libros y documentos referentes a la historia del Perú, 2 vol., Lima, 1917.

NÚÑEZ-VARELA Y LENDOIRO, José Raimundo, « Gómez Pérez Das Mariñas, capitán general de Murcia en el ultimo tercio del siglo XVI », in *Cronista Oficial de la ciudad de Betanzos y del Ayuntamiento de Miño*, s.d.

OLANO PASTOR, Manuel I., *Los Mendaña y el señorio del barrio de abajo de San Pedro Castañero, 1482-1620*, Ponferrada, 2002.

ORTIZ SOTELO, Jorge, « Mendaña y otros viajes a Oceania », in *Memorias de III Symposio Panamericano de Historia*, Mexico, 1996.

O'SULLIVAN BEARE, Nancy, *Las Mujeres de los conquistadores*, Compañía Bibliográfica Española, Madrid, s.d.

PALMA, Ricardo, *Traditions péruviennes*, Presses Universitaires de Bordeaux, 2002.

PANCORBO, Luis, *Las Islas del rey Salomón*, Laertes, Barcelona, 2006.

Pedro Fernández de Quirós et le Vanuatu, Découverte mutuelle et historiographie d'un acte fondateur, 1606, Éditions du GROC, Vanuatu, 2007.

PÉREZ-MALLAINA BUENOS, Pablo Emilio, *Política naval española en el Atlántico, 1700-1715*, Escuela de Estudios Hispanoamericanos, Sevilla, 1982.

PÉRISSAT, Karine, *Lima fête ses rois (XVIe-XVIIIe siècles), Hispanité et Américanité dans les cérémonies royales*, L'Harmattan, Paris, 2002.

PINOCHET DE LA BARRA, Oscar, *Quirós y su utopia de las Indias Australes,* Sociedad Quinto Centenario, I.C.I., Madrid, 1989.

PUENTE (de la), José, *Encomiendas y Encomenderos en el Perú*, Séville, 1992.

PUMAR MARTÍNEZ, Carmen, *Españolas en Indias, mujeres-soldado, adelantadas y gobernadoras*, Ed. Anaya, Madrid, 1988.

QUINCEY (de), Thomas, *La Nonne militaire d'Espagne*, Mercure de France, Paris, 1980.

QUIROGA DE SAN ANTONIO, Gabriel, *Les Derniers Conquistadors, la Non-Conquête du Cambodge*, Anacharsis, Paris, s.d.

QUIRÓS (de), Pedro Fernández, *Memoriales de las Indias Austriales*, ed. de O. Pinochet de la Barra, Historia 16, Madrid, 1991.

— *Histoire de la découverte des régions australes,* traduction et notes de Annie BAERT, L'Harmattan, Paris, 2001.

— *The Voyages of Pedro Fernández de Quirós, 1595-1606*, traduction de Sir Clements Markham, vol. 2, Bedford Press, London, 2010.

RAYNOLDS, Robert, *The Quality of Quirós*, The Bobbs-Merrill Company, Inc., Indianapolis, 1955.

REDONDO, Augustin, *Les Représentations de l'autre dans l'espace ibérique et ibéro-américain*, 2 vol., Presses de la Sorbonne-Nouvelle, Paris, 1993.

— *Images de la femme en Espagne aux XVIe et*

XVIIe *siècles, Émergence et effacement de la femme politique*, Publications de la Sorbonne, Paris, 1994.

— *Relations entre hommes et femmes en Espagne aux XVI*^e^ *et XVII*^e^ *siècles*, CRES, Presses de la Sorbonne-Nouvelle, Paris, 1995.

REY, Juan Carlos, « Percepción de las figuras de Mendaña y Quirós en las Islas Salomón y Vanuatu », in *Revista española del Pacífico*, n°18, 2005.

RIVA-AGÜERO (de la), José, *Obras completas. La Historia en el Perú. Estudios de historia peruana*, Pontificia Universidad Católica del Perú, vol. 4, Lima, 1965.

— *Estudios de Genealogía Peruana*, Pontifica Universidad Católica del Perú, vol. 8, Lima, 1983.

RODERA ALONSO, Alexandra, « Bercianos y cabreireses en América Siglos XVI-XVIII », in *Estudios Bercianos*, Leon, Nov. 2004.

RODRÍGUEZ CUBERO, José Diego, MELLEN BLANCO, Francisco, « Datos biográficos del padre de Alvaro de Mendaña », *Revista española del Pacífico*, 2005, 18 : 24-41.

RODRÍGUEZ MARQUEZ, Rafael, *Guadalcanal, un pueblo en la memoria*, Ed. Diputación de Sevilla, 2006.

ROMANO, Ruggiero, *Les Conquistadores. Les mécanismes de la conquête coloniale*, Flammarion, Paris, 1972.

RUBIO, Jesus, *La lluvia infinita. Diario de Pedro de Ortega Valencia*, Ed. Ayuntamiento de Guadalcanal, 1999.

SARMIENTO DE GAMBOA, Pedro, *Historia de los Incas* (1re éd. Berlin, 1906), Miraguano-Polifemo, Madrid, 1988.

— *Derrotero al estrecho de Magallanes* (1re éd. Madrid, 1768), Ed. Historia 16, Madrid, 1987.

SCHURTZ, William Lytle, *El Galeón de Manila,* Ediciones de Cultura Hispánica, I.C.I., Madrid, 1992.

SHARP, Andrew, *The Discovery of the Pacific Islands*, Oxford, 1960.

— *Adventurous Armada, the Story of Legazpi's Expedition,* Whitcomb & Tombs Ltd, Christchurch, 1961.

SPATE, Oscar H.K., *The Spanish Lake,* University of Minnesota Press, Canberra, 1979.

STÉNUIT, Marie-Ève, *La Veuve du gouverneur*, Le Castor Astral, Bordeaux, 2007.

SUDO SHIMAMURA, Takako, *Navigación y Comercio en Nueva España, Siglos XVI y XVII*, s.d.

TANTALEAN ARBULU, Javier, *El Virrey Francisco de Toledo y su tiempo, Proyecto de gobernabilidad, el imperio hispano, la plata peruana en la economia-mundo y el mercado colonial*, vol. 1 et 2, Universidad de San Martín de Porres, Lima, 2011.

TEMPERE, Delphine, *Vivre et Mourir sur les navires du Siècle d'Or*, Presse de l'Université Paris Sorbonne, 2009.

VALCAREL, Isabel, « El alférez doña Catalina de Erauso », in *Mujeres de armas tomar*, Ed. Algaba, 2005.

VAN DEUSEN, Nancy E., *The Souls of Purgatory, the Spiritual Diary of a Seventeenth-Century Afro-Peruvian Mystic, Ursula de Jesus,* University of New Mexico Press, Albuquerque, 2004.

— *Entre lo sagrado y lo mundano, La práctica institucional y cultural del recogimiento en la Lima virreinal*, Fondo Editorial de la Pontificía Universidad Católica del Perú/Instituto Francés de Estudios Andinos, Lima, 2007.

VARGAS LLOSA, Alvaro, *La Mestiza de Pizarro. Una princesa entre dos mundos*, Aguilar, 2003.

VARGAS UGARTE, Rubén S.J., *Biblioteca peruana*, Emp. Periodistica, S.A., La Prensa ; Cia de impresiones y publicidad ; Ed. San Marcos, Tipografía peruana, Lima, 1935-1957, T. II (Manuscritos peruanos del Archivo de Indias) y T. VII (Impresos peruanos 1584-1650).

— *El monasterio de la Concepción de la ciudad de los Reyes*, in Mercurio Peruano, año XVII, n° 189, Lima, 1942.

— *Historia de la Iglesia en el Perú*, Imprenta Santa María, T. I y II, Lima, 1953.

— *Concilios limenses*, Tip. Peruana SA, T. I, II y III, Lima, 1951-1954.

— *Anales de la catedral de Lima*, Extracto de los libros de Actas del Cabildo Limense, muchos escritos por el chantre don José Manuel Bermudez, in Biblioteca Histórica Peruana, T. VII, Lima, 1958.

— *Un monasterio limeño*, Sanmarti y Cia Impresores, Lima, 1960.

— *Vida de Santa Rosa de Lima*, Imp. Lopez, Buenos Aires, 1961.

— *Historia de la ilustre congregación de seglares de Nuestra Señora de la O.*, Ed. Carlos Milla Batres, Lima, 1963.

— *Don Pedro Antonio Fernández de Castro, X conde de Lemos y virrey del Perú*, Ed. Universitaria, Lima, 1965.

— *Tres Figuras señeras del episcopado americano*, Ed. Carlos Milla Batres, Lima, 1966.

— *Vida de Santo Toribio*, Imprenta Graf, Industrial, Lima, 1971.

VEGA, Carlos B., *Mujeres Heroicas de la Conquista de América*, McFarland & Company, Jefferson, North Carolina, 2003.

VIVERO (de), Rodrigo, (1564-1636), *Du Japon et du bon gouvernement de l'Espagne et des Indes*, trad. par Juliette Monbeig, SEVPEN, Paris, 1972.

WALKER, Geoffrey J., *Política española y Comercio colonial, 1700-1789,* Ariel, Barcelona, 1979.

WHITING SPILHAUS, M., *Pacific Adventure*, John Malherbe Pty Ltd, Cape Town, 1974.

WILDER, Thornton, *The Bridge of San Luis Rey*, Penguin Books, London, 1941.

XIMENEZ DE SANDOVAL, F. *Varia Historia de ilustres mujeres*, Epesa, Madrid, 1949.

ZARAGOZA, J., *Historia del descubrimiento de las regiones Austriales, hecho por el general Pedro Fernández de Quirós*, Madrid, 1876-1882, 3 vol.

ZWEIG, Stefan, *Magellan*, Grasset, Paris, 2010.

Remerciements

Ce livre est le fruit d'une recherche longue et minutieuse, qui a bouleversé toute ma vie. Isabel Barreto m'a entraînée, dans son sillage, sur plusieurs continents. Afin de suivre sa trace sans devoir interrompre mes raids à la Biblioteca Nacional de España à Madrid et à l'Archivo General de Indias à Séville, j'ai même fini par déménager en Espagne.

Je tiens tout particulièrement à remercier Danielle Guigonis, dont les voyages à Madrid m'ont plusieurs fois sauvée dans mes moments de doute. Un réconfort de toutes les secondes et une collaboration vieille de trente ans.

Que Bernadette Andreota sache combien je lui suis reconnaissante pour la chaleur de son accueil, sous sa pergola d'Hermosilla. Et que Vincent Jolivet et Martíne Zaugg, qui m'ont tenue à bout de bras durant toutes ces années d'écriture, soient assurés de ma profonde gratitude.

Que mes premiers lecteurs, Delphine Borione, Frédérique Brizzi, Brigitte Defives, Carole Hardoüin, Frédérique et Michel Hochmann, qui ont dû faire le siège des postes pour récupérer les pages de mon manuscrit, ou imprimer mes fichiers électroniques par centaines de feuilles, sachent combien j'ai été touchée de leur gentillesse et de leur patience. Combien je leur sais gré de l'honnêteté de leurs réactions et de leurs conseils si précieux.

Comment exprimer ma gratitude à la chaîne d'amis qui, d'un monde à l'autre, m'ont logée, nourrie, pilotée, introduite, secondée de toutes les façons possibles, lors de mes voyages d'enquêtes en Europe, en Asie et en Amérique du Sud ? Sans leur appui matériel et leur soutien moral, ce livre n'existerait pas. Je pense notamment à tous mes amis du Pérou : à mon mentor, Gonzalo de Aliaga, à Beatriz de Aliaga, Diana Alvarez Calderón, John Davis Benavides, Lourdes Milagrito Alegría de Benavides, Fernando Carvallo Rey, Manuel Cisneros Milla, Jean-Jacques Decoster, Laly et Tito Ehni, Yves et Isabel Faure Büsser, Rudi Fernandez-Cardenas, Teodoro Hampe Martínez, Javier Protzel de Amat, Alejandro Rey de Castro Arena, Paul Rizo-Patron, Carlos de la Torre. Ainsi qu'à Ada Arrieta Alvarez, directrice de l'Archive historique de l'institut Riva-Agüero ; Laura Gutierrez, directrice de l'Archivo Arzobispal de Lima ; la Révérende Mère Isabel Hernandez Llontop, abbesse du couvent de Santa Clara de Lima ; Georges Lomné, directeur de l'Institut français d'études andines ; Ramón Mujica Pinilla, directeur de la Bibliothèque nationale à Lima ; sans oublier José de la Puente Brunke, directeur de l'Instituto Riva-Agüero, et sa femme Augusta-María.

En Espagne, un grand merci à Jorge Virgili et Angela Mascolo, qui n'ont jamais cessé de m'aider ; à Juan Quijano, qui a relu la dernière version du manuscrit ; à Javier Vasquez Comesaña, Olga Doñoro,

Manuel Lucena Giraldo, Anne-Laure et Guillermo de Osma, Luis Prados, Fermín del Pino-Diaz, José Rufino Novo Zaballos, Laura Novo Zaballos. Ainsi qu'à Luisa Martín-Merás, directrice des Archives du Musée Naval de Madrid, et à Gloria Pérez Salmerón, directrice de la Bibliothèque nationale d'Espagne.

En Italie, tous mes remerciements vont à Giovanni et Patricia Aldobrandini. Et à mes complices, Andrea Fortina et Alessandra Ginobbi. Aux Philippines, à Rosie Yangson. Aux États-Unis, à Rina et Takis Anoussis. En France, à Jean-Yves Barilec, Sibylle de Brantes, Marie-Josèphe Conchon, Marie-Laurence de Coye, Laure de Gramont, Thierry Hardoüin, Lorena Maitre, Véronique et Mathieu Meyer, Cécile Pozzo di Borgo, Pierre de Rohan-Chabot, Catherine et Serge Sobczynski, Francine Van Herzen et Catherine Zoummeroff.

Je voudrais dire à mes proches qui m'ont entourée de toute leur tendresse durant cette longue aventure, Aliette Lapierre, Dominique Conchon-Lapierre, Carlos, Caroline et Xavier Moro, combien leur indéfectible soutien m'a été précieux. Que mon père, entre tous, sache combien il m'a accompagnée.

Que ma fille Garance et Frank Auboyneau, qui ne m'ont pas lâchée, m'escortant dans mes voyages les plus difficiles ou me rejoignant aux antipodes, sachent à quel point je leur suis reconnaissante de m'avoir prodigué autant d'amour.

Enfin, une pensée très affectueuse pour mes éditeurs, Teresa Cremisi et Thierry Billard, qui m'ont fait confiance et n'ont cessé de m'encourager.

Table des matières

Imprimé en France par

BRODARD & TAUPIN

à La Flèche (Sarthe)
en mars 2014

POCKET – 12, avenue d'Italie – 75627 Paris Cedex 13

N° d'impression : 3004681
Dépôt légal : avril 2014
S24434/01